ALPHA-HITZE

(In der Hitze der Liebe, Buch 2)

LETA BLAKE

Original-Veröffentlichung von Leta Blake Books

Titel der Original-Ausgabe: Alpha Heat
Geschrieben und veröffentlicht von Leta Blake

Ins Deutsche übertragen von Betti Gefecht

Cover: Dar Albert
Formatierung: BB eBooks

Erste Ausgabe: 2018
Print Ausgabe
ISBN: 9781626226425

Danksagungen

Mein Dank gilt den folgenden Personen:

Mom und Dad, ohne die ich meinem Traum nicht folgen könnte. B & C, das Licht, dass mich wieder nach Hause finden lässt, wenn ich in erfundene Welten abtauche. Keira Andrews für ihr hervorragendes Editing. Mia, Jessica und Sadie, meine Beta-Leser. Leigh Barduga, die *Six of Crows* geschrieben und mich auf eine Weise inspiriert hat, die gar nicht beabsichtigt war. A.M. Arthur, weil sie *Slow Heat* so sehr geliebt hat, dass sie ihr eigenes Omegaversum kreiert hat (haltet nach dem Buch *Breaking Free* Ausschau!)

Und Dank an euch, meine Leser, denn ihr seid all das Blut, den Schweiß und die Tränen wert.

Ein verzweifelter, junger Alpha. Ein älterer Alpha mit Helfersyndrom. Eine verbotene Liebe, die sich nicht leugnen lässt.

Der junge Xan Heelies weiß, dass er nie haben kann, was er wirklich will: eine leidenschaftliche Romanze und ein glückliches Leben mit einem anderen Alpha. Nicht nur verbietet der herrschende Glaube das aufs Strengste, solche Verbindungen sind auch illegal.

Urho Chase ist ein Alpha in mittleren Jahren mit tragischer Vergangenheit. Er ist stets so umsichtig, beherrscht und unerschütterlich in seinen Ansichten, dass seine Freunde ihn als altmodisch und spießig bezeichnen. Als Urho das gefährliche Geheimnis entdeckt, das Xan mit sich herumträgt und das er sich niemals hätte vorstellen können, gerät Urhos Welt aus den Fugen, und er wird überwältigt von sehnsüchtigem Verlangen. Die sorgsam geflickten Nähte, die sein Leben nach dem Tod seines Omegas und seines Kindes zusammenhielten, geben nach – und er selbst ebenfalls.

Aber um einander zu lieben und sich eine gemeinsame Zukunft aufzubauen, würden Xan und Urho ihr Leben aufs Spiel setzen. Mit der Hilfe des asexuellen und aromantischen Omegas Caleb – Xans treuem Freund – versuchen sie, die Kraft und den Mut aufzubringen, der Gefahr zu trotzen und die Familie aufzubauen, die sie verdienen.

Dieser schwule Liebesroman von Leta Blake ist das zweite Buch im Universum der Reihe „In der Hitze der Liebe". 130,000 Wörter, mit einem starken Happy End und einem wohl durchdachten, einzigartigen Omegaversum ohne Gestaltwandler, aber mit Alphas, Betas und Omegas, männlicher Schwangerschaft, Hitze und Knoten. Kein Fremdgehen. Warnung: Enthält eine kurze Darstellung sexueller Gewalt.

Für Keira Andrews, weil sie eine wahre Freundin ist

WARNUNG: Diese Geschichte enthält eine kurze Darstellung
sexueller Gewalt.

TEIL EINS

KAPITEL 1

XAN STIEG VOR Jasons und Vales blauem, holzverschaltem Haus in der Oak Avenue aus seinem Wagen. Ihm drehte sich der Magen um. Er betrachtete das Haus, den frischen Anstrich, den makellos gepflegten Vorgarten und Rasen, sowie die kleinen Schaukelstühle auf der Vorderveranda, komplett mit fröhlich bunten Sitzkissen. Jason und Vale hatten sich hier ein kuscheliges Nest eingerichtet, seit sie vor vier Jahren in der Bibliothek von Mont Nessadare als *Érosgápe* ineinandergerauscht waren.

Xan unterdrückte das vertraute, dumpfe Ziehen, das zu gleichen Teilen Eifersucht und Sehnsucht nach einer solchen Liebe war. Er war gerade dabei gewesen, sein symbolisches Eckbüro in der größten Abteilung der Firma seines Vaters auf der Hauptstraße zu verlassen, um für heute nach Hause zu fahren, als der Anruf kam. Und nachdem er Jasons zitternde Stimme und sein dringendes Flehen gehört hatte, war er stattdessen direkt zum Haus seines besten Freundes gefahren.

Sein Leben und das von Jason und Vale war jetzt ganz anders als das friedvolle Dasein vor der Aufprägung. Manchmal erkannte Xan sich kaum noch selbst im Spiegel. Aber eines änderte sich nie: Er war Jasons bester Freund und würde ihm durch dick und dünn zur Seite stehen.

Erschreckenderweise schien die Lage gerade mal wieder dünn zu sein, denn Jason hatte ziemlich panisch geklungen, als Xan vor einer Stunde den Hörer abgenommen hatte. Er hatte Xan gedrängt, so schnell wie möglich zu kommen, sich aber geweigert, irgendwelche

Einzelheiten preiszugeben.

Er erreichte den Hauseingang und trat überrascht einen Schritt zurück, als die Tür aufschwang, bevor er Gelegenheit hatte zu klopfen. Jason zog ihn hinein. Sein blondes Haar war zerzaust und sein Gesicht kreidebleich. Und schlimmer noch, seine lange, schlaksige Gestalt zitterte unter seinem zerknitterten Anzug. Offenbar hatte er sich noch nicht umgezogen, seit er von seinem neuen Job in der Firma seines Vater heimgekehrt war – genau wie Xan hatte Jason seine Leidenschaft für die wissenschaftliche Forschung zurückgestellt, um seine familiäre Pflicht zu erfüllen, als die Zeit dafür gekommen war.

Xan richtete nervös seine Fliege, während er Jason mit einem flauen Gefühl im Bauch durch den Flur zu Vales Arbeitszimmer folgte. So bestürzt hatte er seinen Freund seit Jahren nicht gesehen. Nicht mehr, seit er die Dinge mit seinem älteren *Érosgápe*-Omega Vale Aman ins Reine gebracht und sich überglücklich mit ihm häuslich niedergelassen hatte. Xan wurde fast ein bisschen übel.

Die Sonne schien durch das breite Fenster auf den steingefliesten Boden in Vales staubigem Arbeitszimmer, aber die Fülle des bunten Herbstlaubs in dem gepflegten Garten half nicht im Geringsten, die gespannte Atmosphäre zu mildern.

„Ich bin froh, dass du kommen konntest", sagte Vale leise. Seine grünen Augen waren rotgerändert, und seine Lippen in seinem hübsch getrimmten Bart wirkten wie ausgetrocknet.

Xan wurde die Kehle eng, als er die anderen Gäste sah, die Jason und Vale um sich versammelt hatten – Rosen, Yosef und – *Scheiße* – Urho. Alle drei waren hochgeschätzte Freunde des Paares, und alle drei sahen genauso aufgebracht aus, wie Xan sich fühlte.

„Tut mir leid, falls ich euch habe warten lassen", sagte Xan und schluckte. „Ich bin so schnell gekommen, wie konnte. Gleich nach Jasons Anruf."

„Wie geht es Caleb?", fragte Vale, als stünde nicht der ganze

Raum kurz davor, vor lauter Anspannung zu explodieren.

„Caleb geht es gut." Nervös plapperte Xan weiter: „Na ja, heute morgen fühlte er sich nicht ganz wohl, und ich musste für ihn zur Apotheke laufen, weshalb ich zu spät zur Arbeit kam. Deshalb war es für mich nicht so leicht, heute Nachmittag wegzukommen."

„Schon gut" sagte Vale mit gespenstischer Ruhe auf seinem Platz in dem ledernen Lehnsessel, den er am liebsten hatte. „Richte Caleb Besserungswünsche von uns allen aus." Sein Gesicht war noch blasser als sonst, und seine Lippen verzogen sich zu einem gekünstelten Lächeln.

Jason stellte sich steif hinter Vale. Sein blondes Haar fiel ihm in die Stirn, und in seinen blauen Augen flackerte irgendeine wilde Emotion.

Vale nickte zum Sofa. „Rosen ist auch gerade erst angekommen."

Xan warf einen Blick zu Rosen, die geradezu lächerlich attraktive Hälfte des Duos von Vales besten Freunden, einem Beta-Paar. Die beiden saßen eng zusammen auf dem Ledersofa. Rosens Liebhaber Yosef hielt Rosens Hand und trug eine ernste, fast verzweifelte Miene zur Schau. Sein makellos frisiertes, weißes Haar und ebenfalls weißer Bart verrieten, dass er einige Jahre älter war als Rosen, aber sie waren dennoch ein unheimlich hübsches Paar. Vale stand ihnen seit Jahren nahe.

Xan fuhr sich mit der verschwitzten Hand durch sein eigenes, schlaff herunterhängendes Haar. Wenn alle im Raum derartig besorgt aussahen, dann musste die Neuigkeit, wegen der er hergerufen worden war, etwas Schlimmes sein. Waren Vale oder Jason krank?

„Also, was ist los?", fragte Xan, der sich nicht länger beherrschen konnte. „Was zum Henker ist passiert?"

Urho trat aus den Schatten hervor. Xan schluckte. Urho war groß, muskulös und strotzte von dieser Alpha-Energie, nach der

Xan sich verzehrte, als wäre sie Luft zum Atmen, die man ihm vorenthielt. Das flackernde Kaminfeuer leuchtete auf Urhos dunkler Haut und betonte sein Salz-und-Pfeffer-Haar. In Xans Bauch flatterte höchst unangemessenes sexuelles Verlangen.

„Die anderen haben mich gebeten, die Neuigkeit zu verkünden", sagte Urho beinahe feierlich. „Es ist sowohl eine Ehre als auch eine Bürde, aber eine, die zu tragen Jason und Vale mich gebeten haben."

„Jetzt sag schon", unterbrach ihn Xan und überraschte sich selbst damit. Normalerweise überkam ihn in Urhos Gegenwart eine ungewohnte Schüchternheit – er wurde nervös, ihm fehlten die Worte, und er sagte immer nur das Falsche. Aber heute Abend versuchte er nicht einmal, die Klappe zu halten. Er musste wissen, warum sein bester Freund aussah, als hätte er gerade sein Todesurteil vernommen.

Urho hob das Kinn, und er sah Xan für einen langen, stillen Moment an, dann nickte er. „Also gut. Wie sich herausgestellt hat, ist Vale entgegen aller Wahrscheinlichkeiten und trotz Jasons bestem Bemühen schwanger."

Die Stille im Raum war ohrenbetäubend; sie hallte von den Fensterscheiben wider und summte in Xans Ohren wie eine Fliege. Jasons Schultern sanken herab, und er ließ den Kopf hängen, um sein Gesicht zu verbergen, selbst als er nach Vales Schulter griff und sie tröstend drückte, um Vale als sein Alpha beizustehen.

„Wie bitte?", sagte Xan schließlich. Er blickte zwischen Vale und Jason hin und her und blinzelte. „Sagtest du gerade, Vale ist schwanger?"

„In der Tat." Urhos Mund bildete eine gerade Linie und er schaute Xan ernst an. „Das ist offensichtlich ein Problem, sowohl privat als auch für die Gemeinschaft, da wir alle Jason und Vale lieben und schätzen, daher–"

„Was in Wolfs Hölle, Jason?", platzte Xan heraus und schnitt

Urho das Wort ab, ohne zu denken. „Du weißt, dass er keine Kinder bekommen kann. Wieso hast du das getan?"

Jason hob nicht den Kopf, und Xan konnte die gemurmelte Antwort kaum verstehen. „Es war ein Unfall."

„Ein Unfall?" Xan schnaubte.

Vale hob seine Hand. „Was geschehen ist, ist geschehen. Daran lässt sich nichts ändern. Wir müssen uns jetzt überlegen, wie wir damit umgehen wollen."

„Du wirst natürlich abtreiben", sagte Xan nickend und warf einen Blick zu Urho, um dessen Zustimmung zu suchen.

Xan war dabei gewesen, als Urho vor vier Jahren den Eingriff bei Jasons Pater vorgenommen und dem Mann damit das Leben gerettet hatte. Und er wusste auch, dass Urho der verantwortliche Arzt bei Vales Abtreibung in dessen Zeit als junger, ungebundener Omega gewesen war.

Es gab keinen Zweifel daran, was jetzt passieren musste. Aufgrund der Narben, die Vale von der ersten Abtreibung zurückbehalten hatte, konnte Vale kein Kind austragen und würde selbst eine Schwangerschaft nicht überleben. Das wussten alle hier. Es war einer der Gründe gewesen, der Jason und Vale trotz ihres *Erosgápe*-Bundes beinahe ihren Vertrag gekostet hatte. Jasons Eltern hatten Jason gedrängt, stattdessen einen Surrogat-Omega zu nehmen, damit er Nachkommen haben konnte, denn Vale konnte nicht darauf hoffen, ihm je ein Kind schenken zu können.

„Nein", flüsterte Vale. „Das wird dieses Mal nicht passieren."

„Entschuldige?" Yosef hob die weißen Augenbrauen. „Was willst du damit sagen, Vale?"

Rosen saß plötzlich kerzengerade und umklammerte Yosefs Hand, bis seine Knöchel weiß wurden. Xan wünschte jetzt, er hätte sich irgendwo hingesetzt, als er hereingekommen war. Ihm wurde ein wenig schwindelig, als Vales Worte in seinen Ohren hallten.

„Bitte", flüsterte Jason. „Bitte überleg es dir noch einmal."

Vale schüttelte den Kopf. „Urho hat mich untersucht, und er denkt–"

„Es ist mir egal, was er denkt!", rief Jason. Er kam um den Sessel herum und kniete zu Vales Füßen. „Ich will nur dich. Ich brauche das hier nicht von dir. Ich will überhaupt keine Kind–"

Vale legte ihm eine Hand auf den Mund. „Still. Bevor du etwas sagst, das du später bereuen wirst."

Jasons blaue Augen wurden feucht, und er senkte den Kopf und lehnte seine Stirn an Vales Knie. Er erschauerte, als Vale mit den Fingern beruhigend durch sein blondes Haar fuhr. Xan konnte das Echo von Jasons Zittern in seinen eigenen Knie spüren.

„Ich verstehe das nicht", sagte Yosef. „Vale kann eine Schwangerschaft nicht überleben. Das wissen wir alle."

„Das war bisher so", antwortete Urho. „Vor Jason."

„Willst du damit sagen, dass sich das geändert hat?", fragte Rosen leise und hob das Kinn. In seinem nachmittäglichen Bartschatten hingen ein paar blaue Farbspritzer, die er nicht ganz fortgerieben hatte. Offensichtlich war er während der Arbeit an einem Ölgemälde von einem Anruf ähnlich dem, den Xan erhalten hatte, überrascht worden.

Urho sagte: „Aus Gründen, die ich lieber nicht hier näher erläutern möchte, hat sich bei Vales Narbengewebe und in seiner Passage eine neue Elastizität entwickelt. Ich habe verschiedene Theorien, wie es dazu kommen konnte, aber die Tatsache bleibt, dass es überraschenderweise so ist."

„Ich kann es mit großer Wahrscheinlichkeit austragen", sagte Vale so ruhig, dass Xan ihn am liebsten eine reingehauen hätte. Jason rutsche näher und vergrub sein Gesicht in Vales Schoß. Sein ganzer Körper zitterte, während Vale fortfuhr: „Also wird Urho die Geburt etwas früher einleiten, und wir werden darauf hoffen, dass das Kind überlebt."

„Das ist krank", stieß Xan hervor. „Das kannst du nicht tun.

Das kannst du Jason nicht antun." Er nickte zu Jason, der zusammengekrümmt zu Füßen seines Omegas saß. „Sieh ihn dir doch an. Denk daran, was es mit ihm machen wird, wenn er dich verliert."

Vales grüne Augen wurden sanft. „Ich denke an fast nichts anderes."

„Sieht für mich aber nicht so aus."

Vale schien Mühe zu haben, den aufkommenden Zorn zu beherrschen. „Es war keine leichte Entscheidung, aber ich vertraue Urho. Er würde nicht leichtfertig darauf setzen, dass ich es überlebe, wenn er nicht von ganzem Herzen daran glaubte."

Jason hob den Kopf, seine Augen waren verweint, und seine Lippen bebten. „Er setzt nicht auf dein Überleben, er setzt darauf, dass du *wahrscheinlich* nicht sterben wirst. Das ist nicht dasselbe!"

„Liebling, du kannst nicht von mir verlangen, dass ich diese Chance aufgebe. Es ist unsere einzige Hoffnung, so ungeplant die Schwangerschaft auch ist. Dieser einzige, wundervolle Fehler, den wir nie, nie wieder machen würden."

„Werd mir jetzt nicht poetisch", flüsterte Jason inbrünstig. „Du riskierst willentlich, dich selbst zu zerstören – uns, *mich* zu zerstören – für etwas, das nach Urhos Aussage noch nichts weiter ist als ein Bündel Nerven mit einem mikroskopisch kleinem Herzschlag."

„Aber es ist unseres", sagte Vale beinahe verträumt. „Unsere Körper haben sich verbunden, um neues Leben zu erschaffen. Wie könnten wir da beschließen, es zu beenden?"

„Du hörst dich an wie Pater."

„Nein. Dein Pater gab zu, dass er keinerlei Hoffnung hatte, die Geburt zu überleben. Ich aber habe vor, mich bis aufs i-Tüpfelchen an Urhos Anweisungen zu halten. Ich habe vor zu erleben, wie unser Kind geboren wird, ich werde ihn halten und lieben und zu einem wunderbaren, jungen Mann erziehen. Ich werde dich in ihm erkennen, und auch mich selbst. Ich habe nicht vor, so leicht aufzugeben wie dein Pater.“

„Also, warum sind wir alle hier?“, fragte Yosef sanft. Er hielt weiterhin fest Rosens Hand, und seine Miene war immer noch todernst.

„Weil wir die Unterstützung von euch allen brauchen, besonders Jason“, sagte Vale.

„Nein, ganz besonders du“, widersprach Jason flüsternd. „Du musst jeden Augenblick eines jeden Tages umsorgt werden.“

„Sein nicht albern. Ich bin ja kein Invalide.“ Er zuckte die Achseln. „Später in ein paar Monaten, vielleicht. Dann werde ich wahrscheinlich sehr aufpassen müssen. Aber im Augenblick bin ich fit wie ein Turnschuh. Ich kann mit meiner Arbeit weitermachen und–“

„Nein!“, fauchte Jason. „Damit die Idioten auf Mont Nessadare die Schwangerschaft an dir riechen? Damit sie riechen, wie verwundbar du bist? Auf keinen Fall!“ Er schüttelte entschieden den Kopf. „Du wirst dir freinehmen.“

Xan sog tief die Luft durch die Nase ein, und ja, unter Vales üblichem Geruch war ein neuer wahrnehmbar. Ein bisschen wie feuchte Erde, Seegras und der Kupfergeruch von Blut. Es war Jasons Baby, das in Vale wuchs. Zellen, behütet im Paterleib, die sich in jeder Sekunde teilten und sich von Vales Lebenskraft ernährten, um eine eigene zu bilden.

Xan verspürte den starken Drang, Jason am Hals zu packen und zu schütteln. Der irrationale Wunsch, ihn zu Boden zu drücken, bis er zustimmte, dass diese Schwangerschaft, dieser sogenannte Fehler, beendet werden musste. Aber ein anderer Teil von ihm erkannte Jasons Gene in diesem neuen Geruch und erweckte einen zärtlichen Beschützerinstinkt in ihm, den Drang, sich um den Omega seines besten Freundes und ihr winziges, neues Baby zu kümmern.

„Wir werden eure Hilfe brauchen“, sagte Vale und sah nacheinander jedem Einzelnen in die Augen, während er Jasons Kopf wieder in seinen Schoß bettete und das blonde Haar streichelte. „Ich weiß noch nicht, wann oder wie genau, aber ihr seid die Freunde, von denen wir wissen, dass wir uns immer auf euch verlassen können."

„Natürlich, wir werden immer für dich da sein", bestätigte Rosen.

„Für dich und für Jason", sagte Yosef grimmig.

„Ihr könnt euch auf mich verlassen", fügte Xan hinzu und hob das Kinn. „Egal, was es ist. Wenn ich euch ideell oder materiell unterstützen kann, werde ich es liebend gern tun. Und Caleb wird ebenfalls helfen wollen."

„Danke", sagte Vale und rieb Jasons Schultern. „Es ist schwierig für uns, aber wir schaffen das schon."

Schließlich stand Jason auf und wischte sich die Tränen aus dem Gesicht. „Wir wollten, dass ihr es von uns erfahrt, von Angesicht zu Angesicht."

„Und deine Eltern?", fragte Yosef.

„Wissen es bereits", antwortete Jason, aber der knappe Tonfall und seine zusammengepressten Lippen verrieten, dass er zu dieser Frage jetzt nichts weiter sagen wollte.

Rosen und Yosef waren die Ersten, die gingen. Yosef umarmte Jason und flüsterte Vale etwas zu über irgendwelche Papiere, die er wegen seiner medizinischen Versorgung aufsetzen wollte für den Fall, dass Jason nicht in der Lage wäre, Entscheidungen zu treffen. Vale nickte, dann umarmte er auch Rosen zum Abschied.

Urho hielt sich derweil im Hintergrund; er hatte eindeutig vor, noch zu bleiben. Seine breiten Schultern und seine Brust dehnten auf beeindruckende Weise sein Jackett. Xan leckte sich die Lippen und ließ seinen Blick verweilen. Er bewunderte Urho wegen seines Aussehens und als Mann, seit er vor vier Jahren Zeuge geworden war, wie er Jasons Pater bei dessen Fehlgeburt und ihren Folgen behandelt hatte.

Urho war körperlich stark und unheimlich klug, wenn auch vielleicht ein wenig altmodisch. Aber er bewegte sich mit so viel Sicherheit und Selbstbewusstsein durch die Welt, dass Xan vor Lust eine trockene Kehle bekam.

Vor schändlicher, illegaler und unheiliger Lust.

Zwei Alphas zusammen, das war abartig, und Urho war konservativ genug, um diesen Gedanken nicht einmal zu erwägen, und gütig genug, um keinerlei Gewalt über einen anderen Alpha ausüben zu wollen, nicht einmal in einem Aufwallen von Alphamanifestation. Das sadistische Machtspiel, nach dem Xan sich in einem anderen Alpha sehnte, dieser sexuelle Kick, von dem er nicht genug bekommen konnte – wie gefährlich er auch war – war etwas, das er von Urho niemals bekommen konnte.

Rosen und Yosef umringten Jason und Vale, um ihnen Trost und Mut zu spenden. Xan hatte nicht vor, länger zu bleiben, aber er wollte nicht gehen, ohne mit Urho allein gesprochen zu haben. Als er Urhos Blick auffing, nickte er in Richtung der großen Fenster auf der anderen Seite des Raums.

Xan erreichte die Fenster als Erster und öffnete eines davon ein wenig, um frische Luft hereinzulassen. Er runzelte die Stirn, als Urho hinter ihn trat und das Fenster gleich wieder schloss.

„Es ist feucht draußen. Das Letzte, was Vale jetzt braucht, ist eine Erkältung."

„Steht er unter Hausarrest?"

„Nein, natürlich nicht." Urho stieß ein frustriertes Seufzen aus. „Ich will nur, dass es ihm gut geht."

„Dafür zu sorgen, ist Jasons Job", sagte Xan und verengte die Augen.

Urhos Hingabe zu Vale versetzte Xan einen Stich. Sie war im besten Fall unangemessen und demonstrierte im schlimmsten Fall Verlangen nach dem Omega eines anderen Alphas. Aber der Grund, warum ihn das störte, hatte natürlich mehr mit seinem eigenen, verdrehten Verlangen nach einem anderen Alpha zu tun, der *ihm* auch nur halb so viel Aufmerksamkeit und Schutz schenken möge. Und falls dieser Alpha ein Mann wie Urho wäre, würde ein Traum in Erfüllung gehen.

Aber genau das machte Xan an dem Ganzen so wütend. Er besaß einfach nicht den Körper, und würde ihn auch nie besitzen, der die Hingabe eines Alphas hervorrufen konnte. Er würde nie Hitzen haben. Nie das Potenzial multipler Orgasmen erlangen, welches Omegas erfuhren. Nie ein Kind gebären. Nein. Stattdessen war er selbst ein Alpha, obwohl er das gar nicht sein wollte und es kaum ertrug, seine Rolle als solcher auszufüllen.

„Wie stehst du wirklich zu der Sache", fragte Xan und schob all die unangenehmen, verbotenen Gefühle und Gedanken beiseite, die ihn stets überkamen, wenn er in Urhos Nähe war.

„Ich kann nichts versprechen, aber er hat eine anständige Chance."

„Anständig ist nicht gut genug."

„Eine gute Chance", korrigierte sich Urho. Seine Brauen senkten sich, und seine dunklen Augen spiegelten Sorge wider. „Glaub mir, wenn ich für seine Sicherheit garantieren könnte, um euch alle zu beruhigen, würde ich das sofort tun. Aber ich bin ein vorsichtig optimistischer Arzt, kein Wahrsager."

„Vielleicht sollten wir einen von der Sorte im Calitanviertel befragen", zischte Xan. „Deren Einschätzung ist wahrscheinlich genauso solide wie deine."

Urho straffte die Schultern. „Dein loses Mundwerk wird dich eines Tages noch in Schwierigkeiten bringen, Welpe. Du redest mit einem Alpha, der fast zwanzig Jahre älter ist als du, mit einer militärischen Laufbahn und einer Arztlizenz. Ich würde sagen, dass ich in dieser Frage deutlich mehr Autorität habe als irgendein spiritueller Quacksalber, der sein Geld mit falschen Hoffnungen und Lügenmärchen verdient."

Xan verdrehte die Augen.

„Wenn du ein Omega wärst, würde ich dich jetzt übers Knie legen", flüsterte Urho und warf einen Blick zu Jason und Vale. „Ich würde es sogar jetzt tun, Alpha oder nicht, wenn ich nicht vermeiden wollte, dass Vale sich aufregt."

Xans Schwanz regte sich, und sein Herzschlag nahm Tempo auf. Die Versuchung, Urho weiter aufzustacheln, war stark. Vielleicht stand Urho doch nicht vollkommen über einer gewissen Alpha-Aggression? Aber jetzt war nicht der richtige Zeitpunkt für Xan, sich irgendwelchen Fantasien hinzugeben oder einen älteren und mächtigeren Alpha zu reizen; zumindest damit hatte Urho recht.

„Wolltest du mich nur beiseite nehmen, um mich zu beleidigen?" Urho hob eine Augenbraue und sah Xan scharf an.

Xan schüttelte den Kopf. „Ich wollte deine ungeschönte Meinung."

„Die hast du bereits." Urhos Mund wurde zu einer flachen Linie. Die Luft zwischen ihnen war dick und geladen. Xan hielt Urhos Blick, bis Urho plötzlich das Gesicht abwandte. Urhos Wangen röteten sich, und er schluckte, dann drehte er sich um und ging zu den anderen.

Xan ließ die Schultern sinken. Er wusste selbst nicht, wieso er jedes Gespräch, das er mit Urho hatte, sabotieren musste. Aber er tat es wieder und wieder. Ungebeten kam ihm die Erinnerung an einen ähnlichen Wortwechsel vor vier Jahren wieder hoch – Urho, der eine Meinung äußerte, und Xan, der sich dreist dagegen auflehnte – als die Freundesgruppe Ferien am Strand gemacht hatte. Das war in dem Sommer nach Jasons und Vales Aufprägung gewesen, lange bevor Xan entschieden hatte, mit Caleb einen Vertrag zu schließen.

Verärgert und kribbelig vor Verlangen nach etwas, das er nie würde haben können, sah er stirnrunzelnd Urho hinterher, der nun

Rosen und Yosef anbot, sie hinaus zu ihrem Taxi zu bringen. Xan winkte den Betas zum Abschied zu und fing einen weiteren, finsteren Blick von Urho auf, bevor die kleine Gruppe das Arbeitszimmer verließ, um hinaus in den regnerischen Herbstabend zu gehen.

Sobald Xan mit Jason und Vale allein im Raum war, ging er zu ihnen. Jason stand neben Vales Ledersessel – ein junger, stürmischer Wächter, der seinen Geliebten beschützte. Xan versuchte ein mitfühlendes Lächeln aufzusetzen, wusste aber, dass es ihm misslang und er seine Verwirrung und Verlegenheit nicht verhehlen konnte, als Vale seine Hand ergriff.

„Schau nicht so. Jason wird deine Kraft brauchen."

Xan schnaubte. „Nicht annähernd so sehr, wie er dich brauchen wird. Aber ich werde tun, was ich kann."

Vale schenkte ihm ein schiefes Lächeln, aber wandte sich an Jason und sagte sanft: „Wieso bringst du Xan nicht zur Tür? Wenn es dir nichts ausmacht, dann bleibe ich hier und mache es mir am Feuer gemütlich."

„Ist dir kalt?", fragte Jason. Er nahm eine Decke vom Sofa und legte sie Vale um die Beine. Auf Xan wirkte es nicht so, als würde Vale frieren, aber Jason nahm sich viel Zeit, Vale in die Decke zu wickeln und die Enden sorgfältig unter seinen Beinen festzustecken.

Xan wusste, auch sein eigener Omega Caleb genoss es, wenn er sich mit solch kleinen Gesten um ihn kümmerte – wie eigentlich jeder Mensch, unabhängig vom Geschlecht. Aber zwischen *Érosgápe* war dieser fürsorgliche Tanz ein unkontrollierbarer Instinkt und Zeugnis ihres Bundes. Es war rührend anzusehen. Nicht zum ersten Mal wünschte Xan, er wäre ein Omega und hätte einen liebevollen Alpha, der sich um ihn sorgte.

Zephyr, die silbergraue Katze, die Vale schon besessen hatte, lange bevor Jason in sein Leben getreten war, huschte ins Zimmer. Ihr Fell war sauber und flauschig, und sie kam mit einem angelegentlichen Maunzen auf die Menschen zu.

Als sie auf Vales Schoß sprang und der seine Finger in ihr Fell schob, fragte Xan sich, wie weich es wohl war. Er hatte noch nie die Ehre gehabt, sie streicheln zu dürfen. Genau wie bei Urho neigte sie bei Xan dazu, ihn anzufauchen und machte Anstalten zuzubeißen, wann immer er ihr zu nahe kam. Aber sie vergötterte Jason.

Jason beugte sich hinunter, um Vale etwas zuzuflüstern, dann wandte er sich mit einem wenig überzeugenden, jämmerlichen Lächeln an Xan. „Danke fürs Kommen. Ich bringe dich hinaus."

„Ich habe direkt vorm Haus geparkt", sagte Xan und trat in den Flur.

Urho, der wieder ins Haus zurückkehrte, kam an ihm vorbei. Xan bekam ein flaues Gefühl im Magen, aber Urho nickte ihm nur zu, ohne sich wirklich von ihm zu verabschieden oder ihm gute Wünsche mit auf den Weg zu geben.

„Worüber haben du und Urho geredet?", fragte Jason, als sie in die kühle, feuchte Luft hinaus traten. Die Bäume hatten bereits angefangen, ihr Grün zu verlieren, und zeigten sich in wunderbaren Orange-, Gelb-, Rot- und Rosttönen.

„Ich habe ihm nur etwas auf den Zahn gefühlt. Ich wollte sehen, ob er seine Einschätzung von Vales Chancen modifiziert, wenn außer mir sonst niemand zuhört."

„Und?" Jasons Körper verspannte sich und er suchte Xans Miene mit den Augen nach der Wahrheit ab.

Xan war sich nicht wirklich sicher, auf welche Antwort Jason mehr hoffte. „Urho würde Vale niemals einer Gefahr aussetzen. Er ist immer noch halb in ihn verliebt."

Es tat weh, das auch nur auszusprechen. Was hatte Vale getan, um sowohl Jasons als auch Urhos Zuneigung zu verdienen? Abgesehen davon, als Omega geboren worden zu sein mit all den richtigen Düften und Reizen, der Verführung seiner Pheromone und dem Versprechen einer süßen Verpaarung in Hitze? Sicher, er war nett, sein Gesicht durchaus attraktiv, aber er war alt. Wieso bekam er alles, was Xan je gewollt hatte?

Xan schluckte seine Eifersucht herunter und zwang sich, die Wahrheit einzugestehen. *Vale ist ein guter Mann. Liebenswürdig, witzig, talentiert, hingebungsvoll und in jeder Hinsicht würdig. Jeder Alpha würde ihn wollen.*

Aber das Eingeständnis trug nichts dazu bei, dass er sich besser fühlte.

Als sie auf sein limettengrünes Auto zutraten, wechselte Xan das Thema. „Was haben deine Eltern gesagt, als du es ihnen erzählt hast?"

„Meine Eltern stimmen Vale zu", flüsterte Jason bitter. Seine Augen funkelten, und er schüttelte den Kopf. „Ich konnte es nicht fassen, als Vater sagte, dass Vale seiner Meinung nach die richtige Entscheidung trifft. Nach allem, was er mit Pater durchgemacht hat! Aber aus irgendeinem Grund findet er, dass es bei Vale etwas anderes ist. Ich glaube, er redet das Risiko nur herunter, weil es nicht sein eigener Omega ist. Und weil es ihre einzige Chance auf ein Enkelkind ist." Jasons Augen wurden erneut feucht. „Dieser schreckliche, grausame Fehler!"

Xan wusste, dass Jasons Eltern, vor allem sein Vater, sich dringend einen Enkel wünschten, aber er konnte sich nicht vor-stellen, dass ausgerechnet Miner Hoff, Jasons Pater, Vale ermuntern würde, dafür sein Leben aufs Spiel zu setzen. Das sagte er aber nicht, sondern fragte, was ihm auf der Seele brannte, seit er von Vales Schwangerschaft erfahren hatte: „Wie ist das passiert?"

„Das ist eine lange Geschichte."

Xan stupste Jasons Schulter an. „Gib mir die Kurzfassung."

Jason stieß einen langen Seufzer aus und ließ seine Schultern noch mehr hängen. Er schloss die Augen, als könnte er damit ausblenden, was immer er gleich sagen würde, so wie man das Sonnenlicht ausblendete. „Wir waren in dem alten Blockhaus seiner

Eltern oben in den Bergen. Das ich endlich so weit renoviert hatte, um es verkaufen zu können."

„Ich erinnere mich. Das war Anfang des Monats."

„Genau. Und es gab diesen frühen Schneesturm in den Höhenlagen."

„Ja, die Straßen in die Berge waren unpassierbar", sagte Xan, der sich nun erinnerte, wie trübsinnig Jason seit der Rückkehr von diesem Ausflug gewesen war. Langsam wurde ihm einiges klar. „Ihr wart da oben eingeschneit."

„Fünf Tage lang, während die Straßendienste versuchten, die Wege freizuschaufeln. Die Telefonleitungen waren auch ausgefallen. Wir waren ganz allein. Zuerst war es wundervoll, romantisch. Wir haben es genossen. Aber dann …" Jason schüttelte den Kopf; sein Blick wurde düster und distanziert. „Es passiert immer häufiger, je älter er wird."

„Eine unerwartete Hitze?"

„Aus heiterem Himmel. Ohne jede Warnung. Ich–" Jason schluckte heftig. „Ich versuchte, mich zu beherrschen. Wir hatten keine Kondome. Wir hatten einfach nicht damit gerechnet, dass–", seine Stimme brach. „Die Straßen waren blockiert. Er schrie vor Schmerzen. Ich hatte keine Wahl."

„Natürlich nicht." Xan berührte ihn sanft am Arm, aber Jason entzog sich ihm. Xan versuchte, deswegen nicht gekränkt zu sein.

„Ich habe die letzten Wochen unentwegt um ein Wunder gebetet. Nicht jeder Omega wird bei jeder Hitze schwanger. Ich habe mir eingeredet, er könnte davongekommen sein."

Da nicht jede Hitze eine lebensfähige Schwangerschaft hervorbrachte, war Jasons Hoffnung nicht unbegründet gewesen. Xan selbst war inzwischen nur allzu vertraut mit fruchtlosen Hitzen. Mit Schaudern dachte er an die einzige Hitze, die er bisher zusammen mit Caleb erduldet hatte. Es war eine erschreckende, traumatische Erfahrung gewesen, seinen gütigen, liebevollen Omega daliegen zu sehen, schreiend vor Schmerzen, während Xan alles getan und jedoch darin versagt hatte, ihn zu befriedigen.

Zum Glück blieben ihnen ein paar Monate bis zur nächsten Hitze. Aber Xan hatte immer noch keine Ahnung, wie er allein damit zurechtkommen sollte. Beim letzten Mal hatte er so kläglich versagt.

Und Wolfgott helfe ihm, falls Caleb unerwartete Hitzen bekommen sollte! Allerdings war Caleb nur fünf Jahre älter als Xan, sodass diese unberechenbare Phase seines Lebens hoffentlich noch in weiter Ferne lag. Mit etwas Glück würde Xan bis dahin eine Lösung für sein Problem gefunden haben. Denn es war *sein* Problem, nicht Calebs, und er musste sich einen soliden Plan zurechtlegen – um ihrer beider Willen.

„Ich habe ihn im Stich gelassen“, flüsterte Jason.

„Es tut mir so leid.“

Xan und Caleb waren keine *Érosgápe*, und er war nicht einmal verliebt in seinen vertraglich an ihn gebundenen Omega, wie viele andere Alphas. Aber er liebte ihn wie ein Familienmitglied oder einen teuren Freund. Die Bürde, die Jason nun trug, konnte Xan sich nicht einmal vorstellen, geschweige denn, wie viel Angst er haben musste bei dem Gedanken, Vale womöglich zu verlieren. Schwangerschaft und Geburt waren schon für junge, kerngesunde Omegas ein Risiko.

Vale war ein Idiot! Er sollte Urho erlauben, das Baby abzutreiben. Aber Xan war nicht allzu überrascht von Vales Selbstsüchtigkeit. Er hatte schon immer gewusst, dass Vale nicht gut genug für Jason war. Das hatte er bereits am Tag von Jasons Aufprägung gesagt, oder etwa nicht?

Und gerade erst hatte er angefangen zu glauben, dass er sich vielleicht doch geirrt haben könnte – da Jason so über alle Maßen glücklich und Vale so verdammt gut zu ihm war – aber jetzt schien sich zu zeigen, dass Xan von Anfang an Recht gehabt hatte.

„Ich habe es versucht, mein Bestes gegeben", fuhr Jason mit rauer Stimme verzweifelt fort. „Aber ich habe versagt. Er müsste mich jetzt eigentlich hassen, aber er sagt, er tut's nicht. Er beharrt darauf, mich mehr als sein Leben zu lieben, und trotzdem will er unser Kind bekommen."

„Natürlich liebt er dich." Xans Ärger regte sich erneut. Wer würde Jason nicht lieben? Er war lieb und stark, loyal und hingebungsvoll. Einer der hinreißendsten Alphas, die Xan je kennengelernt hatte.

Xan war schon in Jason verliebt gewesen, bevor Vale in ihr Leben getreten war, und er hatte seinen Liebeskummer nur überwunden, indem er sich einer schlechten Angewohnheit hingegeben hatte, die so … zerstörerisch war, dass sie alles andere in den Hintergrund drängte.

Xan bekam einen heißen Kopf, und seine Knie wurden vor Sehnsucht ganz weich. Scharf und glühend meldete sich die Versuchung und vernebelte ihm die Sinne mit dem Drang, Bedürfnisse zu befriedigen, die wieder einmal zu lange unbeachtet geblieben waren.

Er konnte auf dem Heimweg einen Umweg machen. Sich einen Schuss der Dunkelheit gönnen, nach der er sich verzehrte. Ein Schuss, der ihn durchschütteln und mit Sicherheit blaue Flecken zurücklassen würde. Und doch konnte Xan nie genug davon bekommen.

Er schüttelte den Kopf, um wieder klar zu werden, und konzentrierte sich auf Jason. Das blanke Entsetzen in den Augen seines besten Freundes brach ihm das Herz. Er streckte die Hand aus und berührte Jasons Wange. „Vale liebt dich genauso sehr wie du ihn. Ihr seid *Érosgápe*. Und falls es für ihn gefährlich werden sollte, wird er sicher die richtige Entscheidung treffen."

„Falls? Es *ist* bereits gefährlich, Xan!" Jason stieß frustriert den Atem aus. „Vale hat Narbengewebe in sich, jede Menge davon. Ich fühle es jedes Mal, wenn wir ficken. Urho sagt, es ist geschmeidiger geworden, seit ich da bin. Irgendwas darüber, dass ich ihn während der Hitzen so oft beknotet habe, und die Faustficks zwischen den …" Seine Wangen röteten sich, und er senkte den Blick. „Urho sagt, das Narbengewebe wurde gedehnt und ist nachgiebiger als früher. Und die entzündungshemmenden Enzyme des Alphasamens haben angeblich auch etwas dazu beigetragen, behauptet er. Aber ich weiß nicht, ob ich ihm vertrauen kann."

Xan sah Urhos Augen vor sich, ruhig und ernst. „Natürlich kannst du ihm vertrauen. Er würde Vale niemals wehtun."

„Du sagtest, er wäre immer noch halb verliebt in ihn", murmelte Jason und nickte nachdenklich. „Ich habe dir erzählt, dass er Vales Liebhaber war, bevor ich kam, oder?"

„Ja." *Denn Vale bekam einfach alles.*

„Ich glaube nicht, dass Vale seine Gefühle je wirklich erwidert hat", sagte Jason und klang erleichtert. „Andernfalls könnte ich Urho wahrscheinlich nicht als Freund betrachten. Vor allem, da Vale ihm immer noch etwas bedeutet."

Erneut kam Xan bitter die vertraute, brennende Eifersucht hoch, gegen die er so sehr kämpfte. Falls das stimmte, dann war Vale ein noch größerer Narr, als Xan klar gewesen war. Und ein größerer Glückspilz, als irgendein verbrauchter, alter Omega verdiente.

Noch einmal schluckte er die hässlichen Gedanken herunter. Sie waren wie Gift. Er wollte nicht mehr so empfinden oder denken. Er wollte seinen Neid und sein Bedauern loslassen, denn er mochte Vale und Vale war gut für Jason. Das war er wirklich.

Aber Vale hatte alles, was Xan je gewollt hatte, und er verdiente es kein bisschen mehr als Xan. Vielleicht sogar weniger. Und jetzt …

Er biss sich von innen auf die Wange, um sich für seine gehässigen Gedanken zu bestrafen. Er wusste, dass Vale in der

Vergangenheit viel gelitten hatte, aber Xan erlaubte dem Neid viel zu oft, sein Mitgefühl zu vergiften. Er hasste diese Seite an sich und schwor, es besser zu machen. „Wenn du mich brauchst, ruf einfach an. Ich bin immer für dich da."

Jason schlang seine Arme um Xans Schultern und hielt ihn lange fest. Xan inhalierte den einst so vertrauten Duft von Jasons Haut und Haar. Noch immer sehnte er sich nach dem, was sie einst zusammen gehabt hatten, aber er hatte gelernt, ohne das zu leben. Zum Guten oder zum Schlechten. Und er verweilte in Jasons Armen in der Hoffnung, ihm genauso viel Trost zu spenden, wie er selbst aus der Umarmung bezog.

Sobald Jason ihn losließ, versprach Xan noch einmal zu helfen, auf welche Weise auch immer er konnte. Dann strich er Jasons Haar glatt und schickte ihn zurück ins Haus. „Geh wieder zu ihm. Ihr braucht einander jetzt."

Als Jason die Stufen zur Vordertür hinaufstieg, kletterte Xan in sein Auto, und nach einer kurzen Debatte mit sich selbst steuerte er den Wagen in Richtung der Dunkelheit, ohne die er nicht mehr sein konnte. Sie würde all seine Sehnsucht, all seine Eifersucht verdrängen, all die Einsamkeit und das Verlangen. Sie würde diese Gefühle durch Sinnesreize, Angst, Demütigung und Schmerz ersetzen.

Ein weiterer Schuss davon würde ihn nicht umbringen. Außer er starb dabei.

Und nicht einmal diese Möglichkeit schreckte ihn so ab, wie sie sollte.

KAPITEL 2

URHO BEOBACHTETE JASON, der das Kaminfeuer schürte. Jasons Schultern hingen herunter, und das Elend, das von ihm ausstrahlte, seit er und Vale von ihrem eingeschneiten Aufenthalt in den Bergen zurückgekehrt waren, drang ihm wie Gift aus allen Poren.

Er würde Jason später beiseite nehmen und ihm sagen müssen, wie wichtig es jetzt war, dass er einen Weg fand, glücklich zu sein, Vale zu unterstützen und Vales Selbstbewusstsein und Einstellung zu stärken, trotz seiner eigenen Ängste.

„Meine größte Sorge in dieser frühen Phase ist, dass Vale ruhig bleibt", sagte Urho. „Später – sagen wir, in ein paar Wochen – müssen wir uns Gedanken wegen der Grippesaison machen. Sie hat bereits begonnen, was kein gutes Zeichen ist, und in den Armenvierteln gab es schon mehrere grippebedingte Todesfälle. Sie sagen, das diesjährige Virus reagiert nicht auf die üblichen Tinkturen und Medikamente. Eventuell sollten wir erwägen, die Stadt dann zu verlassen."

„Wie ich vorhin schon sagte, wird Vale sich von der Arbeit freinehmen", bekräftigte Jason. „Darüber wird nicht diskutiert, ist das klar?"

Vale zuckte die Achseln. „Ohne dich auf dem Campus hat das Lehren ohnehin nicht so viel Spaß gemacht. Ich habe nichts dagegen, mich von dir hier zuhause verwöhnen zu lassen." Aber Urho kannte Vale gut genug, um zu sehen, dass er lediglich versuchte, Jason zu beschwichtigen. In Wirklichkeit freute er sich nicht besonders darauf, monatelang die Füße hochzulegen.

„Gut. Sollte ich Beta-Diener engagieren für die Zeiten, wenn ich auf der Arbeit bin?", fragte Jason.

„Ich bin schwanger, nicht behindert, um Wolfgottes willen. Lass uns nicht übertreiben."

„Er hat recht. Es besteht kein Anlass, ihm jetzt schon hier unten eine Pritsche aufzustellen", neckte Urho. „Er kann sehr wohl allein die Treppe hinauf und hinunter gehen. Solange das dämonische Biest ihm nicht vor die Füße läuft."

Jasons Blick landete auf Zephyr, die sich auf Vales Schreibtisch niedergelassen hatte, wo sie schnurrte und hingebungsvoll ihr Arschloch leckte, ohne überhaupt zu merken, dass sie beobachtet wurde. „Vielleicht sollten wir das Bett aus dem Schlafzimmer hier hinunter tragen. Wenn ich den Kamin in Gang halte, bleibt es schön warm."

„Du bist albern", murmelte Vale und gähnte.

„Du musst dich ausruhen", sagte Jason und hörte auf, im Feuer zu stochern. Er ging zu Vale und zog ihn aus dem Sessel auf die Füße, als wäre sein Omega bereits hochschwanger. Dann manövrierte er ihn zum Sofa und drängte ihn, sich darauf auszustrecken.

Vale warf Urho einen Blick zu und verdrehte die Augen, tat aber, was Jason verlangte.

„Ich könnte ein wenig Kamillentee vertragen", sagte Vale, sobald er es sich bequem gemacht hatte. „Würdest du mir welchen bringen?"

Jason küsste ein halbes Dutzendmal Vales Gesicht und beauftragte Urho damit, darauf zu achten, dass Vale liegen blieb, bis er zurückkehrte.

„Ich muss mir ohnehin noch ein paar Notizen machen", sagte Urho und bedeutete Jason, dass er ruhig gehen könne. „Und ich will auch noch einige Werte notieren."

Jason zögerte. Er bestand immer darauf, im Zimmer zu sein, wenn Urho Vales Arschloch, den Geburtskanal und den Gebärpater untersuchte. Wie den meisten Alphas fiel es ihm schwer zuzulassen, dass ein anderer Alpha seinen *Érosgápe* in diesen intimen Körperregionen berührte. Aber anders als andere Alphas zog er es vor, dabei anwesend zu sein, anstatt in die nächste Bar zu gehen, um sich zu betrinken und so zu tun, als würde es nicht passieren.

Was das betraf, war Jason wie sein Vater. Urho erinnerte sich gut daran, wie Yule Sabel sich persönlich nach der brutalen Fehlgeburt und der anschließenden Uterusentfernung so aufopfernd und intim um Miner gekümmert hatte.

„Ich will nur sein Herz abhören, den Puls nehmen, den Bauchumfang messen und mir Notizen zu seiner Gesichtsfarbe machen. Vielleicht taste ich seinen Unterleib äußerlich ab. Nichts, wozu er sich ganz ausziehen müsste.“

Jason nickte steif, dann ging er, um Vales Tee zu machen.

„Er ist so ein lieber Baby-Alpha, oder?“, schwärmte Vale und knöpfte sein Hemd auf, um Urho Zugang zu seiner Brust und seinem Bauch zu verschaffen.

„Sieht ganz so aus.“ Urho dachte an seinen eigenen *Érosgápe* Riki, der zu Anfang ihres gemeinsamen Lebens oft ähnliche Dinge über ihn gesagt hatte. Die Trauer über seinen Verlust währte bis zum heutigen Tag.

„Ich war überrascht, dass Xan als Letzter gegangen ist“, bemerkte Vale und neigte den Kopf, um Urhos Blick aufzufangen, als der sich hinkniete und das kalte Stethoskop auf Vales Haut drückte.

Urho lächelte, als er das Herz seines Freundes kräftig schlagen hörte. Er bewegte das Gerät weiter nach unten und lauschte auf den Herzschlag des winzigen Fötus. Er seufzte bewegt, als er ihn fand. Dann setzte er sich zurück auf seine Fersen.

Vale fügte hinzu: „Normalerweise geht er immer vor allen

anderen."

„Wahrscheinlich hat er es für gewöhnlich eilig, zurück zu seinem Omega zu kommen, kann ich mir vorstellen." Urho notierte sich die Herzfrequenzen von Vale und dem Baby in einem ledergebundenen Fallbuch, das er in seiner Arzttasche mit sich trug. „Die Nachricht heute war ganz offensichtlich ein Schock für ihn. Wahrscheinlich ist er geblieben, um sicherzugehen, dass es Jason gut geht."

Vale schwieg, als Urho das Maßband um seinen Leib legte. Es war noch kaum etwas zu sehen. In ein paar Wochen würde das Kind sich von innen gegen Vales Mitte drücken und seinen festen, muskulösen Bauch zwingen, sich zu wölben.

Vale fragte: „Findest du immer noch, dass er gut aussieht?"

Urho wünschte, er hätte nie betrunken vor Vale zugegeben, dass er Xans Augen hübsch fand. Und noch mehr wünschte er, niemals erwähnt zu haben, wie herrlich rund die Hinterbacken des Jungen waren. Er trank regelmäßig zu viel bei ihren kleinen Abendgesellschaften. Ein Problem, das Vale anfangs verärgert hatte, als Jason auftauchte und Urho sich in leicht angetrunkenem Zustand ein paar Sticheleien nicht hatte verkneifen können. Jetzt hingegen war es nur noch ein Problem für ihn selbst, wenn er vor Vale Dinge eingestand, die er lieber für sich behalten sollte.

Er ignorierte Vales Frage und sagte: „Dein Herz und das des Babys klingen bestens."

„Darüber wird Jason sehr froh sein." Vale stupste Urho mit dem Zeh an und hob eine Augenbraue. „Du hast meine Frage über Xan nicht beantwortet."

Das Bild von Xans vollen Lippen, die höhnisch von Wahrsagern sprachen, tauchte vor Urhos innerem Auge auf, und er knirschte mit den Zähnen. Auf keinen Fall würde er zugeben, dass Xan ihn manchmal erregte – nicht während er nüchtern war jedenfalls. Vale sollte ihn eigentlich besser kennen. „Wie erträgst du die Unverschämtheit dieses Jungen?" Er hielt behutsam Vales Handgelenk, um seinen Puls zu messen.

„Xan ist nicht unverschämt", entgegnete Vale, auch wenn seine linke Braue sich erhob und verriet, dass er wusste, dass Xan genau das war. „Und ein Junge ist er auch nicht mehr."

Urho schüttelte verärgert den Kopf.

„Er mag ja jung sein, so wie Jason, aber die beiden sind jetzt vierundzwanzig. Und Xan ist vertraglich an einen Omega gebunden. Das ist eine große Verantwortung. Außerdem hat man ihm die Leitung der größten Abteilung in der Firma seines Vaters übertragen."

„Aber nur als Aushängeschild. Jeder weiß, dass sein Beta-Bruder die eigentliche Arbeit macht."

„Mag sein. Aber er ist auf dem besten Wege, ein Mann zu sein. Er ist im selben Alter wie ich damals, als wir uns kennenlernten."

„Eine Ewigkeit her."

Vales Lippen verzogen sich zu einem Lächeln. „Wieso gehst du so hart mit ihm ins Gericht? Wenn andere Alphas sich so verhalten, wie ihre Natur es ihnen gebietet, macht es dir nichts aus."

Urho setzte sich wieder auf seine Fersen. „Und wie genau ist das?"

„Fordernd, selbstbewusst und mit wenig Respekt dafür, wenn andere Alphas das Sagen haben oder mehr wissen als sie selbst." Vale knöpfte sein Hemd wieder zu und lehnte sich mit funkelnden Augen im Sofa zurück.

Urho packte sein Maßband, das Stethoskop und das Fallbuch wieder ein. Dann stand er auf. Seine Knie taten ein wenig weh, nachdem er auf den polierten Steinfliesen gekniet hatte, und erinnerten ihn daran, dass er nicht mehr so jung wie früher war. In seinem Herzen jedoch hegte er genauso zärtliche Gefühle für Vale wie immer. „Du denkst sehr gering von Alphas, oder?"

„Ich denke, Alphas sind daran gewöhnt, ihren Willen zu

bekommen und angehört zu werden."

„Jason hört dir sehr viel zu."

„Weil er jung ist und mich als Person respektiert."

Urho schnaubte. „Kein Zweifel. Aber du hast gerade zugegeben, dass seine Jugend eine Rolle spielt."

„Er ist kein Schwächling, weißt du?"

„Natürlich nicht." Urho sah aus dem Fenster hinaus in den Garten, den Jason gepflanzt hatte, als er Vale umworben hatte. Jasons Entschlossenheit zeigte sich in der Art, wie selbst jetzt zu Beginn des kalten Herbstes noch alles üppig gedieh.

Ja, Urho hatte gesehen, wie zielstrebig Jason um das kämpfte, was er wollte. Wie ein Hund um einen Knochen, auch wenn er sanfter war als viele andere Alphas. Und Urho wusste auch, dass Vale sich nicht über Jasons Fähigkeiten im Bett beklagte. Er hatte während ihrer Ferien im Strandhaus der Sabels oft genug Vales verzücktes Stöhnen und Wimmern gehört. Was der Grund dafür war, dass er letzten Sommer ein eigenes Strandhaus gemietet hatte – um der Erinnerung an das zu entkommen, was er mit Jasons Auftauchen verloren hatte.

Vale sah hintergründig zu ihm auf. „Und wenn ich ganz ehrlich sein soll, mein Lieber – es gefällt dir doch, wenn Xan demonstriert, wie wenig bedingungslosen Respekt er dir entgegenbringt. Es lockt dich aus der Reserve."

Urho verzog das Gesicht. „Nicht auf irgendeine Weise, die bewundernswert wäre."

„Das ist es ja gerade, was ich so faszinierend daran finde." Vale beugte sich vor. „Der kleine Alpha Xan erregt den stets so ruhigen, bewundernswerten Urho. Wirklich bemerkenswert."

„Er *erregt* mich keineswegs." Ärger kribbelte unter Urhos Haut.

Vale schnalzte mit der Zunge und ließ sich zurück ins Sofa sinken, als wäre er enttäuscht.

Urho erinnerte sich gut an seine erste Begegnung mit Xan, an dessen weit aufgerissene Augen, die erhitzten Wangen. Schon damals hatte ihn etwas an der Gegenwart des Jungen erregt, und das war alles andere als anständig gewesen. Es war urtümlich und wild gewesen, ein Aufwallen von Alphamanifestation, wie er es nie zuvor gefühlt hatte. Der Drang, dem Jungen zu zeigen, wer das Kommando hatte, ihn zu beherrschen und ihn auf seine Knie zu–

Urho holte tief Luft und befasste sich geschäftig damit, seine Utensilien einzupacken.

Es war verstörend.

Alphamanifestation war etwas, das er selten erlebte. Ja, er hatte sie verspürt, als Jason auf der Bildfläche erschienen war, aber er hatte sie rasch unterdrückt, bevor die übersprudelnden Hormone des Jungen sie beide auf einen Pfad führen konnten, von dem sie nie wieder hätten zurückkehren können. Aber Anzeichen von Alphamanifestation bei anderen fand er im Allgemeinen verstörend. Und wenn sie sich unerklärlicherweise in ihm selbst regten, schämte er sich dafür.

Und in Xans Gegenwart regten sie sich wieder und wieder.

Er hatte sich das nie erklären können. Selbst heute, als Xan wie üblich patzig geworden war, hätte Urho ihn am liebsten auf die Knie gezwungen, mit einer Hand die dunklen Locken gepackt, mit der anderen Xans Lippen aufgezwungen und ihm mit seinem Schwanz das Maul gestopft, zur Wolfhölle!

Er schüttelte heftig den Kopf, um die unanständig erregenden Gedanken ein für allemal loszuwerden. „Der Junge ist eine Nervensäge."

Vale hob das Kinn und hielt Urhos Blick. „Der *Junge* ist tapferer, als du ahnst."

„Er hat keinen schwachen Magen, das gebe ich zu." Urho erinnerte sich daran, dass Xan nicht einmal gezuckt hatte beim Betreten des Raums, wo Miner nach der brutalen Fehlgeburt gerade verblutete. Stattdessen hatte er sofort seinen Ärmel aufgekrempelt, um sein Wolf 3-Blut zu spenden, als wäre das nichts. Und er hatte sogar zugesehen, wie das Blut aus seinem eigenen Körper direkt in Miners übertragen wurde, ohne grün im Gesicht zu werden.

„Ich sagte, tapferer als du *ahnst.*"

„Man könnte fast meinen, du wolltest, dass ich dir seinen Heldenmut abkaufe, ohne mir die Einzelheiten zu unterbreiten."

„Das solltest du. Habe ich dich je angelogen?"

Urho verdrehte darüber die Augen. Vale war kein Lügner, aber er hielt gelegentlich Informationen zurück, sofern ihm das dienlich war. „Bist du je vollkommen offen mit jemandem gewesen?"

„Ich halte nichts vor Jason zurück."

„Mit jemandem, der nicht Jason ist?"

„Mit dir. Fast immer."

„Ich fühle mich geehrt."

„Das solltest du auch." Vale lächelte müde. „Und du solltest mit Xan nachsichtiger sein. So wie ich auch."

Urho setzte sich neben Vale aufs Sofa, beugte sich zu ihm und flüsterte: „Was deine Nachsicht mit ihm angeht – ich fürchte, es ist zu viel. Er behandelt dich nicht mit dem Respekt, den du verdienst."

Vale winkte ab. „Xan muss mit viel fertig werden."

„Mich wundert, dass Jason sein Verhalten billigt."

„Es gibt nichts, was Xan sagen oder tun könnte, das mir etwas ausmachen würde. Jason weiß, dass ich so empfinde, und außerdem lässt er Xan nicht zu weit gehen."

„Zu weit nach wessen Definition?"

„Ich versichere dir, ich nehme keinen patzigen Tonfall oder Kommentar von Xan persönlich. Das Leben ist unglaublich ungerecht zu ihm."

„Oh, ja. Der Sohn und Erbe eines absurd reichen Alphas von makelloser Herkunft zu sein, klingt wirklich unglaublich unfair."

„Wenn du wüsstest, was ich weiß ..." Vales Augen blitzten.

„Drücken wir es mal so aus: Riki würde sich deiner schämen dafür, dass du etwas so Gefühlloses sagst."

Vale erwähnte sonst nie Urhos verstorbenen *Érosgápe*-Omega, weil er wusste, dass diese Wunde noch immer tief schmerzte. Da er gewillt war, Urho mit Rikis Erinnerung zu beschämen, musste Urho Xan wirklich eine Entschuldigung schulden.

Er seufzte. „Ich sollte nicht über Dinge reden, die ich nicht verstehe."

„Das stimmt. Und dennoch tust du das immer wieder."

„Es tut mir leid."

Vales Lächeln war eine wundervolle Belohnung. Urho vermisste jene Tage, als es ihm allein gegolten hatte – für gewöhnlich, bevor sie eine wilde Nacht miteinander verbrachten, in der beide *nichts* als ein Lächeln trugen. Als Jason sich vor vier Jahren in der Universitätsbibliothek überraschend auf Vale prägte, hatte diese Facette ihrer Beziehung ein jähes Ende gefunden. Und Urho vermisste die körperliche Intimität noch immer.

Natürlich hatte er seitdem nicht im Zölibat gelebt, ganz im Gegenteil!

Er wurde oft angefordert, um ungebundenen Omegas in Hitze zu helfen, oder auch hin und wieder einem Nymphomanen – einem Omega, der unter unstillbarer sexueller Lust litt. Der neue Name für diese Störung war unaufhörliche Hitze, aber Urho zog die alte Bezeichnung vor, da sie einen breiteren Interpretationsspielraum zuließ. Diese Unterscheidung war etwas, worüber Vale und er sich in der Vergangenheit heftig uneins gewesen waren, und wahrscheinlich würden sie sich auch in Zukunft darüber streiten.

Wie auch immer, Urho hatte keine Schwierigkeiten, seine sexuellen Bedürfnisse zu befriedigen, aber er vermisste ihre alte Kameradschaft und die sexuelle Chemie zwischen ihnen. Er fuhr sich mit der Hand durchs Haar und sagte: „Du bist bei guter Gesundheit. Jasons Kochkünste haben dir gut getan."

„Er verwöhnt mich."

Dem konnte Urho nur zustimmen. Es war nicht üblich für einen Alpha, das Kochen oder Putzen im Haushalt zu übernehmen; seit der Zeit nach dem großen Sterben oblag die Hausarbeit traditionell dem Omega. Aber schon Jasons Vater hatte seinem Omega mehr Freiheiten und Gleichberechtigung eingeräumt als die meisten Alphas. Jason hatte die Lebensweise seines Vaters übernommen und zum Äußersten getrieben – er übernahm das Kochen und putzte selbst, während Vale tun konnte, was immer er wollte.

Jasons Schritte kündigten seine Rückkehr an, und der holzige, beruhigende Duft von Kamille erfüllte die Luft. Er balancierte eine Teekanne und drei Tassen auf einem Tablett. Der Inbegriff eines fürsorglichen Alphas, der sich um seinen geschwächten Omega kümmerte.

Ein kurzer Stich von Neid machte rasch einer bittersüßen Sehnsucht Platz. Urho erinnerte sich an die Tage, als er Riki während der saisonalen Erkältungen oder einer gelegentlichen Magen-Darm-Grippe umsorgt hatte. Wie er den Körper seines süßen, jungen Geliebten gehalten hatte – ungeachtet der Ansteckungsgefahr und mit nur einem Ziel: ihn zu umsorgen und zu trösten. Das war ein Geschenk gewesen, das er zu jener Zeit nicht wirklich zu würdigen gewusst hatte.

Rikis Tod hatte ihn zutiefst getroffen, ein Schmerz, den er nicht immer ignorieren konnte. Seine Nervenenden suchten endlos nach dem Mann, der ihn vervollständigt hatte. Dem Mann, der bei dem Versuch gestorben war, Urhos einzigen Sohn auf die Welt zu bringen – denselben Sohn, der bei jener entsetzlichen, späten Fehlgeburt zusammen mit seinem Pater gestorben war. Selbst Vale zu lieben, hatte diesen Schmerz lediglich dämpfen können.

Der Gedanke daran ließ Urho die Kehle eng werden, während er zusah, wie Jason mit einem Finger Vales Wange liebkoste, bevor er sich zu Urho umwandte, um ihm eine Tasse Tee anzubieten.

„Danke, aber ich sollte mich jetzt auf den Weg machen",
antwortete Urho mit rauer Stimme.

„Aber was ist mit Vale?"

„Soll ich etwa hier stehen bleiben und ihn Tag und Nacht
beobachten?" Urho lachte leise.

Jason Augen leuchteten gefährlich auf. „Nein, aber ich dachte,
du würdest hier sein, falls wir dich brauchen."

„Ich bin nur eine kurze Autofahrt von euch entfernt. Es gibt an
diesem Punkt keinen Grund, Probleme zu erwarten."

„Und wann *sollten* wir Probleme erwarten?", fragte Jason. Er
nahm an Vales Seite Platz, den eigenen, dampfenden Teebecher, an
dem er noch nicht genippt hatte, in der Hand.

„Ich würde sagen, frühestens, wenn überhaupt, in ein paar
Wochen, wenn Vales Körper sich dem Wachstum des Kindes
anpassen muss. Das ist für jeden Omega großer Stress, ganz gleich,
wie sein Gesundheitszustand ist. Auch wenn unsere Vorfahren ihr
Bestes gegeben haben, um Omegakörper so zu gestalten, dass sie
Kinder gebären können, gibt es natürliche Grenzen für das, was sie
erreichen konnten. Omegahüften sind schmaler und ihr Uterus
weniger robust als bei den menschlichen Frauen in den Tagen vor
dem Großen Sterben."

Jason wurde erneut blass, sodass Urho davon absah, weitere
Gefahren aufzuzählen, denen sich selbst kerngesunde Omegas
gegenübersahen. Stattdessen beschloss er, über die möglichen
Unannehmlichkeiten zu sprechen, die Vale in naher Zukunft
bevorstanden. „Vales Narbengewebe könnte ihm während der
Hauptwachstumsmonate Schmerzen bereiten. Jason, du wirst ihn
weiterhin innerlich dehnen müssen. Regelmäßige, tägliche Massage
mit den Fingern oder sogar mit der Faust, wenn er das aushalten
kann, wird der Schlüssel dazu sein, ihm die Schwangerschaft und
die Geburt so leicht wie nur irgend möglich zu machen."

„Und wann wirst du die Geburt einleiten?"

„Wenn die richtige Zeit gekommen ist." In dieser Hinsicht würde Urho improvisieren müssen. Er wollte dem Kind so viel Zeit zum Wachsen lassen wie möglich, in der Hoffnung, Jason und Vale den Kummer einer Totgeburt zu ersparen. Aber er würde ihm nicht erlauben, so groß und stark zu werden, dass die Geburt Vale töten konnte. Das Narbengewebe war flexibler geworden, aber es konnte sich nicht unendlich dehnen, und falls es reißen sollte …

„Ich verspreche, nicht zu lange zu warten."

Jasons Kiefer verspannte sich. Er warf Vale einen Blick zu, dann flüsterte er: „Wir könnten immer noch abtreiben."

Vale schnaubte.

„Ja, aber ich glaube, dein Omega hat seine Wünsche deutlich gemacht", sagte Urho.

„Was ist mit meinen Wünschen? Als sein Alpha? Als sein *Érosgápe*?"

„Du hast deine Wünsche ebenfalls deutlich gemacht. Deine Priorität ist Vale. Dasselbe trifft auch auf mich zu. Wir wollen hier alle das Gleiche." Urho legte einen warnenden Unterton in seine Stimme.

Jason stellte seinen Becher zur Seite und stand auf. „Ich bringe dich zur Tür."

Urho unterdrückte den Impuls, Vales Schläfe zu küssen, wie er es getan hätte, wären sie allein gewesen. Er wusste, Jason hätte kein Verständnis für die freundschaftliche Geste. Vales „Baby-Alpha" hatte seit langem seinen Frieden damit gemacht, dass Urho und Vale einst Liebhaber gewesen waren, aber er mochte es immer noch nicht, wenn sie ihre Zuneigung offen auf körperliche Weise demonstrierten.

Stattdessen schenkte Urho Vale, der es sich auf dem Sofa kuschelig gemacht hatte, ein warmes Lächeln und sagte: „Ich komme nächste Woche wieder. Falls du mich vorher brauchen solltest, ruf einfach an."

Als er und Jason schließlich vor dem Haus standen, umringt von den orangefarbenen Blättern der großen Eiche, sprach Urho mit aller gebotenen Strenge. „Wenn du zulässt, dass deine eigenen Zweifel ihn beeinflussen, könnte sich das schlecht auf seine Verfassung und das Ergebnis auswirken."

„Vielleicht, wenn er meine Angst versteht, ändert er ja seine Meinung."

„Er versteht sie nicht, und das wird er auch nicht", sagte Urho. Er packte den jungen Mann am Arm und zwang ihn, ihm in die Augen zu sehen. „Aber selbst, wenn er verstünde – willst du wirklich, dass er das Kind abtreibt, weil du ihn dazu gedrängt hast? Würde er dir das nicht immer vorwerfen?"

Jason biss die Zähne zusammen, aber er nickte. „Du kennst ihn zu gut."

„Genau wie du."

„Ja." Jasons Resignation war deutlich. „Aber wie soll ich das abschütteln? Wie soll ich einfach weitermachen, als würde ich nicht denken, dass mich jede Sekunde, in der dieses Kind in ihm wächst, näher an den Moment bringt, da ich ihn verlieren werde?"

„Zunächst einmal musst du aufhören, es ‚dieses Kind' zu nennen, und anfangen, von ihm als deinem Sohn zu denken. Als den Sohn, den ihr zusammen in Liebe gezeugt habt."

Jason wischte sich mit der Hand übers Gesicht.

„Zweitens ... hast du so wenig Vertrauen zu mir? Würde ich nicht glauben, dass er es schaffen kann, würde ich umgehend eine Abtreibung empfehlen – ungeachtet dessen, dass es illegal ist und ein großes Risiko für uns alle darstellen würde. Und du weißt, er würde meiner Empfehlung folgen."

Jasons Wangen röteten sich. „Und was soll ich davon halten? Ich bin sein Alpha, aber er vertraut deiner Meinung mehr als meiner."

„Meiner medizinischen Meinung, ja. Er vertraut nicht meiner

Liebe mehr als deiner. Er öffnet sich niemandem mehr oder in der Weise, wie er sich dir öffnet. Das musst du doch wissen!"

Jason verschränkte die Arme vor der Brust, und seine Augen blitzten trotzig. Aber er sagte nichts.

„Höre auf das, was ich sage, Jason. Du *musst* einen Weg finden, darüber hinwegzukommen, und mit Vale gemeinsam Freude in diesem Wunder finden. Gib ihm das Gefühl, dass du daran glaubst." Urho seufzte. Er versuchte, die richtigen Worte zu finden. „Wenn du nicht genug an ihn glaubst, und es wendet sich irgendetwas zum Schlechteren, dann wird er auch nicht genug an sich selbst glauben, um es durchzustehen."

Jason benagte seine Unterlippe und runzelte nachdenklich die Stirn.

„Omegas glauben immer mehr an ihren Alpha als an alles andere, besonders während der Geburt. Wie oft schon habe ich gesehen, wie ein Omega sich während der Wehen an seinen Alpha wendet, um Mut zu fassen, und aus dessen Glauben Kraft schöpft! Gib Vale jeden Grund zu glauben, dass er überleben wird. Dass du ihn und das Kind genauso sehr willst wie er."

Jason nahm einen tiefen Atemzug und nickte. „Du hast recht."

Urho hätte beinahe gelacht. Er wusste, wie schwer es Jason fiel, das zuzugeben. Aber er legte lediglich eine Hand auf Jasons Schulter, drückte sie und versuchte, all die väterliche Zuneigung in die Geste zu legen, die er überraschenderweise tatsächlich für den jungen Alpha empfand, der seinen Liebhaber gestohlen hatte.

„Möge Wolfgott mit euch beiden sein", sagte Urho ernst, dann drehte er sich um und ging die Straße hinunter zu dem Platz, wo er seinen Wagen außerhalb der Reichweite der fallenden Blätter von Vales Eichenbaum geparkt hatte.

Die Fahrt nach Hause dauerte nicht lang, aber er wollte dringend heim. Er hatte vor, ein wenig Musik zu hören und ein nettes Glas Wein zu trinken. Vielleicht würde er ein Buch lesen, eins von Rikis alten Lieblingsmärchen. Etwas Fantastisches, das ihn aus der realen Welt forttragen würde, weg von seiner Sorge um Jason und Vale.

Und wichtiger noch: sämtliche Gedanken an diesen nervtötenden Alphawelpen Xan Heelies und dessen wunderschönen, frechen Mund auslöschte.

KAPITEL 3

„**B**IST DU GEKOMMEN?"
Wilbet Monhundys Stimme klang grob in Xans Ohr –
und die Hände um Xans Hals waren sogar noch gröber. Xan
spannte sein Arschloch um Monhundys pochenden Ständer in der
Hoffnung, ihn von dem Beweis seines Höhepunktes abzulenken,
der zwischen seinen wundgescheuerten Knien gerade in den
Teppich trocknete.

„Ich sagte, bist du gekommen?", grollte Monhundy und drückte
Xan so fest die Kehle zu, dass ihm die Sicht verschwamm. Der raue
Stoff von Monhundys Hose an Xans Arsch und das Kratzen des
immer noch zugeknöpften Hemds über Xans Rücken waren eine
deutliche Mahnung daran, wie verwundbar Xan war – entblößt,
penetriert und Monhundys Gnade ausgeliefert.

„Ja", gestand er. Das Wort kam erstickt heraus. Kalter Schweiß
brach ihm aus, während sein Körper unter Monhundys brutalen
Stößen bebte. „Ich bin gekommen."

Monhundy stieß ein tiefes Grollen aus, fickte ihn noch härter
und drückte Xans Gesicht in den farbenfrohen Teppich, dann
schoss er seine Ladung in Xans zuckenden Arsch. Sobald er wieder
zu Atem kam, fauchte er: „Du weißt, was das bedeutet." Monhundy
zog hastig seinen Schwanz heraus und ließ Xan einfach dort liegen –
mit klaffendem Loch, benutzt, wertlos, unbefriedigt.

Schlimmer, *unbefriedigend.*

Xan wischte sich mit dem Handrücken die Tränen aus dem
Gesicht. Seine Beine zitterten, als Monhundy sich hinter ihm erhob

und ihn auf die Füße riss. Benommen sah er sich in dem luxuriös ausgestatteten Empfangsraum um, dessen Einrichtung zweifellos Monhundys Omega ausgesucht hatte.

Der Holzfußboden war mit wunderschönen Teppichen bedeckt, und das große Samtsofa entsprach dem modernsten Design. Auf dem hübschen Tisch neben dem Ledersessel stand ein bezauberndes Teegeschirr mit Rosendekor. Xan nahm einen zitternden Atemzug.

Dies war der Raum, in dem er sterben würde.

Monhundy zerrte an ihm. Sein kantiges Gesicht war zu einer Grimasse von Abscheu und Grausamkeit verzerrt. Er stand bedrohlich über Xan, von Kopf bis Fuß der ideale Alpha. Strotzend vor Muskeln, breite Schultern und kräftige Schenkel, die selbst unter der Kleidung nicht zu übersehen waren, und ein gigantischer Schwanz, der Xans eigenen Penis winzig erscheinen ließ. Während Monhundy auf ihn herabstarrte, raste Xans Herz, und sein Puls wummerte wild in seinen Ohren.

Der erste Schlag von Monhundys Faust traf ihn an der Wange und raubte ihm den Atem. Xan sah Sterne. Er rang um sein Gleichgewicht, als würde er auf Wellen reiten. Dann wurde ihm erneut die Luft genommen, als Monhundys Hände seinen Hals packten und zudrückten.

Fest.

Xans Augen rollten in ihren Höhlen rückwärts. Hilflos kratzte er an den kräftigen Händen um seinen Hals, während Monhundy ihn hochhob wie eine Strohpuppe. Sein immer noch halb-harter Schwanz klatschte gegen seinen Bauch. Monhundy trat Xans Beine auseinander.

„Dreckige, entmannte Schlampe", höhnte Monhundy.

Xan versuchte zu schreien. Bittere Galle kam ihm hoch und füllte seinen nach Atem ringenden Mund, als Monhundy ihm ein Knie in die Eier trieb. Xan glaubte zu ersticken, schaffte es aber zu schlucken. Ein weiterer Tritt in die Eier ließ seinen ganzen Körper zusammenkrampfen, während Monhundy ihn am Hals hochhielt. Dann ließ Monhundy ihn auf den Teppich fallen.

Xan lag keuchend da, versuchte verzweifelt, Luft zu holen, aber er hustete und würgte. Er war fast ohnmächtig vor Schmerzen.

„Du krankes, entmanntes Stück Scheiße", sagte Monhundy. Er spuckte Xan ins Gesicht und trat ihm hart gegen den Oberschenkel. „Du weißt, was passiert, wenn du kommst, richtig?"

„Ja", krächzte Xan.

„Ganz genau. Ich muss dir mal wieder eine Lektion verpassen." Er ging in die Knie, packte Xan bei den Haaren und riss ihn vom Teppich hoch. Spucke und Kotze rasselten in Xans Kehle, als er einen schmerzhaften Atemzug nahm und in Monhundys Gesicht starrte, das immer noch lächerlich attraktiv war, selbst so von Zorn verzerrt.

„Auf deine Knie", stieß Monhundy hervor und richtete sich zu voller Höhe auf.

Xan gehorchte hastig. „Es tut mir leid. Bitte …"

„Bitte was? Soll ich nochmal deinen Arsch ficken? Du bist ein dreckiges Stück Abfall, hier aufzukreuzen und mich anzubetteln, dass ich dir meinen Schwanz reinstecke. Und dann gehst du hin und versaust alles, indem du kommst." Seine Nasenflügel bebten. „Du krankes, widerliches Dreckstück." Erneut spuckte er Xan ins Gesicht. Der Speichel lief an Xans Wange herunter und tropfte auf seine wogende, nackte Brust. „Wer kommt?", bellte Monhundy.

„Der Alpha."

„Und was bist du?"

„Abschaum."

„Nicht einmal Abschaum. Und ganz sicher kein Omega." Erneut drückte er brutal Xans Beine auseinander, dann legte er seinen Stiefel an Xans vor Schmerz pochende Hoden. Xan hielt vollkommen still, abgesehen von seinem Würgen und

Schluchzen. Schweiß rann an seinem nackten Rücken herunter. „Entmannte Huren haben kein Recht zu kommen. Sag es."

„Entmannte Huren haben kein Recht zu kommen."

„Weißt du, warum ich dich ficke?"

Macht. Das Vergnügen, ihn bettelnd auf den Knie zu sehen. Die kranke Lust daran, einen anderen Alpha zu verletzen.

Xan presste seine Lippen zusammen.

„Ich ficke dich, weil ich es lustig finde, deinem Vater bei Geschäftsmeetings gegenüber zu sitzen und zu wissen, dass sein einziger Alphasohn und Erbe heulend meinen Schwanz im Arsch hatte."

„Bitte sag ihm nicht–"

Monhundy schlug ihm so hart ins Gesicht, dass Xans Kopf nach hinten flog. „Ich ficke dich, bis ich komme, und du kommst *verdammt* nicht – so lautet die Regel!"

„Es tut mir leid." Xan hatte nicht beabsichtigt zu kommen. Der Fick hatte sich nicht einmal gut angefühlt. Monhundy hatte ihn ohne Vorbereitung gerammelt – kein Gleitmittel, nicht einmal Spucke – und Xan hatte vor Schmerzen geschrien. Und dennoch hatte sein kranker, verdrehter Verstand irgendwie darauf reagiert. Er war heftig und unkontrolliert gekommen, hatte auf Monhundys Teppich abgespritzt, und es hatte ihn genauso schockiert, wie es ihm Angst gemacht hatte.

Monhundy zerrte an Xans Haaren und drückte sein Gesicht in den Teppich. „Mein Omega wird nicht deine Sauerei wegmachen. Leck es auf."

Tränen und Rotz verstopften Xans Kehle, aber er gehorchte und leckte das klebrige Sperma auf. Er würgte und hustete, als er versuchte, es herunterzuschlucken.

„Sieh dich nur an. Du stehst drauf."

Xan stöhnte. Sein Arschloch brannte, und seine Hoden pochten dumpf. Monhundy schob seine dicken Finger brutal in ihn und stach auf seine empfindliche Prostata ein. Xan wand sich und wimmerte, während er auch den letzten Rest Samen aufleckte.

„Ich wette, du würdest noch eine Ladung von mir nehmen und genauso drauf stehen", sagte Monhundy mit angewidertem Tonfall. „Ich wette, du würdest jeden Alpha ran lassen. Sogar mehr als einen zur Zeit. Du bist wirklich das Allerletzte."

Xan erwähnte nicht, dass Monhundy derjenige war, der ursprünglich mit dem Sexspiel zwischen ihnen angefangen hatte. Er hatte Xan an der Uni unentwegt schikaniert. Selbst damals schon hatte Xan bemerkt, dass Monhundy sich auf eine gewalttätige Weise sexuell von ihm angezogen fühlte, hatte die brennende Alphamanifestation gesehen. Und später, nachdem Xan die Uni verlassen und Monhundy sein Studium beendet hatte, war die dunkle Faszination zwischen ihnen nur noch eskaliert.

Jedes Mal, wenn sie einander über den Weg gelaufen waren – auf Partys, in Bars oder Clubs – waren Fäuste geflogen, hatte es Drohungen gegeben. Bis eines Tages Monhundy, betrunken und aufgebracht nach einer solchen Konfrontation zwischen ihnen in einem finsteren Viertel der Stadt, heimlich darauf gelauert hatte, dass Xan sich allein auf den Weg machte. Monhundy hatte seine Größe und überlegene Kraft benutzt, um Xan in eine dunkle, stinkende Gasse hinter der Bar zu zerren.

„Willst du, dass ich dich ficke?", hatte er geknurrt.

„Ja", hatte Xan gesagt.

Dann hatte Monhundy ihn mehrmals geschlagen, bis Xan nicht mehr geradeaus sehen konnte.

„Willst du immer noch, dass ich dich ficke?", hatte er in Xans Ohr gekrächzt.

Und Xan hatte mit tränenüberströmten Gesicht genickt. „Ja."

Ohne weiteres Wort hatte Monhundy ihm die Hose heruntergerissen und ihn trocken gegen die Gassenmauer gefickt.

Xan erinnerte sich noch deutlich daran, wie die rauen

Ziegelsteine seine Wange zerkratzt hatten, und an das entsetzlich schmerzhafte Eindringen von Monhundys Alphaschwanz. Er hatte geschrien wie am Spieß, aber schon in jener Nacht hatte Monhundy ihn zum Schweigen gebracht, indem er ihm die Luft abgedrückt hatte. Xan hatte sich verzweifelt gewehrt, aber Monhundy war fast doppelt so groß wie er und stark wie ein Pferd. Schließlich hatte Xan aufgegeben mit der Gewissheit, in jener schmutzigen Hintergasse zu Tode gefickt zu werden.

Schockierenderweise war er auch in jener Nacht gekommen, hatte sein Sperma an die Steine der Mauer gespritzt. Es war zu dunkel gewesen, als dass Monhundy den Beweis für Xans kranken Verstand hätte sehen können. Aber Xan hatte die weißen Spritzer angestarrt, gebrochen und blutend auf dem Asphalt liegend, wo Monhundy ihn schließlich zum Sterben liegen gelassen hatte.

In diesem Moment war ihm das ganze Ausmaß seiner Verdorbenheit bewusst geworden. Es gab keine Rettung für ihn. Er hatte überlebt, ja, aber er war tiefer gesunken, als irgendwer auch nur ahnen konnte. Er würde nie vergessen, wie es sich angefühlt hatte, in dieser Gasse zu liegen – mit seiner Hose um die Knöchel, während Monhundys Wichse ihm aus dem Arsch lief, zusammen mit seinem eigenen Blut. Diese Schande hatte sich tief in seine Seele gegraben und würde für immer dort bleiben.

Das war Xans erster Geschmack der Dunkelheit gewesen. Und nachdem er sie entdeckt hatte – den Schmerz, die Lust, das Entsetzen – konnte er nicht mehr aufhören. Die Begegnungen mit Monhundy wurden zu einer Sucht. Er machte ein Spiel daraus, Monhundy allein zu begegnen und ihn so lange aufzustacheln, bis dem Kerl die Sicherung durchbrannte und er Xan fickte, wieder und wieder. Er provozierte den ehemaligen Schulrüpel, der jetzt sein Vergewaltiger war, jedes Mal mehr, bis die Dinge zwischen ihnen so gewalttätig und gefährlich wurden, dass Caleb um Xans Leben fürchtete, und Wolfgott, Xan konnte es ihm nicht verdenken.

Und jetzt hatte er es so weit getrieben wie noch nie zuvor. Er hatte es gewagt, Monhundy in dessen Haus aufzusuchen und darum zu betteln. Wäre Monhundys Omega Kerry daheim gewesen, wäre nichts geschehen. Xan hätte irgendeine Ausrede für sein Auftauchen gefunden – irgendetwas Geschäftliches, das Monhundy durchschaut, sein Omega jedoch geschluckt hätte. Aber Kerry war unterwegs, um seinen kranken Pater zu besuchen, und so war Xan auf die Knie gegangen, kaum dass der Beta-Diener, der ihn in den Empfangsraum gebracht hatte, fortgeschickt worden war.

Und Monhundy hatte Xan die Droge gegeben, nach der er sich verzehrte.

Jetzt fuhr er mit der Hand durch Xans dunkles Haar und starrte auf ihn hinab. In seinen Augen funkelte tiefe Abscheu. Xan schluckte den letzten Rest Sperma, den er aufgeleckt hatte, dann öffnete er den Mund weit, damit Monhundy seinen wieder erwachten und steinharten Schwanz hineinstecken konnte.

Halb erwartete er, dass Monhundy seinen Ständer einfach hineinrammte und Xan damit erstickte, um seine Dominanz durch die ultimative Alphamanifestation zu beweisen. Xan schloss die Augen und ergab sich schaudernd dem Unvermeidlichen, gleichermaßen entsetzt und berauscht von dem Gedanken, auf diese Weise zu sterben.

All sein Schmerz, all seine Schuld würde einfach enden. Alles würde einfach vorbei sein.

„Geh nach Hause", sagte Monhundy. Dann stand er auf und trat Xan mit der Stiefelspitze in den Arsch. Er machte seine Hose zu, steckte sein Hemd in den Bund und blickte höhnisch auf Xan herunter, mit seinem perfekt geformten Kiefer und seinem modischen Haarschnitt. Stolz warf er seine starken Schultern zurück. „Du widerst mich an."

Xan stand langsam auf. Seine Knie protestierten, und wiederum drehte sich sein Magen um. Hastig zog er sich an, knöpfte sein Hemd zu, so schnell er konnte, band sich unordentlich die Fliege und zerrte seine Hose über die Blutergüsse an seinen Hüften. Er hatte kaum seinen Hosenstall zugemacht, als Monhundy ihn brutal im Nacken packte und zur Vordertür schob, Dort stieß er Xan grob auf den harten Asphalt der Auffahrt, und Xans Schuhe warf er hinterher. Xan, der immer noch schwach und zittrig war, landete auf seinem Arsch, und der raue Straßenbelag riss ihm die Handflächen auf.

„Komm nicht wieder her", befahl Monhundy und spuckte Xan zum guten Schluss noch einmal an. „Falls ich je wieder Lust auf deinen dreckigen Arsch bekommen sollte, hörst du von mir. Aber an deiner Stelle würde ich nicht darauf warten." Er warf Xans Mantel auf die Straße, dann schlug er die Tür zu und schloss sie ab.

Xan schauderte, halb auf der Auffahrt sitzend, halb liegend. Über ihm funkelten Sterne am Nachthimmel, und der Mond ritt auf den Wolken, weiß und rein, das allsehende Auge von Wolf. Xans aufgeschürfte Handflächen brannten, und sein Knie war unter ihm verdreht. Unaufhaltsam rannen ihm Tränen über die Wangen.

Vorsichtig und langsam erhob er sich. Mit einem leisen Wimmern zog er seinen Mantel und seine Schuhe an, dann trat er auf den Gehsteig hinaus. In den Fenstern der Häuser rechts und links der Straße glühte warmes Licht, das nicht für ihn bestimmt war. Er fühlte sich wie ein Ausgestoßener, kalt und allein.

Sein Körper war ein einziger Bluterguss, und seine Eier schrien mit jedem Schritt, den er machte. Sein Arschloch brannte wie Feuer, und er fragte sich, ob die Nässe da unten Blut war, das seine Hose tränkte, oder ob er sich womöglich eingepisst hatte, als Monhundy ihn gewürgt hatte.

Das war ihm schon zuvor passiert – als sie eines Nachts in Monhundys Büro gefickt hatten.

Erst hatte Monhundy ihn fast bis zur Bewusstlosigkeit gewürgt, war aber dann nicht begeistert gewesen, als Xans Urin in die Polster seiner Bürocouch gesickert war. Auch in dieser Nacht war Xan fest davon überzeugt gewesen, wahrhaftig sein Ende zu finden. Er hatte immer noch eine Narbe über der linken Augenbraue, wo Monhundys Faust ihn getroffen hatte. Unwillkürlich fuhr Xan mit der Zunge über eine andere Narbe an der Innenseite seiner Unterlippe.

Während er die Straße entlang humpelte, zog er schützend den Mantel enger um sich. Er gab sein Bestes, einen Schritt nach dem anderen zu tun, und marschierte trotz der Schmerzen weiter. Er hatte seinen Wagen zwei Häuserblocks entfernt geparkt, um zu vermeiden, dass das auffällig grüne Fahrzeug von irgendwem gesehen wurde, der von der Feindschaft zwischen ihm und Monhundy wusste und vielleicht Fragen stellen würde.

Jetzt kamen ihm diese zwei Häuserblocks wie eine unüberwindliche Entfernung vor, so zusammengeschlagen und geschwächt, wie er war. Er war nur dankbar für die leeren Gehsteige und stillen Straßen. Zumindest gab es keine Zeugen für seinen erbärmlichen Schandmarsch. Aber er hoffte verzweifelt, nicht ohnmächtig zu werden, als plötzlich bunte Punkte vor seinen Augen tanzten und er heftig nach Luft schnappen musste.

Ein langes, goldfarbenes Auto fuhr an ihm vorbei, verlangsamte nach ein paar Metern die Fahrt und hielt schließlich an. Xan stellte den Mantelkragen hoch und beschleunigte seine Schritte. Er betete, die Person im Wagen möge einfach weiterfahren und ihn in Ruhe lassen.

„Xan?"

Die tiefe, feste Stimme war vertraut und versprach Sicherheit, aber sie löste auch heftigen Alarm tief in Xan aus. Er versuchte, noch schneller zu gehen, aber der Mann, dem er versuchte auszuweichen, gab nicht so leicht auf. Xan hörte das Zuschlagen einer Autotür, dann die unverkennbaren Schritte eines starken Alphas, der auf ihn zukam. Tränen schossen ihm in die Augen. Was sollte er sagen? Wie alles erklären? Panik ergriff ihn. Von allen Menschen auf der Welt ausgerechnet von ihm so gesehen zu werden!

Urhos Hand packte Xan am Arm und wirbelte ihn herum. Seine perplexe Miene war beinahe zum Lachen, aber als Xan den Mund öffnete, brach nur ein Schluchzen aus ihm hervor. Er schlug sich die Hand vor den Mund, um den Rest dieses absurden Lauts zurückzuhalten.

Urhos attraktives Gesicht verfinsterte sich. „Wolfgott, was ist passiert?"

Xan riss seinen Arm aus Urhos Griff. „Es geht mir gut. Lass mich in Ruhe."

Er humpelte weiter. Sein Arschloch krampfte sich schmerzhaft zusammen, und seine Eier pochten. Xan versuchte, ein verräterisches Wimmern zu unterdrücken, aber vergeblich – es verschaffte sich Gehör, als er über eine unebene Gehwegplatte stolperte.

„Um Wolfgottes willen, Mann, lass mich dir helfen!", sagte Urho und legte einen Arm um Xans Taille, um ihn zu stützen. „Wurdest du überfallen? Waren es mehr als einer?" Er sah sich hektisch um, auf der Suche nach den vermeintlichen Angreifern, die Xan in diesem Zustand zurückgelassen hatten. Dann schnupperte er plötzlich in der Luft, bevor er sich herabbeugte und an Xans Brust und Hals roch. Er gab einen erstickten Laut von sich. „Du wurdest …" Urho keuchte, als hätte er Schwierigkeiten, das Wort auch nur auszusprechen. „Einer von ihnen hat dich … vergewaltigt?"

„Nein", widersprach Xan heiser. „Lass mich einfach los. Ich muss nach Hause."

Urho runzelte die Stirn. Seine Alpha-Nase erkannte eindeutig den Geruch von Sperma. „Lass mich dir helfen. Du blutest und–"

„Das geht dich nichts an", sagte Xan und richtete sich so

arrogant auf, wie er angesichts seiner Schmerzen konnte. „Danke für die Hilfe, aber zuhause wartet mein Omega auf mich. Er wird sich bereits Sorgen machen."

Urho klang beinahe erstickt, als er erwiderte: „Lass mich dich fahren." Die Frustration in seinen dunklen Augen war nicht zu übersehen.

„Mein Wagen ist nicht weit weg." Xan deutete voraus. „Er steht gleich um die Ecke.

Urho ergriff Xans Ellenbogen, um ihn zu stützen, und sagte: „Dann bringe ich dich hin."

Xan wollte erneut protestieren, aber sein verdrehtes Knie pochte, und sein ganzer Körper zitterte, als er versuchte, den nächsten Schritt zu machen. Er ignorierte Urhos prüfende Blicke – zweifellos katalogisierte der Mann seine Wunden. Urhos nächste Worte bestätigten diesen Verdacht.

„Wessen Handabdrücke sind das an deinem Hals? Die von deinem Angreifer? Wir sollten die Polizei rufen. Sofort. Und wir sollten dich in ein Krankenhaus bringen."

„Nein! Kein Krankenhaus!"

„Dann erlaube mir wenigstens, dich bei mir zuhause zu untersuchen. Es ist nur eine Straße weiter. Komm mit mir."

„Nein. Mein Omega wartet auf mich. Ich muss zu ihm nach Hause."

„Xan–"

„Hör zu. Ich wurde nicht überfallen. Oder angegriffen."

„Ich verstehe ja, dass es dir peinlich ist zuzugeben, was passiert ist", sagte Urho sanft, als wäre Xan ein wildes Ding, dass um sich beißen könnte. Falls Urho vorhatte, ihn mit körperlicher Gewalt in ein Krankenhaus zu zwingen, würde Xan ihm vielleicht genau das beweisen. „Das würde jedem Alpha so gehen. Aber das hier ist ein Verbrechen. Xan, du musst doch verstehen, dass du das melden musst."

Xan antwortete nicht. Er konzentrierte sich darauf, einen Fuß vor den anderen zu setzen. Selbst mit Urhos stützender Hand fiel es ihm schwer, aufrecht zu bleiben. Schließlich sagte er: „Es war ein Verbrechen, aber es war keine Vergewaltigung."

„Dann kennst du also deinen Angreifer", sagte Urho düster. „Und du willst ihn nicht nennen."

„Ich will einfach nur nach Hause."

„Ich verlange zu wissen, wer das getan hat." Urho sprach mit einer Autorität, die Xan bis ins Mark erschütterte und ihn drängte zu gehorchen. Aber er konnte nicht. Es stand zu viel auf dem Spiel. Ganz besonders für Xan, aber auch für Caleb. Urhos Vorstellung von Hilfe würde die Sache für alle Betroffenen unendlich schlimmer machen.

Xan ging weiter.

Urho blieb ihm dicht auf den Fersen. „Ich verlange zu wissen, welcher Alpha sich in dieser kranken Weise an dir vergangen hat. Wer hat dich so gewaltsam unterworfen?"

„Ich bin entmannt", flüsterte Xan wütend und wirbelte herum, um Urho ins Gesicht zu sehen. Er musste dieser Sache ein Ende machen, bevor Urho noch seine überlegene Körperkraft zum Einsatz brachte, um Xan zum Gehorsam zu zwingen.

„Ich kann sehen – und riechen – dass du gezwungen wurdest", sagte Urho und senkte seine Stimme zu einem zärtlichen Timbre, das Xan beruhigen sollte. „Aber das macht dich nicht entmannt. Das ist eine Vergewaltigung, ein Verbrechen, keine dauerhafte Verdammnis deines Charakters."

„Du verstehst es nicht!", schrie Xan. „Das ist, wie ich bin. Frag Jason. Oder Caleb." Seine Kehle brannte, weil sie so gequetscht worden war, und er bekam die Worte kaum heraus. „Als entmannter Alpha kriege ich, was ich verdiene. Kapiert?"

Urho schüttelte den Kopf und verengte verwirrt die Augen. Die silbernen Strähnen in seinem dunklen Haar schimmerten im Licht des Mondes. „Das ist Unsinn. Du hast einen Omega …"

Xan stöhnte und wandte Urho erneut den Rücken zu. Er musste sein Auto erreichen und nach Hause fahren, bevor er vor Schmerzen das Bewusstsein verlor und bevor das Entsetzen, das er morgen zweifellos fühlen würde, ihn jetzt schon einholte.

„Ich kriege, was ich verdiene", wiederholte er, während Dunkelheit in seinem Inneren aufstieg. Die tintenschwarze Dunkelheit in seiner Seele, genährt von seinen Begegnungen mit Monhundy, die vergangenen und die heutige, war der Beweis dafür, dass er gebrochen und falsch war. Entmannt, unmöglich zu lieben, vollkommen unwürdig. „Was ich verdiene."

Urhos Griff löste sich. Schock verzerrte sein Gesicht, und er riss die Augen auf, als ihm scheinbar endlich dämmerte, dass Xan kein Opfer war.

„Das ist mein Wagen", sagte Xan und nickte zu dem limettengrünen Spektakel, das er an einem optimistischen Tag gekauft hatte – einem Tag, an dem er sich mehr wie sein wahres Ich gefühlt hatte, das Ich, das nicht der Versuchung erlag und an Wilbet Monhundys Haustür darum bettelte, geschlagen zu werden.

Mit fast geisterhafter Stimme fragte Urho: „Kannst du überhaupt fahren?"

„Ja", log Xan. Tatsächlich war er sich nicht sicher. „Caleb wird sich um mich kümmern. Keine Sorge."

Urho starrte ihn an, die Lippen zu einer schmalen Linie zusammengepresst.

„Und bitte, erwähne nichts gegenüber Jason. Er hat schon genug im Kopf." Xan löste sich aus Urhos Griff und trat zur Seite, dann stieg er in sein Auto. Er musste eine Weile mit dem Schlüssel fummeln, bevor es ihm gelang, den Motor zu starten und loszufahren.

Im Rückspiegel sah er Urho auf dem Gehweg stehen, die Hände in den Taschen, wie er ihm mit finsterer Miene hinterher starrte.

Bittere Galle kam Xan hoch, aber er schluckte sie mit einem elenden Stöhnen herunter. Urho hatte noch nie eine besonders gute Meinung von ihm gehabt, aber so sicher wie die Wolfhölle war er jetzt vollends bei Urho unten durch. Er konnte von Glück sagen, wenn der Mann ihn nicht bei der Polizei anzeigte.

Angesichts der Tatsache, dass er heute tatsächlich dem Tod nahe gekommen war, sollte Urhos Meinung von ihm eigentlich das Letzte sein, was irgendeine Rolle spielte. Und doch, während der ganzen surrealen Heimfahrt konnte Xan an nichts anderes denken als an Urhos dunkle, verwirrte Augen und seine fest zusammengepressten Lippen – der Beweis seines Abscheus und seiner Missbilligung.

Das schmerzte beinahe mehr als seine körperlichen Verletzungen.

„OH, LIEBLING, WARUM tust du dir selbst das nur an?", fragte Caleb. Seine kühlen Finger fuhren behutsam über die Abdrücke an Xans Hals, und seine gütigen blauen Augen glänzten bekümmert. Mondlicht und kühle Nachtluft ergossen sich durchs offene Fenster in Xans üppig ausgestattetes Schlafzimmer und über Xans fiebrige, gerötete Haut, die Blutergüsse und die offenen Schrammen. Er trug nur eine Schlafanzughose; den Morgenmantel hatte er ausgezogen und auf den Boden vor dem Bett geworfen. Die Geräusche der Stadt wehten durchs Fenster.

„Ich weiß es nicht. Ich kann mich nicht beherrschen, wenn mich der Drang überkommt."

Caleb seufzte. „Eines Tages könnte er dich umbringen." Er half Xan, sich auf dem Bett auszustrecken, mit dem Gesicht nach unten, sodass er Xans schlimmste Verletzungen behandeln konnte – die von Monhundys Tritten in den Rücken.

„Ich weiß. Und was würde dann aus dir?", sagte Xan, dem vor Erschöpfung die Augen zufielen. Das kühle Laken war angenehm an seiner erhitzten Haut.

Caleb strich sich sein blondes, kinnlanges Haar hinters Ohr und betrachtete Xans Wunden. Er behandelte sie so sanft und liebevoll, wie ein Pater sein kostbares Kind pflegen würde. Xan fühlte sich geliebt und sicher auf eine Weise, von der er tief in sich wusste, dass er sie nicht im Geringsten verdiente.

Die heißen Packungen, die Caleb auf Xans geschundenen Rücken und die von Blutergüssen übersäten Hüften legte, waren beruhigend. Das weiche Bett, das Caleb mit plüschigen Kissen und weichen Decken ausgestattet hatte, machte ihn schläfrig. Aber er würde bald in sein eigenes Zimmer gehen müssen, wo er unter einer schrecklichen Einsamkeit leiden würde, so wie er es verdiente. Und dort würde er von einem Alpha träumen, der ihn lieben konnte, als wäre er ein wahrer Omega.

„Als wenn das meine größte Sorge wäre", murmelte Caleb. Natürlich würde Caleb es ihm nicht verübeln, wenn das Calebs größte Angst wäre. Caleb hatte selbst Geheimnisse, die er wahren, und Bedürfnisse, die er befriedigen musste. Schließlich gab es einen Grund, warum der sogenannte „unvermittelbare Omega" einen Vertrag mit einem entmannten Alpha geschlossen hatte. Natürlich war dieser Grund ein Geheimnis zwischen ihnen beiden, von dem die Außenwelt nichts ahnte. Solange Xan nicht zu leichtsinnig handelte und die Sache aufflog, würde auch nie jemand etwas davon erfahren.

„Wir mögen zwar kein Liebespaar im herkömmlichen Sinne sein, aber du bedeutest mir viel, Xan", sagte Caleb, während er Arnikalotion auf die kleineren Blutergüsse auftrug. Xan sog scharf den Atem ein und verbarg das Gesicht in seiner Armbeuge. „Mehr als nur eine Tarnung für meine eigenen Fehler. Wir sind Freunde, oder nicht?"

„Familie", sagte Xan entschieden, und seine Alpha-gegebenen Instinkte meldeten sich vehement. Caleb war nicht seine wahre Liebe, aber er war sein Omega. Immerhin hatten sie sich einander versprochen und einen Vertrag geschlossen. Caleb gehörte auf jeden Fall *ihm*, und auch wenn sie nicht die Dinge miteinander teilten, die andere vertraglich gebundene Paare taten – sie waren jetzt eine Familie, komme was wolle.

„Als deine Familie dann, und meiner Meinung nach wichtiger noch, als dein wahrer Freund, flehe ich dich an, dich nicht mehr mit diesem Ungeheuer zu treffen."

Xan unterdrückte die scharfen, vorwurfsvollen Bemerkungen, die ihm auf der Zunge lagen. Er wusste, sie spiegelten nur seine eigenen Ängste bezüglich seines Werts als Alpha wieder und hatten nichts mit Calebs echter Meinung zu tun. Trotzdem – die hässlichen Anschuldigungen hallten in seinem Kopf wider.

Wenn du jetzt nicht damit aufhörst, wird irgendwer es herausfinden, Xan. Wie lange kannst du es noch geheim halten? Und was dann? Wenn du auffliegst, wirst du nicht der Einzige sein, der den Preis dafür bezahlen muss. Auch Caleb wird leiden. Und dein Bruder Ray. Schande wird über die ganze Familie kommen. Deine Eltern. Und deine Freunde. Die Verbindung zu dir wird jeden mit in den Abgrund reißen, dem du etwas bedeutest. Du bist feige und selbstsüchtig! Du bist abstoßend!

„Xan, hör auf, dich selbst niederzumachen", sagte Caleb, der ihn nur zu gut kannte. „Du hast das heute Abend schon mehr als genug getan, indem du dich wieder einmal von diesem Alpha hast misshandeln lassen. Muss er dich dabei jedes Mal so zurichten?"

„Es gefällt ihm."

„Und *dir*?"

Xan kniff die Augen zu. Seine enge Kehle machte das Sprechen schwer. „Ich weiß nicht mehr, was mir gefällt."

Caleb seufzte niedergeschlagen. „Und ich bin dir dabei nicht die geringste Hilfe.“

„Du bist mir eine große Hilfe. Du flickst mich gerade zusammen, oder etwa nicht?“ Xan versuchte, lässig zu klingen, aber seine schmerzerfüllte Stimme verdarb den Effekt. „Du bist ein wundervoller Omega.“

„Was hast du überhaupt in der Gegend gemacht?“, fragte Caleb leise. Wie immer versuchte er, nicht tadelnd zu klingen, obwohl Xan wusste, dass Caleb jedes Recht dazu hatte.

„Ich habe Vale und Jason besucht. Eigentlich wollte ich danach direkt nach Hause kommen, aber ...“ Er erschauerte, als Caleb Arnika auf seinen Rücken rieb. Von dem schmerzhaften Druck auf dem stiefelförmigen Bluterguss wurde ihm beinahe übel. Er sollte Caleb von Vales und Jasons Neuigkeiten erzählen, aber er hatte einfach nicht die Energie dazu.

„Er ist wie eine Droge für dich“, murmelte Caleb. „Wie Kokain.“ Das war die Droge, die Calebs Kindheit ruiniert hatte, als sein Vater süchtig danach geworden und das Familienvermögen verloren hatte.

Xans Familie hatte tausend Gründe gehabt, sich gegen die Verbindung auszusprechen: Caleb war älter, schon neunundzwanzig, und von zweifelhaftem Ruf. Dazu kam die Sache mit der Drogensucht, ein Skandal, der einen weiteren schwarzen Fleck hinzufügte. Sie hatten erst nachgegeben, als ihnen klar wurde, dass Xan über alle Maßen entschlossen war, mit dem wunderschönen Caleb einen Vertrag zu schließen, und einen anderen Omega nicht einmal in Erwägung ziehen würde. Inzwischen mochten seine Eltern Caleb lieber als ihn selbst, aber das war eine ganz andere Geschichte.

Xan biss sich auf die Lippe, als er sich daran erinnerte, wie er einst geglaubt hatte, Caleb wäre der Retter, nach dem er gesucht hatte. Wie er sich doch geirrt hatte ... Und jetzt zog er den armen Caleb mit in den Abgrund, machte den hübschen, geduldigen

Mann erneut zum Opfer der Sucht des Alphas in seinem Leben. Die Scham darüber ließ seine Wangen glühen.

„Ich werde ihn nicht mehr sehen", versprach Xan. Er wusste nicht mehr, wie oft Caleb ihn schon beschworen hatte, sich nicht mehr Monhundys Brutalität zu unterwerfen und wie oft er bereits zugestimmt hatte, nur um dann wenige Wochen später zu beschließen, es noch „ein letztes Mal" über sich ergehen zu lassen.

„Das musst du, bevor er dich noch umbringt."

„Oder die Wahrheit ans Licht kommt."

Caleb setzte sich auf und sah mit hochgezogenen Brauen gebieterisch auf Xan hinab. Das konnte er gut. „Deine Prioritäten sind immer noch daneben. Dein Leben ist bedeutend wichtiger als dein Ruf."

„Das sieht mein Vater ganz anders. Und Ray auch."

„Du traust deinem Bruder zu wenig zu. Was deinen Vater angeht ... tja ..." Caleb verstummte. Sie beide erinnerten sich zweifellos an das Familienessen, bei dem Xans Vater erklärt hatte, dass er lieber einen toten Sohn hätte als einen entmannten. Er hatte zu dieser Zeit Gerüchte über Xans Neigungen gehört. „So wie du zugerichtet bist, ist es ein Wunder, dass du es überhaupt bis nach Hause geschafft hast."

„Ich hatte Hilfe", gestand Xan.

„Hat dich jemand gefahren?", fragte Caleb vorsichtig.

„Nein. Urho Chase sah mich, als ich versuchte, zu meinem Auto zu gehen. Er hat mir Beistand geleistet."

Obwohl Xan besser wirklich nicht selbst gefahren wäre. Zweimal hatte er fast das Bewusstsein verloren, als er versuchte, durch die Straßen zu navigieren. Immer wieder hatte er sich schütteln müssen, hatte geblinzelt, während die Welt um ihn herum zu verschwinden drohte. Zum Glück hatte es kaum Verkehr gegeben. Dennoch, die Fahrt war eine Tortur gewesen.

Als er an ihrem vornehmen Haus am Center Square angekommen war, nur eine halbe Meile vom palastartigen Anwesen seiner Eltern entfernt, war er ungeheuer froh gewesen, Lenser an der Vordertür anzutreffen, einer seiner diskretesten Beta-Diener. Xan hatte ihm die Autoschlüssel in die Hand gedrückt und Lenser gebeten, den Wagen in die Garage zu fahren. Dann war er ins Haus gegangen, froh, in einem Stück angekommen zu sein. Und er wusste, dass Lenser keine Fragen stellen und keine Gerüchte in Umlauf bringen würde. Aber der Beta hatte seinen Arbeitgeber dennoch in einem Zustand gesehen, den kein Mann als respektabel bezeichnen konnte.

Wolfgott sei Dank waren Betas nicht mit dem Geruchssinn von Alphas oder Omegas ausgestattet, sonst hätte Lenser sofort die Wahrheit erkannt. So wie Urho.

„Dr. Chase ist ein Alpha", sagte Caleb mit großen Augen. „Als du hier ankamst, hast du nach dem Samen des Ungeheuers gestunken. Er muss das ebenfalls gerochen haben."

Xan wurde flau im Magen; Demütigung und kalte Furcht überkamen ihn gleichzeitig. „Das hat er."

„Und was hast du ihm erzählt? Das du überfallen wurdest? Von irgendeinem Alpha, der …?" Calebs Verunsicherung löste in Xan den wilden Drang aus, ihn zu beschützen und seinem Omega zu versprechen, das alles gut werden würde. Er war immerhin ein Alpha, ganz gleich, was für kranke Spielchen er sexuell trieb. Der Drang, seinen Omega vor Schaden zu bewahren, war überwältigend.

„Ich habe ihm die Wahrheit gesagt."

Caleb keuchte vor Entsetzen. „Du … warum?"

„Wie du schon sagtest, er konnte es riechen. Er wollte die Polizei verständigen. Du weißt, wie Urho ist – immer aufrecht und korrekt. Und ich konnte nicht klar genug denken, um mir etwas anderes zu überlegen. Die Wahrheit schien in diesem Moment der einzige Ausweg zu sein."

„Und was für eine Wahrheit war das?" Caleb zog seine blonden Brauen hoch. „Die, welche du mir erzählst? Oder bei Wolfgott, die echte, ungeschminkte Wahrheit?"

„So viel, wie ich eben sagen musste, um ihn davon abzuhalten, das sogenannte ‚Richtige' zu tun und die Polizei zu rufen."

„Hast du ihm auch von Jason erzählt?"

Xan verzog das Gesicht. „Nein. Jason würde das nicht wollen." Obwohl Xan gegenüber Urho angedeutet hatte, dass Jason *etwas* wusste, oder nicht? Langsam hob er den Blick und sah Caleb in die Augen. „Ich hatte keine Ahnung, dass du das mit Jason weißt."

„Ich weiß es nicht von dir, so viel steht fest. Und nein auch nicht von Jason. Aber ich bin nicht dumm. Ich kenne dich gut genug, und ich habe bemerkt, wie du ihn manchmal ansiehst, wie du immer noch Verlangen nach ihm hast. Und ich habe gesehen, wie er dich anschaut. Voller Zuneigung und, in Ermangelung eines besseren Wortes, Schuld. Er kennt dich viel zu gut, und er behandelt dich zu großzügig, um nichts als nur ein alter Freund zu sein."

„Er war mein Liebhaber. Ja. Ich habe ihn geliebt."

„Wieso hat es aufgehört?"

Xan seufzte. „Er fand Vale."

„Ich verstehe." Caleb kannte die Geschichte von Vales und Jasons Aufprägung. Sie wurde inzwischen erzählt wie ein hübsches Märchen; als wäre jener Moment nicht gewaltsam, erschreckend und im Grunde ein Angriff gewesen. Die rosarote Brille der *Érosgápe*-Liebe verklärte alles für sie. Aber nicht für Xan.

„Und jetzt weiß Dr. Chase über dich Bescheid."

Xan schlug die Hände vors Gesicht. „Ich war nicht ganz bei mir und hatte Schmerzen. Ich weiß nicht, wie viel davon er verstanden oder geglaubt hat. Es ist noch nicht zu spät, die Geschichte zurechtzurücken."

„Hm", machte Caleb. „Und was hat Dr. Chase gesagt?"

„Er war verwirrt. Ich war überrascht, dass er mich nach Hause fahren ließ. Ich denke, er stand ein wenig unter Schock, sonst hätte er mich wohl nicht losgelassen."

„Als wäre das etwas Gutes! Er ist Arzt; du wärest bei ihm besser aufgehoben gewesen. Wer weiß, was das Ungeheuer dir angetan hat?" Caleb rückte eine heiße Packung zurecht, die von Xans Schulter gerutscht war. „Ich wünschte, du würdest es mich wenigstens ansehen lassen."

„Nein" Xan war dankbar für Calebs Behandlung seiner äußeren Wunden, aber es gab Grenzen. Er würde seinen Omega nicht alle Folgen sehen lassen, die seiner kranken Sucht geschuldet waren.

„Dr. Chase ..." Caleb seufzte erneut. „Er wird Fragen haben."

„Da bin ich sicher."

„Er wird Jason anrufen."

„Das glaube ich nicht. Jedenfalls nicht sofort."

Caleb sah zweifelnd aus, und an jedem anderen Tag würde Xan ihm recht geben. Aber Urho würde Jason jetzt nicht damit belasten. Nicht wenn es Stress für Vale bedeuten würde. Die Schwangerschaft, so erschreckend sie war, würde Jason und Xan vor dieser unangenehmen Unterhaltung bewahren.

„Dr. Chase ist altmodisch", sagte Caleb leise. „Ich weiß, du bewunderst ihn, und ich habe gesehen, wie du ihn anschaust."

„Was soll das heißen?"

„Das weißt du sehr gut, Xan." Caleb klang nicht zornig, nur traurig und müde. Traurig wegen ihnen beiden. „Ich weiß, dass du ihn bewunderst", sagte er erneut. „Aber ist er vertrauenswürdig?"

„Ich denke schon, ja." Besonders jetzt, da Vale so zerbrechlich war. Urho würde Vale nie einem Risiko aussetzen; seine Loyalität und sein Engagement in dieser Sache waren zu stark. Und das bedeutete er würde Xans Geheimnis bewahren. Zumindest so lange bis Vales Baby geboren war ... oder nicht geboren war, wie es durchaus der Fall sein konnte. Xan drehte sich der Magen um.

„Ich nehme an, in dieser Sache muss ich mich wohl auf deine Einschätzung verlassen."

„Ich weiß, dass ich heute einen Fehler gemacht habe."

„Liebling, du machst diesen Fehler viel zu oft. Es bricht mir das Herz." Caleb rieb zärtlich seine Nase in Xans Nacken. Es war nichts Sinnliches daran, nur das Bedürfnis sich seiner Partnerschaft zu versichern. Eine Omega-Geste, auf die Xan reagierte, wie er sollte – mit dem Trost des Alphas.

„Es ist alles gut, Caleb. Ich verspreche, ich werde immer auf dich aufpassen."

Caleb schnaufte sanft, dann richtete er sich auf. „Mir wäre es lieber, du würdest auf dich selbst aufpassen."

„Ich bin müde", sagte Xan. Er rollte sich vorsichtig auf den Rücken, wobei die Packungen herunter rutschten, dann setzte er sich auf. Schon bei dieser leichten Anstrengung geriet er ins Schwitzen, und als er unbeholfen aufstand, half Caleb ihm.

„Du musst dich ausruhen. Welche Entschuldigung wirst du morgen benutzen?"

„Ich werde zur Arbeit gehen", antwortete Xan.

„Aber dein Gesicht ..."

Xan berührte seine geschwollene Wange und zog eine Grimasse. „Das lässt sich nicht verbergen, oder?"

„Nicht einmal mit der Theaterschminke, die wir noch von diesem Kostümfest übrig haben."

„Dann werde ich eine Grippe vorschützen müssen."

„Ja", stimmte Caleb zu. „Ich rufe morgen früh für dich an."

„Danke." Der Knoten in seinem Magen löste sich.

Wenn Caleb den Anruf machte, würde sein Vater nicht brüllen und schreien, und er würde Xan zumindest für ein paar Tage in Ruhe lassen. Wie so viele Omegas wusste Caleb, wie er mit einem Alpha sprechen musste, um dessen aggressive Impulse zu besänftigen, und Xan war dankbar dafür.

WIE VIELE FAMILIENESSEN hatte Caleb mit seinen geschickten Beschwichtigungen schon gerettet, wenn Xans Vater angefangen hatte, auf die eine oder andere Weise auf Xan herumzuhacken. Es war nicht leicht, der einzige Alpha-Nachkomme der Familie zu sein, wenn sämtliche Hoffnungen für die Zukunft auf ihm lasteten und er doch so zutiefst fehlerhaft war. Jeder hatte seinen Verdacht, auch wenn niemand Genaues wusste.

„Ich schaffe es allein", sagte Xan und bückte sich, um seinen Morgenmantel vom Boden aufzuheben. Die Bewegung war schmerzhaft, und er sog scharf den Atem ein.

„Lass mich dir helfen." Caleb legte den Morgenmantel um Xans Schultern.

Die kühle Brise vom offenen Fenster prickelte auf Xans Haut, und er erschauerte. In seinem eigenen Schlafzimmer würden die Betas bereits das Feuer für die Nacht geschürt haben und er würde sich in ein kuschelig warmes Bett verkriechen können. Nur Caleb zog es vor, in einem eiskalten Raum zu schlafen.

Calebs blasse Haut leuchtete im Mondlicht, perfekt und makellos. Seine haarlose Brust und Bauch lugten durch den halb offenen Morgenmantel. Wie immer wünschte Xan, der Anblick würde bei ihm etwas auslösen. Nach allen Maßstäben war es ein wunderschöner Anblick. Caleb war ein Bilderbuch-Omega – zum Anbeißen süß, attraktiv und fit, mit sinnlichen Attributen wie Schlafzimmeraugen und üppigen Lippen.

Die meisten Alphas würden sich darum reißen, ihn zu besitzen und zu verteidigen. Viele Jahre lang war er bei den Abendgesellschaften des Philia-Komitees für ungebundene Omegas begehrt und umworben worden, aber er hatte sich geweigert, irgendeinen Antrag anzunehmen. Bis Xan aufgetaucht war. Und selbst dann hatte er Xan zunächst abgewiesen, bis er begriffen hatte, dass ihre Bedürfnisse perfekt zusammenpassten …

Die meiste Zeit jedenfalls.

Xan nahm den Tiegel mit der Salbe an sich, die Caleb auf ihm benutzt hatte, und küsste seinen Omega sanft auf den Mund. Caleb brachte ihn zur Tür seines Zimmers. Bevor Xan ging, nahm er ihn noch einmal behutsam in die Arme. „Schlaf wohl, mein Alpha", murmelte er.

Xan wurde die Kehle eng. „Du auch, mein Omega", stieß er hervor.

Der Flur war lang, und sein Schlafzimmer befand sich ganz am anderen Ende. Abgesehen von ein paar Zimmern, die Caleb für sich beanspruchte, war das Haus ganz nach Xans kunstvollem Geschmack eingerichtet. Der Flur bildete keine Ausnahme. Mehrere Spiegel verzierten die Wände und lieferten Xans angeborener Eitelkeit durchgängig Bilder von ihm selbst. Aber heute Nacht behielt er den Blick auf den weichen, roten Teppichläufer gesenkt, der den Holzboden in seiner ganzen Länge bedeckte. Er wollte nicht die blauen Flecken und roten Wundmale sehen. Die Folgen seiner dunklen Sucht waren etwas, das Xan lieber verdrängte.

Er ging an der breiten Treppe vorbei, die hinunter ins Erdgeschoss führte, vorbei an den geschlossenen Türen der anderen unbenutzten Schlafzimmer, die für den Augenblick auch noch nicht eingerichtet waren abgesehen von zwei Gästezimmern.

Das Haus war größer, als es für das Paar nötig war, aber Xan hegte noch immer ein wenig die sinnlose Hoffnung, die Räume zwischen seinem und Calebs Schlafzimmer mit Kindern zu füllen – irgendwie, vielleicht. Wenn er das Problem mit seiner Manneskraft während der Hitzen lösen könnte … und wenn sein Samen sich verhalten würde, wie er sollte, und Caleb bald schwängern würde, dann würde er sich erlauben zu träumen.

Es war immerhin seine Pflicht als Alpha, den Namen der

Heelies weiterzuführen und Caleb eine Familie zum Lieben zu geben. Caleb wünschte sich verzweifelt, ein Pater zu sein, und Xan hatte ihm versprochen, dass er einer werden würde.

Wolfgott, er hatte Caleb so vieles versprochen.

Xan seufzte, öffnete die Tür zu seinem warmen Zimmer und schloss sie sorgsam hinter sich. Das breite Bett stand zwischen vier Pfosten und unter einem roten Betthimmel. Im Ofen loderte ein Feuer, so wie Xan es erwartet hatte, und die Bettdecke war einladend aufgeschlagen.

Er schlüpfte aus seinem Morgenmantel und der Schlafanzughose und warf beides über den roten Samtsessel in der Ecke. Er grub seine Zehen in den perlgrauen Plüsch des Bettvorlegers, den er letztes Jahr während einer Geschäftsreise in Rapersten gekauft hatte. Er war natürlich nur das Aushängeschild der Firma gewesen und nur dabei, um zu lächeln, Hände zu schütteln und die Verträge zu unterzeichnen, die sein Bruder Ray mit den Teppichhändlern dort ausgehandelt hatte. Aber diesen Teppich hatte er selbst aus den unzähligen Stapeln in dem Lagerhaus ausgesucht, das sie besichtigt hatten.

Behutsam ließ er sich aufs Bett sinken. Dann lag er auf dem Rücken und starrte das flache, rote Stoffdach über sich an. Seine Gedanken wirbelten wie wilde Pferde gegen den körperlichen Schmerz an. Er hatte sich das alles selbst zuzuschreiben, das wusste er, und er verdiente keine Vergebung. Aber was hatte er getan, um diesen verzehrenden Drang zu verdienen? War er böse geboren worden? Hatte er in einem vergangenen Leben etwas so Furchtbares getan, dass Wolfgott es für nötig befand, ihn selbst in diesem noch zu bestrafen?

Vor einem knappen Jahr noch hatte er Hoffnung gehabt, diese krankhafte Lust wäre etwas, das er überwinden könnte. Er hatte Caleb als seinen vertraglichen Omega genommen, und sie hatten sich darauf geeinigt, ein zölibatäres Leben zu führen und ausschließlich während der Hitzen Sex zu haben. Das kam Calebs Bedürfnissen perfekt und Xans eigenen besser entgegen, als es bei jeder anderen Verpaarung mit einem Omega der Fall gewesen wäre.

Er hatte geglaubt, diese Partnerschaft würde seine Rettung sein. Dass sie die Familie gründen würden, die sein Vater und sein Pater forderten, und er weiterhin das Gesicht der Firma sein würde, während sein brillanter Beta-Bruder die Geschäfte führte. Dass er seinen Frieden machen würde mit dem, was er bekommen konnte.

Xan war so sicher gewesen, dass dieser Plan funktionieren würde. Er hatte in der Schule gelernt, dass die Pheromone eines Omegas in Hitze den Alpha instinktiv erregen und geil machten. Er war zuversichtlich gewesen, dass es von seiner Seite dabei keine Probleme geben würde, wenn er erst Calebs Geruch während der Hitze ausgesetzt war. So zuversichtlich, dass er Caleb fest versprochen hatte, nie auch nur eine Sekunde lang Schmerzen leiden zu müssen, wenn die Zeit gekommen war.

Oh, wie lächerlich anmaßend ihm all das nun vorkam.

Es geschah ihm recht, dass sein Körper so wund war, dass das hilflose, bittere Lachen, das er bei diesen Gedanken unwillkürlich ausstieß, ihm vor Schmerz die Tränen in die Augen trieb. Das Einzige an seinem erbärmlichen Plan, das sich als richtig herausgestellt hatte, war seine Wahl, Caleb zum Omega zu nehmen, der so unendlich viel verständnisvoller war, als Xan hätte erwarten dürfen.

Xan würde sich selbst niemals dafür vergeben, wie sehr sein Plan ansonsten versagt hatte. Caleb hingegen war stets bereit zu vergeben und vergessen, weiterzumachen, mit ihm zusammen neue Strategien zu schmieden und Xan mit sich zu ziehen, wenn der von Scham überwältigt war. Caleb hatte sich vollkommen auf ihn eingelassen und war bereit, den Stürmen des Lebens bis zum bitteren Ende mit Xan zu trotzen. Er war ein unfassbar guter Mann, und Xan verdiente ihn nicht. Nicht einmal ein bisschen.

Natürlich war Caleb anderer Ansicht. Stattdessen nannte Caleb sich selbst ebenso fehlerhaft und betonte stets, dass sie perfekt zusammenpassten. Selbst nach einer Nacht wie dieser.

Vor Xans Fenster schrie eine Eule und riss ihn aus seinem Nebel quälenden Selbstmitleids. Er griff nach dem Salbentiegel und legte seine Unterhose ab. Dann spreizte er weit seine schmerzenden Beine und streckte die Hand aus, um vorsichtig seinen geschwollenen blutenden Eingang zu betasten.

Er schämte sich immer viel zu sehr, um Caleb diese Wunde versorgen zu lassen.

Mit Tränen in den Augen nahm er etwas von der Salbe auf zwei Fingerspitzen und drückte sie in sich hinein. Er wimmerte, als der Schmerz aufflammte. Dann, mit den Fingern immer noch in seinem Loch, drehte er sich auf die Seite, und heftiges Schluchzen schüttelte seinen Körper. Die Arnikasalbe linderte das Brennen obwohl seine Finger die Wunden wieder aufrissen.

Er hasste, dass er nie lange fähig war, seinem dunklen Verlangen den Rücken zu kehren. Warum konnte er der Versuchung nicht einfach fernbleiben und abstinent leben, so wie Caleb? Als sie einander dieses feierliche Versprechen gegeben hatten, hatte er nicht geglaubt, dass es so schwer werden würde. Oder dass er wahrhaftig so verdorben sein könnte.

In der trockenen Wärme seines Schlafzimmers, eingerollt in seinem weichen Bett und während sein wundes Arschloch im Rhythmus seines Herzschlages pochte, weinte Xan sich in den Schlaf.

KAPITEL 4

URHO SAß STUR in dem gut ausgestatteten Salon rechts von dem Modernen Eingangsflur. Es war ein Raum, in dem er bei keiner der wenigen Partys schon mal gewesen war, die Xan und Caleb im Verlauf des letzten Jahres seit ihrer Vertragsschließung gegeben hatten. Das Mobiliar schien nicht Xans Geschmack zu entsprechen. Es war schlicht und klassisch und ließ die elegante, aber verschrobene Eigenwilligkeit vermissen, die Xans Kleidung und Einrichtung stets zeigte. Vielleicht hatte Caleb den Raum gestaltet? Falls ja, dann pflegte der Omega einen zeitlosen Stil.

Die Vormittagssonne wurde durch leichte, weiße Vorhänge gefiltert, was dem Raum eine ruhige Atmosphäre verlieh. An einem anderen Tag hätte Urho sich hier gut bei einer Tasse Tee entspannen können, aber seine nervöse Verfassung machte das Fehlen verspielter Details, mit denen er sich hätte ablenken können, beinahe unerträglich. Immer wieder schlug er die Beine übereinander, löste sie wieder, kreuzte das andere Bein …

Schließlich öffnete sich hinter ihm die Tür zum Flur, und Urho erhob sich, immer noch dem Fenster zugewandt. Er kreuzte die Hände vor sich, straffte die Schultern und wappnete sich für die Begegnung mit Xan, in welchen Zustand der junge Mann heute Morgen auch immer sein mochte. Obwohl er die ganze vergangene Nacht kaum an etwas anderes hatte denken können, fehlten ihm plötzlich die Worte, und er wusste nicht, wo er beginnen sollte. Also schloss er die Augen und wartete ab, in welcher Weise Xan ihn wohl begrüßen würde.

„Dr. Chase", murmelte eine sanfte, leise Stimme. Sie war angenehm, schmeichelnd, ein leiser Tenor mit einem eisernen Unterton, den Urho erkannte. Sein ganzes Leben schon hatte er gehört, wie Omegas diesen Tonfall gegenüber Alphas zum Einsatz brachten.

„Mr. Riggs", antwortete Urho höflich, öffnete die Augen und drehte sich zu Caleb um. Der Omega trug lockere, bequeme Kleidung: eine weiße Hose und ein weiches, kurzärmeliges Hemd, dessen V-Ausschnitt die feinen Schlüsselbeine freiließ. Seine blassen Arme hingen locker zu beiden Seiten herunter – ein Versuch, ruhig und gefasst zu wirken – aber Urho entging nicht der etwas zu schnelle Atem oder der sichtbare Pulsschlag am schlanken Hals des Mannes. Urho sagte: „Ich bin heute Morgen gekommen, um mit Ihrem Alpha zu sprechen."

„Xan ruht sich aus." Caleb rief über die Schulter nach einem Diener, der Tee bringen sollte, bevor er weiter in den Salon trat. Sein Haar, das etwas länger war, als es die aktuelle Mode vorschrieb, reichte ihm bis ans Kinn, aber die vorderen Strähnen hatte er mit einer funkelnden mit blauen Juwelen besetzten Spange zurück-genommen. Seine Augen, die von ähnlicher Farbe waren, blickten Urho messerscharf an. „Er fühlt sich heute nicht wohl."

Urho sank das Herz. „Ich sah ihn gestern Abend. Braucht er medizinische Hilfe? Ich würde gern helfen."

Caleb hob seine rechte Augenbraue, sagte aber für den Moment nichts, als ein Beta-Diener, kaum mehr als ein Junge, das Teeservice hereinbrachte und vor Urho auf den Tisch stellte. Auch das Service war nicht, was Urho in Xans Haus erwartet hätte – anstelle eines extravaganten Designs, war es eine schlichte, weiße Kanne. Die Tassen hatten keine Henkel und waren aus derselben zarten, aber schlicht weißen Tonkeramik.

Nachdem der Junge wieder gegangen war, nahm Caleb gegenüber von Urho auf einem schlichten Stuhl mit hoher

Rückenlehne, aber ohne Armlehnen Platz. Er schlug bedächtig die Beine übereinander, und Urho fiel erstmals auf, dass Caleb barfuß war und lackierte Fußnägel hatte – die glänzende Substanz enthielt Glitzer und funkelte im Morgenlicht.

„Wollen wir die Formalitäten beiseite lassen, was meinen Sie?" Caleb schaute Urho mit einem Augenaufschlag an, der beinahe kokett zu nennen war. Typisch für Omegas, wenn sie sich in die Ecke gedrängt fühlten. „Wir sind einander schon oft genug begegnet, um uns bei den Vornamen zu nennen."

„Sehr gern." Urho lächelte und versuchte, sich an dem vertrauten Hin und Her gesellschaftlicher Gepflogenheiten zu festzuhalten, um das Unbehagen zu zerstreuen, das ihn seit dem Vorabend geplagt hatte. Er lehnte sich in seinem Stuhl zurück. „Nenn mich Urho."

„Und du kannst mich Caleb nennen." Der Omega entspannte sich ein wenig und lehnte sich zurück, aber mit derselben Attitüde, die Vales Katze an den Tag legte, wenn sie Vögel vor dem Fenster seines Arbeitszimmers beobachtete: entspannt, aber konzentriert, und jederzeit bereit anzugreifen. „Also, was kann ich für dich tun, Urho?"

Urho bemühte sich eine etwas beruhigendere Körperhaltung einzunehmen. Er wollte vermeiden, dass Caleb ihn als feindlichen Besuch einstufte. „Wie ich schon sagte, ich bin Xan gestern Abend begegnet. Er war verletzt."

Caleb bekam rote Wangen, aber er hielt Urhos Blick fest. „Ja."

„Falls er ärztliche Behandlung benötigt ... ich bin diskret und bereit, ihm zu helfen."

Caleb nahm sich einen Moment Zeit, um ihnen beiden Tee einzuschenken. Seine langen, kräftigen Finger zitterten leicht. „Ich würde das sehr begrüßen. Allerdings bezweifle ich, dass Xan das ebenso sieht."

„Er ist ein sturer Arsch."

Calebs Lächeln kam prompt und überraschend. Urho war während ihrer bisherigen Begegnungen noch nicht oft der Empfänger dieses Lächelns gewesen. Xans Omega war ihm stets, wenn nicht schüchtern, so doch zaghaft erschienen. Nun aber signalisierte sein Lächeln eine potenzielle Offenheit zwischen ihnen.

„Das ist er, ja", stimmte Caleb ihm zu. „Viele Leute, die ihn kennen, verstehen das nicht. Aber es überrascht mich nicht, dass du es weißt."

Urho hatte keine Ahnung, wer um alles in der Welt von der Sturheit eines Alphas überrascht sein könnte, aber Xan gab typischerweise eine recht überzeugende Vorstellung des oberflächlichen Angebers, hinter dessen großer Klappe keinerlei Substanz steckte. Mit dieser Maskerade, seinen geckenhaften Fliegen und den engen Hosen, die sich in einer Weise an seinen Arsch schmiegten, die Urhos Blicke viel zu sehr fesselte – von den strahlenden und irgendwie unschuldigen, blauen Augen ganz zu schweigen – konnte Urho sich durchaus vorstellen, dass viele ernsthafte Männer darin versagten, Xans wahre Natur zu erkennen.

Im Morgenlicht, das durch die Fenster schien, bemerkte Urho zum ersten Mal, dass Caleb etwas älter war als Xan. Erste, feine Fältchen bildeten sich in Calebs Augenwinkeln. Urho schätzte den Altersunterschied auf mindestens fünf Jahre.

Es war ungewöhnlich für einen Omega, sich vertraglich an einen so viel jüngeren Alpha zu binden, ohne dass ein *Érosgápe*-Bund bestand. Es war nicht ausgeschlossen, dass so etwas hier und da vorkam, aber dennoch bemerkenswert. Wieso hatte er Xan anderen Alphas seines eigenen Alters vorgezogen? Oder Alphas, die sogar ein wenig älter waren als er selbst und etablierter? Sicher hatte es solche Anträge gegeben. Besonders für einen Omega von Calebs Schönheit und offensichtlicher Intelligenz.

„Xan bewundert dich, weißt du?", sagte Caleb so vorsichtig, wie man einen Zeh ins Meer taucht, um zu prüfen, wie kalt die Wellen sein mögen.

Urhos Herz schlug heftig, und er runzelte die Stirn, verwirrt von der plötzlichen Wärme, die in ihm aufstieg und ihn ins Schwitzen brachte. „Es ist nicht ungewöhnlich für einen jungen Alpha, zu einem älteren Alpha aufzublicken", sagte er, aber seine Stimme klang belegt, und er wusste nicht, warum.

Caleb gab ein leises Summen von sich; sein Blick lag prüfend auf Urho. Der Alpha rutschte auf seinem Stuhl hin und her und lockerte seine Krawatte. Es war plötzlich stickig in dem Salon, und er wünschte, Caleb würde ein Fenster öffnen.

Einige unangenehme Augenblicke lang herrschte Schweigen zwischen ihnen, dann sagte Caleb: „Was gedenkst du mit dem Wissen zu tun, das du gestern Abend entdeckt hast?"

Urhos Puls schien sehr langsam, und doch sehr laut zu werden, bevor er in einen wilden Galopp ausbrach. Er studierte Calebs ruhige Miene und suchte nach Anzeichen dafür, dass er womöglich Xans Vertrauen hintergehen könnte, indem er die Angelegenheit offen mit dessen Omega diskutierte. Aber er fand keine Arglosigkeit in Calebs Gesicht. Der Omega wusste Bescheid.

Calebs herausfordernder Blick verriet Urho, dass, was immer gestern Abend mit Xan passiert war, was immer die Wahrheit auch sein mochte – Caleb wusste alles. Urho stieß ein erleichtertes Seufzen aus. „Ich haben nichts weiter vor, als meine Hilfe als Arzt anzubieten."

Caleb nickte und nippte an seinem Tee. Urho tat es ihm gleich. Das Orangenaroma war würzig und angenehm, und er nahm einen weiteren, längeren Schluck. Irgendwo über ihnen war das Öffnen und Schließen einer Tür zu hören. Calebs Blick wanderte prüfend zur Zimmerdecke, dann aber sah er wieder Urho an.

„Also, was ist gestern Abend passiert?", fragte Urho nach einem langen Moment der Stille, in dem sie nur an ihren Tees nippten und einander ansahen, mit gelegentlichen Pausen, wenn einer von ihnen den Mustern folgte, die das Sonnenlicht auf den Boden zeichnete. „Die Erklärung, die ich von ihm bekam, ergab keinen Sinn."

„Er war nicht bei Sinnen", antwortete Caleb leise. „Ich bin nicht sicher, was ihn veranlasst hat, zu diesem ..." Er verzog das Gesicht und verkniff sich den Rest des Satzes. „Er hat wohl seine Gründe."

„Er behauptete, angegriffen worden zu sein."

Caleb lachte bitter. „Ich nehme an, das kommt ganz darauf an, was man unter einem Angriff versteht, meinst du nicht?"

„Er machte in der Tat den Eindruck, als wäre er auf die schlimmste Weise überfallen worden."

Und Urho hatte ihn allein davonfahren lassen. Er hatte keine Entschuldigung für sein Verhalten. Der Geruch eines anderen Alphas an Xans Körper – die Pheromone von Sex und Schmerzen – hatte ihn vollkommen überwältigt und zutiefst verstört. Und das Kupferaroma von Blut hatte ihn in einer Weise entsetzt, wie es eines Arztes nicht würdig war.

Er erinnerte sich an Xans Augen, sonst so strahlend und blau – sie waren dunkel vor Furcht gewesen, von Verzweiflung überschattet und wild vor Schmerzen. Urho schauderte bei der Erinnerung an Xans Worte. *„Ich bin entmannt."*

Und die Art, wie er es gesagt hatte!

Wie etwas Permanentes. Etwas Endgültiges. Nicht wie der vorübergehende Ego-Verlust eines Mannes, der durch den unglücklichen und verabscheuungswürdigen Anfall eines anderen Mannes Alphamanifestation zur sexuellen Unterwerfung gezwungen worden war. Nein, es hatte mehr dahinter gesteckt. Das Eingeständnis einer Schuld. Eine Geschichte.

Aber das konnte nicht sein.

Urho konnte es nicht glauben. Er weigerte sich. Kein Alpha würde es hinnehmen, die permanente Entmannung als Lebensweise für sich zu akzeptieren. Insbesondere kein Alpha, der so viel zu verlieren hatte. Und Xan als Erbe eines gewaltigen Vermögens hatte alles zu verlieren.

„Er sagte, er wäre …" Urho hasste es, das Schimpfwort zu benutzen.

Als „entmannt" gebrandmarkt zu werden, wurde nicht nur als Entartung der Natur gesehen, es war gefährlich. Gefängnis war nicht einmal das Schlimmste, was einem Mann passieren konnte, der dem Heiligen Buch von Wolf auf diese Weise den Rücken kehrte.

Urho wand sich auf seinem Stuhl. „Er sagte, er ist …"

„Ja."

„Aber das kann nicht sein."

Calebs Stimme war kühl. „Und wenn doch?"

Urho rieb sich mit der Hand übers Gesicht. „Wie? Er ist ein Alpha. Kein Alpha würde sich eine solche Schwäche erlauben." Urho konnte nicht stillsitzen. Er hob das Kinn und suchte nach den Worten, die einfach wahr sein mussten. Die Worte, die er immer wieder zu sich selbst gesagt hatte, seit er in der Nacht zuvor den Rücklichtern von Xans Wagen hinterher geschaut hatte. „Er hat sich gewehrt. Er irrt sich, was die Ereignisse von gestern Abend angeht."

Calebs blonde Wimpern flatterten.

„Er wurde überfallen", fuhr Urho fort. „Von einem Mann, der von unkontrollierbarer Alphamanifestation beherrscht wurde. Vielleicht spielten Drogen oder Alkohol eine Rolle, oder jemand hatte den Omega des Mannes angemacht. Ich weiß es nicht. Es war ein Machtspiel der übelsten Sorte, und Xan hat sich gewehrt. Natürlich hat er das."

Xan war ein kleiner Alpha; auf keinen Fall konnte er sich gegen einen größeren Mann verteidigen, und beinahe alle Alphas waren größer als Xan.

„Es gab keinen Kampf" sagte Caleb leise.

„Natürlich gab es einen Kampf. Er war verletzt." Urho wurde ganz flau im Magen.

„Er wurde geschlagen", korrigierte Caleb. Seine Finger zitterten jetzt stärker, als er seine Teetasse auf den kleinen Tisch zwischen ihnen abstellte. „Das ist ein Unterschied."

Urho starrte Caleb an, und sein Magen drehte sich um. Er versuchte zu begreifen, warum genau ihn das so tief bestürzte. Er war Arzt beim Militär gewesen und hatte furchtbare Dinge gesehen. Und er hatte erst vor Kurzem seinen Forschungsposten an der Universität verlassen, um sein Leben der Hilfe von Armen im Calitan- und Deltadistrikt zu widmen.

Er hatte in seinem Leben alle möglichen Sorten von Menschen gesehen, alle möglichen Sorten von Verderbtheit, und doch – was Caleb über Xan andeutete, erschien ihm inakzeptabler als alles, dessen Zeuge er in der Welt geworden war. Der Gedanke, dass der nervtötende, großmäulige, attraktive Xan Heelies wirklich diese Art von Behandlung suchte, war unvorstellbar.

„Er will das?", flüsterte Urho. Seine Zunge schien zu groß für seinen Mund zu sein.

„Nicht *das*", sagte Caleb und schüttelte den Kopf. „Wer würde sich schon misshandeln lassen wollen? Aber …" Er verstummte, und sein Blick wanderte zur Tür. Urho wusste sofort, wer dort stand, als ein zärtlicher Ausdruck in Calebs Augen trat. „Liebling, du solltest im Bett sein."

„Ich habe offensichtlich einen Besucher", sagte Xan steif. Er stand da, mit einer Hand auf der Türklinke, die andere in der Hosentasche. Er trug eine modische, aber bequem weite Hose und einen weichen, grauen Pullover mit Rollkragen, der die weißen Flecken in seinen blauen Augen leuchten ließ. Seine linke Wange war geschwollen und verfärbt. Seine Augen waren wie leblose Schatten, ganz anders als die tanzenden, lachenden blauen Seen, die Urho bei ihrer ersten Begegnung so bewundert hatte.

„Ein sturer Besucher, Ren zufolge", fuhr Xan fort und erwähnte den Namen des Haushälters und Beta-Dieners, der Urho an der Tür empfangen hatte. „Jemand, der sich weigerte zu gehen, bevor er mich nicht gesehen hat, wurde mir gesagt. Und jetzt macht dieser Jemand meinem Omega Kummer." Er hob das Kinn, und das kleine Grübchen darin wirkte im Licht des Fensters tiefer als sonst.

„Er macht mir keinen Kummer", sagte Caleb und lächelte Xan an. „Aber ich freue mich über deinen Beschützerdrang, mein Lieber."

„Du siehst aber bekümmert aus", beharrte Xan und warf Urho einen scharfen Blick zu.

„Ich bitte um Entschuldigung, falls ich deinem Omega zu nahe getreten sein sollte", sagte Urho rasch. Ihm wurde am ganzen Körper warm, als er Xan ansah. Sein Herz pumpte schneller, als wäre er im Unrecht, hier zu sein und dem Mann helfen zu wollen, der angeblich ein Freund war. „Er war lediglich gastfreundlich zu mir während deiner Abwesenheit."

Xan hob eine Braue, sagte aber nichts.

Caleb brach das angespannte Schweigen. „Wenn du nicht zurück ins Bett gehen willst, solltest du wohl hereinkommen und dich setzen. Zeig ein wenig Manieren."

Xan durchquerte langsam den Raum, wobei sein herausfordernder Blick auf Urho gerichtet blieb. Er sah nur kurz zu Caleb, als er sich auf einen anderen weichen Stuhl neben ihn setzte, Er zuckte zusammen, als sein Hinterteil das Polster berührte.

Die Verletzungen an seinem Anus mussten schwer sein, wenn sie ihm auch am nächsten Tag noch solche Schmerzen breiteten. Urho öffnete den Mund, um Xan dafür zu tadeln, dass er ihn nicht als Arzt und Freund zu Hilfe gerufen hatte, ließ es aber dann bleiben,

Xan hatte am Abend zuvor gesagt, er verdiene das. Und Heiliges Buch von Wolf, wenn er losging und sich willentlich so etwas antun ließ, dann verdiente er das vielleicht wirklich. Urho schauderte angewidert, aber er wusste nicht, ob er es selbst war, das Heilige Buch, oder Xan. Das alles ging über seinen Horizont, und er wusste nicht, wo er anfangen sollte.

Caleb schien nicht solche Probleme zu haben. „Du musst dich von Urho untersuchen lassen."

Xan schnaubte, aber endlich hörte er auf, Urho anzustarren und senkte den Blick auf den Boden. Er streckte sich nach Calebs Hand, und als Caleb sie ihm reichte, hielt er sich daran fest. Urho schaute die beiden an und versuchte zu verstehen, was vor sich ging. Wieso fühlte er sich, als wäre er in eine verdrehte Welt katapultiert worden, eine, die er einerseits dringend begreifen, ihr aber andererseits auch so weit wie möglich entfliehen wollte?

„Du bist verletzt, und ich habe Angst um dich", sagte Caleb. „Als dein Omega verlange ich, dass du es zulässt."

Xan schloss fest die Augen, und seine Wangen röteten sich, aber er nickte. „Dr. Chase", begann er förmlich.

„Wir sind schon zu lange Freunde, um jetzt damit anzu-fangen." Die unterdrückten Emotionen unter all den Förmlich-keiten machten Urho ganz kribbelig.

„Also gut. Urho", sagte Xan. In seinen Augen brannte unter-drückter Zorn, als er Urho ansah. „Mein Omega wüsste es zu schätzen, wenn du mich untersuchst. Er macht sich Sorgen um meine Gesundheit."

„Und zurecht. Du siehst furchtbar aus." Urho nahm einen tiefen Atemzug und inhalierte den Duft von Xans Haut sowie die anderen Geruchsschichten über ihm und um ihn herum. „Es könnte bereits eine beginnende Infektion vorliegen."

Caleb riss die Augen auf und klammerte sich so sehr an Xans Hand, dass seine Knöchel weiß wurden.

„Jetzt machst du meinem Omega Kummer", sagte Xan düster. „Aber lass uns die Sache hinter uns bringen."

Urho wurde ein wenig schwindelig, so als wäre sein Tee mit Drogen versetzt gewesen. Er erhob sich, als Xan aufstand und Urho bedeutete, ihm dahin zu folgen, wo sie etwas mehr „Privatsphäre" haben würden. Seit wann brauchte ein Alpha vor seinem Omega Privatsphäre?

Xan ging voraus zur Treppe, aber als er nach oben sah, ließ er geschlagen die Schultern hängen. „Ich würde es lieber hier im Erdgeschoss machen."

„Wir könnten zurück in den Salon gehen. Sicher will Caleb doch anwesend sein, wenn–"

„Du musst dich von ihm fernhalten", murmelte Xan.

Urho runzelte die Stirn. „Ich habe keinerlei Absichten Caleb gegenüber. Wofür hältst du mich?"

Xan lachte humorlos. „Darum mache ich mir keine Sorgen. Caleb ist etwas Besonderes."

„Das denken alle Alphas von ihren Omegas."

„Kann sein. Aber ich will ihn beschützen."

„Vor mir?"

„Vor Dingen, die ihm Kummer machen."

Urho schnaufte. „Ich kann mir vorstellen, dass ihm im Augenblick die Blutergüsse in deinem Gesicht mehr Kummer machen als alles, was ich sagen oder tun könnte."

„Wir wissen beide, dass das nicht stimmt", sagte Xan unheilvoll und winkte Urho in einen engen Korridor. „Nur eine Bemerkung von dir, dass du vorhast, dich mit deinem Wissen an die Behörden zu wenden, würde ihn fertig machen."

Urho stieß gekränkt den Atem aus. Was dachte Xan nur von ihm?

Schließlich öffnete Xan eine Tür zu einem kleinen, unrenovierten aber hellen Raum, der nichts weiter enthielt als einen Tisch, ein paar Stühle, und eine alte Couchliege, die an einer Wand stand. Es sah aus wie ein Kinderzimmer. Vielleicht war es das für die früheren Besitzer gewesen. Urho wusste, dass Xan das Haus nach dem Tod eines verwitweten Omegas bei einer Versteigerung erstanden hatte.

„Wird es hier gehen?"

Urho stellte seine Tasche auf den Tisch und zwang seine Stimme nicht zu zittern. „Zieh dich aus. Ich muss deine Verletzungen von Kopf bis Fuß sehen. Du kannst dich in die Decke wickeln, die dort auf der Liege ist, wenn es sein muss, aber ich muss auch deinen Anus untersuchen."

Xan stand reglos da und starrte Urho an. Seine Pupillen wurden so weit, dass sie das Blau in seinen Augen beinahe verschluckten. „Wieso tust du das?", flüsterte er schließlich gepresst. „Wieso bist du überhaupt hier?"

„Du bist verletzt." Urho wusste nicht weiter. „Was für ein Arzt wäre ich, wenn ich nicht heute Morgen nach dir sehen würde?"

„Was für ein Arzt warst du gestern Abend, dass du mich in diesem Zustand allein nach Hause fahren ließest?"

„Ein schockierter. Ein menschlicher." Urho rieb sich das Gesicht und fühlte die Bartstoppeln, die er heute Morgen bei seiner hastigen Rasur übersehen hatte. „Ich habe mich nicht richtig verhalten."

Und er begriff nicht, warum. Wäre es irgendein anderer Mann auf der Straße gewesen, irgendein anderer Alpha, der ihm gestanden hätte, er wäre entmannt, hätte er gewusst, was zu tun war. Und besonders bei einem anderen *Freund* hätte er drauf bestanden, ihn nach Hause zu begleiten und sich sofort um ihn zu kümmern. Was war es nur an Xan, das ihn immer so aus der Bahn warf? Und wieso machte die Enthüllung, dass die Gewalt, die diese Verletzungen verursacht hatte, nicht gänzlich unwillkommen gewesen waren, Urho solche Angst?

Nein, das war alles Unsinn. Xan konnte so oft behaupten, entmannt zu sein, wie er wollte. Der Junge war gestern nicht bei sich gewesen. Er konnte unmöglich gemeint haben, was er gesagt hatte. Genauso wie Caleb nicht gemeint haben konnte, was er heute Morgen angedeutet hatte. Urho weigerte sich, es zu glauben.

Sein Magen drehte sich und verhärtete sich zu lebendigen Knoten. Nochmals wischte Urho sich übers Gesicht. „Vergib mir."

„Ich hätte am Steuer beinahe das Bewusstsein verloren."

Urho räusperte sich, dann versuchte er wieder die Oberhand über das Gespräch zu gewinnen. Er war hier im Recht. Daran musste er sich erinnern. Er durfte sich nicht unterkriegen lassen. „Es tut mir leid. Sollen wir jetzt mit der Untersuchung anfangen?"

„Schön."

„Zieh deine Sachen aus."

„Nein."

„Dein Omega hat verlangt, dass ich dich untersuche."

Xan verschränkte die Arme vor der Brust und hob das Kinn. „Lass ihn da raus. Was machst du hier Urho? Was willst du wirklich von mir?"

Urho gestikulierte zu der Liege und nahm selbst auf einem der Stühle an dem kleinen Tisch Platz. Der Stuhl war zu niedrig und seine Knie zu hoch, und er kam sich lächerlich und dumm vor. „Ich konnte letzte Nacht nicht schlafen. Ich habe sehr bereut, dass ich dich so einfach gehen ließ. Das war nicht richtig für einen Arzt. Und unverzeihlich für einen Freund."

Xan blieb stehen. „Aber du bittest dennoch um meine Vergebung?"

„Ich würde es dir nicht vorwerfen, wenn du sie mir verweigertest."

„Du bist ein Arschloch", entfuhr es Xan.

„Genau wie du."

„Stimmt." Xans Lippen verzogen sich beinahe zu einem Lächeln. „Aber seien wir ehrlich, wir sind kaum Freunde. Du schuldest mir nicht das Geringste. Wenn du eine Hilfe sein willst, dann fahr nach Hause, vergiss, dass ich etwas gesagt habe und lass mich in Ruhe."

Urho runzelte die Stirn und richtete sich im Stuhl auf. Er wollte dieser Beschreibung ihrer Bekanntschaft widersprechen, aber Tatsache war, dass er keine Zeit allein mit Xan verbrachte. Nie.

Und dafür gab es einen Grund. In Xans Gegenwart hatte er immer das Gefühl, seine Haut wäre zu eng für ihn, seine Welt zu fade, sein Herz zu abgestumpft. In Xans Gegenwart kribbelte es ihn überall vor Ärger, und er verspürte das Verlangen, ihn im Nacken zu packen, auf den Boden zu drücken und …

Und was?

Zu tun, was immer jener Alpha letzte Nacht mit ihm gemacht hatte?

Nein, er wollte Xan ficken, und zwar so, dass es ihm gefiel, nicht ihn zusammenschlagen und ihm Leid zufügen. Nicht der winzigste Teil von ihm wollte so etwas.

Urhos Gesicht begann zu glühen. Er hoffte, seine dunkle Haut verhinderte, dass Xan es bemerkte. Aber selbst, falls er es nicht bemerken sollte, konnte Urho nicht viel tun, um seine Verwirrung zu verbergen. Sein Verstand war ein Zirkus von Begehren und Ängsten, die er nicht verstand. Er konnte sich nicht vorstellen, dass er das besonders gut verschleiern konnte.

Xan starrte ihn an.

„Du verwirrst mich", sagte Urho schließlich. „Ich bin hier, um zu helfen, aber du behandelst mich wie einen Feind."

Xans Schultern sanken herab. Er runzelte die Brauen und richtete seinen Blick starr auf die Wand genau über Urhos Schulter. Seine Knie schienen zu zittern. Dann endlich setzte er sich auf die Liege, den Blick von Urho abgewandt, und zupfte nervös an der blauen Decke unter sich.

„Sprich mit mir", verlangte Urho. „Genug mit diesen Seltsamkeiten. Sag mir einfach, was letzte Nacht passiert ist.

Gebrauche deine Worte. Ich weiß, du hast jede Menge davon. Ich höre dich andauernd große Töne spucken."

Xans volle Lippen zuckten, als wollte er lächeln, und Urho setzte sich gerader hin und entspannte sich in seiner vertrauten Rolle als älterer Alpha mit Erfahrung und gutem Rat. So wie bei Jason konnte er vielleicht ein väterlicher Freund sein, eine Art Onkel-Figur. Xan war nicht viel anders.

Ungeachtet dessen, dass der Anblick von Xans geschwollener Wange an irgendetwas in Urhos Innerem zerrte, wie ein Angelhaken, der in seiner Seele steckte, zerrte und zerrte und zerrte, bis er ihn herausreißen wollte oder … etwas anderes tun. Der Drang zu handeln war überwältigend – ob er zärtlich oder gewalttätig war, wusste Urho selbst nicht genau. Aber er wollte sich definitiv in einer Weise verhalten, die verboten war.

Er schluckte schwer und nahm wieder die Onkelrolle ein, fand in ihr Kraft und Beständigkeit. „Sag's mir", befahl Urho.

Xan warf ihm einen finsteren Blick zu, so als wollte er widersprechen oder sich weigern, aber dann sagte er schlicht und vollkommen ruhig: „Ich bin entmannt. Das habe ich dir gestern schon erklärt."

„Du wurdest überfallen. Du hast dich gewehrt", sagte Urho und kehrte zu der Geschichte zurück, von der er sich beinahe überzeugend eingeredet hatte, sie wäre wahr. Abgesehen von dem Teil, der nicht dazu passte – denn er hatte letzte Nacht auch Xans Sperma gerochen. Was Urho sich erst in diesem Moment wirklich eingestehen mochte.

Dennoch klammerte er sich an die einfacheren Lügen und hoffte, Xan möge sie aufnehmen und sich zu eigen machen. „Es gibt nichts, dessen du dich schämen müsstest. Du wurdest überwältigt und–"

„Ich bin zu ihm gegangen, Urho. Ich gehe regelmäßig zu ihm." Xans Augen leuchteten aufgebracht. „Um mich ficken zu lassen."

Urhos Mund klappte zu, und er ballte die Fäuste. Abscheu stieg in ihm auf. Bei der Vorstellung von Xan unter einem anderen Mann, der ihn in Besitz nahm, in ihn eindrang, stieg Urho bittere Galle auf. „Nein."

„Verstehst du es jetzt? Er ist nicht mein Liebhaber. Es ist nichts dergleichen." Xan erschauderte. „Ich hatte einst einen Liebhaber und kenne den Unterschied. Aber das ist lange vorbei. Also muss ich nehmen, was ich kriegen kann. Was ich verdiene."

„Du hattest einen Liebhaber?" Urho standen die Haare zu Berge, und er knirschte mit den Zähnen. Sein Herzschlag beschleunigte sich; eine wahre Flut inakzeptabler Gefühle tobte in ihm. Und in ihrem Gefolge erfüllte ihn Eiseskälte von Kopf bis Fuß.

Xan antwortete jedoch nicht darauf. Sein Blick ging ins Unendliche, als wäre er plötzlich ganz woanders und überhaupt nicht mehr da. Urho schluckte so laut, dass es in dem winzigen Raum widerhallte.

Schließlich fokussierte er seinen Blick wieder auf Urho. Mit vor Niedergeschlagenheit heiserer Stimme fragte er. „ Was willst du sonst noch wissen?"

„Wer ist er?"

„Spielt das eine Rolle?"

„Was er tut, ist ein Verbrechen. Er gehört eingesperrt."

Xan schnaubte. „Dem Gesetz nach bin ich es, der eingesperrt gehört."

„Du gehst nicht … du kannst nicht wollen, dass …" Urho drehte sich der Kopf, und es war viel zu warm im Raum. Er löste seine Krawatte und öffnete seinen Hemdkragen.

„Doch!", erwiderte Xan mit erhitzten Wangen. Die Röte überzog seine Kehle. „Er sucht nie nach mir. Ich gehe zu ihm. Immer. Ich finde ihn, und ich bettele ihn an. Ich reize ihn und provoziere ihn. Ich dränge ihn so lange, bis er mich fickt. Für ihn ist es nur ein Spiel, nichts weiter."

„Und was ist es für dich? Auch nur ein Spiel?"

„Schön wärs'."

„Was soll das bedeuten?"

„Es bedeutet, da ist eine kranke, verdrehte Dunkelheit in mir, die ich nicht zurückhalten oder kontrollieren kann."

Urho schüttelte den Kopf, immer noch fassungslos. „Du bettelst ihn doch nicht an, dich so zuzurichten."

„Nein", räumte Xan ein. „Aber ich weiß was ich riskiere, wenn ich zu ihm gehe. Ich weiß um seine Feindseligkeit mir gegenüber schon seit sehr langer Zeit. Ich weiß, wie ich ihn provozieren kann. Und das tue ich dann."

Urho wischte sich einen Tropfen Schweiß von der Stirn. In seinem Innerem tobte ein Sturm. „Hilf mir, das zu verstehen."

Xan schnaufte. „Wie?"

„Erkläre es mir."

„Habe ich doch gerade."

„Noch einmal."

„Ich bin entmannt. Das habe ich dir jetzt schon zweimal gesagt. Was gibt es daran nicht zu verstehen? Krieg es einfach in deinen Schädel."

Urho schloss die Augen. War Xan in der Vergangenheit verge-waltigt worden? Hatte ihn das dazu gebracht zu glauben, diese Art der Behandlung wäre, was er wollte? „Wann hat es angefangen?"

„Das mit dem Kerl der mich so zugerichtet hat? Oder meine Entmannung?"

„Letzteres."

Xan zupfte erneut an der Decke und warf Urho einen argwöhnischen Blick zu, bevor er antwortete: „In der Schule."

„Mit wem?"

„Meinem Liebhaber."

„Und dieser sogenannte ‚Liebhaber' zwang dich dazu?"

„Nein. Nie. Er war mein Freund, und wir haben miteinander sexuell gespielt. Es war anders als das, was ich jetzt tue." Seine Stimme wurde sehr leise, und er konnte Urho nicht in die Augen sehen. „Es war schön."

Urhos Schläfen pochten, „Wer war er?"

Xan lachte und zupfte immer noch an dem Stoff. „Als wenn ich dir das verraten würde. Es geht dich nichts an. Außerdem ist es inzwischen vorbei."

Urho starrte Xan an. Plötzlich bekamen kleine Gesten und Blicke zwischen Jason und Xan eine völlig neue Bedeutung, und er erinnerte sich wieder an Vales Worte von vergangener Nacht. Ein Zorn, den er nicht verstand, drückte ihm die Brust zusammen. „*Jason* war dein ‚Liebhaber'?"

Xans Gesicht fiel in sich zusammen, und Tränen stiegen ihm in die Augen. „Nein."

„Du lügst."

Xan schluckte geräuschvoll, dann presste er seine zitternden Lippen zusammen. „Jason ist … er ist mein bester Freund. Er versteht mich. Das ist alles, was du zu wissen brauchst."

„Er weiß über diese brutale Verbindung von dir Bescheid?" Urho deutete in Richtung von Xans verbeultem Gesicht, wohl wissend, dass Jason unmöglich davon wissen konnte. Er würde Xan niemals damit weitermachen lassen, und außerdem hatte Xan Urho erst gestern Abend angefleht, Jason gegenüber nichts zu erwähnen.

„Nein, Und wenn du es ihm sagst, wird es ihn nur aufregen, und das wäre nicht gut für Vale."

Urho biss die Zähne zusammen. Xans trotziger Tonfall bei der Erwähnung von Vale verriet allzu deutlich, dass Xan über Urhos frühere Beziehung zu Vale und seine Gefühle für ihn Bescheid wusste. In einer so kleinen Gruppe von Freunden ließ sich so etwas offenbar nicht geheim halten.

Dennoch, bis letzte Nacht hatte Xan es verdammt gut hinbekommen, seine Geheimnisse für sich zu behalten. Seine und Jasons. Lange unterdrückter Zorn wallte in Urho auf. Jason hatte ihm Vale weggenommen *und* Xan traumatisiert.

„Deshalb und aus vielen anderen Gründen ist hoffentlich klar, dass es allein meine Sache ist, was ich tue, und niemand in diese Sache hineingezogen werden muss, vor allem nicht die Behörden", fügte Xan gebieterisch hinzu. „Die Person, die am meisten Schaden nähme, wenn ich verhaftet würde, ist Caleb, und er ist vollkommen unschuldig."

„Ich werde nicht zulassen, dass dir etwas Schlimmes passiert", sagte Urho, lehnte sich nach vorn und stützte die Ellenbogen auf seine Knie. Der Gedanke Xan könnte noch einmal so verletzt werden, machte ihn fertig, aber er versuchte die Fassung zu bewahren. „Deshalb kann ich dich nicht weiter solche Dinge sagen lassen – weder zu dir selbst, noch zu irgendjemanden. Du musst mir versprechen, dass dies – was immer diese brutale Geschichte ist – etwas ist, das du nie wieder suchen wirst."

Xans Kiefer zuckte, und er starrte Urho trübsinnig an, Aber er nickte.

„Habe ich dein Wort?"

„Ich habe Caleb bereits gesagt, dass es das letzte Mal war", fuhr Xan ihn an. „Er ist sowieso der Einzige, der das Recht hat, irgendetwas von mir zu verlangen."

Urho seufzte, gleichermaßen erleichtert und verärgert.

„Wo wir gerade von Caleb sprechen – er wird sich sicher schon fragen, was wir so lange treiben", sagte Xan. „Ich nehme nicht an, dass du bereit bist, ihm zu sagen, du hättest mich untersucht, und dass alles in Ordnung ist?"

„Dazu bin ich nicht bereit."

Xan brummte, dann zog er sich seinen Pullover über den Kopf.

„Dann lass uns anfangen. Je schneller wir es hinter uns bringen, umso besser."

Die roten und violetten Blutergüsse unter Xans Pullover waren erschreckend beeindruckend. Urho, der auf ihn hinabblickte und daran erinnert wurde, wie klein Xan war, hörte sein Herz und seine Lunge ab. Sein eigener hämmernder Puls machte es schwer, durch das Stethoskop etwas zu hören. Er schloss die Augen, um die Schäden an Xans Körper einen Moment lang nicht sehen zu müssen, und verdrängte die Wut und den hilflosen Schmerz, die ihm den Magen umdrehten.

Als er etwas ruhiger war, machte er die Augen wieder auf und tastete mit zitternden Fingern Xans Rippen nach Brüchen ab. Die Hügel und Täler von Xans muskulösem Oberkörper waren überwiegend haarlos und seine blasse Haut bildete einen scharfen Kontrast zu Urhos Händen. Er tastete den Brustkorb behutsam ab und war erleichtert, trotz der grausamen Blutergüsse überall auf Xans Torso, keine fühlbaren Brüche zu entdecken.

Als Nächstes untersuchte er behutsam die handförmigen Blutergüsse an Xans Hals. Sein Herz zog sich schmerzhaft zusammen, als er Xan bat, seinen Kopf in diese und jene Richtung zu drehen, und vorsichtig nach Verletzungen tastete. Er mochte gar nicht daran denken, was hätte passieren können, wenn etwas mehr Druck ausgeübt worden wäre.

Urho griff in seine Tasche und holte eine Heilsalbe heraus. Er öffnete den Deckel des kleinen Glastiegels und der Duft von Arnika und Süßholzwurzel erfüllte die Luft. Er nahm einen Klecks auf seine Finger und verrieb die Salbe auf den schlimmsten blauen Flecken. Xans Haut fühlte sich warm und fragil unter seinen Händen an.

Xan starrte zu ihm hinauf. Er atmete schnell, und seine Nippel zogen sich zu spitzen Knospen zusammen. Urhos Herz hämmerte, aber er räusperte sich, wischte seine Finger an einem Tuch aus seiner Tasche ab, und murmelte schließlich: „Ich muss dich auch unten untersuchen. Ich kann den Beginn einer Infektion dort riechen."

Xans Wangen begannen noch mehr zu glühen, und der Puls an seinem Hals pochte sichtbar. Aber er knöpfte seine Hose auf, schob sie bis zu den Fußgelenken hinunter und enthüllte einen wohlgeformten, halb harten Alphapenis sowie einen dichten Busch von schwarzen Schamhaaren.

Urhos Eier kribbelten, und sein eigener Schwanz schwoll an. Er wandte sich ab und gab vor, etwas in seiner Tasche zu suchen, während er sich bemühte, die steigende Erregung zu unterdrücken, die ihn überkam. „Bitte begib dich auf deine Hände und Füße", sagte er, aber seine Stimme war rau und klang selbst in seinen eigenen Ohren seltsam.

Als er sich wieder umdrehte, war Xan seiner Anweisung gefolgt. Sein Arsch war in die Luft gestreckt, und seine Knie und Unterarme drückten sich in die dünne Matratze der Liege. Urho stockte der Atem. Er musste mehrmals blinzeln. Xans Rücken war ebenfalls von dunklen Flecken übersät. Mehrere geschwollene Stiefelabdrücke befanden sich gefährlich nah an seiner Wirbelsäule, und selbst auf seinem Arsch hatte er einen tiefroten runden Bluterguss.

Aber seine Haut leuchtete in der Morgensonne, sein dunkles Haar glänzte wunderschön. Und sein Arsch war herrlich anzusehen – knackig und rund, die Sorte Arsch, die jeder Omega stolz wäre zu besitzen.

Aber er ist kein Omega. Er ist ein Alpha, und es ist absolut verboten.

Urho schluckte schwer und rückte seinen Schwanz in der Hose zurecht. Dann kniete er sich hin, um besser sehen zu können, um zog die blassen Rundungen von Xans Arschbacken auseinander, um den Anus zu untersuchen. Als er die weichen Haare zur Seite strich, durchströmte ihn plötzliche Hitze wie ein Blitzschlag. Er schluckte, und Speichel lief ihm im Mund zusammen.

Xan drehte den Kopf, um ihn über seine Schulter hinweg anzusehen, Urhos Schwanz erhob sich zu voller Härte, als er Xans besorgten Blick aus blauen Augen auffing. „Ist alles in Ordnung?" Xans Stimme bebte ein wenig, und Urho hätte ihn am liebsten an den Hüften gepackt, zu sich herangezogen und die geschwollene, rosa Stelle geküsst. Am liebsten hätte er das zarte Loch für immer beschützt.

Urho schüttelte heftig den Kopf, um wieder zu Sinnen zu kommen.

Xan riss erschrocken die Augen auf. „Wie schlimm ist es?"

Urho hüstelte. Das Blut rauschte in seinen Ohren, kleine Punkte tanzten vor seinen Augen, und sein Schwanz pulsierte Vorsperma in seine Hose. Er erschauerte, gepackt von dem verrückten Drang, sich vorzubeugen und Xans Loch nicht nur zu küssen, sondern daran zu lecken. Er schüttelte das Verlangen mit großer Mühe ab und zwang sich, seine Aufmerksamkeit wieder auf die Untersuchung zu richten. „Du bist hier geschwollen. Und es gibt ein paar kleine Risse."

„Aber es ist nicht ruiniert?"

„Ruiniert?", wiederholte Urho, dessen Gehirn Feuerwerke abschoss. Sein Schwanz drückte hart gegen den Stoff seiner Hose. „Es wird vollkommen heilen." Er holte tief Luft und konnte immer noch den Unterton der Infektion riechen. Er wusste, er sollte nach inneren Verletzungen suchen. Er nahm das Gleitmittel, das er bereitgestellt hatte, und zog einen dünnen, medizinischen Handschuh an, der aus dem gleichen Material bestand wie Alphakondome. „Spreiz deine Beine etwas weiter für mich. Ich muss dich innerlich abtasten."

Xan stöhnte erbarmungswürdig, und sein Schwanz schwoll und erhob sich. Seine Eier zogen sich zusammen, bis sie fest direkt unter der Schwanzwurzel hingen und seine Schenkel zitterten.

Urhos eigener Ständer pulsierte so heftig, dass er es wie ein Echo hinter seinen Augäpfeln spürte. „Wolfgott", flüsterte er.

„Tut mir leid", murmelte Xan. Röte überzog seinen Rücken und erhitzte sein Gesicht. „Ich kann nichts dagegen tun. Aber ich verspreche, ich werde nicht kommen."

Urho stieß unwillkürlich ein Knurren aus und versuchte, das Bild zu vertreiben, das in seinem Kopf auftauchte: Xan, den Rücken durchgebogen, das Arschloch um Urhos Ständer, während er die Couchliege unter sich mit einer großen Menge Alphasamen besprizte.

„Er hasst es, wenn ich komme", flüsterte Xan. Urho wurde fast schwarz vor Augen, als ohnmächtiger Zorn ihn durchfuhr. Er setzte sich zurück auf seine Fersen, schwer atmend, und sein Schwanz zuckte in seiner Hose. Er holte zitternd Luft.

Xan spreizte seine Beine weiter und verbarg das Gesicht an seinem Unterarm. Sein Schwanz hing genau vor Urhos Augen, lang und dick, größer als jeder Omegapenis, und wurde mit jeder Sekunde härter. Urho drückte Gleitmittel auf seine behandschuhten Finger und versuchte sich zusammenzureißen.

Vielleicht wurde er gerade krank, beginnendes Fieber, oder vielleicht wurde er wahnsinnig, denn als er über Xans misshandeltes Arschloch strich, wollte er nichts dringender, als sich zu erheben und seinen eigenen Schwanz hineinstecken. Er biss sich auf die Unterlippe und erschauerte.

Xan drückte seinen Rücken in die Lordosis-Haltung und präsentierte sich, wie ein Omega es tun würde. Urhos Eier zogen sich fest zusammen. Er atmete schnell und gierig – ein raues, hektisches Wispern, das im Raum widerhallte. Er drückte seinen Finger in Xans Loch und versuchte, die schreiende, besitzergreifende Lust abzuschütteln, die ihn überschwemmte, aber ohne Erfolg.

Es spielte keine Rolle, dass es falsch war, so zu empfinden, oder dass das Heilige Buch von Wolf solche Gefühle verdammte. Oder dass er als Arzt einen Patienten nicht in dieser Weise berühren sollte, während er sexuell erregt war – in dieser verwirrenden, falschen Weise. Es änderte überhaupt nichts.

Er schloss die Augen, versuchte, langsamer zu atmen, und konzentrierte sich auf seine Pflicht als Arzt. Er tastete den Anus von innen ab und tat so, als wäre Xan irgendein Patient aus dem Calitandistrikt, ein älterer Beta vielleicht, der anal von einem Alpha genommen worden war. Ganz egal, solange die Person, die er berührte, nur nicht Xan Heelies war und niemals sein würde. Nie sein konnte.

Aber der Geruch von Xans Erregung drang in seine Atemwege, ganz Xan, einzigartig und köstlich, bis Urho nicht länger so tun konnte, als ob. Er wollte sein Gesicht an Xans Haut pressen, ihn direkter inhalieren, in ihm schwelgen und ihn dann ficken.

Was zur Wolfhölle ist nur mit dir los?

Als er sicher war, sich beherrschen zu können, zog er seinen Finger heraus, entfernte den Handschuh und ließ sich wieder auf seine Fersen sinken. „Es ist nicht so schlimm." Seine Stimme brach, und er räusperte sich und versuchte es noch einmal. „Ich kann keine Fissuren ertasten, und die winzigen Risse werden heilen. Die Infektion, die ich gerochen habe, hat noch kaum begonnen. Ich lasse dir Medizin dagegen da."

Urho erhob sich langsam. Seine Erektion hatte nicht nachgelassen, und er wandte sich ab, um den Beweis seiner anhaltenden Erregung so gut wie möglich vor Xan zu verbergen. Während er für Xan Tabletten in eine kleine Pillendose zählte, versuchte er trotz der wilden Panik, die ihn erfasst hatte, zu denken. Noch nie in seinem ganzen Leben hatte er je einen anderen Alpha ficken wollen. Ganz gleich, wie attraktiv oder hübsch, ganz gleich, wie klein oder schlank. Nicht bevor Xan.

„Kann ich mich wieder anziehen?", fragte Xan mit belegter Stimme.

„Bitte."

Urho behielt ihm den Rücken zugewandt, als das Rascheln hinter ihm anzeigte, wie eilig Xan es hatte sich wieder zu bedecken. Urho versuchte an etwas zu denken – irgendetwas – das seine Erektion zum Verschwinden bringen würde, bevor der Moment kam, da er sich zu dem Jungen umdrehen musste.

Stattdessen schoss ihm ein Bild von Xan an dem Tag, als sie einander erstmals begegnet waren, durch den Kopf. Xan hatte in der Sommersonne gestanden, mit nichts an als seiner Badehose. Sein fester Körper hatte von Schweiß und trocknendem Wasser geglänzt, nachdem er den Meereswellen entstiegen war. Urho hatte der Atem gestockt, und er war wie angewurzelt stehen geblieben, fasziniert vom Anblick des Jungen.

Nur einmal zuvor in seinem Leben war ihm etwas Ähnliches passiert, an dem wundervollen Tag, als er Riki begegnet war. Direkt nachdem er seinen Gefährten gesehen und mitten im Satz verstummt war, sprachlos wegen Rikis Schönheit, hatte er Rikis Vollkommenheit gerochen und sich in wilder, ungestümer Weise auf ihn geprägt. Von diesem Augenblick an waren sie *Érosgápe* gewesen, für immer und sogar jetzt noch.

Natürlich war dem umwerfenden Augenblick, als er Xan am Strand gesehen hatte, keine Aufprägung gefolgt; das war physiologisch nicht möglich. Aber jetzt, während der Duft von Xans Erregung immer noch in seine Nase drang, kribbelten Urhos Gehirn und Körper vor Lust und einem wirren Gefühl von arrogantem Besitzerstolz – *mein!* – das er nicht erklären konnte, ja, nicht einmal annähernd begriff.

Xan war ein Alpha. Urho war ein Alpha. Das Heilige Buch von Wolf und die Gesetze des Landes waren eindeutig – niemals konnten zwei Alphas einen Bund dieser Natur teilen, nicht ohne einen schrecklichen Preis dafür zu bezahlen. Und bis zu diesem Moment hatte Urho stets an die Richtigkeit dieser Einschränkung geglaubt.

Nun aber …

„Ich rieche dich", flüsterte Xan. Die Atmosphäre zwischen ihnen knisterte vor Spannung. „Deine Erregung ist wie der Himmel für mich."

Urho hatte große Mühe, Xan nicht in seine Arme zu ziehen und ihn dem beschützerischen, überwältigenden Drang zu unterwerfen, der in ihm wuchs. Er erkannte sich selbst nicht mehr mit all diesen Gefühlen. Er wusste nicht, wohin damit.

„Hör auf!", stieß Urho stattdessen hervor. „Das ist widerlich."

Plötzlich schien keine Luft mehr im Raum zu sein, und Urho konnte durch seine Scham hindurch kaum atmen.

„Ich werde Caleb Grüße von dir ausrichten", sagte Xan hinter ihm mit kalter Stimme, in der tiefe Kränkung mitschwang. „Und ich werde ihm von deinem ärztlichen Urteil berichten, dass es nicht so schlimm ist und alles wieder heilen wird. Du kannst die Tabletten und deine Anweisungen bei meinem Portier hinterlassen. Ich verlasse mich darauf, dass du allein hinausfindest, damit uns weitere Demütigungen und Unannehmlichkeiten erspart bleiben."

Urho öffnete den Mund und drehte sich um, um Xan noch einmal das Versprechen abzunehmen, nie wieder dieses Ungeheuer aufzusuchen, wer immer es war, der ihm das angetan hatte – oder ihn womöglich zu packen und wild zu küssen – aber Xan war fort. Die Tür stand weit offen, und Xans Schritte verklangen im Flur.

Urhos Knie gaben nach, und er fiel auf den zu kleinen Stuhl. Sein Herz raste. Er musste sich beherrschen, um Xan nicht nachzulaufen, als Scham und Verwirrung ihn gefangen nahmen. Er blieb lang genug dort sitzen, um das Echo von Xans und Calebs Stimmen zu hören, die sich irgendwo über ihm durchs Haus bewegten. Und dann sogar noch länger, bis ein Beta-Diener auftauchte und verkündete er wäre gern bereit, Urho zur Tür zu geleiten.

Die Welt war plötzlich ein knackender, prickelnder, sich drehender, verrückter Ort. Verwirrt gab Urho dem Beta die Tabletten und leierte die Anweisungen herunter, wie Xan sie einzunehmen hatte. Dann ließ er sich von dem Diener hinauskomplimentieren. Hinaus in dieses neue und alptraumhafte Unbekannte.

ES WAR SONNENUNTERGANG, als Urho seinen Wagen am Bordstein vor seinem Haus parkte. Sein Magen war noch immer flau, und seine Hände zitterten von der Tortur in Xans Haus an diesem Morgen. Denn das war es gewesen, redete er sich fest ein – eine Tortur und weiter nichts.

Er erschien ihm herzlos und falsch, dass ihn die Ereignisse des Vormittags mehr mitgenommen hatten als die Totgeburt im Calitanviertel an diesem Nachmittag. Und doch wurde er das Gefühl nicht los, dass ihm von den wenigen Minuten, die er und Xan in dem alten Kinderzimmer miteinander verbracht hatten, immer noch die Knie schlotterten.

Er hatte versucht, das alles hinter sich zu lassen, und war mit dem festen Entschluss zur Klinik rausgefahren, sich in seine Arbeit zu stürzen und Xan zu vergessen. Als er dort ankam, war die Belegschaft in hektischer Betriebsamkeit, besorgt um einen Omega, bei dem viel zu früh die Wehen eingesetzt hatten. Von da an war es sowohl mit dem Omega als auch mit dem Baby rasant bergab gegangen.

Urho konnte von Glück sagen, den Mann gerettet zu haben. Und ihm war die traurige Aufgabe zugefallen, die Hand des Mannes zu halten, während der über den Verlust seines Kindes geschluchzt hatte. Wo der Alpha war, der ihn geschwängert hatte, wusste niemand zu sagen. Nicht alle Omegas hatten so viel Glück ihren

Érosgápe zu finden oder auch nur unter Vertrag genommen zu werden. Und nicht alle waren vertraglich an einen Mann gebunden, der sich für ihr Wohlergehen interessierte.

Aber nach der unbarmherzigen Totgeburt hatte Urho versucht, ein wenig abzuschalten, indem er in seinem Büro Akten geordnet hatte. Dann hatte er einige Patienten behandelt, die unangemeldet in die Klinik gekommen waren. Das hatte ihn eine Zeitlang von Xan abgelenkt, aber nur vorübergehend. Als ihm auffiel, dass er im Kopf immer und immer wieder sein Gespräch mit Xan durchging, anstatt aufmerksam einem jungen Omega zuzuhören, der über immer noch andauernde Blutungen nach einer schweren Geburt in der Woche zuvor klagte, gab Urho schließlich auf. Er schaffte es, sich lange genug zu konzentrieren, um den Mann zu beruhigen, ihm einige Kräuterpillen zu verschreiben, die die Blutgerinnung und Heilung förderten, und einen neuen Termin für einen Tag in der kommenden Woche mit ihm zu vereinbaren.

Danach war er erneut an Xans Haus vorbeigefahren, hatte zu den Fenstern hinauf geschaut und sich das Hirn nach einem Grund zermartert, an der Tür zu klingeln. Schließlich hatte er sich gezwungen nach Hause zu fahren, verwirrt von dem drängenden, ruhelosen Gefühl unter seiner Haut.

Er konnte nicht stillsitzen. Er konnte nicht klar denken. Immer wieder sah er Xan vor sich, wie er ihn zuletzt gesehen hatte – mit dem Arsch in der Luft auf der Liege, und dem Kranz von Schamhaaren um sein geschwollenes Loch, missbraucht und doch wunderschön. Und irgendwie hatte Xan Urho mit seiner Rosette gelockt, verführt, berauscht.

Und jetzt, immer noch benommen, saß er zappelig in seinem Wagen und starrte zu seinem eigenen dreistöckigen, verblichenem Bachsteinhaus hinauf. Das Zuhause, das er mit Riki geteilt hatte. Bis Riki gestorben war.

Plötzlich wurde er heftig von sehnsüchtigem Verlangen

erschüttert, und er stieg mit zusammengebissenen Zähnen und frischer Entschlossenheit aus seinem Auto. Riki brachte ihm stets Klarheit, im Tod genauso, wie er es im Leben getan hatte. Einfach nur in seiner Gegenwart zu sein, würde Urho beruhigen und ihn wieder zu Sinnen bringen.

Er eilte durch den Vorgarten, dann an der Seite des Hauses vorbei an den Rosenbüschen, die sein *Érosgápe* einst geliebt hatte, und betrat sein Haus durch den Eingang der Bibliothek. Über die Hintertreppe gelangte er in einen Flur, der zu einer Suite von privaten Zimmern führte, die er für sich beanspruchte. Er stieß erleichtert den Atem aus, als er erfolgreich jegliche Begegnung mit Beta-Dienern vermied, besonders seinem neugierigen – wenn auch unglaublich begabten – Koch Mako, der sich zweifellos um das Abendessen Sorgen machen würde, wenn Urho nicht bald auftauchte.

Urho marschierte durch bis ins Schlafzimmer. Dort war es kühl und dunkel. Der Raum enthielt nur ein großes Bett mit einem hellblauen Stoffhimmel, der zu den Vorhängen passte, und einen kleinen Medizinschrank für Notfälle.

Riki hatte die Einrichtung ausgesucht ein Jahr vor seinem Tod, und Urho erinnerte sich immer noch an das wunderschöne Lächeln auf dem Gesicht seines Geliebten, als der in diesem Zimmer gestanden und seine Auswahl bewundert hatte. Urho hatte ihm zugestimmt, als er erklärt hatte, es wäre perfekt.

Eine Wand wurde von einem großen Gemälde dominiert, das den Ozean zeigte – brechende Wellen, blauer Himmel, weißer Sand. Auch das hatte Riki ausgesucht. Die andere Wand war ganz verspiegelt, was den dunklen Raum noch größer wirken ließ und ihnen beiden eine wundervolle Ansicht ihres Liebesspiels ermöglicht hatte. Riki war in seinem Naturell eher still und unscheinbar gewesen, aber er hatte es geliebt, sich selbst zuzusehen, wenn Urho ihn um den Verstand gevögelt hatte. Er hatte immer gesagt, es würde ihm helfen zu glauben, dass das Leben wahr war, dass das wunderbare Glück, das sie teilten, real war, und das Urho wirklich und in jeder Hinsicht ihm gehörte.

Urho setzte sich aufs Bett, löste seine Krawatte und schlüpfte aus seinem Jackett. Er starrte die blauen Vorhänge an, die vor den großen Fenstern hingen, dann richtete er den Blick auf sein eigenes Spiegelbild. Ausgezehrt war die einzige Beschreibung für sein Gesicht, die ihm in diesem Augenblick in den Sinn kam. Er hatte sich am Morgen rasiert, aber seine Nachmittagsstoppeln zeigten sich bereits und ließen die Schatten unter seinen Augen noch dunkler erscheinen. Er trat sich die Schuhe von den Füßen und fuhr sich mit den Händen durch sein Haar.

„Riki", flüsterte er, als er aufstand und in den kleinen Innenraum ging, der früher Rikis Arbeitszimmer gewesen war.

An den Wänden waren immer noch die Tapeten mit dem blassen Rosendekor, die Riki ausgesucht hatte, und auch sein kleiner Ahornschreibtisch stand noch da. Aber die Wände waren nun übersät von alten Fotos, die Urho hier aufgehängt hatte, weil er es nicht ertrug, sie überall im Haus zu sehen.

Von einem Bild, das ihn und Riki auf den Stufen des Gerichtsgebäudes zeigte an dem Tag, als sie ihren Vertrag unterzeichnet hatten, bis zu einem Foto von ihrer ersten Seereise zusammen – Rikis blondes Haar vom Wind zerzaust, eine Pfeife zwischen die weißen Zähne geklemmt und die grünen Augen vor Freude leuchtend. Neben ihm blickte eine jüngere Version von Urho in die Kamera, ebenfalls voller Freude. Noch keine Spur von Kummer in seinen dunklen Augen oder seinen Lachfältchen.

Es waren die Tage gewesen, als Urho geglaubt hatte, er und Riki würden zusammen alt werden und eine Rasselbande brauner Babys aufziehen, die Urhos Hautfarbe, aber das Temperament ihres Paters hatten – sanft, gut, aufmerksam und gütig. All die Eigenschaften, die zu besitzen Urho jetzt anstrebte, während er damals einfach Riki erlaubt hatte, all das für ihn zu sein.

Über dem Sims des Kamins, in dem seit dem Tag von Rikis Tod kein Feuer mehr gebrannt hatte, hing ein großes, gemaltes Porträt von Riki in stolzer Haltung und mit einem schüchternen Lächeln. Seine Hand ruhte auf seinem gewölbten Leib, wo ihr Baby heranwuchs.

Urho hatte darauf bestanden, das Porträt malen zu lassen. Eines der wenigen Dinge, die er je gegen Rikis Willen verlangt hatte, weil er sich immer daran erinnern wollte, wie Rikis Wangen geglüht hatten, und daran, wie die pure Schönheit seines *Érosgápe*, der sein Kind unter dem Herzen trug, ihm den Atem geraubt hatte.

Jetzt starrte er zu dem Gemälde hinauf, und alte, schreiende, zwiespältige Emotionen rangen in ihm miteinander. Er kniete sich gegenüber des Schreibtisches auf den Boden, wo eine Locke von Rikis Haar unter einer Glaskuppel lag. Es war das einzige Stück von ihm, das jetzt noch in diesem Haus wohnte. Sein junger Körper war in der Chase-Gruft auf dem Zimmermon-Friedhof am Rande der Stadt beigesetzt worden. Dort ruhte er nun unter der Erde, zusammen mit ihrem Kind.

Ja, Urho hatte sie zusammen begraben. Das winzige Baby lag für immer und ewig in Rikis liebenden Armen. Ganz so, wie Riki es gewollt hätte, hätte er gelebt, um den ersten, jammervollen und einzigen Schrei ihres Kindes zu hören.

Urho schluckte die salzigen Tränen herunter, die ihm in die Augen traten. Er hatte seit Jahren nicht mehr in diesem Zimmer geweint, und doch, aus irgendeinem Grund brauchte er Riki heute mehr als seit langer, langer Zeit. Die Sehnsucht nach ihm brannte tief, bis ins Mark. Urho wollte seine beruhigenden Finger in seinem Haar spüren und seine sanfte Stimme hören, die ihm sagte, dass alles gut war. Er sehnte sich nach der gelassenen Akzeptanz dessen, was auch immer das Leben bringen mochte.

Und er sehnte sich verzweifelt danach, Riki sagen zu hören: „Ich liebe dich genau so, wie du bist, selbst wenn du Xan Heelies ficken willst, selbst wenn du ihn lieben und ihn zu dem Deinen machen willst. Denn du bist perfekt, Urho. Du bist Wolfgottes Geschenk an mich, und es gibt nichts, das du wollen könntest von dem ich nicht wollen würde, dass du es bekommst."

Er wischte sich mit dem Handballen die Nässe aus den Augen und schüttelte den Kopf. „Wirklich, Riki?", fragte er die Luft. „Könntest du mir diese verrückte Lust verzeihen? Dieses wolfverdammte Verlangen?"

Er starrte zu dem Porträt seines Omegas hinauf, dieses wunderschönen, schüchtern lächelnden Mannes. Dann senkte er den Kopf. Erschöpfung übermannte ihn. Er setzte sich auf seinen Hintern, vergrub das Gesicht in seinen Unterarmen und ergab sich den Wogen von Abscheu und Selbstverachtung, dem seltsam kribbelnden Verlangen und der Angst um Xans Wohlergehen, die er einfach nicht abschütteln konnte. Und als Erweiterung von Xan sorgte er sich auch um Calebs Wohlergehen.

Schließlich erhob er sich auf unsicheren Beinen und zündete mehrere Weihrauchstäbchen an. Mit zitternder Stimme sagte er das Gebet für einen verlorenen *Érosgápe* auf, dann ging er zurück ins Schlafzimmer. Er läutete, um Mako wissen zu lassen, dass er kein Abendessen einnehmen würde, verordnete sich selbst eine Beruhigungspille und kroch unter die blaue Bettdecke.

Als die Sonne wieder aufging, hatte er keine Sekunde lang geschlafen.

KAPITEL 5

„DANN WIRD ER also unser Geheimnis bewahren?", fragte Caleb aus heiterem Himmel, als hätten sie gerade erneut über Urho gesprochen. Dabei hatte Xan eigentlich versucht, das Thema seit der demütigenden Untersuchung vor zwei Tagen ein für alle Mal ad acta zu legen.

„Das habe ich dir doch schon gesagt – er wird mein Geheimnis bewahren. Und von deinem weiß er ja gar nichts." Xan betrachtete sich in dem großen Spiegel über dem Toilettentisch in seinem Schlafzimmer und tupfte Bühnen-Make-up auf seine Wange. „Lass uns einfach vergessen, dass es je passiert ist."

Caleb gab einen unbestimmten Laut von sich und öffnete das Fenster, obwohl der Morgen kalt und nebelig war. Die Luft roch nach nassem Asphalt, und die Geräuschkulisse des morgendlichen Pendlerverkehrs wehte herein. „Musst du wirklich gehen?"

„Du weißt, dass ich muss."

Xan wäre auch lieber zuhause geblieben, aber sein Vater hatte ihn ins Büro bestellt. „Grippe oder keine Grippe", hatte Doxan Heelies am Telefon gebrüllt. Und das war's dann leider.

Und leider würde es *definitiv* noch mehr Gebrüll geben, wenn Xan offensichtlich geschlagen, aber kein bisschen vergrippt auftauchte. Er hoffte, die Blutergüsse unter dem Make-up würden ihm einen Teint verleihen, den man mit der fahlen Haut eines Kranken verwechseln konnte, und vielleicht konnte er auch ein überzeugendes Husten vortäuschen. Obwohl schon schlichtes Atmen seinen gequetschten Rippen wehtat.

Caleb beobachtete ihn aufmerksam im Spiegel und mit dem wissenden Blick, den Xan normalerweise beruhigend fand. Aber in dieser Woche, in deren Verlauf sich so viele demütigende Ereignisse aneinander gereiht hatten, ging ihm dieser Blick an die Nieren.

„Was?", fragte er gereizt, während er noch eine Lage Make-up über seinem farbenfrohen Wangenknochen verteilte. Die Schwellung ließ sich so auf keinen Fall verbergen, selbst wenn es ihm gelang, den wütenden Fleck zu überdecken.

„Hat Dr. Chase sich nicht auch um die Hitzen verwitweter und ungebundener Omegas gekümmert?"

„Ja. Und er hat früher auch Vale geholfen, bevor Jason da war."

„Richtig. Ich erinnere mich, dass du mir das erzählt hast," Caleb strich sich das kinnlange, weiche Haar hinters Ohr. „Aber er hilft auch anderen, oder? Männern, die er nicht so gut kennt? Ich glaube, ich habe einmal Vale und Jason mit ihm über die intensiven Hitzen des Bruders seines Gärtners reden gehört. Der junge Mann, dem er regelmäßig hilft?"

Xan legte das Make-up weg. Seine Wange war erst halb bedeckt, sodass der verbliebene, rot-violette Teil im Kontrast dazu nur noch mehr leuchtete. Er drehte sich zu Caleb um und musterte ihn prüfend. Neid nagte an ihm, weil der Bruder des Gärtners das Privileg hatte, Urho zur Befriedigung seiner Bedürfnisse in Anspruch nehmen zu können.

Caleb hob eine Braue. „Nun?"

„Ja, das stimmt."

Calebs Stimme hob sich. „Er ist diskret. Er weiß über dich Bescheid. Vielleicht sollten wir ihm sagen, dass ich unaufhörliche Hitze habe und–"

„Nein." Es gab zahlreiche Gründe, warum Xan diesen Weg nicht beschreiten wollte, aber der größte war seine Sorge um Calebs sozialen Status und seinen Ruf. Die Diagnose „unaufhörliche Hitze" war der gesellschaftliche Todesstoß. Und es spielte keine

Rolle, welchen Namen man benutzte — Nymphomanie, unaufhörliche Hitze –jeder wusste, es bedeutete, dass dein Omega eine Schlampe war, die nicht genug bekommen konnte. Und die Diagnose war gleichbedeutend mit öffentlichem Spott und sozialem Ruin für alle Beteiligten.

Und was würde Xans Vater sagen, wenn er das herausfand? Ganz davon abgesehen, dass es nicht einmal die Wahrheit war!

Caleb tippte sich nachdenklich an die Unterlippe. „Uns bleiben noch ein paar Monate, um eine andere Lösung zu finden, aber ich möchte für die Akten festhalten, dass ich nichts gegen diese hätte."

Xan runzelte die Stirn. Der Funken von Frustration drohte, in Flammen aufzugehen. „Ich kenne da wen. Jemanden, der Zugang zu Medikamenten hat, die mir vielleicht die nötige Ausdauer verleihen, beim nächsten Mal durchzuhalten." Dass es sich bei diesem Jemand wiederum um Urho handelte, war ihm ein Dorn im Auge, und Xan behielt diese Information für sich.

Calebs Miene wurde weicher. Er ging zu Xan, nahm das Make-up und begann, es mit behutsamen Tupfern auf Xans Wange aufzutragen. „Du kannst nicht zu etwas werden, das du nicht bist, Liebling. Und ganz ehrlich würde ich nicht einmal wollen, dass du es versuchst."

„Ich bin ein Alpha", sagte Xan und schloss die Augen, während Caleb sich um sein Gesicht kümmerte, mit dem cremigen Make-up fertig wurde und es dann mit Puder mattierte, das Xan in der Nase kitzelte.

„Körperlich vielleicht, aber in deinem Herzen bist du ein Omega, und das ist zum Teil der Grund, warum wir so wunderbar zusammenpassen." Als Xan die Augen öffnete, sah er Calebs Lächeln, Calebs sanfte Augen. „Wir beide sind gut als Familie, Liebling, daran darfst du nie zweifeln. Aber Hitzen sind ein Problem. Und keiner von uns will noch einmal dasselbe erleben wie beim letzten Mal."

Xan erschauderte. „Nein." Er stand auf und zog Caleb in seine Arme, verbarg sein Gesicht an Calebs Hals und hielt ihn ganz fest. „Es tut mir leid."

Caleb streichelte seinen Rücken. „Es war unser erstes Mal zusammen. Wir wussten nicht, wie es laufen würde, und wir sind beide davon ausgegangen, dass meine Pheromone eine stärkere Reaktion bei dir auslösen würden – so wie meine Hormone ein so starkes sexuelles Verlangen bei mir hervorrufen. Jetzt aber wissen wir es besser und können im Voraus planen. Und die Zeit zu planen ist gekommen, mein Alpha. Wir dürfen nicht bis zur letzten Minute damit warten."

Xan küsste Caleb auf die Wange. „Natürlich. Du hast recht. Ich werde mich heute nach der Ausdauermedizin erkundigen."

Caleb runzelte die Stirn, aber er sagte weiter nichts, während Xan sich anzog. Er half ihm sogar mit seiner grün und goldfarben karierten Fliege. Dann gab er ihm ein schmatzendes Küsschen auf den Mund. „Du kriegst das hin. Was immer er zu dir sagt, was immer dein Vater von dir will – denk immer daran, dass du mich hier daheim hast, und dass ich an dich glaube."

„Du bist zu gut zu mir."

„Nicht besser, als du zu mir bist."

Xan schnaubte. Das war eine Lüge, aber er wusste zu schätzen, dass Caleb es trotzdem zu glauben schien.

Die Geschäftsräume des Familienunternehmens im vornehmsten Viertel der Blue Vein nahmen vier Etagen des neuesten Hochhauses dort ein. Die Ausstattung war umwerfend, mit einer voll funktionalen Küche, Nasszellen für die Geschäftsleitung, und einem Fahrstuhl anstelle von Treppen, aber Xan graute es dennoch davor, dort hinzugehen. Es war wieder und wieder der Schauplatz einiger seiner demütigendsten Momente abseits der Begegnungen mit Wilbet Monhundy.

Die gespannte Stille, die sich über das Hauptbüro senkte,

während er zum Konferenzzimmer seines Vaters marschierte, verriet ihm, dass all das Make-up den letzten Beweis seiner dunklen Sucht mehr schlecht als recht verbarg. Ihm drehte sich der Magen um, als gedämpftes Flüstern an seine Ohren drang. Das Rascheln von Papier und das Klappern der Schreibmaschinen überdeckte es zu sehr, um etwas zu verstehen, aber der Ton war eindeutig: Xan steckte mal wieder in Schwierigkeiten.

Gerade als er die Ecke zur Tür des Konferenzraums umrunden wollte, wurde er gepackt und stattdessen in das Büro seines älteren Beta-Bruders Ray gezerrt.

„Da bist du ja", sagte Ray. Das sandfarbener Haar fiel ihm in die breite Stirn und seine braunen Augen sahen Xan aufgebracht an. „Ich warte schon die ganze Zeit auf dich."

„Vater sagte–"

„Vater hat dich dieses Mal mir überlassen", unterbrach Ray ihn sanft und zog besorgt die dicken, goldenen Augenbrauen zusammen. „Und Wolfgott sei Dank dafür. Er war schon drauf und dran zu …" Ray schloss die Augen und nahm einen langsamen Atemzug.

„Drauf und dran, *was* zu tun?"

Rays Ausdruck wurde weicher, als er Xan in die Augen sah. „Spielt keine Rolle. Ich konnte ihn überzeugen, dass er mich mit dir reden lässt. Er ist mit den Monhundys im Konferenzraum und verhandelt deren neueste Forderungen mit ihnen, und es läuft – wenn ich es recht verstanden habe, wegen dir – nicht gerade zu unserem Vorteil."

Xan schluckte trocken. „Die Monhundys sind hier?"

„Ja, der rotgesichtige Vater und der kratzbürstige Pater." Ray verdrehte die Augen. „Wenigstens ist dieses Mal nicht der animalische Sprössling mitgekommen. Er musste zuhause bleiben und sich um seinen Omega kümmern. Das arme Ding hat sich offenbar bei seinem kranken Pater mit der Grippe angesteckt, die in diesem Jahr heftig umgeht." Rays Blick wurde nachdenklich. „Mein

Freund Lils ist Arzt, und er sagt, es wird in dieser Saison eine Epidemie geben, und zwar eine tödliche."

„Oh." Xan wurde flau im Magen.

„Wie auch immer, Monhundys Omega hat es erwischt, und er liegt flach."

„Das ist … furchtbar." Aber Xan verspürte tiefe Erleichterung. Er hätte die Demütigung nicht ertragen, Monhundys attraktives, wissendes Gesicht im Büro zu sehen, während er noch immer die schmerzhaften Zeichen ihrer letzten Begegnung trug. Er wünschte Kerry natürlich eine schnelle Genesung, aber er konnte nicht anders, als darüber froh zu sein, dass der junge Mann zu krank war, als dass Monhundy ihn allein lassen konnte. Offensichtlich ein weiterer Beweis dafür, wie verdorben Xans Seele war, dachte Xan.

Ray zog ihn weiter in sein Büro, näher an das breite Fenster, in dem sich die Sonnenstrahlen spiegelten, die von all den anderen Hochhäusern um sie herum reflektierten. Er berührte Xans Kinn. „Wolfgott, dein Gesicht", murmelte er und schüttelte den Kopf. „Kleiner Bruder, was sollen wir nur mit dir machen?"

„Es ist nichts. Nur eine Auseinandersetzung in einer Bar."

Rays Miene verriet, wie wenig er Xan glaubte, aber er sagte lediglich: „Du und diese Barprügeleien. Das muss aufhören." Er sah in diesem Moment sehr wie ihr Pater aus, so liebevoll und fürsorglich, dass Xan das Herz wehtat.

Aber Xan hatte seinen Pater in den letzten paar Monaten nicht mehr gesehen, seit dem Tag, als sein Vater erklärt hatte, Pater hätte Xan zu sehr verwöhnt und ihn dadurch verweichlicht. Angeblich sollte das Fehlen von Paters Unterstützung dazu beitragen, Xan abzuhärten, obwohl Xan ziemlich sicher war, dass es in Wirklichkeit schlicht als Strafe für sie beide gedacht war.

Selbst wenn Ray nicht Pater war, so fühlte sich Xan doch bei ihm sicher und entspannte sich, als Ray erneut sein Kinn betastete. Seine brüderliche Sorge milderte die Schärfe seiner Forderungen.

„Das hört auf. Hast du mich verstanden? Es muss ein Ende haben. Sofort."

„Ich habe Caleb bereits versprochen, dass–"

„Wie schon dutzende Male zuvor. Und wie du es auch mir in der Vergangenheit schon versprochen hast. Erinnerst du dich nicht? Letztes Jahr, bevor du den Vertrag mit Caleb geschlossen hast, als die Gerüchte über dich aufkamen über dich und diesen Alpha, mit dem du–"

„Diese Gerüchte waren komplett falsch!"

Und das waren sie wirklich gewesen.

Xan hatte sich seinen Schuss Dunkelheit schon seit mehreren Monaten bei Monhundy geholt, als die Gerüchte über ihn und einen unglaublich gutaussehenden Alpha-Schauspieler namens Gil Regelly laut wurden. Mr. Regelly war der Hauptdarsteller zahlreicher Produktionen am Stadttheater, und es war kein Geheimnis, dass er aus freien Stücken ohne Omega blieb.Es kursierten regelmäßig Gerüchte über seine angebliche Vorliebe für Betas als Sexualpartner – und er sollte es sogar, wie die skandalgierige Society flüsterte, manchmal mit anderen Alphas treiben.

Die Gerüchte hatten Xan fasziniert, und als sich die Gelegenheit geboten hatte, ihn persönlich zu treffen, hatte Xan nicht gezögert. Und sicher, falls Mr. Regelly mehr gewollt hätte als die wenigen Worte, die sie unter der Aufsicht von Jasons Pater Miner Hoff gewechselt hatten, wäre Xan ohne Zögern dazu bereit gewesen. Aber Mr. Regelly hatte keinerlei Interesse gezeigt.

Xan fuhr fort: „Ich habe Mr. Regelly nur einmal getroffen, und nur dieses eine Mal, im Haus der Sabel-Hoffs. Ich war zu keiner Sekunde mit ihm allein. Jasons Pater war den ganzen Abend über bei uns."

Denn Miner war mit Mr. Regelly befreundet und hatte das Treffen arrangiert. Xan hatte das deutliche Gefühl gehabt, dass die ganze Sache so etwas wie ein Versuch gewesen war, ihn zu verkuppeln. Jasons Pater wusste über viele Dinge mehr, als er sollte, und er war sehr gut darin, Geheimnisse zu bewahren. Daher machte sich Xan darüber nicht allzu viele Sorgen.

„Ich weiß. Das hast du mir damals so erklärt." Ray zog erneut die Brauen zusammen. „Aber irgendetwas geht vor, und es sind keine Barschlägereien. Die Monhundys haben bereits gestern, als sie dieses Treffen vereinbarten, Andeutungen zu den Gerüchten über dich fallen gelassen. Und natürlich hat sich Vater darüber aufgeregt."

Xans Puls verfiel in Galopp. „Vater hält doch immer alles, was in der Firma schiefgeht, für meine Schuld."

„Nein. Nur die Dinge, die schiefgehen, weil die Leute über deine sexuellen Neigungen tuscheln, und ob du wirklich entmannt bist oder nicht."

Xan hustete und versuchte, eine beleidigte Miene aufzusetzen, aber das Herz schlug ihm bis zum Hals, und ihm wurde schwindelig. Ray hatte wirklich die Worte laut ausgesprochen. Er hatte in der Vergangenheit Andeutungen formuliert – wie jeder in der Familie. Aber niemand hatte es je so direkt ausgesprochen. Xan wusste nicht, wo er hingucken sollte.

„Mir ist es scheißegal, welche Sorte Schwanz du bevorzugst kleiner Bruder, denn ob du es glaubst oder nicht, das kümmert mich wirklich nicht im Geringsten." Ray sprach nun mit sanfterer Stimme, aber Xan konnte ihn nicht ansehen. Stattdessen starrte er aus dem Fenster auf das Gebäude nebenan, in dessen Fenstern sich der blaue Himmel spiegelte.

Ray redete weiter. „Als Beta ist es für mich nur allzu offensichtlich, dass all diese Regeln und Einschränkungen des Heiligen Buchs von Wolf, Sex und Fortpflanzung betreffend, nur dazu dienen, das Zuchtvieh unter Kontrolle zu behalten, krass ausgedrückt. Ganz ehrlich, wärest du irgendein anderer Mann, würde ich sagen: Liebe, wenn du lieben willst, und genieße, was dir gefällt. Und damit hätte es sich." Er legte Xan seine Hände auf die Schultern; ihr Gewicht war warm und tröstlich. „Aber du bist ein Heelies, und das bedeutet, du bist der Alpha-Sohn unseres Vaters und der Erbe des Firmenimperiums. Du bist der Mann, von dem die Leute glauben müssen, dass er zu mehr fähig ist als nur dazu, ein hübsches Aushängeschild zu sein."

Xan öffnete den Mund, aber es kam nur ein erstickter Laut heraus. Er schloss seine Lippen wieder.

„Unsere Klienten und die Angestellten müssen dich als reif genug ansehen, um die Firma zu übernehmen, wenn Vater irgendwann die Leitung abgibt. Und herumzulaufen, als wärst du mit einem Fleischklopfer behandelt worden, ist dabei nicht hilfreich. Genauso wenig wie zuzulassen, dass Gerüchte in Umlauf kommen, du würdest dich für einen Alphaschwanz bücken. Oder für irgendeinen Schwanz, was das angeht."

Xan riss den Kopf zurück, um Ray anzusehen, und krächzte: „Ich wollte ja nicht herkommen! Ich wollte zuhause bleiben. Aber Vater—"

„Nein, Xan. Hier geht es nicht um Vater." Ray drückte Xans Schultern. „Hier geht es um das, was wir jetzt tun müssen. Die Gerüchteküche macht Überstunden, und wir müssen das unter Kontrolle kriegen. Dich heute herzubestellen war eindeutig eine schlechte Idee, aber jetzt ist es zu spät, um daran etwas zu ändern. Alle haben dich gesehen, und wir können höchstens noch Schadensbegrenzung betreiben."

Ray drehte sich um und ging zu seinem mit Papieren über-häuften Schreibtisch. Die Stellen an Xans Schulter, wo Rays warme Hände gelegen hatten, wurden kalt, und Xan fröstelte, als er sich zwang, dem Fenster den Rücken zu kehren.

Ray deutete auf den Stuhl auf der anderen Seite des Schreibtisches, und beide Männer setzten sich. Xans Herz hämmerte wie eine Dampflok in voller Fahrt auf den Gleisen. Schweiß brach ihm aus, und ihm wurde ein wenig übel. Er wollte seine Fliege losbinden, um leichter atmen zu können, aber er wollte vor Ray nicht so unbeherrscht erscheinen. Er hatte nichts abgestritten, aber auch nichts zugegeben. Vielleicht konnte er die Situation immer noch retten.

Schließlich brachte er es über sich zu fragen: „Also, was ist der Plan? Wie soll mit der Sache umgegangen werden?"

„Du wirst nach Virona geschickt", antwortete Ray seufzend. Er stützte die Ellenbogen auf den Tisch und legte die Fingerspitzen aneinander. Dabei verschob er unbeabsichtigt das gerahmte Foto ihres verstorbenen Bruders Jordan, der seine Kindheit nicht überlebt hatte. Trotz der Freundlichkeit in Rays Augen duldete sein Tonfall keinen Widerspruch. „Das Haus dort wird gerade für dich vorbereitet. Es ist das, welches Pater in deinen Treuhandfond überschrieben hatte, sein altes Elternhaus, erinnerst du dich? Das Lofton-Anwesen. Es ist groß. Zu groß für nur dich und Caleb. Ich schlage vor, es so bald wie möglich mit Kindern zu füllen, und in der Zwischenzeit einflussreiche Gäste dort zu empfangen."

„Virona", sagte Xan. Sein Puls rauschte so laut in seinen Ohren, dass er nicht sicher war, richtig gehört zu haben.

„An der Küste, ja. Drei Stunden von hier mit dem Zug. Du bist dort nicht im Exil, aber auf jeden Fall weg von hier. Vielleicht hast du dort Zeit, über deine Verbindungen zu wer immer dein Gesicht verunstaltet hat nachzudenken." Ray verzog das Gesicht. „Und über deine Beziehung zu wer immer es ist, den du vögelst. Ich kann nur beten, dass es nicht ein und dieselbe Person ist." Er wischte sich mit der Hand über den Mund. Seine Miene spiegelte erdrückenden Kummer wider.

Xan suchte verzweifelt nach Worten, um irgendetwas zu sagen, das helfen könnte. Aber sein Kopf war wie ausgehöhlt. „Was werde ich in Virona tun?"

„Die Eröffnung eines Außenbüros überwachen", antwortete Ray. Er tippte auf eine Aktenmappe auf seinem Tisch. „Ich werde dir wöchentliche Anweisungen schicken. Und du wirst sie ausführen. Sollten irgendwelche Probleme auftauchen, wirst du dich selbstständig nach bestem Wissen und Gewissen darum kümmern. Und vor allem, Xan, wirst du dich beweisen." Ray lehnte sich in seinem Stuhl zurück. „Es ist eine gute Gelegenheit für einen Neuanfang. Die Gerüchte sind noch nicht bis Virona gelangt, und solange du dort nicht irgendwelche neuen Affären anfängst und keinen Wirbel erzeugst, kannst du reinen Tisch machen, im Geschäft ein bisschen Fuß fassen und dich in Vaters Augen rehabilitieren."

„Und in deinen Augen?"

Ray beugte sich wieder über seinen Schreibtisch und runzelte ernst die Stirn. „Ich werde dich immer lieben, kleiner Bruder. Weißt du das denn nicht? Ich habe dich mindestens genauso verwöhnt, wie Pater es getan hat, vielleicht sogar mehr. Es tut mir weh, dich wegschicken zu müssen, besonders weil diese Blutergüsse mir zeigen, wie sehr du mich vielleicht gerade jetzt brauchst. Aber Vater hält das für den besten Kompromiss. Er hatte deutlich drastischere Schritte erwogen, aber Pater und ich konnten ihn zur Vernunft bringen."

Noch drastischere Schritte, als ihn fortzuschicken? Xan versuchte sich die wildesten Möglichkeiten auszumalen, was das bedeuten könnte. Seine Gedanken kamen wieder und wieder auf denselben Punkt. „Aber ich bin der einzige Alpha. Der Einzige von uns, der nach dem Gesetz erben kann."

Ray nickte. „Das stimmt. In diesem Zweig der Familie. Solltest du dich aber als ungeeigneter Erbe erweisen, kann Vater legal einen anderen verwandten Alpha als Erbe einsetzen."

Xan ballte seine Hände zu Fäusten. Vor seinem inneren Auge tauchte das Bild von einem zu langen braunen Pony über grauen

Augen auf.

„Unseren Cousin Janus? Ernsthaft?" fauchte Xan. „Vater würde diesem arroganten, kriecherischen Jasager die Firma anvertrauen?"

„Besser einem Jasager als einer Bombe, die jeden Moment hochgehen kann."

Xan schluckte schwer. „Was hat Vater gesagt, was ich nicht hören soll? Wovor versuchst du mich zu bewahren?"

Ray seufzte. „Also gut. Ich nehme an, du solltest es erfahren. Vielleicht geht es dann in deinen Schädel, wenn schon sonst nichts. Vater sagte, er würde die Firma und das Vermögen lieber Janus überlassen, mit mir als Geschäftsführer, und dich gesetzmäßig aus dem Nachlass streichen, indem er dich öffentlich zum entmannten Alpha erklärt, als zuzulassen, dass sein Erbe beschmutzt wird."

„Von mir?"

„Von deinen Taten."

Xans Kinn bebte, und Tränen stiegen ihm in die Augen. Er hasste die Enttäuschung in Rays Stimme. Und alles, weil Xan falsch geboren worden war. Warum konnten ihre Rollen nicht einfach vertauscht sein? Xan hätte liebend gern ein Leben als Beta geführt – jedenfalls wäre er glücklicher, als er als Alpha war – und Ray hätte als Alpha ihren Vater stolz gemacht.

„Schau nicht so traurig drein", sagte Ray mit einem liebevollen Ausdruck in den braunen Augen. „Das Haus in Virona ist wunderschön. Wahrscheinlich erinnerst du dich nicht daran. Du warst noch ein Baby, als wir zuletzt da waren. Aber du und dein Omega werdet nicht enttäuscht sein. Und du kannst es einrichten wie es dir gefällt. Ich bin sicher, du wirst es lieben."

„Caleb hat mittlerweile eigene Vorstellungen, was Möbel und Einrichtung angeht."

„Natürlich hat er die", sagte Ray liebevoll. Er und Caleb verstanden sich bei den Familienessen immer großartig. „Dann teilt euch die Räume auf. Ihr könnt so etwas wie ein Spiel daraus machen." Ray lächelte und lehnte sich wieder über den Tisch. „Wir werden euch bei den Herbstnacht-Festmahlen vermissen, aber ..."

„Aber Vater hätte mich sowieso nicht dazu eingeladen. Er hält mich von Pater fern."

„Auch das kann ein frischer Start für dich sein. Halte dein eigenes Festmahl ab, lade deine Freunde ein, bewirte Klienten. Zeig Vater, dass du dein eigener Mann bist. Auf eine Weise, die ihn nicht demütigt."

Xan wurde die Kehle eng, aber er nickte. „Caleb richtet gern Feste aus."

„Ja. Und wenn ihr das Haus erst richtig durchgelüftet habt, könnt ihr Gäste einladen. Das wird Vater gefallen. Besonders wenn du diesen Sabel-Jungen einschließen kannst. Vater hofft immer noch, dass Yule Sabel ihm einen guten Deal für neue Lieferwagen macht. Wir planen, unseren auswärtigen Kunden bis zum Jahresende Drei-Tages-Lieferungen zu garantieren."

Xan wirbelte der Kopf von all den Veränderungen, mit denen er so überraschend konfrontiert worden war, aber er schaffte es zu murmeln: „Das sind gute Neuigkeiten."

„Reiß dich am Riemen. Du wirst ja nicht in die Einöde verbannt. Virona ist eine schöne Stadt mit vielen schicken Restaurants und Geschäften. Es gibt einige Zimmer im Anbau des Hauses, die sich perfekt als Atelier eigenen würden. Ich erinnere mich, dass Pater das Morgenlicht dort immer sehr genossen und es sich dort mit Tee und einem Buch gemütlich gemacht hat. Und natürlich ist der Strand herrlich, sogar im Winter. Ich bin sicher, dass du die Atmosphäre dort als sehr angenehm empfinden wirst. Und als heilsam, hoffe ich."

„Ich denke nicht, dass sich das, was mit mir nicht stimmt, je heilen lässt."

Rays Mitgefühl tat fast genauso weh wie seine Enttäuschung. „Ich weiß, kleiner Bruder. Glaub mir. Ich verstehe dich durch und durch. Das war schon so, als du noch ziemlich klein warst. Wenn ich die Welt um uns herum ändern könnte, sodass du nicht leiden müsstest, dann würde ich das tun. Aber ich kann nicht mehr tun als versuchen, dich zu beschützen. Auch vor dir selbst."

Ray erhob sich, ging um den Schreibtisch herum und zog Xan in eine lose Umarmung. „Jetzt geh nach Hause und erzähle die Neuigkeiten deinem Omega. Es gibt in den nächsten Tagen viel zu planen. Man erwartet deine Ankunft in Virona Ende der Woche."

KAPITEL 6

URHO WARTETE IN seinem kleinen, zweitürigen Auto am Straßenrand und beobachtete das Haus in der Oak Avenue, bis Jason herauskam und durch das Gartentor trat. Jason knöpfte seinen Mantel zu, während er zu seinem eigenen Viertürer ging, der vor dem Haus geparkt war.

Urho kannte Jasons Tagesablauf. Ihm blieben nur wenige Sekunden, um den jungen Alpha abzufangen bevor der zu den Forschungslaboren in der Phinea Street fuhr, wo er seine Morgen mit der Arbeit an seinem Lieblingsprojekt verbrachte, bis er gezwungen war, sein Tagwerk in der Autofabrik seines Vater zu beginnen.

Urho wartete, bis Jason seinen Wagen aufgeschlossen hatte, dann fuhr er vor, hielt neben ihm an und zog die Handbremse. Er sprang aus seinem Auto, packte Jason am Mantelkragen und registrierte kaum dessen schockierten Gesichtsausdruck, bevor er ihn gegen die Seite seines Wagen rammte.

Jason schrie auf und hob die Fäuste, um sich zu wehren. Dann trafen sich ihre Blicke, und in Jasons Augen standen Fragen. Urho hielt ihn eisern fest, bis Jason sich losriss, seinen Mantel geradezog und rief: „Wolfgott, Urho! Was ist in dich gefahren?"

Urho ergriff erneut Jasons Kragen. Zwei schlaflose Nächte hatten ihn fast um den Verstand gebracht, und nach seinem Spiegelbild im Autofenster zu urteilen, sah er auch so aus. „Du hast ihn gefickt!"

Jason Miene verwandelte sich von Wut in Verwirrung und

wieder zurück. „Wen? Vale? Wovon redest du?"

„Du hast Xan gefickt."

Jason wurde bleich. Er stieß Urho weg, dann sah er sich hektisch auf dem menschenleeren Gehsteig um. Er entdeckte einen seiner Nachbarn, vor dessen Gartentor sie jetzt gerade standen, und hob eine Hand zum Gruß. Mit einem Lächeln rief er beruhigend: „Guten Morgen, Mr. Ragnak. Es ist alles in Ordnung hier. Nur eine Meinungsverschiedenheit unter Freunden, aber sie ist schon beigelegt."

Urho drehte sich nicht um, um zu sehen, wie der Nachbar auf Jasons Beschwichtigungen reagierte. Stattdessen ging er Jason erneut an: „Du hast ihn gefickt." Bei jedem Wort schüttelte er Jason. „Und du hast ihn fertig gemacht."

„Könntest du bitte deine Stimme senken?" Jason schubste Urho von sich, erstaunlich kräftig für seine schlaksige Gestalt. Dann strich er seinen neuen, modischen Mantel glatt – den zweifellos Vale ausgesucht hatte – und holte tief Luft. „Wenn du mich zu Wort kommen lassen würdest, könnten wir darüber reden, vernünftig. Aber du musst dich beruhigen, Urho. Du siehst aus wie ein Irrer."

„Du hast ihn ruiniert."

Jasons Augen funkelten wütend. „Xan ist nicht ruiniert. Aber wenn du weiter so laut bist, ruinierst *du* ihn vielleicht." Jason streckte beruhigend eine Hand aus, aber Urho duckte sich weg. Sein Magen drehte sich um, und seine Augen brannten vom Schlafmangel.

„Du solltest in diesem Zustand nicht fahren", sagte Jason. „Du bist ja völlig fertig. Ich weiß zwar nicht, was mit dir los ist, aber wenn du dich jetzt beruhigst, kannst du mich zurück ins Haus begleiten, und wir reden über …" Er verstummte und warf einen Blick zurück zu dem gemütlichen Zuhause, das er mit Vale teilte. „Nein. Vale darf davon nichts mitbekommen. Er würde sich nur aufregen, und das wäre weder für ihn noch das Baby gut."

Urho knirschte mit den Zähnen und musste sich beherrschen, den jungen Alpha nicht zu schlagen. Wie konnte Jason so ruhig bleiben, so aalglatt? Ganz anders als der Baby-Alpha, der er vor vier Jahren gewesen war – als er offenbar *Xan* gefickt hatte, als dessen *Liebhaber*. Und dann hatte er auch Vales Leben ruiniert, indem er sich auf ihn geprägt hatte. Wer gab auch nur einen wolfgottverdammten Pfifferling darauf, dass sie jetzt glücklich miteinander waren? Jason war der reinste Fluch!

„Urho", sagte Jason sanft. „Du bist erschöpft. Lass mich dich nach Hause fahren."

„Nein."

„Schön. Wir können uns einen anderen ruhigen Ort zum Reden suchen. Du bist überhaupt nicht du selbst. Du machst mir Sorgen."

Urho schluckte heftig.

Es stimmte; er verhielt sich nicht richtig. Irgendetwas war mit ihm passiert, als er Xans Körper berührt hatte. Als er seine Finger in Xans geschwollenen, misshandelten Anus eingeführt und Xans Hüften festgehalten hatte, damit der Junge nicht zuckte. Das hatte etwas in ihm ausgelöst. Er verstand es selbst nicht, und er bezweifelte, dass das durch ein Gespräch mit Jason wieder ins Reine kommen würde. Aber als er seine müden Augen rieb, musste er sich eingestehen, dass Jason zu schlagen wahrscheinlich auch nicht helfen würde. Was hatte er sich nur dabei gedacht, hierher zu kommen?

„Na komm", sagte Jason freundlich und manövrierte Urho sanft in den Beifahrersitz von dessen Auto. „Wo sind deine Schlüssel? Ich fahre."

Urho deutete auf das Zündschloss des Wagens, wo der Schlüssel steckte, und überließ Jason das Steuer. Dann lehnte er sich zurück, bedeckte mit einer Hand seine Augen und versuchte, halbwegs wieder zu Sinnen zu kommen, während Jason sich hinters Lenkrad setzte und losfuhr.

Nach einigen Minuten angespannter Stille sagte Jason: „Hier. Vale liebt diesen Park. Er bringt mich im Frühling gern hierher, und wir beobachten die Enten mit ihren Küken."

„Entreo Park", murmelte Urho und nahm die Hand aus dem Gesicht, um zu sehen, ob er richtig vermutet hatte. „Mich hat er auch immer hierher mitgenommen."

Jason schnaubte leise, unterließ aber eine Bemerkung darüber, dass Urho es wagte, seine frühere romantische Beziehung zu Jasons *Érosgápe* zu erwähnen, obwohl das eine offensichtliche Provokation war. „Die Enten sind wahrscheinlich schon zu ihren Winterquartieren im Süden aufgebrochen aber wir können trotzdem einen Spaziergang um den Teich machen."

Urhos Schritte fühlten sich seltsam wackelig an, so als hätte er eine Flasche Schnaps getrunken und dann noch eine halbe hinterher. Sein Mund war staubtrocken, und seine Hände zitterten. Welcher Dämon aus Wolfgottes Hölle hatte sich seiner bemächtigt? Oder bestrafte Riki ihn nun für die Sünde seiner ungewollten Gedanken und Gefühle? War der Augenblick in Rikis altem Arbeitszimmer nur Wunschdenken gewesen, und er hatte seinem Omega Worte in den Mund gelegt? Und jetzt verfolgte der Zorn des geliebten Geistes ihn aus dem Grab?

„Rede mit mir", sagte Jason schließlich und führte Urho zu einer Holzbank am Ufer des schlammigen, winterbraunen Teichs. Die Bäume rundherum ließen bunt gefärbte Blätter fallen; ihre Zweige zeichneten scharfe, dunkle Konturen an den weiten, grauen Himmel. Alle paar Sekunden hörte man die Rufe von Vögeln auf ihrem Flug gen Süden. „Was ist mit dir los?"

„Ich weiß es nicht." Urho Stimme klang so rau, als hätte er mit Glasscherben gegurgelt. „Ich kenne mich selbst nicht mehr."

„Ich erkenne dich auch kaum wieder, das verstehe ich also." Jason räusperte sich. „Ich hasse es, das zu fragen, nach dem, was du von dir gegeben hast, aber … geht es Xan gut?"

„Er ist krank im Kopf." Urho stieß die Worte mühsam hervor.

„Ist er das?", fragte Jason mit einem Mitgefühl, in dem Urho sich am liebsten eingewickelt und verkrochen hätte wie in einer weichen Decke. „Ich finde nicht, dass er das ist. Ich finde er ist wundervoll."

Urho schluckte geräuschvoll, sagte aber nichts.

„Hat er ... etwas bei dir versucht?"

„Nein!" Urhos Gefühle erwachten zu neuem Leben; kalte Wut und heißes Verlangen prallten aufeinander. Xan hatte nicht das Geringste bei ihm versucht! Und was stimmte nur nicht mit ihm selbst, dass er sich wünschte, Xan *hätte* etwas versucht? Falls Xan ihn angemacht hätte, anstatt nur diese eine Bemerkung über Urhos Erregung fallen zu lassen ... was wäre dann zwischen ihnen passiert?

Nichts! Alles!

„Also gut", sagte Jason. „Was ist los?"

Urho erstickte fast an seiner Antwort. Xan war ein Patient, oder? Er hatte ihn behandelt und ihm Medikamente verschrieben, ihn medizinisch untersucht – auch wenn seine Erregung alles andere als medizinisch gewesen war –und selbst wenn Xan kein Patient war und nicht der ärztlichen Schweigepflicht unterlag, so hatte er Urho doch explizit gebeten, Jason nichts zu sagen. „Darauf kann ich nicht antworten."

„Ich verstehe" sagte Jason und strahlte dabei eine ruhige Besorgnis aus, die jedoch nicht länger beruhigend wirkte, sondern in Urho das Bedürfnis weckte, ihm eine reinzuhauen. „Aber geht es Xan gut? Ist er sicher?"

Urho biss die Zähne zusammen. „Woher zur Hölle soll ich das wissen? Ich bin nicht sein Aufpasser. Auch wenn er einen nötig hätte."

Jason hob beschwichtigend die Hände. „Alles klar. Verstanden. Tja, scheint so, als hättest du nicht vor, mir viel zu sagen. Obwohl du derjenige bist, der zu meinem Haus gekommen ist und mich praktisch überfallen hat."

Urho brummte. Er schüttelten den Kopf, denn er wusste nicht einmal, wo er hätte anfangen sollen. „Du hast ihn gefickt."

„Stimmt. Dann nehme ich an, du hast deswegen Fragen an mich?" Jason stützte die Ellenbogen auf seine Knie und ließ sein blondes Haar in die Stirn fallen, sodass es fast seine Augen bedeckte. Seine nächsten Worte trugen erneut diese sanfte Freundlichkeit und Urho tat das Herz weh. Liebte Vale diesen Alpha-Welpen deshalb so sehr? „Lass mich dir helfen, okay? Rede mit mir."

„Er begibt sich in schreckliche Schwierigkeiten." Den nächsten Teil anzusprechen, war ein wenig heikel, aber Urho erwähnte es trotzdem. „Und er zieht Caleb mit in den Abgrund."

Jason runzelte die Stirn. „Dann hat er also mit einem anderen Alpha etwas angefangen? Und ich nehme nicht an, du willst mit erzählen, woher du davon weißt?"

Urho stand auf und fuhr sich mit der Hand durchs Haar. Der Drang, sich zu bewegen war fast schmerzhaft in seinen Beinen, also begann er, am Teichufer auf und ab zu gehen. „Du gibst zu zu wissen, was er getan hat und immer noch tut?" Er wirbelte zu Jason herum und zeigte aufgebracht mit dem Finger auf ihn. „Du gibst zu, dass du ihn gefickt hast und dass du sein Liebhaber warst?"

Jason nickte. „Ja."

„Hast du ihn auch misshandelt?"

„Was in Wolfgottes Hölle, Urho? Ihn misshandelt? Was wir taten, war … hör zu, ich liebe Xan."

„Du liebst ihn?", stieß Urho angewidert hervor.

„Nicht *so*. Aber ich liebe ihn so, wie Vale dich liebt."

Urho wischte sich mit den Händen übers Gesicht und nahm seine ruhelosen Schritte wieder auf. „Warum hast du es getan?" Erneut wandte er sich Jason zu und untermalte seine Frage mit einer obszönen Geste.

„Warum habe ich Sex mit ihm gehabt?"

„Ja! War es Alphamanifestation? Hat er dich provoziert, sodass du die Beherrschung verloren hast?"

„Nein." Jason rutschte unbehaglich auf der Bank hin und her, und seine Wangen röteten sich. „Ich fand ihn attraktiv. Er war hübsch und ein lieber Junge. Wir taten es, weil es uns Spaß machte. Mehrere Jahre lang spielten wir sexuelle Spiele und taten so, als würden wir für die Zeit üben, wenn wir einst Omegas haben würden." Jason lächelte sanft. „Wir waren Freunde, und es ergab sich ganz natürlich. Ich habe nie gewaltsame Gefühle ihm gegenüber gehabt, und ich habe ihn nie genötigt. Das hätte ich nicht gewollt."

Urho schnaubte. Sein Herz raste. War das möglich? Sex zwischen zwei Alphas wurde geächtet. Aber Jason redete davon, als wäre es dasselbe wie zum Vergnügen mit Betas zu schlafen. Oder wie zwei Omegas, die auf Mont Juror Zärtlichkeiten austauschten, bevor sie wahre Lust mit einem an sie gebundenen Alpha entdeckten. Bei Jason hörte es sich wie etwas Natürliches an.

„Mehr war es nicht für mich", sagte Jason leise. Die kalte Winterluft ließ seine Augen glänzen und zerzauste ihm das Haar. „Aber für Xan wurde es irgendwann mehr. Ich erkannte das zu spät, um zu verhindern, dass er verletzt wurde." Er seufzte. „Ich liebe ihn als Freund, als meinen teuersten Freund, und es macht mich fertig, ihm Kummer zu bereiten. Zum Glück hat Vale ihn ebenfalls lieb gewonnen. Und ja, Vale kennt die Wahrheit. Du brauchst dir also keine Sorgen zu machen, ihn mit dieser Information zu schockieren oder zu kränken. Er hat das alles relativ locker hingenommen, besser, als ich je für möglich gehalten hätte. Aber, na ja, Vale ist perfekt, es hätte mich also eigentlich nicht überraschen dürfen."

„Perfekt? Der Mann schwingt allerhöchstens einmal im Jahr in seinem Haus den Staublappen. Stattdessen schreibt er gemütlich Gedichte, während du die ganze Arbeit machst."

Jason lächelte liebevoll. „Für mich ist er perfekt."

Urho verdrehte die Augen. Seine Achselhöhlen waren verschwitzt; er konnte seinen eigenen Körpergeruch nicht ertragen. Hatte er heute Morgen überhaupt geduscht? Oder gestern? „Er verliebte sich also in dich? Xan, meine ich?"

„Ja." Jason verzog das Gesicht. „Ich hoffte immer, dass er, sobald er seinen eigenen Omega gefunden hätte …" Er schüttelte den Kopf. „Aber ich glaube nicht, dass es so gekommen ist. Obwohl ich weiß, dass Caleb ihm wirklich viel bedeutet."

„Er ist entmannt", flüsterte Urho.

„Das ist er", stimmte Jason zu. „Und ich denke, das wird er immer sein."

„Er wird sich selbst vernichten, und seinen Omega auch, wenn er nicht mit dem aufhört, was er tut."

„Und was genau tut er? Und mit wem?" Jason setzte sich aufrechter hin, strich sich das Haar aus der Stirn und sah Urho scharf an. „Hast du ihn mit jemandem gesehen? Geht es darum?"

Urho wischte sich mit dem Handrücken über den Mund; Worte wollten nur so aus ihm heraussprudeln. Aber konnte er Jason die Wahrheit anvertrauen, oder auch nur einen Teil davon, ohne seinen ärztlichen Eid zu verletzen? „Ich bin ihm danach begegnet. Ich konnte es an ihm riechen."

„Oh."

Und dann, unfähig sich zu beherrschen, platzte Urho heraus: „Er ist in Gefahr."

Jason sprang auf. Seine normalerweise blassen Wangen glühten. „Ist er verletzt? Sollte ich zu ihm gehen?"

Urho schüttelte den Kopf. „Er bat mich, dir nichts zu sagen. Wegen Vale. Und dem Baby."

„Nein. Natürlich nicht. Er würde nicht wollen, dass Vale sich Sorgen macht." Jason nagte an seiner Unterlippe. Er starrte auf das graubraune Wasser des Teiches. „Ich muss zu ihm gehen. Ihn dazu bringen, dass er mir beichtet, was er tut und mit wem. Es ist gefährlich, sagst du? Diese Beziehung?"

„Natürlich ist es gefährlich!" Urho starrte Jason finster an. „Er könnte dafür ins Gefängnis kommen!"

Jason schluckte. „Er ist nicht so dumm, sich erwischen zu lassen."

„Ist er nicht?" Urho deutete auf seine eigene Brust. „Ist er nicht schon erwischt worden? Von mir?"

Jason sog scharf den Atem ein; seine blauen Augen funkelten. „Willst du ihn anzeigen?"

„Sei kein Arschloch!"

Jason schnaubte. „Ich bin nicht derjenige, der dich auf der Straße gepackt, gegen das Auto geworfen hat und sich dann wie das dramatischste Arschloch in der Geschichte der Arschlöcher aufgeführt hat, oder?"

Urho nickte einmal. Dagegen konnte er nicht argumentieren, so sehr er es auch wollte. Er ließ sich wieder auf die Bank fallen. „Es geht ihm gut jetzt. Du musst ihm nicht zu Hilfe eilen."

Jason setzte sich ebenfalls und wandte sich ihm zu, eine nachdenkliche Falte zwischen seinen Brauen. „Ich weiß, dass es ein potenzielles Problem für Xan ist, wenn er seinem Verlangen nach anderen Alphas nachgibt. Und natürlich auch für Caleb. Aber du bist völlig niedergeschlagen. Du hast Xan nie besonders gemocht, soweit ich es beurteilen kann. Warum also macht es dich persönlich so fertig? Ich meine, abgesehen vom allgemeinen menschlichen Anstand und so weiter."

Urho wusste nicht, wie er darauf antworten sollte. Warum kümmerte es ihn so sehr? Mit genau dieser Frage hatte er sich in den letzten beiden Tagen gequält. Er kannte Xan kaum. Sie waren nicht mehr als Bekannte, deren Freundeskreise sich zufällig überschnitten. Sie hatten noch nie auch nur eine einzige vertraute Minute miteinander verbracht. Nicht vor jenem Moment auf der Straße, als Xan, außen sowie innen geschlagen und gebrochen, mit seinem Geständnis herausgeplatzt war. Und nicht bevor Urho einen Finger in den Mann eingeführt und sein zitterndes Verlangen überall um ihn herum gespürt hatte, selbst in der Luft, die er atmete.

„Ich weiß es nicht", wiederholte er.

Jason starte ihn betrübt an. „Ich verstehe."

Urho beugte sich nach vorn, die Ellenbogen auf den Knien, und vergrub das Gesicht in den Händen. Sein Jackett spannte um seinen Rücken und engte ihn ein. Bei dem Ausmaß des in ihm wachsenden Verlangens fühlte es sich an, als würde er selbst aus allen Nähten platzen.

„Lass mich dich nach Hause bringen. Du brauchst ein ordentliches Frühstück", sagte Jason und streckte ihm eine Hand entgegen, um ihm auf die immer noch wackeligen Beine zu helfen. „Und ein paar Stunden erholsamen Schlaf."

Urho folgte Jason aus dem Park wie ein Entenküken seiner Mutter. Er wusste nicht, wann er sich das letzte Mal hatte führen lassen oder einem anderen Alpha erlaubt hatte, ihn so fürsorglich zu behandeln, aber er hatte nicht die Energie, sich dagegen zu wehren.

Jason fuhr zu Urhos Haus, brachte ihn hinein und bat Mako, den Koch, seinem Arbeitgeber etwas zum Mittagessen zu bringen. Dann manövrierte er Urho auf die Couch in der Bibliothek. Er wartete, bis das Essen serviert war, und plauderte in der Zwischenzeit über angenehme, belanglose Dinge, wie etwa Bücher, die er sich gern ausleihen würde. Während Urho aß, nippte Jason an einer Tasse Tee und vermied jede weitere Erwähnung der Geschehnisse dieses Morgens oder des Mannes, über den Urho fast den Verstand verlor.

Dann rief er sich ein Taxi, zog seinen Mantel wieder an und stand vor Urho am Sofa. Mit dem Bauch voller Suppe und erschöpft wurde Urho schließlich von Schläfrigkeit übermannt.

Jason sagte: „Du solltest dich jetzt ausruhen. Und wenn du kannst, mach dir erst einmal keine weiteren Sorgen um Xan. Ich werde morgen mit ihm und Caleb reden. Zusammen werden Caleb und ich dafür sorgen, dass er sicher ist und keine Dummheiten mehr macht."

Urho hatte daran große Zweifel, aber er widersprach nicht.

„Und was deine Gefühle angeht, Urho", fügte Jason mit einem wissenden Seufzen hinzu. „Wenn du sie nicht akzeptieren kannst, werden sie dich bei lebendigem Leib auffressen."

Dann drehte er sich um und ging. Urho blieb zurück und starrte an die Decke der Bibliothek, bis er schließlich in einen unruhigen Schlaf sank.

KAPITEL 7

XAN STAND MIT zitternden Knien vor Urhos beeindruckendem Haus, während in ihm die kranke Versuchung wuchs, ohne zu klopfen einfach wieder zu gehen und sich stattdessen ein paar Straßen weiter zu Monhundys Haus zu begeben, um sich eine weitere Kostprobe seiner eigenen, wahrhaft verdorbenen Natur zu holen. Er war ein Ungeheuer.

Schließlich jedoch schluckte er heftig, riss sich zusammen und betätigte zweimal den Messing-Türklopfer. Als das Geräusch durch das Haus hallte, fragte er sich, wieso der Mann eigentlich keine Klingel besaß. Wahrscheinlich fand Urho das zu modern, so altmodisch und spießig, wie er war.

Ein hochgewachsener Beta-Diener mittleren Alters fragte Xan nach seinem Namen und führte ihn zu einem Raum am Ende des Eingangsflurs gegenüber einer Treppe, die in den zweiten Stock führte. „Bitte machen Sie es sich bequem. Ich lasse Dr. Chase wissen, dass Sie da sind", sagte der Beta mit einem milden Lächeln.

Xan nickte und betrat das Zimmer. Überrascht stellte er fest, dass er in die Bibliothek geführt worden war. Sie war größer als der Empfangssalon in seinem eigenen Zuhause, und alle vier Wände waren von gut gefüllten Bücherregalen bedeckt. Buchrücken in allen Farben von Rubinrot bis Grasgrün reihten sich bis unter die Decke des Raums aneinander.

In der Mitte, gegenüber eines offenen Kamins, standen ein Sofa und zwei Ledersessel, dazwischen ein langer, niedriger Tisch. Xan trat neben einen der Sessel, legte die Hände auf die hohe

Rückenlehne, um sich irgendwo festzuhalten, und wartete auf den Klang von Urhos Schritten.

Aber er hörte nichts, bis sich plötzlich ohne Warnung die Tür öffnete und Urho auf bestrumpften Füßen den Raum betrat. Seine Hose war zerknittert, genau wie sein Hemd. Und sein Haar stand hier und da vom Kopf ab, so als hätte er geschlafen und war noch nicht dazu gekommen, die grau-melierten Strähnen zu kämmen. Xan hatte den sonst so tadellos gekleideten, gepflegten Urho noch nie so nachlässig gesehen.

„Du bist hier", sagte Urho, und seine Stimme klang, als hätte er seit ihrer letzten Begegnung mit dem Rauchen angefangen. „Geht es dir gut? Haben sich deine Verletzungen verschlimmert?"

Xan schluckte erneut; seine Kehle war plötzlich eng. „Ich fühle mich besser. Danke für die Medizin und deine Hilfe neulich. Ich weiß, ich habe den Eindruck erweckt, sie nicht zu wollen."

Urho starrte ihn an, als könnte er nicht fassen, dass Xan in seiner Bibliothek stand. Schließlich schüttelte er sich und gestikulierte zu der Sitzecke. „Bitte nimm Platz. Wo immer du willst."

Xan ging um den Sessel herum und setzte sich. Er lehnte sich zurück und versuchte, nicht zu zappeln.

Urho setze sich auf das Sofa gegenüber und fuhr sich mit den Fingern durchs Haar. Seine rotgeränderten Augen blickten ruhelos im Raum umher. „Jennor wird uns Tee bringen."

Xan nickte. Die Tür öffnete sich, und derselbe Beta, der Xan hereingelassen hatte, brachte ein Teeservice und einen Teller mit Gebäck auf einem großen Tablett herein. Er stellte es vor Xan und Urho auf den Tisch, und nach einem kurzen Nicken von Urho verließ er wortlos wieder den Raum.

„Bitte bedien dich", sagte Urho und deutete auf die Kekse, bevor er Tee in die beiden kleinen, roten Tassen einschenkte. „Nimm, so viel du willst. Du siehst aus, als hättest du Gewicht verloren, seit ich dich zuletzt gesehen habe."

Xan stutzte. Es stimmte, dass er in den letzten Tagen nicht viel gegessen hatte. Seine körperlichen Schmerzen, zusammen mit der Scham, die ihn plagte, hatten seinen Appetit beeinträchtigt. Dennoch konnte er doch nicht so viel abgenommen haben, dass es auffiel, oder? Sein Bruder Ray hatte nichts gesagt, und Caleb ebenfalls nicht. Betrachtete Urho ihn so viel aufmerksamer als andere?

„Es geht mir gut", sagte er, legte aber mehrere von den buttrigen Plätzchen auf einen Teller und nahm die Teetasse entgegen, die Urho ihm reichte. „Du siehst …" Er gestikulierte zu Urho und ließ die Worte ungesagt.

Urho sah an seiner Kleidung herab und gab ein seltsames, schnaubendes Lachen von sich. „Entschuldige meine nachlässige Erscheinung. Ich hatte mich vorhin etwas hingelegt und– nun, sagen wir einfach, die letzten zwei Tage waren ungewöhnlich."

„Viel los in der Klinik?", fragte Xan.

„Es gab eine Totgeburt, ja."

„Oh, tut mir leid. So etwas muss schwer sein."

„Für den Omega mehr als für mich, aber ja, es bringt immer schmerzhafte, alte Erinnerungen zurück." Urhos Blick wanderte zu dem einzigen Gemälde im Raum, dem Porträt eines wunderschönen, blonden, lächelnden Mannes in rotem Hemd und schwarzer Hose. Der Mann hielt eine Schriftrolle mit einem kombinierten Familienwappen in den Händen – vermutlich von der Chase-Familie und wie auch immer der Familienname von Urhos Omega gelautet hatte.

„Er war sehr gutaussehend", sagte Xan. Ein brennendes Gefühl wuchs in seiner Magengegend, aber er wollte nicht zu genau erforschen, was es war. Eifersucht nützte niemandem etwas. Und außerdem war der Mann *tot*. Und war ziemlich jung gestorben, so weit Xan wusste. Er hatte nicht einmal lang genug gelebt, um beneidet zu werden, auch wenn er Urhos Bett geteilt hatte.

„Er war vollkommen", sagte Urho mit gedämpfter Stimme, so als wäre selbst die Erinnerung an den geliebten Mann zu heilig, um laut über sie zu sprechen.

„Du hast eine große Bibliothek", sagte Xan, um das Thema zu wechseln. Aber er wagte nicht, dasjenige anzuschneiden, über das zu sprechen er eigentlich hergekommen war. „Überwiegend wissenschaftliche Bücher, nehme ich an?"

„Viele, ja. Aber ich habe in meiner Sammlung auch Literatur."

„Ich selbst bin mehr der Comics- und Groschenroman-Typ."

Urhos Lippen zuckten und deuteten zum ersten Mal ein Lächeln an, seit er hereingekommen war. „Davon habe ich auch einige." Er erhob sich und ging zu einem Bücherregal neben der Tür, fuhr mit dem Finger die Reihe der Buchrücken entlang und zog schließlich ein blaues Buch heraus, das etwa zwei Fingerbreit dick war. „Hier, dieses hier kam vor deiner Zeit heraus, möchte ich wetten. Aber es könnte dir gefallen."

Xan nahm das Buch, und Urho kehrte zu seinem Platz auf dem Sofa zurück. Xan schlug es auf, und sofort kamen farbenfrohe Bilder zum Vorschein, zusammen mit den üblichen Comic-Rastern und Sprechblasen. Er warf noch einmal einen Blick auf den Umschlag: *Cervantes und Snail – Die komplette Sammlung.* „Ich habe von diesem hier gehört, aber du hast recht, ich habe es nie gelesen."

„Nimm es mit. Es war eines von Rikis Lieblingsbüchern, aber es setzt hier bloß Schimmel an. Hab Spaß damit."

Xan leckte sich die Lippen. Ein atemloses, seltsames Gefühl ergriff von ihm Besitz. Er hatte Urho noch nie seinen verstorbenen Omega erwähnen hören, aber zweifellos war Riki der blonde Mann auf dem Gemälde. Xan räusperte sich. „Ich würde dir nichts wegnehmen wollen, was für ihn etwas Besonderes war."

„Es sollte nicht ungenutzt hier verstauben. Nimm es nur."

Xan nickte und steckte das kleine Buch in seine Jackentasche. Es passte perfekt hinein. „Also", sagte er. Eine ungewöhnliche Schüchternheit überkam ihn. Er sah Urho von unten herauf an und stellte überrascht fest, dass dessen dunkle Haut von einer zarten Röte überzogen war.

Erinnerte Urho sich daran, wie Xan eine Erektion bekommen hatte, als Urho seine Finger in ihn eingeführt und umherbewegt hatte? Xans eigene Wangen wurden heiß, und sein Schwanz wurde schon wieder hart. „Du fragst dich sicher, warum ich hier bin."

Urho versuchte es mit einem echten Lächeln, weiße Zähne im Kontrast mit dunkler Haut, dann seufzte er. „Ich freue mich nur, *dass* du hier bist. Ich wollte dich wiedersehen. *Musste* dich sehen, um genau zu sein."

Xan bekam eine trockene Kehle. „Warum das?"

„Ich habe über deine Situation nachgedacht. Um ehrlich zu sein, habe ich kaum an etwas anderes gedacht."

Xan rutschte unbehaglich auf seinem Sitz umher. Sein Magen drehte sich.

Urho hob eine Hand. „Ich werde dir nicht wieder einen Vortrag halten. Ich will nur dein … Dilemma nachvollziehen können."

„Niemand kann das."

„Ich will es versuchen. Ist es ein Bedürfnis?"

„Die meisten Menschen haben das Bedürfnis nach sexueller Erleichterung", sagte Xan abwehrend. „Nicht *alle*, aber die meisten."

„Und dein Omega—"

„Interessiert mich sexuell nicht."

Urho neigte den Kopf. „Aber was ist mit *seinen* Bedürfnissen?"

Xan wandte den Blick ab. „Wir haben eine Übereinkunft." Er würde nicht die Wahrheit über Caleb enthüllen. Es war an Caleb zu entscheiden, ob und wann er das tun wollte. Und gegenüber wem.

„Ich verstehe."

Aber Xan konnte sehen, dass Urho es nicht wirklich verstand.

„Hat er einen Liebhaber?", fragte Urho. „Einen Beta vielleicht? Jemanden, der für eure Beziehung keine Bedrohung darstellt?"

Xan schnaubte. „Ich bin nicht hergekommen, um über Caleb zu reden." Aber das war er oder nicht? In gewisser Weise? Die Pillen, um die er Urho bitten wollte, waren nur nötig aufgrund seiner Verpflichtung gegenüber Caleb. „Ich hatte mich gefragt, ob du mir etwas verschreiben könntest. Etwas für meine Ausdauer."

Urho runzelte die Stirn und beugte sich nach vorn. „Ausdauer? Sexuelle Ausdauer?"

„Ja. Ich habe Schwierigkeiten, während Calebs Hitzen eine Erektion aufrecht zu erhalten. Die nächste Hitze ist noch ein paar Monate entfernt, aber ich möchte vorbereitet sein. Ich habe gehört, dass es neue Pillen gibt, die Alphas helfen, länger durchzuhalten und kürzere Pausen zu brauchen."

„Leidet er an Nympho– ich meine, an unaufhörlicher Hitze?"

„Nein. Das Problem liegt bei mir."

Urho verengte die dunklen Augen. „Weil das, was du willst, nicht das ist, was Caleb dir bietet", sagte er leise. „Seine Pheromone erregen dich nicht?"

„Doch, schon." Aber der Geruch von Caleb in Hitze weckte nur noch mehr Xans Verlangen, penetriert zu werden. Bei ihrer ersten gemeinsamen Hitze war er eine Katastrophe gewesen – geil und voller Sehnsucht war er weder fähig gewesen, sich um Calebs Leid zu kümmern, noch seine eigenen Bedürfnisse zu stillen. Calebs Schmerzensschreie hatten ihn fast in den Wahnsinn getrieben, und ihm graute vor der nächsten Hitze. „Aber nicht in der richtigen Art und Weise."

Er schüttelte die Schuld ab, die über ihn fiel wir ein Schleier, konzentrierte sich wieder auf Urho und sagte: „Ich brauche Hilfe. Es fällt mir schwer, dass zuzugeben – und noch schwerer zu fragen – aber du kennst unsere Situation besser als die meisten, also frage ich dich. Bitte hilf mir."

Urhos Körper verspannte sich sichtlich. Er schloss die Augen und nahm einen zitterigen Atemzug. Als seine Lider sich wieder öffneten, erkannte Xan in der wilden Tiefe der dunklen Augen den seriösen, altmodischen Urho Chase nicht wieder. „Ich kann dir die Pillen geben."

„Danke!"

„Aber ich kann dir mehr als das anbieten."

Xan schluckte. Würde Urho sich als Surrogat-Alpha für Calebs Hitzen anbieten? Xan wusste nicht, worauf er hoffte, aber er bedeutete Urho fortzufahren.

„Du darfst nicht weiterhin zu jenem Mann gehen, der dich verletzt hat."

Xan stöhnte. „Darüber haben wir doch schon–"

„Nein, hör mir zu!", befahl Urho, und Xan klappte den Mund zu. „Wenn du das so dringend brauchst, dann komm zu mir, um es zu bekommen."

Xan starrte Urho fassungslos an – Urhos pochenden Puls, deutlich sichtbar an seinem Hals. Urhos ungekämmtes Haar und seine ernsten – so eindringlich ernsten – Augen. Xan sog scharf den Atem ein. „Was willst du damit sagen?"

„Wenn du jemanden …" Urho wischte sich mit einer zitternden Hand über den Mund, dann begann er erneut. „Wenn du jemanden brauchst, der dir mit diesen Bedürfnissen hilft, dann komm zu mir, anstatt zu dem Mann zu gehen, er dich misshandelt."

„Wozu?", fragte Xan und blinzelte hektisch. „Für eine Predigt? Tee? Irgendeine Medizin? Was genau hast du vor, mir dann zu geben?"

„Sex. Ich werde dir Sex geben."

Xan starrte ihn an. In seinem Kopf drehte sich alles, und sein Herz hämmerte wie verrückt. „Du wirst *was*?"

Urhos Stimme bebte. „Ich biete dir an, dir zu helfen. Ich helfe

Omegas in Hitze – Witwern, Omegas ohne Gefährten, solchen mit Nymphomanie. Das hier wäre nichts anderes. Und du wärest sicher."

Xan keuchte. „Nichts anderes? Willst du mich verarschen? Es ist etwas vollkommen anderes!"

„Warum?", stieß Urho erstickt hervor.

„Weil das Heilige Buch von Wolf es sagt, zum Einen. Die Gesetze unseres Landes sagen es ebenfalls. Und solltest du dieses Angebot wahrmachen, wirst du feststellen, dass der Akt selbst etwas sehr Anderes ist. Ich bin innen nicht wie ein Omega. Ich fühle mich eher an wie ein Beta."

Urho leckte sich über die Lippen, und seine Augen wurden etwas glasig. „Das mag ja alles richtig sein, aber das ändert nichts an meinem Angebot. Es wäre nicht das erste Mal, dass ich die Gesetze des Heiligen Buchs von Wolf breche, um jemanden zu beschützen."

Natürlich. Vale und seine illegale Abtreibung. Vielleicht auch noch andere Omegas. Wer konnte wissen, an welchen illegalen Machenschaften Urho beteiligt war, trotz seiner rechtschaffenen Art?

Xan hob das Kinn. „Ich bin kein Wohltätigkeitsfall."

„Nein, du bist …" Urho verstummte.

„Ich bin was?" Xans Herz hämmerte.

„Du verdienst Hilfe für dein Problem."

„Bist du krank?" Xan deutete auf Urhos verschwitzte Haut. „Du siehst aus, als hättest du Fieber. Dieses Angebot von dir ist eindeutig das Produkt eines umnebelten Verstandes."

Urho knurrte: „Ich bin nicht krank."

Xan stand auf. „Hör zu. Ich wollte nur die Pillen, um mit Calebs Hitzen besser fertigzuwerden. Ich brauche keinen Mitleidsfick von dir oder sonst wem."

„Dann willst du lieber eine gewalttätige Beinahe-Vergewaltigung? Du willst dich lieber fast umbringen lassen, als mein Angebot anzunehmen?" Urho sprang auf, die Fäuste geballt, und seine Stimme zitterte.

Xan leckte sich die Lippen. Was machte er hier? Was lehnte er da ab? Das hier war seine Chance. Er sollte zugreifen. Er sollte auf die Knie fallen und Urho anflehen, sein großzügiges Angebot wahr zu machen, gleich hier, gleich jetzt, gleich jetzt, *gleich jetzt.*

Aber er konnte nicht. Er würde alles darum geben, dass Urho ihn wirklich in dieser Weise begehrte. Aber das war nicht, worum es hier ging. Es ging darum, ihm zu helfen und irgendwie als der Held dazustehen. Es ging darum, etwas Abstoßendes zu tun, um Xan zu beschützen, und nicht weil er Xan ebenfalls begehrte.

Und wenn Urho nur ein Alpha wäre, irgendein anderer Alpha, wäre das vielleicht genug gewesen.

Aber es war Urho. Der Mann, den Xan seit mittlerweile vier langen Jahren bewunderte. Und Urhos Wohltätigkeit und Mitleid war nicht, was Xan wollte.

„Ich bin gekommen, um Caleb zu helfen. Das ist alles."

Urho schluckte und trat einen Schritt vor.

Xan bekam weiche Knie. „Was tust du?", flüsterte er.

„Geh auf die Knie", befahl Urho. Seine Augen funkelten gefährlich.

Xan schluckte geräuschvoll. Er war plötzlich kurzatmig.

„Ich sagte, geh auf die Knie." Urho ballte die Fäuste, und seine Stimme nahm ein tieferes, drohendes Register an.

Xan bebte von Kopf bis Fuß, und seine Kehle wurde staubtrocken. Sein Körper gehorchte, ohne irgendwelche Anweisungen von seinem umnebelten Verstand zu bekommen. Der Teppich unter seinen Knien war weich, und jede Zelle seines Körper schien vor schockierter Erregung zu brüllen, als Urho dicht vor ihm stehen blieb.

„Was wirst du jetzt tun?", fragte Xan mit rasendem Herzen.

„Ich werde deinen frechen, undankbaren Mund ficken",

murmelte Urho und deutete auf seinen Hosenstall. Seine Augen leuchteten und waren vor Lust noch dunkler.

Xan leckte sich die trockenen Lippen.

„Mach schon."

Xans Finger zitterten, während er Urhos Hose aufmachte und sie an seinen Schenkeln herunterschob. Ihm stockte der Atem, als Urhos Ständer hervorschnellte und ihn beinahe am Kinn traf. Er starrte den dicken, dunklen Schaft an und sein Mund wurde wässrig. Urhos Eichel lugte aus der Vorhaut, und Vorsperma trat heraus – ein kleines, feucht glänzendes Versprechen auf das bevorstehende Festmahl.

Xans Arschloch bebte. Er biss sich auf die Lippe und wünschte er wäre dort nicht mehr so wund. Falls Urho vorhatte, ihn zu ficken, würde es wehtun. Aber seine Ängste, ob Urho ihn wirklich wollte oder nicht, zogen sich in den hintersten Winkel seines Verstandes zurück. Mit diesem dicken, feuchten Ständer vor Augen ließ sich die Wahrheit kaum leugnen.

„Mach den Mund auf", verlangte Urho, und in seine Stimme schlich sich ein Hauch verzweifelten Drängens, gemischt mit Wut. Es ließ die kleinen Härchen in Xans Nacken zu Berge stehen. Er beeilte sich zu gehorchen.

Urho legte den Kopf in den Nacken, als Xan mit der Zungenspitze über die geschwollene Eichel fuhr, den Tropfen bitteren Alpha-Vorspermas aufschleckte und dann genüsslich in seinem Mund bewegte. Der Geschmack ließ seine Nippel hart werden und seinen Schwanz zucken, und sein eigenes Vorsperma befeuchtete seinen Oberschenkel.

Der Geruch ihres Verlangens mischte sich im Raum. Urho stöhnte und fuhr mit den Fingern durch Xans Haar. Dann packte er zu und zog Xans Kopf mit einem scharfen Ruck nach vorn. Xan keuchte, aber er war bereit. Er öffnet weit die Lippen und seinen Kiefer, hielt seinen Blick fest auf Urhos Augen gerichtet, und schluckte Urhos Schwanz fast ganz. Dann entspannte er seine Kehle und erlaubte Urho, noch tiefer hineinzugleiten.

Tränen brannten in seinen Augen, und sein Ständer pulsierte gegen den Stoff seiner engen Hose. Er musste ein wenig würgen, als Urho bis zu den Eiern eindrang, und schnappte nach Luft, als er mit einem Stöhnen seinen Schwanz wieder aus Xans Hals zog. Dann, mit Xans Haar fest im Griff, stieß er wieder hinein.

Xan wimmerte und würgte, als Urho einen wiegenden Rhythmus fand. Urhos Hüften zuckten vor und zurück, sodass Xan zwischen den Stößen Luft holen konnte, und dann nahm er ihm wieder und wieder den Atem. Und wieder und wieder. Xan trieb auf diesem Rhythmus dahin, verlor sich ganz in dem Bedürfnis an der richtigen Stelle zu atmen, und in dem Gefühl des Hosenstoffs an seinem Schwanz, wenn er selbst im selben Rhythmus die Hüften bewegte.

Er griff nach oben, um Urhos Unterarme zu packen und sich an ihnen festzuhalten, während Urho sein Haar gepackt hielt. Tränen liefen Xan übers Gesicht, und Speichel tropfte an seinem Kinn herunter, über seinen Hals und Urhos Eier. Aber Urho fickte weiter seinen Mund, Xan lutschte weiter Urhos Schwanz, und sie wurden nicht langsamer.

Urhos Blick ruhte auf Xans Gesicht, und jedes Zucken seiner Züge verriet seine Lust, sprach von der Ekstase, die er bei jedem Stoß in Xans Mund empfand. „Fass dich selbst an", stieß er schließlich hervor und schüttelte Xans Hand von seinem Unterarm ab. „Bring dich selbst zum Orgasmus. Ich will es riechen."

Xan verdrehte ekstatisch die Augen. Dankbarkeit für das, was Monhundy ihm nie erlaubt hatte, überwältigte ihn. Er packte seinen Schwanz durch den Stoff seiner Hose, und drückte ihn zu dem Rhythmus von Urhos Stößen. Seine Eier kribbelten, die Muskeln in seinen Schenkeln und an seinem Bauch zitterten, als der Drang zu kommen wuchs. Seine andere Hand packte Urhos Unterarm fester, und Xan ergab sich, öffnete den Mund weit und entspannte seine Kehle.

Urho schrie auf, als er Xans Unterwerfung spürte, drückte Xans Gesicht grob an seine Schamhaare und rammte seinen Ständer tief in Xans Hals. Xans Aufschrei war gedämpft, als sein Orgasmus ihn mit explosiver Lust übermannte. Samen pumpte heftig aus seinem Schwanz, und eine große Menge davon lief an seinem Bein herunter, heiß wie Pisse.

Er würgte und hustete um Urhos fetten Schwanz. Sein ganzer Körper verkrampfte sich in Ekstase, während sein Orgasmus weiter wütete. Urho zog seinen Ständer aus Xans Mund, zielte, und dann markierte er schreiend Xans Wangen, Lippen, Zunge und Hals.

Urhos Schrei hallte durch den Raum. Xan atmete schwer, sog keuchend die warme süße Luft ein und schmeckte Urhos Lust wie ein schweres, moschusartiges Parfüm, das ihn von Kopf bis Fuß bedeckte. Er leckte sich die Lippen und benutzte seine Finger, um Urhos Samen von seinen Wangen und seinem Kinn in seinen hungrigen Mund zu schieben.

Urho starrte mit glasigem Blick und gesättigt auf ihn hinab. Ein zufriedenes Lächeln umspielte seinen Mund, und in seinen Augen funkelte die Andeutung von arrogantem Stolz. Er setzte sich in den Sessel und zog den knienden Xan zwischen seine Beine. Er musterte Xans Gesicht aufmerksam, dann fuhr er mit einem Finger durch einen Spermaspritzer an Xans Hals, legte die Fingerspitze an Xans Mund und drückte sie hinein.

Xan lutschte an Urhos salzigem Finger und fuhr sanft mit der Zunge daran entlang. Urho stöhnte. Und dann beugte er sich hinunter und küsste Xan leidenschaftlich. Urhos Zunge umschlang Xans, und Xan erwiderte den Kuss, rückte näher und krabbelte dabei fast in Urhos Schoß. Er hörte leise, drängende Laute und wurde sich vage bewusst, dass sie von ihm selbst kamen.

Xan keuchte, als Urho den Kopf zurückneigte, um Luft zu

holen, und sein Herz raste. Sein Schwanz pochte vor erneutem Verlangen, das in seinen Eiern zog wie ein Bluterguss.

„Na bitte", murmelte Urho und ließ sich in den Sessel zurücksinken. Seine Hose spannte noch um seine Schenkel, und er saß mit nacktem Arsch auf dem Lederpolster. Sein Schwanz war immer noch ziemlich hart, erschlaffte nun aber nach und nach.

Xan beugte sich nach vorn, um liebevoll daran zu lecken. Eine kätzchenhafte Zufriedenheit erfasste ihn im Nachspiel dessen, was sie gerade getan hatten. Er nahm Urhos Schwanz in die Hand und drückte ein wenig die Wurzel, sodass der Rest wieder etwas dicker wurde, und nahm die Eichel in den Mund, um sie sanft auf seiner Zunge liegen zu lassen. Es kamen noch ein paar Tropfen Sperma heraus, und Xan schluckte sie gierig.

Er schloss die Augen und inhalierte tief den versauten Geruch, der sich um sie erhob. Das war es, was das Heilige Buch von Wolf so verdammte – dieser zärtliche Moment mit Urhos Schwanz in seinem Mund. Warme, beinahe ehrfürchtige Andacht erfasste ihn, zusammen mit neuer, zitternder Furcht.

Urho streichelte sein Haar. Die Finger zitterten an Xans Kopfhaut, aber das Gefühl war beruhigend. Xan konnte sich fallen lassen, konnte sich entspannen. Er würde nicht geschlagen werden, weil er gekommen war oder weil er den Sex genossen hatte. Nicht einmal, weil er ihn gewollt hatte.

Minuten vergingen, und Urhos Schwanz wurde wieder vollends hart; Xans Lippen wurden gedehnt, während er zärtlich daran lutschte. Aber Urho tat nichts. Er streichelte einfach nur Xans Haar und gab zufriedene, kleine Laute von sich. Schließlich sagte er: „Ich weiß, du magst es, gefickt zu werden, aber dein Loch ist noch nicht wieder so weit. Es muss erst noch heilen."

Xan schloss die Augen. Er hätte am liebsten gebettelt. Stattdessen lutschte er Urhos Schwanz mit mehr Enthusiasmus, um ihn in einen Zustand der Erregung zu versetzen, der nicht ignoriert werden konnte. Er griff mit einer Hand in seine eigene, feuchte Hose und drückte seinen Ständer, während er saugte und leckte. Als er Urho erneut zum Abspritzen brachte, stöhnte er und schluckte dieses Mal alles.

Mit einem Stöhnen ließ Urho seinen Schwanz aus Xans Mund gleiten. Er drückte Xans Gesicht an seinen zitternden Schenkel. Seine dunklen, haarigen Hoden zuckten direkt vor Xans Mund, und Xan beugte sich vor und leckte und küsste sie eifrig in der Hoffnung auf eine weitere Runde, bevor was immer dieser Wahnsinn hier war, enden würde. Noch ein weiterer Orgasmus, bevor Urho wieder zu Sinnen kam und ihm klar wurde, welche Beleidigung Wolfgottes sie begingen, und Xan sein Exil in Virona beginnen musste.

Urho erlaubte ihm einige Minuten lang, an seinen Eiern zu lecken, dann nahm er Xan bei den Schultern und schob ihn sanft weg. Er zog seine Hose hoch und verbarg seinen herrlichen Schwanz vor Xans Augen.

„Brauchst du immer noch mehr?", fragte Urho.

Xan drückte mit der Handfläche gegen seinen harten Schwanz, der zwischen seiner Hose und seinem Oberschenkel eingeklemmt war, und sah verständnislos zu Urho auf.

„Zeig ihn mir." Urho klang überraschend ruhig. „Steh auf, hol ihn raus und zeig ihn mir."

Xan schluckte, aber er erhob sich und öffnete seine Hose. Der Geruch der fetten Spermaspritzer darin, schwanger mit Pheromonen, war überwältigend und füllte ihre Nasen, sobald Xans Hose bis zu seinen Fußgelenken herunterrutschte. Urho leckte sich die Lippen, beugte sich nach vorn und rieb einen Augenblick lang seine Nase an Xans Hüfte. Dann öffnete er den Mund und saugte Xans spermanassen Ständer bis zur Wurzel hinein.

Xans Knie gaben beinahe unter ihm nach, als sein Schwanz gegen Urhos feuchten, warmen Gaumen drückte und schließlich daran vorbei glitt. Sein Herzschlag geriet wild ins Stolpern. Er wagte es, seine Hände in Urhos Haar zu schieben und sich daran festzuhalten, um nicht umzufallen. Urho stöhnte laut.

In der nächsten Sekunde erschauerte Xan heftig und pumpte seine Ladung in Urhos Hals. Schockiert von der Plötzlichkeit schrie er auf und warf den Kopf in den Nacken, blind vor Lust bis er kaum noch atmen konnte – er zitterte, zuckte und kam so gewaltig, dass seine angeschlagenen Muskeln brannten.

Dann ließ Urho von ihm ab, und Xans mit Speichel bedeckter Schwanz rutschte widerstrebend aus Urhos warmem Mund.

„Dreh dich um. Bück dich und stütze dich mit den Händen auf dem Couchtisch ab."

Xan schaffte es kaum, der Anweisung zu folgen, ohne umzufallen. Seine Füße verfingen sich in seiner Hose, die um seine Knöchel hing. Aber er schob das Teeservice zur Seite, stützte sein Gewicht auf seine zitternden Arme und streckte seinen Arsch in die Luft. Er hyperventilierte fast, als er Urhos warme Hände fühlte, die seine Arschbacken packten und sie zum zweiten Mal in dieser Woche auseinander zogen.

Und dann passierte wirklich, was er sich gewünscht hatte – wovon er schon geträumt hatte, als Urho es zum ersten Mal getan hatte. Urhos Atem wehte warm über Xans Backen, und dann glitt Urhos feuchte, heiße Zunge in seine Ritze und kitzelte sein immer noch wundes Arschloch.

Urho murmelte etwas Unverständliches. Xan packte die Tischkante und schrie auf, als Urho begann, ihn zu rimmen, als hätte er schon genauso lang davon geträumt wie Xan in seinen geheimsten Fantasien. Das Teeservice klimperte und klapperte, während Xan in Reaktion auf die süße Invasion von Urhos Zunge bebte und sich wand.

Xans Ständer zuckte, sämtliche Nervenenden standen in Flammen, und er wurde halb wahnsinnig. Er wiegte die Hüften, stöhnte fiebrig vor Verlangen nach mehr als nur Urhos Zunge – und dann hörte Urho plötzlich auf.

Er drückte einen zärtlichen Kuss auf Xans bebendes, hungriges Loch und sagte: „Das gehört jetzt mir. Hast du mich verstanden? Dieses Loch ist jetzt meins."

Xan schrie und kam erneut. Er krümmte sich, und Sperma spritzte auf den Couchtisch, den Teppich und sein eigenes Gesicht, während er sich verkrampfte und zuckte, schockiert davon, wie alles, was er bisher über Sex und Befriedigung zu wissen geglaubt hatte, auf erotische Weise in Trümmer ging. Das hier – Urhos Erklärung, ihn zu besitzen – war alles, was er je gewollt hatte. Alles, von dem er so sicher gewusst hatte, es nie wirklich haben zu können.

Er sank über dem Tisch zusammen, das kühle Holz wie ein kleiner Schock an seinem erhitzten Unterleib. Urho streichelte seinen Rücken, strich mit den Fingern über sein speichelnasses Loch und drückte sanft mit dem Daumen dagegen. „Sag es. Ich will, dass du die Worte sagst."

Xan wimmerte. Scham und Verlangen rangen in ihm miteinander. „Mein Loch ist deins."

„Wem gehört es?"

„Dir."

„Für wie lange?"

Xan schluckte. Er zitterte am ganzen Körper, unsicher über die richtige Antwort. „Für immer?"

„Meins. Für immer." Urho küsste Xans Hüfte und dann Xans Loch.

Er zog Xan vom Tisch hoch und in seine Arme. Er hielt ihn, küsste sein Haar und seinen Hals. Sie legten sich zusammen aufs Sofa. Ihre Kleidung war durcheinander und zerknittert, und im Raum hing der Geruch von Sperma und Schweiß.

Xan stand unter Schock. Sein Kopf ruhte an Urhos Schulter,

seine Hose stand noch offen, aber sie waren beide wieder bedeckt. Xan beobachtete das Heben und Senken von Urhos muskulöser Brust und fiel dabei in den Schlaf.

Irgendwann kam er langsam wieder zu Bewusstsein. Draußen dämmerte es bereits, und das Abendlicht schien golden durch die Fenster. Die Uhr auf dem Kaminsims tickte. Behutsam löste Xan sich aus Urhos Armen und richtete seine Kleidung, so gut es ging, bis sie wieder halbwegs respektabel aussah.

Er versuchte, so weit er konnte, mit den Servietten vom Teeservice die Sauerei sauberzumachen, die sie auf dem Tisch und dem Teppich verursacht hatten. Urho schlief die ganze Zeit weiter, sorglos und hinreißend. Sein Mund stand leicht offen, und er sah entspannt aus.

Als er damit fertig war, die Spuren dessen, was sie getan hatten, zu beseitigen, stand Xan da und starrte auf den Mann hinab. Er hatte keine Ahnung, was das alles bedeutete, oder was das Versprechen, das er gegeben hatte, enthielt. Aber er wusste, er musste gehen, bevor Urho erwachte und sie irgendeine unangenehme Unterhaltung haben würden, die alles wieder ruinierte, was bisher gewesen war.

Xan schlüpfte aus der Bibliothek und ließ sich selbst zur Vordertür hinaus, ohne einem der Beta-Diener Bescheid zu sagen. Dann huschte er die Straße hinunter zu seinem Auto. Sein Körper sang noch immer von der Ekstase, die er erlebt hatte, aber sein Verstand und sein Herz waren verzagt.

Er wusste nicht, was über Urho gekommen war, wie lange er dieses Angebot schon geplant hatte, oder auch, welchen Grund es dafür gab. Aber auf keinen Fall konnte das Versprechen, das er am Ende gegeben hatte, wirklich etwas bedeuten. Ein Versprechen, das man auf dem Höhepunkt sexueller Lust gab, war kein echtes Versprechen. Und wieso er Besitzansprüche an Xans Arschloch geltend gemacht hatte, war ohnehin ein Mysterium.

Aber Xan konnte nicht aufhören, daran zu denken, wie Urho von ihm verlangt hatte, die Worte zu wiederholen. Er hatte aufrichtig und bestimmt geklungen, als wäre Xans Arsch etwas, das er schon lange begehrte und ganz für sich allein haben wollte.

Xan schüttelte all diese Gedanken ab und konzentrierte sich darauf, nach Hause zu kommen.

Ausnahmsweise einmal fiel es ihm überhaupt nicht schwer, an Monhundys Haus vorbeizufahren, und als er sein Zuhause erreichte, übergab er seinen Wagen mit einem Seufzer der Erleichterung an Lenser.

Er stieg die Stufen zu seinem Schlafzimmer hinauf. Er brauchte eine Dusche, bevor er zu Caleb ging und ihm versicherte, dass er die Lösung für ihr Problem bereits im Griff hatte. Und dass es große Neuigkeiten gab. Er hoffte, Caleb würde die Veränderung in ihrem Leben gut aufnehmen, denn es blieben nur noch wenige Tage, bis sie zu ihrem neuen Zuhause in Virona aufbrechen mussten. Und sie hatten keine Wahl.

Er zog seine Jacke aus, dann holte er das Buch aus der Tasche, das Urho ihm gegeben hatte. Er schlug es auf und starrte die handgeschriebene Widmung auf der ersten Seite an:

Für Riki, in tiefer Liebe – Urho

Ein Zittern durchlief Xan, und in seinem Herzen erwachten gleichzeitig Eifersucht und Staunen. Er blätterte durch einige Seiten, dann legte er das Buch auf seinen Nachttisch. Nachdem er den Rest seiner Kleidung abgelegt hatte, ging er ins Bad und suchte im Spiegel nach den Beweisen dessen, was passiert war.

Streifen getrockneten Spermas auf seinem Hals und seiner Wange, sein zerzaustes Haar sowie der Nachhall des Schocks in seinen Augen sahen ihm entgegen. Er schloss die Augen, inhalierte den Geruch tief in seine Lungen und stellte sich vor, wie er seinen

Weg von Partikel zu Partikel nahm, bis seine ganze Seele von dem berührt wurde, was vorgefallen war.

Erst dann drehte er das Wasser in der Dusche auf.

Als das heiße Wasser den berauschenden Duft von ihm und Urho zusammen fortspülte und seinen Geist klärte, traf ihn eine andere Erkenntnis. Er sank auf den Boden der Dusche. „Ich bin schrecklich. Wolfs ureigenstes Übel", flüsterte er.

Wegen seiner verdorbenen Natur und seiner Unfähigkeit, der Versuchung zu widerstehen, hatte er Caleb erneut im Stich gelassen – er hatte Urhos Haus ohne die benötigten Pillen für Calebs nächste Hitze verlassen. Er war wahrhaftig der schlechteste Alpha der Welt. Caleb verdiente es nicht, an ihn gebunden zu sein.

Und er hatte den guten, anständigen Urho ebenfalls in Versuchung geführt. Xan schrubbte brutal an seiner Haut – er verdiente Urhos Geruch nicht.

KAPITEL 8

U RHO ERWACHTE KALT und allein in seiner Bibliothek, wo noch immer der Duft seines und Xans Spermas in der Luft hing. Er hatte nicht vorgehabt, so einzuschlafen, aber nach drei schlaflosen Nächten und hochkochenden Gefühlen – gefolgt von herrlichem und versauten Sex mit dem Mann, den er nicht aus dem Kopf bekam – war er einfach erschöpft gewesen.

Er rollte sich zur Seite und dann in eine sitzende Position, fuhr sich mit den Händen durchs Haar und sah sich im Raum um. Er hoffte, Xan in einer Ecke zu finden, vielleicht am Fenster stehend. Aber nein. Kein Zeichen war von ihm zu finden, abgesehen von etwas getrocknetem Samen auf dem Tisch und dem Teppich, sowie dem Geruch nach Sex, der in der Luft hing.

Urho atmete tief ein. Er machte sich Sorgen. Wohin war Xan gegangen, und warum? Ein erschreckender Verdacht beschlich ihn. Hatte Xan das Gefühl, von ihm zum Sex gedrängt worden zu sein? Hatte Xan es vielleicht in Wirklichkeit gar nicht gewollt, trotz seiner zitternden Lust und den multiplen Orgasmen? Hatte Urho den Jungen ausgenutzt?

Urho war es nicht gewohnt, sexuelle Begegnungen außerhalb seiner Rolle als Surrogat-Alpha für Omegas in Hitze zu verhandeln. Und Wolfgott, Urho hatte nicht geplant, Sex mit Xan zu haben. Jedenfalls nicht so. Als er sein Angebot geäußert hatte, hatte er die Zukunft gemeint. Eine zukünftige Situation, in der Xa – unfähig, der Versuchung zu widerstehen – zum ihm kommen und auf die Knie gehen würde, mit seinen großen, blauen Augen zu ihm aufsehen und ihn bitten würde …

Wolfgott, er bekam schon wieder einen Harten.

Anscheinend war er wirklich ein Perverser, anders ließ es sich nicht sagen. Er hatte Sex mit einem anderen Alpha gehabt, und jetzt sehnte er sich danach, es wieder zu tun. Offensichtlich hatte er irgendwann in den letzten paar Tagen den Verstand verloren. Das musste er in Betracht ziehen.

Er hob den Kopf und schaute zu Rikis auf ewig lächelndem Porträt. Es hatte sich nicht verändert. Dabei hatte er seine Sünde direkt unter den wachsamen Augen seines geliebten Omegas begangen. Wieso empfand er nicht größere Scham deswegen? Urho wischte sich mit der Hand übers Gesicht, dann machte er sich daran, die Reste der Sauerei zu beseitigen, die von seinem Zusammenstoß mit Xan zurückgeblieben waren. Es sah aus, als hätte Xan bereits sein Bestes mit den Servietten versucht.

Während er am Teppich schrubbte und dabei auf mögliche Schritte irgendwelcher Beta-Diener lauschte, die jedoch zum Glück scheinbar alle nach Xans Ankunft im Haus etwas furchtbar Wichtiges zu tun gefunden hatten, nachdem Xan das Haus betreten hatte, versuchte er, die Ereignisse des Tages zu sortieren.

Er war mächtig überspannt gewesen, so viel stand fest. Aber was ihn dazu getrieben hatte, Xan auf die Knie zu befehlen … es war sexuelle Lust gewesen, und noch etwas anderes – die Weigerung zuzuschauen, wie Xan wieder zurück in die Arme eines Mannes ging, der weder seine Schönheit zu schätzen wusste, noch seinen lebendigen Verstand oder sein leidenschaftliches Bedürfnis, mit derselben Fürsorge, derselben Strenge und demselben Respekt behandelt zu werden wie ein Omega.

Urho keuchte, ließ sich auf seine Fersen zurücksinken und starrte zu Rikis Bildnis hinauf.

Wie war er zu diesem Schluss gekommen? Vielleicht hatte er das von Anfang an irgendwie gespürt. Und als Xan sich umgedreht hatte, um sein Angebot auszuschlagen, hatte etwas in Urho einfach gewusst, was er zu tun hatte: ihn wie einen Omega behandeln, ihn in die Knie zu zwingen und ihn in Besitz nehmen

Und genau das hatte Urho getan..

Seine Eier begannen zu kribbeln, und sein Schwanz wurde hart. Er schloss die Augen und sah Xans gekrümmten Rücken und wie er Urho sein enges Loch präsentiert hatte, komplett mit bebenden Flanken und erhitztem Verlangen. Urho hatte es geleckt, geküsst und als das Seine in Besitz genommen, und Xan hatte ihm alles ohne Zögern gewährt. Er hatte Urho sein Sperma und seine Lust überantwortet, und Urho wollte mehr. Brauchte mehr.

Und er musste wissen, dass Xan in Sicherheit war.

Er stand vom Teppich auf, wischte sich den Schweiß von der Stirn und blickte erneut hinauf zu Riki. „Vergib mir, Geliebter."

Aber tief in seinem Inneren wusste er, dass es Riki nichts ausmachte. Er hatte immer nur gewollt, dass Urho glücklich war, und wenn er in diesem Irrsinn mit Xan neues Glück fand, dann würde Riki – weit weg in Wolfs heimeliger Höhle des Todes – ihn unterstützen. Auch, wenn die Welt es eine Sünde nannte und er dafür ins Gefängnis kommen könnte? Auch wenn seine Seele ins Höllenfeuer kommen und für immer von Riki und ihrem gemeinsamen Kind getrennt werden könnte?

Urho schüttelte den Kopf.

Er glaubte nicht an einen Wolfgott, der die Menschen bestrafte, auch wenn viele andere daran glaubten. Vielleicht weil er ein Mann des Militärs und ein Arzt war und so viel Leid gesehen hatte, dass er wahrhaftig glaubte, dass das Einzige, was Wolfgott anbieten konnte, Frieden war. Für alle Menschen, außer für den schlimmsten Abschaum unter ihnen. Es gab zu viel Kummer auf der Welt, um etwas anderes zu glauben.

Er vermied jede Begegnung mit seinen Dienern, als er die Treppe hinauf zu seinen Räumen nahm und war froh über den vergleichsweise schlechten Geruchssinn von Betas. Im Badezimmer schloss er die Tür hinter sich ab, schaltete die Dusche an und zögerte dann, als er nackt war. Er starrte sich im Spiegel an – sein drahtiges Brusthaar, die dunkle Haut und seinen dicken Alphapenis.

Sein Schamhaar war im Gegensatz zu den grau-melierten Strähnen auf seinem Kopf rabenschwarz. Er war noch immer muskulös und kräftig, und er stellte sich vor, Xan auf seine Arme zu heben, den Jungen zu halten wie einen kostbaren Schatz und tief in ihn einzudringen.

Erschauernd schloss er die Augen, nahm seinen Schwanz in die Hand und hielt ihn einfach nur. Die Wärme seiner Handfläche und sein fester Griff erhielten seine Erektion aufrecht. Dann massierte er langsam seinen Schaft und beobachtete erstaunt und amüsiert, wie sein Schwanz härter wurde.

So leicht war er nicht mehr erregbar gewesen, seit er zuletzt als Surrogat-Alpha fungiert hatte. Omegapheromone waren allerdings auch eine Garantie dafür. Dass der bloße Gedanke an Xan eine ähnliche Wirkung auf ihn hatte, war mehr als seltsam.

Wolfgott, was hatte er getan?

Während er schließlich widerwillig unter der Dusche sein und Xans Sperma abwusch, ließ er noch einmal Xans Ankunft und das Gespräch im Kopf ablaufen, das so plötzlich zu dem geführt hatte, was die Menschen der Alten Welt als Fellatio bezeichnet hatten. Xan hatte ihn um Pillen für mehr sexuelle Ausdauer gebeten – die hatte der Junge heute jedenfalls nicht gebraucht.

Aber falls er wirklich entmannt war, dann machte das natürlich Sinn.

Urho seufzte. Der abwertende Begriff drehte ihm den Magen um, wollte ihm aber nicht ganz aus dem Kopf gehen. Er hatte den Umstand nun akzeptiert und Verantwortung dafür übernommen. Wenn Xan wirklich entmannt war, würde Urho ihn beschützen.

Und wenn Caleb Hilfe bei seinen Hitzen brauchte und Xan Pillen benötigte, um sie durchzustehen, dann würde er auch die bereitstellen.

Als Urho abgetrocknet und wieder angezogen war, hatte er seine Entscheidung getroffen. Er ging ins Schlafzimmer, nahm eine Packung Pillen aus dem Medizinschrank und zählte sie in eine Pillendose ab. Dann gab er Mako Bescheid, mit dem Abendessen noch zu warten. Schließlich verließ er das Haus mit hämmerndem Herzen, einer Spur flüsternder Angst im Hinterkopf und einem warmen Pochen in der Hose.

Er musste Xan sehen.

Von Angesicht zu Angesicht und von Mann zu Mann. Und dass er innerlich ganz kribbelig war und berauscht von Gefühlen, die er seit Jahren nicht mehr empfunden hatte, dann waren das nur umso mehr Gründe, zu ihm zu gehen.

Jetzt.

Bevor ihn der Mut verließ.

„WAS DENKST DU … ob er wohl jemals einsam ist?", fragte Caleb, der in einer losen Hose und einem weißen T-Shirt auf seinem Bett lümmelte.

Sein blondes Haar war strubbelig und seine Fingerspitzen voller roter Flecken von der roten Tusche, die er in seinem Druckatelier ausprobiert hatte. In einem kleinen Raum an der Rückseite es Hauses kreierte er Kunstwerke auf dickem Papier. Mit keinem davon war er je wirklich zufrieden, sodass niemand die Ergebnisse zu sehen bekam, nicht einmal Xan.

Aber er warf die sogenannten Fehlschläge auch niemals weg. Er sammelte seine Kreationen aus Tusche und Papier in hohen Stapeln, die nach Xans Überzeugung eine Brandgefahr darstellten –

eine Meinung, die er jedoch für sich behielt.

„Wer?" Xans Verstand war sofort zu Urho gewandert obwohl er gehofft hatte, die Diskussionen über den Mann hätten ein Ende genommen. Er hatte Caleb erzählt, dass er Urho aufgesucht und dieser sich einverstanden erklärt hatte, die Pillen zu verschreiben.

Caleb, der einfach angenommen hatte, dass Urho das Medikament zuhause nicht zur Hand gehabt hatte, war Xan um den Hals gefallen. „Danke", hatte er gesagt. „Glaubst du wirklich, die Pillen werden helfen?"

„Das hoffe ich."

Aber Hoffnung allein schien Caleb nicht zu reichen, denn er hatte nachgehakt: „Und falls es nicht funktioniert?"

„Wir überlegen uns einen Plan B. Leider wird ein solcher Plan, wofür immer wir uns auch entscheiden, in Virona stattfinden müssen", hatte Xan geantwortet. Und dann hatte er Caleb alles über das Treffen mit Ray erzählt.

Es war eine Erleichterung gewesen, mit Caleb über den Zorn seines Vaters und dessen Bevorzugung seines Cousins Janus zu reden, über Rays Einschreiten und die bevorstehende Versetzung nach Virona. Aber es war seltsam, so offen über *diese* Probleme zu sprechen, jedoch die wahren Ereignisse während seines Besuches bei Urho geheim zu halten.

Sogar während er die Gründe für den Umzug und die dafür notwendigen Vorbereitungen mit Caleb erörterte, erinnerte er sich an Urhos heiseren Lustschrei und die warmen Samenspritzer auf seiner Haut.

Xan wünschte, er hätte sich nicht so gründlich waschen müssen. Er sehnte sich immer noch nach dem Geruch von Urhos Sperma. Er wollte ihn erneut kosten. Und am allermeisten wollte er noch einmal das Gefühl erleben, in Urhos Armen zu liegen – unter seinem Schutz und Befehl, fast so, als würde er geliebt.

Ja, fast hatte er geglaubt, Urho etwas zu bedeuten.

Aber das war natürlich lächerlich und nur das Produkt seiner überaktiven Fantasie. Und Xan würde in Kürze in eine andere Stadt umziehen, und Urhos Angebot – so großzügig es auch war, und so wundervoll die Kostprobe – würde keine große Hilfe sein, wenn er drei Fahrtstunden entfernt an der Küste lebte.

Außerdem stand er wahrscheinlich immer noch unter Schock. Er wusste nicht, was er denken oder glauben sollte, und ein großer Teil von ihm wollte so schnell wie möglich fort von Urho, bevor er sich noch irgendwelche dummen Hoffnungen machte. Auch wenn der Umzug nach Virona ihm wie eine Bestrafung vorkam, für etwas, das nicht wirklich seiner Kontrolle unterlag – erst zwischen ihm und Monhundy, und jetzt das – es hätte zu keinem besseren Zeitpunkt passieren können.

„Ich rede natürlich von Ray", sagte Caleb, um seine Frage über die Einsamkeit zu erklären. „Er arbeitet so hart für deinen Vater, Tag und Nacht. Hat er überhaupt einen Liebhaber? Weißt du das?"

Xan zuckte die Achseln. Ihr Verhältnis war immer sehr einseitig gewesen: der ältere Ray, der seinen kleinen Bruder Xan aus größeren Schwierigkeiten heraushielt. Es war Xan nie in den Sinn gekommen, seinen Bruder nach dessen Gefühlen zu befragen, seien es romantische oder andere.

„Ich denke, er muss einsam sein", sagte Caleb und rollte sich auf den Bauch. Er stützte sich auf seine Unterarme und lächelte Xan an.

Xan starrte aus dem Fenster und beobachtete die Beta-Diener bei den Vorbereitungen der Frühlingsbeete auf ihrem Grundstück. Die Früchte dieser Arbeit würden Xan und Caleb nicht mehr zu sehen bekommen.

„Vielleicht ist er das", räumte Xan ein. „Aber das ist sein Problem. Unseres sind die Umzugsvorbereitungen. Bis zum Wochenende. Das ist nicht viel Zeit, um alles fertig zu machen."

Caleb nickte und erhob sich anmutig vom Bett. Er bewegte seine langen Arme und Beine so geschmeidig wie ein Tänzer. „Ich bin froh. Es ist genau das, worum ich gebetet habe." Seine Augen leuchteten. „Jeden Abend habe ich Wolfgott darum gebeten, habe Weihrauch angezündet und vor meinem Bett gekniet wie ein braver Omega."

Xan blinzelte. „Was meinst du damit?"

Caleb kam zu ihm und nahm ihn in die Arme. „Ich liebe dich von Herzen, mein Freund. Und ich würde überall hingehen und alles tun, um dich von diesem Ungeheuer wegzubringen."

Xan drückte Caleb an sich und kämpfte gegen den Kloß in seiner Kehle. „Was, wenn ich in Virona ein anderes Ungeheuer finde?"

„Das wirst du nicht", sagte Caleb entschieden. „Wir werden uns dort ein Leben ganz ohne Ungeheuer aufbauen. Du wirst schon sehen."

Xan küsste Caleb auf die Schläfe und seufzte. Das Ungeheuer lebte in seinem Inneren. Und es gab keinen Weg, dieser Tatsache zu entkommen.

„Und was ist mit deiner Familie?"

Caleb zuckte mit den Schultern. Er löste sich aus Xans Armen und ging zu seinem Frisiertisch, wo er sich setzte und begann, sein blondes Haar zu kämmen. „Du weißt, wie ich zu meiner Familie stehe. Sie hier zurückzulassen, ist ein Bonus."

Xan nickte. Er erinnerte sich an die langen, dürren Leute, die Caleb auf die Welt gebracht und ihn dann nicht besser behandelt hatten als eine Ware, die sie an den Höchstbietenden verkuppeln konnten.

Dass Xan ihn schließlich gewählt hatte und Caleb zumindest zugestimmt hatte, einen Vertrag zu schließen, war mit großer Freude im Riggs-Holo-Haushalt aufgenommen worden. Das hatte sich jedoch schnell wieder geändert, als Caleb darauf bestanden hatte, dass besagter Vertrag eine Klausel enthielt, die seinen Eltern den Zugang zum Vermögen der Heelies versperrte, abgesehen von einem jährlichen Geschenk, dessen Summe nicht gerade unerheblich war. Aber es war eben nicht mal ein Tropfen in dem gigantischen Eimer von Geld, das den Heelies – und nun auch Caleb – zur Verfügung stand.

„Und was ist mit meiner eigenen Familie?", fragte Xan leise.

Ihre Blicke begegneten sich im Spiegel. „Liebling, du wirst deinen Pater wahrscheinlich schneller wiedersehen dürfen, wenn du tust, was dein Vater von dir verlangt. So unfair das ist und ganz gleich, wie weh es auch tut. Virona ist sicher weit genug weg, um deine Bedürfnisse zu dämpfen, aber nicht so weit, dass dein Pater dich nicht besuchen kommen kann, sobald dein Vater diesen lächerlichen Bann aufhebt, oder?"

„Pater muss auch selbst damit einverstanden sein", sagte Xan und äußerte damit die Befürchtung, die ihm bisher nie über die Lippen gekommen war. „Wir wissen doch alle, wie es mit Omegas ist – und mit *Érosgápe* im Besonderen. Wäre er nicht mit Vater einer Meinung, könnte er ihn zum Einlenken bewegen. Er bräuchte lediglich seine Enttäuschung mit Vater zum Ausdruck bringen, und Vater würde alles tun, um nicht länger bei ihm in Ungnade zu sein."

Caleb legte seine Bürste beiseite und drehte sich um, um Xan in die Augen zu sehen. „Dein Pater liebt deinen Vater und hält in allen Angelegenheiten zu ihm. Nach allem, was ich in meiner kurzen Zeit bei deiner Familie mitbekommen habe, war das immer so, und ich vermute, das wird auch immer so sein. Ungeachtet seiner eigenen Gedanken und Gefühle zu einem Thema, in diesem Fall zu dir – er wird sich auf die Seite deines Vater stellen. So funktioniert ihre Beziehung nun einmal. Wolfgott sei Dank ist es bei uns beiden nicht so."

Es klopfte an der Tür. Caleb ging, um sie zu öffnen, und fand ihren Haushälter Ren vor. „Ja?"

„Dr. Chase ist hier, um Mr. Heelies zu sehen, Sir", murmelte

Ren und sah über Calebs Schulter zu Xan. Seine stahlblauen Augen glänzten im dämmerigen Licht des Flurs, und sein graues Haar war ordentlich zurückgekämmt. „Er besteht darauf, ihn zu sehen. Er wartet dieses Mal in der Bibliothek auf Sie, Mr. Heelies."

„Ich verstehe." Caleb drehte sich zu Xan um und hob eine Augenbraue. „Was hat das zu bedeuten?"

Xan leckte sich die plötzlich trockenen Lippen. Seine Bibliothek war ein Witz gegen Urhos wunderbaren Raum – nur wenige Bücher und gedankenlos zusammengestellte Möbel. Er hatte vorgehabt, sie im Laufe des kommenden Jahres zu erweitern, aber jetzt würde er in dem Haus in Virona von Neuem beginnen müssen. „Ich bin nicht sicher. Ich gehe ihn lieber mal begrüßen."

„Ich komme mit dir."

„Nein, tu das nicht", sagte Xan hastig und hob die Hand, um Caleb davon abzuhalten.

Calebs Augen funkelten argwöhnisch, aber er zuckte die Achseln und blieb zurück. „Was immer du sagst, Liebling."

Xan konnte Urhos Haut bereits oben auf dem Treppenabsatz riechen. Er war sich in seinem ganzen Leben noch nie eines anderen Menschen so bewusst gewesen. Kurz fragte er sich, ob es so für *Érosgápe* sein mochte, dann verwarf er den Gedanken rasch wieder. Er wusste, viele Alphas behaupteten, ihre Omegas über mehrere Räume hinweg riechen zu können, aber er hatte es nie geglaubt.

Er genoss Calebs sauberen Geruch, weil er ihn als vertraut und beruhigend empfand, aber er war dem Duft nie nachgejagt, so wie seine Nase nun automatisch nach Urho zu suchen schien. Er roch Schweiß und Haut mit einer darunter liegenden Note von Erregung und Freude. Xan bekam weiche Knie, als er die Treppe hinunterging, und musste sich am Geländer festhalten, um nicht zu stolpern.

Urho stand am Kamin, in dem der neue Beta-Page ein flackerndes Feuer schürte. Als er Xans Eintreten aus dem Augenwinkel bemerkte, erhob sich der Junge, nickte und eilte hinaus, als wüsste er, dass etwas nicht stimmte. Xans Herz pochte laut, und die Nervosität machte seine Kehle eng. Er trat mit erhobenem Kopf ins Zimmer und wischte sich die verschwitzten Handflächen an seiner Hose ab.

Urho wandte sich ihm zu und straffte die Schultern. Sein Blick war durchdringend, beinahe zornig, als er Xan von der anderen Seite des Raumes her ansah.

„Wieso bist du hier?", fragte Xan, und es lag ein lächerliches Beben in seiner Stimme. Es war eine sehr unhöfliche Begrüßung, und später würde er seinen Mangel an Manieren bedauern. Aber im Moment war die Antwort auf seine Frage alles, was wirklich zählte.

„Du hast die hier vergessen", sagte Urho, zog eine Hand aus der Jackentasche und brachte eine Pillendose zum Vorschein. „Für die bevorstehende Hitze."

Xan schluckte schwer. „Ja. Danke." Er trat vor, um die kleine, braune Dose entgegenzunehmen, aber Urho ergriff ihn am Unterarm und zog ihn näher. „Und du hast nicht Auf Wiedersehen gesagt. Omegas sagen immer Auf Wiedersehen zu ihren Alphas."

Xans Arschloch zog sich zusammen, und sein Schwanz wurde hart. Er schluckte noch einmal laut, von wortlosem Erstaunen ergriffen.

„Das ist es, was du bist, oder nicht?", flüsterte Urho. „Ein Omega."

Xan wimmerte. Sein ganzer Körper begann zu zittern. Urho zog ihn an sich und stützte Xans Gewicht mit seiner Kraft. „Ich wünschte, ich könnte einer sein", murmelte Xan. Das Herz schlug ihm bis zum Hals, und seine Augen brannten.

Urho nickte. „Ich habe im Medizinstudium Fallstudien gelesen", begann er, aber dann schloss er den Mund, als würde er die Worte bereuen. „Du bist wunderschön", fuhr er stattdessen fort, und Xan schloss die Augen, senkte den Kopf und tat sein Bestes, nicht unterwürfig auf die Knie zu fallen, als Urho sagte: „Ich will dich.“

Xan stöhnte. „Das ist …“ Er suchte verzweifelt nach Worten. Seine Knie knickten bereits ein, und sein Körper wollte zu Boden sinken. Urho hielt ihn eisern fest. „Das ist höchst ordnungswidrig, wie du weißt.“ Was für eine stocksteife Art, es auszudrücken! Xan wollte die Worte sofort zurücknehmen.

„Es ist Sünde“, sagte Urho mit rauer Stimme. „Gegen das Gesetz. Ein Verbrechen gegen Wolfgott. Ich habe das alles schon gehört. Und ich habe das alles schon gedacht. Früher.“

„Und wann war das? Vor ein paar Tagen?“, stieß Xan hervor, aber seine Stimme klang so atemlos, dass der Zorn sich darin verlor.

„Vielleicht. Aber heute, als ich dich hatte, erkannte ich, was für eine Lüge das immer war.“

Der Raum begann sich zu drehen, und Xan hatte Mühe, aufrecht stehen zu bleiben, trotz Urhos Hilfe. „Du weißt nicht, was du da sagst.“

„Bin ich dir je wie ein Mann vorgekommen, der sich selbst nicht versteht?“

„Allerdings, ja.“

Urho lachte leise und berührte den Bluterguss an Xans Wange. „Da ist mein unverschämter Junge.“

Xan lehnte sich an Urho und ließ seinen Kopf an dessen Brust fallen. Er spürte den schnellen Schlag von Urhos Herz an seiner Stirn. „Was bedeutet das?“

„Du hast mir heute etwas versprochen, erinnerst du dich?“

Xan erschauerte trotz des warmen Kaminfeuers in seinem Rücken. „Ja.“

„Was hast du mir versprochen?“

„Dass mein Arschloch dir gehört.“ Scham und verzweifelte Sehnsucht wuchs in ihm, stieg ihm in Kehle und Wangen, und Xan brannte innerlich, während er da stand und das Gesicht an Urhos Hemd verbarg.

„Sieh mich an", krächzte Urho.

Xan zwang sich, den Kopf zu heben, und sah Urho in die Augen.

„Hast du vor, ein Versprechen zu brechen?"

Xan schüttelte den Kopf.

„Gut. Denn ich verspreche dir jetzt auch etwas: Ich werde nicht zulassen, dass dir irgendetwas Schlimmes passiert. Ich werde dich beschützen. Du wirst nie wieder unter diesem Mann leiden, wer immer es ist. Und sollte ich je seinen Namen herausfinden, werde ich ihn für seine Verbrechen bezahlen lassen."

Xan drehte sich der Kopf; sein Ständer pochte. Er träumte. Es war nur ein Traum. Kein Alpha würde ihn je wollen, nicht auf diese Weise. Nicht mit dem Versprechen auf so etwas wie eine vage Zukunft. Und ganz besonders nicht ein Alpha wie Urho, der alle Qualitäten besaß, um jeden Omega haben zu können, den er wollte: Wohlstand, gutes Aussehen, Güte und einen hervorragenden Ruf. Alles. Was konnte er mit Xan wollen?

Urho fuhr fort: „Ich verspreche, deine Bedürfnisse zu erfüllen, Xan, sodass du keinen Schmerz und keine Demütigungen auf dich nehmen musst. Nie wieder."

Xan konnte nicht atmen. Kleine, schwarze Punkte wirbelten in seinem Gesichtsfeld.

Urho neigte den Kopf, beugte sich zu ihm hinunter und küsste Xan hungrig. Er stöhnte in Xans Mund und ließ Xans Arm los, um ihn bei den Hüften zu packen und ihre Unterleiber aneinander zu pressen.

Aus dem Kuss wurde eine Art Handgemenge, als Urho begann, Xan die Kleider vom Leib zu ziehen. Xan, verblüfft und gewillt zu nehmen, was er kriegen konnte, versuchte zu helfen, aber seine Hände waren eigentlich eher im Weg. Sie landeten zusammen auf dem weichen Teppich vor dem Kamin, und sobald sie beide nackt waren, rieben sie sich begierig aneinander. Die Lust zwischen ihnen wuchs und wuchs und wuchs, bis Xan vor Verlangen schluchzte und Urho ihm mit einer Intensität entgegen drängte, die den stillen Raum erschütterte. Urhos Faust um Xans Schwanz und Urhos Finger in Xans geschwollenem Arschloch waren ein Feuerwerk der Empfindungen; seine Lippen auf Xans Mund eine endlose Liebkosung, seine Zunge eine berauschende Invasion. Seine Leidenschaft versprach so viel mehr, als Xan je erwartet hätte.

Der Höhepunkt ihres wilden, keuchenden, schweißfeuchten Zusammenpralls kam mit einem schütteren Schrei von Xan und einem lauten Stöhnen von Urho – Samen ergoss sich zwischen ihnen und erfüllte die Luft mit dem Geruch von Sperma. Urho hielt Xan fest an sich gedrückt und küsste sein Haar, seinen Hals und murmelte seltsame Koseworte, die Xan noch nie zuvor von jemandem gehört hatte.

„Süßer Mann, süße Freude", flüsterte Urho, ergriff Xans Hüften und rieb erneut ihre spermabedeckten Schwänze aneinander. „Das ist mein guter Omega."

Xan bebte unter Schock, und sein Herz raste. Das Kaminfeuer wärmte ihre nackte Haut. Zum zweiten Mal an diesem Tag war so etwas zwischen ihnen passiert, und er verstand nicht, warum. Noch konnte er glauben, dass es wirklich geschah, oder wusste, was als Nächstes kommen würde.

„Ich werde in wenigen Tagen nach Virona umziehen", sagte Xan schließlich, als die Erregung abkühlte und das Schweigen unerträglich wurde.

Urhos Hand, die seinen Rücken gestreichelt hatte, erstarrte. „Nach Virona umziehen? Warum?"

„Verbannt. Von meinem Vater. Wegen … nun, wegen dem hier." Xan stieß ein hilfloses Lachen aus. Eine Perle der Traurigkeit wuchs in der Muschelschale seiner schockierten Verzückung. „Weil ich kein richtiger Alpha bin. Weil ich Dinge tue, über die die Leute tuscheln. Wegen unerklärlicher Verletzungen, frühere und gegenwärtige."

Bei der Erwähnung seiner Verletzungen richtete Urho sich auf und suchte Xans Körper im Licht des Kaminfeuers nach neuen Schäden ab. „Habe ich dir wehgetan?"

Xan schüttelte den Kopf. „Nein." Dann holte er tief Luft und gestand verlegen: „Es war einfach nur wahnsinnig schön."

Urho rieb seine Nase an ihm und küsste seine Brust, dann legte er sich wieder auf den Teppich und zog Xan in seine Arme. „Du kannst nicht nach Virona ziehen. Ich kann dich dort nicht von hier aus beschützen."

Xan lächelte bitter. Es war keine Liebeserklärung, aber es war besser als nichts. Außerdem hatte er den unwiderlegbaren Beweis, dass Urho ihn sexuell begehrte. Aber es wäre schön gewesen auch emotional gewollt zu sein, als Geliebter, nicht nur aus Wohltätigkeit.

Aber Xan würde nehmen, was er kriegen konnte. „Du wirst mich dort nicht beschützen müssen." *Hoffentlich.* „Der Mann, der mich misshandelt, lebt hier, und ich werde dort drei lange Stunden von ihm entfernt sein."

Urho gab ein leises Knurren von sich. „Ich werde ihn töten, wenn er dich noch einmal anrührt."

„Das wird er nicht. Wie ich schon sagte, ich bin immer zu ihm gegangen. Er will mich eigentlich gar nicht. Nicht so."

Urho schien mit einer Antwort zu ringen. Schließlich aber zog er Xan einfach nur noch enger an sich, legte seine Fingerspitzen sanft auf Xans Arschloch und streichelte ihn dort sanft. Xan leckte sich die Lippen. Sein Schwanz schwoll warm an Urhos Oberschenkel. Für eine lange Zeit sagte er nichts, während Urho mit seinem empfindsamen Anus spielte und ihn erneut in einen Zustand drängenden Verlangens versetzte, bis er sich heftig an Urhos Bein rieb und mit einem Aufschrei kam.

„Du bist so lüstern wie ein Omega", murmelte Urho. Er nahm

etwas von Xans Sperma auf seine Finger, dann steckte er sie in seinen Mund. Er summte genüsslich über den Geschmack, und Xans Schwanz zuckte bei dem bloßen Anblick. „Und du schmeckst auch genauso gut wie ein Omega."

Xan wimmerte. „Hör auf. Ich halte das nicht viel länger aus. Ich werde hier auf der Stelle sterben und Caleb wird mich am Morgen finden, ertrunken in einer Pfütze aus meinem eigenen Sperma, immer noch mit einem Ständer."

„Dieses Mundwerk", grollte Urho. „Immer dieses freche Mundwerk."

Xan stöhnte, als Urho erneut einen Finger gegen seinen Eingang drückte.

„Ich würde dieses süße Loch so wahnsinnig gern ficken", stöhnte Urho. Sein Schwanz, so unfassbar es war, regte sich schon wieder zu neuem Leben.

„Du kannst jederzeit drei Stunden mit dem Zug fahren, wenn du willst, und genau das tun", sagte Xan. Er wollte es jetzt, aber er wusste, Urho würde ihn nie penetrieren, solange er noch die Verletzungen vom Schwanz eines anderen Alphas trug. Aus verschiedenen Gründen.

„Du ziehst wirklich nach Virona?", fragte Urho.

„Ich muss."

„Und Caleb?"

„Kommt natürlich mit mir. Er ist mein Omega. Meine Familie."

Urho nickte, dann setzte er sich auf. Xan tat es ihm gleich. „Was wird Caleb von dem hier halten?", fragte Urho und gestikulierte zwischen ihnen. Er klang besorgt.

„Caleb wird dir diese Frage gern selbst beantworten", kam eine leise Stimme aus Richtung der Tür.

Urho stöhnte auf, zog Xan an sich und warf eine Decke vom nahe stehenden Sofa über sie beide.

„Entschuldigung", sagte Caleb, trat ganz in den Raum und schloss die Tür hinter sich. Mit der weißen Hose und dem weißen T-Shirt auf seiner blassen Haut wirkte er wie ein Engel aus Wolfgottes Himmel selbst. „Ich war auf der Suche nach meinem Alpha und fand nicht das, was ich erwartet hatte. Ich dachte, ihr würdet euch schon gegenseitig an die Kehle gehen, was ihr vielleicht auch getan habt – nur ganz anders, als ich angenommen hatte."

Xan errötete; sein Herz hämmerte. „Wir haben geredet, und dann–"

„Nahm die Natur ihren Lauf", beendete Caleb lächelnd den Satz für Xan. „Ich bin froh. Ihr seid schon viel zu lange umeinander herumgetanzt."

„Froh?", fragte Urho stirnrunzelnd. „Getanzt?"

Caleb schenkte ihm ein warmes Lächeln. „Xan und ich haben keinen Sex – abgesehen von den Hitzen, wenn es sich absolut nicht vermeiden lässt – daher freue ich mich, ihn mit jemandem zu sehen, der nicht so gewalttätig ist wie, nun ja dieser Gewalttäter. Sogar mit jemandem, der wundervoll ist." Caleb setzte sich auf das Sofa und schlug die Beine übereinander, was seine lackierten Fußnägel in den Blickpunkt rückte. „Ihr könnt euch jetzt anziehen. Ich denke, wir sollten alle miteinander reden, oder? Obwohl Wolfgott ... hier drin stinkt es nach Sperma."

„Wir könnten in den Salon gehen", schlug Xan vor und fummelte unter der Decke nach seinen Sachen.

Caleb erhob sich wieder. „Gute Idee. Ich lasse euch dann mal allein, damit ihr euch anziehen könnt. Und vielleicht benutzt ihr das Bad hier unten im Flur? Treffen wir uns in fünf Minuten im Salon. Und das bedeutet, dass du deine Hände bei dir behalten musst, oh Alpha, mein Alpha."

„Ja, Omega", murmelte Xan. Seine Wangen glühten so sehr, dass er das Gefühl hatte, heller zu lodern als das Feuer im Kamin.

URHO WUSSTE NICHT, was er erwarten sollte, aber Caleb war mehr als entspannt über die Situation und lächelte freundlich, als er Bourbon in ein Glas schenkte und es Urho reichte. Xan bekam ebenfalls ein Glas. Dann mixte Caleb einen Whiskey-Cocktail für sich selbst.

„Entspannt euch", sagte Caleb. Er setzte sich neben Xan auf das cremefarbene Sofa und überließ Urho einen der hohen Stühle, auf denen sie bei seinem letzten Besuch gesessen hatten. „Ich bin nicht wütend. Ich bin erleichtert."

Urho wischte sich übers Gesicht. Er konnte immer noch den Geruch von Sperma und Lust sowohl an seiner eigenen als auch an Xans Haut wahrnehmen, obwohl er sich so gut es ging am Handwaschbecken saubergemacht hatte. Er nippte an seinem Bourbon, konzentrierte sich auf das Brennen in seiner Kehle und wartete darauf, dass seine Denkfähigkeit sich wieder normalisierte.

Die Ereignisse des Tages waren in jeder erdenklichen Weise wild, außer Kontrolle, vollkommen entgleist. Es erinnerte ihn alles nur allzu deutlich daran, wie es gewesen war, als er Riki zum ersten Mal begegnet war – die Zwanghaftigkeit, die Impulsivität. War es überhaupt möglich, sich zweimal im Leben auf jemanden zu prägen? Und dann auch noch auf einen Alpha?

Wolfgott, was hatte ihn überhaupt heute Abend hierher geführt? Die Pillen, ja, aber die hätte er auch durch einen Boten schicken können. Oder er hätte Xan bitten können, sie am folgenden Tag in seiner Praxis abzuholen. Die Wahrheit lautete, er hatte in Xans Nähe sein wollen. Hatte es gebraucht. Fast so, wie er es in der Vergangenheit gebraucht hatte in Rikis Nähe zu sein.

Was hatte das alles zu bedeuten?

„Ich nehme an, Xan hat dir von unserem Exil erzählt?" fragte

Caleb.

Urho riss sich aus seinen Betrachtungen. Er bekam ein flaues Gefühl im Magen, aber das Wissen, dass Xan weit weg von dem Mann sein würde, der ihn misshandelt hatte, gestattete Urho ein zustimmendes Nicken. „Ja. Es wird wohl erst einmal das Beste sein, so lange, bis der Gewalttäter, wie du ihn nennst, das Interesse verliert."

Xan schnaubte. „Er hat überhaupt nie Interesse gehabt!", rief er verärgert aus. „Ich weiß nicht, wie ihr auf die Idee kommt. Nur weil er mich fickt, wenn ich–"

„Ich will nicht hören, was er mit dir gemacht hat", stieß Urho zwischen zusammengebissenen Zähnen hervor. Hastig nahm er noch einen Schluck aus seinem Glas und versuchte, den besitzergreifenden Zorn zu unterdrücken, der ihn erfasste.

Caleb hob die Brauen, und sein Blick wanderte neugierig zwischen Xan und Urho hin und her. „Lasst uns jetzt nicht darüber reden. Es bringt uns nur alle auf, und Xan hat ohnehin versprochen, dass er mit diesem Mann fertig ist. Ich wollte aus einem völlig anderen Grund mit euch beiden sprechen."

„Wir schulden dir eine Erklärung und eine Entschuldigung", begann Urho beschämt. „Ich weiß allerdings nicht, was für eine Entschuldigung ich dir überhaupt anbieten könnte. Das alles kam sehr unerwartet und ist zweifellos eine Verletzung eures Vertrages. Es verletzt deine Gefühle als–"

„Nein", unterbrach Caleb. „Du musst mir überhaupt nichts erklären. Und ich habe auch nicht den Wunsch, euch eine Erlaubnis zu erteilen." Er hob die Hand, um jeglichen Kommentar von Urho oder Xan auszubremsen. „Nicht, weil ich etwas einzuwenden habe, sondern weil Xan meine Erlaubnis nicht benötigt. Es war von Anfang an Teil unseres Vertrages, dass sexuelle Treue nicht erforderlich, ja, nicht einmal gewünscht ist. Was ich stattdessen ansprechen wollte, ist das Thema meiner bevorstehenden nächsten Hitze. Es sind noch mehrere Monate bis dahin, aber wir können nicht noch einmal so etwas durchmachen wie beim letzten Mal."

Xan biss sich auf die Unterlippe und schloss voller Scham die Augen. Dann flüsterte er: „Ich verspreche, es besser zu machen. Urho hat mir heute die Pillen gebracht."

Urho schwamm der Kopf. Er versuchte, Calebs überraschende Bemerkung über die nicht erforderliche Treue in ihrem Vertrag beiseite zu schieben, und sich auf den weiteren Verlauf des Gesprächs zu konzentrieren. Er trank den Rest seines Bourbons, und Caleb stand auf, um ihm nachzuschenken.

Xan holte die Pillendose aus seiner Hosentasche und zeigte sie Caleb. „Die werden das Problem sicher lösen."

Caleb verzog skeptisch das Gesicht. Er stellte die Bourbonflasche behutsam auf den Tisch und setzte sich wieder. „Du bist nicht der erste Alpha, mit dem ich durch eine Hitze gegangen bin", sagte er zögernd und in offensichtlicher Rücksichtnahme auf Xans Gefühle. „Ich weiß, du liebst mich, aber du bist nicht dafür geschaffen, Liebling. Bitte lass dir von jemandem helfen."

Xan starrte ihn mit großen Augen an. Der Bluterguss an seiner Wange leuchtete in dem schwachen Licht. „Haben sie sich besser um dich gekümmert? Die Männer, die deine Familie engagiert hatte?"

Er klang niedergeschlagen, so wie sich jeder Alpha an seiner Stelle gefühlt hätte. Xans Gegensätze – omegaartig in einer Minute, dann wiederum traditionell alphamäßig in der nächsten – erschütterten Urhos Sinn für die Realität. Sein wissenschaftlicher Verstand hungerte nach mehr Information, nach mehr Teilen von Xans verwirrendem Puzzle. Er wollte es unbedingt verstehen.

„Natürlich nicht", antwortete Caleb. „Aber sie haben mich lang und heftig gefickt, und ich musste keine Sekunde lang leiden." Caleb nahm Xans Kinn in die Hand und ließ nicht zu, dass er verschämt den Blick senkte. „Sieh mich an. Ich bin tausendmal lieber dein Omega als auch nur einen Moment lang der ihre. Aber wenn ich in Hitze bin, brauche ich einen Alpha, der mich so ausdauernd wie möglich nehmen kann, bis wenigstens die schlimmsten Wellen vorüber sind."

„Ich kann die Pillen nehmen! Ich kann–"

„Das kannst du. Und du wirst die Pillen nehmen. Aber ich möchte Urho bitten, uns zu helfen. Ihr seid jetzt Geliebte."

Waren sie das?

Urhos Kopf drehte sich noch mehr, und der Drink in seiner Hand zitterte. Xan leugnete es nicht, und Urho war sich nicht sicher, ob er selbst das sollte oder auch nur konnte. Aber als er Xan sein ursprüngliches Angebot gemacht hatte, war es nicht sein Plan gewesen, Xans „Geliebter" zu werden. Er hatte nur helfen wollen – so wie er als Surrogat-Alpha anderen Omegas half.

Und doch hatte er es im Grunde selbst gefordert, richtig? Er hatte Xan gleich nach ihrem ersten Orgasmus einen Treueeid abverlangt, um Wolfgottes willen! Wem wollte er etwas vormachen? Sie mussten Geliebte sein. Dafür hatte er selbst gesorgt.

Scheiße. Er wand sich, dann hüstelte er.

„Es gibt keine Geheimnisse, die du vor ihm zurückhalten müsstest", fuhr Caleb, der nichts von den Wirren in Urhos Kopf ahnte, fort. „Er ist eine sichere Wahl. Eine gute Wahl. Und es würde mir sehr gefallen, an dem teilzuhaben, wenn auch nur für eine kurze Weile, was du mit ihm teilst. Nur während meiner Hitze natürlich", sagte Caleb und erschauerte mit einem nicht ganz verhohlenen Hauch von Abscheu. „Nur wenn ich es will."

„Oh", murmelte Xan. „Natürlich."

„Du willst nur während deiner Hitzen sexuelle Berührung?", fragte Urho, um sicherzugehen, dass er das richtig verstanden hatte. Vielleicht wollte Caleb einfach nur *Xan* nicht. Aber warum sollte er dann einen Vertrag mit ihm geschlossen haben? „Außerhalb davon verspürst du keinerlei Verlangen? Du bist frigide?"

„Frigide ist ein gemeines Wort", sagte Xan.

„Ich empfinde zuweilen sexuelle Erregung, aber ich ziehe es vor, mich dann selbst zu befriedigen", sagte Caleb. Er setzte sich steif und gerade hin, fast als wollte er Urho herausfordern, ihn zu verurteilen oder zu beleidigen. „Im Allgemeinen fühle ich mich nicht von anderen Menschen sexuell angezogen. Und falls es dich interessiert – ich bevorzuge den Begriff ‚asexuell' vor dem umgangssprachlichen und herabsetzendem Wort ‚frigide'."

Urho nickte ernsthaft und sagte nichts. Er hatte von solchen Männern gehört – für gewöhnlich Betas, auch wenn er Fallstudien über Alphas und Omegas zu diesem Thema gelesen hatte. Persönlich hatte er noch nie einen asexuellen Menschen getroffen, so weit er wusste. Er fragte sich, wie es sein musste, einen Omega zu wittern oder die köstlichen Aromen eines Alphas zu riechen, ohne sich davon angezogen zu fühlen.

War Caleb vielleicht sogar angewidert davon? Er hatte vorhin ein wenig abgestoßen von Xans und Urhos Geruch gewirkt. Vielleicht würde er eines Tages eng genug mit Caleb befreundet sein, um ihn danach zu fragen. Für den Moment neigte er nur den Kopf und sagte: „Wenn dein Alpha damit einverstanden ist, wäre es mir eine Ehre, dir während deiner Hitzen zu dienen." Xan gab einen leisen, verletzten Laut von sich. Er sank auf der Couch zurück, senkte den Kopf und benagte erneut seine Unterlippe.

„Liebling, das soll keine Beleidigung für dich sein. Es ist vielmehr ein Geschenk. Nun kannst du beides mit deinem Liebhaber teilen – die Lust und die Last." Caleb streckte seine Hand nach Xan aus, aber der wich der Berührung aus. „Was macht dir daran zu schaffen? Ich hatte gehofft, du wärest froh darüber."

„Ich werde allein mit den Hitzen fertig. Ich bin stark genug."

„Du bist sehr stark. Und ein wundervoller Alpha", sagte Caleb und benutzte die Stimme, die alle Omegas zum Einsatz brachten, wenn sie ihre aufgebrachten Alphas beruhigen mussten: liebevoll, leise und süß. „Ich bin stolz, dich meinen Alpha nennen zu dürfen."

„Aber?" Xan rieb sich die Augen.

„DA GIBT ES kein *Aber*. Eher ein *Und*, Liebling. Und dein Liebhaber ist vertrauenswürdig, stark, gutaussehend und ein erfahrener Surrogat-Alpha. Er ist die perfekte Wahl. Schluck deinen Stolz herunter und nimm seine Hilfe an."

Xan schüttelte den Kopf. „Aber was ist mit deinem Ruf? Alle werden denken, du littest an unaufhörlicher Hitze."

„Oh nein!" Caleb keuchte und griff sich übertrieben an die Brust. „Die Leute werden reden!" Er verdrehte die Augen, dann lächelte er geduldig. „Mein Alpha, die Leute haben jahrelang über mich geredet. Sie spekulierten darüber welcher Schaden – geistiger oder körperlicher Natur – mich davon abhielt, sämtliche Vertragsangebote von anderen Alphas auszuschlagen, welche perversen sexuellen Vorlieben ich wohl haben muss, dass ich keinen Partner finden konnte. Und dann kommst du! Und all die Gerüchte um deine vermeintlichen Barprügeleien und geheimen Vorlieben. Lass sie reden! Sie tun es doch ohnehin längst! Und dein Geld macht uns nahezu unangreifbar."

Xan sprang auf die Füße, und Urho beobachtete, wie sein Junge (*Sein* Junge? Er verlor wirklich den Verstand!) anfing, im Zimmer auf und ab zu laufen. „Mein Vater wird außer sich sein. Beim letzten Mal gab er mir unmissverständlich zu verstehen, dass es meine einzige Pflicht sei, dich zu befriedigen und dich zu schwängern und dass ich mich gefälligst der Aufgabe stellen und ein Mann sein soll."

„Du hast dich der Aufgabe gestellt, indem du diese Pillen besorgt hast und mit deinem Liebhaber eine wundervolle Surrogat-Option für deinen Omega bereitstellst. Ich glaube nicht, dass Urho über seine Dienste auf irgendwelchen Partys plaudern wird."

„Selbstverständlich nicht", sagte Urho gekränkt. Manchmal sprach er mit Vale über seine Arbeit als Surrogat-Alpha, oder auch mit Yosef und Rosen. Aber falls Caleb und Xan wollten, dass es unter ihnen dreien blieb, konnten sie ihm natürlich vollends vertrauen.

„Gut", sagte Caleb und wandte sich wieder an Xan. „Und was deinen Vater betrifft, er wird nichts dagegen haben. Überlass ihn mir."

Xans Lippen zuckten. „Er mag dich."

„Weil ich ihm schmeichele."

„Stimmt. Aber dass ich einen Surrogat-Alpha engagiere, wird ihn kaum beeindrucken oder auf den Gedanken bringen, dass es mir erlaubt sein sollte, Pater zu sehen."

„Dein Vater hält dich von deinem Pater fern?", fragte Urho.

„Es ist nichts", antwortete Xan und winkte ab. Aber er nagte immer noch an seiner Unterlippe, also musste es sehr wohl etwas sein.

„Ich denke, es wird ihn mehr beeindrucken, dass du eine diskrete Lösung herbeigeführt hast damit ich nicht leiden muss, als dass meine nächste Hitze ein erneuter Fehlschlag wird."

„Ich möchte fähig sein, selbst dafür Sorge zu tragen", sagte Xan sehnsüchtig. „Ich will der Alpha sein, den du verdienst."

Caleb stand auf und zog Xan in seine Arme. „Du akzeptierst mich so wie ich bin. Und das hier ist meine Art, dich so zu akzeptieren, wie du bist, Liebling. Und ich möchte dich ermuntern, dich selbst ebenfalls zu akzeptieren."

„Mit allen Einschränkungen?"

„Nein, Xan. Du und ich? Für uns zusammen gibt es keine Einschränkungen, und das hier ist lediglich ein weiterer Beweis dafür. Uneingeschränkte Liebe und Freundschaft und unein-geschränkte Akzeptanz – das ist es, was wir einander geben."

Xan nickte an Calebs Hals, und Urho erhob sich langsam.

Es war ein Risiko, und er wusste nicht, ob er damit zu weit ging, aber Xan und Caleb hatten soeben vor ihm ein sehr intimes Gespräche geführt – *über* ihn sogar. Entgegen aller Vernunft hatte er sich nun gegenüber beiden Männern verpflichtet, und er empfand gegenüber beiden eine Art Besitzanspruch und einen starken Beschützerinstinkt. Also schlang er seine Arme um beide.

Caleb erstarrte für einen kurzen Augenblick, aber dann entspannte er sich. Als die Umarmung endete, sagte er. „Da das nun geklärt wäre, lasse ich euch zwei wieder allein." Caleb küsste Xan auf die Wange. „Ich gehe in mein Zimmer. Sagst du mir Gute Nacht, bevor du zu Bett gehst?"

Xan nickte. Sein Blick folgte Caleb zur Tür hinaus, dann sank er wieder aufs Sofa und verbarg das Gesicht in den Händen. Urho stand hilflos und verwirrt daneben – er wusste nicht, was er als Nächstes tun sollte: zu seinem Stuhl zurückkehren, sich neben Xan setzen oder vielleicht gehen? Es war für beide ein verwirrender Tag gewesen. Vielleicht wäre Xan jetzt lieber allein?

„Und was jetzt?", fragte Xan. Seine Stimme kam gedämpft durch die Hände vor seinem Gesicht.

Urho beschloss sich neben Xan auf die Couch zu setzen, dicht neben ihn, aber ohne ihn zu berühren. „Ich gebe zu, ich weiß es nicht. Ich habe so etwas noch nie zuvor gemacht."

Seine Ehrlichkeit schien Xan zu bewegen, sich nicht länger zu verstecken und er ließ die Händen sinken und lächelte Urho verlegen an. „Ob du's glaubst oder nicht, ich schon. Nicht genau so, nehme ich an aber ich hatte schon zuvor einen Liebhaber."

„Jason."

Xan schluckte hörbar und nickte. Er wandte den Blick ab und starrte ins Feuer. Seine geschwollene Wange leuchtete im Flackerlicht. „Wir reden nicht darüber, er und ich. Wir erwähnen es nie. Das Wissen existiert einfach zwischen uns. Eine Erinnerung, die wir beide spüren und ignorieren."

Urho wusste genau, wie sich das anfühlte. Bei ihm und Vale war es das Gleiche. „Es muss schwer für dich sein, ihn so glücklich zu sehen."

„Anfangs ja. Bisweilen auch heute noch. Aber ich liebe ihn – als Freund – und ich freue mich sehr für ihn."

Noch etwas, das sie gemeinsam hatten. „Und trauerst um deiner selbst willen."

Xan zuckte die Achseln. „Ich war eine lange Zeit sehr traurig. Aber heute mit dir in deiner Bibliothek war ich überhaupt nicht traurig. Oder heute Abend in meiner. Schockiert vielleicht. Auf jeden Fall überrascht. Aber nicht traurig."

Das Leuchten in Xans Augen war wahrscheinlich Hoffnung. Urho wollte diese kleine Flamme schüren, aber er musste vorsichtig sein. Ganz gleich, was er fühlte oder was sie getan hatten, sie konnten damit nicht an die Öffentlichkeit, ohne einen Preis zu bezahlen. „Ich war auch eine lange Zeit traurig."

„Wegen Riki?"

Urho nickte. Der Name seines Geliebten aus Xans Mund sollte sich falsch anhören oder zumindest einen Stich von Schuld bei ihm hervorrufen, wegen dem, was er heute direkt unter Rikis Porträt getan hatte. Aber so war es nicht. Stattdessen durchflutete ihn ein warmes Gefühl der Freude, so als würde Xan vielleicht seinen Geschichten über Riki zuhören und dadurch helfen, sein Andenken lebendig zu erhalten. Zu seiner Überraschung empfand er ebenfalls Hoffnung. „Ich trauere immer noch um ihn."

„Natürlich tust du das. Und dann hast du auch noch Vale verloren", sagte Xan zaghaft, so als wäre Vale das heiklere Thema, wenn es um Urhos frühere Liebespartner ging.

Urho lächelte. „Das war schwer, aber nicht so schwer wie Rikis Verlust. Meine Beziehung zu Vale war immer dazu verdammt, eines Tages zu enden, selbst wenn Jason an jenem Abend in der

Bibliothek nicht aufgetaucht wäre."

Xan sog scharf den Atem ein. „Ich kann nicht fassen, dass ich dich an jenem Abend nicht bemerkt habe. Ich war zu sehr damit beschäftigt, Jason davon abzuhalten, Vale gleich an Ort und Stelle vor Wolfgott und Welt zu nehmen, um auf irgendetwas anderes zu achten. Und außerdem waren gerade meine eigenen kläglichen Zukunftspläne mit Jason in Flammen aufgegangen." Xan schnaubte, aber dann fuhr er staunend fort: „Bis gerade hatte ich fast vergessen, dass du dabei warst."

„Wir sind beide Nebendarsteller in den Liebesgeschichten anderer Männer."

„Ja."

Urho lächelte. Das Kaminfeuer knisterte. „Dieser Raum hier ist sehr modern."

„Caleb mag es gern schlicht. Er trägt fast nur weiß, und sein Schlafzimmer ist ein Nest aus kuscheligem, weißen … Alles. Er sagt, er findet es beruhigend, und er hält seine Räume schlicht und ordentlich. Nirgends liegt etwas herum. Außer in seinem Atelier. Das ist ein Vogelnest und ein Brandrisiko, wenn du mich fragst. Aber es macht ihn glücklich, daher erlaube ich es."

Urho war sehr erleichtert, dass sie das Gespräch über Liebe und verflossene Lieben hinter sich gelassen hatten, und stürzte sich auf die neue Information über Caleb. „Er ist Künstler?"

„Angeblich", antwortete Xan mit einem verhaltenen Lachen. „Ich habe noch nie eine seiner Arbeiten zu Gesicht bekommen, aber er verbringt viel Zeit in seinem Atelier, und wenn er wieder herauskommt, ist er mit Tinte vollgekleckert. Er ist drollig." Xans Augen funkelten voller Zuneigung. „Er ist drollig."

Eine seltsame, fragile Eifersucht wuchs in Urho – ungebeten und fehl am Platz. „Und zwischen seinen Hitzen willst du ihn überhaupt nicht?" Das klarzustellen, schien unglaublich wichtig zu sein. „Du hast wirklich kein Problem mit seiner Frigidität?"

Xan runzelte die Stirn. „Nicht das Geringste. Ich finde ihn nicht körperlich oder sexuell anziehend. Er riecht wie ein Omega, und der Alpha in mir reagiert darauf in gewisser Weise. Insofern, dass ich ihn beschützen und mich um ihn kümmern will. Aber ihn zu ficken, gehört nicht zu den Bedürfnissen, die er in mir weckt. Zum Glück, denn Caleb würde das hassen. Und wie wir dir bereits sagten, ist das Wort ‚frigide‘ sehr beleidigend, und es macht Caleb wütend. Er bevorzugt ‚asexuell‘.“

Urho nickte. „Ich neige dazu, in alte Begriffswelten zurückzufallen. Vale streitet sich immer mit mir darüber. Aus Respekt für Caleb werde ich versuchen, es nicht wieder zu vergessen und den neuen Begriff zu benutzen.“

„Er ist nicht neu. Er existierte bereits in der Alten Welt. Es bedeutet, dass jemand keine sexuelle Anziehung fühlt.“

„Und Caleb fühlt keine?“

„Nein.“

„Nicht einmal während seiner Hitzen?“

„Nicht wirklich. Er sagt, in Hitze zu sein, ist für ihn, als würde es ihn wirklich unglaublich intensiv an einer Stelle jucken, die er selbst nicht erreichen kann. Es fühlt sich großartig an, wenn jemand andere diese Stelle für ihn kratzt, aber das bedeutet nicht, dass er sich von demjenigen der kratzt, angezogen fühlt. Er sagt es ist ihm lieber, wenn es jemand ist, den er mag. Und am liebsten, wenn es jemand ist, den er als Freund liebt.“

„Aber sonst sind seine Hitzen wie bei jedem anderen Omega?“

„Ich nehme es an. Genau weiß ich es nicht. Meine erste Hitze mit Caleb war die einzige, die ich je erlebt habe, also kann ich es nicht sagen.“ Er schloss die Augen und schüttelte den Kopf. „Es war eine Katastrophe. Grauenvoll. Ich konnte nicht sehr lang hart bleiben, und er hatte so große Schmerzen. Ich versuchte, es ihm mit der Faust zu machen, aber es reichte nicht. Er brauchte einen Knoten, und es war …“ Xans Unterlippe zitterte. „Ich hasse mich selbst deswegen. Ich habe ihn leiden lassen.“

„Und du hast keine Unterstützung gesucht?“

„Ich bat meinen Vater, etwas zu arrangieren, sobald mir klar wurde, dass ich wirklich nicht in der Lage sein würde, Caleb zu befriedigen. Aber als endlich ein angemessen diskreter Alpha eintraf, war die Hitze vorbei. Ich hatte es geschafft, ihn während ihrer Dauer einmal am Tag zu beknoten, aber…“

Urho unterdrückte mühsam ein Keuchen. Das war nicht annähernd oft genug. Armer Caleb! Er musste Höllenqualen gelitten haben.

„Ich denke, mit den Pillen vielleicht …?“ Xan rieb sich die Augen, dann massierte er seine Nasenwurzel und seufzte frustriert.

„Sie werden helfen“, stimmte Urho zu. „Aber ich werde ebenfalls helfen. Caleb wird nicht wieder leiden müssen.“

„Aber bis dahin werden wir in Virona sein.“ Xan sah besorgt aus. „Wirst du nicht wegen Vales Schwangerschaft in der Stadt bleiben müssen?“

Urho runzelte die Stirn. „Wann wird Calebs nächste Hitze sein?“

Xan zählte an seinen Fingern ab. „In zweieinhalb Monaten ungefähr.“

„Vale bleiben noch mindestens drei Monate bis zur Geburt. Wenn bis zu diesem Zeitpunkt alles gut verläuft, kann ich ihn sicher für eine Woche allein lassen.“ Aber das stand zu bezweifeln. Es war ein enges Zeitfenster, und Vale würde dann im gefährlichsten Stadium der Schwangerschaft sein. Urho würde für ihn da sein müssen.

Xan musste die Wahrheit an Urhos Gesicht abgelesen haben, denn er schüttelte den Kopf. „Ich will nicht deswegen Vales Leben oder das des Babys riskieren. Du musst in seiner Nähe sein für den Fall, dass etwas schief geht.“

„Es gibt andere Optionen. Du und Caleb könntet für die Dauer der Hitze hierher zurückkehren. Du könntest sagen, dass er sich dafür in dem Zuhause aufhalten will, das ihm am vertrautesten ist. Dagegen würde dein Vater doch sicher nicht widersprechen?"

„Nein", stimmte Xan zu. „Sicher nicht. Vater ist großzügig gegenüber Caleb. Ich glaube, er bemitleidet ihn wegen des Vertrags mit mir." Er nickte nachdenklich.

„Dann wäret ihr in der Nähe, und falls Vale mich während Calebs Hitze plötzlich bräuchte, könnte ich schnell zu ihm."

„Du würdest viel auf dich nehmen", gab Xan zu bedenken.

„Ich bin stark. Ich kriege das hin."

„Hitzen sind hart und erschöpfend. Du würdest ausgelaugt sein, wenn Vale dich am meisten braucht."

„Es wird kein Problem sein. Mit uns beiden wird die Hitze leicht zu bewältigen sein. Besonders, da Caleb nicht unter Nympho– unaufhörlicher Hitze leidet."

Xan schnaubte ein Lachen. „Altmodische Arschlochgewohnheiten sind schwer abzulegen, hm?"

„Ich lerne noch."

Xan kam zu seiner Hauptsorge zurück und fragte: „Aber die Pillen werden helfen?"

„Die Pillen werden dir große Ausdauer verleihen, aber wenn das sexuelle Interesse nicht da ist …" Urho hob hilflos die Hände. „Das lässt sich durch nichts erzwingen. Aber ich denke, wenn ich dabei bin, wirst du die Situation vielleicht erregender finden." Urho ließ seinen Blick über Xans Körper wandern. Und stellte ihn sich erneut nackt vor.

Xans Wangen röteten sich, und seine Augen leuchteten auf. „Auf jeden Fall. Und ich hatte auch noch eine andere Idee. Ich dachte mir, ich könnte mir während Calebs Hitze einen Dildo reinstecken und so tun, als …" Er leckte sich die Lippen und lächelte. „Ich könnte so tun, als wärest du es. Das könnte mir helfen, hart zu bleiben. Aber natürlich, wenn du tatsächlich da wärst …"

Urho wurde am ganzen Körper heiß. „Vorsicht, du machst mich wieder geil. Die Vorstellung von dir mit einem Dildo während du an mich denkst … ganz schön versaut."

Xans Wangen glühten rosig im Schein des Feuers. „Wie viele Tage noch, bis ich weit genug geheilt bin, dass du mich nehmen kannst?", fragte er und leckte sich die Lippen. In seinen Augen stand ein hungriges Funkeln.

Urhos Schwanz pochte und wurde hart. „Wann brichst du nach Virona auf?"

„Sonntag."

Urho stöhnte. „Ich glaube nicht, dass du bis dahin genug geheilt sein wirst. Noch lange nicht."

Xan wand sich und rutschte auf dem Sofa näher zu Urho. „Ich kann das aushalten. Ich halte viele Strafen aus."

Urho streichelte Xan Wange, wo der Bluterguss immer noch geschwollen war. „Bestrafung ist das Letzte, was ich dir angedeihen lassen will."

„Aber was, wenn ich es brauche? Für etwas, das ich getan habe?" Xan blinzelte langsam.

„So wie … etwas auf den Hintern?"

„Ja", flüstere Xan. Er drehte sich auf der Couch und zeigte die Beule in seiner Hose, die seine Erregung verriet.

„Ich sage dir etwas", murmelte Urho und beugte sich näher zu ihm. „Sollte mir zu Ohren kommen, dass du etwas tust, das eine Bestrafung verdient, dann werde ich dir eine verpassen. Aber nur, wenn du es wirklich brauchst."

Xan leckte sich die Lippen. „Ich werde es brauchen. Ganz bestimmt. Und sehr bald."

Urhos Herz setzte einen Schlag aus. „Dann werde ich dich besuchen kommen und dir ein- oder zweimal den Hintern versohlen müssen. Ich würde nicht länger als einen Abend bleiben können, für den Fall, dass Vale mich braucht. Aber ich könnte mich davonstehlen, sobald ich nach ihm gesehen habe. Sofern alles gut läuft."

„Das würdest du tun?", fragte Xan freudig überrascht und mit großen Augen. „Du würdest mich schon vor Calebs Hitze besuchen?"

Urho nahm Xans Gesicht in beide Hände und rieb das Grübchen in seinem Kinn mit dem Daumen. In seinem Magen flatterte etwas; Verwirrung und Gewissheit rangen miteinander. Seine Stimme bebte als er sagte: „Wie sonst soll ich mich um das wunderschöne, süße Loch kümmern, das du mir versprochen hast?"

Xans Wimpern flatterten, und er stöhnte. „Ich werde in meine Hose kommen, wenn du solche Dinge sagst."

„Du riechst so gut", flüsterte Urho, beugte sich nach vorn und rieb seine Nase an der verschwitzten Stelle hinter Xans Ohr, überwältigt von dem Drang, sich auf Xan zu legen und ihn zu beschützen. Ihn mit dem Geruch seines eigenen Samens und seines Speichels und seiner Haut zu bedecken. Ihn als den Seinen zu kennzeichnen, sodass alle es riechen und wissen würden. „Ich will dir noch einmal den Schwanz lutschen und deine Säfte kosten."

Xan drehte den Kopf zu Urho und küsste ihn.

Der Abend löste sich ein weiteres mal in Lust und Wahnsinn auf. Jeder Versuch ein vernünftiges Gespräch zu führen, ging in einer Welle aus Gerüchen, Haut und Verlangen unter. Urho lutschte Xan den Schwanz und erlaubte auch Xan, ihm einen zu blasen. Seine Eier kribbelten wie damals, als er frisch auf Riki geprägt gewesen war und ihn tagelang pausenlos gefickt hatte. Er streichelte Xans Haar, als der Junge noch einmal seinen Samen schluckte, mit großen, hoffnungsvollen Augen zu ihm aufblickte und Urhos Anerkennung suchte.

„Guter Junge", flüsterte Urho und lallte ein wenig vor Befriedigung und Erschöpfung. „So ein guter Junge."

Xan vergrub sein Gesicht in Urhos Schoß und küsste dessen erschlaffenden Schwanz. „Sind wir ein Liebespaar, Urho?", fragte er zitternd.

„Wir sind ein Liebespaar", bestätigte Urho, und das Gewicht der Worte erschütterte ihn bis ins Mark. „Mein wunderschöner Junge. Mein Omega in Alphagestalt. Mein Geliebter."

Xan erbebte, und ein Schluchzen brach sich Bahn. „Schh", machte Urho. „Schh …" Er legte Xan erneut seinen Schwanz an die Lippen und streichelte ihm den Kopf, während Xan ihn zärtlich lutschte und weinte.

Und irgendwie war es ein heiliger Moment.

KAPITEL 9

DIE AUFGEHENDE SONNE beschien Urho, mit Xan in seinen Armen, in einem weichen Bett unter einem Stoffhimmel, und gemütliches Holzmobiliar. Urho blinzelte zunächst verwirrt, bevor sich erst träge Zufriedenheit, dann ein wenig Schrecken einstellte. Er hatte die Nacht in Xans Haus verbracht, sich in Lust und körperlichen Freuden verloren, in Xans leisem Stöhnen und salzigen Tränen. Immer noch hüllte ihn der Geruch ihrer Ekstase ein, als wollte er ihn ersticken, und seine Kehle war trocken. Urho warf die Bettdecke zurück und machte sich auf die Suche nach dem Badezimmer.

Xan stöhnte, schlief aber weiter, die dunklen Wimpern auf seinen vom Schlaf blassen Wangen, seine roten Lippen leicht geöffnet und feucht von Speichel. Die vorher so dunklen Blutergüsse auf seiner Wange, seinem Rücken und seinen Rippen waren dabei zu verblassen und hatten grüne und gelbe Schattierungen angenommen. Urho erinnerte sich daran, wie wenig er letzte Nacht auf sie geachtet hatte. Xan hatte jedoch nicht geklagt – entweder genoss der Junge Schmerz, oder er war gewillt, ihn im Austausch gegen Lust zu ertragen. Urho räusperte sich, aber Xan gab nur ein leises Wimmern von sich und schlummerte weiter.

Nachdem Urho im angeschlossenen Badezimmer gepinkelt hatte, schlüpfte er in seine Sachen vom Vortag. Während er langsam sein Hemd zuknöpfte, starrte er den jungen Mann im Bett an und versuchte, sein Leben mental wieder in eine Form zu bringen, die er verstand. Als ihm das einfach nicht gelingen wollte, trat er ans Bett, strich Xan sanft das Haar aus dem Gesicht und küsste ihn auf die Stirn.

Ein fast vergessene Wärme – eine besondere Mischung aus Frieden und Freude – schlich sich in sein Herz. Er mochte nicht wissen, was die Zukunft bringen würde, aber dieser Moment mit dem Bild des wunderschönen Mannes vor sich war für die Ewigkeit. Urho bereute nichts.

Schließlich verließ er das Zimmer, schloss behutsam die Tür hinter sich und machte sich auf den Weg zur Vorderseite des Hauses. Er war nicht sicher, ob er auf dem Weg nach draußen war oder einfach nur nach irgendeiner Art Frühstück suchte. Aber er wusste er war zu unruhig, um stillzusitzen, erfüllt von einer Art angespannter Erwartung mit einer gewissen Dosis Schock.

Als er die Treppe zur Eingangshalle herunterkam, standen zwei Beta-Diener an der Tür und flüsterten miteinander. Als sie ihn sahen, setzten sie neutrale Mienen auf, und derjenige namens Ren trat vor und fragte höflich: „Sir, soll ich Ihnen Ihren Hut und Mantel bringen? Oder werden Sie Mr. Riggs beim Frühstück Gesellschaft leisten?"

Urho öffnete den Mund, um nach seinem Mantel zu fragen, aber dann rumpelte es laut in seinem Magen. Seine letzte Mahlzeit war die Suppe gewesen, die Jason ihn gezwungen hatte zu essen, und seitdem war er körperlich recht aktiv gewesen. Außerdem fand er, er schuldete es Caleb nach dessen gestriger Großzügigkeit, als er Xan und ihn nackt zusammen in der Bibliothek vorgefunden hatte, ihm heute Morgen tapfer und allein gegenüberzutreten, anstatt sich feige aus dem Haus zu schleichen.

Urhos Wangen wurden heiß, als er antwortete: „Vielleicht etwas Frühstück."

„Hier entlang bitte, Sir." Ren führte ihn zu einem Raum neben der Küche, an den Urho sich von Partys erinnerte. Es war nicht das große Esszimmer oder der Festsaal, der zum Tanzen benutzt wurde, sondern ein kleiner Aufenthaltsraum mit einem Tisch, der bei den Partys mit Appetithäppchen und Süßigkeiten beladen gewesen war.

Jetzt aber saß dort Caleb in einem weißen Morgenmantel, mit strubbeligen, blonden Haaren und etwas auf seinen Augenlidern, das wie silberfarbener Glitzer aussah. Gestern Abend war Urho das gar nicht aufgefallen, aber als Caleb jetzt den Blick hob und in ein freundliches, wenn auch leicht zurückhaltendes Lächeln ausbrach, funkelte der Lidschatten in der Morgensonne. Caleb legte seine Zeitung beiseite und deutete auf den Tisch.

„Ich entschuldige mich, falls ich …", begann Urho.

„Aber natürlich nicht", unterbrach ihn Caleb, wie es seine Art war. „Bitte, setz dich zu mir. Xan schläft normalerweise immer sehr lange – etwas, das sich ändern muss, wenn wir in Virona sind." Er nahm ein Stück Toast und bestrich es mit Marmelade. Er nahm einen Bissen und schloss genüsslich die Augen. „Der perfekte Geschmack. Magst du Marmelade?" Er deutete auf ein halb leeres Glas auf dem weißen Tischtuch.

„Gelegentlich."

„Mein Lieblingsfrühstück" sagte Caleb und kaute lächelnd. Er nickte den Dienern zu, und ein dampfender Teller mit gebratenem Speck, Eiern und Kartoffeln wurde vor Urho hingestellt.

„Normalerweise isst Xan morgens nichts, wenn er am Abend zuvor getrunken hat, oder höchstens eine Schale Haferbrei. Aber ich dachte mir, du hättest sicher gern etwas Nahrhaftes." Caleb strich sich eine Strähne seines kinnlangen Blondschopfs hinters Ohr und biss erneut in seinen Marmeladentoast.

Urho lächelte den Beta-Diener an, der wieder verschwand, nachdem er sich vergewissert hatte, dass Urho alles hatte, was er brauchte. „Ihr habt hier viele Diener", bemerkte er. Er selbst hatte nur seine drei Betas daheim, und Vale und Jason beschäftigten überhaupt keine Diener. Rosen und Yosef, die selbst Betas waren, hatten ebenfalls keine Hausangestellten.

Caleb nickte. „Ich gebe zu, ich lasse mich gern bedienen. Als ich ein Junge war, besaß meine Familie ein stattliches Vermögen, aber du hast wahrscheinlich die früheren Gerüchte gehört, dass mein Vater alles verlor."

„Kokain. Und die daraus resultierenden falschen Entscheidungen."

Caleb hob eine Augenbraue, weil Urho die Dinge so unverhohlen aussprach, sagte aber lediglich: „Genau." Dann stopfte er sich den Mund mit noch mehr Toast voll.

„Ich habe nur wenige Diener. Aber mein Riki war ein sehr privater Mensch, und er kümmerte sich gern selbst um mich."

Caleb schluckte seinen Bissen herunter und lächelte sanft. „Du hast ihn sehr geliebt, das spürt man. Ihr wart *Érosgápe*, nehme ich an?

„Ja."

„Du bist ein starker Mann – du hast ohne ihn weitergemacht. Viele schaffen das nicht."

„Er hat mir das Versprechen dazu abgenommen." Natürlich war das erst kurz vor dem Ende gewesen, als Riki bereits wusste, dass er nicht überleben würde. Urho hatte angenommen, dass Riki ihm das Versprechens um des Kindes willen abgenommen hatte, das ebenfalls gestorben war. Aber er wollte Riki nicht im Jenseits begegnen und dann feststellen, dass er sich geirrt hatte. Also hatte er tapfer weitergelebt, trotz des starken Verlangens – vor allem anfangs – seinem eigenen Leben ein Ende zu machen.

„Ah." Calebs Stimme nahm einen mitfühlenden Tonfall an.

Es folgte ein längeres Schweigen, während Urho aß. Dann sagte er schließlich: „Du fragst dich sicher, welche Absichten ich gegenüber Xan hege."

„Weißt du das denn überhaupt selbst?", gab Caleb zurück und sah Urho fest in die Augen. „Ich vermute, du hast nicht die geringste Ahnung, was du tust oder warum. Ist es nicht eher so, dass du einfach deinem Instinkt folgst und erst im Nachhinein versuchst, dein Handeln zu rationalisieren?"

Urho nahm einen Schluck Wasser und hüstelte. Caleb sah zu viel und zu klar. „Ich hatte nur geplant, ihm meine Dienste anzubieten und seine Bedürfnisse zu befriedigen, damit er nicht mehr zu diesem Mann gehen muss. Ich hatte nicht erwartet ..."

„Dass es dir gefällt? Dass du ihn aus deinen eigenen Gründen willst?"

„Ich hätte damit rechnen müssen, oder?" Ein schiefes Lächeln umspielte Urhos Lippen. „Aber du hast recht. Ich habe nicht damit gerechnet. Bis es plötzlich passierte und sich nicht mehr leugnen ließ – so wie vor vielen Jahren, als ich auf Riki geprägt wurde. Und dann, als es vorbei war, wurde mir im Nachhinein klar, dass ..."

„Ja?"

Urho sah sich um, um sicherzugehen, dass keine Betas in der Nähe waren.

„Wir sind allein. Die Diener werden uns nicht stören. Jedenfalls nicht, ohne Radau zu machen bevor sie hereinkommen. Sie sind an uns gewöhnt."

„Ah." Urho wischte sich den Mund und nahm noch einen Bissen von seinem Frühstück, um Zeit zu schinden. Aber Caleb ließ es ihm nicht durchgehen.

„Sprich weiter. Ich bin neugierig zu hören, was der unerschütterliche, vernunftgesteuerte Urho Chase fühlt, wenn er all das in den Wind schlägt."

Urho seufzte. Er wollte dieser Charakterisierung widersprechen, aber er wusste selbst, dass er im Laufe der Jahre dieses Image von sich poliert hatte – teils, um zu verschleiern, dass er als Arzt bisweilen Dinge tat, die nicht so regelkonform und vernünftig waren. „Wenn ich nicht bei ihm bin, ist alles viel verwirrender. Gerade jetzt zum Beispiel frage ich mich, ob es ein Fehler war, ihm dieses Angebot zu machen. Diesen Teil von mir selbst entdeckt zu haben, ihn zu wollen. All das. Was kann denn Gutes dabei herauskommen? Wir könnten verhaftet werden, im Gefängnis landen." Er fuchtelte frustriert mit seiner Gabel. „Wir können nie ein richtiges Paar sein. Er hat einen Vertrag mit dir als dein Alpha, um Wolfgottes willen. Es macht keinen Sinn, so zu tun, als wäre er mein Omega." Urhos Stimme wurde lauter, als die Ängste, die er in Xans Gegenwart komplett vergaß, nun an die Oberfläche drängten.

„Dann hast du vor davonzulaufen?"

Urho stammelte, aber bevor er antworten konnte, fuhr Caleb fort:

„Willst du vor dem ersten Geschmack von Freude davonlaufen, den du seit Jahren gekostet hast? Vor der Zukunft, die wir zu dritt schmieden könnten?" Seine Stimme wurde strenger. „Vor den *Versprechen*, die du ihm und mir gestern Abend gegeben hast?"

„Nein", antwortete Urho mit rauer Stimme. „Das will ich nicht."

„Das habe ich auch nicht angenommen." Caleb lehnte sich zurück, und sein Körper verlor die aggressive Anspannung, die seine Fragen begleitet hatte. „Und was die Frage angeht, ob Xan ein Omega ist ... wenn er in deinen Armen ist, dann ist er, was immer ihr beide wollt, dass er ist. Wird er jemals Hitzen haben oder deine Kinder gebären? Nein. Aber er wird alles in seiner Macht stehende tun, um dir zu gefallen und dich glücklich zu machen, wenn du ihn lässt."

„Ich werde nicht davonlaufen", sagte Urho. „Auch wenn es das Klügste wäre. Und auch das Sicherste. Aber nein." Er rieb sich die Augen und seufzte. „Du musst mich nicht überzeugen. Ich werde meine Versprechen halten. Und im Gegenzug erwarte ich von ihm, dass er auch seine hält."

Caleb schmunzelte; seine Augen funkelten hintergründig. „Dann hast du ihm also ebenfalls schon Versprechen abgenommen? Sie verlieren keine Zeit, Dr. Chase."

„Ich dachte, wir wären bereits bei Vornamen?"

„Das sind wir. Aber manchmal muss man Männer ein wenig necken, wenn sie für jeden so sehr durchschaubar sind, außer für sich selbst." Caleb lachte und stopfte sich mehr Marmeladentoast in den Mund. An seinen Augenwinkeln bildeten sich heitere, kleine Fältchen, während er kicherte und kaute.

„Es tut mir leid, Sie beim Frühstück zu stören, Mr. Riggs", sagte Ren, nachdem er laut geklopft hatte und hereingebeten worden war. „Aber Jason Sabel ist hier, um Mr. Heelies zu sehen. Wie soll ich verfahren?"

„Schick Jason hier zu uns herein", sagte Caleb und wischte sich mit einer Serviette den Mund ab. Nachdem der Diener das Zimmer wieder verlassen hatte, wandte Caleb sich an Urho: „Das dürfte jetzt interessant werden. Aber ich bin sicher, wir werden es alle über-leben."

Jason betrat den Raum gekleidet in seinen üblichen Anzug – und einer Krawatte, die offensichtlich Vale ausgewählt hatte – und seinem Hut in der Hand. Er riss die Augen auf, als er Urho am Tisch entdeckte, aber dann lächelte er gutmütig und sagte: „Caleb. Vale schickt dir seine besten Grüße."

„Natürlich, und meine gehen an ihn."

„Dir hätte er sicher auch Grüße gesandt, Urho, wenn er gewusst hätte, dass ich dich sehen würde."

„Ich werde heute Nachmittag vorbeischauen. Dann kann er sie mir selbst sagen."

„Gut. Danke." Jason sah wieder Caleb an. „Jedenfalls, ich bin hier, um Xan zu sehen." Er warf einen kurzen Blick zu Urho. „Ich habe Anlass zu glauben, dass er in einer gewissen Angelegenheit meine Hilfe brauchen könnte. Und ich wollte gern unter vier Augen mit ihm sprechen. Aber Ren sagte, er wäre noch nicht aufgestanden?"

„Er hatte einen langen und anstrengenden Abend", sagte Caleb vieldeutig. Seine Augen funkelten fröhlich. „Er ist heute Morgen sehr erschöpft. Der Arme."

„Oh. Ich …" Jason verstummte und richtete seinen fragenden Blick auf Urho. „Wieso genau bist du hier?"

„Urho kam gestern Abend, um etwas Medizin zu bringen, die mir bei einem intimen Gesundheitsproblem helfen soll. Und dann ist er zum Frühstück geblieben", antwortete Caleb, als wäre das das Natürlichste von der Welt. „Wieso setzt du dich nicht zu uns und isst etwas mit?"

„Oh, na ja …" Jason leckte sich die Lippen. Er verschlang Urhos Frühstücksteller beinahe mit den Augen. „Na gut." Als die Beta-Diener ihm einen vollgehäuften Teller mit Eiern, Speck und Toast brachten, fügte er hinzu: „Vale ist kein besonders guter Koch."

„Das kannst du laut sagen", murmelte Urho.

„Und normalerweise macht mir das nichts aus. Ich kann mich selbst versorgen. Aber jetzt, da er schwanger ist, hasst er es, wenn ich zuhause frühstücke. Er sagt, die Kochgerüche so früh am Morgen drehen ihm den Magen um." Er drehte sich mit erhobener Hand zu Urho um. „Aber keine Sorge! Ich lasse ihm immer einen selbstgemachten Haferriegel auf dem Küchenschrank stehen, sowie ein volles Glas Milch im Kühlschrank. Und er bekommt auch alle Vitamine und Pülverchen, die du verschrieben hast. Er schwört bei allem, was heilig ist, dass er alles isst und trinkt, sobald er aufsteht."

„Ich bin sicher, das tut er", beruhigte ihn Urho.

„Ich auch. Denke ich jedenfalls. Ich meine, er ist im Moment so wählerisch und pingelig", sagte Jason. Sorge knisterte um ihn herum wie Elektrizität über eine Leitung.

„Ich habe gerade erst von Vales Schwangerschaft erfahren", sagte Caleb mit respektvoll gedämpfter Stimme. Es war ein Tonfall, den Omegas oft annahmen, wenn sie über einen Zustand sprachen, der nicht nur ständiges Unbehagen mit sich brachte, sondern auch das reale Risiko des Todes. „Ich hatte noch keine Zeit, eine Glückwunschkarte oder Blumen zu schicken. Aber ich will versuchen, das nachzuholen, sobald wir uns in Virona eingerichtet haben."

„Virona?", fragte Jason, augenblicklich abgelenkt von seinen Sorgen. „Ihr fahrt jetzt ans Meer? Es wird bald richtig kalt sein. Was für ein Urlaub soll das denn werden?"

„Es ist kein Urlaub. Xans Vater schickt uns hin, um ein Außenbüro dort zu eröffnen."

„Dauerhaft?" Jason Brauen schossen in die Höhe.

„Für eine lange Zeit, wenn nicht sogar für immer." Caleb strich sich das Haar hinters Ohr. „Du und Vale seid uns dort jederzeit willkommen. Ihr könnt für einen Kurzbesuch vorbeischauen oder auch gern so lange bleiben, wie ihr wollt. Das Haus ist riesig, so wie ich gehört habe – viel größer als dieses hier – und es liegt direkt am Strand. Die Seeluft ist zu jeder Jahreszeit gesund. Stimmt's, Urho?"

Urho nickte. Bei dem Gedanken, dass Xan so weit fort sein würde, wurde ihm flau im Magen.

Caleb fuhr fort: „Ich weiß, Xan würde sich unheimlich freuen, wenn du und Vale kommen könntet."

„Nicht, bevor das Baby da ist", sagte Jason und kaute nachdenklich. Seine gemischten Gefühle über Xans Umzug standen ihm deutlich ins Gesicht geschrieben. „Aber direkt danach kommen wir euch besuchen. Wenn alles gut verläuft."

„Alles wird perfekt laufen", beharrte Caleb mit einem abergläubischen Eifer, den Urho aus seiner jahrelangen Erfahrung in Sachen Omegaheilkunde kannte. Sich zu verhalten, als wäre eine erfolgreiche Schwangerschaft nicht garantiert, oder als würde der Omega die Geburt nicht in perfekter Gesundheit überstehen, galt unter Omegas als unglückbringend. „Vale wird stark sein, und das Baby kerngesund. Und umgekehrt."

Jason nickte. „Danke. Dein Wort in Wolfgottes Ohr. Aber

zurück zu eurem Umzug. Es ist so weit weg. Virona ist drei Stunden mit dem Zug von hier."

„Ja, ziemlich weit weg", stimmte Caleb zu und nickte.

„Kann nicht jemand anderes das Außenbüro leiten? Ray? Oder diese Nervensäge Janus?"

„Offenbar nicht."

„Ist es wegen …" Jason verstummte, sichtlich verunsichert, wie er fortfahren sollte. Aber er sah Urho hilfesuchend an.

„Wegen?", drängte Caleb.

„Urho?", sagte Jason, der eindeutig wollte, dass Urho das Ruder übernahm oder seine Frage quasi telepathisch verstand und beantwortete.

„Wegen Urho?", lachte Caleb, bevor Urho dazu kam, etwas zu sagen. „Wolfgott, nein. Diese Neuigkeiten sind bis jetzt noch nicht bis zu Xans Vater vorgedrungen. Es ist hauptsächlich wegen der anderen Gerüchte. Dieselben Gerüchte, die du wahrscheinlich auch schon gehört hast, über die Schwierigkeiten, die Xan in letzter Zeit hatte? Ja? Und ich nehme an, dass sie wirklich jemanden brauchen, der sich da unten um das neue Büro kümmert."

„Moment. Die Neuigkeiten von Urho und …" Jason warf einen erneuten Blick zu Urho. Dann zog er plötzlich die Brauen hoch. „Oh. Ich verstehe. Ah, tja, ähm. Das ist … gut. Das ist sogar sehr gut." Er nahm einen großen Schluck aus seinem Wasserglas, bevor er sich wieder über sein Essen hermachte. Mehrere Minuten lang sagte er nichts weiter, und sie alle aßen schweigend. Oder besser: Caleb beobachtete die beiden anderen beim Essen. Offensichtlich hatte er so viel Marmeladentoast in sich hineingestopft, wie er vertragen konnte.

„Ich dachte, wir wollten diese Information für uns behalten", sagte Urho schließlich, als er den Kloß in seiner Kehle heruntergeschluckt hatte und seine Wangen nicht mehr glühten. „Nur unter uns dreien. Je weniger Leute davon wissen, umso besser."

„Ich hatte angenommen, dass Jason es bereits wusste." Calebs gepflegte, blonde Brauen zogen sich zusammen. „So wie er dich angesehen hat, was er über Xan gesagt hat ... dass er vielleicht Schwierigkeiten hat. Wusstest du es nicht, Jason?"

Jason schüttelte den Kopf und wischte sich mit seiner Serviette den Mund. „Ich hatte den Verdacht, dass etwas passieren könnte, aber ich hatte keine Ahnung, dass es schon angefangen hatte. Oder anfangen könnte. Ich weiß nicht. Ganz offensichtlich werde ich es natürlich für mich behalten."

Caleb wurde blass. „Tut mir leid", flüsterte er, zu Urho gewandt.

„Fehler passieren", sagte Urho. Aber das war genau das Problem, oder? Sie konnten sich keine Fehler erlauben, nicht einmal die kleinsten.

Caleb hatte ein wenig von seiner üblichen Fassung verloren. „Aber was Xan angeht, hat Jason seine eigenen Geheimnisse, die er hüten muss. Richtig Jason?"

Jason räusperte sich. „Das ist richtig. Und ich würde Xan um nichts in der Welt in Gefahr bringen. Oder dich, Caleb. Und, um ehrlich zu sein, auch nicht Urho, was das angeht."

„Ich freue mich zwar, dass unsere kleine Gruppe so freigeistig ist", sagte Urho mit einem nervösen Flattern in der Magengegend, „aber es wäre mir lieb, wenn die Neuigkeiten diesen Tisch nicht verließen. Ich möchte nicht einmal, dass Rosen und Yosef davon erfahren. Zu unserer Sicherheit und der aller anderen."

„Ich muss Vale davon erzählen", sagte Jason. „Wir haben keine Geheimnisse voreinander."

„Es ist aber nicht dein Geheimnis", korrigierte Caleb. „Es ist Xans und Urhos. Und meines. Und falls Urho es Vale erzählen möchte, ist das seine Sache. Du aber solltest es für dich behalten, denke ich."

Jason schnaubte.

Caleb errötete, und in seine Augen trat ein gefährliches Funkeln. „Ich weiß, ich bin ein Heuchler. Und diese ganze Situation ist ohnehin meine Schuld. Aber mein Fehler rechtfertigt nicht, es Vale zu erzählen."

„Ich werde es ihm sagen", sagte Urho. „Er wird ohnehin irgendwann von selbst dahinter kommen. Er ist brillant und aufmerksam und weiß es wahrscheinlich sowieso schon irgendwie."

Jason lachte, und seine Augen leuchteten wie immer, wenn er an seinen Omega dachte. „Das ist wahr." Sein Blick wurde verträumt. „Wahrscheinlich hat er schon ein Gedicht darüber geschrieben."

„Wolfgott, ich hoffe nicht. Dann würden wir ganz bestimmt verhaftet. Wahrscheinlich wegen Verstoßes gegen die kreativen Gesetze der Wolf-Reformationspartei zum Schutz des moralischen Anstands."

„Seine Gedichte sind wundervoll", verteidigte Jason seinen Omega „Vor allem die über mich."

Urho stöhnte. „Ihr seid *Érosgápe* und daher vollkommen einander verfallen. Er könnte auf ein Blatt Papier furzen, und du würdest es lieben."

Jason lachte erneut, ohne der Anschuldigung zu widersprechen.

„Na, sieh einer an, wer vor zehn aus dem Bett gefallen ist", sagte Caleb, dessen Blick zur Tür wanderte.

Urho bekam eine trockene Kehle, als sein Blick über den kleinen Raum hinweg Xans begegnete. Sein Herz tat einen Hüpfer, und seine Hände begannen zu zittern. „Guten Morgen", sagte er, und selbst seine Stimme klang etwas aufgelöst beim Anblick von Xan in seinem Schlafanzug und mit nackten Füßen.

„Morgen", sagte Xan, dann wanderte sein Blick sofort zu Jason. Der Bluterguss an seiner Wange war nur allzu deutlich zu sehen. „Geht es Vale gut?"

„Wir haben gerade darüber gesprochen, wie perfekt er ist", sagte

Caleb kichernd und nippte an seinem Orangensaft.

Xan verdrehte die Augen. „Das habe ich alles schon gehört. Zwanzigmal. Mindestens. Manches davon sicher schon bis zu hundertmal."

Jason lachte, aber sein Blick hing besorgt an Xans Wange. „Mach dich nur lustig. Aber du selbst bist auch immer voller Lob für Caleb."

„Stimmt. Weil Caleb perfekt ist", sagte Xan grinsend und nahm neben Caleb am Tisch Platz.

„Erstaunlich, wie jeder Alpha dasselbe von seinem Omega sagt", bemerkte Caleb. „Dachtest du von deinem Riki auch, dass er perfekt war?"

Urho riss die Augen von Xans entblößtem Schlüsselbein, wo ein roter Knutschfleck erblühte. „Riki? Ja, er war absolut perfekt." Es schaute zurück zu Xan, dessen Mine vor Mitgefühl weich wurde.

„Und er war auch sehr hübsch", sagte Xan. „Ich sah sein Porträt gestern, als ich in Urhos Bibliothek war."

Jason nickte. „Es ist ein gutes Porträt. Er hat darauf ein schönes Lächeln."

Caleb stützte seine Ellenbogen auf den Tisch und legte das Kinn in seiner Hand ab. „Und so ist es eben, richtig? Alphas bewundern ihre Omegas, und Omegas bewundern ihre Alphas. Der Anfang und das Ende. Die natürliche Ordnung der Dinge."

Urho fing Xans Blick auf, als die Beta-Diener dessen Schale mit Haferbrei und einen kleinen, dekorativen Teller mit einem einzelnen, gebratenen Ei hereinbrachten. Die Frage, ob es überhaupt möglich war, die natürliche Ordnung der Dinge auf den Kopf zu stellen, blieb unausgesprochen. War es für einen Alpha möglich, einen anderen Alpha auf diese Weise zu bewundern? Und falls ja, wollte Urho das wirklich herausfinden? Trotz des Risikos und gegen alle Schwierigkeiten?

Urho wusste, dass er viel riskierte,, aber Caleb hatte recht: Er hatte sich seit Jahren nicht so lebendig gefühlt.

„Was ist mit deinem Gesicht passiert?", fragte Jason Xan angelegentlich, aber mit einem Blick aus den Augenwinkeln zu Urho.

„Barstreit. Das Übliche", sagte Xan abwinkend.

Caleb brummte vor sich hin und nahm einen weiteren Schluck O-Saft. Er warf Jason einen herausfordernden Blick zu.

„Du gerätst ziemlich oft in Barschlägereien dafür, dass du so selten in Bars gehst."

„Stimmt." Xan nahm einen Happen Haferbrei und schloss erschöpft die Augen.

Jason sah kurz zu Urho, der sich bemühte, ruhig und zuversichtlich zu erscheinen. Caleb lächelte und trank seinen Saft aus.

Und damit war das Thema vom Tisch.

Von hier an verlief das Frühstück, wie es unter normalen Umständen verlaufen würde – sie scherzten, sprachen über den bevorstehenden Umzug und vermieden jede weitere schwerwiegenden Diskussionen. Als es Zeit war, sich zu verabschieden, kamen Diener herein, um Jason und Urho zur Tür zu bringen. Als einziges Zugeständnis an das, was zwischen ihnen war, erinnerte Xan Urho mit einem vielsagenden Blick daran, dass er am Sonntag nach Virona aufbrechen würde. Urho antwortete darauf mit einem Nicken.

Erst als sie vor Xans Haus auf dem Gehsteig standen, kam Jason auf den eigentlichen Grund für sein Kommen zurück.

„Urho, habe ich dein Wort, dass, welch Wahnsinn auch immer dich gestern zu meinem Haus geführt hat, vorüber ist? Dass Xan sicher ist und ich mir keine Sorgen machen muss, dass ihm etwas zustößt?"

„Das kann ich nicht versprechen", sagte Urho. Er hielt das Gartentor für Jason auf und warf einen Blick zurück auf das Haus.

„Ich habe ihm das Angebot unterbreitet, sein Surrogat zu sein." *Sein Liebhaber*, flüsterte sein Herz. „Und er hat angenommen. Natürlich werde ich meinen Teil der Vereinbarung einhalten, aber ich kann nur bestätigen, dass er versprochen hat, seinen Teil ebenfalls zu erfüllen. Die Zeit wird zeigen, ob er es wirklich tun wird."

„Also dieser Mann, wer immer es ist, mit dem er sich getroffen hat und den du für gefährlich hältst? Das ist jetzt vorbei?"

„Er hat mir sein Wort gegeben."

Jason stöhnte. „Das muss dann wohl genügen. Es ist gut, dass er nach Virona zieht. Ich gehe davon aus, dass dieser Mann hier lebt?"

„Ja."

„Und Xans Vater hat davon erfahren?"

„Ich bin nicht sicher. Aber es scheinen Gerüchte im Umlauf zu sein, die sein Vater weder leugnen noch ignorieren kann. Gerüchte, die andeuten, dass die Dinge nicht ganz nach Protokoll ablaufen."

„Und du willst mir immer noch nicht sagen, wer der Kerl ist?"

Urho schnaubte. „Ich weiß es selbst nicht, sonst würde das Schwein längst nicht mehr atmen, glaub mir."

Jason nickte und sah Urho eindringlich an. „Denk nur an das, was ich über deine Gefühle gesagt habe, Urho. Du kannst das Wort ‚Surrogat' so oft sagen, wie du willst, aber für mich klingst du mehr wie ein Alpha, der seinen Omega beschützt."

Urho schluckte schwer.

„Hey, das ist völlig in Ordnung. Um genau zu sein, ist es das was Xan *braucht*." Jason legte eine Hand auf Urhos Schulter und drückte sie. „Lass dich von deinen Marotten und Ängsten nicht davon abhalten, ihm das zu geben."

„Du hast eine ziemlich große Klappe, Welpe."

„Nicht halb so groß wie die von Xan", sagte Jason. „Aber du magst das an ihm, also magst du es an mir wahrscheinlich auch."

Urho stupste Jasons Schulter, dann trennten sie sich und gingen zu ihren jeweiligen Autos. „Ich kommen nachher und sehe nach

Vale", sagte Urho im Weggehen. „Falls es irgendein Problem gibt, rufe ich dich an. Aber es wird keins geben."

„Danke" rief Jason von der anderen Straßenseite. „Dafür, dass du dich um Vale kümmerst, dass du Xan hilfst, und für alles andere."

Urho hoffte, Jasons Dankbarkeit würde sich nicht als unbegründet herausstellen. Schließlich würde Xan Sonntag die Stadt verlassen, sie hatten keine Pläne gemacht, sich bis dahin noch einmal zu sehen, und Versprechen, die in der Hitze des Augenblicks gegeben wurden, fühlten sich im Licht des nächsten Tages stets weniger fest an.

Urho nahm an, es war mit allen Aspekten des Lebens so. Es gab keine Garantien. Das hatte er schon sehr früh mit Riki gelernt.

Er öffnete seine Wagentür, stieg ein und fuhr los, weg von Xans Haus.

Alles Weitere konnte nur die Zeit zeigen.

KAPITEL 10

XAN LIEF VOR dem wartenden Zug auf und ab, und das Herz klopfte ihm bis zum Hals. Er hatte Urho seit jenem Morgen nach ihrer gemeinsamen Nacht nicht mehr von Angesicht zu Angesicht gesehen. Sie hatten zweimal kurz miteinander telefoniert, aber keine Zeit gefunden, sich zu treffen.

Urho war in den Sullendistrict gerufen worden, um einen Omega zu behandeln, der offenbar mit Zwillingen schwanger war – eine gefährliche Abweichung, die besonders aufmerksamer medizinischer Überwachung bedurfte. Und Xan war damit beschäftigt gewesen seinen Haushalt aufzulösen – und die seiner Beta-Diener, die sich entschlossen hatten, mit ihm umzusiedeln – um es rechtzeitig zu dem von seinem Vater festgelegten Zeitpunkt nach Virona zu schaffen.

Aber Urho hatte versprochen, sich am Bahnhof von ihm zu verabschieden. Auch wenn sie nicht mehr tun konnten, als eine männliche Umarmung zu teilen, war es wichtig für Xan, seinen Liebhaber noch ein letztes Mal zu sehen, bevor sie für wer weiß wie lange getrennt sein würden. Er musste sich vergewissern, dass er die Versprechen zwischen ihnen nicht halluziniert hatte.

„Er wird kommen", sagte Caleb und richtete die Smaragd-brosche an seinem Kragen – eine Mode, die ihn sichtbar als gebundenen Omega kennzeichnete. Sie waren einander nur in Freundschaft verbunden, aber in der Öffentlichkeit trug Caleb stets eine auffällige Ansteckadel, um unerwünschte Vertraulichkeiten im Keim zu ersticken. Seine Schönheit erregte stets mehr

Aufmerksamkeit, als ihm lieb war. Und Xan war ein ungewöhnlich kleiner Alpha, der andere Männer nicht bereits durch seine bloße Erscheinung abschreckte.

„Was, wenn er seine Meinung geändert hat?"

„Das hat er nicht."

„Woher willst du das wissen? Er riskiert unheimlich viel! Und für was?"

„Für dich."

Xan verdrehte die Augen. „Oh, was für ein Preis!"

Caleb zog seinen silbrigen Kapuzenschal über den Kopf, um sich gegen den scharfen Herbstwind zu schützen. „In der Tat", sagte er ernsthaft, als hätte Xan es nicht sarkastisch gemeint.

Und dann entdeckte Xan ihn. Breite Schultern in einem gut sitzenden Trenchcoat, einen grauen Fedora auf dem Kopf, und einen ernsten Ausdruck im Gesicht. Xan schmolz bei dem Anblick dahin. Sein Herz schlug schneller, und er nahm einen tiefen, hoffnungsvollen Atemzug.

„Hi", murmelte er nervös, als Urho nah genug war um es hören zu können. „Ich war nicht sicher, ob du es schaffen würdest."

Urho lächelte, und seine weißen Zähne leuchteten in seinem dunklen Gesicht. „Dich sicher auf den Weg zu schicken, ist heute meine erste Priorität."

Xan schluckte und suchte in Urhos Augen nach Anzeichen für das, was der Mann empfand. „Denkst du, du wirst mich besuchen können? Wie wir es besprochen haben?"

Urho griff nach Xans Schulter und drückte sie herzlich. „Nichts würde mir mehr Freude bereiten, aber ich fürchte, ich kann kein festes Datum versprechen. Mit den Zwillingen in Sullen und Vales heiklem Zustand werde ich möglicherweise keinen vollen Tag und eine volle Nacht abkömmlich sein können."

„Drei Stunden hin und zurück ist eine lange Fahrt", stimmte Xan schweren Herzens zu. „Falls irgendetwas mit Vale ist, oder mit dem Omega der die Zwillinge bekommt, könntest du nicht rechtzeitig wieder zurückkommen." Er sprach es laut aus, damit Urho das nicht tun musste. Und damit es sich nicht so anfühlen würde, als würde Urho Ausflüchte machen.

„Könnten wir uns vielleicht auf halbem Wege treffen?" fragte Urho.

Der Knoten in Xans Magen löste sich. „Ich muss erst sehen, was mein Vater in Sachen Außenbüro für mich geplant hat, aber an den Wochenenden werde ich sicher frei haben, denke ich."

„Und Caleb würde dich nicht vermissen, wenn du wegfährst, um mich zu treffen?"

Caleb lächelte und antwortete: „Ich werde viel zu sehr damit beschäftigt sein, mein Atelier einzurichten und die Festmahle der Herbstnächte zu planen, um Xan für einen Tag zu vermissen – oder auch länger. Ich werde gern auf ihn verzichten, damit ihr zwei eure *Übereinkunft* vertiefen könnt."

Urho leckte sich die Lippen, ein wenig verlegen. „Es gibt eine wundervolle kleine Wohnung am Kanal in Montrew, die ich manchmal miete. Niemand würde etwas mitbekommen, wenn wir dort ein paar schöne Stunden zusammen verbrächten."

Xan grinste. Sein Magen schlug einen aufgeregten Purzelbaum, und ihm wurde vor Sehnsucht die Kehle eng. Er wollte *jetzt* mit Urho zusammen sein. Er wollte seine Arme um ihn schlingen und ihn zum Abschied küssen, wie es so viele verbundene Partner und Beta-Paare überall auf dem Bahnsteig um sie herum gerade taten.

Eine schrille Pfeife ertönte, und eine Stimme rief: „Nach Virona bitte einsteigen! Alle einsteigen!" Xan lächelte Urho an und schüttelte ihm fest die Hand. Urho riss ihn an sich und umarmte ihn. Er klopfte Xan in väterlicher Weise den Rücken – vermutlich, um es weniger verdächtig aussehen zu lassen – und flüsterte Xan inbrünstig ins Ohr: „Vergiss nicht, was du mir versprochen hast."

„Ich habe es nicht vergessen."

„Versprich es mir noch einmal", sagte Urho und löste sich weit genug von ihm, um keine Aufmerksamkeit zu erregen, blieb aber nah genug, um weiter flüstern zu können.

„Ist das dein Ernst?"

„Ja, ich will es hören. Was ist mein?"

„Ich?"

„Und im besonderen?"

Xan schluckte geräuschvoll. „Mein Arsch."

„Versprich es."

„Oh, bei Wolfgott und allem, was heilig ist, ich verspreche, mein Arsch gehört dir", murmelte Xan. Seine Wangen und sein Hals wurden rot.

„Und dein Mund ebenfalls", sagte Urho scharf.

Caleb lachte leise neben ihnen, aber Xan achtete nicht darauf, und ebensowenig Urho. Sie starrten einander eindringlich an, und der Rest des Bahnsteigs schien einen Moment lang nicht mehr zu existieren.

„Mein Mund gehört dir ebenfalls", murmelte Xan atemlos.

Urho nickte und senkte den Kopf, als wollte er seinen Mund auf Xans zitternde Lippen pressen. Aber Caleb schlüpfte zwischen sie, umarmte Urho fest und lachte. „Wolfgott, wir werden gleich alle verhaftet, wenn ihr euch nicht zusammenreißt."

Urho erwiderte Calebs Umarmung, dann steckte er seine Hände in die Manteltaschen. Er räusperte sich und nickte, während Caleb und Xan ihre kleinen Taschen für die Fahrt in ihrem Privatabteil aufhoben. Xan hielt Urhos Blick so lange, wie es ging, bevor er sich umdrehte, um in den Zug zu steigen. Als er schließlich sein Gepäck untergebracht, es sich in seinem Sitz bequem gemacht hatte und aus dem Fenster schauen konnte, hatte Urho den Bahnsteig verlassen.

„Er ist nicht geblieben, um uns abfahren zu sehen", sagte er zu Caleb, der in einer Tasche wühlte und offenbar nach dem Fettstift suchte, den er für seine Lippen zu benutzen pflegte und schließlich hervorholte.

„Wahrscheinlich musste er die nächste Toilette aufsuchen um sich dem dringenden Problem seines Ständers zu widmen", sagte Caleb unbeeindruckt und trug den Balsam auf seine Lippen auf. Dann gab er Xan den Stift. „Hier, trag etwas davon auf. In den Zugabteilen trocknet man immer so aus."

Xan gehorchte. Sein eigener Schwanz war ebenfalls nicht gerade schlaff, nachdem er seine Versprechen erneuert hatte. „Wir haben überhaupt nicht vereinbart, während der Trennung in Kontakt zu bleiben."

„In dem Haus wird es sicher ein Telefon geben. Du weißt, wie man so etwas benutzt, ja?"

„Aber was, wenn er nicht erwartet, von mir zu hören? Was wenn er nicht will, dass ich ihn belästige?"

Caleb warf den Fettstift zurück in die Tasche und starrte Xan mit erhobenen Brauen an. Er verzog ungeduldig das Gesicht.

„Was?"

„Er hat dir gerade auf dem Bahnsteig die versautesten Versprechen abgenommen und du denkst, er will nicht von dir hören? Xan, mein Liebling, du bist absolut albern."

Xan lachte nervös. In seinem Magen flatterte es, und seine Haut kribbelte überall. „Ich wünschte einfach, ich müsste nicht fort. Es hat gerade erst begonnen zwischen uns. Was, wenn er mich vergisst?"

„Lass ihn nicht." Caleb nahm ein kleines Buch aus seiner Tasche.

„Vielleicht sollte ich ihm Blumen schicken."

Caleb kicherte leise. „Oh ja, tu das."

„Was ist so lustig?"

„Du. Wie du überlegst, ihm den Hof zu machen wie ein Alpha einem Omega." Caleb schlug das Buch auf und überblätterte die ersten Seiten, wie um die Stelle zu finden, die er zuletzt gelesen hatte.

„Sollte ich lieber nicht? Wie umwerben Omegas Alphas?" Xan versuchte sich zu erinnern, was er bei Vale beobachtet haben könnte, oder bei Caleb. Wie demonstrierten Omegas ihre Zuneigung? Ihm fiel nichts ein. „Sollte ich ihn stattdessen wie ein Omega umwerben?"

„Wirb um ihn als du selbst, Xan." Caleb seufzte liebevoll. „Du hast ihn dahin bekommen, wo du ihn haben wolltest, indem du einfach du selbst warst. Hör jetzt nicht damit auf."

Xan sank in seinen Sitz als der Zug sich in Bewegung setzte. „Wo ich ihn haben will, ist hier neben mir."

Caleb seufzte. „Aber du hast leider nur mich stattdessen."

„Das ist nicht, was ich meinte."

„Ich weiß. Ich necke dich nur." Caleb legte seinen Kopf an Xans Schulter und küsste sein Kinn. „Liebling, du bist müde. Und ermüdend. Ruhen wir uns auf dieser Zugfahrt einfach aus, einverstanden? Wir haben so viel Arbeit vor uns, das Haus einzurichten und alles, sobald wir in Virona sind. Versuch einfach, nicht so viel zu denken."

„Tut mir leid."

„Es ist neu. Natürlich machst du dir Gedanken. Aber keine Angst. Dein Alpha ist dir verfallen." Caleb richtete sich wieder auf und öffnete erneut sein Buch. „Jetzt ist der Zeitpunkt, die Zeit und die Entfernung für dich arbeiten zu lassen, bis er es nicht mehr aushält und dich wiedersehen muss."

„Dann sollte ich ihn also nicht umwerben?"

„Oh, doch. Umwirb ihn auf jeden Fall. Das möchte ich nicht verpassen."

Xan verdrehte die Augen, aber im Hinterkopf machte er sich eine Notiz, bei nächster Gelegenheit einen Floristen anzurufen. Er würde Urho ein wunderschönes Bouquet liefern lassen. Er wollte sicherstellen, dass Urho ihn nicht vergaß, und vor allem wollte er

Urho zeigen, dass seine Absichten ihm gegenüber nicht ausschließlich sexueller Natur waren.

Sein Magen flatterte.

Was aber, wenn Sex alles war, was Urho von ihm wollte? Er wand sich unbehaglich. Es war *alles* so sehr in der Schwebe. Urhos Angebot hatte sich nur um eine einzige Sache gedreht, aber Urhos Verhalten deutete etwas anderes an. Aber es wäre töricht, darauf zu vertrauen. Oder?

„Hier", sagte Caleb und hielt Xan ein anderes Buch aus seiner Tasche hin. „Lies. Das wird dich ablenken."

Xan seufzte und las den Titel. Es war einer von Vales Gedichtbänden. „Was hast du sonst noch in deiner Tasche? Ein Hundebaby vielleicht?"

Caleb lachte und blätterte die Seite in seinem Buch um. Xan schaute ihm über die Schulter und sah dass es ebenfalls ein Gedichtband war.

Mit einem Stöhnen starrte Xan einige Minuten lang die ersten Zeilen des ersten Gedichts an, ohne ein Wort zu lesen. Dann klappte er das Buch zu, lehnte sich in seinem Sitz zurück und sah aus dem Fenster. Er wünschte, er hätte das Buch bei sich, das Urho ihm gegeben hatte, aber das hatte er in eine von den Kisten gepackt, die sie mit Ren und den Betas vorausgeschickt hatten.

Draußen huschten Felder in Grau, Braun und Grün am Fenster vorbei, dazwischen gelegentlich das Aufblitzen von Rot oder Violett von den ersten fallenden Blättern oder spät blühenden Wildblumen.

Caleb tätschelte sanft Xans Knie, fuhr aber mit dem Lesen seines Gedichtbands fort.

„Woher weißt du so viel über Beziehungen und Werben?" fragte Xan und setzte sich wieder gerade hin. „Es ist schließlich nicht so, als hätte ich das bei dir besonders gut gemacht." Oder umgekehrt, was das betraf. Aber das würde Xan nicht erwähnen.

„Du vergisst, dass ich mehrere Jahre lang heiß begehrt

war." Caleb lächelte mild. „Bis ich so viele Angebote ausgeschlagen hatte, dass die Gerüchte anfingen. Und du vergisst, dass ich Omega-Freunde habe. Wir reden über so etwas, weißt du? Tauschen Geschichten aus. Ich habe natürlich wenige eigene beizutragen, also höre ich hauptsächlich zu. Als ich jünger war, wurde praktisch über nichts anderes geredet als übers Turteln und Werben."

Xan nahm zärtlich Calebs Hand und fuhr mit der Fingerspitze über die feinen Linien in der Handfläche. „Du bist ja nicht gerade alt."

„Natürlich nicht, aber *jetzt* reden meine Omega-Freunde über nichts anderes mehr als über Babys." Seine Stimme bekam einen wehmütigen Unterton. „Mein guter Freund Tad aus der Schule ist jetzt jeden Tag so weit. Habe ich dir das erzählt?"

Xan schüttelte den Kopf. Caleb sprach selten von seiner Zeit auf Mont Juror und noch seltener über seine Freunde aus dieser Zeit.

„Ja. Tad freut sich sehr. Es ist sein drittes Baby." Caleb runzelte die Stirn. Dann entzog er Xan seine Hand und widmete sich wieder seinem Buch.

„Wir werden ein Kind haben", sagte Xan leise. „Ich verspreche es."

„Natürlich."

Xan musterte Calebs Gesicht im Profil, bewunderte die ausgeprägten, hohen Wangenknochen, die blonden Wimpern und die weichen Lippen. „Wir sollten ein paar von deinen Freunden einladen, uns in Virona zu besuchen und einige Tage zu bleiben. Wahrscheinlich nicht Tad, bevor das Baby da ist, aber andere Freunde von dir. Es ist ein großes Haus, und das Meer ist zu jeder Jahreszeit schön."

Caleb ließ erneut seinen Kopf an Xans Schulter sinken. „Ich liebe dich, Xan. Du tust stets alles, um mich glücklich zu machen. Mehr könnte ich mir nicht wünschen."

Xan küsste Calebs Haar, dann schloss er die Augen und ließ sich vom Rumpeln des Zugs in einen Traum wiegen. Darin stand Urho im Meer und hielt ein Baby an seine Brust gedrückt, während das Wasser um seine Beine schäumte. Caleb stand an seiner Seite und sprach liebevoll mit dem Baby, alle drei leuchteten in der blassen Wintersonne.

Mehrere Stunden später erwachte Xan mit einer nervösen Hoffnung, die in seinem Herzen Knospen schlug.

DAS HAUS ERHOB sich hoch über dem Ort Virona. Seine Größe und alternde Pracht versprach mehr Platz, als Xan und Caleb hoffen konnten, in ihrem Leben mit Kindern zu füllen.

Sie standen neben dem eher gewöhnlichen Wagen, den sie am Bahnhof gemietet hatten und starrten die blasse Marmorfassade des Hauses an. Sie schimmerte bläulich unter dem bedeckten Himmel.

Mächtige, hohe Säulen reichten hinauf zu einem flachen, mit Tonziegeln gedeckten Dach, das im Laufe der Jahre zu einem blassen Orange verblichen war. Großzügige Bogenfenster reflektierten mehr von dem grauen Himmel, nur gebrochen von dem Spiegelbild der bunten Stadt unter ihnen. Breite, beeindruckende Marmorstufen führten zum Vordereingang und einer zweiflügeligen Tür aus matter Bronze. Sie war geschlossen, und nirgends war ein Pförtner oder Beta-Diener zu sehen, um Xan und Caleb hereinzulassen.

Das Haus war wunderschön, aber in seinem vernachlässigten Zustand wirkte es kalt. Nichts an ihm hieß sie willkommen. Es war ein harter, leerer Schoß.

„Es sieht aus, als würde es hier spuken", sagte Caleb. Er neigte den Kopf zur Seite und musterte ihr neues Zuhause mit ernster Miene.

„Es ist einfach nur ein grauer Tag", murmelte Xan beruhigend und legte Caleb einen Arm um die Schultern. „Die dichten Wolken und der Sturm von der See her trüben unsere Vorstellungskraft."

„Hmm. Aber die Aussicht ist großartig. Wenn die Sonne scheint, wird sie umwerfend sein, da bin ich sicher."

Xan nahm das alles in sich auf. Das Haus war auf dem Gipfel eines Hügels gebaut, der sich zu den Dünen dahinter neigte, bis hinab zu einem breiten, privaten Strand. Und dahinter lag der graugrüne Ozean mit seinen weißen Schaumkronen.

Es war als Zuhause für eine mächtige Person kreiert worden, für jemanden wie den ersten Lofton, der hier gelebt hatte: der Großvater von Xans Pater George. Flagler Lofton hatte mit eiserner Faust über die Stadt geherrscht und seinem Omega die Kontrolle über das Anwesen überlassen, welches sie mit Kindern gefüllt hatten. Flagler Lofton war genau die Sorte Alpha gewesen, die sich Xans Vater als Sohn gewünscht hatte.

Zu dumm nur, dass Xan sich nicht einmal vorstellen konnte, diese Sorte Mann zu sein.

„Es ist so ... weiß", flüsterte Caleb, als würde er sich immer noch Sorgen um mögliche Geister machen.

„Das ist das erste Mal, dass ich dich sagen höre, etwas wäre zu weiß."

Caleb lächelte und fummelte erneut an seinem Kapuzenschal. „Es ist irgendwie einschüchternd."

Xan wusste, was Caleb meinte. Selbst in ihrem Haus in der Stadt hatte es immerhin Zeichen von Leben gegeben. Es war gemütlich dort, mit warmen Feuern in den Kaminen und Zimmern, die Caleb nach seinem Geschmack eingerichtet hatte. Aber das hier war ein gigantisches, architektonisches Echo der einst so stolzen Lofton-Familie. Und im Augenblick fühlten sich weder Xan noch Caleb der Aufgabe gewachsen, diesen Besitz zu übernehmen.

„WIR WERDEN IM Vorgarten Winterblumen pflanzen", sagte Xan

brüsk in einem Versuch, das Haus und alles, was es repräsentierte, in seinem Kopf auf etwas zu reduzieren, was sich bewältigen ließ. „Oder vielmehr werden wir Betas engagieren, die das tun. Ein paar hübsche, leuchtende Farben werden alles gleich mehr beleben."

Caleb ließ den Blick über das Grundstück schweifen, als würde er versuchen, es sich mit Winterblumen vorzustellen. „Ob es hier jemals schneit? Was denkst du?"

„Ich bezweifele es. Die Meeresströmung hier kommt aus den Tropen, wenn ich mich recht an meine Erdkundekurse erinnere. Jedenfalls sind sie recht warm, selbst im Winter. Das bringt mildes Klima mit sich, auch weiter nördlich."

„Ja, ich erinnere mich, darüber in der Schule gelesen zu haben." Caleb sammelte sich, strich sich das Haar hinters Ohr und lächelte Xan an. „Ich bin glücklich damit. Wir werden es schön einrichten, Gäste einladen und es in ein richtiges Zuhause verwandeln. Es hat einfach nur zu lang leer gestanden, das ist alles. Wir werden es mit Lärm und Licht füllen."

„Und mit Kindern", versprach Xan.

Caleb nickte. „Mindestens eins oder zwei, ja. Starke Kinder, die eines Tages diesen Hügel hinab zum Meer laufen und wie kleine Fische schwimmen werden."

„Romantisch", sagte Xan neckend und drückte Calebs Schulter.

„Ja, das bin ich: Mister Romantik."

Xan musterte das hübsche Gesicht seines Omegas, und Neugier regte sich in ihm. Sie hatten einander versprochen, auf immer eine Familie zu sein, aber es fiel ihm schwer, Calebs mangelndes Interesse an romantischen Gefühlen zu verstehen. „Wünschst du dir niemals, dich zu verlieben, Caleb?"

Caleb schlang seine Arme um Xans Hals und rieb seine Nase an Xans Wange. „Liebling, das hier ist, was ich mir wünsche. Das sage ich dir doch immer! Ich liebe dich mehr, als ich ausdrücken kann. Mein Lebenswunsch ist es, mit dir als meinem engsten Freund zusammen zu sein und Kinder mit dir zu haben." Er lächelte. „Du machst dir zu viele Sorgen. Lass uns hineingehen und herausfinden, wie die Dinge stehen. Es wird ein langer Nachmittag werden. Wer weiß, ob überhaupt irgendwelche Lebensmittel in der Küche sind?"

„Die Beta-Diener sind genau aus diesem Grund vorausgereist. Es sollte alles da sein. Es überrascht mich, dass Ren und die anderen Angestellten nicht rausgekommen sind, um uns zu begrüßen."

„Ren ist sehr zuverlässig und vorausschauend, aber dieser ganze Umzug musste so hastig organisiert werden, wahrscheinlich ist er noch panisch dabei, alles in Ordnung zu bringen, bevor wir eintreffen."

Sie traten gemeinsam zur Schwelle ihres neuen Heims. Vor der Tür blieb Xan stehen und sagte: „Nimm meine Hand."

Calebs Finger fühlten sich in Xans warmer Hand kühl an.

„Alpha und Omega", flüsterte Xan, der sich dem Sog der alten Tradition nicht entziehen konnte.

„Anfang und Ende", antwortete Caleb und lächelte ihn liebevoll an. „Wer ist jetzt der Romantiker, hm?"

„Hey! Es ist Tradition, den Schwur aufzusagen, wenn man zum ersten Mal gemeinsam ein neues Zuhause betritt."

„Tradition!", rief Caleb aus und lachte, während er Xan bei der Hand über die Schwelle zog. „Wir sind nun wirklich alles andere als traditionell, mein Liebling."

Als Xan ihm in das Dämmerlicht des Eingangsflurs folgte – eigentlich mehr eine gigantische Halle – blinzelte er, um besser sehen zu können, und klammerte sich an Calebs Hand wie an eine Rettungsleine.

Ein großer Kristallkronleuchter, eingerichtet für elektrisches Licht, hing von der bemalten, kuppelförmigen Decke. Unter ihren klackenden Absätzen glänzte Marmorfußboden, und eine weiße Marmortreppe, bedeckt mit einem augenscheinlich mottenzerfressenen, roten Teppich erhob sich, teilte sich auf halber

Höhe und führte in zwei unterschiedlichen Richtungen in den zweiten Stock.

„Das ist jetzt also unser Exil", murmelte Xan.

„Es muss ein wenig aufgemöbelt werden, aber die Grundlage ist gut." Calebs Augen leuchteten im Dämmerlicht.

„Ray sagte, es würde dir gefallen."

„Es ist ein bisschen Rokoko", murmelte Caleb und deutete mit einer vagen Handbewegung auf die vergoldeten Schnitzereien an der Decke und den Türen, die in reich verziertem Stuck rund um die Deckenkuppel gipfelten. Xans Herz machte einen erfreuten Hüpfer. Aber er wusste, dass solche Elemente das genaue Gegenteil von Calebs Einrichtungsgeschmack waren.

„Es ist prachtvoll", sagte Xan begeistert. „Oder könnte es jedenfalls sein."

„Ja." Caleb stupste ihn lächelnd an. „Es ist ein wunderbares Haus."

Durch das graue Licht konnten sie sehen, wo zwei kurze Korridore an gegenüberliegenden Seiten der Halle je in den Salon und in die Bibliothek führten. Beides schienen gleichermaßen oft genutzte Räume von fabelhaftem, überbordenden Design zu sein, komplett eingerichtet mit Mobiliar, das brauchbar war, wenn auch nicht besonders zeitgemäß.

Am Ende der großen Halle führten weitere Durchgänge zu anderen Zimmern und, wenn man nach den Geräuschen von rechts urteilen durfte, in die Küche sowie wahrscheinlich auch das Esszimmer. Und durch die breiten bogenförmigen Glastüren in der Mitte war der halb überwucherte Garten des Hauses zu sehen.

„Nur gut, dass Ren ein Talent dafür hat, Personal anzuheuern", sagte Caleb mit einem Nicken zu den Bäumen und Sträuchern, die sich von außen an das Glas drückten. „Da draußen muss unbedingt jemand das ganze Grünzeug zähmen."

„Allerdings. Wollen wir uns weiter umsehen?"

„Wo sind die ganzen Diener?", fragte Caleb und runzelte die Stirn. „Sie sollten längst hier sein und alles vorbereiten."

„Ich habe die meisten von ihnen hinunter in die Stadt geschickt", kam eine Stimme von der rechten Seite des Treppenabsatzes.

„Mit wessen Erlaubnis?", fragte Xan und blinzelte in die Dunkelheit.

„Hallo, Cousin", sagte die Stimme. Plötzlich flammte ein helles Licht über ihren Köpfen auf, und der Kronleuchter erstrahlte.

Xan schloss eine Sekunde lang geblendet die Augen, und als er sie wieder öffnete, sah er die Quelle dieser Begrüßung. Sein Magen drehte sich um. Xans Cousin stand in der Mitte des Treppenaufgangs, eine Hand auf dem Geländer, die andere zum Gruß erhoben.

„Die Lichtschalter in diesem Haus befinden sich an den unpassendsten Stellen", sagte Janus grinsend. „Der für den Kronleuchter ist hier am oberen Ende der Treppe."

Dunkles Haar lag in sanften Wellen um sein selbstzufrieden lächelndes Gesicht, und seine braunen Augen funkelten im nun grellen Licht. Janus war fit und gebräunt und trug wie immer tadellos geschnittene, sinnliche Kleidung. Er demonstrierte einen Sinn für Mode und ein lässiges Sexappeal, um das Xan ihn stets beneidet hatte.

Neben Xan erstarrte Caleb am ganzen Körper und verschluckte ein scharfes Keuchen.

„Wie ich gerade sagen wollte, willkommen in Virona, Cousin", sagte Janus verschmitzt und machte eine einladende Geste. „Ich denke, du wirst alles weitestgehend für deine Ankunft vorbereitet finden. Gern geschehen, übrigens. Deine Diener sind gut, aber irgendwer musste in den letzten Tagen schließlich die harten Entscheidungen treffen. Und diese Person war ich."

Xan starrte ihn mit offenem Mund an, und Caleb trat näher an seine Seite.

„Und danke *dir*, dass ich für die nächsten paar Monate dein Hausgast sein darf", fuhr Janus fort. „Auch wenn ich bezweifle, dass du damit viel zu tun hattest. Um ehrlich zu sein, freue ich mich auf unsere gemeinsame Zeit hier."

„Hausgast?", fragte Caleb mit einem hastigen Seitenblick zu Xan. Seine blauen Augen waren weit aufgerissen und voller Sorge. „Hast du davon gewusst?"

Xan schüttelte den Kopf. Nein, das hatte er gewiss nicht. Sein Lächeln sah mehr aus wie ein Zähnefletschen, aber er brachte mühsam die nötigen Höflichkeitsfloskeln zustande. „Ich danke dir für die Begrüßung nach unserer Reise, aber ich denke, es ist eher an mir, *dich* zu begrüßen, Cousin, da dies mein Haus ist."

Janus kicherte nur, und Xan knirschte mit den Zähnen. Er legte seinen Arm um Calebs Taille. „Caleb, erlaube mir, dir meinen Cousin Janus Heelies vorzustellen, den Lieblingsspion meines Vaters. Janus, dies ist mein Omega Caleb Riggs." Caleb atmete seltsam flach und hektisch.

Janus schmunzelte. „Ja, ich hörte davon, dass du einen Vertrag mit dem schwer zu erobernden Schönling aus dem Jahrgang des Wolfpfads geschlossen hast." Er kam nun die Treppe herunter und streckte Caleb eine Hand entgegen. Der schien davor zurückzuzucken. „Um genau zu sein, hatte ich bereits die Ehre. Nicht wahr, Caleb?"

Xan hielt Calebs Taille fester, als sein Omega mit seltsam belegter Stimme antwortete: „In der Tat."

„Dann wart ihr im selben Jahrgang?", fragte Xan.

„Ja, waren wir", bestätigte Janus. „Ich habe so manche Philia-Abendgesellschaft damit verbracht, unseren teuren Caleb zu beobachten, während er sich in einer Ecke verkroch und versuchte, sein strahlendes Licht vor den zahlreichen Bewunderern zu verbergen. Aber an solchen hat es ihm nie gemangelt, wie sehr er sich auch bemühte."

„Dann warst du also schon damals ein Spion?", fragte Xan scharf.

„Ich bin mit zunehmendem Alter immer besser darin geworden. Wie dein Vater sehr wohl weiß."

Xan verengte die Augen. „So weit ich mich erinnere, hattest du selbst auch keinen Mangel an Bewunderern auf diesen Partys, und doch bist du jetzt allein hier."

„Tja, leider haben ich nie jemand Passenden gefunden."

Caleb atmete geräuschvoll aus.

„Caleb?", fragte Xan, wurde aber ignoriert.

Caleb hob sein Kinn, löste sich aus Xans Arm und hielt Janus mit auffallender Kühle seine Hand hin. Er schien ein Zucken zu unterdrücken als Janus sie ergriff und einen Kuss auf die Knöchel drückte. „Du bist jetzt also ein Spion, sagst du? Nun, ich werde mich bemühen, etwas Aufregendes zu tun, damit du Doxan Heelies auch etwas berichten kannst."

Janus lachte und küsste erneut Calebs Handrücken. „Tu das, Schöner. Denn du warst schon immer jemand, den ich nur allzu gern beobachtet habe."

Caleb riss seine Hand zurück und machte auf dem Absatz kehrt. „Wann werden Ren und die anderen zurück sein? Wir haben Gepäck, bei dem wir Hilfe benötigen."

Genau in diesem Augenblick tauchte Ren aus dem Korridor auf, der in die Küche führte, mit einer Handvoll Diener auf den Fersen, darin eingeschlossen der neue Küchenjunge. Caleb beschloss, Janus komplett zu ignorieren, und begann Anweisungen zu geben, was mit dem Gepäck geschehen sollte. Während die Diener sich beeilten, ihnen Folge zu leisten, rauschte Caleb an Xan und Janus vorbei und stieg mit einer Eiseskälte die Treppe hinauf, die Xan selbst an verschneiten Wintertagen selten empfand und die er noch nie zuvor bei Caleb gesehen hatte.

„Habe ich etwas Falsches gesagt?", fragte Janus, der aufrichtig verblüfft wirkte, während er Caleb hinterherblickte. „Ich wollte ihm lediglich schmeicheln."

„Caleb zieht es vor, stattdessen respektiert zu werden. Und ich ebenfalls." Xan verhärtete seine Stimme zu einem halben Knurren. „Halte dich von ihm fern. Ich weiß, Vater hat dich wahrscheinlich geschickt, um mich im Auge zu behalten, und das ist meinetwegen in Ordnung. Offensichtlich kann ich dich nicht auf der Stelle rausschmeißen." Er trat näher direkt vor Janus und hob sich auf die Zehen, um nicht so viel kleiner zu sein. „Aber wenn du ihn noch einmal aufregst oder beleidigst, oder ich auch nur für eine Sekunde den Verdacht bekomme, du hättest es getan, dann kannst du deinen letzten Cent darauf wetten, dass ich deinen Arsch vor die Tür setzte, Vaters Spion oder nicht. Vorausgesetzt, ich nehme dich nicht schon vorher auseinander."

Janus hob beschwichtigend die Hände. „Keine Bange, Cousin. Ich stehe nicht auf ihn. Ich mag sie mit ein bisschen mehr Speck auf den Rippen und ein paar Haaren auf der Brust."

„*Sie* sind menschliche Wesen und verdienen es nicht, dass man über sie redet wie über ein Stück Fleisch." Xan biss die Zähne zusammen. Sein Vater konnte nicht wirklich allen Ernstes Janus an seiner statt als Erben erwägen, oder? Der Mann war ein Playboy und war bei zahlreichen Affären mit verschiedenen gebundenen Omegas erwischt worden. Er hatte keinerlei Respekt vor nichts und niemandem, schon gar nicht für Omegas, und eindeutig nicht für Caleb. „Wieso hat Vater dich hergeschickt?"

„Weil ich, wie du schon sagtest, einen Spionageauftrag habe." Janus wackelte mit den Augenbrauen. „Und wer weiß, vielleicht habe ich Glück und finde unter dem schrulligen Völkchen von Virona sogar meinen *Érosgápe*."

Xan schob sich grob an ihm vorbei und folgte Caleb die breite Treppe hinauf. „Ich sage es dir noch einmal: Benimm dich nochmal unhöflich gegenüber Caleb und mein Vater wird dich nicht beschützen können."

Janus' Augen folgten ihm, aber er sagte nichts, worüber Xan gleichermaßen erleichtert und enttäuscht war.

Er folgte dem Klang von Calebs Stimme, der den Dienern Anweisungen gab, und ging den oberen Flur entlang. Er ignorierte die Aussicht durch die geöffneten Fenster in den Garten und marschierte an mehreren Türen vorbei – einige geschlossen, andere zum Lüften geöffnet.

Als er die Zimmersuite erreichte, die Caleb augenscheinlich für sich selbst ausgewählt hatte, murmelte er zähneknirschend: „Willkommen in Virona, am Arsch!"

KAPITEL 11

U RHO SAß AM Kamin in seiner Bibliothek, schwenkte ein Glas Bourbon und starrte in die Flammen, die an den Holzscheiten leckten. Auf dem Schreibtisch hinter ihm stand eine Vase mit Rosen. Die Blumen waren an diesem Abend geliefert worden, mit einer Karte von Xan.

Ich verspreche es – das war alles, was darauf stand. Aber es hatte gereicht, um Urho eine Erektion zu verschaffen.

Der Duft der Rosen wehte zu ihm. Eine ständige Erinnerung an den Mann, den er bereits vermisste, obwohl sie kaum genug Zeit miteinander gehabt hatten, bevor er weggefahren war. Urho schloss die Augen, genoss den Geschmack des Alkohols und ließ die Gedanken treiben. Es war erneut ein langer Tag gewesen.

Nachdem er sich auf dem Bahnsteig von Xan und Caleb verabschiedet hatte, war er mit verwirrtem Herzen wieder zurückgefahren. Als er sein eigenes Gesicht im Rückspiegel seines Wagens betrachtet hatte, hatte es eigentlich ausgesehen wie immer, aber Urhos Prioritäten hatten sich im Verlauf von nur einer Woche komplett verschoben. Der letzte normale Tag, an den er sich erinnern konnte – das letzte Mal, als er sich gefühlt hatte wie der Mann, den Riki zurückgelassen hatte – war der Tag gewesen, bevor Jason und Vale ihn zu sich gerufen hatten, damit er bestätigte, was beide bereits gewusst hatten: dass ein Baby unterwegs war.

Seit jenem Moment war seine Welt ins Wanken geraten, und er erkannte sich selbst nicht wieder. Die Gedanken, die ihn jetzt beschäftigten. Die Versprechen, die er gegeben hatte. Oder die

Gefühle, von denen er nun getrieben wurde.

„Sir", sagte eine sanfte Stimme von der Tür her. „Es tut mir leid, Sie zu stören, aber ... auf ein Wort, bitte?"

Urho winkte Mako ins Zimmer. Sein langjähriger Beta-Diener, Koch und Nicht-ganz-Freund stand nervös neben dem Kamin, bis Urho ihm bedeutete sich zu setzen. Er war ein gutaussehender Mann in mittleren Jahren, mit nur wenigen grauen Strähnen an seinen dunklen Schläfen und ein paar feinen Fältchen an den Augenwinkeln. Er trug seine übliche Kochkleidung über einem leichten Bäuchlein und ein freundliches Lächeln im Gesicht.

„Ich möchte Ihnen nicht zu nahe treten, Sir, aber ich wollte fragen, ob alles in Ordnung ist. Neulich, als Ihr kleiner Alpha-Freund hier war, da ..." Er verstummte und wirkte verlegen und peinlich berührt. „Ich glaube die anderen Diener haben missverstanden, was vor sich ging. Es sind ja schon des Längeren Gerüchte über die Neigungen Ihres Freundes in Umlauf, aber Sie, Sir, waren immer zu gesetzestreu und anständig in Ihrer Person, als dass Sie irgendetwas Unangemessenes tun würden. Richtig, Sir?"

Urho schwenkte erneut seinen Bourbon, während er auf den Schauer von Furcht und Abscheu wartete, den er hätte empfinden müssen – seine Perversion war entdeckt worden, und seine eigenen Diener tuschelten darüber. Aber er empfand keinen Schrecken. Stattdessen erfüllte ein seltsam aufgeregtes Flattern seine Brust, und er musste den starken Drang zu lächeln unterdrücken, um Mako nicht zu erschrecken.

„Ich entschuldige mich" sagte Mako. Er schluckte schwer und rieb seine Hände an seiner Hose. „Ich hätte nichts sagen sollen. Ich will nicht, dass Sie denken, ich hätte mit diesen gemeinen Gerüchten irgendetwas zu tun, Sir. Oder dass ich Sie verbreiten würde."

„Bestandteil der Arbeit in meinem Haus", begann Urho, sorgfältig seine Worte wählend, „war stets die Garantie, für einen ehrenwerten Mann zu arbeiten. Ich bezahle euch pünktlich. Ich gebe Boni für die Feiertage der Herbstnächte. Ich gewähre zusätzliche freie Tage, wenn nötig."

„Und das alles ist sehr ehrenwert", stimmte Mako zu und lehnte sich aufmerksam nach vorn. „Es war nicht meine Absicht Sie zu kränken, Sir. Ich wollte nur–"

„Aber ich bin kein perfekter Mann. Es gibt Zeiten, da ergeben die Heiligen Schriften keinen Sinn für mich. Ich haben Dinge getan sowohl privat als auch in meinem Beruf als Mediziner, die entsprachen nicht immer den ... nennen wir es: den gesellschaftlichen Erwartungen im Allgemeinen und der Kirche von Wolf im Besonderen."

Mako neigte den Kopf.

„Wenn du oder andere Diener ein Problem damit haben, für mich zu arbeiten – nun, da meine Unvollkommenheit offensichtlich geworden ist – dann nehme ich an, bleibt mir keine andere Wahl, als eine faire Summe als Abschiedsgeschenk anzubieten, da der Fehler bei mir liegt, und mich nach Dienern umzusehen, denen die persönlichen Fehltritte ihres Arbeitgebers nicht so viel ausmachen."

„Die jedoch vielleicht nicht so loyal sind", beeilte Mako sich einzuwerfen. „Sir, wenn Sie damit andeuten wollen, dass Sie weitere Besuche des kleinen Alphas erwarten, und dass wir darauf vorbereitet sein sollen, diesen Umstand zu ignorieren oder vage, aber glaubwürdige Antworten auf eventuelle Fragen zu ihm zu geben, dann lassen Sie mich Ihnen versichern, dass ich zu meinem Teil gewillt bin, Sie zu schützen. Und das gilt auch für alle anderen, die hier arbeiten."

„Ich verstehe." Ein Gefühl von Dankbarkeit durchströmte Urho.

„Wir sind Betas, Sir. Für uns ergeben all diese Regeln nie besonders viel Sinn und sie sind auch nicht für uns gemacht. Ich wollte die Angelegenheit nur ansprechen, weil ich besorgt war, Sie könnten vielleicht wütend oder beleidigt sein, wenn Sie herausfinden was andere hier denken. Wenn Sie in Zukunft den, äh, nun, den jungen Alpha zu Gast haben, werden wir wie gewöhnlich unserer Arbeit nachgehen, und wir werden nichts sehen, nichts hören und nichts wissen."

Urho seufzte und nahm noch einen Schluck Brandy. „Ich habe das Gefühl, ich sollte dich für dein mangelndes Vertrauen darin, dass dein Arbeitgeber den Gesetzen und dem Heiligen Buch von Wolf folgt, tadeln. Aber angesichts meiner eigenen Haltung dazu wäre das absurd."

„Wann werden wir den jungen Mann wiedersehen, Sir? Ich kann ihm etwas Besonderes zubereiten. Sie könnten hier in Ihrem Heim einen ruhigen Abend zusammen verbringen."

„Jetzt bemühst du dich ein bisschen zu sehr, Mako." Urho verzog das Gesicht. „Ich bin nicht böse mit dir, weil du gefragt hast. Es ist eine willkommene Mahnung daran, dass ich nicht überall auf so leichte Akzeptanz stoßen werde, sollte sich das fortsetzen, und dass ich vorsichtiger sein muss." Obwohl er Xan kaum gesehen hatte. Noch vorsichtiger zu sein, erschien ihm kaum möglich.

Mako sprach eifrig. „Oder Sie könnten sich einen guten Vorwand einfallen lassen, um sich regelmäßig und privat mit ihm zu treffen, Sir. Vielleicht etwas, das über einfache Freundschaft hinausgeht. Eine geschäftliche Partnerschaft, die mit Ihrer Arbeit in der Klinik zu tun hat?"

„Darüber müssen wir uns erst einmal lange keine Gedanken machen", sagte Urho ein wenig trübsinnig. „Er ist nach Virona umgezogen."

Mako runzelte die Stirn. „Tut mir leid, das zu hören Sir."

„Ja. Mir auch."

„Aber angesichts der Komplikationen eines solchen … Arrangements ist es vielleicht am besten so."

„Vielleicht."

„Obwohl ich gehofft hatte …“

„Was?“

„Dass Sie vielleicht wieder glücklich werden könnten, Sir. Wenn Sie ihn lieb gewännen.“

Urho gab ein Brummen von sich. Eine Absurde Dankbarkeit für die Sorge und das Wohlwollen seines Beta-Dieners stieg in ihm auf.

Mako stand auf und nickte. „Ich werde Sie nun in Ruhe lassen, Sir, wenn Sie einverstanden sind. Lassen Sie es mich wissen, falls ich irgendetwas tun kann, um Ihre Situation zu erleichtern.“

Urho entließ Mako mit einem Nicken. Dann erwog er, Yosef anzurufen und seinen anwaltlichen Rat zu erbitten, wie er Xan und Caleb am besten schützen könnte. Insbesondere, da er nicht die Absicht hegte, dem Drang zu widerstehen, mehr über Xans Körper und Geist zu lernen, wann immer er die Chance dazu hatte.

Aber er rief nicht an.

Xan war Stunden entfernt, und sie hatten nur ungenaue Pläne gemacht, einander wiederzusehen. Insofern bestand keine Notwenigkeit, jetzt schon Staub aufzuwirbeln. Urhos Blick wanderte zu dem Porträt über dem Kamin. Im düsteren Licht konnte er kaum Rikis goldenes Haar erkennen. Xan konnte sich nicht wirklich mit Riki messen.

Aber Urho fand Xan dennoch atemberaubend – wunderschön, wenn auch auf vollkommen andere Weise als Riki. Zum ersten Mal seit einer gefühlten Ewigkeit war Urho bereit, viel zu riskieren für etwas, das sich am Ende als sehr wenig erweisen konnte. Oder aber Xan würde zu Urhos ganzer Welt werden. Vielleicht.

Er trank seinen Brandy aus, dann ging er die Treppe hinauf. In dem Raum, wo er all seine Erinnerungen an Riki aufbewahrte, zündete er ein Weihrauchstäbchen an und sprach ein paar Gebete für seinen Geliebten zu Wolfgott.

Dann fügte er noch ein Gebet für Xan hinzu.

KAPITEL 12

D ER MORGEN GRAUTE kalt und verwirrend, während Xan hinaus auf den Meerblick starrte, den der Raum bot, den er sich als Schlafzimmer ausgesucht hatte. Das graugrüne Wasser und die ewigen Wellen beruhigten seine Nerven. Das ungewohnte Knacken und Knirschen des alten Hauses und ruhelose Gedanken an Urho hatten ihn keinen rechten Schlaf finden lassen. Er hatte sich im Bett umhergewälzt und auch einige Gedanken an Janus und die besorgniserregende Frage verschwendet, was die Anwesenheit seines Cousins bedeuten mochte.

Er nippte an dem noch heißen Kaffee, den jemand hereingebracht hatte, als er noch geschlafen hatte. Mit dem Kaffeebecher in der Hand öffnete er die Tür, die zu einem privaten Korridor führte. Er ging hindurch zu dem Zimmer, das Caleb für sich gewählt hatte. Die Tür stand offen, und Xan entdeckte Ren am Fußende von Calebs Bett, die Arme beladen mit Kissen und Polstern, während Caleb Anweisungen gab.

„Dieser Raum ist mein schlimmster Alptraum", hörte Xan Calebs angespannte und erschöpfte Stimme. „Hier drin ist alles so vollgestopft. Schaff das alles weg. Alles davon raus damit, raus, raus. Bring mir etwas hübsche, weiße Bettwäsche und meine weißen Sachen aus den Kisten, die ich vorausgeschickt habe. Ich nehme an, an den goldenen Ornamenten an der Decke können wir wohl nichts ändern, ohne die Geschichte des Zimmers zu zerstören, aber bestell die Maler, damit sie diesen gestreiften Unsinn von den Wänden entfernen. Ich will weiße Wände."

„Selbstverständlich", sagte Ren, der unter dem Haufen roter und goldener Polster auf seinen Armen ein wenig schwankte.

Xan ging weiter zu dem ersten von zwei Badezimmern, die sich an einer Seite dieses Korridors befanden. An der gegenüberliegenden Seite waren zwei große Wandschränke. Xan schloss die Tür hinter sich, sobald er im Bad war, und erleichterte seine Blase. Eine heiße Dusche und eine Rasur später fühlte er sich wie ein Mensch. Er lächelte, als er Calebs Zimmer betrat und seinen Omega nach dessen eigener Morgentoilette rosig glühend vorfand.

Caleb saß an dem barocken Frisiertisch in seinem Zimmer und befestigte eine silberne und graue Spange in seinem Haar, um die blonden Strähnen aus dem Gesicht zu halten.

„Ren sagte mir, dass dein Cousin bereits gegessen hat und in die Stadt gefahren ist", knurrte Caleb, als er Xan bemerkte, der am Türrahmen lehnte. „Vielleicht bleibt er ja einfach weg."

„Es tut mir leid, dass er gestern so unhöflich war. Ich verachte ihn selbst so sehr, dass ich nicht weiß, was ich sonst sagen soll."

Caleb zuckte die Achseln.

„Er sagte, ihr würdet euch bereits kennen. Wie kommt's?"

Caleb verdrehte die Augen. „Ich habe in meiner Zeit viele Alphas kennengelernt, Xan. Es war auf einer Philia-Abendgesellschaft."

„Oh. Natürlich."

Caleb redete nur äußerst ungern über den Druck, der bei diesen Abendgesellschaften auf ihm gelastet hatte, bevor Xan aufgetaucht war. Also ließ Xan das Thema schnell fallen. „Ich hörte dich zu Ren sagen, wie du dein Zimmer gern hättest."

Caleb tupfte etwas silbrigen Puder auf seine Lider und verwischte ihn sorgfältig an den Rändern. „Ja. Ich hätte lieber ein Zimmer am Ende des Südflügels gehabt, wo der Wind am stärksten weht. Aber wie wir gestern besprochen haben ist es besser, direkt neben dir zu wohnen, damit Janus weniger Seltsamkeiten daheim berichten kann."

„Wenn er wieder geht ..." *Ganz sicher würde er doch wieder gehen?* „Dann kannst du in jedes Zimmer umziehen, das dir gefällt."

„Wenn ich dieses erst einmal so eingerichtet habe, wie es mir behagt, werde ich mich hier schon wohlfühlen." Caleb lächelte. „Tut mir leid, falls ich heute Morgen gereizt erscheine, Liebling. Ich konnte nicht gut schlafen mit all diesem Rot und Schwarz über-all." Er deutete mit der Hand um sich – auf den Betthimmel, die rot-schwarz gestreifte Tapete und die letzten herumliegenden Kissen. Xan mochte sich gar nicht ausmalen, wie viele es ursprünglich gewesen sein mussten, Er hatte schließlich gesehen, wie Ren bereits einen Riesenhaufen davon weggetragen hatte.

Sein eigenes Zimmer war angenehm maskulin mit schweren Holzmöbeln und dicken, warmen Decken. Das Farbthema war Beige, Braun und Creme, mit ein paar grünen Akzenten, die die Farben der See draußen vor den Fenstern aufgriffen. Xan war zufrieden damit, so wie es war. Aber wer immer Calebs Zimmer eingerichtet hatte, besaß einen sehr anderen Geschmack.

„Wir könnten heute Nacht die Zimmer tauschen", bot Xan an.

„Nein. Ich mag die Aussicht hier." Caleb nickte zum Bett. „Leg dich hin und sieh selbst."

Xan ließ sich auf Calebs Bett fallen. Er vermisste das weiche Nest, das Caleb in ihrem alten Haus gehabt hatte, aber die Szene im Fenster war atemberaubend. Er brauchte nur leicht den Kopf zu drehen, um die gigantischen Ozeanwellen zu sehen, die am Ende ihres Privatstrands gegen die Klippen donnerten.

„Dramatisch", murmelte er.

„Wild. Und Bewegt." Caleb lächelte und stand vom Frisiertisch auf. „Apropos Bewegung ... wir sollten auch langsam mal in Wallung kommen. Es gibt so furchtbar viel zu tun. Und du solltest vielleicht Ray anrufen, meinst du nicht? Herausfinden, was hier von dir erwartet wird und wann du anfangen sollst."

Die Diener, die sie mit hierher gebracht hatten – und ebenso die Betas, die Ren oder vielleicht auch Janus engagiert hatten – huschten geschäftig durchs untere Stockwerk, entfernten Staubhüllen und Tücher, polierten Holz und Silber, räumten Möbel um und weckten ganz allgemein das Haus aus seinem jahrelangen Schlaf.

Xan fand den Weg in die Bibliothek, in die es direkt von der großen Eingangshalle aus ging, und von dort aus in ein kleines Nebenzimmer, das gut als Büro dienen konnte. Es hatte einen schönen Ausblick auf den nordöstlichen Teil des Grundstücks, und Xan konnte aus dem Fenster einige Diener von weiß Wolfgott woher sehen, die fleißig mulchten und um einen kleinen, sich windenden Gartenpfad Blumenbeete anlegten.

Er nahm an, Ren hatte das in Voraussicht auf Calebs Anweisungen in die Wege geleitet. Der Mann war gut in seinem Job.

Das kleine Büro enthielt nur einen funktionalen Schreibtisch – nicht so ein protziges, verschnörkeltes Ding wie der in der Bibliothek – und ein paar Aktenschränke. Auf dem Schreibtisch befand sich ein privates Telefon. An einer Wand stand ein gemütlich aussehendes Sofa, und auf einem Tisch neben der Tür ein kleiner Plattenspieler. Xan öffnete und schloss die Türen der Aktenschränke, um sicherzugehen, dass Janus diesen Raum noch nicht für sich selbst beansprucht hatte. Zufrieden damit, dass das Büro für seine Zwecke ausreichen würde, machte er die Tür zu und schloss sie ab.

Dann setzte er sich an den Schreibtisch und nahm den Telefonhörer ab. Mit den Fingern über den Wählknöpfen hielt er inne. Der Drang, Urhos Stimme zu hören, war überwältigend. Er wollte wissen, wie seinem Liebhaber – würde er je aufhören, im Geiste ein Ausrufungszeichen hinter dieses Wort zu machen? – die Rosen gefallen hatten. Hatte es die gewünschte Wirkung erzeugt, ihn wie ein Omega zu umwerben? Oder hatte Urho es gehasst?

Xan schluckte heftig und legte den Hörer wieder in die Gabel. Er atmete tief durch und beobachtete die Männer draußen, die Schubkarren voller Mulch durch den Garten schoben und Paletten von bunten Winterblumen trugen. Xan beschloss, den Anruf bei Urho noch zu verschieben und ihn sich für den Schluss aufzuheben. Das Dessert kam schließlich nach dem Gemüse.

Erneut nahm er den Hörer ab und rief Ray an, der sofort fragte: „Wie stehen die Dinge bei dir?" Seine Stimme war herzlich und vertraut auf eine Weise, die die Verspannungen zwischen Xans Schulterblättern löste.

Er klemmte den Hörer zwischen Ohr und Schulter und verdrehte die lange Schnur zwischen seinen Fingern. „Ganz gut so weit, abgesehen von dem Überraschungsgast, der sich schon vor unserer Ankunft hier häuslich eingerichtet hat."

Ray schnaubte leise. „Ich nehme also an Janus war charmant wie immer?"

„Er hat gleich als Erstes Caleb beleidigt."

„Ah, nun, damit sollte er lieber vorsichtig sein." Ray klang ein wenig zerstreut, und Xan konnte im Hintergrund Papier rascheln hören. „Vater würde es gar nicht gefallen, wenn Caleb unglücklich wäre, besonders nicht angesichts der bevorstehenden Hitze."

„Wolfgott verhüte, dass wir einen Omega vor seiner Hitze betrüben."

„Ich weiß, dass du verstehst, wie wichtig es ist, Caleb fröhlich und willig zur Empfängnis zu halten", sagte Ray tadelnd. „Vater würde nicht wollen, dass Janus *oder du* etwas tut, das Caleb kränkt."

„Aber wenn Janus *mich* kränkt, das ist Vater egal. Und er kränkt mich schon dadurch, dass er überhaupt hier ist."

Ray seufzte. Xan hörte das Rollen von Rays Schreibtischstuhl auf dem Boden und wusste, dass Ray aufgestanden war, um auf und ab zu gehen. „Es dreht sich in Wirklichkeit nicht immer alles um dich, Xan. Ist dir mal in den Sinn gekommen, dass Vater eigene Beweggründe hat Janus nach Virona zu schicken?"

Xan erhob sich und drückte seine Stirn gegen das kühle Glas des Fensters. Er starrte hinaus auf die Männer, die den Boden umgruben. „Geschäftliche Gründe?"

„Hauptsächlich persönliche, wenn du es wissen musst. Aber ja auch einige geschäftliche."

„Wie zum Beispiel?" Xan war nicht sicher, ob er nach den privaten oder geschäftlichen Gründen fragte, aber Ray fuhr natürlich fort als wäre ihm das alles klar.

„Janus hat Erfahrung im Aufbau von Außenbüros – so wie bei seinem Einsatz in Grundytown, wohin er nach seinem letzten großen Sexskandal geschickt worden war. Und du, kleiner Bruder, hast keinerlei Erfahrung."

Xan stieß sich vom Fenster weg. Seine Stirn hinterließ auf der Scheibe einen trüben Fleck. Er ließ sich rückwärts auf das weiche Sofa fallen. Es kam ihm so unfair vor, dass Janus trotz all seiner verbotenen Eskapaden weiterhin bei seinem Vater in hohem Ansehen stand, einfach nur, weil er seine schmutzigem Affären mit Omegas hatte. Aber über Xan kursierten nur ein paar vage Gerüchte, dass er angeblich etwas mit Alphas hatte, und schon war er das schwarze Schaf der Familie und wurde behandelt wie ein Aussätziger. „Und wie soll ich mich Vater beweisen, wenn Janus hier die ganze Arbeit macht?"

Erneut raschelte Papier, und Ray seufzte laut. Xan fragte sich abwesend, wie lange sein Bruder heute wohl schon im Büro gewesen war. Caleb hatte recht mit der Feststellung, dass Ray überhaupt kein Privatleben hatte.

Weiteres Papierrascheln und das Geräusch einer Schreibtisch-schublade, die geöffnet und wieder geschlossen wurde, verrieten Xan, dass ja, sein Bruder arbeitete unentwegt, selbst während er telefonierte. „Zunächst einmal vertrag dich mit Janus. So dass ihr gut miteinander auskommt. Das würde Vater sehr beeindrucken, denn das ist euch noch nie gelungen, schon seit ihr im Krabbelalter wart."

„Ich war im Krabbelalter. Er war älter als ich und hat mich schikaniert."

Ray seufzte erneut. „Zweitens, sitz nicht einfach da und überlasse Janus das Ruder. Bring dich ein, äußere deine Meinung, schließe gute Deals ab und benutze dein gesundes Urteilsvermögen. Besonders, wenn es darum geht, dich mit dieser Situation zu arrangieren."

Xan verdrehte die Augen. „Wieso respektiert Vater ihn so sehr?"

„Respekt ist nicht das richtige Wort für das, was Vater gegenüber Janus empfindet."

„Dann eben Bewunderung." Xans Kehle wurde trocken. „Anbetung. Liebe. Was immer es ist, er empfindet es nicht für mich."

Ray schnalzte mit der Zunge. „Du und Janus seid gar nicht so verschieden."

Xan schnaubte. „Redest du von seinen Liebesaffären und Skandalen? Wir wissen beide, dass Vater sich nichts daraus macht, weil Janus sie mit Omegas hat."

Ray schwieg für einen Moment, und Xan wurde klar, was er soeben zugegeben hatte. Er sog scharf den Atem ein, und der Telefonhörer rutschte in seine plötzlich verschwitzten Handfläche.

Als Ray wieder sprach, war seine Stimme weicher und voller Mitgefühl. „Xan, ich sagte dir bereits in meinem Büro, dass es mir gleich ist, wen du liebst. Aber als Vaters Repräsentant muss ich dir mitteilen, dass, ja, unser Aufsichtsrat und Vater haben bedeutend mehr Verständnis für Janus' Eskapaden, als sie für deine jemals aufbringen könnten oder würden. Aber das bedeutet nicht, dass Vater denkt, Janus könnte übers Wasser laufen."

„Nein, diese hohe Meinung hebt er sich für dich und Pater auf."

„Er liebt dich, Xan, und er will, dass du lernst, wie man das Unternehmen leitet." Xan konnte sich vorstellen wie Ray in diesem Augenblick frustriert die Stelle zwischen seinen Brauen rieb und sich zurück in seinen Bürostuhl fallen ließ. „Lass uns nicht schon wieder dieselbe Diskussion führen. Ich hasse es, ihn vor dir verteidigen zu müssen, nur um mich im nächsten Moment umzudrehen und dich vor Vater in Schutz zu nehmen."

Xan stand auf und ging wieder zum Fenster. „Zwischen zwei Stühlen zu stehen, ist Scheiße, ich weiß. Tut mir leid, Ray."

Wie immer war sein Bruder gewillt, seine eigenen Probleme beiseite zu schieben und sich auf Xans zu konzentrieren. „Sorge dafür, dass die kommende Woche einen guten Anfang nimmt. Falls Janus sich gegenüber Caleb nicht anständig benimmt, lass es mich wissen, und ich kümmere mich darum. Es ist bei ihm fast so, als könnte er nicht anders, wenn ein gebundener Omega in der Nähe ist. Er muss die Grenzen des Anstands testen."

„Caleb ist etwas Besonderes", stieß Xan heftig hervor. „Ich werde nicht zulassen, dass er in seinem eigenen Zuhause behelligt wird."

„Alle Alphas halten ihre Omegas für etwas Beson-deres" murmelte Ray. „Und ich nehme an, das sind sie auch alle. Aber du hast recht. „Ich will auch nicht, dass sich mein Schwager belästigt fühlt. Wir alle mögen Caleb. Aber Vater besteht darauf, dass Janus zunächst einmal da bleibt."

„Und wie viele seiner Pflichten hier bestehen darin mir nachzuspionieren und aufzupassen, dass ich mich benehme?"

„Das hängt ganz von dir ab, denke ich." Ray klang furchtbar müde. Xan hätte ihm am liebsten gesagt, dass er nach Haus fahren und sich einen Tag freinehmen soll, aber er wusste, dass Ray nicht auf ihn hören würde. „Gib ihm einfach nichts, was sich für ihn zu sehen oder berichten lohnt, und eröffne das Außenbüro so zügig wie möglich. Dann hat er weniger Gründe zu bleiben."

Xan erinnerte sich an die Papiere, die er gestern während der Zugfahrt studiert hatte – wenn er sich nicht gerade Sorgen wegen Urho gemacht, von dessen Schwanz geträumt oder Caleb mit seinen Unsicherheiten in den Wahnsinn getrieben hatte. „Den Plänen und Berichten zufolge, die du mir geschickt hast, wird das Büro noch wenigstens zwei Monate lang nicht geöffnet sein."

Ray lachte. „Ich bin nur beeindruckt darüber, dass du gelesen hast, was ich dir geschickt habe. Dieses Virona-Experiment zeigt offensichtlich bereits gute Ergebnisse. Ich muss jetzt wieder an die Arbeit, und du musst hinunter in die Stadt und nachschauen, ob das Gebäude die versprochenen Fortschritte macht oder nicht."

Xan schluckte. Er hatte bereits vergessen, dass Ray ihn gestern telefonisch gebeten hatte, das zu erledigen. Er hätte heute Morgen gleich als erstes auf der Baustelle sein sollen, um sich mit den Bauleuten zu treffen.

Aber Ray tadelte ihn nicht. „Benimm dich, kleiner Bruder. Wir reden bald wieder."

Xan legte auf und erhob sich hastig. Er wollte Urho anrufen und dessen beruhigende Stimme hören, aber er war bereits Stunden zu spät dran für den allerersten Auftrag, den Ray ihm erteilt hatte. Bei seinem Glück war es das, wohin Janus sich heute Morgen so früh aufgemacht hatte, und warum er nicht hier war, um Xan beim Frühstück auf die Nerven zu gehen.

Er eilte aus der Bibliothek, vorbei an all den geschäftigen Dienern, und hinauf in sein Zimmer, um sich etwas Anzuziehen, dass mehr nach respektablem Geschäftsmann aussah. Wenn er schon zu spät auftauchte, dann wollte er wenigstens in seiner äußerlichen Erscheinung einen ernsthaften Eindruck machen.

AN DIESEM ABEND parfümierten die Rosen Urhos Bibliothek mit

einer verlockenden Süße, der er nicht entrinnen konnte. Er starrte hinauf zu Rikis Porträt, während er seine Finger über die glatte Oberfläche des Telefonhörers gleiten ließ.

Der Tag war eigentlich ziemlich so verlaufen wie jeder andere, bevor der Wahnsinn mit Xan angefangen hatte, und doch hatte sich irgendwie alles falsch angefühlt, seit dem Moment, als Urho heute Morgen das Bett verlassen hatte. Die Entfernung zwischen ihnen kam ihm unendlich vor, und sein Unterbewusstsein suchte nach Xans Geruch, so wie ein Alpha in einer Menschenmenge nach seinem Omega schnupperte. Aber er hatte den Duft nirgends gefunden.

Er war an Xans Stadthaus vorbeigefahren wie ein liebeskranker Alpha, der für einen widerstrebenden Omega schwärmt. Und er hatte unwillkürlich tief eingeatmet und versucht, einen letzten Hauch von Xan in der Luft wahrzunehmen.

Urho hatte halb damit gerechnet, im Verlauf des Tages einen Anruf von Xan zu erhalten, aber auch das war nicht passiert. Auf dem Heimweg hatte er bei Jason und Vale hereingeschaut, und dann war er nach Hause gefahren, um allein dazusitzen und über seine Gefühle zu grübeln.

Es war geradezu lächerlich. Er wusste das. Aber er konnte scheinbar einfach nicht damit aufhören.

Der kühle Telefonhörer unter seinen Fingern war verlockend. Er dachte über etwas nach, das Vale gesagt hatte – nachdem er seine Verzückung über die Nachricht, dass Urho Xan zu seinem Liebhaber genommen hatte, wieder beherrschen konnte. Obwohl Urho sich geweigert hatte, weitere Details zu enthüllen, während er an jenem Nachmittag Vales Bauchumfang gemessen hatte. Vale hatte gesagt: „Wenn du dir in dieser Sache nicht sicher bist, dann ist *jetzt* der Zeitpunkt, einen Rückzieher zu machen."

Das könnte er natürlich tun. Einfach das Schiff verlassen, vor der Versuchung davonschwimmen und sich an den Gestaden von

Wolfgottes Regeln und den Gesetzen des Landes aus dem Wasser ziehen. Er könnte zusehen, wie das Schiff am Horizont davonsegelte und verschwand. Alles, was dazu nötig wäre, war ... nicht diesen Anruf zu machen. Und nicht ans Telefon zu gehen, falls Xan anrufen sollte. Es wäre so viel sicherer. Gesünder. Klüger.

Urho schluckte. Sein Magen drehte sich um.

Er hob den Hörer ab, dann rief er an.

Als am anderen Ende der Leitung ein Diener antwortete, fragte er nach Xan und wartete mit geschlossenen Augen.

Er hörte ein Klicken, als der Anruf an einen anderen Anschluss weitergeleitet wurde, dann noch eines, als am ersten wieder aufgelegt wurde. Und dann Xans Stimme: „Hallo?" Es war wie ein sanftes Streicheln in Urhos Ohr, und er erschauerte.

„Ich bin's, Urho. Ich wollte nur sehen, ob du gut angekommen bist."

„Oh! Du bist es!" Xans Freude drang durch die Verbindung wie die Süße eines Opiats, mit dem Urho löffelweise gefüttert wurde. Urho schluckte und ließ sich davon wärmen, innen und außen.

„Ja, ich bin es", bestätigte er noch einmal.

„Ich war den ganzen Tag über in endlosen Meetings und habe mit der Baufirma diskutiert, die an dem Gebäude für unser Außenbüro hier arbeitet, und dachte, dieser Anruf käme von meinem Bruder, der sich nach den Fortschritten erkundigen will. Aber das hier ist eine so viel schönere Überraschung!"

Während Xan aufgeregt plapperte, schlich sich hörbar etwas Nervosität und Verunsicherung in seine Stimme. Das weckte in Urho den Wunsch, ihn nah bei sich haben zu können, ihn anzufassen. Ihn auf die Knie zu zwingen und ihm den Mund mit seinem—

Wolfgott, er war jetzt wirklich pervers.

„Ich wusste nicht, wann ich etwas von dir hören würde. Ich bin froh, dass es jetzt ist. Heute Abend, meine ich. Hast du die Rosen bekommen? Ich wollte dich damit überraschen, aber vielleicht war das ein bisschen zu aufdringlich. Ich meine, du hast sie doch bekommen? Richtig?"

„Ich habe sie bekommen. Danke dir."

„Ja, natürlich. Dann bin ich froh. Okay. Wow. Ich weiß nicht recht, was ich sagen soll." Xan klang atemlos, und Urho konnte das Klacken von Absätzen hören, während Xan hin und her lief. „Ich sollte wohl besser mit etwas Einfachem anfangen, aber das habe ich wohl schon vermasselt. Ich versuch's einfach noch einmal. Das kann ja nicht schaden, oder? Also … hi! Wie war dein Tag?"

Urho lachte leise und lehnte sich entspannt in seinem Stuhl zurück. „Nicht so angenehm, wie er gewesen wäre, hätte ich dich sehen können."

Xan gab ein leises Geräusch von sich, das Urhos Schwanz zum Leben erweckte. „Ging mir genauso."

Urho fasste sich in den Schritt. „War die Zugfahrt angenehm?"

„Ja. Ich hatte ein Privatabteil gebucht, sodass ich schlafen konnte. Caleb hat gelesen."

Während Urho zuhörte, beschrieb Xan die Reise, das Haus – welches an sich schon nach einem Großprojekt klang – und seine Frustration darüber, bei seiner Ankunft festzustellen, dass irgendein Cousin, der ihm offenbar ein Dorn im Auge war, sich auf Anweisung von Xans Vater als Hausgast eingenistet hatte.

Xans Stimme verwob sich mit Urhos Gemüt wie eine Nadel mit einem seidig glänzenden Faden von Wohlbehagen, das an körperliche Lust grenzte. Urho schloss die Augen und ließ sich von diesem Gefühl stechen und es wieder und wieder durch sich hindurch fädeln. Er erschauerte.

„Caleb mag ihn auch nicht", schloss Xan mit verärgertem Tonfall seinen Bericht.

Urho strich langsam mit den Fingern über die Innenseite seines Oberschenkels, ließ sie an seinem steifen Penis vorbeigleiten. Er hatte einen Harten bekommen, während er dem melodischen Auf und Ab von Xans lebhafter Schilderung gelauscht hatte.

„Wie kommt's?", fragte er mit rauer Stimme und rieb über seine fette Eichel, wo sie sich gegen den Stoff seiner Hose drückte. Er rutschte ein wenig tiefer in seinen Stuhl und stellte sich vor, Xan zu seinen Füßen zu haben, dessen Kopf an Urhos Knie ruhend, während er sich über seinen Cousin beklagte. *Würde* Xan sich jetzt zu seinen Füßen befinden, dann würde Urho sein Haar streicheln, ihn zu Ende anhören und dann seinen Mund so gründlich ficken, dass–

Erneut riss er sich abrupt aus diesen Gedanken. Unter seinem Hemd waren seine Nippel hart geworden, und seine Eier hatten sich fest zusammengezogen.

„Ich bin nicht ganz sicher", beantwortete Xan die Frage nach Caleb. „Offenbar ruht das noch aus der Zeit als Calebs Eltern anfingen, ihn zu den Philia-Abendgesellschaften zu schicken. Es muss in dem Jahr gewesen sein, bevor Janus in Flagranti mit einem gebundenen Omega erwischt wurde und Vater ihn irgendwohin geschickt hatte, um ein ‚neues Außenbüro zu eröffnen'." Xan schnaubte. „Was in dieser Familie übrigens der Code ist für ‚bleib weg, bis sich die Gerüchte zerstreut haben', falls du es noch nicht bemerkt haben solltest."

Urho konnte sich seine Reaktion auf Xans Stimme selbst nicht erklären. So weit er es beurteilen konnte, teilte Xan in diesem Moment sein Verlangen gar nicht, aber das musste er auch nicht. Urho konnte es auch so genießen. Er rieb langsam seinen Ständer, dehnte die Lust aus und ließ sich wieder und wieder von Xans Stimme durchdringen.

„Und apropos neues Büro ... es gibt hier tonnenweise zu tun. Ich war wirklich schockiert vom Zustand des Gebäudes und der Unfähigkeit, des Bauunternehmens. Wenn ich mehr von ihrer Arbeit verstehe als sie selbst, dann ist das ein echtes Problem."

„Und was hielt der Spion davon?", fragte Urho.

„Janus? Der war nicht da. Keine Ahnung, wo er sich herumgetrieben hat, aber ich musste mich ganz allein um die Baustelle kümmern."

„Ist das nicht genau das, was du wolltest?"

„Ja, aber … da gibt es noch so viel zu tun. Die Liste ist scheinbar endlos. Ich hätte schon etwas Hilfe gebrauchen können." Der Missmut in Xans Stimme ließ Urhos Schwanz pochen. Wolfgott, er wollte diesen Tonfall von Angesicht zu Angesicht hören und das Ziel von Xans Verdrossenheit sein, während sein Omega in Alphagestalt zögernd irgendeine Missetat beichtete. Und dann würde Urho ihn übers Knie legen können, so wie Xan es gewollt hatte, und ihn–

„Urho?", fragte Xan. „Alles in Ordnung? Du bist so still."

„Ich habe nur gerade gedacht, wie gern ich jetzt bei dir wäre."

„Wolfgott, das geht mir genauso." Xan klang so sehnsüchtig, dass Urhos Schwanz einen Spritzer Vorsperma abgab. Er wünschte, Xan wäre da, um es aufzulecken.

Er versuchte, einen klaren Kopf zu bekommen und etwas Kluges zu sagen. „Anfangs kommt einem das Endprodukt immer irgendwie unerreichbar vor. Aber ich bin sicher, du mit deinem scharfen Verstand wirst es im Handumdrehen zum Laufen bringen. Wahrscheinlich früher, als dein Vater erwartet."

„Mein scharfer Verstand? Ha!" Erneut waren Xans ruhelose, klackende Schritte zu hören. Urho folgte ihrem Rhythmus, indem er seine Ständer schneller rieb. „Mein Verstand ist im besten Falle durchschnittlich, und angesichts einiger meiner Verhaltensmuster in jüngster Zeit, könnte man auch argumentieren, dass ‚durchschnittlich' eine großzügige Bezeichnung ist."

„Du verstehst mit Menschen umzugehen, du bist tapfer, und du hast ein großes Herz." Urho bemühte sich sehr, mit fester Stimme zu sprechen. Sein Puls raste, und sein Schwanz pochte. „Ich weiß, du wirst das Beste aus dieser neuen Aufgabe machen, die dein Vater in deine Hände gelegt hat."

„Glaubst du das wirklich?", murmelte Xan, und Urho konnte sich seine großen blauen Augen vorstellen, wie sie ihn anschauen würde, voller Verlangen nach Bestätigung. Seine Eier zuckten. „Ich wünschte, ich würde nicht hier festsitzen. Ich will dich wiedersehen."

„Das will ich auch." Urho schloss die Augen, lehnte sich zurück und war gerade so weit, Xan zu sagen, wie erregt er war, als er ein klopfendes Geräusch in der Leitung hörte.

Xan seufzte. „Warte bitte kurz. Ja, Ren?"

Urho lauschte mit wachsender Frustration dem undeutlichen Gemurmel, und dann war Xan wieder da und sagte enttäuscht: „Ich muss jetzt los, um die Pläne fürs Haus zu besprechen. Caleb hat unheimlich viel zu tun, um es so auf Vordermann zu bringen, dass es seinem Standard genügt."

„Dann lasse ich dich jetzt gehen. Wir reden bald wieder."

„Wann?"

„Morgen."

„Ja. Ruf mich morgen wieder an." Xans freudige Begeisterung ließ Urhos Herz schneller schlagen. „Das wird meine Belohnung dafür sein, einen weiteren Tag überstanden zu haben, ohne Janus umzubringen."

Sie beendeten den Anruf ohne weitere Erklärungen oder Versprechen, aber Urho lehnte sich zufrieden in seinem Stuhl zurück, weil sie eine Verabredung getroffen hatten, wann sie wieder miteinander sprechen würden.

Da das nun geklärt war, holte er seinen Schwanz heraus und betrachtete ihn. Er bewunderte die Größe und wie hart er war, mit einer schön geformten, feucht glänzenden Eichel, die aus der Vorhaut lugte. Dann legte er den Kopf zurück und schloss die Augen.

Er stellte sich vor, Xan würde zwischen seinen Beinen knien, die roten Lippen geöffnet, die blauen Augen glühend und verlangend. Urho holte sich hastig einen runter und stöhnte, als er heftig in seine Hand abspritzte.

An einer Tatsache konnte kein Zweifel bestehen, was Xan anging: Der junge Mann hatte Urhos Libido wieder voll zum Leben erweckt. Ob dasselbe auch für Urhos Herz zutraf, blieb noch abzuwarten.

TEIL ZWEI

KAPITEL 13

U RHO RUNZELTE DIE Stirn, während er das Stethoskop auf Vales Brust drückte. Vales Herzschlag war leicht beschleunigt, aber das konnte auch die Aufregung sein. Urho wusste, dass Vales Schwiegereltern in letzter Zeit oft zu Besuch gekommen waren, und Vale war genervt und erschöpft von ihrer ständigen Aufmerksamkeit.

„Ist alles in Ordnung?", fragte Jason. Seine Arme lagen um Vales Schultern, und sein Blick hing wie gebannt an der Stelle, wo das Stethoskop auf Vales Haut lag. Sie saßen auf der Couch in Vales Arbeitszimmer, und Urho kniete auf dem Boden davor.

„Schh, ich kann sonst nichts hören." Urho bewegte das Stethoskop hinunter zu Vales Bauch.

Jason zappelte vor Ungeduld.

Urhos eigene Geduld hing ebenfalls an einem seidenen Faden. Es war nun anderthalb Monate her, seit Xan nach Virona gezogen war. Manchmal kam ihm der Sex, den er mit seinem Omega in Alphagestalt gehabt hatte, nur noch wie ein Traum vor. Und zu anderen Zeiten – besonders nach einem heißen Anruf von Xan oder nach einem seiner erotischen Briefe – fühlte es sich an, als müsste er sterben, wenn er Xans Haut nicht bald wieder berühren würde. Oder die kleinen Laute hören, die Xan machte, wenn er kam.

Jason schnaubte. „Du hörst jetzt aber schon ganz schön lange. Gibt es ein Problem?"

Urho machte noch einmal „Schh". Ja, es gab in der Tat ein Problem: Seine Gedanken wanderten ständig zu Xan. Das *war* problematisch.

Aber er zwang sich zur Konzentration, und nachdem er erneut die Herzschläge des Babys gezählt hatte, hob er den Kopf und nickte. „Das Baby entwickelt sich bestens, aber Vales Blutdruck und Herzschlag sind erhöht. Er ist gestresst."

„*Er* ist genau hier", sagte Vale säuerlich und rutschte auf dem Sofa hin und her. Sein Bauch wölbte sich wunderbar, und man konnte die Kindesbewegungen allein durch Handauflegen deutlich fühlen. Das Baby schien sich genau passend zu dem Zeitpunkt zu entwickeln, den Vale und Jason als wahrscheinlichen Tag der Empfängnis angegeben hatten. „Ich hasse es, wenn man über mich redet, als wäre ich nicht im Raum. Ich bin ein erwachsener Mann, wolfgottverdammt nochmal!"

Jason kicherte leise und streichelte beruhigend Vales Arm. „Reg dich nicht auf. Das ist nicht gut für das Baby."

Vale starrte Jason finster an.

Jason schluckte, senkte den Kopf und flüsterte: „Aber wir hören natürlich damit auf. Jetzt sofort. Versprochen."

Vale stöhnte und rieb sich den gewölbten Bauch, der ständig in Bewegung zu sein schien. „Ist es normal?", fragte er und meinte damit das Baby. „Er stößt mit dem Kopf gegen meine Rippen, und dann tritt er mit den Füßen gegen meinen Patermund."

„Vollkommen normal."

„Tja ich wünschte, er würde des lassen!"

Jason rieb Vales Schulter.

„Er bereitet sich darauf vor, auf die Welt zu kommen", sagte Urho. „Kinder tun nur selten, was wir uns wünschen, dass sie tun. Und so weit ich beobachten konnte, geht ihr Heranwachsen nie ohne Kummer für die Eltern ab."

Vale schniefte und schloss die Augen. „Das ist ja alles schön und gut, aber ich bin erledigt."

„Ich kann dir etwas Sanftes verschreiben, damit du besser

schlafen kannst."

„Bitte tu das", sagte Jason und klang ein wenig verzweifelt. „Er war die ganze letzte Nacht wach und ist hin- und hergelaufen. Nichts konnte ihn beruhigen. Nicht einmal sein üblicher Abendtee – der mit den Kräutern, die ihn schläfrig machen."

„Wo wir gerade davon reden – ich hätte jetzt gern etwas Tee. Tagestee. Irgendetwas Starkes, und gut durchgezogen. Machst du mir bitte einen, Jason?"

Jason stand auf, mit offensichtlichem Widerwillen, Vales Seite zu verlassen, aber wie jeder Alpha war er auch bereit zu tun, was immer sein schwangerer Omega wünschte.

Es klingelte an der Tür.

Vale stöhnte genervt. „Falls das dein Pater oder dein Vater ist, werde ich sie beide umbringen. Hörst du? Mord! Alle beide!"

Jason beugte sich hinab, fuhr mit den Fingern durch Vales dunklen Bart und flüsterte: „Wenn sie es sind, werde ich ihnen sagen, sie sollen wieder gehen. Versprochen."

Es klingelte ein zweites Mal, und Jason eilte zur Tür. Urho packte inzwischen seine Sachen zusammen. „Ich werde dich jetzt auch wieder in Ruhe lassen und gehen."

„Du kommst gar nicht mehr zu Besuch. Außer, wenn du mich untersuchen musst", beklagte sich Vale. Seine moosgrünen Augen musterten Urho verdrießlich.

„Ich komme doch jeden Tag." Urho ließ die Verschlüsse an seiner Arzttasche zuschnappen und setzte sich neben Vale auf die Couch. „Aber ich kann gern noch ein bisschen bleiben, wenn du magst."

Vale stand auf und begann, auf und ab zu laufen. Urho konnte sehen, wie das Baby in Vales Bauch sich drehte und trat, sogar unter dem losen Hemd. „Er bewegt sich so viel", sagte Vale und rieb sich den Bauch. „Ist das wirklich normal?"

„Besser als normal. Es ist ein gutes Zeichen."

„Und ich kann nicht aufhören zu essen. Manchmal esse ich so viel, dass nichts mehr hineingeht, aber ich habe immer noch Hunger."

„Ein weiteres hervorragendes Zeichen."

„Und alles und jeder geht mir wolfgottverdammt auf die Nerven."

„Auch normal" sagte Urho. „Du fühlst dich unbehaglich, und das Gewicht des Babys drückt auf das Narbengewebe. Da würde jeder genervt und reizbar sein."

Ohne irgendeine Überleitung sagte Vale: „Jason ist so hinreißend."

Urho musste sich zusammenreißen, um nicht die Augen zu verdrehen. „Das hast du schon öfter gesagt, ja."

„Aber er macht mich wahnsinnig!" Vale ruderte mit den Armen, während er sprach. „Iss das, trink dies, schlaf mehr, lass mich deine Füße massieren, überanstrenge dich nicht, lass uns zusammen lesen …" Vale schnaubte. „Zusammen lesen. *Lesen*!"

„Hat Jason denn früher nicht gelesen?" Urho hob eine Augenbraue.

„Nein! Er hat ein fotografisches Gedächtnis, also überfliegt er Bücher normalerweise nur. Nein, er liest nie. Außer wenn ich ihm etwas vorlese."

„Ich verstehe."

Vale schien so etwas wie ein Urteil in Urhos Worte hineinzudeuten, denn er fügte abwehrend hinzu: „Er beschäftigt sich sonst mit anderen Dingen. Arbeitet im Garten. Oder mit seinem Mikroskop." Er stöhnte. „Aber jetzt weicht er mir keinen Augenblick von der Seite. Außerdem riecht er für mich so irre gut. Wie mein Alpha, ja, aber jetzt kann ich ihn sogar noch intensiver riechen."

„Das ist normal."

„Und es erregt mich die ganze Zeit. Die ganze Zeit, Urho!"

„Ich weiß, aber–"

„Kein Aber! Die ganze Zeit erregt zu sein, ist anstrengend. Dass kann ich dir sagen. Hörst du mir überhaupt richtig zu?"

„Ja."

„Und ich bin das tägliche Fisting wolfgottverdammt leid."

Urhos Mundwinkel zuckten. Vale war entzückend, wenn er wütend wurde – die Wangen erhitzt und gerötet über seinem Bart, seine Augen leuchteten, und er atmete schnell und aufgeregt. Urho erinnerte sich beinahe, wieso er einst in ihn verliebt gewesen war. Aber Vale war nicht halb so herrlich wie Xan, wenn die Leidenschaft ihn übermannte. „Ich habe Jason gesagt, dass er das tun soll."

„Ich weiß. Sag ihm, dass er jetzt damit aufhören soll."

Urho seufzte. „Liebes, es ist wichtig, das Narbengewebe regelmäßig zu dehnen. Es werden ein paar harte Monate sein, aber am Ende wirst du ein wundervolles Baby haben, und dann war es das alles mehr als wert."

„Das weiß ich alles!", rief Vale aus und blieb stehen. Dann sah er Urho fragend an. „Moment. Solltest du mich immer noch so nennen?"

„Was?"

„Liebes? Solltest du mir solche Kosenamen geben?" Vale neigte den Kopf.

„Wenn es dich stört, kann ich auch damit aufh–"

„Nein, nein, mir macht es nichts aus. Aber vielleicht stört es Xan, oder was denkst du?"

Urho runzelte die Stirn. „Ich nenne dich seit Jahren Liebes."

„Aber nicht, wenn Jason dabei ist."

Urho schnaubte. „Ja, weil ich keinen Todeswunsch hege."

„Dann ist das zwischen dir und Xan also nicht …" Vale machte eine vage Handbewegung.

„Der Stoff für Kosenamen?", schlug Urho vor.

„Nein! Ich meine, ob es nichts Ernstes ist, du Blödmann. Ist es nichts Ernstes zwischen euch?"

„Ich habe nicht geringste Ahnung, *was* es ist." Urho rieb sich mit der Hand übers Gesicht. „Ich habe ihn nicht mehr gesehen, seit er nach Virona gefahren ist. Mit den Zwillingen, dir und dieser schrecklichen Grippesaison hatte ich kaum eine freie Minute, geschweige den einen freien Tag, um von der Klinik oder meiner Arbeit wegzukommen. Er kann nicht hierher kommen. Er sagt, er wäre aus der Stadt ‚verbannt'. Wenigstens scheint ihm die Arbeit an dem neuen Büro Spaß zu machen, sonst wäre ich ernsthaft besorgt."

„Jason telefoniert ab und zu mit ihm."

„Das tue ich auch", verteidigte sich Urho.

Vale hob die Brauen und senkte verschwörerisch die Stimme. „Wie oft?"

„Täglich", gab Urho zu. Seine Wangen wurden heiß.

„Alles klar. Es ist also nichts Ernstes, aber ihr telefoniert jeden Tag. Und du vermisst ihn, das merke ich."

„Ich sagte nicht, dass es nichts Ernstes ist. Ich sagte es ist kompliziert."

„Du sagtest, du weißt nicht, was es ist."

„Du bist heute wirklich eine Nervensäge!" Urho machte Anstalten, vom Sofa aufzustehen, aber Vale ergriff seine Schultern und drückte ihn wieder hinunter.

„Du musst mir alles genau erzählen. Jetzt sofort."

„Es ist eine lange Geschichte, und es war ein langer Tag."

Vale verdrehte die Augen. „Ich bin ein leidender, schwangerer Omega, der wegen der Grippeepidemie praktisch in diesem Haus gefangen ist und täglich von seinen liebenden Schwiegereltern gefoltert wird. *Bitte* rede mit mir."

Urhos Mund verzog sich zu einem kurzen Fast-Lächeln, und er beäugte den Barschrank. Die Wahrheit würde mit einem Schluck Bourbon leichter ans Tageslicht kommen.

„Ich schenke dir etwas ein, wenn du mir erzählst, wie alles

angefangen hat." Vale durchquerte das Zimmer, dann hob er verlockend die Flasche in die Höhe.

„Ich fand heraus, dass er mit jemandem …" Urho verstummte wieder; es war nicht an ihm, diese Geschichte zu enthüllen. „Er befand sich in einer gefährlichen Lage. Also bot ich ihm an, ihn zu ficken, so wie ein Surrogat-Alpha einem Omega hilft."

Vale blinzelte ein paarmal, dann unterdrückte er ein Lachen. Nachdem er Urho ein großzügiges Glas eingeschenkt hatte, ließ er sich neben Urho aufs Sofa plumpsen und reichte ihm grinsend den Bourbon. „Ich verstehe."

Urho befeuchtete sich mit dem Brandy die Lippen bevor er fortfuhr: „Ich konnte nicht vorhersehen, wie das ausgehen würde."

„Oh, ich bin sicher, das konntest du nicht." Vale klang ungemein erfreut.

Urho rollte seine Schultern und nahm noch einen Schluck. „Mir war nicht klar, dass daraus etwas so …"

„Anderes?", schlug Vale vor.

„Dass daraus so viel mehr werden würde."

Vale grinste noch breiter und lehnte sich im Sofa zurück, eine Hand auf seinem runden Bauch. „Ah … dann bist du immer noch der Idiot, den ich gekannt und geliebt habe."

Urho versuchte es so zu erklären, dass es Sinn ergab. Für Vale *und* sich selbst. „Ich wollte glauben, dass mein Angebot nichts anderes war, als würde ich einem Omega in Hitze helfen, aber in Wirklichkeit war es nicht im Geringsten so."

„Es war verboten", warf Vale ein. „Und das ist auf jeden Fall etwas anderes."

„Ja, aber–" Offenbar hatte er irgendwie Gefühle für die Rotznase entwickelt. Was er von Xan wollte, war nicht einfach nur Sex, wie es bei einer typischen Surrogat-Vereinbarung war. Er wollte nicht einfach seine animalische Lust befriedigen und dann wieder gehen. Er wollte etwas Echtes aufbauen.

„Aber?" hakte Vale nach.

„Er erinnert mich an Riki."

„Ich dachte, Riki war der Inbegriff von Sanftheit und Gefügigkeit. Was Xan definitiv nicht ist."

„Das stimmt. Und Xan ist überhaupt nicht so wie Riki, was das betrifft." Urho kratzte sich am Kopf, während er versuchte, die richtigen Worte zu finden. „Was ich meine, ist ... die Art und Weise, wie ich für ihn empfinde, erinnert mich an Riki. Wie ich auf seinen Geruch reagiere, und wie ich will, dass ..."

Vale setzte sich wieder auf. „Ja?"

„Wie ich ihn besitzen will."

„Oh, mein teurer Freund", flüsterte Vale und legte Urho eine Hand auf die Schulter. „Das muss deine altmodische, traditionelle Seele zu Tode erschreckt haben."

„Ich sage dir immer wieder, ich bin nicht altmodisch. Falls dafür irgendein Beweis nötig ist, dann sollte diese Situation ja wohl ausreichen, um das Thema ein für allemal zu beenden." Urho lächelte schief. Die illegale Abtreibung, die er vor Jahren bei Vale durchgeführt hatte, und die untraditionelle Beziehung, die zwischen ihnen bestanden hatte, hätten das Gerücht über seine angeblich altmodische Einstellung schon vor Ewigkeiten beenden müssen. „Ich gestehe, am Anfang bin ich durchgedreht."

„Nachdem du ..." Vale vollführte eine obszöne Geste.

„Nein. Bevor ich ihm das Angebot machte. Ich war völlig durcheinander – überspannt, ängstlich, wütend. Ich wollte ihn gleichzeitig beschützen und schütteln. Ich wollte ..." Urho seufzte. „Aber als ich erst einmal mit dem Gedanken im Reinen war, als sein Surrogat-Alpha zu dienen, schien sich alles sinnvoll zusammenzufügen. Und ich konnte meinen Frieden damit machen."

„Na ja, du hattest schon immer einen Heldenkomplex", sagte Vale mit einem wissenden Lächeln, das Urho beinahe ärgerlich fand. „Ich glaube, das hat viel dazu beigetragen, dass du dich überhaupt von mir angezogen gefühlt hast."

„Nein." Vale bedeutete Urho etwas aus Gründen, die darüber hinaus gingen.

„Oh, vielleicht hat sich unsere Beziehung schließlich darüber hinaus entwickelt, aber zuerst warst du mein Surrogat-Alpha während meiner Hitzen. Weil du mich davor bewahren wolltest, je wieder in eine so gefährliche Lage zu kommen. Und dann wurden wir ein Paar auch außerhalb der Hitzen … und ja, ich stimme zu, dass das mehr auf Freundschaft und Vergnügen gründete als auf irregeleiteten Heroismus. Aber das war es, womit es begonnen hatte."

Und es gründete auf einer Verliebtheit, die sich nun aufgelöst hatte.

Aber Urho hatte nicht vor, das zu erwähnen. Stattdessen wandte er sich einer Sache zu, die unterschwellig immer an ihm nagte, und besonders stark zwischen seinen Tagträumen, seiner Sehnsucht und den intensiven Telefongesprächen mit Xan. „Aber es ist falsch. Zwei Alphas. Es verstößt sowohl gegen das Heilige Buch als auch gegen das Gesetz." Er nahm Vales Hand. „Wie soll ich das mit meinen Gefühlen in Einklang bringen? Damit, wie richtig es sich anfühlt?"

„Ich denke, du bist klug genug, um die Antwort darauf zu kennen." Vale warf ihm einen scharfen Blick zu. „Bei den Gesetzen und dem Heiligen Buch dreht sich alles um Kontrolle. Aber das Herz ist ein wildes Ding. Das lässt sich nicht kontrollieren, so sehr diejenigen, die an der Macht sind, es auch wollen mögen."

„Aber es ist ein Hindernis", sagte Urho. „Wir können nie wahrhaftig zusammen sein."

„Außerdem ist da auch noch Caleb."

Urho lachte leise. „Ja, Caleb. Der seltsamerweise mit allem mehr als einverstanden ist."

Vale nickte. „Reine Vertragsbeziehungen sind nicht so wie *Érosgápe*. Ich bin sicher, er hat seine Gründe dafür, mit diesem

Arrangement einverstanden zu sein.

Urho neigte nachdenklich den Kopf. „Du weißt darüber Bescheid."

„Über was?"

Urho sagte nichts weiter, und Vale schaute ihn unschuldig an. Xan hatte eindeutig irgendetwas gegenüber Jason enthüllt – vielleicht das mit der schiefgegangenen Hitze – und Jason hatte die Information natürlich mit Vale geteilt. „Caleb ist anders."

„Ich finde, er ist ein wunderbarer Mann, und Xan kann sich glücklich schätzen, ihn zu haben", sagte Vale, lehnte sich unbehaglich zurück und streichelte seinen Babybauch. „Wolfgott im Himmel, dieses Kind! Er gibt nicht einen Augenblick Ruhe."

„Wenn er erst größer ist, wird er nicht mehr so viel Platz haben, um sich zu drehen. Dann wird es ruhiger werden."

Vale betrachtete stirnrunzelnd seinen Bauch. „Wahrscheinlich werde ich dann in Panik verfallen und jedes Mal jubeln, wenn er sich wieder rührt. Miner hat mir erzählt, dass es bei ihm so war."

Dankbar für den Themenwechsel fragte Urho: „Miner treibt dich die Wände hoch, oder?"

„Sie beide! Wenn sie könnten, würden sie mich unter eine Glaskuppel setzen und mich nur mit dem frischesten Obst und Gemüse füttern. Mit einem goldenen Löffel."

„Interessantes Bild."

Vale seufzte und rieb sich erneut den Bauch. „Also, da jetzt die Karten auf dem Tisch liegen, erfreue mich mit Einzelheiten. Was ist jetzt der Plan? Wie wird es mit eurer Beziehung weitergehen – ist das überhaupt der richtige Begriff für das, was ihr habt? Und wie kommst du damit zurecht, schon so lange von ihm getrennt zu sein?"

Urho seufzte. „Ich bin nicht sicher. Pläne zu machen ist jetzt schwierig, wegen seines Cousins Janus, einem Alpha, der dafür berüchtigt ist, gebundene Omegas zu verführen. Er wurde nach

Virona geschickt, um Xan auszuspionieren. Jedenfalls glaubt Xan das."

„Oh, das glaube ich sofort!" Vale verdrehte die Augen. „Xans Vater ist ein herrschsüchtiger Mann, so weit ich gesehen und gehört habe."

„Ja. Jedenfalls … Xan wünscht sich, er könnte sich in Virona abkömmlich machen und mich auf halbem Wege in Montrew treffen, aber er steckt so tief in seiner Arbeit. Und ich bin hier natürlich auch beschäftigt. Außerdem hat Xans Vater strengstens angeordnet, dass Xan während der Grippewelle nicht herkommt oder sich der Stadt auch nur nähert. Und sein Cousin ist dort, um das sicherzustellen."

„Das hat Jason mir gar nicht erzählt. Kannst du nicht für ein paar Tage hinfahren, um ihn zu sehen?"

„Er sagt, selbst wenn ich das hinkriegen würde, hätten wir keine Zeit für uns allein. Nicht mit seinem Cousin, der ihn im Auge behält."

Vales Miene zeigte, wie lächerlich er das Argument fand. „Ihr könntet aufpassen und euch unauffällig benehmen."

„Kann sein." Urho rieb sich die Stirn und dachte nach.

„Sei nicht so ein Feigling", sagte Vale scharf.

„Was?"

„Sicher kannst du doch jemand anderen finden, der sich um den mit Zwillingen schwangeren Omega kümmert, oder? Und Jason und ich könnten einen anderen Arzt engagieren – nur für einen Tag oder so. Was hält dich wirklich zurück?"

Urhos Schultern verspannten sich. Der Gedanke, ein anderer Arzt würde Vale … nein. Das wollte er auf keinen Fall. Aber das vibrierende Gefühl in seinem Körper – als wäre er eine Glocke, die angeschlagen worden war – ließ sich nicht verleugnen. Vielleicht war er wirklich nur zu feige, sich dem zu stellen was er angefangen hatte, seinen Mut zu testen und die Versprechen zu halten, die er

Xan und Caleb gegeben hatte.

Er räusperte sich. „Die Ansteckungsgefahr bei dieser Grippewelle steigert sich in einem Maße, das mir Angst macht. Der Omega mit den Zwillingen und sein Alpha haben beschlossen, dass es zu riskant ist, in der Stadt zu bleiben. Sie sind für den Rest der Schwangerschaft raus nach Elinton gefahren."

„Perfekt. Wenn sie nicht mehr hier sind, solltest du fahren und bei Xan bleiben."

„Das könnte ich, aber–"

Jason kam mit einem Stapel Post und einem Tablett mit Tee zurück ins Zimmer. „Es war nur der Briefträger, der geklingelt hat. Mann, hat der gehustet; ein richtiger Anfall. Er hat kaum Luft gekriegt. Ich bin nicht sicher, ob er nicht besser zuhause bleiben sollte." Jason nickte zu den Briefen. „Bei dem kalten Wetter draußen und mit so einem Husten holt er sich noch den Tod, wie mein Vater sagen würde. Und alles nur für ein Haufen Briefwerbung und Wurfzettel."

„Geh dir die Hände waschen", sagte Urho und sprang auf. „Und verbrenne die Post."

Jason erbleichte und starrte besagte Post an, als würde er eine Mordwaffe in den Händen halten. „Die Grippe", flüsterte er heiser.

„Tu, was ich gesagt habe", befahl Urho.

Jason floh aus dem Zimmer, und Vale nagte an seiner Unterlippe. „Denkst du, er hat sich angesteckt?"

„Ich hoffe nicht. Um deinetwillen. Aber die wirkliche Gefahr ist, dass *du* dich anstecken könntest."

Vale nickte. „Ich hörte Gerüchte, dass die diesjährige Grippe so schlimm ist, dass sogar einige junge Leute daran sterben. Letzte Woche erst ein Junge – jünger als Jason, vollkommen gesund, und dann war er tot."

„Ich glaube, der Omega mit den Zwillingen hatte die richtige Idee." Urho seufzte. Falls er zusammen mit Vale und Jason die

Stadt verließ, würde er seine Pflichten gegenüber den Bürgern der Stadt vernachlässigen. Aber er würde sein Versprechen halten, Vale bis zur Geburt des Kindes zu betreuen. „Ich könnte euch auf meinen Landsitz einladen."

Weitere zwei Stunden in südlicher Richtung. Noch weiter entfernt von Xan. Sein Herz zog sich schmerzhaft zusammen.

Vale riss die Augen auf und schüttelte den Kopf. „Nein. Nein."

Urho wusste genau, warum Vale das nicht wollte. Urho und Vale hatten in seinem Landhaus zahlreiche von Vales Hitzen verbracht. Es wäre peinlich und unangenehm, wenn sie sich alle drei dort aufhielten. „Was ist mit dem Haus in Seshwan-am-Meer? Das von Jasons Eltern?"

„Sie fahren in ein paar Wochen zu ihrem Jahrestag dahin, und um ein bisschen dramatisch zu werden – im Moment würde ich lieber sterben, als mit ihnen zusammen in einem Haus eingesperrt zu sein. Sie sind genauso schlimm wie Jason, nur dass ich die beiden nicht vergöttere. Miner scharwenzelt um mich herum wie eine Glucke, während Yule ständig versucht, Nahrung in mich reinzustopfen. Wusstest du, dass er jeden Abend extra etwas kocht, das er mir dann bringt? Und dann muss ich es in seinem Beisein essen, obwohl Jason mir bereits etwas gemacht hat."

„Ich weiß nicht, was ich dazu sagen soll."

„Ich weiß! Ich freue mich schon darauf, dass sie die Stadt verlassen, nur um mal meine Ruhe zu haben."

Urho sagte laut, was er bei sich dachte: „Virona ist nur drei Stunden mit dem Zug in nördlicher Richtung."

Vale hob die Brauen und rieb seinen Bauch. „Und?"

„Xan sagt immer, das Haus sei zu leer, und dass Caleb einsam ist."

„Ich weiß nicht, ob Jason damit einverstanden wäre. Er lässt mich ja kaum das Haus verlassen, um zum Markt zu gehen oder–"

„Mit dieser Grippe, die umgeht, solltest du das ab sofort unterlassen."

„Ich war seit einer Woche nicht mehr draußen. Ich werde hier drin noch verrückt. Der Garten welkt, alle Blumen sind weg und ich habe kein einziges, anständiges Gedicht mehr geschrieben, seit ich schwanger bin. Saugen Babys einem die ganze Inspiration aus? Gibt es dafür wissenschaftliche Beweise? Weil ich nämlich etwas zu den Studien beitragen könnte."

Als Jason zurückkehrte, wirkte er aufgelöst. „Ich habe die Post im Kamin im Salon verbrannt und mir mit heißem Wasser die Hände gewaschen. Denkst du, das reicht? Oder sollte ich lieber duschen?" Er machte auf dem Absatz kehrt. „Ich gehe lieber noch duschen."

„Nein, das reicht", sagte Urho und deutete auf den Ledersessel, der einst sein Lieblingsplatz gewesen war – wenn Vale ihm den überlassen hatte. „Setz dich. Wir müssen über diese Grippeepidemie und das Risiko für Vale und das Baby reden."

Jason setzte sich sofort, die Augen groß wie Untertassen und offenbar bereit zu tun, was immer Urho zu Vales Sicherheit vorschlagen würde. Es fühlte sich für einen Moment wirklich gut an, die volle Aufmerksamkeit des Jungen zu haben, denn er war nicht immer willens gewesen, auf Urho zu hören.

„Ich habe vergessen, neuen Tee für Vale zu machen", sagte er leise. „Kann das Gespräch warten, bis ich das gemacht habe?"

„Lass es gut sein, Liebling", sagte Vale sanft. „Ich will jetzt gar keinen mehr."

„Er ist so empfindlich in letzter Zeit. Ist das normal?", fragte Jason.

„Völlig normal. Und jetzt hör bitte zu. Ich habe Vale gerade von der Grippe in diesem Winter erzählt. Sie wird immer schlimmer und entwickelt sich zu einer echten Epidemie, und zwar ziemlich schnell. Normalerweise würde ich hier sein wollen, mittendrin, um denen zu helfen, die sich anstecken. Aber ich bin Vales Gesundheit verpflichtet und habe versprochen, diese Schwangerschaft zu betreuen, komme was wolle. Ich werde diese Aufgabe nicht in die Hände eines fremden Arztes legen."

Jason nickte dankbar.

„Was mich zu meinem Vorschlag bringt: Ich denke, wir sollten die Stadt verlassen."

„Und wohin?", fragte Jason.

„Wohin die Grippe es noch nicht geschafft hat. An die Küste vielleicht", sagte Urho und leckte sich über die Lippen. Klang das zu sehr, als würde er seinen eigenen Vorteil suchen? Würden sie merken, wie verzweifelt er Xan wiedersehen und gegen seine eigene Feigheit kämpfen wollte, nachdem er sie sich endlich eingestanden hatte? Aber es sollte keine Rolle spielen. Sein Vorschlag war in jedem Fall vernünftig.

„Meine Eltern fahren bereits zu unserem Strandhaus", sagte Jason und wiederholte damit Vales Einwand. „Vale erträgt kaum ihre abendlichen Besuche. Ich glaube nicht, dass er es aushält mit ihnen in–"

„Wir können Xan in seinem Haus in Virona besuchen", unterbrach ihn Vale. „Er hat uns ohnehin eingeladen, oder nicht?"

„Nun, ja, zu den Herbstnacht-Festmahlen. Aber wir hatten natürlich abgelehnt."

„Denkst du nicht, dass das Angebot noch steht?", drängte Vale. „Auch wenn die Herbstnächte vorbei sind?"

„Ich bin sicher, dass die Einladung noch gilt", stimmte Jason zu. „Xan beschwert sich andauernd darüber, wie groß das Haus ist und dass er dennoch überall seinem Cousin über den Weg läuft."

„Dieser Cousin … Urho hat mir von ihm erzählt. Aber du hast ihn noch nie zuvor erwähnt", sagte Vale neugierig. „Wie kommt's?"

„Er ist älter als wir. Aber ich mochte ihn noch nie." Jason zuckte die Achseln. „Und abgesehen davon hatte ich andere Dinge im Kopf." Er zog die Brauen zusammen. „Dass Janus dort ist, wäre ein

Grund, nicht zu Xan zu fahren. Aber sollte es zum Schlimmsten kommen, könnten wir jederzeit selbst etwas in Virona mieten, um Xan nicht zur Last zu fallen."

„Ich wäre gern bei Caleb", sagte Vale plötzlich und ergriff Jasons Hand. „Wenn es so weit ist, wäre es schön, ihn bei mir zu haben."

„Ich wusste gar nicht, dass du Caleb so nahe stehst", sagte Jason und küsste Vales Hand.

„Omega-Brutinstinkt", sagte Urho leise. „Die Gegenwart anderer Omegas während Schwangerschaft und Geburt ist beruhigend für sie und gibt ihnen Kraft. Das ist instinktiv."

Vale warf Urho einen scharfen Blick zu. „Vielleicht ist es auch einfach nur der Wunsch nach Gesellschaft. Und hör auf über mich zu reden, als wäre ich nicht im Raum. Wie auch immer, falls Xan und Caleb uns bei sich willkommen heißen, dann ja, würde ich gern fahren."

„Kommst du auch mit?", fragte Jason Urho.

„Ich habe euch beiden versprochen, dieses Baby auf die Welt zu holen, und das werde ich auch tun. Wenn Xan einverstanden ist, dass ich euch begleite, dann–"

Jason lachte. „Oh, er ist einverstanden. So oder so."

Urho bekam heiße Wangen, und seine Ohren glühten. „Nun ja, dann komme ich natürlich mit."

„Ich glaube, wir haben soeben unsere Einladung gesichert", flüsterte Jason mit funkelnden Augen in Vales Ohr.

Urho räusperte sich und senkte den Blick auf seine Hände. Sein Herz schlug schneller. Bald würde er endlich Xan wiedersehen. Er versuchte sich zu beruhigen. Aber er hatte Angst, und gleichzeitig konnte er es nicht abwarten.

„CALEB!", RIEF XAN, während er über die Dünen hinunter zum Strand rannte. Sein rechter Knöchel verdrehte sich auf dem unebenen Grund, aber er fing sich noch rechtzeitig ab. Die kalte Brise vom Meer her brannte in seinen Augen und auf seinen Wangen. „Caleb!"

Caleb stand am Wasser vor seiner Staffelei. Da er noch warten musste, bis seine Druckmaterialien ankommen würden, hatte er sich in der Zwischenzeit aufs Malen verlegt. Xan wusste nicht, warum es so lange dauerte, die Sachen herzuschicken, aber offenbar war die Druckmaschine selbst ziemlich schwer, und es war besondere Ausrüstung vonnöten, um sie zu bewegen. Außerdem hatten die Betas Schwierigkeiten, alles in Kisten zu verpacken, weil es einfach so viel Zeug war.

Xan hatte angeboten zu kaufen, was immer Caleb in der Zwischenzeit benötigte, aber Caleb war so beschäftigt mit der Neueinrichtung des Hauses gewesen – sowie mit den Vorbereitungen der einsamen und steifen Festmahle zu den Herbstnächten, zu denen nur einige Geschäftskontakte erschienen waren – dass es nicht dazu gekommen war. Außerdem tat Caleb alles, um Janus aus dem Weg zu gehen.

„Caleb!", rief Xan noch einmal im Laufen.

Das Blau des Himmels auf der Leinwand war heller und leuchtender als das des echten Himmels darüber, aber nicht halb so strahlend blau wie Calebs Augen. Er drehte sich zu Xan um, den Pinsel in seiner erhobenen Hand und die roten Lippen überrascht geöffnet.

„Was ist passiert?", rief er zurück, warf den Pinsel in den Sand und eilte Xan entgegen. „Irgendetwas Schlimmes?"

Xan riss Caleb in seine Arme und drückte ihn an sich, atemlos vor Freude. „Sie kommen!" Sein Herz schlug wie wild, und er hatte das Gefühl, gleich abzuheben und in die Luft zu gehen, mit Caleb in seinen Armen.

„Wer?", keuchte Caleb.

„Alle!"

„Deine Familie?"

„Nein! Wolfgott sei Dank!" Xan lachte. „Urho! Und Jason und Vale auch! Sie kommen, Caleb! *Er* kommt!"

Sie hielten einander fest, während die Ozeanwellen an den Strand donnerten und die Möwen über ihnen schrien. „Ich freue mich so, mein Alpha", sagte Caleb schließlich. „Ich freue mich auch darauf, Urho zu sehen. Dein Glück ist mein Glück."

Xan küsste ihn auf die Wange. „Danke."

„Wenn wir Gäste erwarten, gibt es jede Menge zu tun. Ich muss Ren und die anderen anweisen, das Gästehaus bereit zu machen", sagte Caleb, der offenbar im Kopf bereits eine lange Liste für das Was, Wer, Wann und Wo aufstellte. Caleb hatte sich einsam gefühlt, seit sie die Stadt verlassen hatten und so weit weg von allen Freunden wohnten. Und ein Teil von Xans Freude galt auch ihm.

Caleb marschierte umgehend in Richtung Haus; seine Staffelei, die Leinwand und selbst die Farben und Pinsel ließ er einfach zurück. Xan überlegte kurz, noch einmal umzudrehen und die Sachen zu holen, aber Caleb rief über die Schulter zurück, dass er später jemanden schicken würde. Eindeutig war Caleb schon voll und ganz mit der Planung beschäftigt, und Xan war vollends damit einverstanden.

Anderthalb Stunden später huschten geschäftige Beta-Diener durch den zweiten Stock des Hauses, öffneten Fenster, lüfteten Zimmer, bezogen Betten und wischten Staub, wo seit Jahren kein Staubtuch mehr gewesen war. Caleb stand in der Mitte des Esszimmers und nahm Augenmaß an dem langen Tisch, den Kopf geneigt und den langen Hals entblößt. Er tippte sich nachdenklich an die Wange.

„Also, was machen wir wegen der Sitzplätze? Wir brauchen mehr Stühle. Ich hätte nicht so viele zugleich zum Aufpolstern schicken sollen." Er schnalzte mit der Zunge. „Und dein Alpha muss natürlich von deinem furchtbaren Cousin fern gehalten werden."

„Ich liebe es, wenn du schmutzig über mich redest", sagte Janus von der Tür zur Küche her. Er betrat das Esszimmer mit einem Stück Nusstorte in der Hand wie ein hinterwäldlerischer Bauer aus Leitel. Sein Mund glänzte fettig. „Sag noch etwas."

Caleb biss sich auf die Zähne und verkniff sich jede Antwort. Stattdessen drehte er sich einfach um und verließ den Raum.

„Ich habe dich gewarnt", sagte Xan und zeigte mit dem Finger auf Janus. Der hob sein Tortenstück, „prostete" Xan damit sarkastisch zu und lachte.

„Er ist ganz schön empfindlich. Und über wessen Alpha hat er gerade gesprochen?" Janus' Tonfall war viel zu beiläufig.

Xans Puls raste. Anstatt zu antworten, kam er auf Caleb zurück. „Du weißt genauso gut wie ich, dass er für dich tabu ist. Außerdem ist er gegenüber deinem sogenannten ‚Charme' ohnehin immun."

„Ist er das? Ich weiß nicht recht." Janus grinste.

„Ich denke, er könnte seine Abneigung wohl kaum deutlicher zum Ausdruck bringen."

„Er war nicht immer abgeneigt, glaub mir."

„Wie bitte?"

„Du hast mich schon verstanden." Janus nahm einen Bissen von seinem Kuchen. „Es gab eine Zeit, da hielt Caleb mich für die süßeste Kirsche auf der Torte."

Xan starrte Janus an und versuchte zu begreifen, was er da hörte. „Ich kanntet euch? Außerhalb der Philia-Gesellschaften?"

„Wir waren sehr … intime Freunde", sagte Janus mit einer Selbstzufriedenheit, die Xan zum Kochen brachte. „Hat er dir das nicht erzählt? In der ganzen Zeit, die wir hier zusammen verbracht haben? Wieso er dir das wohl verschwiegen hat? Vielleicht hegt er doch noch Gefühle für mich nach all der Zeit …"

„Du lügst!"

„Frag ihn."

Xan ballte seine Fäuste und trat auf Janus zu. Glühender Zorn erfüllte ihn wie Lava.

„Duelle sind gegen das Gesetz", sagte Janus mit einem halben Lachen. „Aber wir könnten einen Faustkampf hier im Esszimmer austragen. Wer zuerst blutet? Oder bis zum Tod?"

„Tod", murmelte Xan. Das Herz schlug ihm bis zum Halse. Er stand jetzt nah genug, um das Rosenwasser zu riechen, das Janus stets hinter seine Ohren tupfte. Es verursachte ihm Übelkeit. „Also los."

Janus stand einfach da mit seiner Nusstorte und grinste, als hätte er bereits die Oberhand.

„Aufhören!" Calebs Stimme durchschnitt die Luft. „Es wird nicht gekämpft. Und es gibt auch kein Duell. Er ist es nicht wert, Xan."

„Wer sagt, dass ich nicht gewinnen werde?"

„Ich", sagte Janus lachend.

CALEB WURDE LEICHENBLASS. Er stapfte auf ihn zu, nahm ihm das Tortenstück aus der Hand und drückte es ihm ins Gesicht. Er verschmierte die Buttercremefüllung auf seinen geröteten Wangen und bis hinauf in sein Haar.

Janus keuchte und riss die Augen auf. „Was ... aber wieso ... und ..."

Caleb trat Janus gegen das Schienbein. Hart. Dann rammte er ihm seinen Ellenbogen in den Nacken, und Janus ging zu Boden.

„Beleidige meinen Alpha nie wieder!", fauchte Caleb. „Oder ich bringe dich im Schlaf um, du erbärmlicher, aufgeblasener, selbstsüchtiger, lügender, manipulativer *Arsch*!"

Xan blinzelte schockiert, während Caleb auf dem Absatz kehrtmachte und aus dem Zimmer stapfte. Janus rappelte sich vom

Boden hoch. Er umklammerte sein Schienbein. Sein Gesicht war voller Torte. Er setzte sich auf seine Fersen und blinzelte durch seine klebrige Gesichtsmaske benommen Caleb hinterher. „Wow. Vielleicht ist er doch meinem Charme gegenüber immun."

„Ach, meinst du?"

„Sag ihm, dass es mir leid tut."

Beinahe hätte Xan Janus gesagt, dass er sich gefälligst selbst bei Caleb entschuldigen sollte, und zwar auf seinen Knien. Aber er verbiss sich das. Er wollte nicht, dass Caleb sich noch mehr aufregte.

Janus schnaufte, dann sagte er mit überraschender Ernsthaftigkeit: „Ich wollte ihn nicht kränken, Xan. Ich schwöre. Ich dachte, da wir uns schon so lange kennen, würde er meine Bemerkungen nicht so ernst nehmen. Aber offenbar hegt er immer noch einen Groll gegen mich." Janus erhob sich langsam auf seine Füße und wischte sich mit der Hand etwas Tortencreme aus dem Gesicht, die er dann von seinen Fingern leckte. „Lecker."

„Geh mir aus den Augen."

Janus verdrehte die Augen, aber dann schien er sich zu erinnern, dass er mit dem wütenden Alpha eines Omegas redete, der ihn soeben einen Kopf kürzer gemacht hatte. Er senkte den Kopf. „Erwähn das nicht vor deinem Vater, okay? Lass mir eine Chance, es bei Caleb wieder gut zu machen."

„Ist das alles, was dich interessiert? Mein Vater?" Xan war nicht einmal sicher, dass sein Vater ihm glauben würde, falls er Janus verpfeifen sollte. Allerdings ... ein Anruf von Caleb selbst würde seine Wirkung nicht verfehlen. Xan biss die Zähne zusammen, atmete tief durch die Nase und bekämpfte den Drang, seinem Cousin ins Gesicht zu schlagen.

„Natürlich ist das nicht alles, worum es mir geht!" Janus' weit aufgerissene Augen lieferten eine gute Vorstellung des Bedauerns. „Es tut mir wirklich leid. Wegen heute, und wegen allem anderen, was ich Verletzendes zu ihm gesagt habe, seit er hier ist." Er zögerte, dann senkte er den Blick. „Und vor allem tut mir leid, was in der Vergangenheit geschehen ist. Sag ihm, dass ich das gesagt habe und dass ich es wirklich so meine, ja?"

Xan knirschte mit den Zähnen. Was würde wohl sein Vater sagen, wenn er ihn anrufen und ihm mitteilen würde: *Ich habe Janus mitten im Esszimmer mit einem Kerzenhalter den Schädel ein-geschlagen, weil er mit Caleb geflirtet hat*? Er räusperte sich und sagte: „Lass dir das eine Lehre sein. Lass Caleb ab jetzt in Ruhe, und gib mir keinen Grund, dich zur Rechenschaft zu ziehen. Sprich nie von der Vergangenheit, was auch immer da gewesen ist. Mach ihn nicht unglücklich, nicht für eine Sekunde. Hast du verstanden?"

„Ja."

„Gut." Xan wandte sich von ihm ab. Sein Blut kochte. Das kribbelige, zornerfüllte Bedürfnis, seinen Cousin ohne Umwege in das Jenseits der Großen Wolfhöhle zu schicken, brodelte noch immer in ihm. Aber er ließ Janus stehen und ging die Treppe hinauf, auf der Suche nach Caleb. Und nach Antworten.

XAN FAND CALEB in dessen Zimmer. Die Fenster waren offen, und kalte Meeresluft drang herein. Der Omega stand am Fenster und starrte nach draußen; seine Schultern bebten, und seine Hände umklammerten die Fensterbank.

„Ich hätte es dir bereits am ersten Tag sagen sollen", murmelte er beschämt.

Xan entgegnete nichts, sein sonst so schnelles Mundwerk fest verschlossen. Er setzte sich auf Calebs mittlerweile kuscheliges Bett voller Kissen und weicher Decken. Eine der Decken zog er sich um die Schultern, um nicht zu frösteln.

Dann wartete er.

Draußen vor dem Fenster zogen Wolkenfetzen vorbei. Die sinkende Sonne funkelte auf dem Wasser, und das Rauschen der Wellen war wie ein beruhigendes Flüstern. Xans Zorn löste sich auf.

Eine fast unmenschliche Geduld senkte sich über ihn, und er wartete noch ein bisschen mehr. Er wartete so lange, wie Caleb brauchte, um ihm die Wahrheit zu sagen.

Schließlich drehte Caleb sich um.

„Ich habe ihn geliebt", sagte er und kam langsam zu Xan, um seine Hand zu nehmen. „Nur Philia-Liebe natürlich. Wie immer. Brüderliche Liebe. Aber nicht so tief wie meine Liebe zu dir."

„Okay."

„Aber damals glaubte ich, ihn eines Tages vielleicht genau so tief lieben zu können, wie ich dich liebe."

Xan zog Caleb zu sich auf die Matratze und in seine Arme. Sie legten sich hin und kuschelten sich zusammen unter die Decke. Caleb zitterte an Xans Körper, ausgekühlt vom Stehen am offenen Fenster, aber eindeutig auch mitgenommen von Gefühlen und Erinnerungen.

„Es war demütigend" flüsterte Caleb. „Als er es nicht sofort bei unserer Ankunft hier erwähnte, beschloss ich, so zu tun, als wäre es nie passiert. Ich dachte, er wäre vielleicht gewillt mitzuspielen. Aber dann wurde mir klar, dass er einfach nur ständig damit sticheln wollte und seine Gemeinheiten als Flirterei bezeichnen würde."

Xan erwog, Janus' Entschuldigungen und Beteuerungen an Caleb zu übermitteln, aber dann entschied er sich dagegen. Ihn überkam eine seltsame, ruhige Gewissheit, und er fand, er sollte Caleb zunächst einmal Zeit lassen, seine Geschichte zu erzählen.

„Ich habe ihn nicht so geliebt, wie ich dich liebe", wiederholte Caleb.

„Okay", sagte Xan noch einmal sanft. Der Alpha in ihm wollte sich mit seinem ganzen Körper auf Caleb legen und sich überall an ihm reiben, seine Dominanz ausüben, bis Schlick aus Calebs Arschloch lief. Aber er wusste auch, das würde nie passieren. Caleb produzierte nur während seiner Hitzen Schlick, und selbst dann niemals als Reaktion auf eine andere Person. Er empfand keine sexuelle Anziehung.

Und Xan fühlte sich ohnehin nicht sexuell von Caleb angezogen. Aber die Instinkte, die er hatte – selbst als kompletter Versager als Alpha – drängten ihn, Caleb zu trösten, wie ein Alpha es tun würde. Beinahe hätte Xan über sich selbst gelacht; das hätte alles nur noch schlimmer gemacht. Außerdem war er der letzte, der Calebs frühere Beziehungen verurteilen konnte. Nach allem, was er selbst getan hatte …

„Ich wusste, dass er dein Cousin war, als du und ich den Vertrag schlossen. Ich hatte mir vorgenommen, dir von ihm zu erzählen, aber er tauchte nie bei irgendwelchen Familienessen auf. Ich war dankbar dafür und redete mir einfach ein, deine und seine Familien ständen sich nicht so nahe. Aber als es damit anfing, dass du immer öfter nach Hause kamst und dich darüber beklagt hast, dass Janus von irgendeinem Exil zurückgekehrt war, um sich bei deinem Vater einzuschleimen, war ich entsetzt. Und dann …“ Calebs Stimme brach. „Wolfgott, das ist schwer.“

„Ich bin hier.“

„Es tut mir so leid, Xan.“

„Ist schon gut.“

„Ist es nicht. Denn als dein Vater sagte, wir wären bei den Familienessen nicht mehr erwünscht, war ich erleichtert. Ich wollte Janus auf keinen Fall wiedersehen.“

Xan schob den Stachel des Betrugs beiseite und konzentrierte sich auf Caleb. „Hat er dir wehgetan? Janus?“

„Nicht körperlich. Und um fair zu sein: es war meine eigene Schuld, dass ich verletzt war. Er hat nie vorgegeben, jemand anderer zu sein, als er war und offenbar immer noch ist.“ Caleb seufzte, schmiegte sich enger an Xan und schnupperte trostsuchend an seinem Hals..

Xan streichelte beruhigend Calebs Rücken. „Du kannst es mir sagen. Ich werde nicht böse sein.“ *Nicht auf dich.* Was Janus betraf, nun, da konnte Xan nichts versprechen.

„Ich lernte ihn auf einer der Philia-Abendgesellschaften kennen. Ich versteckte mich in einer Ecke, und da fand er mich, wie er sagte. Es war mein zweites Jahr, und meine Eltern legten alles daran, einen Alpha für mich zu finden. Janus schien die Sucht meines Vaters oder der Verlust unseres Vermögens nicht zu kümmern. Er war witzig und hatte viele Klatschgeschichten zu erzählen. Er zog mich an, einfach indem er zu mir kam und sich ab da weigerte, wieder zu gehen."

„Wenn ich mich recht erinnere, habe ich eine ähnliche Taktik angewandt."

„Das hast du. Aber anders als Janus hattest du ein gutes Herz." Caleb küsste Xans Brust, dann rieb er seine Wange an Xans Hemd. „Ich habe ihn an mich herangelassen. Ich lachte über seine Witze. Ich erlaubte ihm, mich zuhause anzurufen. Natürlich fühlte ich mich von ihm nicht auf romantische Weise angezogen – das tat ich nie – aber es war schön, und ich fühlte mich hoffnungsvoll. Ich empfand *etwas*. Und das gab mir wiederum das Gefühl, ihm die Wahrheit sagen zu können."

Xan überlief es kalt. „Er weiß über dich Bescheid?"

„Eines Tages machte er Andeutungen, einen Vertrag mit mir schließen zu wollen. Es war nicht wirklich ein Antrag, aber es bewegte sich in die Richtung. An jenem Abend ging ich zu Bett und versuchte mir vorzustellen, ich würde mich von ihm anfassen lassen, mich küssen lassen … ficken lassen."

Xan küsste Calebs Haar. Sein Herz schmerzte.

„Ich wollte das nicht. Aber ich wollte– vergiss nicht, dass ich dich zu diesem Zeitpunkt noch nicht kannte. Ich wusste nicht, dass wir uns begegnen und ein gutes Leben haben würden."

„Es ist alles gut", versicherte Xan ihm. „Du weißt, dass ich in der Vergangenheit Dinge … mit anderen getan habe. Immer noch tue." Er vermisste Urho so sehr in diesem Augenblick. Er wünschte, er könnte sich in Urhos Arme stürzen und dort Trost finden. Aber nein. Caleb war sein Freund, seine Familie, und Xan musste stark für ihn sein.

„Ich stellte mir eine Zukunft mit ihm vor. Ein Zuhause, Freunde, ein Leben. Zu diesem Zeitpunkt hatte ich bereits eine Hitze hinter mir, also wusste ich, ich würde willig sein wenn die Zeit gekommen war. Aber der Gedanke, außerhalb von Hitzen mit ihm zusammen zu sein, war entsetzlich für mich." Caleb schauderte. Wie immer, wenn er daran dachte, mit jemandem Sex zu haben. „Trotzdem hatte ich Hoffnung."

„Du hattest Hoffnung, dass er dich wegen deiner selbst lieben würde. Oder könnte." Xan kannte das. Er hatte es selbst erlebt. Wolfgott, er erlebte es gegenwärtig mit Urho. Könnte der Mann ihn wirklich lieben? Oder war die Beziehung zwischen ihnen rein körperlicher Natur? Er schlug sich diese Fragen aus dem Kopf und konzentrierte sich wieder auf Caleb.

„Ja. Ich war sicher, für immer allein zu bleiben. Aber ich wollte die Dinge glauben, die er zu mir sagte – dass ich alles war, was er sich in einem Omega vorstellte mit dem er einen Vertrag schließen würde, dass ich der schönste Mann war, den er je gesehen hatte, und dass er mich anbetete – ich wollte, dass sie wahr waren. Und als er in der Woche darauf zu meinem Elternhaus kam, nahm ich ihn mit in den Garten meines Paters und sagte ihm die Wahrheit." Calebs Stimme überschlug sich ein wenig.

„Er hat dich abgewiesen."

„Er war rücksichtsvoll in diesem Moment. Aber ja, er sagte, so könnte er nicht leben. Und dann hat er mich nie wieder angerufen oder besucht. Es war demütigend. Ich sah ihn auf den Philia-Gesellschaften, und er ignorierte mich vollkommen. Er behandelte mich, als würde ich gar nicht existieren. Als wäre ich ein Niemand."

„Das tut mir so leid."

„Dann verließ er die Stadt für eine lange Zeit. Und ich dachte, das wäre das Ende. Bis ich dir begegnete. Ich wusste, dass er dein Cousin war, aber er wurde nie in irgendwelchen Gesprächen erwähnt, und als ich deine Familie kennenlernte, war ebenfalls nie die Rede von ihm. Ich hoffte, er wäre jemand, den ich nur selten bei größeren Familienversammlungen sehen würde – und am besten erst, nach dem du und ich mehrere wundervolle Kinder in die Welt gesetzt hatten, die ich ihm unter die Nase reiben konnte. Und ich hoffte, er würde dann glauben, dass ich bei dir nicht unter dieser seltsamen Störung litt."

„Es ist keine Störung. Es ist einfach, wer du bist, Caleb. Wir sind nicht alle gleich."

„Wir wissen beide, dass das in dieser Welt nicht wahr ist. Wir sind beide gestört – du mit deinen tabuisierten Bedürfnissen und ich mit meinem inakzeptablen Mangel jeglicher Bedürfnisse."

Xan dachte an seinen Cousin, dessen tortenverschmiertes Gesicht und die verwirrte, verdatterte Miene, als Caleb aus dem Zimmer gestapft war. „Du hättest ihn sehen sollen", sagte er und kicherte hilflos. „Er sah so lächerlich aus. Und er versuchte, es herunterzuspielen, aber man konnte ihm ansehen, wie sehr du ihn zurechtgestutzt hattest."

„Ich hätte nicht zugelassen, dass er dich auch nur anrührt", sagte Caleb eindringlich.

„Ich hätte mich schon gegen ihn behauptet."

Caleb gab ein unbestimmtes Brummen von sich.

„Du glaubst nicht, dass ich gewonnen hätte?"

„Ich glaube, dass du sehr tapfer bist. Und wie die meisten Alphas kurzsichtig. Er ist mehrere Jahre älter als du, und einige Pfunde schwerer. Ich kann mich nicht erinnern, wann du dich das letzte Mal körperlich verausgabt hast, abgesehen von einem Ballspiel mit Jason hier und da. Wie du es schaffst, so fit auszusehen, ist mir ein Rätsel."

„Ich habe Kampftraining genossen."

„Ja, vor Ewigkeiten auf Mont Nessadare. Vergleich das mit deinem Cousin, der jeden Morgen läuft, regelmäßig im örtlichen Sportzentrum Gewichte stemmt und jedes Wochenende an Ringkämpfen im Herrenclub teilnimmt. Ich hatte guten Grund, besorgt zu sein. Und ich wusste außerdem, dass er niemals einen Omega schlagen würde. Außerdem hatte ich das Überraschungsmoment auf meiner Seite"

„Woher weißt du das alles über ihn?"

„Er gibt ständig damit an, Liebling. Hörst du denn nicht zu?"

„Außerhalb der Arbeit versuche ich ihn auszublenden." Xan fügte nicht hinzu, dass er meistens mit den Gedanken bei Urho und der jeweils letzten Unterhaltung war, die sie am Telefon geführt hatten.

Damit konnte er sich stundenlang beschäftigen – an Urhos leises Lachen zu denken, oder daran wie sich der Klang seiner Stimme änderte, wenn er erregt wurde oder an das eine Mal, als er sich sicher genug gefühlt hatte, um sich zusammen mit Xan am Telefon einen runterzuholen, und wie Urho Xans Namen gestöhnt hatte, als er gekommen war. Das war ein besonders wundervolles Gespräch gewesen und hatte ihn für mindestens anderthalb Wochen mit Futter für seine feuchten Fantasien versorgt.

„Heute Morgen beim Frühstück schlug er vor, dass du dieses Wochenende mit ihm zusammen in den Herrenclub gehst, um die einflussreicheren Alphas und ihre Omegas hier kennenzulernen. Irgendwas von wegen, dass du als neues Clubmitglied bei einem bevorstehenden Ringkampfereignis wetten sollst."

Xan schnaubte.

„Es ist mir ja auch zuwider, irgendetwas zuzustimmen, das dein Cousin vorschlägt, aber vielleicht solltest du erwägen, ihn in den Club zu begleiten. Das ist der Ort, wo du die Sorte Männer kennenlernen wirst, die dein Vater bewundert. Und vielleicht kannst du sie zu zukünftigen Klienten machen."

Xan rümpfte die Nase. „In Janus' Nähe zu sein, ist schon Strafe genug. Aber bald wird Urho hier sein, und ihn hier zurückzulassen um mit meinem Cousin in irgendeinen schrägen Herrenclub zu gehen – besonders, wenn seine Besuche dort die einzige Zeit sind, in der ich sicher sein kann, dass er aus dem Haus ist und nicht für meinen Vater spioniert – erscheint mir geradezu grausam."

Caleb stützte sich auf einen Ellenbogen und sah Xan an. „Urho wird für eine ganze Weile hier sein, und es gibt keinen Grund, warum du ihn nicht dahin mitnehmen könntest. Der Club ist nicht weit von hier, und sicher hat Urho nicht vor, wie ein Gefangener hier zu sitzen, während er auf die Geburt von Jasons und Vales Baby wartet."

Xan lachte. „Da hast du auch wieder recht."

„Und du musst ja nicht mit Janus zusammen gehen. Du könntest einfach gehen, wenn es dir passt. Ich sage ja nur, dass Janus unten in der Stadt Verbindungen knüpft, während du deine Abende mit Urho am Telefon verbringst, oder damit, über Urho nachzudenken, oder am Strand zu spazieren und von Urho zu träumen, oder …"

„Schon gut, schon gut! Ich hab's kapiert!" Xan lachte. „Du hast natürlich recht. Wie immer."

„Und was Janus selbst betrifft …" Caleb strich sich das Haar hinter die Ohren und nagte an seiner Unterlippe.

„Ich werde Vater anrufen und ihm sagen, dass Janus nicht hierbleiben kann. Dass ihr eine gemeinsame Vergangenheit habt, die viel zu schmerzhaft für dich–"

„Nein. Ich will nicht, dass jemand davon weiß. Das muss unter uns bleiben."

„Auch gut. Aber das wird es schwieriger machen, Vater zu erklären, was an Janus' Anwesenheit dich so stört. Ich kann sagen, dass er mit dir flirtet, aber dann wird Vater sich fragen, wieso ich dem nicht selbst ein Ende mache. Er wird auf meinem Versagen als

Alpha herumreiten, und dann geht derselbe Alptraum wie immer los – ich bin eine furchtbare Enttäuschung und so weiter, er regt sich auf, und am Ende wirst du immer noch hier mit Janus feststecken und an Dinge erinnert werden, die du lieber vergessen würdest."

„Ich denke, die Lösung für mich kann nur sein, mein verwundetes Ego zu vergessen. Wenn Janus mit mir flirten will, wieso sollte mich das kränken? Es ist im Grunde nicht von Bedeutung für unser Leben. Es liegt viele Jahre zurück, dass er mich so beschämt hat, und ich bin jetzt mit dir glücklich, plane eine Zukunft und habe jeden Grund zu erwarten, dass meine bevorstehende Hitze fruchtbar sein wird. Ich freue mich darauf, mit dir eine Familie zu gründen. Wieso sollten seine Scherze und Sticheleien mir so unter die Haut gehen? Ich habe beschlossen, das nicht länger zuzulassen."

„Vielleicht bedeutet er dir noch immer etwas", mutmaßte Xan mit großer Vorsicht, sowohl um Calebs willen als auch, um nicht mit irgendeiner besitzergreifenden Alpha-Reaktion das Potenzial für eine ehrliche Antwort zu gefährden.

„Nein. Er sieht gut aus, und früher einmal fand ich ihn witzig. Aber jetzt ist davon nichts mehr übrig, außer die Kränkung. Er sah mich in einem sehr verwundbaren Moment, und wann immer ich ihn heute ansehe, will ich ihm nur zeigen, dass ich stark bin. Dass ich nicht mehr der Junge bin, den er weinend im Garten meines Paters zurückließ."

„Du bist definitiv ein besserer Mann als er. Du bist schön, stark, entschlossen, loyal und so viel mehr. Er weiß nicht, was er verpasst. Ich schätze mich sehr, sehr glücklich."

Caleb schmiegte sich erneut an ihn, küsste seine Brust und schnupperte an seinem Hals. „Wir können uns beide glücklich schätzen. Du liebst mich genau so, wie ich bin, und ich liebe dich ebenfalls. Mehr als du weißt. Liebe muss nicht unbedingt romantischer Natur sein, um sie kostbar zu machen. Wir sind eine Familie, und es spielt keine Rolle, was andere denken. Also, mein Alpha, nehmen wir uns beide vor, uns nicht mehr von Janus ärgern zu lassen."

Der aufgehende Mond schien durchs Fenster und liebkoste mit seinem silbernen Licht den Raum. An diesem Abend ließ Xan es zu, in Calebs Bett vom Schlaf eingehüllt zu werden, während er seinen Omega in den Armen hielt und in dessen warmer Gegenwart Trost fand.

KAPITEL 14

URHO WARF EINEN Blick über die Schulter zu Jason und Vale auf dem Rücksitz. Die Straßen, die vom Bahnhof in Virona wegführten, waren nicht asphaltiert, und das Rumpeln und Ruckeln schüttelte sie alle ordentlich durch. Dem alten Fahrer schien es nichts auszumachen; er war offensichtlich daran gewöhnt.

„Wir hätten ihm sagen sollen, wann wir ankommen", sage Vale. „Er wird sich ärgern, wenn wir einfach so auftauchen."

„Das wird Xan völlig egal sein", sagte Urho. „Er wird sich einfach nur freuen, uns zu sehen." *Besonders mich. Hoffe ich.* Je näher sie kamen, um so mehr nagten alberne Zweifel an ihm.

„Ich meinte nicht Xan. Ich meinte Caleb. Als Omega führt er den Haushalt. Es wird ihm unangenehm sein, wenn wir ankommen, und es ist vielleicht noch nicht alles vorbereitet."

„Er weiß, dass wir irgendwann heute kommen", beruhigte ihn Jason. „Und wir haben ja versucht, ihn telefonisch zu erreichen, aber die Leitung war immer belegt."

Vale rutschte unruhig auf dem Sitz hin und her; seine Kleidung spannte über seiner Körpermitte. Urho musste lächeln, als Jason liebevoll Vales Bauch berührte, um die Bewegungen des Kindes zu fühlen. „Kommt er mit der Reise gut zurecht?", fragte Jason. „Jetzt tritt er, aber ansonsten kam er mir heute ungewöhnlich ruhig vor."

„Ich glaube, das Geratter im Zug hat ihn eingeschläfert", antwortete Vale und legte seine Hand auf Jasons. „Und die Schlaglöcher wecken ihn jetzt wieder." Er sog scharf die Luft zwischen die Zähne und wand sich. „Ach, nicht auf meiner Blase stehen", murmelte er mit einem finsteren Blick auf seinen Baby-bauch. „Wehe, du bist nicht niedlich, wenn du herauskommst."

Jason lachte. Aus dem Katzentransporter zu ihren Füßen kam ein ungehaltenes Maunzen. Vale hatte darauf bestanden, Zephyr mitzunehmen, anstatt sie in einer Tierpension unterzubringen. Urho drehte sich wieder nach vorn, nickte dem Beta-Fahrer zu und dachte daran, wie Vales grüne Augen sich mit Tränen gefüllt hatten. „Ich kann sie nicht monatelang dort lassen!", hatte er gejammert, und Jason hatte sofort nachgegeben und Zephyr eingefangen. Was ihm ein halbes Dutzend blutige Kratzer eingebracht hatte, aber immerhin nur einen einzigen Biss.

„Hier ist es", sagte der Fahrer, als er durch das große Tor und eine Auffahrt hinauf fuhr, die zu einem prachtvollen Haus auf dem Hügel führte. Die Fassade war verblasst, aber frisch gepflanzte Winterblumen verliehen dem ansonsten trostlos wirkenden Anwesen neue Lebendigkeit.

„Das Lofton-Anwesen", sagte der Mann, hielt den Wagen an und spuckte Kautabak in einen Becher, den er extra zu diesem Zweck zwischen seine Schenkel geklemmt hatte. „Sie haben Diener, die Ihnen mit dem Gepäck helfen werden. Wenn Sie also jetzt bezahlen möchten …"

Urho zählte die passende Summe aus seiner Brieftasche ab und fügte ein großzügiges Trinkgeld hinzu. Es konnte nicht schaden, sich beizeiten mit den Einheimischen gut zu stellen. „Das ist dafür, dass Sie die Schlaglöcher vermieden haben, so gut es ging."

„Ich hatte einen Omega in froher Erwartung an Bord", sagte der Mann grinsend. „Wir können das Kleine schließlich nicht zu Schaden kommen lassen."

Vale stöhnte, als Jason ihm aus dem Wagen half. Urho blickte zu dem Haus hinauf und versuchte, es mit den vielen kleinen Geschichten in Einklang zu bringen, die Xan ihm am Telefon erzählt hatte, seit er hier eingezogen war. Die Dünen im

Hintergrund und das Meer, das in graugrünen, schaumgekrönten Wellen an den Strand brandete, hatten in vielen dieser Erzählungen eine Rolle gespielt, von Xans Spaziergängen mit Caleb oder allein. Aber die Fenster an der Vorderseite des Hauses gaben keinerlei Hinweise auf das was sich dahinter verbergen mochte.

Der Fahrer und Urho holten das Gepäck aus dem Kofferraum und stellten es neben dem Wagen auf den Boden. Urho schüttelte dem Mann die Hand. Als sich der Wagen entfernte, öffnete sich die Vordertür der Villa, und ein Beta-Diener wurde von einem ungeduldigen Xan beiseite geschoben, der aus dem Haus stürmte – in einem tadellos sitzenden Anzug und das schwarze Haar ordentlich gekämmt.

„Ihr seid da!", rief er, warf sich in Urhos Arme und hielt ihn fest, als wären sie Brüder, die sich lange nicht gesehen hatten. Urho neigte den Kopf, um Xans Geruch einzuatmen. Ein warmes, zufriedenes Gefühl hüllte ihn ein. Aber dann löste Xan sich von ihm und umarmte auch Jason und – etwas behutsamer – Vale. Urho musste seine Hände zu Fäusten ballen, um Xan nicht gleich wieder zu packen und erneut in seine Arme zu ziehen.

„Wow, du bist gewachsen!", sagte Xan mit großen Augen zu Vale. „Da ist aber nur eins drin, oder?"

Vale verengte die Augen, und Xan lachte. „Ich mache nur Witze. Du siehst super aus. Habt ihr Hunger? Caleb hat für euch ein großes Mittagsmahl bereitgestellt, und dazu noch jede Menge anderes Zeug. Zum Beispiel frisches Gemüse und Salat aus den südlichen Regionen, falls euch nicht nach etwas Schwerem ist."

Xan drehte sich zum Haus um und lächelte in Richtung der Tür, wo Caleb stand – barfuß und dennoch nahezu königlich mit seinem blondem Haar, hoch erhobenem Kopf und einem herzlichen Lächeln im Gesicht. Die Wärme, mit der seine Augen Urhos fanden, zerstreute jeden Zweifel über Urhos Beziehung zu Xan.

Ren, der Beta-Diener, den Xan beinahe umgerannt hatte, begann das Gepäck ins Haus zu tragen. Ein zweiter Diener kam heraus, um ihm zu helfen. Urho nickte abwesend, als Ren sagte: „Ich bringe alles in Ihre jeweiligen Zimmer, Sir. Falls dabei etwas durcheinander gerät, können wir das später noch problemlos sortieren. Ihre Zimmer liegen alle auf demselben Flur."

Jason zerzauste Xans Haar, und die beiden rangen im Vorgarten verspielt miteinander, tobend und lachend wie kleine Jungs, bis Vale sagte: „Liebling, ich bin erschöpft." Sofort riss Jason sich los und war wieder ganz der aufmerksame, hilfsbereite Partner, wie jeder Alpha mit einem schwangeren Omega.

„Bringen wir dich erst einmal hinein." Jason nahm den Katzentransporter mit Zephyr darin, und Xan rief: „Caleb, Vale ist müde!"

Caleb legte einen Arm um Vales Schultern, sobald sie die Vordertür erreicht hatten. „Oh, mein Lieber. Lass uns deine Füße hochlegen. Und ich habe ein schönes Heizkissen für deinen Rücken. Hast du Lust auf etwas Obst und Käse? Oder lieber Suppe und ein Sandwich? Wir haben auch Hühnchen, Kartoffeln und–"

„Suppe und Sandwich, bitte." Vale legte seinen dunklen Schopf an Calebs blonden. „Ich bin so froh, dass du da bist."

„Geht mir ganz genauso", sagte Caleb. „Ich weiß, dass wir gute Freunde sein werden."

Xans Hand, die sanft die seine berührte, lenkte Urhos Aufmerksamkeit wieder auf den Jungen neben ihm. Da war etwas in Xans Gesicht, das ihn etwas reifer wirken ließ als beim letzten Mal, da er ihn gesehen hatte. Vielleicht wirkte er ruhiger und gesetzter. Urho wusste nicht, was das bedeutete, aber er schlang einen Arm um Xans Schulter und sagte: „Wie vorsichtig müssen wir sein? Ist dein Cousin zuhause?"

Xan lächelte und rückte näher an ihn. „Er ist im Augenblick in seinem Club. Ren und das Hauspersonal werden nicht reden. Wir sind hier sicher genug."

Jason bückte sich an der Tür, um den Katzentransporter zu öffnen, und Zephyr schoss heraus wie ein Blitz. „Das Katzenklo ist hier", sagte Jason zu Ren und deutete auf die Stelle, wo auch ihr restliches Gepäck stand. „Wo sollen wir es hinstellen? In unsere Zimmer?"

Ren rief einen jungen Beta herbei. „Fahr in die Stadt und besorge noch ein paar weitere Katzentoiletten sowie extra Streu." Dann wandte er sich an Jason. „Das Haus ist recht groß, Mr. Sabel. Es ist sicher am besten, der Katze zusätzliche Optionen anzubieten."

„Vielen Dank. Wir wissen das zu schätzen. Sie ist eine sehr artige Katze, versprochen."

„Versucht nur nicht, sie zu streicheln", rief Urho.

Jason verzog das Gesicht. „Äh, ja. Das solltet ihr wohl besser vermeiden."

Ren lächelte ihn an, und Jason drückte ihm etwas Geld für seine Bemühungen in die Hand.

Urho behielt den Arm um Xans Schultern, als sie das Haus betraten. Sobald die anderen im Salon verschwunden waren, zog Xan Urho in die Bibliothek und weiter in sein kleines Büro. Dann schloss er die Tür hinter ihnen.

„Hallo", sagte Xan mit einem strahlenden Lächeln. „Ich kann gar nicht glauben, dass du wirklich hier bist."

Urho streichelte Xans Wange. „Ich gebe zu, ich weiß nicht, was ich sagen soll. Ich habe beinahe an nichts anderes gedacht als daran, dich wiederzusehen, und jetzt ..."

Xan trat näher. „Du könntest mich küssen."

Urho ergriff Xans Kinn und zog ihn näher, dann nahm er ihn fest in die Arme und küsste ihn leidenschaftlich. Xan schien in seinen Armen zu schmelzen. „Oh", flüsterte er, als Urho den Kuss beendete, und blinzelte. „Oh."

Urhos Schwanz drückte sich an Xans Bauch, rieb sich an ihm, und Urho beobachtete Xans Reaktion darauf. Die Art, wie sich Xans Wangen röteten, wie seine Pupillen sich weiteten und sein Atem schneller wurde, war wundervoll anzusehen, und der Duft seiner Erregung, der Urhos Alphasinne flutete, war himmlisch. Urho lief das Wasser im Mund zusammen, und er konnte sich nicht beherrschen.

„Knie dich hin", murmelte er und half Xan hinunter, als dessen Knie bei seinen Worten weich wurden. „So ist es recht." Xan hob die Hände und griff nach Urhos Hose, aber Urho schlug sie beiseite. „Noch nicht. Sieh mich an."

Xan ließ seine Hände sinken und hob den Blick. Der schnelle Pulsschlag an seinem Hals war deutlich sichtbar, und er leckte sich die geöffneten, roten Lippen mit einem solchen Hunger in seinen Augen, dass Urhos Ständer zuckte. Er riss seine Hose auf, bevor er noch feuchte Unterwäsche bekam, und entblößte seinen Schwanz in der kühlen Luft des winzigen Büros.

Xan stöhnte leise und griff nach unten, um mit zitternden Fingern seine eigene Erektion zu drücken. Er beugte sich nach vorn, den Mund geöffnet und die Zunge herausgestreckt.

„Noch nicht", wiederholte Urho. Er drückte seinen harten Schaft an Xans Wange und schmierte ein wenig Vorsperma auf Xans Haut. Sein Herz war so erfüllt von Xans Anblick auf seinen Knien, dass es zu platzen drohte. „Hast du dein Versprechen gehalten?"

„Ja."

„Dein Mund, dein Loch …"

„Deins."

Urhos Eier zogen sich zusammen. Er rieb sich den Schwanz und bewunderte die schiere Schönheit von Xan auf den Knien, die Augen verlangend aufgerissen. Urho hatte das Gefühl, fliegen zu können, sich in die Lüfte zu erheben und Xan mit sich zu nehmen.

„Bitte", flüsterte Xan. „Ich habe so lange gewartet. Lass mich."

„Küss ihn", sagte Urho, packte seinen großen Alphaschwanz an der Wurzel und legte die Eichel an Xans Lippen. „Mit geschlossenem Mund."

Xan wimmerte, aber er schürzte die Lippen, beugte sich nach vorn und drückte einen sanften Kuss auf Urhos Eichel. Als er sich wieder zurücklehnte, leckte er sich das Vorsperma von den Lippen und verdrehte ekstatisch die Augen. Ein lustvoller Schauer durchlief seinen Körper.

„Gefällt dir das?", flüsterte Urho. Seine Hoden pulsierten.

„Ja."

„Noch einmal."

Xan küsste die empfindsame Stelle erneut. Und wiederum erbebte sein Körper heftig, als er sich gierig Urhos Lusttropfen von den Lippen leckte.

„Braver Junge. Das ist mein süßer Omega in Alphagestalt."

Xan stöhnte und rieb sein Gesicht an Urhos Schoß. Er schnupperte an den Schamhaaren und sank ein wenig tiefer, um Urhos Sack mit der Nase zu liebkosen. Urho schob seine Finger in Xans weiches Haar und spielte mit seinen Locken, während Xan in Urhos Düften schwelgte.

„Gut so", stöhnte Urho. „Ich will, dass du für den Rest des Tages nach mir riechst."

Ein Zittern ging durch Xans Körper. Er hielt sich an Urhos Schenkeln fest und presste sein Gesicht in Urhos Schoß. Sein Atem wehte über Urhos Hoden, heiß und kitzelnd, aber Xan war ein braver Junge und tat nichts weiter, als Urhos Geruch in seine Lungen zu saugen.

Urho massierte sich selbst und betrachtete Xan, der vor ihm kniete. Sie hatten beide zu viele Sachen an – was einfach falsch war, so falsch. Aber es ging in diesem Moment nicht anders. Er liebte es zu sehen, wie sein Junge zitterte. Urho nahm tiefe Atemzüge und inhalierte den Duft von Xans tropfendem Schwanz.

Er packte Xans Haar und zog ihn weg, sodass er ihm wieder in die Augen sehen konnte. „Zunge raus", befahl er.

Xan gehorchte hastig und zeigte Urho seine rote Zunge.

Urho ließ seine Eichel darüber gleiten und beobachtete, wie Xan vor Lust die Augen verdrehte, als das Aroma die Geschmacksnerven traf. Dann massierte Urho erneut seinen Schwanz, bis einer neuer Lusttropfen hervortrat, den er über Xans Zunge verteilte. Er genoss, wie Xan sich auf dem Boden vor ihm wand und sich mühsam zurückhielt, wie er gegen seine Instinkte kämpfte, um seinem Alpha zu gehorchen.

Perfekt.

„Weit aufmachen", presste Urho hervor.

Xan sah zu ihm auf, schluckte einmal, dann öffnete er seinen Mund weit. Urho stöhnte beim Anblick der weißen Zähne und der hübschen Zunge, ergriff behutsam Xans Kinn und hielt es fest, bevor er Xan mit seinem Ständer fütterte.

Xan wimmerte. Die Vibration tanzte an Urhos Schwanz entlang bis in seine Eier. Er erschauerte und ließ seinen Schwanz los. Dann schob er die Hüften vor, bis seine Eichel die Rückwand von Xans Rachen anstupste. Er hielt still und bewunderte Xans Fähigkeit, ihn so tief in sich aufzunehmen.

Schließlich ergriff er mit einer Hand erneut Xans Haar, während er mit der anderen immer noch Xans Kiefer hielt, und fickte Xans offenen Mund. Der Duft von Xans Erregung stieg ihm in die Nase und steigerte noch den sexuellen Rausch, der ihn vollkommen erfasst hatte. Er bemühte sich, den Blick nicht von Xans tränenden, blauen Augen zu lassen, aber schließlich warf er den Kopf zurück und stöhnte hilflos zur Zimmerdecke hinauf. Die feuchten, keuchenden Laute, die Xan von sich gab, während Urho seinen Mund fickte, machten Urho halb wahnsinnig und trieben seinen Puls in die Höhe, bis er das Gefühl hatte, nur noch ein großes, erfülltes, hämmerndes Herz zu sein – pumpend voller Blut, Liebe und Leben.

Als Urho erneut zu Xan hinab schaute, war dessen Gesicht voller Ekstase, die Augen geschlossen. Sein Körper war vollkommen schlaff, vollkommen Urhos Kontrolle ergeben. Nur Urhos Griff in seinem Haar und an seinem Kinn schien ihn noch aufrecht zu halten. Xan zitterte am ganzen Körper, eine Hand hielt seinen Schwanz durch den Stoff seiner Hose, die andere zuckte an seiner Seite.

Urho zog seinen Schwanz aus Xans Mund und brachte dessen enttäuschten Aufschrei zum Verstummen, indem er ihn auf die Füße zog, in seine Arme und in einen brutalen Kuss. Mit der Zunge suchte er nach den Spuren seines eigenen Geschmacks in Xans Mund und fand sie, gemischt mit Xans Speichel, Xans Atem. Urhos Herz sang. Er öffnete die Hose seines Jungen und sank auf die Knie.

Xan schrie auf, als Urho seinen harten, dicken Alphaschwanz in den Mund nahm. Urho musste ein bisschen würgen, denn er konnte Xan nicht so tief nehmen, wie Xan es bei ihm getan hatte. Dennoch – Xan zuckte und wand sich vor Lust. Schließlich sank er über Urho zusammen, hielt sich an Urhos Schultern fest und kam in wilden, köstlichen Spritzern.

Urho schluckte alles, leckte sich die Lippen und stand auf, um Xan noch einmal leidenschaftlich zu küssen. Xan schnaufte an seinen Lippen, außer Atem und zitternd wie Espenlaub. Urho konnte keine Sekunde länger warten; er stieß Xan zurück auf die Knie und starrte seinen erschöpften Jungen an, die glasigen Augen, den geöffneten Mund. Er zielte, pumpte seinen harten Schwanz, einmal, zweimal, dann spritzte er auf Xans Zunge.

Xan schloss die Augen und schluckte die Ladung hungrig. Er öffnete den Mund erneut, gierig nach mehr, als Urho noch eine Ladung abschoss, und noch eine. Dicke Spritzer landeten auf dem Boden, und der Geruch von Sperma explodierte geradezu in dem kleinen Raum. Urhos Muskeln zogen sich zusammen, und er stöhnte lang und laut beim Anblick von Xans Gesicht und Xans Haaren, gestreift mit dem Beweis seiner Lust.

Xan sank gegen ihn, das Gesicht zu ihm gehoben, die Augen geschlossen, die Wimpern verklebt von Urhos Samen. Er rieb seine Wange an Urhos Schwanz, der immer noch entblößt war, zuckend und tropfend.

Urho schob die Finger in Xans Haar, schluckte um den herben Geschmack von Xans Sperma in seinem Mund und lobte ihn leise. „Das ist mein süßer Omega. Das ist mein Junge."

Xan erschauerte, als Urho mit den Fingerspitzen den Samen von seinen Augenlidern aufnahm und ihn damit fütterte. Xan leckte alles sauber, und Urhos Schwanz zuckte. „Wolfgott, ich will dich immer noch", stöhnte Urho. „Wie machst du mich nur so geil auf dich? Allein dein Duft in der Luft … ich will mich nur noch darin wälzen, bis ich sterbe."

Xan stöhnte wortlos. Urho zog ein Taschentuch aus seiner Hosentasche und wischte Xans Gesicht damit sauber.

„Lass mich dir helfen", murmelte er und zog Xan auf die Füße. Xans Beine zitterten so sehr, dass Urho befürchtete, er würde fallen. Xan blinzelte wie unter Schock, als Urho seine Wange streichelte und sagte „Wir müssen uns waschen."

Xan nickte. Seine Knie gaben erneut nach, aber er hielt sich an Urho fest. „Hier entlang. Die Treppe hinauf."

Da die Beta-Diener immer noch dabei waren, Gepäck hinauf in die Gästezimmer zu tragen, führte Xan Urho durch einen hinteren Korridor und eine Hintertreppe hinauf. Zephyr strich mit einem Maunzen an ihnen vorbei. Sie hielten die Köpfe gesenkt und berührten einander nicht. Aber Urho machte sich keine Illusionen dass die Diener nicht tratschen könnten, wenn sie wollten. Er hoffte nur, dass Xans Cousin Janus keinen von ihnen fürs Spionieren bezahlte. Er würde später mit Xan darüber reden müssen.

„Das ist dein Zimmer", sagte Xan und deutete auf eine offene Tür, die zu einem Raum mit Aussicht auf die Stadt am Fuße des Hügels führte.

„Wo ist deins?"

Xan gestikulierte zu einer Sitzecke am Ende des Flurs. Mehrere Sofas und Sessel standen gegenüber einem Erker, dessen Fenster auf den Garten hinausgingen. „Dort entlang. Im gegenüberliegenden Flügel des Hauses."

Durch die leicht geöffneten Fenster wehte eine Brise in den Flur, zauste an ihren Haaren und ließ frische Seeluft herein.

„Zeig's mir." Urho wollte wissen, wie er mitten in der Nacht dorthin finden konnte, wenn alle anderen schliefen. Er machte sich selbst nichts vor.

Xan biss sich auf die Unterlippe, um ein schmutziges Grinsen zu unterdrücken. „Okay."

Urho folgte ihm vorbei an den anderen Gästezimmern, von denen nur eins offen war – offensichtlich für Jason und Vale – dann weiter an der Sitzecke vorbei und zur Ostseite des Hauses. Die Fenster hier zeigten hinaus auf den Garten, der schon bessere Tage gesehen hatte, aber mehrere Beta-Diener waren dabei, ihn auf Vordermann zu bringen und mit neuem Leben zu erfüllen. Jason würde wahrscheinlich ebenfalls ein paar Ideen diesbezüglich haben.

Schließlich wandten sie sich nach rechts und kamen in einen Flügel ähnlich dem, wo sich Urhos Zimmer befand, nur dass es hier weniger Zimmer gab. Hier konnte man aus den Fenstern in einen anderen Teil des Gartens blicken, der sehr gepflegt wirkte. Urho hegte keinen Zweifel, dass es bei Xans und Calebs Ankunft noch nicht so gut dort ausgesehen hatte. Winterfeste, grüne Bäumchen in großen Pflanzgefäßen und sprudelnde Brunnen dekorierten idyllische Alkoven, die beinahe privat waren, solange niemand von hier oben hinuntersah.

Urho nahm sich fest vor, Xan auf keinen Fall da draußen zu

verführen.

Vor der ersten geschlossenen Tür blieb Xan stehen. „Das ist mein Zimmer." Und mit einer Handbewegung zur nächsten Tür fügte er hinzu: „Und das ist Calebs."

Urho nickte und fing den Blick eines Dieners auf, der an ihnen vorbeikam und sie mit neugierigen Augen betrachtete.

„Im Augenblick sind unsere Zimmer die einzigen in diesem Flügel, die benutzt werden. Es gibt noch weitere, und wir hoffen, eines Tages Bewohner für die zu haben. Das Zimmer direkt neben Calebs würde ein gutes Kinderzimmer abgeben, und es ist groß genug, dass auch eine Pflegeperson bei dem Baby bleiben könnte falls nötig. Aber ich denke, Caleb wird ohnehin alles selber machen wollen." Xan schluckte schwer und unterbrach seinen nervösen Redefluss. „Möchtest du hereinkommen?"

Ein weiterer Beta kam mit einem Stapel Handtücher an ihnen vorbei.

„Ich nehme an, es gibt ein Badezimmer in meinem Flügel?", fragte Urho. Sie zogen Aufmerksamkeit auf sich, und das war kein Wunder. Sie sahen beide ziemlich zerrumpelt aus. Nur gut, dass die Betas sie nicht riechen konnten. Oder vielleicht doch? So viel Sperma, wie sie vergossen hatten?

„Du hast sogar eins in deinem Zimmer. Und in Vales und Jasons Gästezimmer ist auch eins. Nur die übrigen Gästezimmer auf dem Flur müssen sich das teilen, was auf dem Korridor ist." Xan nahm einen tiefen Atemzug und sah sich nach rechts und links um. „Ich habe eine sehr große Badewanne."

Ein Schauer durchlief Urho. Die Versuchung umfing ihn wie eine kräftige Weinranke, die an ihm in die Höhe wuchs und seine Vernunft zu ersticken drohte. „So wundervoll das auch klingt … unsere Wege sollten sich besser hier trennen."

„Natürlich", stimmte Xan leise zu, auch wenn seine Augen vor Enttäuschung einen dunklen Glanz annahmen.

„Aber ich erwarte, dass du mir deine Wanne später noch zeigst. Heute Nacht vielleicht, wenn im Haus alles ruhig ist."

Sofort leuchteten Xans Augen wieder. „Janus hat sein Zimmer im Parterre. Er hat es sich ausgesucht, bevor wir hier ankamen. Eigentlich ist es als Zimmer für den Haushälter vorgesehen, aber Ren ist zufrieden mit seinem Quartier im Personalflügel hinter der Küche."

Urho lächelte. „Ich frage mich, wieso er das ausgesucht hat. Wenn es seine Aufgabe ist, dir nachzuspionieren?"

„Er schläft nicht gut. Geht oft nachts im Garten spazieren. Und manchmal auch am Strand. Sagt er jedenfalls."

„Ah." Das kam Urho gefährlich vor. „Wird er es merken, wenn ich …"

Xan schüttelte den Kopf. „Ich denke nicht. Solange wir leise sind und du vor Sonnenaufgang wieder gehst."

Urho hoffte, dass Xan damit recht hatte. Aber selbst wenn nicht … damit konnten sie sich noch befassen, wenn es so weit war. „Ich sehe dich dann unten", sagte er.

„Ja."

Nur zu gern wäre Urho Xan in sein Zimmer gefolgt, um auszuprobieren, was sie in besagter großer Badewanne alles tun konnten. Aber sie hatten bereits zu viel Aufmerksamkeit auf sich gezogen. Sie mussten vorsichtig und weniger impulsiv sein, wenn sie es nicht noch schlimmer machen wollten. Und das bedeutete, sie durften ihrem Verlangen keinen freien Lauf lassen.

Xan blinzelte zu ihm hinauf, Hoffnung in seinen blauen Augen. Urho wollte seine Lider küssen. Und dann noch einmal Xans Mund. Aber stattdessen sagte er nur: „Bis gleich."

„Ja. Falls du dich verirrst, kann dir einer der Diener den Weg zeigen."

Urho streckte seine Hand aus, ließ sie aber sofort wieder fallen, als ein weiterer Diener mit einer Katzentoilette den Flur entlang kam. Er wünschte, Xan und Caleb hätten nicht so viele Hausangestellte. „Danke, dass du dein Versprechen mir gegenüber gehalten hast."

Xans Wangen wurden rot, und er lächelte schüchtern. „Immer."

Dann verschwand er in seinem Zimmer und schloss die Tür hinter sich. Urho unterdrückte den Drang, sie wieder zu öffnen und seinem Liebhaber zu folgen.

Er konnte kaum ein frustriertes Stöhnen zurückhalten, während er durch den Korridor zurückstapfte. Die Finger von Xan Heelies zu lassen, würde schwerer werden als erwartet.

XANS BADEWASSER WAR noch nicht ganz eingelaufen, als die Tür aufging und Caleb eintrat.

„Vale hat sich in ihrem Gästezimmer hingelegt, und Jason ist natürlich bei ihm. Und Urho ist offenbar unter der Dusche", sagte er. Dann schnupperte er in der Luft, bevor er die Augen verdrehte. „Und ich kann riechen, dass er die Dusche dringend brauchte. Ihr konntet euch nicht einmal lange genug beherrschen , um wenigstens den Anschein von Anstand zu erwecken?"

Xan ließ sich ins Wasser sinken und stöhnte, als der Geruch von Urhos Samen von seiner Haut gespült wurde. Er spritzte sich etwas ins Gesicht und wusch es mit Lavendelseife, um auch dort Urhos Spuren zu beseitigen.

Caleb zog sich den Stuhl vom Waschtisch heran und setzte sich neben die Wanne. „Hier, lass mich …" Er nahm die Seife, schnappte sich einen Waschlappen und einen kleinen, hölzernen Becher, dann goss er immer wieder Wasser über Xans Haar, bis die Locken glatt herunterhingen und an seinen Schläfen klebten.

Xan lehnte sich zurück, als Caleb begann, sein Haar zu shampoonieren. Calebs Hände waren sanft und sicher. Xan seufzte.

„Mmh, das ist schön."

„Dann war es das Warten also wert, nehme ich an?"

„Er ist so befehlsgewohnt", murmelte Xan. „So dominant. Er sagt mir einfach, was ich tun soll, und ich tue es."

Caleb summte leise. Er seifte Xans Rücken mit dem Waschlappen ein.

Xan bedauerte, dass Urhos Geruch fortgewaschen wurde, aber er konnte schließlich nicht hinunter zum Essen mit Jason, Vale und wahrscheinlich auch Janus gehen und dabei nach seinem und Urhos Sperma riechen. Es war nicht einmal in Ordnung, dass Caleb dem ausgesetzt war, auch wenn er ungefragt in Xans Badezimmer geplatzt war und selbst die Aufgabe auf sich genommen hatte – also war es nicht wirklich Xans Schuld.

Caleb spülte das Shampoo sorgfältig aus, wobei er Xans Augen abschirmte. „Dein Haar ist so seidig", murmelte Caleb. „Ich mag, wie sich die Locken um meine Finger anfühlen."

„Du bist so lieb zu mir", sagte Xan. Ein aufgeregtes Glücksgefühl prickelte in seinen Adern, wie eine Mischung aus Champagner und kaum zurückgehaltener Erregung. Er konnte immer noch Urho im Haus riechen und wäre ihn am liebsten suchen gegangen. Aber er wusste, sie mussten vernünftig sein.

Caleb beruhigte ihn. „Ich bin froh, dich so befriedigt zu sehen, von jemandem, der dich nicht verletzt." Er lachte leise. „Oder dir zumindest nicht mehr weh tut, als du willst."

Xan plantschte abwesend mit den Händen im Badewasser und lächelte. „Ich liebe es. Er ist unglaublich. Zugegeben, ich war nervös. Nach all der Zeit und der großen Entfernung dachte ich, dass die Intensität unseres ersten Sex vielleicht nur ein Glücksfall war. Aber nein. Es war ganz genauso gut." Er stöhnte und ließ sich zurück ins Wasser sinken, wobei er versehentlich Calebs weißes Shirt und weiße Hose vollspritzte. „Ich will, dass er mich fickt."

„Ich habe so einen Verdacht, dass er genau das vorhat", neckte ihn Caleb.

„Ich will für immer von ihm gefickt werden", sagte Xan inbrünstig. „Ich wünschte, ich wäre sein echter Omega und würde vor Geilheit Schlick produzieren, wenn er mich nur ansieht. Würde mich für ihn öffnen wie ein Omega. Ich wünschte, ich könnte Hitzen haben und seinen Knoten aufnehmen und ihm Babys gebären."

Caleb setzte sich zurück, strich sich das blonde Haar hinter die Ohren und sah Xan mitfühlend an. „Ich wünschte, du könntest all das haben. Wenn ich dir einfach meinen Gebärpater geben könnte und alles, was damit zusammenhängt, würde ich das in dieser Sekunde tun, mein Liebling. Von ganzem Herzen."

Die Traurigkeit in Calebs Stimme riss Xan aus seinen leidenschaftlichen Gedanken. Er runzelte die Stirn. „Tut mir leid. Ich benehme mich selbstsüchtig."

„Du bist verliebt, und ich will nicht, dass du dich schlecht fühlst wegen dem, was du dir ersehnst. Ich wünschte einfach nur wirklich, ich könnte dieses Problem für dich lösen. Für uns beide." Caleb lächelte sanft und streichelte Xans Wange.

„Wie fühlt sich ein Knoten an?", fragte Xan nach einer kleinen Weile. Er schloss die Augen und versuchte, es sich vorzustellen. Alphaschwänze waren ohnehin sehr groß, und da sein Loch nicht so robust war wie das eines Omegas und auch keinen Schlick erzeugte, konnte die Penetration für ihn recht schmerzhaft sein. Schmerzhaft, aber herrlich. Das Gefühl, so gedehnt zu werden, so gefüllt, war mit nichts zu vergleichen.

Wie mochte es sich anfühlen, wenn etwas noch Größeres in ihm war und ihn festhielt? Von dem Knoten seines Alphas gehalten und für lange Zeitperioden in die Unterwerfung gezwungen zu werden? Er erschauerte. Es klang so wundervoll.

Aber leider bildeten sich Knoten nur in der Gegenwart von Pheromonen, die Omegas in Hitze ausströmten. Es war also mehr als unwahrscheinlich, dass Xan das jemals erleben würde selbst dann nicht, wenn er fähig wäre, es auszuhalten.

„Willst du das wirklich wissen?"

„Ja. Bitte sag es mir." Er wollte es sich so gut wie möglich vorstellen können, wenn er schließlich die Chance bekam, sich von Urho nehmen zu lassen.

Caleb tauchte die Finger in das warme Badewasser, dann zog er sie heraus und beobachtete nachdenklich, wie die Tropfen auf die Oberfläche trafen und winzige Wellenkreise erzeugten. „In dem Moment, wenn ich beknotet werde, genieße ich es wie sonst nichts", sagte Caleb mit einem seltsamen Tonfall in der Stimme. „Der Knoten füllt mich, und ich kann nicht mehr denken. Ich bin dann nur noch Gefühl und Lust. Ich fühle mich … vollständig und heil. Ich komme. Immer und immer wieder. Es ist reine, intensive körperliche Befriedigung." Er rümpfte die Nase und schauderte. „Aber wenn es vorbei ist, hasse ich es. Und bereue es. Ich verabscheue es, dass ich mich in ein rammelndes, geistloses Tier verwandele und um etwas bettele, woran ich normalerweise nicht einmal ertragen kann zu denken. Biologie besitzt eine große Macht."

Xan runzelte die Stirn. Seine bis dahin wachsende Erregung löste sich angesichts Calebs Problemen in Nichts auf. „Ich wollte nie, dass du dich wegen mir so fühlst."

„Oh!" Caleb schüttelte sich aus seiner Trübsal. „Ich dachte an früher. Mit anderen Männern." Er lächelte, aber seine Augen sahen immer noch traurig aus. „Mit dir ist der Knoten sogar noch viel besser, weil ich mich bei dir sicher fühle. Und wenn es vorbei ist, empfinde ich mehr Frieden als alles andere. Und natürlich Hoffnung." Ein neues Leuchten trat in seine Augen. „Ich wünsche mir so sehr, schwanger zu werden. Und darum freue ich mich schon auf meine nächste Hitze, Liebling." Liebe und Vorfreude schimmerte in Calebs Blick. „Ich wünsche mir so sehr eine Familie,

Xan. Ich weiß, du wirst ein wundervoller Vater sein, und ich denke – ich hoffe – ich werde ein guter Pater sein."

„Du wirst ein wunderbarer Pater sein", versicherte ihm Xan. Er setzte sich auf, nahm Calebs Hand und streichelte zärtlich seine Finger. „Ich kann es kaum erwarten, dich mit unserem Baby in deinen Armen zu sehen, wenn du es stillst."

„Darauf freue ich mich auch." Caleb lächelte wehmütig. „Aber ich beneide dich darum, wie sehr du dir auch alles andere wünschst. Und auch wenn ich dich bedaure, weil du es nicht haben kannst, so muss ich zugeben, ich bedaure mich selbst mehr, weil ich nichts davon will." Caleb seufzte. „Also bin vielleicht ich derjenige, der selbstsüchtig ist."

„Nein, du bist perfekt."

Caleb grinste. „Oh, Alpha mein. Natürlich denkst du das. Und Urho findet *dich* perfekt."

„Das bezweifele ich. Ich bin sicher, er wünscht sich, ich könnte ihm geben, was sein Riki ihm geben konnte."

Caleb hob die Brauen. „Bist du eifersüchtig auf seinen toten Omega?"

„Nein." Xan zuckte die Achseln. Er war nicht eifersüchtig auf Riki, nicht wirklich. „Er ist tot. Das lässt sich nicht ändern. Ich bin am Leben, und ich bin real." Er ließ Calebs Hand los und nahm den Schwamm in die Hand. „Du musst mich nicht bepatern. Ich fühle mich jetzt wieder besser und komme allein zurecht. Ich weiß nicht, was über mich kam."

„Erschöpfung nach extrem heißem Sex?", fragte Caleb lachend. „Ich habe dich noch nie so gesehen, so ausgepumpt danach. Ich mag mir gar nicht ausmalen, wie du erst morgen früh sein wirst. Wahrscheinlich zu schwach, um das Bett zu verlassen."

Xan spritzte sich erneut Wasser ins Gesicht und lachte. „Und wahrscheinlich krumm und steif wie die Wolfhölle."

„Ja. Vor allem steif." Caleb warf Xan die Seife zu. „Aber

versprich mir eines. Macht ab und zu Pause mit dem Ficken und nehmt euch Zeit, euch besser kennenzulernen, ja? Ich denke, wenn es mit euch irgendeine Zukunft haben soll, dann liegt sie auf diesem Weg."

Er küsste Xan auf den Kopf, dann verließ er das Badezimmer.

Der Wasserdampf hatte den Spiegel beschlagen, als Xan schließlich aus der Wanne stieg, um sich abzutrocknen. Er wischte das Glas frei und betrachtete sein Spiegelbild.

Zum ersten Mal seit langer Zeit dachte er, vielleicht eines Tages die Person mögen zu können, die ihn ansah.

KAPITEL 15

DAS ABENDESSEN VERLIEF ruhig und friedlich. Die Gespräche drehten sich um Vales Schwangerschaft, Calebs und Xans neue Einrichtung fürs Haus, sowie die Pläne für die kommenden Tage. Jedes Mal wenn Xan über den Tisch hinweg Urhos Blick auffing, machte sein Herz einen Hüpfer. Die Spannung zwischen ihnen schien in der Luft zu flimmern, bis Xan sie fast auf seiner Haut spüren konnte. Er fragte sich, ob die anderen es ebenfalls merkten und nur zu höflich waren, um es zu erwähnen.

Jason überwachte Vales Nahrungsaufnahme wie ein besessener Mann, und Vale sah mehr als einmal aus, als wäre er kurz davor, ihm dafür eine reinzuhauen. „Ein Schlückchen schadet dem Baby nicht. Frag Urho", schnaubte Vale und nippte seinen Tafelwein aus einem Glas im Fingerhut-Format.

Urho riss seinen Blick lang genug von Xan, um zu bestätigen, dass eine so winzige Menge dem Baby nicht das Geringste ausmachen würde. Jason blieb keine andere Wahl, als sich mit dieser Antwort zufrieden zu geben.

Nach dem Essen bat Caleb alle in die Bibliothek, um ein wenig Musik zu hören und zu lesen. Er hatte den Plattenspieler aus Xans Büro geholt und genoss es, die Schallplatten in der Bibliothek abzuspielen und neue Tänze dazu zu erfinden.

Er war gerade dabei, den anderen einen davon beizubringen, als Janus von seinem abendlichen Besuch im Herrenclub zurückkehrte. Er war frisch geduscht, als er hereinkam, trug einen modischen Anzug und duftete nach Pfefferminze. Aber nichts davon konnte den Bluterguss an seinem Kinn verdecken, oder den Alkoholgeruch, den er verströmte. Er musste einen Zwischenstopp an der Bar eingelegt haben, nachdem er einen seiner Ringwettkämpfe verloren hatte.

„Was haben wir denn hier?", fragte Janus, bevor Xan ihn nach seinem verunstalteten Gesicht fragen konnte. „Eine Party? Mit Tanzen? Und ich war nicht eingeladen? Du weißt doch, wie gern ich tanze, Caleb." Er grinste flirtend.

Caleb setzte ein hübsches Lächeln auf und antwortete: „Tja, uns fehlt noch ein Partner."

Janus lächelte breit, aber es wirkte irgendwie nachlässig, so als wäre er zu betrunken, um seine Gesichtsmuskeln richtig unter Kontrolle zu haben. Er machte eine Geste in Richtung Vale, der sicher auf dem Sofa saß und alles beobachtete. „Ich bin liebend gern bereit, mit diesem hübschen Omega zu tanzen. Ich glaube, wir kennen uns noch nicht." Er trat vor, mit ausgestreckter Hand und einem dreisten Grinsen im Gesicht, blieb aber wie angewurzelt stehen, als er Vales offensichtliche Schwangerschaft bemerkte.

Jason, der mit Caleb getanzt hatte – vorgeblich, um die Schritte zu lernen, aber in Wirklichkeit um Xan und Urho die Möglichkeit zu geben, miteinander zu tanzen – ließ Calebs Taille los und trat zwischen Janus und Vale.

„Janus", sagte er kühl. „Lange nicht gesehen. Das ist mein *Érosgápe*, Vale Aman. Er nahm Vales Hand und half ihm aufzustehen. „Vale, das ist Janus Heelies, Xans Cousin."

„Jason! Es ist in der Tat lang her." Janus schluckte und sein Blick wanderte von Vale zu Caleb, der die Szene besorgt beobachtete. „Ich hörte, du hättest deinen *Érosgápe* gefunden. Du bist ein glücklicher Mann."

„Gelinde ausgedrückt", antwortete Jason, aber seine Stimme klang gepresst.

„Verzeiht mir" sagte Caleb und eilte herbei. „Ich hätte euch einander vorstellen müssen. Ich war außer Atem vom Tanzen."

„Und in der Hoffnung, Janus würde wieder gehen", murmelte Xan leise vor sich hin. Seine Unhöflichkeit wurde ignoriert. Xan wusste nicht, ob er darüber erleichtert oder enttäuscht sein sollte.

„Und ich sollte wohl gratulieren", sagte Janus mit einer Geste zu Vales Babybauch. Jegliche Anzeichen von Flirtlaune war aus seinem Tonfall und Verhalten verschwunden. Kein Alpha – wie viel er auch getrunken haben mochte – war so dumm, mit einem schwangeren Omega zu flirten. Besonders nicht, wenn es sich um ein *Érosgápe*-Paar handelte, außer er wollte einen Gewaltausbruch zwischen Alphas provozieren. „Wann ist es denn so weit?" Seine Zunge klang schwer, und er lallte ein wenig.

„Nächsten Monat wenn alles gut geht", sagte Jason und stellte sich schützend neben Vale. Xan fiel auf, dass sich die Männer nicht die Hände geschüttelt hatten.

Janus nickte. „Wolfs Segen für euch beide. Und natürlich für das Baby." Dann drehte er sich zu Xan und Urho um. Er musterte sie mit erhobenen Brauen und allzu wissendem Blick.

Sofort ließ Xan Urhos Taille los und löste die Umarmung, die sie geteilt hatten, während er Urho durch die Schritte von Calebs neuem Tanz geführt hatte. Er trat einen Schritt zur Seite und lächelte Janus bemüht an. „Erlaube mir, dir Jasons und Vales Freund vorzustellen, Dr. Urho Chase. Er ist hier, um bei der Geburt zu helfen, wenn es so weit ist, und um sicherzustellen, dass bis dahin alles gut verläuft."

Janus' Brauen wanderten noch höher, aber er streckte Urho mit einem arroganten, immer noch wackeligen Grinsen seine Hand entgegen. „Willkommen auf dem Lofton-Anwesen. Ich bin sicher, Caleb hat es euch hier behaglich gemacht. Er verwandelt dieses Haus in ein wunderschönes Zuhause."

Caleb versteifte sich, und Xan ging zu ihm, um ihm einen Arm um die Schultern zu legen. „Caleb macht alles besser", sagte Xan betont. Caleb hob das Kinn.

Janus schmunzelte. „Das glauben alle Alphas! Vielleicht finde ich eines Tages auch jemanden, der einen Vertrag wert ist, und erlebe selbst solch reine Hingabe. Oder besser noch vielleicht finde ich meinen *Érosgápe*. Ich hörte, der Sex wäre unschlagbar."

Jasons Kiefer zuckte, als würde er mit den Zähnen knirschen, und Vales Miene wirkte angespannt.

Urho räusperte sich. Es klang wie milder Tadel.

Aber Janus tat natürlich so, als würde ihm die Anspannung im Raum überhaupt nicht auffallen. „In der Zwischenzeit", fuhr er lallend fort, „muss ich mich offensichtlich selbst bedienen." Er durchquerte den Raum und schenkte sich selbst eine großzügige Portion Bourbon aus dem Barschrank ein.

Caleb gab einen leisen, verärgerten Laut von sich. Xan fing seinen Blick auf und hob eine Braue – die stumme Frage, ob er seinen Cousin davon abhalten sollte, noch mehr zu trinken. Caleb schüttelte einmal kurz den Kopf. In seinen blauen Augen stand Frustration.

Janus drehte sich um und hob sein Glas. „Auf die Freundschaft!"

Alle anderen starrten ihn einfach nur an während er trank. Niemand wiederholte seinen Trinkspruch.

Xan fiel auf, dass er gar nicht wusste, ob Janus überhaupt irgendwelche Freunde hatte. Der Mann war ständig unterwegs auf Partys und Gesellschaften, aber jeder kannte natürlich den Unterschied zwischen geschäftlichen Treffen, um etwas zu trinken und Kontakte zu knüpfen, und einem Gläschen unter Freunden. Und wer würde mit jemandem wie Janus befreundet sein wollen? Er war arrogant, selbstgefällig und nahm sich viel zu wichtig.

Janus kippte den ganzen Drink in einem Schluck, dann wischte er sich recht grotesk mit dem Ärmel seines Anzugjacketts den Mund ab. „Ich habe eine Überraschung für dich, Cousin."

„Ach ja?", fragte Xan. Es lief hm kalt über den Rücken.

„Ich werde dir ein paar Wochen lang nicht mehr auf die Nerven gehen." Von irgendwoher schien er etwas geistige Klarheit zu sammeln. Seine Augen waren immer noch glasig vom Alkohol, aber er sprach deutlicher. „Ich wurde zurück in die Stadt beordert."

Xans Herz machte einen seltsamen, kurzen Sprung, bevor es sofort wieder landete. Das Janus fort sein würde, war gut, fantastisch, *wunderbar*. Er würde mehr Zeit mit Urho verbringen können, ohne befürchtet zu müssen, verpetzt zu werden. Aber wenn Janus wieder in der Stadt war, würde er unter Vaters Fittichen sein. Und das bedeutete, dass Xan immer noch auf Platz zwei in Vaters Erbfolge stand.

Xan biss die Zähne zusammen. „Warum?"

„Ich wurde befördert. Ein neues Projekt in einer anderen Stadt. Ich glaube, die Hauptstadt war im Gespräch", sagte Janus mit einem trunkenen, selbstzufriedenen Grinsen. „Außerdem will dein Vater die Zukunftspläne für das Büro hier in Virona zum Abschluss bringen."

„Dann sollte ich bei diesen Gesprächen dabei sein."

„Denkst du das wirklich?" Janus neigte den Kopf und grinste höhnisch. „Dein Vater denkt das nicht. Er sagte ausdrücklich, du sollst hier bleiben." Seine Augen funkelten, während er sein Glas nachfüllte. „Und das trifft sich gut, oder nicht? Da sich herausgestellt hat, dass du *Hausgäste* hast." Die besondere Betonung auf dem Wort deutete gewisse Dinge an. Und auch wenn diese Dinge wahr waren, musste Xan sich einfach selbst sagen, dass Janus auf keinen Fall wirklich etwas wissen konnte.

Urho legte Xan beruhigend einen Arm über die Schulter, aber Xan schüttelte ihn ab. Er wollte Janus nicht den geringsten Anlass geben, seinem Vater irgendetwas zu berichten. „Wann fährst du ab?"

„Morgen. Sofort in der Früh. Ich muss zugeben, dass ich mich auf meine triumphale Rückkehr in die Stadt freue." Das trunkene Grinsen war zurück, und Janus sah Caleb an, als er hinzufügte: „Es gibt dort einen gewissen, leckeren Omega, den ich wieder einmal besuchen wollte. Vielleicht ist er sogar der Richtige für mich. Wenn er nur nicht schon einem anderen versprochen wäre."

Caleb warf Janus einen verletzten, wütenden Blick zu, und Janus grinste, als würde ihm Calebs Reaktion aus irgendeinem Grund gefallen. Dann hob er sein Glas an die Lippen, warf den Kopf zurück und trank es aus.

Jason und Vale standen still wie Statuen am Sofa und beobachteten, wie sich die Szene um sie herum in ein Desaster verwandelte, schweigend und sichtlich unangenehm berührt. Urho stand hinter Xan und versuchte, ihn durch seine bloße Präsenz zu beruhigen, aber so sehr Xan die Geste auch begrüßte, das peinliche Benehmen seines Cousins überschattete alles.

„Und damit sage ich gute Nacht." Janus' Lächeln wurde schmeichlerisch. „Es war wunderbar, deine Bekanntschaft zu machen, Vale." Er wandte sich an Jason. „Und es war schön, dich wiederzusehen. Wir werden zukünftig wohl oft zusammenarbeiten, nach den Verträgen zwischen unseren Firmen zu urteilen."

„Oh?", sagte Jason steif. „Mein Vater und ich arbeiten normalerweise direkt mit Xan oder Ray zusammen."

„Xan wird nicht mehr lange euer Ansprechpartner sein", sagte Janus. Er schwankte ein wenig. „Sondern ich." Dann sah er Caleb in die Augen. „Sieht so aus, als hättest du dir den falschen Heelies ausgesucht. Ich hätte mich besser um dich gekümmert."

„Aber um welchen Preis?", fauchte Caleb und drehte Janus den Rücken zu.

Es wurde totenstill im Raum. Xan konnte seinen eigenen Puls in seinen Ohren wummern hören. Er ballte die Fäuste und sah buchstäblich rot.

„Oh warte", fügte Janus hinzu. Eine hässliche Fratze verzerrte sein attraktives Gesicht. „Ich war ja derjenige, der dich nicht wollte, richtig? Wie konnte das nur sein, wo du doch so perfekt bist? Zum Glück für uns beide ist meine Erinnerung an die Einzelheiten ein wenig verschwommen." Und dann schimmerten seine Augen plötzlich und vollkommen unerwartet feucht, als kämen ihm die Tränen, und er stieß hervor: „Ich hatte wohl zu viel Alkohol heute Abend."

Einzig Urhos Hand auf seiner Schulter hielt Xan davon ab, Janus wütend anzugreifen. Er knurrte: „Raus aus meinem Haus!"

„Also bitte. Du weißt, es ist das Haus deines Vaters, und er will, dass ich hier bin."

„Es ist *mein* Haus!" Xan stürzte sich auf ihn, aber Urho hielt ihn fest.

„Du willst deinem Vater doch nicht noch mehr Gründe liefern, dich zu enterben, oder?" Janus' Lachen klang gemein, aber auch seltsam gebrochen. In der Tür blieb er noch einmal stehen und warf Calebs Rücken einen wehmütigen Blick zu. „Wenn du mich damals doch nur ..."

Calebs Schultern verspannten sich.

Janus schüttelte heftig den Kopf und wandte sich noch einmal an Xan. „Ich werde deinen Pater von dir grüßen, Cousin. Er vermisst dich. Auch wenn er der Einzige ist."

Dann marschierte er auf unsicheren Füßen aus dem Raum.

Xan starrte ihm hinterher, aber Jason und Urho ließen ihn nicht folgen. „Ich werde ihn umbringen", stieß Xan hervor und wehrte sich gegen Urhos Griff und Jasons solide Gegenwart vor ihm. „Lasst mich los. Ich werde ihn–"

„Hör auf!", sagte Caleb mit bebender Stimme. „Vergiss Janus. Er ist betrunken und grauenvoll, aber er ist es nicht wert, heute Abend noch einen weiteren Gedanken an ihn zu verschwenden." Seine Wangen waren so gerötet, als wäre er geohrfeigt worden. Er schloss die Augen und schauderte. „Er ist widerwärtig. Wie konnte ich ihn je für charmant halten?"

Caleb ging zum Sofa und ließ sich neben Vale in die Polster sinken. Vale nahm seine Hand. Caleb lächelte ihn an, entzog aber seine Hand, um sich die Stirn zu massieren. Er zitterte leicht. „Bitte beruhige dich einfach, Xan", flüsterte er. „Mach es nicht noch schlimmer."

Jason und Urho wechselten einen Blick, und Xan kniete sich neben Caleb vor die Couch. Aber Caleb schüttelte den Kopf. „Gib mir einfach einen Moment. Der Kerl saugt sämtlichen Sauerstoff aus dem Raum."

Besagter Raum vibrierte in unangenehmem, emotionalen Schweigen.

„Wow", murmelte Jason schließlich. „Es ist, als wäre er mit Hundescheiße unterm Schuh rausgegangen. Der Gestank ist immer noch da."

„Ist es sehr verwerflich zu hoffen, dass es einen Unfall gibt und er morgen irgendwie auf die Gleise stürzt, wenn sich der Zug nähert?", fragte Xan und ging zum Barschrank, um sich einen großzügigen Drink einzugießen. „Er ruiniert alles, einfach nur, indem er existiert."

Xan verabscheute all die hasserfüllten Nadelstiche, mit denen Janus ihn – und schlimmer noch: Caleb – in nur wenigen schrecklichen Minuten gequält hatte. Und noch mehr verabscheute er, dass er seinen Cousin nicht mit einem wohlplatzierten Ellenbogen gegen die Kehle ausgeschaltet hatte. Hätten Urho und Jason ihn nicht festgehalten …

Dann würde er wahrscheinlich morgen wegen Mordes ins Gefängnis wandern.

Also war es zweifellos am besten so. Aber er bedauerte, dass Janus immer noch in seinem Haus atmete. Nach dieser kleinen Show war auch nur eine weitere Nacht eine Nacht zu viel.

„Er ist grauenvoll", hauchte Vale. „Ich hatte nicht erwartet, ihn zu mögen aber das war … Wolfgott."

Jason sagte: „Ich mochte ihn noch nie und hielt ihn für arrogant. Aber was genau *ist* sein Problem, Xan? Ich erinnere mich nicht, dass er jemals grausam um der Grausamkeit willen gewesen wäre."

„Früher war er auch nicht so", murmelte Caleb, das Gesicht halb verborgen hinter seiner eleganten Hand.

„Dann hat er sich verändert?", fragte Vale.

„Es spielt keine Rolle, wie er früher war, wenn das jetzt seine Persönlichkeit ist", stieß Urho wütend hervor. „Was für ein Arschloch."

„Ja", stimmte Vale zu. „Aber vielleicht hat das Arschloch einen Grund, warum–"

„Entschuldigungen für so ein Verhalten sind für Kleinkinder reserviert. Und fürs Totenbett", sagte Urho.

Vale verdrehte die Augen, und Jason sah aus, als würde er gleich tatsächlich lachen. Xan wusste nicht, was er von Urhos Bemerkung halten sollte. Er war immer noch zu verstört von Janus' schrecklicher Unterbrechung ihres wundervollen Abends. Xan wünschte, sein Cousin wäre niemals hergekommen, und sie hätten einfach fröhlich weitergetanzt. Aber für heute Abend war der Tanz eindeutig zu Ende.

„Er schafft es jedes Mal, mir unter die Haut zu gehen", murmelte Xan genervt. „Selbst als wir noch Kinder waren. Aber vor ein paar Jahren hat er sich auf jeden Fall zum Schlimmeren gewandelt. Aber egal. Er schläft jetzt seinen Rausch aus, und morgen früh wird er weg sein. Mehr kann ich nicht verlangen."

„Das ist eine gute Neuigkeit." Jason warf einen bedeutungsvollen Blick zu Urho, dann wieder zu Xan. „Es bedeutet, wir können uns alle ein wenig freier bewegen. Und ihr beide müsst weniger heimlich tun."

„Genau." Xan hätte froh sein sollen, dass Janus Virona verließ.

Aber ein düsteres Gefühl machte sich in seiner Magengrube breit. Am liebsten wäre er durch den Flur zu Janus' Zimmer marschiert, hätte die Tür aufgerissen und ihm den Arsch versohlt. Andererseits wollte er nichts lieber, als sich auf Urhos Schoß zusammenzurollen und zu weinen, denn er war müde und verletzt und wütend.

Weil sein Vater dieses erbärmliche Stück Dreck mehr liebte als ihn. Und er würde Janus die Firma überlassen, wenn sich ihm auch nur die kleinste Gelegenheit dazu bot.

Xan spülte seine Emotionen mit einem weiteren, großen Schluck Bourbon herunter.

„Wenigstens wartet ein neues Projekt auf ihn, irgendwo weit weg", murmelte Caleb. „In Kürze ist er nicht mehr hier."

„Aber wir werden hier sein", sagte Xan.

Caleb sah ihn an. Er seufzte und ließ die Schultern hängen. „Da hast du wohl recht."

„So schlecht ist es hier doch gar nicht ..." warf Jason ein.

„Ja, ihr macht es euch wirklich schön", stimmte Vale zu.

Caleb flüsterte: „Ich mag Virona. Aber darum geht es nicht."

Xan nahm noch einen Schluck aus seinem Glas und schloss die Augen, als der Drink in seiner Kehle brannte. Urhos Hand ruhte auf seiner Schulter und drückte sie leicht.

„Es ist ein gutes Haus", sagte Urho zögernd. „Ich könntet hier ein wunderbares Leben führen, weit weg vom Einfluss der Familie."

Xan suchte erneut Calebs Blick, dann seufzten sie beide. „Das stimmt. Aber wie Caleb schon sagte, es ist ein wenig komplizierter." Xan rieb sich die Schläfe. „Ich bin froh, dass Janus in einer anderen Stadt ein neues Projekt beginnt, aber er sagte, er würde auch die abschließenden Prozesse mit diesem Büro hier in Virona handhaben."

„Was bedeutet, dass Xan bei seinem Vater nicht so viel Eindruck gemacht hat, wie wir gehofft hatten", murmelte Caleb. „Mach mir bitte einen Drink, Liebling. Einen starken."

„Das verstehe ich", sagte Urho. Er geleitete Xan zu dem Sessel neben dem Sofa, der Caleb am nächsten stand. Dann machte er sich daran, Drinks für alle einzuschenken. Während die Nacht in die frühen Morgenstunden überging, saßen sie in der Bibliothek zusammen, und Xan erklärte die Situation: die Drohungen seines Vaters, die Kontaktsperre zu seinem Pater, Janus' Ehrgeiz.

„Ich verstehe", sagte Urho langsam, als Xan geendet hatte. „Dann könnte Janus' Reise zurück also gefährlich für dich werden."

„Er könnte Xan in den wildesten Farben darstellen, ihn schlecht machen", sagte Caleb. Er schwenkte seinen Drink und trat sich die Schuhe von den Füßen, was seine glitzernden Zehennägel enthüllte.

„Er wird den Erfolg des Büros in Virona komplett als sein alleiniges Verdienst darstellen", grummelte Xan.

Und das, obwohl Xan die meiste Arbeit getan hatte. Er hatte die täglichen Aktivitäten geleitet und überwacht, Probleme gelöst, Streitigkeiten auf der Baustelle geschlichtet und, und, und. Währen Janus sich an den meisten Tagen verdrückt hatte, um im Herrenclub „Beziehungen zu knüpfen". Er hatte behauptet, sein Ziel wäre es, die Bessergestellten in der Gemeinde „einzuwickeln".

Virona war nicht so reich wie die Stadt oder die Hauptstadt, aber auch hier gab es eine Aristokratenklasse. Xan hatte nicht sehr protestiert, weil er immer froh gewesen war, Janus nicht im Weg zu haben – es war so viel leichter gewesen, Rays Anweisungen präzise umzusetzen, wenn Janus nicht jeden Schritt in Frage gestellt hatte.

Und Xan hatte sich vorgestellt, sein Vater würde seine Zielgerichtetheit und Beharrlichkeit zu schätzen wissen, würde erkennen, dass Xan sich nicht ablenken ließ, sondern tatsächlich zupackte und Ergebnisse erzielte. „Alles, was meinen Vater interessiert, ist die Firma", stieß Xan hervor. „Glück, Freude, Liebe – nach solchen Dingen streben in seinen Augen nur geringerwertige Männer. Die Sorte Männer, die mein Vater nicht respektiert."

Jason murmelte: „Ich frage mich, was sein *Érosgápe* dazu sagt."

„Pater ist ..." Xan verstummte. Die Kehle wurde ihm eng, und Tränen stiegen ihm hoch. Er schloss die Augen und rieb sich die Nasenwurzel.

„Xans Pater tut, was immer sein Vater will", sagte Caleb leise. „So ist er halt."

„Ja, ich erinnere mich" stimmte Jason zu.

Mitfühlendes Gemurmel erhob sich, und Xan kam sich jung und dumm vor. Aber als sein Blick erneut Urhos fand, sah er dort nichts weiter als eine Wärme, die ihm Hoffnung gab.

„Verzeih, wenn ich das frage", sagte Urho. „Aber sind eure Diener loyal? Falls einer von ihnen im Dienste deines Cousins steht, könnte er unschickliches Verhalten berichten, und–"

„Das würde Ren niemals zulassen", antwortete Xan. „Er ist schon seit Mont Nessadare bei mir. Und er stellt nur Leute ein, an die er glaubt und denen er vertraut."

„Trotzdem", wandte Caleb ein. „Da ist unser neuer Küchenjunge. Er hat Heimweh und spart für eine Zugfahrt nach Hause, um seinen Pater zu besuchen. Die meisten Betas stehen jeglichem Ausdruck von Sexualität zwar sehr offen gegenüber, aber es gibt auch einige, die sich streng an das Heilige Buch von Wolf halten."

„Mit anderen Worten?" fragte Xan.

„Ich denke, ich werden den neuen Küchenjungen nach Hause schicken. Falls der Koch mehr Hilfe braucht, stellen wir jemandem aus dem Ort ein. Jemanden, der abends nach Hause gehen kann, sodass weniger Leute im Haus sind." Caleb lächelte, aber in seinen Augen lag ein gehetzter Blick. „Wir können uns nicht erlauben, nachlässig zu sein, aber in unseren eigenen vier Wänden sollst du dich sicher fühlen können. Darauf bestehe ich."

„Das wäre ein guter Anfang", stimmte Urho zu.

Caleb seufzte. Sein Blick ging ins Unendliche. „Vielleicht sollte ich mit Ren sprechen. Damit er den anderen unmissverständlich klarmacht, dass sie alles, was hier im Haus passiert, streng für sich behalten müssen und nicht einmal Janus davon erzählen dürfen."

„Die Personalquartiere liegen zum Glück getrennt", sagte Jason. „Solange ihr euch also während des Tages wie Gentlemen benehmt, wird niemand etwas mitbekommen."

„Es ist so unfair und lächerlich, dass ihr euch verstecken müsst", sagte Vale und rieb seinen Bauch. Dann stöhnte er. „Mein Rücken bringt mich um. Urho, du hast schon viele Babys gesehen – bitte versprich mir, dass er süß sein wird."

„Du wirst denken, dass du nie etwas Süßeres gesehen hast", versprach Urho. Dann schlug er sich die Hände auf die Schenkel und erhob sich. „Lassen wir die unangenehmen Themen für heute Abend ruhen. Vale, ich denke, Jason sollte dich jetzt auf euer Zimmer bringen."

„Ja, es ist spät geworden." Caleb warf einen Blick auf die Uhr und seufzte. „Wir sollten alle zu Bett gehen. Ich habe für uns morgen einen schönen, langen Spaziergang am Strand geplant, Vale. Dafür willst du sicher ausgeruht sein."

Sie wünschten einander eine gute Nacht.

Nachdem Vale und Jason den Raum verlassen hatten, küsste Caleb erst Urho auf die Wange, dann Xan, und sah ihnen beiden ernsthaft in die Augen. „Janus' Zimmer liegt weit weg von euren, aber vertraut ihm nicht. Versucht leise zu sein, ganz gleich, wie sehr die Leidenschaft hochkocht. Falls er gegenüber deinem Vater auch nur Andeutungen macht …"

Xan nickte, dann nahm er Caleb in die Arme. „Wir werden vorsichtig sein. Danke."

„Ich liebe dich, Xan", flüsterte Caleb ihm ins Ohr. „Hab Spaß. Aber gehe kein Risiko ein."

Xan nickte erneut, und Caleb löste sich von ihm. Nach einem weiteren Kuss auf Urhos Wange tappte er auf nackten Füßen aus dem Raum, seine Schuhe in der Hand.

„Solltest du mit ihm gehen? Braucht er deinen Trost?", fragte Urho und legte Xan eine Hand auf die Schulter. Die Wärme kribbelte in den Muskeln von Xans Arm, und er lehnte sich zurück an Urhos starke Brust.

„Dann hätte er etwas gesagt. Caleb hat kein Problem damit, mir seine Wünsche und Bedürfnisse mitzuteilen."

Urho drehte Xan um. „Was läuft da zwischen ihm und deinem Cousin? Worum ging es da?"

Xan ließ den Kopf gegen Urhos Brust sinken, atmete tief ein und genoss Urhos Geruch. „Das ist eine Geschichte, die er selbst erzählen muss. Aber was ich sagen kann ist, dass sie früher offenbar befreundet waren – und dass es so aussah, als könnte mehr daraus werden. Caleb war verletzt, als es endete, aber das ist schon lange her. Als er Janus wiedersah, sind wohl alte Wunden aufgebrochen, denke ich."

„Sollten wir beide zu ihm gehen?"

Xan küsste Urhos Kinn. „Du bist ein guter Mann. Aber nein. Er wird jetzt allein sein wollen. Das ist so seine Art."

„Wenn du sicher bist."

„Das bin ich."

„Dann werde ich in einer Stunde zu dir kommen", sagte Urho ernst. „Sei bereit für mich."

Xan schluckte hörbar. „Bereit wie?"

„Wasch dich. Überall. Ich will nicht warten müssen, wenn ich zu dir komme."

Xans Eier zogen sich zusammen, und er bekam auf der Stelle einen Harten. „Ja, ich werde bereit sein."

Urho nickte, dann wandte er sich zum Gehen. Kein Händedruck, kein Kuss, nichts. Lediglich sein Duft hing noch in der Luft, nachdem er den Raum verlassen hatte. Xan leckte sich die Lippen und zählte bis zwanzig, bevor er ebenfalls ging und auf dem

Weg hinaus die Lichter in der Bibliothek ausmachte.

„ICH BIN NERVÖS", sagte Xan lachend.

Urho trat in Xans üppig eingerichtetes Zimmer und schloss die Tür hinter sich. Er atmete unregelmäßig beim Anblick von Xan, der einen roten Bademantel trug, in dem er ziemlich unanständig aussah: seine blasse Brust war entblößt, und die Farbe betonte seine vollen, roten Lippen.

„Wieso das?", fragte Urho und klang genauso atemlos, wie er sich fühlte. Er selbst hatte ebenfalls ein seltsam flaues Gefühl im Magen. In den letzten Monaten hatte er so oft daran gedacht, Xan zu ficken – hatte es gewollt, es gefürchtet, es hinterfragt und schließlich entschieden, einfach mehr von Xan haben zu müssen – dass es ihn nun überwältigte, so kurz davor zu stehen.

„Wieso ich nervös bin?", fragte Xan. Seine Stimme klang höher als gewöhnlich. „Ich glaube, weil es so lange her ist, dass ich das mit jemandem gemacht habe, der ..." Xan beendete den Satz nicht. Seine blasse Brust nahm einen rosigen Ton an, und die Farbe breitete sich über seinen Hals und bis hinauf in seine Wangen aus. Dann versuchte er es noch einmal: „Mit jemandem, der ..."

„Der dir nicht wehtun will?",fragte Urho leise.

„Ja. Ich denke, das ist es." Xan klang so unsicher, dass es Urho das Herz zerriss.

„Wir sollten darüber reden, bevor wir weitergehen", sagte Urho, obwohl sein Schwanz vehement Einspruch erhob. Urho führte Xan zu dem breiten, prunkvollen Bett, wo die Decke bereits zurückgeschlagen war. „Was willst du heute Nacht?"

„Ich will, dass du mich fickst", sagte Xan mit fester Stimme, auch wenn er danach einen schütteren Atemzug nahm, der sich wie ein kaum unterdrücktes Kichern anhörte. „Ich habe es gern etwas grob ... denke ich.“

„Du denkst?“

„Ich weiß nicht, ob ich über die Dinge reden sollte, die ich in der Vergangenheit getan habe“, sagte Xan und leckte sich nervös über die Lippen. „Oder über die Männer, die ich hatte.“

„Wie viele waren es?“

„Nur zwei. Jason und ... der andere.“

„Das Ungeheuer.“

„Das sogenannte Ungeheuer“, sagte Xan. Eine nervöse Spannung kribbelte in der Luft zwischen ihnen.

„Da ist nichts Sogenanntes. Vergiss nicht, dass ich gesehen habe, was er dir angetan hat. Wie er dich zurückgelassen hat, nachdem ...“ Urho schauderte und streichelte zärtlich Xans Wange. „Ich will dich nie wieder in einem solchen Zustand sehen. Falls du willst, dass ich dich auf diese Weise verletze-“ Er schüttelte den Kopf.

„Nein!“ Xan ergriff Urhos Handgelenk und presste seine Wange in Urhos Handfläche, als hätte er Angst, Urho würde ihn loslassen.

„Gut“, flüsterte Urho. „Ich kann mich gehen lassen, so wie ich es schon bei dir getan habe, aber ich werde niemals so grob werden, dass du am nächsten Tag noch Schmerzen hast. So behandele ich meine Omegas nicht.“

Xan errötete und senkte den Blick.

„Was? Rede mit mir“, drängte Urho.

„Ich mag es, wenn du mich einen Omega nennst.“

Urho nickte. Das war ihm bereits klar geworden.

„Und ich glaube, ich mag es auch, wenn du mir ... gemeine Namen gibst.“

Urho hob fragend eine Augenbraue.

Xan schluckte. „So etwas wie Schlampe oder Miststück oder ...“ Xans Ohrenspitzen wurden so rot, dass es beinahe schmerzhaft aussah. „Oder Schlimmeres.“

Urho berührte Xans Kinn. „Warum? Denkst du du verdienst es nicht, liebevoll behandelt und wertgeschätzt zu werden?"

Xan senkte den Blick und starrte auf den Teppich unter seinen Füßen.

„Nun? Antworte mir."

Xan klang schüchtern und verängstigt, als er flüsterte: „Ich weiß nicht, wie das ist. Mit Jason war es nur ein Spiel, und nicht ..." Er erschauerte. „Ich hatte das nie. Und ich wollte nicht einfach voraussetzen, das von dir zu bekommen. Ich habe das noch nie zuvor von jemandem bekommen."

„Was ist mit Caleb?", fragte Urho sanft. Sein armer Junge brach ihm das Herz.

Xan schilderte verlegen den Sex mit Caleb während der ersten Hitze, und wie verzweifelt, beängstigend und frustrierend es gewesen war. „Da war kein ‚Wertschätzen' zwischen uns, nichts Liebevolles. Nur Tränen und Schmerzen und Angst." Er hob den Blick und sah Urho an. Mit zitternder Stimme fuhr er fort: „Also weiß ich nicht, ob es mir gefällt, im Bett liebevoll behandelt zu werden oder nicht. Ich habe das noch nie erlebt."

Urho zog ihn eng an sich. Er küsste Xans Haar, seine Lider und seine Ohren, die immer noch vor Scham gerötet waren. „Dann lass uns sehen, ob es dir gefällt. Und falls nicht, können wir etwas anderes probieren."

„Was, wenn es dir nicht gefällt?", fragte Xan mit unsicherer Stimme, als Urho ihn im Bett auf den Rücken drückte und sich über ihn lehnte. Urho betrachtete Xans erhitzte Wangen, die weit aufgerissenen Augen und die gerötete Brust, die aus dem Bademantel lugte. „Mich zu ficken, meine ich. Was, wenn es dir keinen Spaß macht? Ich werde mich nicht wie ein Omega anfühlen. Ich bin anders gebaut, und–"

„Es wird mir gefallen", unterbrach Urho. Er schob eine Hand in Xans Bademantel und streichelte die glatte, beinahe haarlose Haut, dann schob er den Stoff von Xans Schultern. „Bis jetzt hat mir alles gefallen, was wir gemacht haben. Ich weiß nicht, wieso es plötzlich anders sein sollte."

„Ich bin trotzdem immer noch nervös", flüsterte Xan. Urho löste den Knoten, der den Bademantel zusammenhielt, dann öffnete er ihn und enthüllte Xans schmächtige Gestalt, seinen dicken Alphaschwanz und seine blasse Haut, die sich mit jedem Atemzug mehr rötete.

„Ich bin auch nervös", gab Urho zu. „Aber ich will dich, und wir haben einander Versprechen gegeben. Die mögen vielleicht nicht so gut sein wie Verträge, nicht so offiziell, aber ich nehme sie nicht auf die leichte Schulter."

„Ich auch nicht."

Und jetzt wollte er so viel mehr als nur Xans Körper. Er wollte einen Weg in Xans Leben, wollte seine Wunden heilen, sein Freund sein, sein Partner und vielleicht auch irgendwie Calebs Partner, wenn auch auf andere Weise. Wie das alles funktionieren sollte, wusste er noch nicht, aber es begann hier und jetzt in diesem Bett. Er würde Xan zeigen, was es bedeutete, Liebe zu fühlen.

„Mach es dir bequem. Leg dich zunächst einmal auf den Bauch."

„Auf den Bauch?", fragte Xan, tat aber, was Urho sagte, und zog sich eins der Kissen heran, um sein Gesicht darin zu vergraben.

Urho setzte sich rittlings auf Xans Schenkel. Er zog ihm den Bademantel ganz aus und warf ihn zur Seite, dann ließ er seine Eier und seinen harten Schwanz über Xans Hintern gleiten. Xan hob den Kopf und schaute über die Schulter zurück. „Ich wollte dich sehen …" Seine Augen erfassten hungrig, was er von Urho sehen konnte.

„Du wirst noch genug Zeit haben, mich zu sehen, wenn du dich umdrehst. Entspann dich jetzt einfach. Ich will nachschauen, wie gut du verheilt bist."

Xan gab ein seltsames, halbes Schluchzen von sich und ließ den Kopf zurück ins Kissen fallen. Seine Muskeln zitterten. Urho streichelte beruhigend Xans Rücken, massierte seine Schultern und Oberarme

„Entspann dich. Fühle einfach, dass ich hier bei dir bin." Er drückte seinen Ständer gegen Xans Arschbacken und beugte sich hinab, um Xans Schulterblätter zu küssen, erst eins, dann das andere, bevor er Küsse an Xans Rücken abwärts verteilte. Seine Knie gruben sich rechts und links von Xan in die weiche Matratze.

Als Urho die Stelle direkt über Xans Hinterteil erreichte, vernahm er Xans leises Weinen. „Ist alles in Ordnung?", flüsterte er an der letzten feuchten Stelle, die seine Küsse auf Xans warmer Haut hinterlassen hatten.

„Ich habe Angst", flüsterte Xan zurück. Das Kissen das er umklammerte, machte seine Worte undeutlich.

„Ich werde dir nicht wehtun."

„Das ist nicht, wovor ich Angst habe", sagte Xan. Ein Schluchzen löste sich. „Was, wenn du mir nicht wehtust, und es gefällt mir? Und dann was, wenn du mir das dann nie wieder geben willst?"

„Oh, mein süßer Junge", tröstete Urho ihn. Er ließ von seinem Vorhaben ab, Xans Arschloch zu untersuchen. Stattdessen richtete er sich auf und nahm Xan in seine Arme. Er drehte ihn herum und drückte ihn an seine Brust, küsste sein Haar und streichelte seinen Rücken und seine Arme, bis Xan sich etwas beruhigt hatte. Ihre harten Schwänze rieben sich sanft aneinander, während Urho sie beide in einem sanften Rhythmus wiegte. „Lass es mich dir zeigen", flüsterte Urho. „Ich verspreche, ich werde es dir nie wieder wegnehmen."

„Wie kannst du das wissen?"

„Ich kenne mein eigenes Herz."

„Wirklich?" Xan klang überwältigt.

Urho hielt ihn fest, schloss die Augen und spürte, wie richtig, wie perfekt ihre Körper zusammenpassten. Er küsste Xan erneut. „Ich lerne es jeden Tag ein wenig mehr. Lass es mich dir zeigen."

„Wenn ich dir erlaube, liebevoll mit mir zu sein ..." Xans Stimme brach. „Wirst du dann nie wieder aufhören?"

Es war eine große Frage, aber Urho kannte bereits die Antwort. „Nicht solange ich lebe. Ich werde dir das geben, und noch so viel mehr."

„Ich glaube dir nicht", flüsterte Xan. Urho konnte darüber nicht einmal gekränkt sein. Xan war in seinem kurzen Leben so sehr verletzt worden – körperlich, emotional und geistig.

„Dann werde ich es dir wohl einfach beweisen müssen."

Urho küsste Xan, langsam und zärtlich, und Xan schmolz in seinen Armen. Er schluchzte, während Urho ihn hielt und streichelte. Schließlich beruhigte er sich genug, um sich wieder auf den Bauch zu drehen und sich ein Kissen unter die Hüften zu schieben, damit Urho ihn untersuchen konnte.

Urhos Puls raste, als er Xans Hinterbacken auseinanderzog. Da war der hinreißende, kleine Haarwirbel, der die zarte Rosette umgab. Urhos Herzschlag beschleunigte sich dramatisch. Der Duft von Xans Erregung, zusammen mit seiner eigenen, legte sich über ihn wie eine Decke aus Lust.

Er beugte sich vor und küsste die Stelle, die beim letzten Mal, als er sie gesehen hatte, so brutal missbraucht worden war. Jetzt war alles verheilt, und das süße, kleine Loch rief nach der Liebkosung durch Urhos Zunge und Lippen.

Urho schloss seine Augen und berührte Xan so liebevoll, wie er es immer verdient hatte.

„Bitte", flüsterte Xan, als Urhos Zunge eindrang. „Ich ertrage das nicht. Bitte tut mir weh. Oder beleidige mich mit Worten. Es fühlt sich zu gut an. Bitte."

„Oh, nein." Urho hob sein Gesicht lange genug aus Xans Ritze, um zu antworten. „Das ist, wie ich dich wertschätze. Das ist, wie ich dich von nun an liebevoll behandeln werde."

Xan weinte, und Urho küsste seine Rosette noch zärtlicher. Er leckte und liebte ihn dort, bis sein Omega in Alpha-Gestalt nur noch ein schluchzendes, zuckendes Häuflein Verlangen war und jegliche Scham, jegliche Angst purer Lust wich. Xan rieb sich abwechselnd an dem Kissen unter seinen Hüften und an Urhos Gesicht, stöhnte und keuchte.

Urho wollte ihn ficken, auf der Stelle. Aber er war auch nicht bereit, es schon so schnell enden zu lassen. Er gab Xan mehr von seinem Mund und benutzte gleichzeitig die Finger, um Xan langsam zu öffnen. Als er es nicht länger aushalten konnte, warf er Xan auf den Rücken und küsste ihn, um ihm eine Kostprobe seines intimsten Geschmacks zu geben. Xan stöhnte hilflos und packte Urhos Haar. Er zitterte so sehr, dass Urho sich mit seinem ganzen Gewicht auf ihn legte und in die Matratze drückte, um ihm Halt und Trost zu geben.

„Wo ist das Öl?", fragte er mit rauer Stimme, während seine Lippen über Xans glitten und er den Geruch von Xans Speichel und Xans Haut einatmete. Xan würde keinen Schlick erzeugen. Betas und Alphas konnten das nicht. Und Urho war daran erinnert worden, als er Xans Arsch mit dem Mund liebkost und nicht die himmlische Feuchtigkeit gekostet hatte, die Omegas auf natürliche Weise produzierten. Aber Xans eigener Geschmack war dennoch perfekt – schwer, moschusartig und unverwechselbar Xan. Urho leckte sich die Lippen und schwelgte in dem Aroma von Xans intimster Körperstelle.

„In der Schublade", brachte Xan zwischen schweren Atemzügen heraus.

Urho wartete nicht auf eine Erklärung, welche Schublade gemeint war. Er ging einfach davon aus, dass es die untere des Nachtschränkchens war. Und er hatte recht. Er verteilte Öl auf seinem Ständer und goss auch etwas über Xans speichelnassen Anus.

„Dies ist der Moment, an dem du mir sagen müsstest, dass ich aufhören soll", sagte er und rieb seinen großen Alphaschwanz.

„Wage es nicht", keuchte Xan. Er hob sein Bein, um Urho besseren Zugang zu gewähren. Sein harter Schwanz ruhte an seinem Bauch und dem schmalen Pfad dunkler Haare zwischen seinem Nabel und seinen Schamhaaren, feucht glänzend vom Vorsperma. Die Haut unter seinen Hoden war gerötet, und sein Anus glänzte ölig und bebte vor Verlangen.

„Ich will es schön für dich machen."

„Fick mich einfach", verlangte Xan. Seine Wimpern waren feucht von Tränen, aber seine Stimme klang so fest wie nie, seit Urho das Zimmer betreten hatte. „Jetzt. Lass mich nicht länger warten. Zeig mir, dass du es tun willst. Du hast es versprochen."

Urho packte Xans Beine, dann drang er langsam in ihn ein. Xan stöhnte und wimmerte, er wand sich und drängte sich an Urho, und sein Körper öffnete sich.

Das Gefühl, Xan zu penetrieren, übertraf Urhos kühnste Erwartungen. Eins von Xans Beinen ruhte an Urhos Schulter, das andere hielt Urho am Fußgelenk und drückte es ein wenig zur Seite. Der Anblick war unglaublich – Xans kleiner, sehniger Körper unter ihm ausgebreitet, während die Muskeln vor Erwartung und Verlangen zuckten und zitterten. Xans Brust und Hals von einer tiefen Röte bedeckt, die auch seine erhitzten Wangen färbte und seinen vollen Mund noch verführerischer aussehen ließ.

„Bitte", flehte Xan. „Mehr."

Urhos Oberschenkel bebten, und er atmete schnell und heftig, während er sich zusammenriss, um seinen Ständer nicht einfach so tief in Xan hinein zu rammen, wie es ging. Der enge Griff um seinen Schwanz, das Pochen von Xans Puls und die Anspannung in seinen Muskeln verrieten Urho, dass Xan Schwierigkeiten hatte, sich Urhos Größe anzupassen.

Er griff hinab und rieb den Rand von Xans Anus, der seinen Schwanz packte. Urho beherrschte sich, während Xan sich wand und versuchte, ihn tiefer in sich aufzunehmen. „Ich will dich ganz in mir", bettelte Xan. Schweiß brach an seinen Schläfen aus, während er sich gegen Urho drückte. „Gib mir deinen Knoten."

Urho stöhnte auf. Er wünschte er könnte Xans Wunsch erfüllen. Aber ein Knoten kam nur zustande, wenn ein Omega in Hitze war und die Pheromone seiner Lust und seines Orgasmus diese Reaktion in dem Alpha hervorrief. „Willst du, dass ich dich schwängere, kleiner Omega?"

Xan warf den Kopf hin und her und drückte sich wimmernd auf Urhos dicken Schwanz. „So ist es recht", lobte Urho. „Du siehst wunderschön aus, wie du dich selbst auf meinem Schwanz fickst. Wunderschön."

Xan wiegte die Hüften und nahm Urho mit jedem Vor und Zurück tiefer und tiefer, bis es nicht mehr weiterging. Ein Ausdruck von Befriedigung trat in sein Gesicht. Er starrte mit einer Mischung aus Herausforderung und Ergebenheit zu Urho hinauf, die Urhos Herz und Seele in Flammen setzte und nichts als nackte Emotion übrig ließ.

Urhos Ständer pulsierte tief in der seidigen Wärme von Xans Arsch. Xans Kanal war weniger robust und muskulös als der eines Omegas, aber dennoch eng und lebendig. Xans innere Muskeln schlossen sich um Urhos Schwanz und bebten vor Anstrengung, sich für ihn zu öffnen und ihn festzuhalten. Urho schob stöhnend sein Becken vorwärts und überwand den letzten, noch fehlenden Zentimeter.

„Ja, fick mich", verlangte Xan. Seine Augen leuchteten wild.

„Ja? Soll ich machen, dass du kommst?", stöhnte Urho. Mit einer Hand hielt er Xans Fußgelenk, mit der anderen ergriff er sanft Xans sehnigen Hals. „Du musst es nur sagen, mein süßer Omega."

„Ja!" Xan riss die Augen auf, und dann sank er zurück und

unterwarf sich vollkommen. Vorsperma lief aus seiner Eichel und sammelte sich auf seinem Bauch. Der Geruch ließ Urho das Wasser im Mund zusammenlaufen, und er drückte Xans Hals ein wenig fester.

„Oh, Scheiße, ja", stöhnte Xan und verdrehte die Augen. „Ja, ja!"

Urho hielt Xan am Hals fest, zu sanft, um zu würgen, aber fest genug, um ihn daran zu erinnern, wer das Sagen hatte und wer ihm in dieser Nacht Wertschätzung und Liebe zuteil werden ließ. Dann fickte er Xan mit kräftigen, langen Hüftstößen und zielte auf Xans Prostata.

Er erschauerte vor Lust, während er sich in Xan bewegte, und registrierte die Unterschiede – das Fehlen der weichen, geschwollenen Omegadrüsen und den Mangel von Schlick, der beim Akt mit einem Omega beständig fließen und alles schlüpfrig und geschmeidig machen würde. Aber in Xan zu sein und zu sehen, wie die Ekstase ihn ergriff und wie er seinen Körper für Urho öffnete, war so intensiv und befriedigend, wie es kein Zusammensein mit einem Omega seit Riki je gewesen war.

Xan Körper bebte und zuckte. Vorsperma tröpfelte aus seinem Schwanz – es roch wie Schlick, und als Urho etwas davon auf seine Finger nahm und an der öligen Stelle verteilte, wo ihre Körper vereint waren, wirkte es auch so wie Schlick.

„Mein kleiner Omega", murmelte Urho und rammte seinen Ständer heftig in Xan. „Ich werde dich mit meinem Samen füllen und dich in Besitz nehmen. Du bist mein."

„Dein", stimmte Xan zu. Seine Pupillen waren so geweitet, als stünde er unter Drogen. Schweiß lief an den Seiten seines Gesicht herunter.

„Versprich es", knurrte Urho.

„Das habe ich dir schon versprochen."

Urho erschauerte, und für einen Augenblick verlor er den

Rhythmus, als sein Herz sich zusammenzog. Ja, Xan hatte ihm bereits sein Loch versprochen, aber das hier war mehr. Das hier war tiefe Intimität und wilde Lust zusammen. Urho beugte sich hinab und küsste Xan so leidenschaftlich, dass ihre Zähne zusammenstießen, bevor ihre Lippen sich in einem sinnlichen Geben und Nehmen fanden, das wie ein Echo von Urhos Stößen in Xans bebenden Körper war.

„Komm für mich." Urho drückte Xans Kehle. „Spritz deine Ladung über dich selbst, während ich dein süßes Omegaloch ficke."

Xan schien nur auf die Erlaubnis gewartet zu haben, denn er krümmte sich sofort. Die Muskeln in seinen Oberschenkeln zuckten, und seine Rosette zog sich beinahe schmerzhaft um Urhos Ständer zusammen.

Urho presste seinen Mund auf Xans, als Xan aufschrie und kam. Sperma spritzte überall hin – auf das Laken, auf Xans Haar, das Kopfende des Betts und sogar etwas auf den Fußboden.

Xans Kopf landete auf der Matratze, als er sich zusammenkrampfte. Seine rosa Nippel waren fest und spitz und bettelten um Aufmerksamkeit, während sein harter Schwanz immer noch dicke Spritzer losließ. Der Geruch von Sperma erhob sich um sie wie Dampf.

„Das ist mein guter Junge", lobte Urho. „Gib mir alles. So ein perfekter Omega."

„Bitte" wimmerte Xan, der in den Nachwehen seines Orgasmus zitterte und zuckte. „Gib mir mehr. Nimm mehr. Bitte."

Urho sank auf Xans heißen, verschwitzten Körper. Er ließ Xans Bein los und schloss ihn fest in seine Arme. Xans immer noch harter Schwanz drückte sich wieder und wieder an Urhos Bauch, und die Muskeln in Xans Rücken und seinen Beinen zuckten und bebten, während Urho ihn mit heftigen, tiefen Stößen fickte.

„Ja, ja", stieß Xan hervor. „Bitte, Urho, nenn mich noch einmal deinen Omega."

„Mein Omega", murmelte Urho. Die Worte kamen ihm mühelos über die Lippen und fanden auf irrationale Weise, aber voller Hingabe ihr Echo in seinem Herzen. „Mein."

„Ja, oh Scheiße, ja ..." Xans Kanal zog sich eng um Urhos Ständer zusammen. „Ich liebe das. Ich liebe das so sehr."

Urho erschauerte, und etwas in ihm, etwas seltsam Verhärtetes bröckelte und löste sich auf. Er beugte sich hinab und küsste Xans Hals, leckte Sperma von seiner Wange und lutschte an seinen Nippeln, bis Xan völlig außer sich stöhnte.

Xans Fersen hämmerten den Rhythmus ihres Liebesspiels auf Urhos Hintern, und er heulte vor Lust. Urho vergrub sein Gesicht an Xans Hals. Die Spannung in ihm wuchs ins Unerträgliche, und dann explodierte sie in pulsierende, ekstatische Erlösung – ein blendender, bebender, überwältigender Orgasmus.

Alphasamen schoss tief in Xans Körper, so viel, dass er überlief und das Ende ihrer perfekten Vereinigung feucht und schlüpfrig machte.

Urho erbebte und erschauerte auf Xans kleinerem Körper, verschwitzt und hilflos vor Lust.

Als der Höhepunkt nachließ und sie eng umschlungen dalagen, nass von Schweiß und Sperma, küssten sie einander mehrere atemlose Minuten lang zärtlich und hingebungsvoll.

Schließlich flüsterte Xan: „Es hat mir gefallen. Falls du dich das fragen solltest. Es hat mir gefallen, liebevoll behandelt zu werden."

Urho tat das Herz weh, aber es war ein freudiger Schmerz. „Dann werden wir es von nun an immer so machen. Solange, bis du es leid wirst."

Xan klammerte sich an ihn, und ihre Körper passten perfekt zusammen. „Ich glaube nicht, dass das je passieren wird. Ich glaube, wenn du wieder fort bist, werde ich es – dich – furchtbar vermissen. Mehr, als ich je irgendetwas in meinem Leben vermisst habe."

„Dann sollte ich vielleicht nicht fortgehen."

Die Worte fielen zwischen ihnen wie etwas Schweres und Festes, dass in einen Haufen Gelee fällt. Verlegenes Schweigen folgte. Urho zog seinen Schwanz aus Xans Körper, dann drückte er zwei Finger in Xans zuckende Rosette.

Xan entspannte sich in Urhos Arm, und sie atmeten zusammen in der nach Sex riechenden Stille des Raums.

„Ich wünschte, du könntest das. Nicht fortgehen, meine ich", murmelte Xan nach einer Weile. „Aber ich erwarte von dir keine Versprechen, die du nicht halten kannst."

Urho rieb seine Nase an Xans Nacken und schloss die Augen. Sie schliefen zusammen ein, ohne weiter darüber zu reden.

Mehrmals in dieser Nacht wurden sie wach, um die „liebevolle Behandlung" von Xans Körper zu wiederholen.

Und als die Sonne aufging, war Urho noch immer tief in Xans Arsch und genoss die Spasmen von Xans letztem Orgasmus um seinen Schwanz und den Ausdruck von Vertrauen und Hingabe auf dem Gesicht seines Omegas in Alpha-Gestalt.

KAPITEL 16

DER HERRENCLUB BEFAND sich in einem Gebäude, das auf einer Klippe nahe dem Meer errichtet worden war. Seine Türme schienen den Himmel zu berühren, und sein Fundament reichte bis tief in die Erde und an der Seite der Klippe hinunter. Es war ein altmodisches Backsteinhaus, das einen herrlichen Ausblick auf den Ozean und die Berge nördlich von Virona bot.

Xan stieg aus dem nagelneuen Auto, das Jasons Vater als Geschenk zum Einzug ins neue Haus an Xan und Caleb geschickt hatte, und bewunderte Urhos schicken, khakifarbenen Tweedanzug und das braune Nadelstreifenhemd unter der hochgeschlossenen, taillierten Weste. Der einzige Farbtupfer war Urhos Krawatte in leuchtendem Orange, und die Gesamtkombination betonte Urhos dunkelbraune Haut, was ihn irgendwie jünger und entspannter aussehen ließ.

Oder vielleicht war er auch einfach entspannter nach der angenehmen Woche, die hinter ihnen lag. Urho hatte Xan verhext, verzaubert mit Körper und Seele. Und so weit Xan es beurteilen konnte, empfand Urho genauso. Er behandelte Xan mit dem Respekt, den er einem Omega erweisen würde – und nicht irgendeinem Omega, sondern einem, mit dem er einen Vertrag hatte. Wie Caleb verlangt hatte: sie hatten einander besser kennengelernt.

Und nicht nur auf nackte Weise.

Sie hatten viel geredet. Sie hatten Spaziergänge gemacht und gemeinsam die Gegend erkundet. Xan hatte Urhos Geschichten aus dessen Zeit an der Uni und vor der Eröffnung seiner neuen Praxis gelauscht. Er hatte Fragen nach Riki gestellt. Das hatte Urho zum Lächeln gebracht, und Xan hatte gemerkt, dass er tatsächlich mehr über den Mann erfahren wollte, den Urho geliebt und verloren hatte.

Es hatte ihm das Herz gebrochen sich vorzustellen, welchen Schmerz Urho beim Tod Rikis und ihres gemeinsamen Kindes erlitten haben musste. Aber er spürte, dass seine Fragen nach Riki Urhos Schmerz linderten, und dass es Urho glücklich machte, über seinen *Érosgápe* sprechen zu können. Xan wollte, dass Urho glücklich war. Er wollte ihn so glücklich machen dass er nie wieder fortgehen würde.

Die Tage hatten sich in einem wundervollen, glänzenden, goldenen Nebel von Hoffnung ausgedehnt – etwas, das Xan noch nie zuvor erlebt hatte. Caleb schien darüber sehr erfreut zu sein. Er behandelte Urho mit Freundschaft und Güte, und es machte Xan schwindelig vor Glück zu sehen, wie sein Omega und sein Liebhaber miteinander umgingen.

Die kleinen Fältchen um Urhos Augen waren weniger tief, und die Anspannung, mit der er seine Schultern straffte – wahrscheinlich eine jahrelange Angewohnheit – war beinahe völlig verschwunden. Ein wenig Stolz erfüllte Xans Brust. Er hatte das getan. Er hatte Urho Befriedigung und Wohlbehagen verschafft.

Janus war inzwischen seit einer Woche fort, und Caleb hatte Xan und Urho ermuntert, zusammen auszugehen und in den Ort zu fahren. Und Jason hatte entschieden zugestimmt, da Xans und Urhos leidenschaftliche Nächte den armen Vale so geil wie nie machten.

Urho richtete Xans Fedora aus grauer Wolle und Chinchilla mit einem dunkelgrauen Hutband aus Seide. Er hatte ihn im Ort gekauft, um sich mit dem hiesigen Schneider gut zu stellen und Caleb hatte erklärt, er wäre von genauso guter Qualität wie die Hüte in der Stadt.

„Du siehst sehr gut aus", sagte Urho und wischte unsichtbare Fusseln von den Schultern von Xans Lieblingsanzug, einem grauschwarz kariertem Stück aus Wollstoff, der mit roten Herzen bestickt war. Dazu hatte Xan eine schwarze Krawatte mit Rosenblüten kombiniert. Ein romantischer Anzug für einen romantischen Abend.

Xan stand aufrechter und sah zu seinem Liebhaber auf. Das Herz klopfte ihm bis zum Hals, und er vibrierte geradezu vor Freude. Er konnte nicht fassen, dass Urho hier mit ihm in der Öffentlichkeit war, und dass sie ein Paar waren. Natürlich würde das niemand erfahren, aber für Xan war es schon genug, es selbst zu wissen. Zu wissen, dass der attraktive, ältere Mann an seiner Seite ihm und ihm allein gehörte, brachte seine besitzergreifenden Alpha-Instinkte vor Freude zum Singen.

„Ein schöner Abend", sagte Urho und sah zum Sternenhimmel hinauf. „Aber der Wind von der See her ist ziemlich kalt." Er schauderte leicht. Sie hatten gehofft, das wärmere Wetter, das sie an diesem Tag im Garten genossen hatten, würde halten, und daher keine dicken Mäntel mitgenommen.

„Lass uns reingehen", stimmte Xan zu. Er atmete tief ein und bewunderte, wie wunderbar sich der Duft von Urhos Haut mit der Seebrise mischte. Es war wie ein Aphrodisiakum fürs Herz, und Xan hatte das Gefühl zu schweben, als sie das fünfstöckige Gebäude des Virona-Herrenclubs betraten.

Xan hielt die Luft an als er die edle Inneneinrichtung und die modische Kleidung der Gäste sah. Alles war genauso dekadent wie in vergleichbaren Clubs in der Stadt. „Janus war fast jeden Abend hier", sagte er, während er die üppig dekorierten Wände und Jagdtrophäen betrachtete.

Die anderen Clubmitglieder waren überwiegend ungebundene Alphas, aber unter ihnen waren auch einige stille Männer, die kreisförmige Anstecknadeln trugen, welche ihren Status als gebundene Omegas demonstrierten. Betas war der Zutritt nicht gestattet, abgesehen von den Angestellten, und Xan musste zugeben, dass die Ungerechtigkeiten des Kastensystems, in dem sie lebten, seiner privilegierten Aufmerksamkeit im Alltag viel zu oft entging.

Ein lächelnder Beta nahm ihnen ihre Anzugjacken ab – sodass sie nun in Hemd und Weste waren, wie es in den Clubs derzeit der Mode entsprach – und gab ihnen Garderobenscheine.

Sie gingen in den Spieleraum, wo viele Männer sich mit Geschicklichkeitsspielen oder Glücksspiel unterhielten, wie Billard oder Karten. Andere standen in Gruppen zusammen, redeten und tranken. Xan entspannte sich, als er bemerkte, dass sowohl er als auch Urho mehrere bewundernde Blicke ernteten. Er fand selbst, dass sie ein schönes Paar abgaben.

„Möchtest du etwas trinken?", fragte Urho und nickte zu dem langen Bartresen am Ende des Raums.

„Lass uns zusammen gehen."

Der Barkeeper legte eine Rechnung für Xan an, sobald er dessen neue Mitgliedskarte inspiziert hatte, und schenkte großzügige Drinks für sie beide ein. Xan hüpfte auf einen Barhocker und sah sich ausgiebig um, während er an seinem Drink nippte. An diesem Abend waren Männer jeden Alters hier versammelt. Und mehr Reichtum, als er in Virona erwartet hatte. Er nahm an, dass es das war, wovon sein Vater und Ray ständig geredet hatten. Der Club war voller potenzieller Klienten, mit denen er Kontakt suchen sollte.

„Janus hat in diesem Club viele Verbindungen geknüpft", murmelte Xan und fragte sich, welche dieser Männer sein Cousin bereits im Sack hatte, und wie sehr er sich damit bereits gebrüstet hatte.

„Ist das so?", fragte Urho, der sich ebenfalls umsah. Ihm gefiel die vornehme Höflichkeit und beinahe altmodische Atmosphäre des Etablissements. „Das hier scheint eigentlich nicht sein Stil zu sein."

Xan nickte einem Alpha zu, den er als Jol Martinez erkannte, den Inhaber der Baufirma, die sie für das neue Bürogebäude beauftragt hatten. Der Mann lächelte und hob sein Glas.

Na, also. Verbindungen knüpfen war nicht so schwer. Das konnte Xan auch, wenn er sich bemühte.

Aber heute Abend ging es darum, zusammen mit Urho Zeit außerhalb des Betts zu verbringen. Also lächelte Xan zurück, wandte sich dann aber höflich Urho zu, um Jol wissen zu lassen, dass er im Augenblick anderweitig beschäftigt war.

„Na ja vielleicht ist es nicht ganz Janus' Stil, aber er ist gern unter Leuten. Und ich weiß, dass er sich einen guten Namen in den unteren Etagen gemacht hat, wo die Ringkämpfe abgehalten werden."

„Ringkämpfe?"

Xan verdrehte die Augen. „Ja. Offenbar ist er ein ziemlich guter Kämpfer."

Urho runzelte die Stirn, sagte aber nichts weiter dazu.

Der Drink war gut, und Xan leerte ihn schneller, als wahrscheinlich gut für ihn war. Er rann feurig durch seine Kehle und wärmte ihn durch und durch. Er hätte gern Urhos Kinn genommen, die Arme um seinen Nacken geschlungen und ihn geküsst. Xan lächelte und begnügte sich mit einem verträumten Seufzen.

„Als ich jünger war, habe ich gern geboxt", sagte Urho. Er leckte sich die Lippen und riss seinen Blick von Xans Mund. Hatte er etwa ähnliche Gedanken gehabt wie Xan? „Riki fand es immer aufregend, und ich habe gern aufregende Dinge für ihn getan."

„Und jetzt boxt du nicht mehr?" Urho sah immer noch aus, als könnte er einen Berg besiegen, wenn er wollte. Muskulös und stark, groß und gut gebaut. Auch bewegte er sich mit solcher Sicherheit und Zielgerichtetheit, dass Xan ihn sich gut im Ring vorstellen konnte, solide Schläge austeilend wie eine Maschine.

„Das ist für junge Männer. Für solche wie Janus, wie es

scheint."

„Nach der vielen Zeit zu urteilen, die er hier verbringt, ist er nicht nur ein guter Ringer, sondern es macht ihm auch viel Spaß. Aber wahrscheinlich war er auch einfach nur gern nicht im Haus. So wie wir es nun genießen, dass er fort ist." Xan schmunzelte. „Besonders seit er und Caleb aneinander geraten sind."

Urhos Blick wurde streng. „Das musst du mir ein wenig genauer erklären. Besonders, wieso Janus immer noch atmet. Er hat Caleb verletzt?"

„Nein! Umgekehrt – Caleb hat ihn zur Schnecke gemacht!" Xan lächelte voller Stolz bei der Erinnerung daran, wie Caleb Janus zu Boden gezwungen hatte. „Er hat ihm gegen das Schienbein getreten und ihn dann mit einem Ellenbogenschlag in den Nacken gefällt."

„Wolfgott."

Xan zuckte die Achseln. „Natürlich hatte der Idiot sich das selbst eingebrockt."

„Caleb ist feurig und wunderschön. Du bist ein glücklicher Mann." Urho lächelte liebevoll, und in seinen Augen stand Bewunderung.

„Das bin ich", stimmte Xan zu. „Er macht mich so glücklich, wie ein Omega nur kann."

„Und das macht mich glücklich", sagte Urho. Dann nickte er zu einem großen, gut gekleideten Beta mittleren Alters, der sich ihnen näherte. „Das muss der Concierge sein, mit dem du verabredet hast, dass er uns herumführt. Dann lass uns herausfinden, welche Aktivitäten Janus hier so gefesselt haben."

Der Concierge des Clubs gab ihnen eine komplette Führung. Obwohl es abends war, zeigte er ihnen von einem Balkon an der Rückseite des Gebäudes stolz den hauseigenen Golfplatz, nur beleuchtet vom Licht des Mondes, sowie Yachthafen mit insgesamt fünfunddreißig Anlegestellen und die Außen- und Innen-Swimmingpools.

„Das sind unsere beliebtesten Sommerattraktionen", sagte er mit einem leichten Lispeln. Seine grauen Augen funkelten.

Als sie die Treppe hinunter zu den unteren Ebenen des Hauses innerhalb der Klippenwände gingen, wehte der Geruch von Schweiß und Testosteron die Stufen hinauf.

„Aber im Winter bieten wir Indoor-Aktivitäten an. Natürlich Bowling. Und, wie Sie bereits sehen konnten, Billard und Poker – für die Spieler unter den Mitgliedern – und Racquetball für die sportlichen." Der Concierge hob die Brauen, und sein Grinsen wurde etwas anzüglich. Dann senkte er die Stimme, als würde er ein Geheimnis preisgeben. „Aber für jene, die es gern etwas gröber mögen, bieten wir auch eine aggressivere, alpha-mäßigere Form der Indoor-Unterhaltung."

Mit diesen Worten öffnete er eine Tür am Fuß der Treppe, die in einen großen Fitnessraum führte. Die Luft war geschwängert mit dem Geruch von Alphapheromonen und Schweiß. Es brannte so heftig in Xans Nase, dass ihm die Augen tränten und er blinzeln musste. Urho schien es ähnlich zu gehen – er räusperte sich heftig und wischte sich die Augen.

Der Gestank entzündete Xans Nerven, und seine Alphainstinkte gingen in Alarmbereitschaft: Gefahr, Schmerz und ja, Sex – all das war hier zu haben. Xan konnte es riechen. Er sah sich in dem riesigen Raum um, der in einzelne Abschnitte unterteilt und bis zum Bersten mit Männern gefüllt war.

Dies musste der Ort sein, wo sich sämtliche Alphas von Virona abends versammelten. Angesichts der Menge hier unten und oben in der Bar ... wie sollten da überhaupt noch Alphas zuhause bei ihren Familien und Omegas sein?

Und apropos: Hier unten waren keine Omegas. Ausschließlich Alphas. Das war auf den ersten Blick zu sehen, und ein Schild an der hinteren Wand bestätigte das: *OMEGAS VERBOTEN*, und dann in kleinerer Schrift: *Wegen der Gefahr von Alphamanifestation in ihrer*

Gegenwart.

Der Concierge, dem Xans Blick zu dem Schild auffiel, flüsterte: „Sie würden kämpfen, und zwar nicht nach den Wettbewerbsregeln, Sir. Niemand will in Gegenwart seines Omegas verlieren."

Urho nickte und lockerte seine Krawatte.

Die Luft war feucht und schwül. Eine Hälfte des Raums war in Kampfringe zum Boxen und Ringen aufgeteilt, in der anderen Hälfte trainierten Männer an Sandsäcken und mit Gewichten. Vor einem der Kampfringe gab es Sitzreihen für Publikum, aber sie waren im Augenblick leer.

Alphas bewegten sich durch dem Raum in engen Shorts und Shirts, die ihre kräftigen, muskulösen Arme und verschwitzten Schultern zeigten. Sie schlugen und traten die Sandsäcke und in den Ringen einander. Einige rangen auf einer Matte in der Ecke, eine andere Gruppe von Männern half sich gegenseitig beim Gewichtheben.

Xan bekam einen trockenen Mund, und es kribbelte in seinen Eiern. Der Geruch von so vielen Alphas war aufregend und gefährlich. Er räusperte sich und sah zu Urho auf, der ihn mit einem amüsierten Ausdruck beobachtete.

Der Concierge fuhr verschwörerisch fort: „Natürlich kommen die Spieler auch hier unten auf ihre Kosten, falls das Ihren Neigungen entsprechen sollte." Er deutete auf eine große Tafel mit Namen und Wettquoten. Xan entdeckte sogleich Janus' Namen auf der Liste, auch wenn er heute Abend als abwesend gekennzeichnet war. Andere Namen waren unter dem Ringerteam des Virona Herrenclubs aufgeführt, die meisten davon als anwesend, und viele hatten ziemlich hohe Quoten neben ihren Namen. Eine zweite Tafel war für das Gastteam vorgesehen, und ein junger Mann mit kräftigen Armen war dabei, mit Kreide die Namen der anwesenden Teammitglieder einzutragen.

„Dann wird es heute Abend also eine Reihe von Kämpfen

geben?", fragte Urho mit einem Nicken zu den Tafeln.

„Ja, in der Tat. Als Information für die Zukunft: Sie können in den Umkleideräumen Sportkleidung leihen, sofern die Herren an den Aktivitäten teilzunehmen wünschen." Er nickte zu den Türen an der linken Seite des Raumes.

Xan wäre eher gestorben, als hier unter all den muskulösen Alphas seine Kleidung abzulegen. Er war schlank und drahtig und schämte sich nicht seines Körpers – dazu hatte er keinen Grund, denn immerhin begehrte Urho ihn. Aber er wollte auch nicht riskieren, in der Öffentlichkeit einen Harten zu kriegen oder wegen seiner mangelnden Größe verspottet zu werden.

„Allerdings schließen wir in Kürze den Fitnessraum für die kommende Hauptveranstaltung", fügte der Concierge bedauernd hinzu. „Somit ist heute Abend keine Zeit dafür. Aber Sie sollten bleiben und zusehen. Es ist ein ziemliches Spektakel."

Xan tat es Urho gleich und lockerte in der Hitze des Raums seine Krawatte, dann sah er Urho an. Der schien der Sache nicht abgeneigt gegenüberzustehen. Xan schluckte. In seinem Kopf sah er bereits Bilder von verschwitzten Alphas, die miteinander rangen. „Wann fängt der Wettkampf an?"

„Oh, Sie haben genug Zeit, um davor noch zu essen, so wie Sie es geplant haben. Die ersten Kontrahenten treten in einer Stunde gegeneinander an."

„Geht es dabei sehr gewalttätig zu?", fragte Urho. Er legte Xan eine Hand auf die Schulter und drückte leicht.

Xan lehnte sich instinktiv in die Berührung und wäre fast gestrauchelt, als Urho seine Hand plötzlich wegnahm. Was natürlich klug war. Sie durften in der Öffentlichkeit lediglich als Freunde in Erscheinung treten, und ganz besonders hier. Was würden Männer wie *diese* tun, wenn sie es wüssten?

„Oh, ziemlich gewalttätig, Sir! Aber für die Zuschauer ist es sicher, und sie haben immer viel Spaß", antwortete der Concierge lächelnd. „Ich kann mit Freude behaupten, dass unser Ringerteam wirklich gut ist. Auch wenn wir heute Abend ein sehr talentiertes Mitglied vermissen – Janus Heelies. Nicht nur ein hervorragender Geschäftsmann nach allem, was ich gehört habe, sondern auch ein erstklassiger Ringer." Der Concierge beugte sich herab und flüsterte: „Er kämpft schmutzig, aber das haben Sie nicht von mir."

Urho lachte leise und sagte: „Sie hören ziemlich viel, oder?", während Xan murmelte: „Das glaube ich unbesehen."

Der Concierge ignorierte Urhos Bemerkung und wandte sich zu Xan. „Dann kennen sie den jungen Mann?"

„Nur allzu gut."

„Ich verstehe." Der Concierge lächelte erneut – ein wenig zu schmierig. „Nun, wie ich bereits sagte, ist unser Team sehr begabt. Heute Abend kämpfen wir gegen das Team aus Blue Vein, das den ganzen Weg aus der *Stadt* hierher gekommen ist."

„Oh, wow", sagte Urho und schaffte es, beeindruckt anstatt spöttisch zu klingen. Aber das Funkeln in seinen Augen verriet seine Belustigung.

„In der Tat. Sie sind unsere größten Rivalen, und ich erwarte heute Abend ein volles Haus. Warum gehen wir nicht nach oben und reservieren zwei Plätze in den vorderen Rängen für Sie beide?"

Urho und Xan stimmten zu, und der Concierge führte sie wieder die Treppe hinauf. „Sie haben Reservierungen zum Abendessen in unserem Seeblick-Restaurant?"

„Ja", bestätigte Xan.

„Großartig. Es ist der einzige Raum in unserem Club, der auch Nicht-Mitgliedern unserer Ortsgemeinde offen steht – vorausgesetzt, sie können es sich leisten."

Xan bedeutete Urho, dem Concierge als Erster in das Restaurant mit dem herrlichen Meerblick zu folgen. Nur die Hälfte der Tische war besetzt, die meisten mit Alphas, dazwischen einige Beta-Paare und eine Anzahl von Alpha-Omega-Paaren. Darunter waren auch *Érosgápe* –deutlich erkennbar an der Art und Weise, wie sie nichts wahrzunehmen schienen außer ihren Partner. Aber verglichen mit der Bar oder dem Sportraum kam Xan das Restaurant beinahe leer vor. Es war eindeutig nicht der Hauptanziehungspunkt des Clubs, trotz des hervorragenden Rufs der Küche.

„Was für ein Ausblick", murmelte Urho.

„Wir sollten Yosef und Rosen nach Virona einladen", sagte Xan, nachdem sie an einem Tisch direkt am Fenster Platz genommen hatten. „Natürlich erst, nachdem das Baby geboren ist. Aber dann könnten wir alle zusammen zum Essen hierher kommen und anschließend einen Wettkampf ansehen."

„Sollte Vale gewillt sein, das Baby im ersten Jahr länger als fünf Minuten in der Obhut eines Babysitters zu lassen, wäre ich schockiert", sagte Urho lachend, während er die Speisekarten von dem Kellner entgegennahm, der gekommen war, um sie zu bedienen. „Aber davon abgesehen, ist es eine gute Idee."

Sie wählten eine Flasche Wein aus, und nachdem sie ihr Essen bestellt hatten, lächelte Xan und sagte: „Caleb findet, dass wir die Gelegenheit nutzen sollten, um miteinander zu reden."

„Über irgendetwas Bestimmtes?"

„Ich denke, über uns beide. Er macht sich Sorgen, dass wir einander nicht gut genug kennenlernen."

Urho lächelte ein wenig verdorben und flüsterte: „Ich lerne dich ziemlich gut kennen – auf allerlei interessante und intime Arten und Weisen."

In diesem Augenblick brachte der Kellner den Wein, was Xan eine Sekunde gab, um sich zu fassen und seine Erektion unter seiner Serviette zu verbergen. Als der Kellner wieder fort war, sagte er: „Caleb findet, dass etwas mehr nötig ist, um sich wirklich kennenzulernen."

„Ich habe dich jetzt seit zwei Jahren beobachtet – auf Festen, während unserer Reisen ans Meer, beim Essen in Vales und Jasons

Haus – und jetzt sehe ich dich hier in deinem eigenen Zuhause. Ich habe beobachtet, wie du deine Freunde behandelst, deine Diener, deinen Omega. Ich habe gesehen, wie du deine zärtlichste Seite vor oberflächlichen Blicken verbirgst. Und jetzt habe ich dich auch im Bett gesehen, deine Verwundbarkeit und deine Leidenschaft. Wie sollte ich dich noch besser kennenlernen?"

Xan ergriff sein Weinglas und nahm einen langen Schluck. Dankbarkeit erfüllte ihn und machte ihm das Schlucken schwer. „Ich weiß nicht", murmelte er schließlich. „Ich empfinde genauso. Aber Caleb sagte, wir sollten zuallererst Freunde sein."

„Das klingt wie ein guter Rat. Aber sind wir nicht Freunde?"

„Das sind wir."

„Und mehr als Freunde?"

„Ja", antwortete Xan. Sein Schwanz zuckte gefährlich unter seiner Serviette.

Urho beugte sich näher zu ihm. „Gibt es etwas, dass du noch über mich wissen willst, bevor du Vertrauen in das haben kannst, was wir miteinander aufbauen?"

Der Umstand, dass sie überhaupt etwas miteinander aufbauten, war schwindelerregend. Und zu schön, um wahr zu sein. Aber davon abgesehen …

Xan dachte sorgfältig nach, nippte an seinem Wein und starrte hinaus auf das dunkle, stürmische Meer. „Ich habe dich noch nie zornig gesehen. Verärgert, ja. So wie an dem Tag, als du in mein Haus kamst, nachdem … na ja, als ich verletzt war. Da warst du gestresst, verwirrt–"

„Ich hatte Angst. Schreckliche Angst."

Xan schluckte schwer. „Um mich?"

„Ja. Ganz offensichtlich hatte ich Angst um dich. Aber es machte mir auch Angst, was meine Reaktion bedeuten mochte. Was das … über mich aussagte." Urhos Stimme war vollkommen ruhig – ein sanfter, leiser Tonfall, der keinerlei Hinweise auf den

Mann enthielt, der so verwirrt und verängstigt gewesen war.

„Jetzt scheinst du keine Angst mehr zu haben."

„Sollte ich aber", sagte Urho mit einem Blick über die Schulter, um sich zu vergewissern, dass ja – der nächste belegte Tisch immer noch mehrere Meter von ihnen entfernt stand. „Aber wenn ich mit dir zusammen bin, vergesse ich das vollkommen."

„Das ist gefährlich."

„Nur in der Öffentlichkeit", sagte Urho und lehnte sich mit einem Achselzucken in seinen Stuhl zurück. „Wir werden aufpassen und klug handeln. Die Hände bei uns behalten."

„Natürlich."

Aber es ärgerte Xan, als er sich nun im Restaurant umsah. Da waren Alpha-Omega-Paare, die in einer Ecke schmusten. Beta-Paare, die sich über dem Tisch an den Händen hielten. Sogar zwei Omegas, die sich auf einem Sofa umarmten. Wie ungerecht, dass er selbst immer Angst haben musste, sich in der Öffentlichkeit natürlich gegenüber Urho zu verhalten, dass er immer die vernichtenden Konsequenzen fürchten musste.

„Virona ist für uns wahrscheinlich sicherer als die Stadt", sagte Urho. „Die nördlichen Seestädte pflegen eine entspanntere Kultur, und die Leute sind es gewohnt, dass Touristen herkommen und andere Bräuche und Einstellungen mitbringen. Aber natürlich werden wir so diskret wie möglich sein. Nichts tun, was unsere Sicherheit gefährdet – oder Calebs."

Xan nickte und lächelte bemüht, als der Kellner mit ihrem Essen kam. Es schmeckte ein wenig fade zusammen mit der Bitterkeit des Bedauerns so frisch auf seiner Zunge. „Wäre ich als Omega geboren worden ...", begann er, aber Urho legte eine Hand auf seine und drückte sie kurz, bevor er sie wieder losließ.

„Es gibt Dinge, die lassen sich nicht ändern. Riki ist tot. Du bist kein Omega. Der Himmel ist blau, und Wasser ist nass." Er senkte die Stimme und flüsterte: „Das ändert nichts an meinen Gefühlen für dich, an meinem Begehren oder meiner Zuneigung. Ich will dich genauso, wie du bist."

Xan hätte die Worte „Begehren und Zuneigung" gern in Liebe verwandelt, aber er wusste, das war ein Wort, das nur die Zeit bringen konnte. Sogar viele *Érosgápe* benutzten es in den ersten Monaten oder gar Jahren ihrer Beziehung nicht, obwohl sie nur zu offensichtlich verliebt waren. Er erinnerte sich immer noch an das erste Mal, als Vale es zu Jason gesagt hatte, lange nachdem sie den Vertrag geschlossen hatten. Danach hatte Jason wochenlang auf Wolken geschwebt.

Ja, es war noch viel zu früh, um über Liebeserklärungen nachzudenken.

„Ich fühle dasselbe", sagte Xan mit einem sanften Lächeln und nippte an seinem Wein.

Urho wandte sich wieder seiner Steak- und Hummerplatte zu. „Gibt es etwas, das du über mich wissen möchtest? Ich fülle gern die Lücken."

Xan neigte den Kopf zur Seite. „Ich weiß, wer du bist – was für eine Art Mensch du bist, meine ich. Aber ich weiß fast nichts über dein Leben, bevor wir uns kennenlernten. Warum bist du zum Militär gegangen? Wieso bist du nicht einfach sofort Arzt geworden?"

„Anders als du und Jason wurde ich nicht in eine wohlhabende Familie hineingeboren. Ich kam durch Riki in die Oberschicht, als wir unseren Vertrag schlossen. Davor nagte ich praktisch am Hungertuch. Nach meinem Schulabschluss und bevor ich Riki kennenlernte, war das Militär für mich die beste Option. Es lehrte mich die Tugend der Selbstdisziplin – an der es mir immer noch sehr mangelt, was dich betrifft – und bezahlte meine medizinische Ausbildung. Der Krieg selbst war entsetzlich, und ich erspare dir die Einzelheiten, auch um meiner selbst willen. Das sind Erinnerungen, die ich nicht gern wieder hervorhole."

Xan nickte, während er sein Steak aß und in dem Salat herumstocherte, den er bestellt hatte.

„Ich traf Riki, während ich noch im Militärdienst stand – eine vollkommene Überraschung, so wie fast alle *Érosgápe*-Bündnisse. Und ich kann nicht sagen, dass seine Eltern besonders beeindruckt von mir waren. Sein Vater lebte nicht lange genug, um Rikis Tod noch zu erleben, und sein Pater starb kurz darauf an Krebs."

„Das tut mir leid."

Urho runzelte die Stirn. „Es war eine dunkle Zeit. Ich weiß nicht, wie ich das alles überlebt habe. Irgendwann lernte ich weiterzumachen. Aber ich lernte nicht loszulassen." Er nahm einen langen Schluck Wein, bevor er Xan in die Augen blickte. „Aber vielleicht ist jetzt die Zeit gekommen, darüber nachzudenken, wie mir das gelingen könnte."

„Riki loszulassen wäre unmöglich, oder nicht? Er war für dich bestimmt und hat dein Leben vervollständigt, wie niemand sonst auf der ganzen Welt das könnte. Ich werde ihn nicht ersetzen."

„Du verstehst es nicht", sagte Urho und drückte erneut Xans Hand. „Ich will gar nicht, dass du ihn ersetzt. Aber mich an ihn zu klammern, bringt mich nicht weiter, oder? Du hingegen … mit dir könnte ich einen anderen Weg einschlagen. Eine ganz neue Reise zum Ende meines Lebens."

„So alt bist du nicht!"

„Ich bin deutlich älter als du. Das ist etwas, dass du besser akzeptieren solltest, damit du Pläne für die Zeit machen kannst, wenn es so weit ist."

„Siehst du uns beide für so lange zusammen?", fragte Xan, und sein Herz tat einen hoffnungsvollen Hüpfer.

„Warum nicht? Solange wir lernen, mit unserer Tabu-Beziehung umzugehen und bereit sind zu akzeptieren, dass sie immer Risiken beinhalten wird."

Xan schluckte heftig. Seine Hoffnung war ein flatterndes,

lebendiges Etwas. „Das tue ich. Ich will das."

Urho lächelte. „Im Augenblick willst du das. Aber du bist jung. Wenn ich altere, wird sich das vielleicht ändern. Vielleicht bin ich irgendwann nicht mehr fähig, dich zu befriedig–"

„Hör auf! So etwas wie mit dir hatte ich noch nie in meinem Leben. Nimm es mir nicht weg, bevor ich überhaupt eine Chance hatte, es zu genießen."

„Dann lass uns jetzt dieses Abendessen genießen."

Xan nickte und lächelte. Ihre Freundschaft machte ihn sehr froh. Er würde Caleb berichten können, dass er und Urho mehr gemeinsam hatten als nur Sex – auch wenn der Sex so fantastisch war, dass Xan schon zufrieden gewesen wäre, nur das zu haben. Aber er hatte mehr als Glück, dass es nicht nur das war.

Xan hätte sich nie träumen lassen, wahrhaftig so glücklich sein zu können.

Nach dem Essen begaben sie sich wieder ins Untergeschoss, wo in Kürze der Wettkampf stattfinden sollte. Urho sagte: „Während meiner Zeit beim Militär wurden zur Unterhaltung oft Ringwettkämpfe ausgetragen, aber es ist Jahre her, dass ich einen gesehen habe."

Ihre reservierten Sitzplätze warteten auf sie, obwohl der Raum nun zum Bersten gefüllt war. Offenbar hatten sich alle Männer aus den oberen Stockwerken nach unten begeben, um zuzuschauen. Urho und Xan nahmen ihre Plätze ein.

„Hast du Lust, eine Wette zu platzieren?", fragte Urho und nickte zu den Tafeln, die nun vollständig mit Namen und Zahlen bedeckt waren.

Xan schüttelte den Kopf. „Vater würde noch geringer von mir denken, wenn ich wetten würde. Das überlasse ich Janus. Er ist der Goldjunge der Familie und kann in den Augen meines Vaters offenbar nichts falsch machen. Auch wenn er in den Augen der Gesellschaft reichlich Sünden begeht. Aber egal. Ich will jetzt nicht daran denken. Lass uns einfach so tun, als würde ich deshalb nicht wetten, weil ich keine Ahnung habe, auf wenn ich setzen soll."

Urho grinste und zuckte mit den Schultern. „Ich habe auch nicht viel fürs Wetten übrig. Aber Riki hat immer bei Pferderennen gewettet."

„Hat er gewonnen?"

Urho lachte herzlich. „Nein, er verlor ununterbrochen, aber er liebte es so sehr, dass ich es nicht übers Herz brachte, ihm zu sagen, er sollte es lassen. Er war jedes Mal voller Hoffnung, und dann so furchtbar enttäuscht. Ihn dann trösten zu dürfen war es jedoch immer wert, ganz gleich, wie viel Geld er verloren hatte. Es war ohnehin sein Geld."

„Er klingt wie ein witziger Kerl."

„Eigentlich war er ein stiller Mann", sagte Urho und stupste Xans Schulter mit seiner an. „Ganz anders als du. Aber sein Lächeln brachte mein Herz zum Singen." Dann sah er Xan an. „Also bist du vielleicht doch ein bisschen wie er."

Das Lob machte Xans eigenes Herz weit. Auch nur im Geringsten mit Urhos verstorbenen *Érosgápe* verglichen zu werden, war das größte Kompliment, das er sich vorstellen konnte. Er grinste Urho an, und seine Freude drang praktisch aus jeder Pore.

„Ja", murmelte Urho. „Genau so." Er berührte seine Brust und zwinkerte. „Es singt."

Ein scharfer Pfiff rief die Aufmerksamkeit des Publikums zum Kampfring, und Xan lachte so glücklich, dass seine Freude lauter zu hören war als die Ankündigung der ersten zwei Kontrahenten. Der Mann aus Virona war niemand, den Xan während der Arbeiten an dem neuen Büro gesehen hatte, und genauso wenig kannte er den Blue Vein-Kämpfer aus der Stadt, aber die Menge jubelte für beide.

„Das sollte gut werden", sagte Urho, beugte sich nach vorn und betrachtete interessiert den Ring.

Das Match nahm einen schnellen Verlauf. Der Ringer aus der

Stadt stampfte den Virona-Mann in Grund und Boden. Aber die kurzen Momente zwischen der Glocke und der Verkündung des Siegers waren aufregend. Mann gegen Mann und ohne Gnade wälzten sich die Gegner auf der Matte, schwer atmend, und packten einander mit hervortretenden Muskeln.

Xans Schwanz war zu neuem Leben erwacht. Er konnte nicht anders als sich vorzustellen, Urho würde ihn so packen und zu Boden drücken, während er sich wehrte. Und wie es zwischen ihnen ein anderes Ende nehmen würde, insbesondere falls sie nackt miteinander ringen würden.

„Hat dir das gefallen?", flüsterte Urho ihm ins Ohr, und Xan erschauerte wohlig.

„Ja."

„Dachte ich mir."

„Der Teppich, der in meinem Zimmer liegt, ist recht groß", sagte Xan leise, drehte sich zu Urho und drückte sich unverhohlen an seine Seite. „Wir könnte es selbst ausprobieren. Und du könntest mir das eine oder andere beibringen."

„Das könnte ich", stimmte Urho zu. „Und wir könnten im Garten ein wenig Boxen trainieren. Weniger Gegrapsche, mehr Taktik."

Xan nickte und lehnte sich im Stuhl zurück, was den süßen Kontakt zwischen ihren Armen und Oberkörpern wieder löste. Und dann sah Xan ihn.

Sein Herz geriet ins Stolpern und kam für eine lange, schmerzhafte Sekunde zum Stillstand, bevor es heftig zu hämmern begann.

Neben dem Kampfring, in der Uniform des Blue Vein-Ringerteams stand Wilbet Monhundy und grinste Xan direkt an wie ein Raubtier, das seine Beute entdeckt hat. Seine muskulösen Arme und kräftigen Oberschenkel wurden hervorgehoben durch das enge Ringertrikot, und sein grausames Lächeln ließ Xan heftig schaudern.

Monhundy warf einen vielsagenden Blick zu Urho, hob eine Braue und grinste Xan höhnisch an, während er angewidert den Kopf schüttelte. Eiseskälte überlief Xan am ganzen Körper.

Urho beugte sich zu ihm, um einige der Details aus dem im Programmheft abgedruckten Steckbrief des nächsten Ringers zu erläutern. Xan hätte Urho am liebsten weggestoßen, um ihn vor Monhundys wissenden Blicken zu schützen, aber andererseits wagte er nicht, überhaupt eine Reaktion zu zeigen. Er saß so still, wie er konnte, aber ein verzweifelter Drang aufzuspringen und zu flüchten überkam ihn, und er zappelte unruhig auf seinem Stuhl.

„Liebes, was ist los?", fragte Urho.

„Nichts", stieß Xan hervor. „Der Stuhl ist nur unbequem."

Urho wirkte sofort besorgt. Er flüsterte: „Hast du Schmerzen? War ich zu grob? Du hättest etwas sagen sollen."

Xan schluckte schwer. Er konnte den Blick nicht von Monhundy abwenden, der jede Interaktion mit Urho beobachtete wie eine Schlange ihre Beute. „Nein, alles gut. Mach dir keine Sorgen. Es geht mir gut." Er klang so blass wie er wahrscheinlich auch aussah, und zappelte erneut unter Monhundys grausamen Augen.

Urho folgte Xans Blick zu der Stelle, wo Monhundy stand und auf seinen Einsatz im Ring wartete. „Wer ist der Mann? Kennst du ihn?"

Xan schluckte erneut und schüttelte den Kopf. „Nein." Dann aber überlegte er es sich anders und nickte. „Ja. Er ist, äh … nun, seine Familie macht Geschäfte mit meinem Vater. Die Monhundys."

Urho verzog das Gesicht. „Ah ja. Ich erinnere mich an ihn – Wilbet, richtig? – aus der Zeit, als ich für die Universität gearbeitet habe. Ein unangenehmer Bursche. Hat immer auf anderen herumgehackt, in übelster Weise." Dann erstarrte Urho, während seine Worte einsickerten wie Säure. Er verengte die Augen.

„Nicht", murmelte Xan.

Urho ballte die Fäuste. „Das ist er. Derjenige, der dich verletzt hat. Derjenige, der dich–" Er sprang von seinem Sitz auf, das Programmheft in seiner Hand zerknüllt, Mordlust in den Augen.

Monhundy grinste und hob herausfordernd eine Augenbraue, so als würde er Urho geradezu anbetteln, etwas Unbesonnenes zu tun.

Xan sprang auf und zog Urho zurück auf den Stuhl – was nicht einfach war, aber Xan war entschlossen und brachte Urho aus dem Gleichgewicht. „Wir dürfen keine Szene machen", zischte er.

Der Moderator kehrte mit einem Mikrofon in die Mitte des Rings zurück. „Unser nächster Kämpfer aus dem Blue Vein-Team ist bekannt dafür, schwer zu schlagen zu sein!"

„Ich bringe ihn um", flüsterte Urho. Er knirschte mit den Zähnen, während er Monhundys Blick hielt. „Ich reiße ihm die Eingeweide heraus. Er hat dich vergewaltigt."

Xan drückte Urhos Arm. „Ich bin zu ihm gegangen!"

Urhos Wutschrei wurde von den aufgeregten Rufen der Menge übertönt, als die Glocke ertönte und der Kampf begann. Die Männer rangen, rollten sich über die Matte, lösten sich voneinander und stürzten sich erneut in den Kampf. Es war brutal und gewalttätig, und die Regeln schienen dieses Mal nicht so genau zur Anwendung zu kommen. Der Kontrahent aus Virona blutete heftig aus der Nase, aber niemand rief das Ende des Kampfes aus.

Xan saß erstarrt da, klammerte sich an Urhos Arm und beobachtete Monhundys Kampf durch einen Nebel aus Furcht und kaum verhohlenem Zorn. Wie konnte Wilbet Monhundy es wagen, hier in Virona aufzutauchen? Wie konnte er es wagen, sein Gesicht auch nur in der Nähe von Xans jüngst beinahe perfektem Leben zu zeigen?

Dieses Mal wurde der Mann aus Virona zum Sieger erklärt, aber

Xan konnte nicht einmal die Niederlage von Monhundys Team genießen. Urho war erneut auf den Füßen und machte ein entschlossenes Gesicht, aber Xan eilte ihm nach, und es gelang ihm, Urho am Arm zu packen und ihn aus dem überfüllten und überhitzten Raum zu ziehen. Xan konnte Monhundys Blicke im Rücken spüren, und Schweiß lief ihm an den Schläfen herunter, während sie sich einen Weg zum Ausgang bahnten.

Urho hatte mehr als genug Kraft, um sich aus Xans Griff loszureißen, aber zum Glück tat er das nicht. Sobald sie jedoch den Sportraum verlassen hatten, war es Urho, der Xan die Treppe hinaufzerrte, durch den Flur und zum Ausgang, ohne sich darum zu scheren, ob er Aufmerksamkeit erregte oder Blicke auf sich zog.

Glücklicherweise schienen fast alle unten beim Wettkampf zu sein, abgesehen von einigen Beta-Angestellten. Niemand war da, der Fragen stellte, Urho aufhielt oder Xan fragte, ob alles in Ordnung war.

„Was tust du denn?", keuchte Xan schließlich, sobald sie an der frischen Luft waren. Unter ihnen donnerten die Ozeanwellen gegen die Klippe, und feiner Wassernebel stieg auf.

Die Parkhelfer hörten auf zu schwatzen und sahen herüber.

Urho bedeutete ihnen, den Wagen zu bringen und gab ihnen den Parkschein, sagte aber nichts. Seine Lippen waren fest zusammengepresst, die Augen kalt, und er strahlte eine Anspannung aus, die Xan nicht mehr gesehen hatte seit jenem Tag, als er zu Xans Haus gekommen war, um ihn zu untersuchen.

Sie fröstelten in ihrem Hemdsärmeln. „Unsere Jacken …", sagte Xan und sah zurück zu Foyer des Clubs. „Das ist mein Lieblingsanzug." Die Herzen, die er beim Anziehen so süß gefunden hatte, schienen ihn jetzt zu verhöhnen und ihm klarzumachen, wie dumm es von ihm gewesen war, auf so etwas wie einen romantischen Abend zu hoffen. Wie dumm von ihm zu glauben, er würde so etwas verdienen.

Urho stapfte grimmig zurück in den Club und kehrte mit ihren Jacken zurück. Xan zog seine an, aber Urho behielt seine über dem Arm. Er atmete schwer, während er auf die dunklen, tosenden Wellen unter dem Club starrte. Xan schlang die Arme um sich selbst. In der kühlen Nachtluft verwandelte er sich in ein fröstelndes, klammes Häufchen Elend.

Der Wagen wurde gebracht, Urho setzte sich hinters Steuer, und Xan kletterte auf den Beifahrersitz, obwohl es sein Auto war. Er gab dem Beta ein Trinkgeld, dann schnallte er sich an.

„Wohin fahren wir?"

Schweigen.

Xan versuchte anhand der Straßen und Abzweigungen entlang der Klippenstraßen herauszufinden, wohin Urho ihn brachte. Aber es schien, als hätte Urho kein bestimmtes Ziel im Sinn.

Schließlich erreichten sie den Fuß der Klippen und fuhren eine Weile am Strand entlang. Urho fuhr von der Straße ab und parkte den Wagen bei den Dünen. Er stieg aus und marschierte zum Wasser. Er löste seine Krawatte und warf sie von sich. Xan ging ihm nach; sein Magen flatterte nervös, und sein Puls raste.

Vor ihm warf Urho erst seine Schuhe in die Dünen, dann seine Socken, bevor er weiter zum Wasser lief.

„Urho?", rief Xan, während er sich abmühte, die Schnürsenkel an seinem rechten Schuh zu lösen. Als es ihm endlich gelang, warf er seine Schuhe und Strümpfe ins Seegras und rannte seinem Liebhaber so schnell hinterher, dass der kalte Sand gefährlich unter seinen Füßen nachgab.

Als er zu Urho aufschloss, packte er dessen Arm und drehte ihn zu sich herum. Urhos steinerne Miene war im Mondlicht kaum erkennbar, und Xan klopfte das Herz bis zum Halse. „Rede mit mir!"

Urho schloss die Augen und entriss sich Xan. Dann starrte er auf den dunklen Ozean hinaus. Wolken rollten heran und verbargen die Sterne. Nur der Mond spiegelte sich auf den Wellen. Aber dem wütenden Klang des Meeres konnten sie nicht entrinnen. Die Wogen krachten an den Strand, überspülten ihre Füße, tränkten ihre Hosensäume. Das Wasser war erschreckend kalt.

„Ich wusste nicht, dass er hier sein würde." Xan umklammerte erneut Urhos Arm. „Ich habe ihn nicht mehr gesehen seit jener Nacht. Ich schwöre zu Wolfgott, Urho. Ich schwöre auf alles, was ich habe und liebe. Bitte glaube mir."

„Ich glaube dir", stieß Urho hervor.

„Warum bist du dann wütend auf mich?"

„Ich bin nicht wütend auf dich", bellte Urho, aber er klang zornig wie die Wolfhölle, und Xan wusste nicht, was er glauben sollte.

„Okay, hör zu, ich kann nicht Gedanken lesen!", rief er verzweifelt. „Bitte rede mit mir. Bitte!"

Urho starrte erneut hinaus auf den schwarzen Ozean. „Du bist zu ihm gegangen. Um gefickt zu werden."

Xan schluckte heftig, überwältigt von Scham. „Das stimmt."

„Und er hat dich verletzt."

„Ja."

„Und das hat dir gefallen." Urhos Stimme brach.

Xan fuhr sich aufgebracht mit einer Hand durchs Haar und riss an den Strähnen. „Ich glaube nicht, dass es mir wirklich gefallen hat. Ich weiß es nicht!", schluchzte er.

„Du bist immer wieder hingegangen."

„Ich war nicht bei Verstand, Urho! Ich war wütend. Ich hasste mich selbst. Bitte!"

Urho drehte sich zu ihm, packte ihn und zog ihn fest in seine Arme. Er vergrub sein Gesicht an Xans Hals und sog tief Xans Duft ein, während er am ganzen Körper zitterte. In Urhos Umklammerung war es schwer zu atmen, aber Xan versuchte nicht, sich zu befreien. Stattdessen hielt er sich an Urho fest, so sehr er nur konnte, und nahm flache Atemzüge, während die Welt sich um ihn drehte.

Dann ließ Urho ihn los und setzte sich in den Sand. Die Wellen überspülten seine nackten Füße und seine Waden. Sein Anzug wurde recht nass, und Urho schauderte.

„Urho." Xan setzte sich neben ihn. „Er hat mir nie irgendwas bedeutet. Das weißt du bereits. Aber wenn es sein muss, werde ich dir das noch tausendmal sagen."

„Wie lange hast du ihn gesehen? Wie lange ging das so?"

„Ein Jahr oder so. Aber ich werde ihn nie wiedersehen."

„Das weiß ich", sagte Urho mit gepresster Stimme. „Aber ich hätte es überhaupt nicht erst zulassen dürfen."

„Wie hättest du es verhindern können?", fragte Xan und hob die Hand, um Urhos Wange zu streicheln.

„Als ich dir das erste Mal richtig begegnet war – am Strand in dem Sommer, nachdem Jason und Vale ihren Vertrag geschlossen hatten – da empfand ich etwas für dich, aber ich verleugnete es."

Xan strich sich das vom Wind zerzauste Haar aus den Augen und rückte näher. Er versuchte zu begreifen, warum Urho so wütend war. „Ich habe auch etwas für dich gefühlt", gab er zu.

„Scheiße. Es stimmt. Es ist meine Schuld, dass du überhaupt je verletzt wurdest." Urho ließ die Schultern hängen und schloss die Augen. „Du hättest die ganze Zeit bei mir und in Sicherheit sein können."

„Das ist doch Unsinn", platzte Xan heraus. „Du kanntest mich doch kaum."

„Aber ich lernte dich kennen. Jedenfalls so weit, wie ich es mir erlaubte. Ich hielt dich auf Abstand, weil mir irgendetwas an dir immer unter die Haut ging." Er lachte bitter. „Du hast das Verlangen nach Dingen in mir geweckt, die ein Alpha niemals wollen sollte."

Xan blinzelte und versuchte, im Silberlicht des Mondes Urhos

Gesichtsausdruck zu erkennen. Oben auf der Klippe leuchtete der Club, und das tat irgendwie weh. Es erinnerte Xan daran, dass die Leute dort oben Spaß hatten, lachten, spielten und Wettkämpfe austrugen – alles andere taten als ein Gespräch zu führen, das mit jedem Wort alte Wunden aufriss.

„Ich habe dich schon im Stich gelassen, bevor es überhaupt angefangen hatte."

„Tja, das ist eine scheiß-bequeme Ausrede!", rief Xan aus. Er sprang auf und trat Sand in Richtung von Urhos Füßen. „Lass mich raten! Du machst jetzt Schluss? Um mir weitere Schwierigkeiten zu ersparen? So eine Scheiße direkt aus Wolfgottes Arsch!"

Urho ergriff Xans Hand und zog ihn wieder hinunter auf den Sand und in seine Arme. „Nein. Ich werde dich nie wieder solchen Ungeheuern wie ihm überlassen", stieß er hervor. „Und ich will ihn tot und begraben sehen, bevor er dich je wieder auch nur anrührt."

„Urho", sagte Xan beruhigend. „Er will mich nicht auf diese Weise. Wenn ich nicht zu ihm gehe – und das werde ich nicht – dann wird er mich nie wieder anfassen."

„Trotzdem wird er für das, was er dir angetan hat, bezahlen."

„Lass die Vergangenheit ruhen." Xans Herz hämmerte. Die Brandung traf auf seinen Rücken und durchnässte ihn. Sein Lieblingsanzug war längst ruiniert. „Wenn du ihm irgendetwas antust, wird das nur Fragen aufwerfen. Und diese Fragen werden zu uns zurückführen. Lass es einfach gut sein. Ich bin jetzt mit dir zusammen und in Sicherheit."

Urho zog ihn näher an sich. Er löste Xans Krawatte und schnupperte an Xans Hals und an seinen Schlüsselbeinen. Dann öffnete er Xans Hemd, küsste seine Brust und lutschte an seinen Nippeln. Und schließlich küsste er Xans Mund.

Xan zitterte vor Kälte und Furcht, und die Erregung war eine willkommene Ablenkung, warm und tröstlich. Die Wellen des Ozeans donnerten im Hintergrund, die Brandung durchnässte ihre

Beine, aber Urho ließ Xan nicht los. Stattdessen drückte er ihn hinunter in den Sand, küsste ihn und rieb sich an ihm, bis die sandige, raue Tortur zu unangenehm wurde.

Sie lösten sich voneinander und gingen Hand in Hand zurück zum Auto, schwer atmend und zitternd.

„Ren wird bestimmt sauer sein wegen der Sauerei", murmelte Xan, als er einstieg – dieses Mal an der Fahrerseite – und Wasser und Sand das Innere des Wagens verschmutzten. „Er wird mir böse Blicke zuwerfen, während er höflich lächelt, und ich muss mich dann den Rest der Woche fragen, ob vielleicht mein Tee vergiftet ist. Ich werde ihm mit seinem nächsten Gehalt einen Bonus geben." Seine Stimme klang in Xans eigenen Ohren seltsam nach dem, was passiert war.

Urho war auf dem Rückweg nach Lofton schweigsamer als sonst, aber die Spannung hatte nachgelassen. Während Xan fuhr, starrte Urho aus dem Seitenfenster aufs Meer, bis sie um eine Kurve kamen, die den Blick versperrte. Dann betrachtete er die Häuser des Ortes, bis sie zuhause ankamen.

„Du kannst dir nicht die Schuld für meine Entscheidungen geben", sagte Xan schließlich.

„Wie hat das zwischen euch überhaupt angefangen? Das erste Mal?", fragte Urho.

Fast hätte Xan seine Zunge verschluckt. Er brachte es nicht über sich zu beichten, was beim ersten Mal mit Monhundy passiert war. Zum Teil, weil es seiner Aussage widersprach, dass Monhundy ihn nur gefickt hatte, weil Xan ihn darum gebeten hatte. Und zum anderen, weil es ohne jeden Zweifel zeigen würde, wie verdorben und kaputt Xan in seinem Inneren wirklich war. Wie krank.

„Ich will die Wahrheit", sagte Urho, als hätte er Xans Gedanken gelesen.

Xan nagte an seiner Lippe und starrte geradeaus, während er den Wagen durch das Tor des Lofton-Anwesens steuerte. Er war froh, dass sie fast daheim waren. Vielleicht kam er davon …

„War es Alphamanifestation beim ersten Mal? Hat er dich vergewaltigt?"

Xan hielt den Wagen an, als sie halb die Auffahrt hinaufgekommen waren. Eine Weile lang saß er stumm da, bis er das Gefühl hatte, reden zu können, ohne in Tränen auszubrechen oder zu hyperventilieren. „Ich provozierte ihn in einer Bar, und er ging auf mich los, aber seine Freunde hielten ihn zurück. Sagten, ich wäre ein entmannter Schwächling und den Ärger nicht wert, den er sich damit einhandeln würde, in einem Beta-Lokal eine Prügelei mit mir anzufangen."

Urho nickte.

„Aber er wartete draußen vor der Bar auf mich. Es war nicht das erste Mal, dass wir aneinander geraten waren. Auf Mont Nessadare hatte er mich ständig schikaniert, sodass wir uns mehr als nur einmal in die Haare geraten waren. Er hatte immer gewonnen." Xan lächelte bitter. „Es stimmt, dass ich ein entmannter Schwächling bin."

Urho sagte nichts, ballte aber die Fäuste.

„Du musst verstehen, was als Nächstes passierte … ich wollte nicht, dass es so ablief. Aber danach war es meine Entscheidung, erneut zu ihm zu gehen. Damit er dasselbe noch einmal mit mir machte. Und noch einmal und noch einmal."

„Hör auf."

„Er hat mich nicht vergewaltigt", sagte Xan leise. „Ich wollte, dass er mich fickt. Ganz gleich, in welcher Art und Weise – ich wollte es, wie auch immer er bereit war, es mir zu geben. Brutal, grausam, es spielte keine Rolle. Es war nicht schlimmer, als ich es verdiente."

Urho gab einen erstickten Laut von sich.

„Also, das ist die Wahrheit. Das Schlimmste, was ich je war oder je getan habe. Ich habe das noch nie jemandem erzählt. Ich verstehe, falls du mich jetzt hasst."

„Ich liebe dich, verdammt", krächzte Urho.

Inmitten all des Schmerzes tat Xans Herz einen ekstatischen Hüpfer. *Er liebt mich.*

„Und das macht mich so fertig. Weil ich dich liebe und mich selbst hasse. Wieso kann ich nicht einfach die Zeit zurückdrehen, sodass all das verschwindet? Dass *er* verschwindet? Noch nie wollte ich einen anderen Mann so sehr verletzen wie ihn. Am liebsten würde ich ihn dahin schicken, von wo er nie wieder zurückkehren kann." Die Dunkelheit in Urhos Stimme hatte Xan noch nie gehört, und sie machte ihm Angst. „Ich will ihn tot sehen."

„Urho …"

„Er soll am Spieß braten und bei lebendigem Leib verbrennen."

„Bitte …" Xan wusste nicht, was er sagen sollte. Die Dunkelheit in Urho war erschreckend. Besonders, weil Xan nicht äußern konnte, dass ein Teil von ihm ganz und gar nicht dasselbe wollte. „Lass es gut sein. Diese Hassgefühle werden nur jede Zukunft ruinieren, die wir jetzt zusammen haben könnten. Und wir müssen auch an Caleb denken."

Urho zuckte zusammen. „Ja, es ist unsere Verantwortung, ihn zu beschützen."

„Eigentlich nur meine", sagte Xan. „Er ist mein Omega. Ich werde mich um ihn kümmern."

„Und du bist *mein* Omega", flüsterte Urho. „Ich werde mich um *dich* kümmern."

Xans Augen füllten sich mit Tränen, aber er hielt sie zurück. „Wir werden uns umeinander kümmern."

„Es tut mir leid, dass ich nicht für dich da war."

„Unsinn." Xan löste seinen Sicherheitsgurt und streckte eine Hand aus, um Urhos Wange zu streicheln. „Keiner von uns hätte wissen können, dass …" Er verstummte und sah hinauf zu den Lichtern des Hauses. Es erfüllte ihn mit Wärme zu wissen, dass dort jemand auf sie wartete. Männer, die sie beide auf verschiedene Arten liebten. „Was wir jetzt haben, ist zu gut, um die Zeit mit Gedanken an das zu verschwenden, was hätte sein können. Vergib dir selbst. Ich bitte dich." Eine Träne löste sich, und Urho wischte sie mit dem Daumen weg. „Denn wenn du dir selbst vergeben kannst, dann kann auch ich mir vergeben."

„Mein wunderbarer Omega in Alpha-Gestalt …"

„Wir alle können uns entwickeln und unser Leben verbessern. Ich arbeite daran, ein besserer Alpha für meinen Omega zu sein, und ein besserer Liebhaber für dich. Ich will ein besserer Sohn für meinen Vater sein, und ein besserer Leiter für Heelies Enterprises. Also finde ich, dass du an dieser einen Sache arbeiten kannst, um deine Perfektion abzurunden. Nimm dir dafür so viel Zeit, wie du brauchst."

„Ich bin nicht perfekt." Urho legte seine Hand in Xans Nacken und liebkoste ihn besitzergreifend mit seinen Fingerspitzen.

„Ich weiß. Du bist menschlich." Xan lächelte. „Ich liebe dich. Mit all deinen Fehlern."

Im Mondlicht, das in den Wagen schien, küssten sie einander über die Mittelkonsole hinweg. Ihre Liebe floss über unter dem wachsamen Blick von Wolfgottes Auge. Ihre Liebe war rein.

IN DIESER NACHT hielt Urho Xan lang in seinen Armen, bevor sie Liebe machten. Er küsste jeden Flecken Haut, wo in seiner Erinnerung nach Xans letztem Treffen mit Monhundy Blutergüsse gewesen waren, und er küsste jede Stelle, die jemals durch die Hände dieses Ungeheuers verletzt worden sein mochte. In seinem Kopf sah er das arrogante, attraktive Gesicht des Mannes, der seinen Geliebten verletzt hatte.

Urho würde es nicht gut sein lassen, ganz gleich, was Xan

wollte. Aber er würde es für den Moment ruhen lassen. Abwarten. Gute, verantwortungsvolle Entscheidungen für sie alle treffen. Denn das war es, was ein Alpha tat, um seine Familie zu beschützen.

Xan war jetzt seine Familie. Er würde ihn mit ganzem Herzen und ganzer Seele beschützen, vor den Dämonen der Vergangenheit und den Gefahren der Zukunft. Und das bedeutete, dass er auch Caleb beschützen musste.

Er würde sie beide beschützen. Von jetzt an für immer.

KAPITEL 17

I N DEM RAUM unter dem Bedienstetenquartier im Westflügel des Hauses hatte Caleb seine Druckmaschine aufgebaut. Sie war vor einigen Wochen mit einem gemieteten Lastwagen aus dem Haus Sabel aus der Stadt her transportiert worden, zusammen mit Kisten und Kartons, gefüllt mit Calebs Kunstwerken und Materialien.

So weit Urho sehen konnte, war dieser Raum ursprünglich als Freizeit- und Gemeinschaftsraum für die Diener vorgesehen gewesen, aber da Caleb und Xan ihren abgelegenen und nie genutzten Ballsaal sowie die Spielräume im Haupthaus dem Personal überlassen hatten, stand der große Raum im Westflügel für andere Zwecke zur Verfügung.

Eine große Anzahl rechteckiger Steine war dort hineingeschafft worden, was Urhos Neugier geweckt hatte. Zu Xans Überraschung und offensichtlichem Neid hatten Urhos Fragen an Caleb Urho eine exklusive Einladung ins Atelier verschafft, wo Caleb ihm erklären würde, wie alles funktionierte.

„Wann wirst du *mich* in dein Atelier einladen?", fragte Xan beim Frühstück. Er war immer noch erhitzt von den morgendlichen Aktivitäten im Garten. Urho brachte ihm Boxen bei. Er wollte, dass sein Omega in Alpha-Gestalt sich nie wieder in einer Lage fand, in der er sich nicht gegen einen Grobian wie Monhundy verteidigen konnte. Also hatte er am Tag nach ihrem Besuch im Herrenclub damit begonnen, Xan Boxunterricht zu geben. Bisher lief es sehr gut. Xan war stark und widerstandsfähig, obwohl er klein war.

An diesem Morgen aßen sie nur zu dritt, da Vale und Jason

länger und länger schliefen, je weiter die Schwangerschaft fortschritt. Mit geröteten Wangen und gesund sah Xan besonders gut aus in dem Anzug, den er für den Arbeitstag in seinem kürzlich eröffneten Büro gewählt hatte. Allerdings traute Urho seinem Urteilsvermögen in dieser Hinsicht nicht mehr so recht, denn seine Meinung über Xans Aussehen wurde mit jedem Tag voreingenommener.

Jener Abend im Herrenclub lag nun mehrere Wochen zurück, und Xan schien stündlich gesünder und strahlender auszusehen. Seine Schönheit leuchtete geradezu, und sein Duft machte Urho den Mund wässrig, und Urhos Schwanz wurde zu jeder passenden und unpassenden Gelegenheit hart.

Vielleicht lag es daran, dass Janus noch immer nicht aus der Stadt zurückgekehrt war. Vielleicht lag es daran, dass Xan von seinem Bruder Ray großes Lob dafür erhalten hatte, wie die Dinge in Virona liefen. Oder vielleicht lag es daran, dass Xan verliebt war. Urho wusste es nicht. Und es war ihm egal.

Er wollte einfach nur, dass sein Junge für immer so strahlte.

Caleb sah bei Xans Frage kaum von seinem Toast auf, den er mit Marmelade bestrich. „Wenn du ernsthaftes Interesse an der Prozedur zeigst, darfst du kommen. Aber wenn du nur sehen willst, was ich da mache, dann kannst du warten wie alle anderen auch."

„Warten worauf?", fragte Xan und neigte den Kopf zur Seite.

„Auf meine Ausstellung", sagte Caleb, als wäre das nicht Neues. Seine Brust jedoch, enthüllt durch den tiefen V-Ausschnitt seines Shirts, verriet etwas anderes. Eine zarte Röte breitete sich aus und stieg bis in seine Wangen.

„Was für eine Ausstellung?" Xans Augen leuchteten auf. „Du hast eine Ausstellung? Und hast mir nichts davon erzählt?"

Caleb zuckte die Achseln. „Noch nicht. Ich denke, ich werde nach meiner nächsten Hitze eine zusammenstellen. Falls ich schwanger werden sollte, werde ich mich mit meiner Kunst in

Zukunft wohl auf ein anderes Thema konzentrieren, kann ich mir vorstellen."

„Was ist jetzt dein Thema?", fragte Urho.

Caleb zwinkerte und strich mehr Marmelade auf seinen Toast. „Das weiß nur ich, aber du wirst es herausfinden."

Urho schnaubte. Aber er erinnerte sich, wie geheimnisvoll Vale stets mit seinen Gedichten war, bevor er sie veröffentlichte, also verstand er Calebs Empfindlichkeit in dieser Sache. Er war dankbar, dass Caleb ihm überhaupt gestattete, das Atelier zu sehen.

„Aber wo soll die Ausstellung stattfinden?", fragte Xan.

„Im Herrenclub natürlich. Sie haben ab und zu Kunstausstellungen in den oberen Räumen, wie ich gehört habe. Es gibt sogar einen großen Saal im obersten Stockwerk, den sie Galerie nennen."

„Von wem hast du das gehört?"

Das war eine berechtigte Frage. Für einen so liebenswerten und geselligen Mann lebte Caleb hier ziemlich introvertiert, so weit Urho es beurteilen konnte. Er verbrachte viel Zeit allein in seinem Zimmer oder las still im Salon. Oder er war in seinem Atelier und arbeitete an seinen Drucken. Er schien Gesellschaft zu genießen, wenn sie alle zusammen waren, aber zog sich gern und zufrieden in die Einsamkeit zurück.

„Von Janus", antwortete Caleb und verzog das Gesicht. „Nur weil die Quelle unangenehm ist, muss die Information ja nicht unzutreffend sein. Jedenfalls ..." Caleb wedelte mit der Hand, wie um Janus' Geist aus dem Zimmer zu vertreiben. „Die Leute würden die Ausstellung besuchen, weil sie neugierig auf mich sind. Und auf dich auch. Ganz zu schweigen davon, dass sie alle sich mit dem Erben des Vermögens gut stellen wollen. Mit dem Mann, der diesem Ort Arbeitsplätze anbieten kann und mehr."

Urho musste hinter seiner Serviette über Calebs Selbstbewusstsein schmunzeln. Es war auf eigene Weise bezaubernd. Am liebsten hätte er es in Flaschen gefüllt, um es großzügig auf Xan sprühen zu können, wann immer der unsicher war.

Caleb fuhr fort: „Ich zweifle nicht daran, dass meine Werke sich gut verkaufen werden, und sei es auch nur wegen meiner gesellschaftlichen Stellung. Aber ich denke, wir sollten auch Leute aus der Stadt dazu einladen, damit es nicht allein den Bürgern von Virona überlassen bleibt, meine Ausstellung zu einem Erfolg zu machen."

Xan öffnete und schloss seinen Mund einige Male, als hätte er weitere Fragen, aber schließlich stand er einfach vom Tisch auf und verkündete, dass er zu spät kommen würde, sofern er sich nicht sofort auf den Weg machte. Er küsste Caleb auf die Stirn und rieb die Nase an seinem Hals, dann drehte er sich zu Urho um und küsste ihn auf die Lippen.

Nach dem Essen ging Urho wie verabredet den kurzen Pfad zwischen dem Haupthaus und dem Westflügel entlang. Er begegnete einigen Betas, die auf dem Weg zu ihren Quartieren im zweiten Stock waren. Das Haus selbst sah schon viel besser aus als an dem Tag, als Urho angekommen war. Die Zimmer waren gereinigt und nach und nach eingerichtet worden, und das Grundstück erwachte zum Leben, während die harten Wintermonate dem Ende zugingen.

Aber vom Ozean her wehte immer noch eine steife, kalte Brise. Urho fröstelte, als er an der Seite des Flügels entlangging, und dachte, er hätte vielleicht lieber einen Mantel überziehen sollen, anstatt sich darauf zu verlassen, dass sein Anzug ihn warmhalten würde. Ihm fiel auf, dass sämtliche Fenster des großen Raumes, in dem Caleb arbeitete, geöffnet waren.

Der Geruch von Chemikalien und Farbe, den er manchmal als schwachen Rückstand auf Calebs Haut und in seinem Haar wahrnahm, wehte ihm entgegen. Urho rümpfte leicht die Nase und fragte sich, ob der ganze Westflügel wohl danach roch, und was die

Diener wohl davon halten mochten.

Am Ende des Pfads blieb er stehen. Hier gab es sogar noch mehr große Fenster sowie eine riesige Glastür im Erdgeschoss mit Ausblick auf den Ozean. Urho konnte geradewegs in das Atelier schauen, und doch konnte er nicht wirklich etwas sehen. Es war ein Labyrinth aus Papier, Stapeln von Steinen, Staffeleien und Materialien, die er nicht erkannte. Große Aktenschränke waren bereits hoffnungslos überfüllt, und Urho fragte sich, wie oft Caleb hier aufräumte, falls überhaupt. Seine Zimmer im Haupthaus waren stets makellos sauber und ordentlich, aber das hier …

Er ging hinein und stellte überrascht fest, dass es im Atelier eiskalt war. Andererseits hätte ihn das nicht schockieren sollen – Xan hatte ihm erzählt, dass Caleb es gern kalt hatte und bei offenem Fenster schlief. Aber er hatte nicht damit gerechnet, wie sehr es hier zog. Die salzige Seeluft wehte durch die offenen Fenster herein und heraus und mischte sich mit den starken Gerüchen der Druckmaterialien.

Drei der vier Seiten des Raumes bestanden fast vollständig aus Fenstern. An der hinteren Wand gab es einen riesigen, offenen Kamin, der offensichtlich nicht mehr in Gebrauch war, da das Atelier ansonsten ein einziger Hausbrand war, der nur darauf wartete zu passieren. Der Durchzug ließ die vielen Papiere flattern, sodass ein konstantes Rascheln zu hören war, wie von Mäusen oder Vögeln, die ein Nest bauten.

Alles war auf perfekte Weise lichtdurchflutet, und Urho sah, wie dienlich dieser Umstand Caleb war, als er weiter in den Raum ging. Überall waren Tische verteilt, dazwischen eine große Druckmaschine – eine Presse, wie Caleb sie nannte – Steinplatten und andere Ausrüstungsgegenstände, die Urho nicht verstand.

„Da bist du ja", rief Caleb. Er stand hinter einem der Tische und verteilte eine stinkende Chemikalie auf eine der Steinplatten. Sein Haar wurde von funkelnden, juwelenbesetzten Spangen zurückgehalten, und sein Gesicht wies hier und da Kleckse von blauer und grüner Tinte auf. Er lächelte Urho für einen Moment strahlend an, dann wandte er sich wieder seiner Arbeit zu. „Dieser Teil ist immer ein wenig heikel. Da darf ich keine Zeit verlieren. Die Chemikalien beginnen zu wirken, sobald man sie aufträgt, und ich will nicht, dass das Ergebnis ungleichmäßig wird."

„Nein, natürlich nicht", stimmte Urho zu, obwohl er keine Ahnung hatte, wovon Caleb redete. Er beobachtete den Mann bei seiner Arbeit. Calebs blasse Haut leuchtete im strahlenden Licht der Fenster, und sein Haar glänzte. Er trug einen friedvollen, aber ernsten Ausdruck im Gesicht, voller Konzentration. Seine Kleidung war wie gewohnt – weich, weiß und locker – aber dieses Set war offenbar für die Arbeit reserviert, denn es war mit Tintenflecken in allen Farben des Regenbogens übersät. Allerdings gab es dazwischen auch reichlich Schwarz. Caleb trug Handschuhe, die dünn genug waren, um nicht hinderlich zu sein, seine Haut aber ausreichend vor den ätzenden Flüssigkeiten schützten.

Und er war auch nicht barfuß, obwohl er für gewöhnlich im Haus nichts an den Füßen trug außer funkelndem Nagellack. Stattdessen trug er hier schwere Arbeitsschuhe, die ebenfalls von Tintenflecken und chemischen Verätzungen bis zur Unkenntlichkeit ruiniert waren. Der Caleb im Druckatelier war ein anderer als der Caleb des Hauses, und irgendwie fand Urho es plötzlich traurig, dass Xan noch keine Gelegenheit gehabt hatte, ihn so zu sehen.

Und er fragte sich, warum das so war.

„Ich hätte auf dich warten sollen", sagte Caleb, während er arbeitete. „Aber ich wurde ungeduldig. Ich wollte dieses Stück schon seit Wochen drucken und konnte einfach nicht mehr abwarten."

„Ich wusste nicht, dass ich zu spät komme."

„Tust du nicht. Ich hätte dich früher einladen sollten." Caleb blickte von seine Arbeit auf und bedeutete Urho näher zu kommen.

„Komm her. Von dort aus kannst du ja gar nichts sehen."

Urho schlängelte sich vorsichtig durch die Tische und Regale, um nicht versehentlich etwas umzuwerfen. Jeder Gegenstand im Raum schien entweder feucht zu sein oder zerbrechlich oder beides. Er trat an Calebs Seite und sah ihm bei der Arbeit zu.

Beinahe abwesend erklärte Caleb, was er gerade tat. Er sprach ruhig über die Chemikalien, mit denen der Stein zunächst geätzt wurde, und das wasserabweisende Wachs, das dafür sorgte, dass die Tinte nur an den Stellen blieb, welche die Presse drucken sollte.

Schließlich war Caleb bereit, die Steinplatte in die Presse zu schieben, und er überraschte Urho mit seiner Körperkraft, als er das Gewicht an Ort und Stelle manövrierte.

„Wenn der Stein irgendwelche Unebenheiten oder innere Risse aufweist, wird der Druck in der Presse ihn zerbrechen." Caleb legte ein dickes Blatt Papier über den Block.

„Passiert das oft?", fragte Urho.

„Nein. Aber wenn es passiert, ist es wirklich Scheiße", antwortete Caleb. Dann trat er zurück, betätigte einen Hebel, und die Maschine setzte sich in Bewegung. Nachdem er den Hebel ein zweites Mal betätigt hatte, fragte Caleb: „Als du an der Universität im Labor gearbeitet hast, ist dir da je in den Sinn gekommen, wie seltsam es ist, dass einige Technologien die Säuberungen der Heiligen Kirche nach dem Großen Sterben überlebten – so wie die Druckerpresse – jedoch andere, vielleicht wichtigere Technologien wie die der Genmanipulation vollkommen verloren gingen?"

Während die Maschine auf den Stein hinunter drückte, sagte Urho: „Ich nehme an, die Fanatiker hielten die Drucktechnik für weniger gefährlich – und nützlicher."

„Aber was könnte für uns als Spezies gefährlicher sein als die Auslöschung des Wissen, das uns überhaupt erst erlaubte, Omegas zu erschaffen? Und wir wurden so unvollkommen erschaffen! Jede Geburt ist lebensgefährlich."

„Jetzt bist du blasphemisch." Urho beobachtete, wie Caleb sich auf den großen Hebel lehnte, jeder Muskel angespannt. Er erwog, seine Hilfe anzubieten, aber er wusste, Caleb würde ablehnen.

„Ha!" Caleb grinste. „Das bin ich wohl."

„Ich habe damit kein Problem."

Caleb lächelte ihn an, und es war das strahlende Lächeln, das Urho vom Caleb des Hauses kannte. „Ganz gewiss nicht."

„Die Frömmler wollten Macht, und sie bekamen sie, indem sie die vollkommene Hingabe zu Wolfgott verlangten. Ihm schrieben sie die Erschaffung von Omegas zu. Das zu hinterfragen stand für lange Zeit unter Todesstrafe. Die Druckerpresse half ihnen zweifellos bei der Verbreitung des heiligen Wortes, welche Gedanken erlaubt waren und welche ausgelöscht werden mussten."

Caleb seufzte. „Was aber sehr kurzsichtig war. Man sollte meinen, dass ihnen daran gelegen war, die Rettung der menschlichen Rasse weiter zu fördern. Was hätte ihnen – und jedem anderen – dabei nützlicher sein können als Omegas, die genau so einfach Kinder gebären können wie früher die menschlichen Frauen, bevor sie ausgelöscht worden waren?"

„Ich kann dir nicht widersprechen. Alles, was ich weiß, ist, dass die Gier nach Macht und Kontrolle oft die Vernunft überschattet."

Caleb nickte und drückte den Hebel in die andere Richtung, um das Gewicht vom Stein zu lösen. Dann entfernte er behutsam das Papier und zeigte es Urho.

Urho keuchte. „Das ist perfekt. Es sieht genau wie er aus."

„Findest du?"

„Ja. Das ist sein Gesicht. Wenn er besorgt ist."

Caleb betrachtete den Druck. „Es beruht auf einer Zeichnung, die ich gemacht habe." Er musterte Xans Gesicht, eingerahmt von einem Vogelnest aus dunklen Locken. „Ich glaube, du hast recht. Aber ich muss mich fragen, ob das die richtige Stimmung für dieses Werk ist. Vielleicht hätte ich etwas Fröhlicheres wählen sollen, um meine Sammlung abzurunden."

„Ich finde es wunderschön, aber wenn es nicht der Ausdruck ist, den du einfangen wolltest … nun, ich kann dazu nichts sagen. Es ist dein Werk. Du weißt besser als ich, was du damit erreichen wolltest."

„Ich habe mit diesem Bild vor langer Zeit angefangen. Jedenfalls mit der Zeichnung, die ich als Grundlage benutzt habe." Caleb legte den Kopf zur Seite und studierte den Druck. „Mir gefällt immer noch, wie seine Locken glänzen, und das Vogelnest ist perfekt. Aber das ist nicht länger, wer er jetzt ist. Nicht seit du hier bist." Caleb lächelte und sah fragend zu Urho auf. „Hast du vor zu bleiben? Nachdem Vales Baby geboren ist und meine Hitze vorbei ist? Oder wirst du nach Hause fahren und ihn wieder allein lassen?"

„Ich weiß nicht, wie ich diese Frage beantworten soll." Urho wollte nichts voraussetzen. Xan war Calebs Alpha, und Lofton war sein Zuhause.

„Offen und ehrlich, wenn du kannst."

Urho schluckte schwer. „Ich kann mir eine Zukunft ohne ihn nicht vorstellen. In das Haus zurückzukehren, das ich mit Riki teilte … wo mich die Erinnerung an seinen Verlust jahrelang festhielt? Das fühlt sich nicht mehr richtig an." Ein brennendes Gefühl wuchs in Urhos Brust. „Aber ich verstehe, wenn du nicht willst, dass ich bleibe. Es ist dein Zuhause, und ich bin nur Gast hier."

„Aber du solltest nicht nur ein Gast sein", sagte Caleb entschieden. Dann wandte er sich wieder seinem Druck zu und betrachtete das Werk mit kritischem Auge. Er gab ein unzufriedenes Summen von sich, dann warf er das Papier über seine Schulter und ließ es zu Boden flattern.

„Sollte ich nicht?"

„Nein. Du solltest hier ebenfalls zuhause sein."

Urho gab einen erstickten Laut von sich; die Überraschung war wie ein Schlag in den Magen. „Warum sagst du das?"

„Weil ich keine weiteren Zeichnung von Xan mit diesem Gesichtsausdruck mehr machen will. Ich will den Ausdruck einfangen, den du ihm verschaffst: Wohlbehagen, Vertrauen, Hoffnung." Er nickte nachdenklich und ging zu einem anderen Tisch, wo er einen Bleistift und ein großes Stück Papier nahm. „Ich will die Veränderung in ihm seit deinem Eintreffen einfangen. Seit du seinen Schmerz und seine Selbstverachtung gelindert hast."

Urho wurde die Kehle eng. Sein Blick fiel auf das verworfene Werk auf dem Boden. „Aber was passiert mit dem Stein, den du heute geätzt hast?"

Caleb zuckte die Achseln. „Ich werde ihn den Gärtnern überlassen. Sie können so etwas immer irgendwie gebrauchen."

Die ganze Arbeit, die in den Fehldruck geflossen war, tat Urho im Herzen weh, aber Caleb schien keinen weiteren Gedanken daran verschwenden zu wollen.

„Und der Druck selbst?", fragte Urho mit einem Nicken zu dem Papier auf dem Boden.

„Müll", antwortete Caleb.

„In diesem Fall … kann ich ihn haben?"

„Du willst eine Erinnerung daran, wie traurig er immer war?", fragte Caleb überrascht.

Urho hab das Papier auf und betrachtete es eindringlich. „Ich will eine Erinnerung an das, was ich verlieren könnte."

Caleb nickte. „Dann nimm es. Und bleib hier, Urho. Baue ein neues Leben mit ihm auf." Caleb hob den Blick von der frischen Zeichnung, die er anfertigte. „Ein neues Leben mit *uns*."

Urho trat näher. Er sah hinab in Calebs aufrichtiges Gesicht und fragte: „Ist es das, was du willst? Für dich selbst? Für mehr als nur Xans Glück?"

„Das Glück meines Alphas ist ein mehr als nur ausreichender Grund, dich hier haben zu wollen. Aber die Wahrheit ist, ich mag dich. Ich vertraue dir. Immerhin habe ich dich in mein Atelier gelassen. Nicht einmal Xan hat es bisher betreten." Caleb berührte Urhos Arm und lächelte zu ihm auf. Ein ganz neues Lächeln, verwundbar und vollkommen ehrlich. „Also ja, Urho. Ich möchte, dass du Lofton zu deinem Zuhause machst."

„ALSO, WIE WAR es in Calebs Atelier?", fragte Xan. Er war den ganzen Tag über neugierig gewesen. Und auch mehr als nur ein bisschen neidisch.

Sein Kopf ruhte an Urhos nackter Brust. Er strich mit den Fingerspitzen an Urhos Unterarm auf und ab und genoss das leichte Prickeln der dunklen Haare dort.

„Chaotisch", antwortete Urho. Seine Stimme war immer noch ein wenig rau nach ihrem langen Liebesspiel.

„Ist er gut in seiner Kunst? Oder bestärke ich ihn nur in einer Illusion, indem ich ihm all dieses Zeug kaufe?"

„Er ist sehr gut", sagte Urho und setzte sich auf, sodass Xan seinen bequemen Ruheplatz aufgeben musste. „Warte. Ich zeige dir etwas."

Er stand aus dem Bett auf und ging zu dem Schreibtisch in der Ecke. Die Aussicht hier war nicht so gut wie in Xans Zimmer, aber als sie nach Xans Heimkehr heraufgekommen waren, waren die Betas gerade dabei gewesen, die Bettwäsche zu wechseln. Also hatten sie beschlossen, sich stattdessen in Urhos Zimmer zurückzuziehen. Dennoch bot auch die kleine Stadt einen schönen Anblick mit den in der Abendsonne leuchtenden bunten Häuserreihen, die sich zum Horizont erstreckten.

Urho kehrte mit einem großen Stück Papier zurück und gab es Xan.

Sein eigenes Gesicht blickte mit solcher Traurigkeit von dem

Papier zu ihm auf, dass Xan sich vollkommen entblößt fühlte. Aber er war sehr gut getroffen, das konnte er nicht leugnen. Abgesehen von den Haaren, die zu einem Vogelnest zerzaust waren. Er pflegte sein Haar für gewöhnlich sehr sorgfältig, vielen Dank auch.

„Das hat er gemacht?"

„Er besitzt Talent", sagte Urho. „Rosen würde wahrscheinlich sagen, dass es viel zu naturalistisch ist. Aber Rosen ist ein Snob."

Xan starrte weiterhin das Bild an. „Caleb ist auch ein bisschen snobistisch."

„Auf seine eigene Art", stimmte Urho zu. Er zog Xan wieder an sich, und sie schmiegten sich nackt in dem großen Bett aneinander. Xan inhalierte Urhos Duft, gemischt mit seinem eigenen.

Gemeinsam betrachteten sie Xans Porträt. „Gefällt es dir?", fragte Urho.

„Es ist nicht, was ich erwartet habe." Xan neigte den Kopf zur Seite und runzelte die Stirn. „Ist das, wie Caleb mich sieht? Was denkst du? Traurig und mit einem Vogelnest, wo mein Gehirn sein sollte?"

„Ich denke, dass Caleb dich liebt", sagte Urho leise. „Er sagte mir, er wäre unzufrieden mit diesem Werk, und dass er eine neue Zeichnung machen will, die dich besser einfängt."

„Oh." Xan verzog das Gesicht. „Was stimmt denn nicht mit diesem?"

„Das musst du ihn selbst fragen", sagte Urho. Aber sein Tonfall verriet, dass er den Grund kannte. „Vielleicht vermisste er dein Lächeln, nachdem es fertig war. Ich weiß, dass es zu meinen Lieblings-Ausdrücken von dir gehört."

Xan legte den Druck auf den kleinen Tisch neben dem Bett, dann schmiegte er sich an Urhos Brust. „Willst du das Bild behalten?"

„Ich dachte daran, es rahmen zu lassen. Ja." Urho Finger glitten beruhigend durch Xans Haar. „Damit es dich daran erinnert, wie ich dich nie wieder sehen möchte."

Xan wand sich unbehaglich und runzelte die Stirn.

„Was ist los", fragte Urho beunruhigt.

„Ich weiß nicht. Irgendetwas an dem Bild erinnert mich an mein Leben, bevor du mir dein Angebot gemacht hast."

„Bevor ich dich liebte."

Xan zuckte zusammen, halb ungläubig und halb verzweifelt wünschend, es wäre die Wahrheit. „Ja, bevor du mich liebtest. Ich will nicht wieder zu dem Leben davor zurückkehren. Und damit meine ich nicht nur Monhundy und die Misshandlungen. Ich meine das alltägliche Dasein. Es war so viel weniger ohne dich." Er seufzte und rieb sein Gesicht an Urhos Brusthaar. Er wünschte, die Welt wäre eine andere. Dass *er* ein anderer wäre. „Aber du bist wahrscheinlich furchtbar gelangweilt hier ... die ganze Zeit darauf zu warten, dass Vales Baby kommt, herumzusitzen und zu lesen, oder womit immer du deine Zeit totschlägst. Was machst du eigentlich den ganzen Tag, wenn ich nicht hier bin?"

„Ich verbringe Zeit mit Vale, Jason und Caleb. Ich gehe am Strand spazieren oder lese im Garten, wenn es nicht zu kalt ist. Ich berate Fälle in der Stadt am Telefon. Ich war auch unten im Ort und habe mich im Dorf umgesehen. Ich hatte keine Langeweile."

„Aber das ist nur eine Frage der Zeit, denkst du nicht auch? Bis dir langweilig wird?" Xans Augen brannten, als wollten ihm die Tränen kommen, aber das würde er nicht zeigen. Er blinzelte und riss sich zusammen. „Und sobald Vales Baby auf der Welt ist, hast du keinen wirklichen Grund mehr hierzubleiben. Deine Praxis in der Stadt muss es schwer haben ohne dich."

„Caleb hat mich heute auf etwas Ähnliches angesprochen", gestand Urho zögernd.

Xan stieß ein frustriertes Schnauben aus. Er hatte all seinen Mut zusammengenommen, um die beängstigenden Fragen zu stellen, die er nun schon eine ganze Weile vermieden hatte. Natürlich würde

Caleb ihm zuvorkommen. „Worum ging es?"

„Caleb schlug vor, dass ich hier bleibe, nachdem das Baby da ist."

„Ja, natürlich. Für die Hitze. Aber danach, sofern das Baby gesund ist, wird deine Anwesenheit nicht mehr nötig sein, oder? Ich meine, Jason und Vale werden sicher noch bleiben wollen, bis die Grippegefahr vorüber ist. Aber dich werden sie dann nicht mehr unbedingt hier brauchen."

„Nun ..."

„Oder rechnest du damit, dass das Baby nicht gesund ist?", fragte Xan und setzte sich auf, um Urho in die dunklen Augen zu schauen. Sein Herz hämmerte vor plötzlicher Sorge. Früher einmal war er neidisch auf Vale gewesen, aber jetzt, da Urho in seinem Leben war, sah er nur noch die guten Seiten seines Freundes und wollte das Beste für ihn. „Vale hat in letzter Zeit oft über Schmerzen geklagt. Denkst du, dass ... etwas mit dem Baby nicht stimmt?"

„Schh ..." Urho zog Xan erneut an seine Brust und küsste ihn auf den Kopf. Xan schloss die Augen und ließ sich von Urhos beruhigendem Herzschlag und dem Rhythmus seines Atems trösten. „So weit ich es beurteilen kann, verläuft die Schwangerschaft wirklich gut. Das Baby könnte schon bald zur Welt kommen, und es entwickelt sich vollkommen gesund. Aber die Lungen entwickeln sich als Letztes, und wir müssen einfach hoffen, dass sie weit genug sind, wenn die Zeit gekommen ist. Aus diesem Grund schiebe ich es noch ein wenig hinaus, die Geburt einzuleiten. Aber ich habe keinerlei Grund anzunehmen, dass es ein Problem geben wird. Es wird dem Baby bestens gehen."

„Was hat Caleb dann gemeint?" Xan wurde erneut ärgerlich und frustriert. Nichts wünschte er sich mehr, als dass Urho bei ihm in Virona blieb, aber Xan war nicht dumm. Urho hatte ein Zuhause in der Stadt, eine Praxis, ein Leben. Er hatte keinen Grund zu bleiben, ganz gleich, wie viel ihm Xan angeblich bedeutete. Und vielleicht war Caleb es auch leid, den Liebhaber seines Alphas im Haus zu haben. Dazu hatte er jedes Recht.

„Caleb ließ mich wissen, dass er sich wünscht, ich würde hier bleiben. Mir ein Zuhause hier schaffen."

Xan setzte sich abrupt auf und starrte Urho fassungslos an. „Warum? Ich meine – wie soll das funktionieren?"

„Wir haben nicht über Einzelheiten geredet, aber die Vorstellung, in die Stadt zurückzukehren, verlockt mich nicht besonders. Ich wollte deine Meinung dazu hören, bevor ich mich weiter mit dem Gedanken befasse." Urho strich Xan ein paar süße Locken aus dem Gesicht, dann streichelte er mit dem Daumen Xans Kinngrübchen. „Würde dich das glücklich machen, Xan? Wenn ich bleiben würde?"

Xans Herz flatterte. Er schlang seine Arme um Urhos Hals und kletterte rittlings auf Urhos Schoß. Er hielt ihn fest, küsste seinen Hals und rieb sein Gesicht an Urhos Schultern.

„Wie würde das in der Praxis aussehen?", fragte Xan. „Was würden die Leute denken?"

„Das ist etwas, das wir beachten müssten. Ein Risiko, das wir umschiffen müssten", murmelte Urho.

Xan schluckte schwer. Er wusste, es war mehr, als er je hoffen durfte – die Zustimmung seiner Familie und der restlichen Welt für das, was er für Urho fühlte. Aber ein Teil von ihm wollte das. Er fühlte sich in den Fesseln des Gesetzes und der Religion gefangen. Aber was Urho und Caleb vorschlugen, konnte ihn seine Familie, seinen gesellschaftlichen Status, sein Erbe und seinen Platz in der Welt kosten,

War Caleb sich überhaupt bewusst, wie sehr sie riskieren würden, mit nichts dazustehen? Dass Xans Neigungen genauso schnell und gründlich in den sozialen und finanziellen Ruin führen konnten wie Calebs Vaters Sucht? Sicher war ihm das klar. Und doch war es Calebs Idee. Was dachte er sich nur?

„Nun?", hakte Urho nach. „Würde es dich glücklich machen, wenn ich bliebe?"

Xan bekam einen Kloß in der Kehle. Er lehnte sich zurück, um Urho in die Augen sehen zu können. „Ich liebe dich."

„Ist das ein Ja? Würde es dich glücklich machen?"

„Wenn du bleiben und dies zu deinem Zuhause machen könntest, wenn du für immer als mein Geliebter hier mit mir leben könntest ... ich weiß nicht einmal ein Wort dafür, wie glücklich mich das machen würde", sagte Xan mit rauer Stimme. „Ekstatisch. Mehr als ekstatisch."

„Aber?"

„Was werden die Leute denken? Mein Vater würde das niemals verstehen. Mein Platz als sein Erbe ist bereits gefährdet. Und mein Pater ... ich habe ihn so lange nicht mehr gesehen."

Urho küsste Xans Haar. „Es gibt einiges zu berücksichtigen. Falls ich bleibe, müssen wir uns überlegen, wie wir weitermachen wollen. Vielleicht könnte ich ein eigenes Haus unten im Ort haben. In der Nähe der Praxis, die ich hier eröffnen würde."

Xan wand sich unbehaglich. Er wollte nicht, dass Urho unten im Ort lebte. Er wollte ihn hier, in seinem Bett, am Frühstückstisch, mit Caleb lachend, wie eine richtige Familie. Er wollte nicht so tun müssen, als wäre Urho lediglich ein Freund und er wäre dem Mann nicht mit Haut und Haaren verfallen. Er wollte, dass jeder wusste, dass der Alpha mit den großen Händen und dem noch größeren Herzen ihm gehörte, und ihm allein.

Aber wagte er das? Konnte er sein Erbe aufs Spiel setzen? Durfte er das von Caleb erwarten? Schaudernd schmiegte er sich enger an Urho. Sein Magen drehte sich um, und er klammerte sich an Urhos Bizeps.

„Denk in diesem Moment an nichts anderes. Sag mir einfach nur, ob du willst, dass ich bleibe", murmelte Urho. „Alles andere können wir uns später noch überlegen."

Xan küsste Urhos Brust und flüsterte: „Bitte verlass mich nicht."

Urho drückte ihn an sich. „Das kann ich dir nicht versprechen. Das Leben hat mich gelehrt, dass man sich in dieser Sache nie sicher sein kann. Aber ich verspreche dir, niemals absichtlich fortzugehen, und falls doch, dass ich immer wieder zur dir zurückkommen werde."

Tränen brannten in Xans Augen. Nie im Leben hätte er erwartet, ein solche Erklärung von einem Alpha wie Urho zu bekommen. Er wusste nicht, womit er das verdient hatte, aber er schwor sich, der Mann zu sein, der es verdiente.

Er schwor sich zu lernen, mutig und selbstsicher zu sein. Er würde in allen Bereichen des Lebens einen Zahn zulegen: als Calebs Alpha, als Jasons Freund, als Bürger von Virona und – falls seine Entscheidungen ihn nicht sein Erbe kosten sollten – als zukünftiger Inhaber des Familienunternehmens.

Sein Blick fiel auf den Druck, den Caleb hergestellt hatte, und er kniff die Augen zu. Caleb war ein kluger Mann, weitaus klüger als Xan, und wenn er derjenige war, der die Lebensgemeinschaft mit Urho vorgeschlagen hatte, dann kannte er die Risiken. Xan konnte nur hoffen, dass er auch gewillt war, die möglichen Folgen zu tragen.

Denn falls Urho gewillt war, für immer Xans Alpha zu sein, und Caleb das ebenfalls wollte, dann war Xan wild entschlossen, zu der Sorte Mann zu werden, der ihre mutige Hingabe verdiente.

Selbst wenn es bedeutete, alles zu verlieren, was Xan stets als sein Geburtsrecht betrachtet hatte. Seine Familie. Sein Erbe. Sein Zuhause.

„Schh", flüsterte Urho. „Ruh dich jetzt aus. Wir müssen heute nichts mehr entscheiden. Wir haben Zeit."

Xan entspannte sich in Urhos Armen. Ja, sie hatten Zeit. Aber wie lange noch? Er wünschte, er könnte in die Zukunft sehen und wissen, dass am Ende alles gut werden würde, aber das Einzige, was er sicher wissen konnte, war, dass Urho ihn genug liebte, um sein Leben zu ändern, Gefängnis zu riskieren, nach Virona zu ziehen. Und Caleb liebte ihn genug, um Urho hier haben zu wollen.

Das war die Gegenwart.

Es war eine ungeheure Verantwortung – und ein wundervolles, beängstigendes Geschenk.

TEIL DREI

KAPITEL 18

„COUSIN, DU SIEHST aus wie der Tod auf Latschen!", rief Xan aus und sprang vom Esstisch auf.

Janus war gut über einen Monat lang weg gewesen, und Xan hatte gehört, dass er überhaupt nicht nach Virona zurückkommen würde, da er angeblich anderswo einen neuen Auftrag bekommen hatte. Und so war es ein mehrfacher Schock, ihn plötzlich in der Tür des Esszimmers stehen zu sehen, graugesichtig und schweißüberströmt. Janus' Augen waren glasig, und er zitterte so sehr, als hätte er Mühe, sich überhaupt aufrecht zu halten.

Am Tisch herrschte schockiertes Schweigen, perplexe Mienen rundum. Vale und Jason schreckten zurück, und Caleb saß immer noch mit offenem Mund da, als Xan an Janus' Seite eilte. Er nahm Janus' Hände in seine und keuchte erschrocken, als er fühlte, wie heiß sie waren. „Wolfgott, du glühst ja wie die Hölle selbst."

Janus hustete feucht, dann sank er in Xans Arme.

„Oh verdammt!", rief Urho hinter ihnen.

Ein verwirrter und verängstigter Ren stürmte in den Raum, schwer atmend und mit erhitzten Wangen. „Sir, Ihr Cousin ist gerade erst angekommen. Ich habe versucht, ihn zu überzeugen, auf sein Zimmer zu gehen, aber er bestand darauf, Sie zu sehen. Ich sagte ihm, ich würde Sie holen, aber–" Ren gestikulierte hilflos und hielt Abstand von dem bewusstlosen Mann in Xans Armen. „Es tut mir leid."

„Nicht deine Schuld", beruhigte ihn Xan, während er sich mit dem Gewicht seines größeren Cousins abmühte. Dessen heißer, verschwitzter Körper ruhte schwer auf ihm, und Xan versuchte ächzend, ihn festzuhalten. „Geh und bereite etwas Tee für ihn zu.“

Plötzlich war Urho da und half Xan mit Janus' schlaffem Körper. Xan stieß einen erleichterten Seufzer aus.

„Jason, bring Vale durch die Küche nach oben“, befahl Urho streng. „Halte ihn weit weg von Janus. Kommt nicht wieder herunter, bis ich euch sage, dass die Luft rein ist.“

Die schockierte Tischgesellschaft erwachte zum Leben. Jason und Vale verließen das Esszimmer hastig durch die Küchentür, und Caleb eilte an Xans Seite.

Gemeinsam manövrierten sie Janus in Urhos nun freien Stuhl. Seine Arme fielen auf Urhos Teller, verspritzten die Soße und stießen das Weinglas um. Sein Kopf fiel nach vorn, und er verdrehte die Augen.

Urho schlug ihm leicht auf die Wange. „Janus!“, rief er. Janus stöhnte, aber kam nicht zu sich. „Alle beide, tretet zurück! Ich muss ihn ins Bett schaffen.“

„Ja. Irgendwo abgeschieden vom Rest des Hauses“, sagte Xan. Sein Herz raste, und seine Hände schwitzten.

„Und weg von den Dienern“, fügte Caleb hinzu.

„Um Wolfgottes Willen, wo?“, fragte Urho, während Janus immer angestrengter atmete.

„Nicht im Haupthaus!“, drängte Xan. „Er wird Vale anstecken!“ Er würde Jason nie wieder in die Augen sehen können, falls er jetzt die falsche Entscheidung traf und dem Baby etwas zustieß.

„In mein Zimmer“, sagte Caleb. „Es liegt auf der anderen Seite des Hauses, weit weg von Vale und Jason.“

„Nein“, widersprach Urho. „In den Westflügel.“

Janus sackte noch weiter in sich zusammen. Urho hievte ihn in eine aufrechte Position, aber er kippte immer wieder zur Seite.

„Wo die Diener wohnen?“ Caleb schüttelte den Kopf. „Nein,

Wir können nicht von ihnen verlangen, dass–"

„Im oberen Stock gibt es genug Zimmer", sagte Xan. „Die Diener könne hier bei uns im Haupthaus bleiben. So können wir Janus von allen anderen getrennt halten. Nur bis wir wissen, ob er etwas Ansteckendes hat, oder bis es vorbei ist."

Caleb nickte, und Urho hob Janus vom Stuhl hoch und warf ihn sich über eine Schulter. Sie eilten durch die Eingangshalle, ignorierten die entsetzten Rufe der Diener und trugen Janus aus dem Haupthaus und über den Pfad, der zum Westflügel führte.

„Hier entlang", sagte Caleb und führte sie um das Gebäude herum zur entgegengesetzten Seite seines Ateliers. „Im Untergeschoss gibt es einen ungenutzten Raum. Die Diener zogen alle den zweiten Stock und die Aussicht dort vor."

Urho ließ Janus auf das staubige Bett sinken. Janus zitterte fiebrig, und Caleb legte ihm eine Hand auf die Stirn. Xan drehte sich der Magen um.

„Komm ihm nicht so nahe", sagte Xan. „Du wirst sonst krank."

„Irgendjemand muss sich um ihn kümmern."

„Urho ist der Arzt hier."

„Urho ist dein Geliebter. Willst du, dass er derjenige ist, der sich ansteckt?", fuhr Caleb ihn an.

Panik ergriff Xan. „Natürlich nicht!" Der Gedanke, dass eine solche Krankheit Urho befallen könnte, war unerträglich.

„Kümmern wir uns erstmal um Janus, um Wolfgottes willen", sagte Urho. „Und dann können wir uns darum streiten, wer sich der Gefahr aussetzt und wie wir das alles hinkriegen, ohne Vale anzustecken." Er tastete Janus' Hals ab und hob seine zuckenden Lider, um die Augen zu untersuchen.

„Was hat er?", fragte Xan. „Ist es die Grippe?"

„Ich denke ja", sagte Urho gepresst, dann massierte er sich die Nasenwurzel. „Verdammt sei Wolfgottes Hölle. Das ist genau das, was wir vermeiden wollten, als wir Vale hierher brachten."

„Nun, ich bin sicher, Janus hatte nicht die Absicht, ihn in Gefahr zu bringen", gab Caleb zurück und schob sich an Urho vorbei, um noch einmal Janus' Gesicht zu berühren. „Janus, ich bin es, Caleb. Kannst du mich hören?" Caleb keuchte, als Janus die Augen öffnete und ihn verwirrt anblinzelte.

„Caleb?"

„Du bist krank. Wir kümmern uns darum, dass du wieder gesund wirst."

„Ich muss mit Xan reden."

„Er ist hier", sagte Caleb und streichelte Janus' Wange.

Xan bekam ein flaues Gefühl im Magen und wusste nicht, ob es daher stammte, dass sein Omega seinen Cousin so liebevoll berührte, oder von dem unheilvollen Ausdruck in Janus' Augen, die sich ihm zuwandten.

„Dein Pater …" Ein rasselndes Husten unterbrach Janus.

„Ja?" Xans Herz setzte für einen Schlag aus.

„Er ist krank." Janus' fiebriger Blick bohrte sich in Xans. „Und Ray. Beide krank."

Xan schluckte heftig. Er konnte seinen Puls in seinen Ohren wummern hören. „Mit der Grippe?"

Janus nickte. „Ray … sehr schlecht. Stirbt vielleicht."

„Ich muss nach Hause." Xan schnappte nach Luft wie ein Fisch auf dem Trockenen.

„Nein!", rief Janus und streckte einen Arm nach Xan aus. „Dein Vater– Du musst hierbleiben. Wir dürfen nicht riskieren …" Janus hustete so heftig, dass die Adern an seinem Hals hervortraten. „Die Erben müssen geschützt sein." Er sank wieder aufs Bett zurück und gackerte ein elendes Lachen, aber Tränen liefen aus seinen Augen. „Aber wie's aussieht, habe ich mich schon angesteckt."

„Und jetzt hustest du dem anderen Erben mitten ins Gesicht", bellte Urho und zog Xan aus Janus' Reichweite.

„Schluss damit", sagte Caleb scharf. „Er hat Fieber und ist

verwirrt. Du bist Arzt. Du weißt das."

Janus brach in weiteres, rasselndes Husten aus, dann verdrehte er die Augen und verlor erneut das Bewusstsein.

„Verdammt nochmal." Urho drehte sich zu Xan um. „Geh. Raus hier. Wasch dich. Zieh dich komplett um. Und dann lass dir aus der Küche Ingwertee mit Zitrone bringen. Viel Zitrone. Trink alles, dann bestell mehr." Er wandte sich zu Caleb. „Du ebenfalls."

„Ich werde Janus nicht verlassen, bis ich weiß, dass er wieder gesund werden wird." Caleb strich sich das Haar hinter die Ohren und starrte Urho dickköpfig an.

Urho warf Xan einen Blick zu, aber Xan wusste nicht, wie er nur mit einem Gesichtsausdruck erklären sollte, warum Caleb so entschlossen war. Also zuckte er lediglich mit den Schultern. „Urho, brauchst du deine Arzttasche?"

Urho setzte eine finstere Miene auf. „Ja. Sei ein Schatz und hol sie für mich."

„Wieso holst du sie nicht selbst? Caleb und ich brauchen eine Minute allein."

„Ich soll euch beide hier lassen? Wo ihr euch anstecken könnt?"

„Wie du selbst sagtest, darüber können wir uns noch ausführlich streiten, wenn wir uns um Janus gekümmert haben. Deine Tasche ist in deinem Zimmer, oder?"

Urho knirschte mit den Zähnen, aber ein Blick auf Caleb, und er gab auf. Er stampfte aus dem Zimmer und grummelte etwas über sture Omegas vor sich hin.

Xan beobachtete noch ein paar Sekunden lang, wie Caleb sich verzweifelt über Janus beugte, dann nahm er Calebs Hand. „Er kommt wieder in Ordnung."

„Woher willst du das wissen?" Caleb riss seine Hand weg. „Er sieht aus, als wäre Wolfgottes Lehrling gekommen, um seine Seele zu holen."

„Urho ist ein guter Arzt, und–"

„Urho hat Angst. Siehst du das nicht?" Caleb schloss die Augen, und eine Träne löste sich. „Außerdem liegen seine Prioritäten woanders."

„Was soll das heißen?", fragte Xan und wischte Calebs Träne fort.

„Das soll heißen, dass er sich mehr um dich und Vale sorgt als um das, was mit Janus passiert."

Xan sog scharf den Atem ein. „Er sorgt sich um dich."

„Ich weiß. Aber ..." Caleb schüttelte den Kopf.

„Du hast auch Angst, deshalb sagst du solche Sachen. Urho ist Arzt. Er sorgt sich um alle, die ihn brauchen."

Caleb starrte ihn durchdringend an. „Urho muss gesund bleiben, damit er Vale bei der Geburt helfen kann. Du weißt das. Ich weiß das. Also werde ich Janus pflegen."

„Und was, wenn du krank wirst?"

„Dann werde ich krank." Er zuckte die Achseln. „Ich bin stark und gesund. Ich werde es überleben."

„Janus war auch stark und gesund. Genau wie Ray. Diese Grippe ist unheimlich gefährlich. Ich werde dich nicht diesem Risiko aussetzen." Xan straffte die Schultern. „Ich werde mich selbst um Janus kümmern."

„Das kannst du nicht", gab Caleb zurück. „Dein Vater braucht einen Erben für sein Vermögen und sein Geschäft. Betas können nicht erben. Das weißt du. Falls du und Janus beide krank werdet, und falls ihr beide ..." Caleb schauderte. „Nein. Du kannst nicht."

„Wie du sagtest. Ich bin gesund und stark. Ich werde überleben."

Urho musste den ganzen Weg zu seinem Zimmer und zurück gerannt sein, denn er kam völlig außer Atem und verschwitzt wieder hereingestürmt, seine Arzttasche in der Hand. „Ich habe die Diener instruiert. Sie werden gleich Tee und frisches Wasser bringen." Er öffnete seine Tasche und wühlte darin herum.

Xan und Caleb wechselten einen Blick, und Xan konnte sehen, dass es kein Argument gab, mit dem er Caleb umstimmen konnte. Als Urho sein Stethoskop und Thermometer herausholte, betrat Ren den Raum, das Gesicht hinter einer Maske verborgen und die Arme voller Tücher. Ähnlich maskierte Diener folgten ihm und trugen Schüsseln mit heißem und kaltem Wasser sowie praktisch den gesamten Inhalt sämtlicher Medizinschränke des Hauses herein. „Vielleicht ist irgendetwas davon von Nutzen", sagte Ren.

„Ja", stimmte Urho zu. Er steckte das Thermometer in Janus' Mund, und sie alle beobachteten angespannt, wie die Quecksilbersäule stieg.

„Wolfgott", flüsterte einer der Betas.

„Eis", sagte Urho. „Wir brauchen Eis, und zwar jede Menge davon, um sein Fieber zu senken."

„Ja, Sir. Sonst noch etwas?", fragte Ren, während er mit einer Handbewegung einen Beta losschickte, um das benötigte Eis zu holen.

Xans Herz klopfte so laut, dass er befürchtete, es würde ihm aus der Brust springen. Noch nie hatte er so hohes Fieber gesehen.

„Ja, Ren. Die anderen Diener sollen ihre Sachen aus den Zimmern oben holen", sagte Caleb, der eines der Tücher von einem der anderen Betas nahm, um es anzufeuchten. Dann drückte er das Tuch auf Janus' Stirn, während Urho dasselbe mit Janus' Hals und Nacken machte. „Die Diener werden die freien Zimmer im Obergeschoss des Haupthauses beziehen, bis die Gefahr vorüber ist. Sag ihnen, sie sollen sich dort einrichten."

Urho fügte hinzu: „Und finde heraus, wer der örtliche Arzt ist. Ruf ihn an, damit er sich für alle Fälle bereithält. Falls sich jemand ansteckt, kann es hier recht schnell drunter und drüber gehen, und wir müssen vorbereitet sein."

Ren ging, um die Anweisungen auszuführen, und während sie auf das Eis warteten, begann Urho, Gebete zu Wolfgott aufzusagen – altergebrachte Gebete von der Sorte, die Xan nicht mehr gehört hatte, seit er ein kleiner Junge gewesen war. Das beruhigte ihn nicht im Geringsten.

Als das erste Gebet zu Ende war, wandte Urho sich an Xan und drängte: „Geh jetzt. Tu, was ich sage. Du kannst hier nicht helfen."

Xan nickte und warf erneut einen Blick auf Janus' klammes, bleiches Gesicht. „Komm mit mir, Caleb."

„Er braucht mich hier", sagte Caleb und wischte mit einem frischen, feuchten Tuch über Janus' fiebrige Stirn. „Ich kann ihn nicht allein lassen."

„Urho wird bei ihm sein."

Caleb ignorierte ihn.

Xan küsste seinen Omega auf die Stirn, dann ließ er ihn bei Urho und Janus zurück. Würde er länger bleiben, wäre er nur im Weg und keine Hilfe. Er kehrte zum Haupthaus zurück und folgte Urhos Anweisungen mit dem Tee. Dann sah er nach Jason und Vale in ihren Zimmern.

Der weitere Abend verlief in einem verwirrenden Wirbelwind, Liddy Bainson, der örtliche Arzt, erklärte sich bereit, auf Abruf zur Verfügung zu stehen – entweder für Vale oder für Janus – falls Urho sich anstecken sollte oder bei Vale die Wehen einsetzten, solange Janus noch krank war.

Jason und Vale waren aufgebracht und nervös, aber nachdem die Betas sämtliche Oberflächen im Esszimmer und in der Eingangshalle gereinigt hatten, entspannten die beiden sich genug, um herunterzukommen und als Ausgleich für das unterbrochene Abendessen einen Snack zu sich zu nehmen.

Später, nachdem er eine Dusche genommen und sich mit antiseptischer Lotion eingerieben hatte, kam Urho zu Xan ins Bett und sah sehr erschöpft aus. Er hielt Xan fest und schnupperte an dessen Hals und Schultern. „Du riechst gesund", sagte er. „Bleib so."

„Ich werde es versuchen."

„Hast du deinen Vater angerufen?"

„Ich kam nicht durch. Im ganzen Haus ging niemand ans Telefon." Xan versuchte zu verbergen, wie sehr ihn das in Panik versetzte.

„Du solltest in die Stadt fahren. Morgen."

„Vielleicht." Xan wollte fahren, aber er wollte keinen Fehler machen. Es passierte gerade so viel auf einmal, dass er nicht wusste, was das Richtige war. Er hoffte, eine Nacht darüber zu schlafen, würde ihm helfen, klarer zu sehen. „Wo ist Caleb?" Er hatte ihn nicht in sein Zimmer gehen hören. Und auch nicht ins Badezimmer in Flur.

„Er ist stur", sagte Urho.

„Das ist er", stimmte Xan zu und verschränkte seine Finger mit Urhos. Sein Herz war schwer und voller Angst. „Ich glaube, er liebt ihn."

„Das könnte sein", bestätigte Urho und küsste Xan auf den Kopf. „Kränkt dich das?"

„Nein."

„Hast du Angst, dass Caleb dich wegen ihm verlässt?"

„Ich weiß nicht."

Urho seufzte. „Janus ist sehr, sehr krank."

Xan klammerte sich fester an Urhos Hand. „Ich hoffe, er stirbt nicht."

„Witzig. Das letzte Mal, als du ihn gesehen hast, hast du gehofft, ein Zug würde ihn überfahren."

„Ja", flüsterte Xan und schluckte. „Aber ich wollte doch nicht wirklich, dass er stirbt."

„Ich weiß", sagte Urho sanft. „Diese Sache zwischen ihm und Caleb ..."

„Ich weiß es nicht", murmelte Xan. „Wir müssen abwarten."

„Caleb liebt dich."

„Ja." Xan schmiegte sich mit einem Seufzen eng an Urho. „Aber wir beide wissen, dass es verschiedene Arten von Liebe gibt – philia, agapē, erōs. Ich weiß nicht, welche Art der Liebe Caleb für Janus empfindet."

„Ich denke, erotische Liebe können wir ausschließen."

„Ja." Xan seufzte erneut. „Aber für all diese Arten von Liebe gibt es verschiedene Grade und Abstufungen. Philia zum Beispiel, die brüderliche Liebe. Ich liebe meinen Nachbarn nicht so sehr wie meinen besten Freund. Es kann also sein, dass Calebs Liebe für Janus tiefer ist als die zu mir."

Urho drückte ihn an sich. „Er liebt dich", wiederholte er. „Was immer er jetzt fühlt, Janus kann niemals eine Konkurrenz für dich sein."

Xan nahm an, dass Urho wegen seiner Zuneigung zu ihm voreingenommen war. Aber er widersprach nicht. Stattdessen schloss er einfach die Augen, und beide ließen sich von der Erschöpfung dieses Tages in einen unruhigen Schlaf ziehen.

KAPITEL 19

„WAS WISSEN WIR über das örtliche Krankenhaus?", fragte Vale am nächsten Morgen beim Frühstück. Er hielt sich nervös den Bauch, der zu Jasons Stolz und Urhos Zufriedenheit in den letzten zwei Wochen enorm gewachsen war. Man konnte nun auf den ersten Blick erkennen, dass Vale hochschwanger war.

„Für dich oder für ihn?", fragte Urho und rieb sich die geröteten Augen.

Eine lange Nacht lag hinter ihm. Nachdem Xan eingeschlafen war, hatte Urho sich aus dem Bett gewälzt und sich angezogen, um erneut in den Westflügel zu gehen. Er hatte auf Janus' Husten gelauscht und seinen Atem überwacht, falls es ihm schlechter gehen sollte. Gleichzeitig hatte er sich sehr bemüht, nicht auf die leisen Worte zu achten, die Caleb und Janus gewechselt hatten.

Aber er hatte seine Ohren nicht vor allem verschließen können.

Wie etwa vor dem Wortwechsel, der Urho nun schon den ganzen Morgen beschäftigte:

„Versprich mir, dass du mir vergibst", bettelte Janus in einem Moment des Bewusstseins. „Versprich es mir, Caleb."

„Ich vergebe dir, Janus. Ich verspreche es. Jetzt sei still und ruh dich aus."

„Ich liebe dich. Ich habe immer nur dich geliebt."

Caleb gab einen erstickten Laut von sich.

„All die anderen waren …" Ein heftiger Hustenanfall schnitt Janus das Wort ab.

„Schh. Ruh dich aus. Schlaf. Werde gesund."

„Sie waren nicht du. Keiner von ihnen war du, Caleb."

„Janus ..."

„Sag mir, dass du mich auch liebst."

„Du hast mir einst viel bedeutet, aber–"

Janus begann zu weinen. „Kannst du nicht einmal einen Mann anlügen, der auf dem Sterbebett liegt?"

„Du wirst nicht sterben", flüsterte Caleb wütend. „Jetzt halt den Mund und schlaf."

Am frühen Morgen war Medizin ins Haus geliefert worden, und Janus schlief jetzt ruhiger. So ruhig, dass Urho ihn eine Weile allein ließ, um zu duschen, sich mit antiseptischer Lotion einzureiben und danach mit seinem sehr nervösen Omega in Alphagestalt und ihren verunsicherten Freunden zu frühstücken.

Caleb jedoch hatte sich geweigert, von Janus' Seite zu weichen. Er hatte erklärt, dass Ren ihm später einen Teller zurecht machen würde, nachdem er die Ingwerbrühe gebracht hatte, die Urho für Janus verordnet hatte. Urho hatte sich damit einverstanden erklärt, aber nur unter der Bedingung, dass Caleb versprach, ebenfalls den Zitronen-, Pfeffer- und Ingwertee zu trinken, sich regelmäßig zu waschen und seine Hände mit antiseptischer Lotion einzureiben.

Xan stocherte in seinem Essen und schob es auf dem Teller hin und her, eindeutig mit den Gedanken ganz woanders. Urho fragte sich, ob Xan heute Morgen zu seinen Eltern durchgekommen war. So weit Urho wusste, hatte Xan sich bis kurz vor dem Frühstück in seinem Büro eingeschlossen, während er selbst damit beschäftigt gewesen war, sich um seinen Patienten zu kümmern und den Dienern Hygiene-Anweisungen zu geben.

„Hörst du zu?", fragte Jason leise.

Urho blinzelte. „Entschuldige?"

„Schon gut. Du siehst erledigt aus." Jason wandte sich wieder seinem Frühstück zu; er konnte stets mehr verputzen, als Urho an einem ganzen Tag zu sich nahm.

Xan setzte sich aufrecht hin; seine stumme Sorge war für alle spürbar. Er blickte nicht auf, sondern schob immer noch sein Essen hin und her. Urho nahm einen langen Schluck Kaffee, lächelte Jason an und sagte: „Bitte verzeih mir. Ich bin müde. Bitte stell deine Frage noch einmal."

„Ich wollte nur wissen, ob du mit dem örtlichen Krankenhaus gesprochen hast, und ob sie dort einen Platz für Janus haben. Wir wollen natürlich, dass *du* das Baby auf die Welt holst, und nicht irgendein Fremder im Hospital."

„Jason würde durchdrehen", flüsterte Vale und nippte an seinem verschriebenen Tee – dieselbe Mischung, die Urho in jede Kehle im Haus zwang. Vale wirkte blass und nervös.

„Macht euch keine Sorgen", beruhigte Urho. „Es wird alles gut gehen."

Xan ließ seine Gabel mit einem Scheppern auf den Teller fallen, sagte aber nichts.

„Dann nimmt das Krankenhaus Janus also auf?", fragte Jason.

„Nein." Urho seufzte. Es wäre alles so viel einfacher gewesen, aber er konnte dem Krankenhaus keinen Vorwurf machen. „Sie haben uns gebeten, ihn hier zu behalten. Er ist hochansteckend, und es ist ein kleines Krankenhaus. Sie würden ihre schwächeren Patienten gefährden, wenn sie Janus aufnähmen. Aber da er im getrennten Flügel untergebracht ist, und solange ihr alle den Tee trinkt und gute Hygiene praktiziert, sollten wir gut zurechtkommen." Urho hoffte, dass das stimmte.

„Besonders, da wir mit dir einen Arzt im Haus haben", sagte Xan seufzend. Er schob seinen Stuhl vom Tisch zurück und lehnte sich betrübt zurück. Dann starrte er mit besorgter Miene an die Decke.

„Was willst du wegen deiner Familie unternehmen?", fragte Urho sanft.

Jason hörte auf zu essen, und Vale erstarrte. Beide sahen Xan besorgt an.

„Ich habe mit dem Assistenten meines Vater gesprochen", antwortete Xan sarkastisch. Es hatte ihn offensichtlich verletzt, dass sein Vater nicht selbst ans Telefon gekommen war, um direkt mit ihm zu reden. Aber wenn sein Pater war krank war, dann gab es wohl kaum einen Grund, aus dem Doxan Heelies seinen *Érosgápe* allein lassen würde. Nicht einmal, um mit seinem einzigen Alpha-Sohn zu sprechen. „Er sagte, Rays Zustand hätte sich noch verschlechtert, und dass Pater ..." Xans Stimme brach. Er beugte sich vor, um einen Schluck Wasser zu trinken. Dann schüttelte er den Kopf und sagte nichts weiter.

„Du solltest zu ihnen fahren", drängte Jason, seine blauen Augen voller Ernst und Mitgefühl. „Du warst immer der Liebling deines Paters. Wenn er so krank ist, solltest du nicht riskieren, dass ihr einander so entfremdet bleibt."

Xan schluckte krampfhaft, dann sagte er mit belegter Stimme: „Vater hat angeordnet, dass ich mich fernhalte."

„Dein Vater ist ein Arschloch – und schlimmer noch, er ist absolut im Unrecht", stieß Jason hervor. „Das ganze Jahr über hat er dich von deinem Pater getrennt, und wieso? Weil er eifersüchtig auf dich ist, das ist alles."

„Nein ..." Xan wurde rot, und Urho wäre am liebsten zu ihm gegangen, um ihn vor dem zu schützen, was immer er im Begriff war zu gestehen. „Es ist wegen der Gerüchte."

„Ach, es hat doch immer schon Gerüchte gegeben", sagte Jason abwinkend. „Er ist eifersüchtig darauf, wie sehr dein Pater dich anbetet. *Érosgápe* können oft sogar ihren eigenen Kindern gegenüber neidisch und besitzergreifend sein."

Vale streichelte nachdenklich seinen Bauch und runzelte die Stirn.

„Keine Sorge", sagte Jason und legte seine Hand ebenfalls auf Vales Bauch. „Ich werde nicht so sein."

„Das hoffe ich."

Xan verdrehte die Augen und fauchte: „Schön. Mein Vater ist ein Idiot. Nicht jeder hat so perfekte Eltern wie du, oder einen Pater, der Verständnis für Perversionen hat."

Jason kluge Augen funkelten. „Dein Pater hat nie einen wolfgottverdammten Scheiß auf das gegeben, was du im Bett tust, und das weißt du auch." Er zeigte mit seiner Gabel auf Xan. „Einmal hat er uns erwischt, als ich bei dir übernachtet habe, während meine Eltern im Strandhaus waren. Er hat so getan, als hätte er nichts gesehen."

Xan wand sich auf seinem Stuhl und wurde knallrot. „Hör bloß davon auf."

„Wir alle wissen von dir und Jason", sagte Vale beruhigend. „Ihr zwei müsst nicht so tun, als wäre es nie passiert. Urho und ich haben früher auch gefickt, und jeder hier weiß das."

Urho warf Vale einen strafenden Blick zu, während Xan sich das Gesicht rieb. Vale verdrehte die Augen.

„Ja, lasst uns alle damit aufhören, so zu tun, als ob", stimmte Jason zu. Er setzte eine sture Miene auf, die Urho nur allzu gut aus der Zeit kannte, als Jason anfing, um Vale zu werben. „Und lasst uns damit aufhören, so zu tun, als hättest du aus Respekt für die Wünsche deines Vaters nicht sofort den ersten Zug heute Morgen genommen. Die Wahrheit ist, dass du Angst hast, ihm gegenüberzutreten."

Xans Augen funkelten wütend, und Jason ballte die Fäuste. Xan machte ein paarmal den Mund auf und zu, als wollte er vehement widersprechen, dann aber fiel sein Gesicht in sich zusammen. Er verbarg es in den Händen. „Vielleicht ist das so. Aber wie oft habt ihr euch der Möglichkeit gegenüber gesehen, alles zu verlieren?"

„Xan ...", sagte Jason sanft. „Ich meinte nicht ... Sieh mal, du weißt doch selbst, dass ich im Grunde die Wahrheit sage."

Urho hatte den Verdacht, dass es sogar die uneingeschränkte

Wahrheit war. Immerhin kannte Jason Xans Familie gut und hatte dieser Tage mehr Kontakt zu dessen Vater und Pater als Xan selbst. Er kannte die Familiendynamik wahrscheinlich besser als jeder andere.

In diesem Moment stolzierte Zephyr ins Esszimmer und schnupperte sorgfältig in der Luft, bevor sie umgehend wieder hinausmarschierte. Urho fiel auf, dass er sie seit Tagen nicht gesehen hatte. Wahrscheinlich beneidete Xan sie um ihre Fähigkeit, einfach zu verschwinden, wenn die Dinge unangenehm wurden. Zweifellos hätte er sich jetzt gern irgendwo versteckt.

Aber Jason hatte recht – zumindest sollte Xan in die Stadt fahren, um seinen Pater und seinen Bruder zu sehen. Die brutale Realität verlangte, dass er sich der Situation stellte.

„Pater sagte immer, dass, sollte Vater die Wahrheit über mich herausfinden, wir beide einen furchtbaren Preis bezahlen würden", flüsterte Xan hinter seinen Händen. „Und er hatte recht. Wir haben beide den Preis gezahlt, denn er hat uns das ganze Jahr lang voneinander getrennt."

„Na und? Du bist jetzt ein erwachsener Alpha", sagte Jason. Man konnte ihm den zukünftigen Vater an seinem entschlossenen Gesicht ansehen. „Glaub mir – unsere Eltern denken immer, sie wüssten, was für uns das Beste ist, selbst lange nachdem sie keine Ahnung mehr haben."

Xan nahm die Hände vom Gesicht. „Und was empfiehlst du mir, oh weiser Allwissender? Soll ich einfach an der Türschwelle auftauchen und hoffen, das Joon mich hineinlässt?"

„Ja! Übernimm die Kontrolle über die Situation und über dein Leben." Jason steigerte sich nun wirklich hinein. Er beugte sich nach vorn, seine Augen funkelten, und seine Stimme klang selbstsicher. „Klopf an die Tür und verlange, eingelassen zu werden. Du bist Xan Heelies, Doxans Erbe und einziger Alpha-Sohn. Du hast Rechte. Um Wolfgottes willen, fordere sie ein."

Xan schluckte erneut, aber dieses Mal hob er sein Kinn. Er sah Urho in die Augen, und Urho nickte ihm ermutigend zu. Jason hatte recht; Xan besaß Rechte.

„Geh und besuche deinen Pater", sagte Jason deutlich sanfter. „Wenn er sich erholt, dann hat es nicht geschadet, abgesehen davon, dass du deinen Vater sauer gemacht hast. Aber hey, das tust du sowieso die ganze Zeit, ohne es überhaupt zu versuchen." Dann wurde seine Stimme sogar noch sanfter, aber die Bedeutung seiner Worte trafen jeden am Tisch ins Herz. „Und falls dein Pater sich nicht erholt, dann darfst du deine Chance nicht verpassen."

Vale rieb sich den Bauch und sah mit gerunzelter Stirn auf ihn hinab. Urho kannte diesen Blick aus all den Jahren, die er schon mit schwangeren Omegas zu tun hatte. Zweifellos fragte Vale sich, was für eine Person gerade in ihm wuchs, und wieviel Kummer ihm dieses Kind in Zukunft bereiten mochte. Urho hasste es, ihm das sagen zu müssen, aber das konnte man nie voraussehen. Es war einfach Teil der fortwährenden Geheimnisse des Lebens.

Seine eigenen Eltern, beide religiös und unterwürfig, wären entsetzt gewesen von dem, was er tat und was er für Xan fühlte. Zweifellos war er ganz und gar nicht der Nachwuchs, den sie sich erhofft hatten, als er im Bauch seines Paters herangewachsen war. So war das Leben nun einmal.

„Bei dir klingt das so einfach", sagte Xan und schob seinen Teller weg. „Ich würde Vaters Zorn auf mich ziehen, und der ist nicht leicht zu ertragen. Und nicht nur das. Ich würde riskieren, mein Erbe vollständig zu verlieren. Er hat bereits damit gedroht, es an Janus weiterzugeben. Vater hat mich aus der Stadt verbannt, und ganz besonders ist es mir verboten, Pater und Ray zu sehen."

„Ach ja? Hat er dir das heute selbst am Telefon gesagt?", fragte Vale leise. „Dass es dir verboten ist, Orte und Leute zu besuchen?"

„Nein. Er hat es mir durch seinen Assistenten ausrichten lassen."

Vales Lippen verzogen sich zu einem hintergründigen Grinsen. „Dann hat es offensichtlich ein Missverständnis gegeben. Alles, was du von seinem Assistenten gehört hast, war, dass dein Pater und Ray sehr krank sind. Also denkst du natürlich, dass deine *sofortige* Anwesenheit in der Stadt gewünscht ist."

Xan schmunzelte. „Vielleicht. Aber sein Assistent würde enormen Ärger bekommen. Ich wäre stolzer auf mich selbst, wenn ich es so machen würde, wie Jason vorgeschlagen hat. Hoch erhobenen Hauptes auf meine Rechte zu bestehen." Dann lachte er bitter. „Aber lasst uns ehrlich sein. Ich bin Xan Heelies, ein entmannter Feigling, also werde ich es wahrscheinlich so machen, wie Vale gesagt hat."

„Du bist mutig und tapfer", sagte Urho verstimmt. „Wahrscheinlich der Tapferste hier am Tisch."

„Habe ich dir ja gesagt", flüsterte Vale Urho zu und hob die Brauen.

„Das hast du", lenkte Urho ein.

„Hör zu", sagte Jason seufzend. „Ich weiß, dass du Angst hast, aber letzten Endes wird dein Vater dich nicht wegen unnatürlicher Neigungen verhaften lassen. Vielleicht findet er einen Weg, dich zu enterben, ohne es vor den Kirchenrat oder das Gericht zu bringen, aber ich zweifele stark daran. Die Gesetze sind in dieser Hinsicht ziemlich wasserdicht. Und selbst, wenn er derartig weit gehen sollte, würde man dich nicht ohne Beweise oder Zeugen verhaften."

„Ich würde nur aus der Familie ausgestoßen", sagte Xan.

„Tja, dann würde dein Leben ganz dir selbst gehören, oder nicht? Ich bin vollkommen zufrieden damit, in Vales Haus in der Oak Avenue zu leben, und dorthin werden wir unser Baby bringen, wenn es geboren ist. Ich will es in dem Haus aufziehen, in dem Vale aufgewachsen ist."

Vale gab einen überraschten laut von sich? „Wirklich?"

Jason nickte. „Das ist mir wichtig." Dann sah er wieder Xan an.

„Dieses Haus hier gehört dir; es ist auf deinen Namen eingetragen, durch den Treuhandfond deines Paters. Du könntest hier leben. Oder falls du dir den Unterhalt nicht leisten kannst, könntest du das gesamte Anwesen verkaufen, und du und Caleb könntet gut vom Erlös leben. Mein Vater würde dir einen Job geben. Du hast mit dem Büro hier hervorragende Arbeit geleistet. Du könntest auch eine Außenstelle für Sabel Industries einrichten."

„Dein Vater würde mich einstellen? Wenn bekannt würde, dass ich entmannt bin?"

„Mein Vater ignoriert solche Gerüchte, solange die Arbeit getan wird." Jason nickte ernst. „Alles, was ich damit sagen will, ist: Du hast Mittel und Freunde. Du würdest auch ohne das Geld deiner Familie zurechtkommen. Und vielleicht wärst du ohne es sogar glücklicher, Xan. Wenn du einfach so leben könntest, wie du willst. Als der, der du bist."

„Und zu dem stehen könntest, wen du liebst, und wie", murmelte Vale und warf Urho einen vielsagenden Blick zu.

Urho hatte plötzlich einen Kloß in der Kehle. „Und … nun, was immer auch mit deinem Vater passieren sollte, ich würde dafür sorgen, dass es dir nie an etwas mangelt. Selbstverständlich."

Xan schluckte schwer. Seine Augen leuchteten vor Liebe, und Urho fühlte ebenso.

Urho räusperte sich. „Also gut. Ende der Diskussion. Xan muss in die Stadt fahren. Komm, du musst packen und den nächsten Zug erwischen."

Xan blinzelte perplex. „Du willst, dass ich fortgehe?"

„Nein." Urho hasste den Gedanken, auch nur eine Nacht lang von Xan getrennt zu sein, und noch mehr hasste er den Gedanken, dass Xan sich in ein Haus voller Krankheit begab, aber Xan musste es tun. Er musste seinen Pater und seinen Bruder sehen, und er musste sich innerhalb seiner Familie behaupten. Es war für ihn der einzige Weg, jemals frei zu sein. „Aber es ist unumgänglich, dass du gehst."

Xan nickte und stand auf. Seine Hände zitterten sichtlich, und er leckte sich nervös die Lippen. „Aber es gibt so viel zu tun hier. Ich muss Edes anrufen und ihm sagen, dass ich nicht hier sein werde. Er muss in meiner Abwesenheit das Büro übernehmen."

„Das kannst du tun, während ich anfange, deine Sachen zu packen", sagte Urho. Xan sah sich im Raum um, und sein Gesicht war voller Sorge. „Mach dir keine Gedanken um das Haus", fügte Urho hinzu. „Ich kümmere mich um alles. Zusammen mit Caleb."

„Und wir werden gern bei allen Haushaltsangelegenheiten helfen, die keinen Kontakt mit Janus erfordern", sagte Jason. „Oder ich jedenfalls. Vale wird wahrscheinlich während deiner Abwesenheit die ganze Zeit einfach nur auf seinen Bauch starren und vor sich hin summen. Aber ich kann das Haus in Ordnung halten, während Caleb anderweitig beschäftigt ist."

Urho sah zu Vale hinüber, der nur abwesend nickte. In der Tat starrte er auf seinen Babybauch. Beinahe hätte Urho gelacht. Ja, so würde es mehr oder weniger jeden Tag mit Vale weitergehen, bis das Baby auf der Welt war – ein Strandspaziergang, ein Vormittagsnickerchen, Mittagessen auf der Veranda, sofern es ein sonniger Tag war, noch ein Strandspaziergang, noch ein Nickerchen. Damit war Urho absolut einverstanden. Jeder Omega verdiente es, sich während der Schwangerschaft sicher und behaglich zu fühlen. Für Caleb würde er genau dasselbe wollen, wenn seine Zeit gekommen war. Er konnte nicht erwarten, den Mann mit Xans Baby im Bauch zu sehen.

Wolfgott, Caleb …

Urho wusste nicht, was er von Calebs aufopferndem Verhalten gegenüber dem kranken Janus halten sollte, oder von dem Gespräch, das er mitangehört hatte. Er vermutete, dass Xans Omega immer noch Gefühle für Janus hatte, aber die deutlichen Anzeichen dafür wurmten ihn angesichts dessen, wie furchtbar Janus zu Xan gewesen war. Und Urho war sicher, dass Xan ebenfalls verstimmt war.

Sicher, Xan und Caleb waren nicht wie andere Alpha-Omega-Paare, aber sie waren eine Familie, und Xan liebte Caleb von ganzem Herzen. Und obwohl es kleingeistig gewesen wäre, eifersüchtig zu sein, während Caleb so großzügig gegenüber Xans Gefühlen für Urho war, so war es doch nur natürlich für einen Alpha, besitzergreifend mit dem Omega sein, der vertraglich an ihn gebunden war.

Hätte Urho Gelegenheit gehabt, Janus besser kennenzulernen, oder hätte Janus anfängliches Verhalten ihn nicht so unsympathisch gemacht, und hätte er Caleb und Xan in der Vergangenheit nicht so sehr verletzt – vielleicht hätte Urho verstehen können, dass der Mann die Hingabe von Xans wundervollem Omega verdiente. Aber so, wie es war, ärgerten ihn die Gefühle, die Caleb für Janus offensichtlich hegte. Vielleicht sogar mehr, als sie Xan ärgerten.

Dennoch war Urho entschlossen, seinen Ärger abzuschütteln. Mit alldem konnten sie sich immer noch auseinandersetzen, wenn Janus wieder genesen war … nun ja, Xan würde sich damit auseinandersetzen müssen, und Urho würde dann für ihn da sein, was immer dabei herauskam.

Bis dahin würde Urho deswegen kein anderes Gefühl zulassen als Stolz auf Caleb dafür, dass er ein so liebevoller, vergebender und großzügiger Mensch war, dass er sich aufopfernd um einen kranken Mann kümmerte.

„Ich werde ein paar Anrufe machen", sagte Xan. „Und dann werde ich den Nachmittagszug nehmen."

Nachdem das geklärt war, wandten sich alle wieder ihrem Frühstück zu. Es war keine fröhliche Runde, da alle immer noch die verschiedensten Probleme und Sorgen im Kopf hatten. Als Jason seinen Teller schließlich geleert und Vale noch ein bisschen mehr gedrängt hatte, wenigstens ein paar Happen zu essen, verkündeten die beiden, sich für ein Nickerchen auf ihr Zimmer zurückziehen zu wollen.

„Du solltest dich auch noch etwas hinlegen, bevor du aufbrichst", sagte Urho. „Ich gehe nach Janus sehen. Wenn ich kann, komme ich später zu dir."

Xan nickte erschöpft. „Zuerst mache ich die Anrufe." Er zögerte in der Tür und sah alle über die Schulter hinweg an. Urho tat das Herz in der Brust weh. „Danke euch allen", sagte Xan leise mit einem müden Lächeln. „Dafür, dass ihr mich so lange schikaniert habt, bis ich das Richtige tue."

„Wir sind deine Freunde. Wir wollen, dass du glücklich bist", murmelte Vale.

„Geh und führe deine Telefonate", sagte Urho. „Wir sehen uns dann oben in deinem Zimmer."

XAN BEEILTE SICH unter der Dusche. Nachdem er in seinen seidigen, königsblauen Pyjama geschlüpft war, um das Nickerchen zu machen, das er Urho versprochen hatte, saß er auf der Bettkante und bürstete sein nasses Haar.

Als es plötzlich an der Tür klopfte, begann sein Puls zu rasen. In Erwartung von Urho rief er: „Komm rein." Aber es war Caleb, der seinen Kopf zur Tür hereinsteckte.

Grauenhaft. Es gab kein anderes Wort, um Calebs Erscheinung zu beschreiben. Er sah furchtbar blass aus in seinen weißen Sachen. Dunkle Schatten umringten seine besorgten Augen, und sein blondes Haar hing zerzaust und unordentlich um sein Gesicht.

„Hey", sagte Xan sanft. „Komm her."

Caleb schloss die Tür hinter sich und betrat zögernd den Raum, so als würde er sich schämen und wäre nicht sicher, ob er überhaupt willkommen war.

Aber als Xan aufstand und seine Arme öffnete, warf Caleb sich mit einem leisen Schluchzen hinein. Xan küsste Calebs Haar und gab tröstende Laute von sich. „Schh, schh …" Sie hielten einander einen langen Moment, bevor Caleb sich schließlich von Xan löste und sich die Augen wischte. Die dunklen Schatten wirkten noch dunkler.

„Es tut mir leid", flüsterte er.

„Was denn, Liebes?", fragte Xan, obwohl er natürlich wusste, worum es ging.

„Dass ich dich über meine Gefühle für Janus angelogen habe", flüsterte Caleb. Sein Kinn zitterte. „Ich liebe ihn. Aber nicht auf so tiefe Weise, wie ich dich liebe, und auch nicht auf romantische Weise. Aber er bedeutet mir mehr, als ich zugeben wollte. Es hat eine Zeit gegeben, da hätte ich einen Vertrag mit ihm geschlossen, wenn er mich nur genug gewollt hätte. So wie ich wirklich bin."

„Ich weiß. Das hast du mir schon erzählt."

„Aber ich habe dir auch erzählt, dass er mir nichts mehr bedeutet."

„Nein. Wenn ich mich recht erinnere, sagtest du, dass du nicht sein Omega sein wolltest." Xans Mund wurde trocken. „War das gelogen?"

Caleb schüttelte den Kopf, und Tränen traten ihm in die Augen. Er sah Xan eindringlich an. „Nein. Ich will *dein* Omega sein."

Xan führte ihn zum Bett, und sie setzten sich nebeneinander auf die Bettkante. „Das trifft sich sehr gut. Denn du bist mein Omega."

„Ich will mit *dir* zusammen eine Familie gründen."

„Das kannst du. Und das wirst du." Xan nahm seine Hände. „Es ist okay, mehr als einen Mann zu lieben. Ich tue es." Er war nicht in Caleb verliebt und würde es nie sein. Nicht mehr, seit er sicher war, Urho verfallen zu sein und ihn von ganzem Herzen zu lieben, mit Körper und Seele. Aber er und Caleb teilten eine tiefe

Verbundenheit.

„Ich weiß." Caleb zog eine Hand weg, um sich die Tränen aus dem Gesicht zu wischen. „Mir war bis gestern Abend nicht klar, wie viel mir der Mistkerl noch bedeutet. Aber als ich ihn so krank sah … mein Herz brach erneut. Und der gestrige Tag hätte nur noch schmerzvoller sein können, wärest du derjenige in Quarantäne gewesen, der so litt. Ich kann in diesem Raum den Tod fühlen, Xan. Ich kann ihn fühlen."

„Urho sagt, er hat Chancen, sich wieder vollständig zu erholen."

Caleb nickte. „Ich weiß. Mir hat er dasselbe gesagt. Aber in meinem Herzen glaube ich nicht daran, Xan. In meinem Herzen …" Caleb schauderte.

„Sei nicht abergläubisch."

Caleb Augen funkelten gekränkt. „Ich bin nur ehrlich. Etwas tief in mir sagt mir, dass Janus das nicht überleben wird."

„Janus ist stark. Und jung. So wie wir. Er wird es schaffen."

„Ich wünschte, ich wäre mir da so sicher wie du."

Xan sagte nichts, denn Caleb *war* so sicher wie er selbst – nur glaubte Caleb, dass Janus nicht überleben würde. „Wenn er wieder gesund wird, was wirst du dann tun?"

Caleb schüttelte den Kopf. „Nichts. Das hier ändert nicht das Geringste."

„Wie kannst du das sagen? Der Mann bedeutet dir etwas."

„Nicht auf die Art, wie er es will", antwortete Caleb mit einem traurigen Lächeln. „Oder besser, wie er es *wollte*, vor langer Zeit. Ich habe keine Ahnung, was er jetzt will."

Xan streichelte Calebs feuchte Wange. „Aber du sagtest, es bricht dir das Herz."

„Auch Freunde können dir das Herz brechen, Xan", flüsterte Caleb. Erneut traten ihm Tränen in die Augen. „Genauso sehr und manchmal noch mehr als ein Geliebter. Denn bei einem Geliebten – jedenfalls wie ich es verstanden habe – ist man sich von

Anfang an bewusst, dass es vielleicht nicht funktionieren könnte, richtig? Außer natürlich bei *Erosgápe*. Aber mit einem Freund schützt man sein Herz nicht so sehr."

Xan strich Caleb das Haar von der Wange. „Mir scheint, er war für dich mehr als nur ein Freund."

„Beinahe war er das, ja. Er war meine erste Hoffnung. Und mein erster Verlust. Mein einziger Liebeskummer." Caleb zuckte die Achseln. „Jeder macht das wenigstens einmal im Leben durch. Auf die eine oder andere Weise. Dass mein Liebeskummer nicht romantischer Natur ist, macht ihn nicht weniger real."

„Gib nicht auf. Er wird überleben, und dann kannst du herausfinden, ob du ihm ebenfalls etwas bedeutest."

Caleb seufzte und schüttelte den Kopf, Tränen in den Augen. „Du hörst mir nicht zu." Er nagte an seiner Unterlippe. „Ich fühle mich nicht zu ihm hingezogen. Ich bin nicht verliebt in ihn. Ich weiß, das ist für dich nicht leicht zu verstehen, weil du in dieser Hinsicht ganz anders bist als ich. Mein Herz ist nicht gebrochen, weil ich ihn will."

„Ich weiß." Oder zumindest verstand Xan das auf intellektueller Ebene. Ein Teil von ihm würde jedoch nie wirklich begreifen, was Caleb empfand oder nicht empfand.

„Ich will dich als meinen Alpha, als meinen besten Freund, meine Familie."

„Ich weiß", wiederholte Xan.

„Also sag das bitte nicht noch einmal über Janus."

Xan nickte.

„Ich will ihn nicht. Aber ich will nicht, dass er stirbt." Dann schmiege Caleb sich an Xans Hals und flüsterte: „Mein Alpha. Ich liebe dich. Du bist meine Zukunft, der Vater meiner zukünftigen Kinder, und du bist meine Wahl."

Xan küsste Caleb auf den Kopf. „Ich liebe dich auch. Und es ist okay, dass du traurig bist, weil jemand so krank ist, der dir etwas bedeutet, ein Freund, eine alte Hoffnung. Ich verstehe das. Lass mich dich halten."

Caleb lag in Xans Armen, atmete Xans Duft ein und ließ sich von ihm den Rücken streicheln. Sie kuschelten sich im Bett aneinander und fanden Trost in des jeweils anderen Duft, den vertrauten Lauten, dem Atmen.

Schließlich murmelte Xan in Calebs Ohr: „Du musst dich etwas ausruhen. Mach eine Pause von Janus' Krankenpflege."

„Ren hat für den Nachmittag übernommen. Ich mache heute Abend weiter." Caleb verbarg sein Gesicht an Xans Hals und schnupperte eine Weile an ihm. „Bei niemandem fühle ich mich so sicher wie bei dir, Xan."

Tränen kribbelten in Xans Augen, und er drückte Caleb fest an sich. „Du bist mein Omega. Ich bin dein Alpha. Natürlich kannst du dich bei mir sicher fühlen."

Caleb gab auch Xan das Gefühl von Sicherheit. Die Natur der Liebe und Freundschaft zwischen ihnen war, genau wie Caleb gesagt hatte, grenzenlos.

Caleb wandte sich zum Gehen, blieb aber mit seiner blassen Hand auf der Türklinke noch einmal stehen. „Ren sagte mir, dass du heute Nachmittag in die Stadt aufbrichst."

„Ich muss fahren. Pater und Ray sind sehr krank."

„Ja, du solltest zu ihnen fahren." Caleb nickte. Er sah ein wenig verloren aus.

„Urho wird für dich da sein. Aber wenn du nicht willst, dass ich fahre, während Janus noch immer so krank ist, kann ich bleiben."

Caleb schüttelte den Kopf. „Fahr nur. Ich komme hier zurecht." Dann verließ er bedrückt das Zimmer.

Xan starrte immer noch gedankenverloren die Holzmaserung der Tür an, als Urho sie einige Minuten später öffnete. Er zog Xan in seine starken Arme, und Xan ließ sich mit einem Seufzen in Urhos Wärme fallen. Es war Xans Pflicht als Calebs Alpha und

Freund, für ihn da zu sein, aber das Gefühl, von seinem eigenen Alpha gehalten zu werden, tröstete ihn auf eine Weise, die einfach *richtig* war.

„Ich wünschte, ich könnte mit dir kommen", sagte Urho inbrünstig. „Mir gefällt der Gedanke nicht, dass du ganz allein in der Stadt bist, mit deinem Pater so krank, und deinem Vater, der ..." Er verstummte. „Wirst du zurechtkommen?"

Xan knöpfte Urhos Hemd auf und rieb sein Gesicht an Urhos Brust. „Ich weiß es nicht. Ich habe Angst. Ich will weder meinen Pater noch meinen Bruder verlieren. Oder meinen Cousin." Er lehnte sich zurück und sah Urho in die Augen. „Wie schlimm steht es um Janus? Caleb sagte vorhin ein paar ziemlich morbide Sachen."

„Er hat recht damit, um Janus zu fürchten. Dein Cousin scheint nicht auf die Medikamente zu reagieren. In den meisten Fällen sorgt schon die erste Dosis innerhalb weniger Stunden für große Erleichterung. Das war bei Janus nicht der Fall. Es geht ihm immer schlechter."

Xan benagte seine Unterlippe. „Er bedeutet Caleb viel. Er muss überleben."

„Caleb hat Gefühle für ihn? Sexueller Natur?"

Falls Xan sich nicht irrte, hörte er eine seltsame Eifersucht in Urhos Stimme. „Keine sexuellen Gefühle, keine Anziehung, nein. Aber tiefe, freundschaftliche Gefühle von früher, die Caleb längst verloren glaubte, nun aber wieder hervorgebrochen sind."

„Wolfgott segne unseren Caleb", murmelte Urho und legte die Arme um Xan. „Er hat so ein großes Herz, und er verdient es nicht, so zu leiden."

„Dann stimmst du ihm zu?"

„Ärzte haben gewisse Instinkte." Urho küsste Xan beruhigend auf die Schläfe. „Und leider stimmen meine und Calebs Instinkte hier überein. Ich tue, was ich kann, für Janus, und das örtliche Krankenhaus hat zugestimmt, weiterhin Medikamente zur

Verfügung zu stellen. Alles weitere wird nur die Zeit zeigen."

„Ich hoffe, ihr irrt euch beide."

„Das hoffe ich auch." Urho fuhr mit den Fingern durch Xans feuchte Locken. „Wenn du in der Stadt bist, versprich mir eines."

Xan blickte zu ihm auf. „Alles."

„Ganz gleich, was geschieht – geh nicht zu ihm."

„Zu wem?" Xan war verwirrt. Pater? Ray? Vater? Er wusste nicht, wen Urho mit seiner seltsamen Forderung meinte.

„Zu diesem Ungeheuer Monhundy."

Xan keuchte entsetzt. „Nein. Niemals. Nie wieder. Nicht, seit wir … nein." Xan wurde die Kehle eng, und unerwartet stiegen ihm Tränen in die Augen. Es tat weh, dass Urho glauben könnte, er würde ihn in dieser Weise hintergehen.

„Ich will sicher sein können, dass du nicht zu ihm gehen wirst."

„Denkst du wirklich, ich würde das tun? Nach allem, was du mir gezeigt hast?"

Urho musterte eindringlich Xans Gesicht. Was immer er dort sah, musste ihn beruhigen, denn er zog Xan an sich, küsste seine Lider, seine Nase, seinen Mund und seine Schläfen. „Tut mir leid. Vergib mir. Du bedeutest mir viel, und der Gedanke, dass du leidest, der Gedanke an das, was er dir früher angetan hat … ist entsetzlich für mich."

„Ich will das nicht mehr. Nie wieder. Ich will dich. Ich will dein Omega sein. Auch wenn es mich …" Xan seufzte.

Urho runzelte die Stirn. „Was?"

„Auch wenn es mich schwach macht. Mein Vater–"

„Zu Wolfgottes Hölle mit deinem Vater und dem, was er denkt. Du bist mein Omega, und das macht dich stark."

Xan bekam einen trockenen Mund. „Zeig mir, wie stark ich sein kann. Gib es mir. Jetzt." Er leckte sich die Lippen und starrte auf Urhos Mund. „Nimm mich in Besitz, Urho."

„Fordernder kleiner Welpe", murmelte Urho. Rasch zog er Xan

das Oberteil aus, bevor er seine Hände in Xans Schlafanzughose schob und Xans feste Hinterbacken packte. „Runter damit", sagte er, dann schob er die Hose an Xans Beinen hinunter.

Xan hatte im Handumdrehen eine Erektion, und sein Arschloch bebte bereits, als er sich den brennenden Rausch der Penetration ausmalte, die Süße eines herrlich harten Ficks. „Mach es mir grob. Ich will es fühlen. Wenn ich im Zug sitze, will ich meine Muskeln anspannen und immer noch fühlen können, dass du in mir warst."

Urho knurrte. Seine entblößten Nippel zogen sich zu harten Spitzen zusammen. „Bring zu Ende, was du begonnen hast." Er deutete auf seine Gürtelschnalle, dann zog er sein Hemd aus und warf es über einen Stuhl in der Nähe.

Xan machte sich ans Werk. Sein Herz hämmerte laut, und mit zitternden Fingern schob er die Lasche von Urhos Gürtel durch die Metallschließe. Das leise schabende Geräusch des Gürtels, als er ihn durch die Schlaufen zog, ließ ihn erschauern. Er legte ihn sorgsam aufs Bett, als ihm eine aufregende Idee kam. Er öffnete Urhos Hose, dann ging er auf die Knie, um sie herunterzuziehen.

Urho schlüpfte aus seinen Schuhen und trat aus seiner Hose. Mit einem Kopfnicken bedeutete er Xan, dass er die Hose ebenfalls auf den Stuhl legen sollte. Xan gehorchte, ohne sich von seinen Knien zu erheben. Sein Ständer drückte sich aufrecht gegen seinen Bauch, Vorsperma lief seitlich am Schaft hinab, und Xans Eier hingen hoch und fest. Gierig presste Xan sein Gesicht in Urhos Schoß und atmete den Moschusgeruch ein. Urhos Schwanz war dick und steif und erhob sich neben Xans Wange, während Xan seine Nase an Urhos Schamhaar rieb.

Urho packte Xans Locken und zog sein Gesicht weg. Dann ließ er Xan los, setzte sich aufs Bett, spreizte die Beine und befahl: „Komm her, Omega. Mund auf, Zunge raus."

Xan tat, wie ihm geheißen, und rutschte auf den Knien zwischen Urhos Schenkel, den Mund geöffnet und seine hungrige

Zunge herausgestreckt, um den glitzernden Lusttropfen aufzufangen, der sich an Urhos Schlitz bildete.

„Nicht lutschen", sagte Urho. „Nur lecken." Er packte erneut Xans Haar und zog ihn heran. Der scharfe Ruck schoss direkt in Xans Erektion, ein aufregender Schmerz, der seinen Atem beschleunigte, als er sein Gesicht zwischen Urhos Beinen vergrub. Gierig leckte er an Urhos Sack und dahinter, ließ seine Zunge an Urhos Schaft auf- und abgleiten und schleckte das Vorsperma auf, das in gleichmäßigem Pulsieren an den Seiten hinabglitt.

Xans Schwanz bettelte um Aufmerksamkeit, und er griff sich selbst zwischen die Beine, um seinen Harten festzuhalten, aber ohne die Hand zu bewegen. Urho streichelte Xans Kopf, abwechselnd liebkoste und zog er an den Strähnen.

„Das ist mein süßer Omega, so willig mir zu gefallen."

Xan stöhnte. Er liebte es, Omega genannt zu werden. Er fühlte sich dabei heil, als würde ein dunkler Hohlraum in seinem Herzen gefüllt, beinahe so befriedigend, wie wenn sein Arsch von Urhos Schwanz gefüllt wurde. Aber er wollte mehr, er wollte es härter – er wollte etwas, das er mit in die Stadt nehmen konnte. Eine kostbare Erinnerung.

Er löste sich von Urho, setzte sich auf die Fersen und wischte sich mit dem Handrücken über den Mund. Trotzig starrte er Urho in die Augen – der Hauch einer Herausforderung – dann griff er nach dem Gürtel, den er auf das Bett gelegt hatte. „Ich glaube, du solltest deinen Omega daran erinnern, wer hier das Sagen hat", flüsterte er, wickelte das Leder des Gürtels um seinen Unterarm und ließ es kühl und beängstigend über seine Haut gleiten. „Ich könnte es sonst vergessen. In der Stadt." Er klang kurzatmig. „So viele gutaussehende Alphas. So viele Versuchungen."

Urhos Nasenflügel bebten. „Wem gehört dein Loch?"

Xan stöhnte und reichte Urho den Gürtel. „Erinnere mich."

Urho ergriff Xans Kinn. „Du willst das?"

Xan nickte und schluckte.

„Wenn du mir sagst, ich soll aufhören, dann werde ich aufhören."

Xan erschauerte. Er würde Urho nicht bitten aufzuhören. Er brauchte das hier wie Luft zum Atmen. Streifen auf seinem Arsch. Den Beweis, dass er Urho gehörte. Urhos Streifen. Urho besaß seinen Körper und seine Seele. Mochten sein Vater und sein Erbe verdammt sein! Hier war sein Platz – zu Urhos Füßen.

„Komm her." Urho ergriff Xan im Nacken und zog ihn erneut an sich.

Zwischen Urhos Schenkeln, die Wange an Urhos harten Schwanz gedrückt, inhalierte Xan den Duft von Urhos Körper. Urho beugte sich tief hinab, küsste Xans Haar, flüsterte ihm seine Liebe zu, und dann zog er Xan grob in Position. Er legte eins seiner Beine über Xans, um ihn fest an Ort und Stelle zu halten, und schob Xan auf seinen Oberschenkel, mit dem Oberkörper auf der Matratze und dem Gesicht in die Laken gepresst.

„Denk daran, wenn du sagt, ich soll aufhören, dann höre ich auf."

„Tu es einfach!", drängte Xan. Er begann zu schwitzen, während er sich leicht gegen Urhos Griff sträubte. „Oder bist du dir vielleicht nicht sicher, wem ich gehöre?" Er sprach frech und herausfordernd. „Vielleicht weißt du ja nicht, ob ich–" Das Geräusch des durch die Luft zischenden Gürtels brachte Xan zum Schweigen. Er sog scharf den Atem ein, dann stöhnte er vor Schmerz und biss ins Laken, als das Leder heiß auf seinem Arsch brannte. „Scheiße!", rief er aus, als er wieder Luft bekam.

Urho machte keine halben Sachen. Er schlug hart zu. Xan brach am ganzen Körper der Schweiß aus, und er atmete schwer. Jegliche Gedanken an die Stadt oder überhaupt irgendetwas außerhalb dieses Augenblicks waren verflogen.

„Wem gehört dein Loch?", murmelte Urho.

Aus dem Augenwinkel sah Xan, wie Urho erneut den Arm hob. „Dir", wimmerte er leise, aber das Wort schien in seinem Hals steckenzubleiben. Lauter stieß er hervor: „Zeig's mir."

Urho ließ den Gürtel fliegen, und Xan erschauerte heftig. Seine Beine drückten gegen Urhos, als der Schmerz ihn so scharf durchfuhr, dass es seinen ganzen Körper erschütterte. Dann kam noch ein Schlag, und noch einer. Xan schwitzte und wand sich und bettelte, aber er wusste gar nicht, was er jetzt wollte.

„Wem gehört dein Loch?", fragte Urho erneut mit fester, grimmiger Stimme.

Xans Stimme bebte heiser, als er erneut verlangte: „Zeig's mir."

Der Schmerz war heftig, aber gesäumt von Gold. Xan ließ sich hineinfallen, öffnete sich einem glühenden, leeren Ort, der heller zu leuchten schien als die Sonne und die Unendlichkeit. Er brannte glücklich darin und ergab sich dem zuckenden, scharfen Schlägen des Gürtels, die ihn wieder und wieder trafen. Er zerschmolz in eine heiße Lache aus Tränen, Schweiß und Speichel, gab jegliche Kontrolle auf und konzentrierte sich nur noch darauf, zwischen den Hieben zu atmen.

„Wem gehört dein Loch?" Die Frage durchschnitt den strahlenden, heißen Ort, wo Xan schluchzte und keuchte.

„Dir", wimmerte Xan, und sein Herz schwoll vor Stolz. „Ich gehöre dir. Ich bin dein Omega."

„Mein Omega", sagte Urho, warf den Gürtel zur Seite und rieb mit beiden Händen Xans zitternde Flanken und seine brennenden Arschbacken. „Wenn du auf deinem herrlichen Arsch sitzt, wirst du dich daran erinnern, wem du gehörst – und wer du bist. Ganz gleich, was die Welt sagt, ganz gleich, was dein Vater behauptet, du bist nicht schwach. Du bist stark. Mein Omega ist so stark wie Wolfgottes Liebe und tapferer als Wolfgottes eigener Lehrling."

Xan weinte leise. Sein Körper schmerzte durch und durch. Er ließ sich von Urho den Arsch streicheln, ließ ihn Lotion und andere

Creme darauf reiben. Und dann kroch er ins Bett, sank auf seinen Bauch, spreizte die Beine und lud Urho ein. „Fick mich", flüsterte Xan. „Nimm mich. Mach mein Loch zu dem deinen."

„Was ich mit dem Loch meines Omegas tue, ist allein meine Entscheidung", murmelte Urho. Dann zog er sanft Xans Backen auseinander und beugte sich hinab, um Xans intimste Stelle zu küssen und zu lecken.

Xan stöhnte und zitterte am ganzen Körper, als Urhos Zunge in ihn eindrang. Mit jedem feuchten Lecken an seiner Rosette, gefolgt von einem tiefen Eindringen, zitterten seine Beine, und sein Ständer zuckte. Das Pulsieren in seinem Schwanz, der immer noch steif war und immer steifer wurde, war beinahe unerträglich.

Schließlich ließ Urho von ihm ab, kehrte aber einen Augenblick später mit eingeölten Fingern zurück, von denen er zwei sofort hineindrückte. Xan atmete scharf ein, da es zunächst ein wenig brannte. Dann aber hob er sich auf seine Knie und schob sein Becken nach hinten – eine stumme Bitte nach mehr. „Beeil dich", wimmerte er. „Ich brauche es."

Urho stöhnte und tippte mit den Fingern gegen Xans Rosette. „Vorlauter Welpe. Willst du noch einmal meine Hand fühlen?"

Xan stöhnte und nickte eifrig. „Ja. Tu es. Schlag mich."

Urho ließ zweimal seine Handfläche auf Xans Arsch klatschen, während er ihn mit den Fingern der anderen Hand weiterhin fickte. Xan erschauerte am ganzen Körper. Schmerz und Lust durchströmten in zu gleichen Teilen. Beinahe wäre er gekommen, als Urho noch einmal zuschlug, genau in dem Augenblick, als seine Finger gegen Xans Prostata drückten.

Xan ergriff seine eigenen Nippel und kniff sie fest, um den Höhepunkt zurückzuhalten. Aber er balancierte bereits am Abgrund. Er wollte nicht kommen, bevor Urhos Schwanz nicht in ihm war.

„Bitte, Urho", flehte er. „Bitte."

Das war das Zauberwort – so wie man es ihm als Kind beigebracht hatte – denn Urho ölte rasch seinen Ständer ein, dann schob er die Eichel in Xans Eingang. Er hielt Xans Hüften in eisernem Griff, während er seinen massiven Schwanz langsam hineinzwang.

„Oh Wolfgott!", rief Xan und warf den Kopf in den Nacken, verloren in Ekstase und von Kopf bis Fuß bebend. Der Druck auf seine Prostata wuchs, während Urho unnachgiebig tiefer und tiefer eindrang. Zuerst glitt seine Eichel über Xans magischen Punkt, dann rieb der dicke Schaft mit jedem weiteren Zentimeter darüber.

„Mmh", machte Urho zufrieden. „Öffne dich für mich. Du bist so herrlich eng. Sieh nur, wie dein Loch mich einsaugt. So ein guter Omega. *Mein* Omega."

Xan krallte seine Hände in das Laken und drängte sich Urho entgegen, nahm ihn so tief in sich auf, wie es nur ging, bis sich schließlich Urhos drahtiges Schamhaar gegen Xans wunden Arsch presste.

„Du wirst dich daran erinnern, wem du gehörst", sagte Urho, zog seinen Schwanz langsam wieder heraus und stieß dann wieder hart zu. Xan zuckte, Vorsperma triefte aufs Bett, und sein Ständer zuckte erregt. „Du wirst dieses Loch für mich ganz allein aufheben."

Xan gab einen klagenden Laut von sich. „Immer."

„Du wirst dich daran erinnern, was wichtig ist. *Wer* wichtig ist."

„Ja."

„Das hier ist wichtig, Xan. Das hier. Wir." Urho fickte ihn hart und gleichmäßig, und mit jedem Hüftstoß, mit jedem Klatschen von Haut auf Haut jagte er Lust und Schmerz durch Xans Körper. „Scheiß auf alles andere", knurrte er. „Du gehörst mir."

Xan schwelgte in den Worten, in dem besitzergreifenden Fick und in der Art, wie Urho ihn festhielt, sodass er jeden einzelnen Zentimeter von ihm nehmen musste, bei jedem einzelnen Stoß. Xans Beine zuckten und traten krampfartig, während er die herrlich groben Stöße ritt, und sein Arschloch zog sich lustvoll zusammen. Die Wellen der Ekstase waren so intensiv, dass er aufschrie. Sein Schwanz pulsierte und tropfte, und sein Herz schlug schneller und schneller, und dann spürte er, dass er den nahenden Höhepunkt nicht mehr zurückhalten konnte.

Er griff nach seinem Ständer und packte ihn, während Urho ihn heftig fickte. Weiße Punkte tanzten vor seinen Augen und nahmen ihm die Sicht, seine Nippel kribbelten, seine Eier zogen sich zusammen. Und dann rauschte der Orgasmus durch ihn hindurch. Große Mengen Alphasamen spritzten auf das Bett, auf seine Schenkel und seinen Bauch.

Hinter ihm schrie Urho seine Lust heraus. Er drang noch einmal tief in ihn ein, und sein Schwanz schwoll und verschoss mehrere Ladungen Sperma in Xans brennenden Arsch. Urho küsste wie verrückt Xans Schultern, und sein lustvolles Stöhnen war wie kleine Häppchen seiner Seele, die Xan in sich aufnehmen und herunterschlucken konnte. Tief in seinem Inneren zuckte Urhos Schwanz und löste eine Art Echo von Xans Orgasmus aus, sodass er erbebte und noch einmal kam.

„Ich will es sehen", murmelte Urho, als sie sich etwas beruhigt hatten. Behutsam zog er sich aus Xans Körper zurück, dann spreizte er Xans Arschbacken, um den süßen Beweis der Lust zu sehen, der aus Xans Loch lief – so wie er es dieser Tage immer tat. „Das ist mein guter Omega." Er wischte etwas von dem triefenden Samen auf seine Finger und verrieb es auf der Haut von Xans brennenden Backen. „Es enthält entzündungshemmende Wirkstoffe", murmelte er. „Das wird helfen."

Xan wimmerte und ließ sich von Urho auf den Rücken drehen. „Wow", flüsterte er. „Du weißt wirklich, wie man mit dem Gürtel umgeht."

Urho lächelte liebevoll. „Du hast empfindliche Haut. Es war gar nicht so fest, wie es hätte sein können. Ich bin sicher, dass man morgen nicht einmal mehr etwas sieht. Allerhöchstens fühlt es sich noch ein wenig empfindlich an."

„Mir kam es recht fest vor", sagte Xan und schämte sich ein wenig, weil er so gejammert hatte, obwohl die Schläge angeblich halb so wild gewesen waren.

„Ich weiß." Urho küsste ihn auf den Mund. Dann legte er sich neben ihn und schmiegte sich an. „Und du bist stark genug, um mehr zu vertragen. Aber ich wollte nicht, dass du auf der Fahrt Schmerzen hast. Ich will dich nie verletzen, Xan. Nicht wie …"

„So würde es niemals sein." Xan drehte sich zu Urho um. „Weil ich dich liebe. Und …" Er schluckte. Er hatte diese Worte noch nie laut ausgesprochen, obwohl Urho sie bereits zu ihm gesagt hatte. Irgendwie erschienen sie ihm größer und gewichtiger, als sie ihm über die eigene Zunge kamen. „Und du liebst mich."

„Das tue ich." Urho schnupperte an Xans Haar und an seinem Hals. „Du riechst glücklich – nach Samen und Seligkeit. Als würde ein wenig Schmerz deine Lust erhöhen."

„Ja." Xan nahm Urhos Gesicht in die Hände. „Das ist wahr."

„Weil du tapfer bist und stark und *mein*", sagte Urho, als wäre Xans Bedürfnis nach intensiven Empfindungen und seine Entschlossenheit, sie zu erleben, ebenfalls etwas, das Urho besitzen konnte.

„Ich werde es nicht vergessen." Xan kniff sein Loch zusammen und war erleichtert, das leichte Brennen zu spüren, das ihn wenigstens noch in den nächsten Tag hinein begleiten würde.

„Schlaf jetzt ein wenig."

„Oder ich könnte dich reiten", schlug Xan vor. Sein Schwanz zuckte hilflos bei dem Gedanken, war aber noch nicht bereit, wieder vollends zum Leben zu erwachen. Auch Urhos Schwanz war wieder schlaff, worüber Xan traurig war, aber auch ein wenig erleichtert.

Urho zog Xan an seine Seite und legte einen Arm um ihn. „Schlaf. Bald musst du zum Zug, und dafür musst du ausgeruht sein."

„Ich werde voll von dir sein, wenn ich aufbreche." Xan zog noch einmal sein Loch zusammen und spürte, wie immer noch Sperma herauslief. „Voll in meinem Herzen und in meinem Körper. Stark in meiner Seele."

Urho küsste sein Haar. „Ich liebe dich, mein starker, tapferer Mann. Jetzt schlaf."

KAPITEL 20

DAS HAUS, IN dem Xan aufgewachsen war, türmte sich hoch vor ihm auf. Drei Stockwerke und zwei große Flügel aus solidem Stein und voller Erinnerungen. Xan war am Vorabend zu spät in der Stadt angekommen, um direkt vom Zug aus zu seinem Elternhaus zu fahren, und so hatte er die Nacht in seinem eigenen Stadthaus zugebracht, hatte die Staubhüllen von seinem alten Bett gezogen und die zugige, knirschende Einsamkeit des vollkommen leeren Gebäudes ignoriert. Das verbliebene, leichte Ziehen in seinem Arsch hatte ihn abgelenkt, und er hatte ihn gerieben und dabei an Urho gedacht, bis er schließlich eingeschlafen war.

Nach mehreren Versuchen am heutigen Morgen hatte er schließlich den Hausmeister seiner Eltern ans Telefon bekommen, einen Mann namens Berst, der schon für die Heelies arbeitete, seit Xan ein Kind gewesen war.

Nachdem er Xan bestätigt hatte, dass sowohl Ray als auch sein Pater im Haus unter Quarantäne waren und nicht ins Krankenhaus gebracht worden waren – offenbar aus Gründen der Privatsphäre – war Xan sofort aufgebrochen und hatte sich durch die unwirklich stillen Straßen auf den Weg zum Haus seiner Eltern gemacht.

Unterwegs hatte er versucht, nicht zu viel darüber nachzudenken, aber nun, mit dem Gewicht der Sorge, der Scham und einer dunklen Vorahnung auf den Schultern, wusste er nicht, ob er den Mut finden würde, an der Tür zu klingeln.

Früher einmal hatte er einen eigenen Schlüssel gehabt und dieses Haus sein Zuhause genannt. Aber dann hatte er den Vertrag mit Caleb geschlossen und war mit ihm zusammen in ein neues Zuhause auf der anderen Seite der Stadt gezogen. Gewiss jedoch konnte es kein Zuhause je mit dem aufnehmen, das all die Erinnerungen seiner Kindheit und Jugend enthielt. Wie er es vermisst hatte! Aber sobald seinem Vater die Gerüchte über Xans Perversionen zu Ohren gekommen waren, war er aus seinem Elternhaus verbannt worden, und der Kontakt mit seinem Pater auch außerhalb dieser Wände unterbunden.

Xan war nicht den ganzen Weg in die Stadt gekommen, um nun draußen zu stehen und das Haus anzustarren. Er hob die Hand und drückte auf die Klingel. Sie spielte dieselben hellen Töne wie früher.

„Junger Mister Heelies!" Joon, der alte, kahlköpfige Butler warf einen hastigen Blick über die Schulter, nachdem er die Tür geöffnet hatte. Dann trat er rasch heraus auf die Stufe und schloss die Tür hinter sich. „Mister Xan, Sie können nicht hereinkommen."

„Ich will meinen Pater sehen, und Ray."

Joon schluckte heftig, eindeutig hin- und hergerissen. „Ihr Vater hat ausdrücklich angeordnet, dass Sie nicht ins Haus dürfen. Das ist nun schon seit Monaten so, Sir. Und nun ja, diese Anweisung wurde nicht aufgehoben."

„Sie sind sehr krank", sagte Xan. Das sollte die Dinge doch wohl ändern.

„Ja." Joon schlug die Augen nieder, und seine rötliche Haut wurde blass.

„Ich will sie sehen."

Joon rieb sich die Stirn und blinzelte nervös. „Ihr Vater ist von morgens bis abends jede Sekunde bei Ihrem Pater."

„Ich habe keine Angst vor meinem Vater." Xan Stimme bebte, und Joons skeptische Miene verriet ihm, dass er nicht gerade überzeugend klang.

„Ich würde gefeuert werden, wenn ich Sie hereinließe."

„Dann willst du sie mich nicht sehen lassen? Nicht einmal Ray?"

„Ihrem Bruder geht es ebenfalls sehr schlecht." Joon runzelte die Stirn. „Aber Ihr Vater besucht ihn immer nur einmal am Morgen." Er kratzte sich nervös hinterm Ohr. „Ich könnte Sie wahrscheinlich hereinschmuggeln, sodass Sie Ray sehen können, ohne dass es auffällt. Aber es ist eine gefährliche Mission, Sir. Die Ansteckungsgefahr ist groß, und Ihre Liebe zu Ihrem Bruder wird Sie nicht davor schützen."

Xan musterte Joon, die vertraute Fürsorge in den Augen des alten Betas. Dann nickte er. „Ich würde ihn gern sehen, bitte." Er würde sicherstellen, dass sein Bruder gut versorgt wurde, und dann würde er zu seinem Pater gehen, komme was wolle.

Als er Joon über den Marmorboden der Eingangshalle und die Treppe hinauf folgte, fiel ihm die Totenstille in der sonst von Hausangestellten gefüllten Villa auf. „Wo sind all die anderen?", flüsterte er.

Joon schaute über die Schulter zurück. „Diejenigen, die nicht zu krank zum Arbeiten sind, werden zuhause bei ihren Familien gebraucht, um sich um die Kranken zu kümmern. Es ist eine schreckliche Grippe. Nur ich und der Koch sind zurückgeblieben, um für das Haus und Ihre Familie zu sorgen."

„Hast du keine Angst, dich ebenfalls anzustecken?"

„Ich habe in meinem ganzen Leben noch nie Grippe gehabt", sagte Joon, als wäre die bloße Andeutung, er könnte sich anstecken, eine Beleidigung. „Und der Koch scheint ebenfalls immun zu sein. Er hilft die ganze Zeit schon, all die kranken Familien in der Nachbarschaft mit Essen zu versorgen, bleibt aber gesund und stark wie ein Ochse."

„Ist es so schlimm hier in der Stadt?"

„Es ist eine wahre Todeswelle, Mister Heelies." Joon schaute ihn neugierig an. „Hat es Virona noch nicht erreicht?"

„Erst vor ganz Kurzem. Janus hat es mitgebracht. Wir haben ihn isoliert, damit es sich nicht im Ort ausbreiten kann."

„Wenn sie den Zugverkehr nicht unterbrechen, ist es nur eine Frage der Zeit, bis auch Virona befallen ist. Die Ärzte hier sind völlig ausgebrannt. Sie haben einige Mediziner vom Land hergebracht, die aushelfen sollen, aber diese Welle ist zu stark und zu ansteckend. Die Grippe verbreitet sich zu schnell."

Xan dachte an Urho in Virona. Er konnte sich gut vorstellen, welch gemischte Gefühle dieses Wissen bei ihm auslösen würde. Er würde hier sein wollen, um den Menschen zu helfen, aber er würde zuerst sicherstellen wollen, dass mit Vale und dem Baby alles gut verlief.

Aber sobald das Kind gesund auf der Welt war, würde Urho zweifellos sein Versprechen brechen, bei Xan und Caleb in Virona zu bleiben. Er würde sofort zurück in die Stadt fahren wollen, um seine Pflicht als Arzt zu tun. Was er auch sollte. Aber Xan hasste den Gedanken, dass Urho mitten ins Herz dieser Epidemie marschierte wie ein unbewaffneter Jäger in die Höhle des Löwen.

Aber war das nicht genau das, was er selbst getan hatte? Er fragte sich, ob Urho sich Sorgen um ihn machte. Der Gedanke wärmte ihn ein wenig. Wie seltsam, sich vorzustellen, dass sich selbst in seiner Abwesenheit um ihn gekümmert wurde. Und was für ein wundervolles Gefühl.

„Ihr Bruder wurde letzte Woche von seinem Omega-Freund hergebracht, der ihn bewusstlos auf dem Boden seiner Wohnung gefunden hatte. Die Krankenhäuser waren alle überfüllt, und er konnte keinen Arzt erreichen."

„Was für ein Freund war das?"

„Er hat keinen Namen genannt, Sir." Joon räusperte sich verlegen.

Xan hatte den Verdacht, dass hinter der Geschichte noch mehr steckte, aber Joon legte einen Finger an die Lippen, als sie durch den Flügel gingen, in dem die Zimmer von Xans Eltern lagen. Xan hielt den Atem an, bis sie daran vorbei waren und in den „Kinderzimmer-Flur" gelangten, wie dieser Teil noch immer genannt wurde.

Schweigend gingen sie an Xans altem Zimmer und dem immer noch unveränderten Zimmer seines lang verstorbenen Bruders Jordan vorbei. Dann hielten sie vor Rays Zimmer an, das normalerweise nur noch während der Herbstnachtfeiern genutzt wurde.

Joon nickte zur Tür. „Er wird höchstwahrscheinlich schlafen, Sir. Ich lasse Sie jetzt hier allein. Ich will nicht, dass sich Mr. Heelies über Ihre Anwesenheit aufregt. Er ist bereits sehr niedergeschlagen, weil Ihr Pater und Ihr Bruder so krank sind."

„Danke, dass du mich hereingelassen hast, Joon."

Der alte Mann nahm Xan in die Arme und tätschelte ihm den Rücken, was eine wahre Flut von Kindheitserinnerungen heraufbeschwor. „Sie sind ein guter Junge. Es tut mir so leid, wegen diesem ... diesem ..." Er zuckte mit den Schultern, da er offenbar nicht wusste, wie er alles zusammenfassen sollte, was ihm im Leben der Heelies leid tat. Dann eilte er den Flur hinunter und schloss die Tür zu diesem Flügel hinter sich.

Aus Rays Zimmer war Husten zu hören. Xan öffnete behutsam die Tür und trat ein. Drinnen war es düster und stickig, und es roch nach Schweiß und Krankheit. Xan musste ein wenig würgen. Es war entsetzlich, seinen Bruder so krank vorzufinden. Er fragte sich, wann zum letzten Mal die Bettwäsche gewechselt worden sein mochte, auch wenn er es hasste, an Joons Mühe zu zweifeln.

Als erstes ging Xan zu den Fenstern und zog ein wenig die Vorhänge zur Seite, um das Licht des Morgens hereinzulassen. Ray rührte sich im Bett, hustete und stöhnte leise.

„Ray?", fragte Xan und ging zu ihm.

Unter mehreren Laken und Decken zitterte Ray heftig. Xan keuchte entsetzt, Ray war schweißnass und kreidebleich, mit dunklen Augenringen. Seine Nase war rot und wund, seine Lippen trocken und aufgesprungen. „Wolfgott", flüsterte Xan.

Rays Wangen glühten vor Fieber, und als er mühsam die Lider öffnete, waren seine Augen glasig. „Xan?" Er klang so unsicher, dass Xan sich fragte, ob er vielleicht von dem Fieber Halluzinationen gehabt hatte.

„Ich bin es. Ich bin hier. Lass mich dir etwas Wasser geben." Xan drehte sich zu dem Krug und Glas neben dem Bett um.

„Du kannst nicht–" Ray schüttelte den Kopf und hustete heftig. „Du kannst nicht hier sein. Du musst wieder gehen."

„Vater kann mich nicht von dir und Pater fernhalten. Nicht wenn ihr meine Hilfe braucht."

„Joon kümmert sich um´mich", sagte Ray. Seine Stimme war eine krächzende Karikatur seines sonst so warmen, vollen Tenors. „Die Erben müssen gesund bleiben. Das ist keine normale Grippe, Xan. Die Leute sterben."

„Aber nicht du", sagte Xan. Er berührte die Wange seines Bruders und zuckte beinahe zusammen, so heiß war sie. „Du wirst wieder ganz gesund."

Ray schauderte und hustete erneut. Xan eilte ins Badezimmer und ließ den Wasserhahn laufen. Sobald er ein kaltes, nasses Tuch hatte, kehrte er ans Bett seines Bruders zurück. „Was tun sie wegen des Fiebers?"

„Holundertee und Tabletten."

„Ich besorge mehr für dich."

Ray, der eindeutig zu krank und zu schwach war, um sich zu streiten, protestierte nicht. Xan brach das Herz, und seine Finger zitterten, als er seinem Bruder mit dem kalten Tuch das Haar aus der Stirn strich. „Ich bin gleich wieder da. Wir werden dieses Fieber senken. Keine Widerrede."

Ray sagte nichts. Seine Augen waren so glasig und unfokussiert, dass sich Xan der Magen umdrehte.

Das Haus war immer noch still und leer, als Xan die Treppe hinunter in den Korridor ging, wo das Büro seines Vaters lag – und das Telefon. Vor der Tür blieb er stehen und lauschte, aber es war alles still. Keine Überraschung, da sein Vater nach Joons Aussage jede Minute bei seinem Pater verbrachte.

Er ging hinein, stellte sich neben den massiven Eichenschreibtisch und wählte die Nummer des Hauses in Virona. Es klingelte fünfmal, bis Ren abnahm. Xan schickte ihn, um Urho zu holen.

Während er wartete, sah er sich im Raum um und betrachtete das Familienporträt an der Wand. Sein Vater stand stolz und aufrecht, und seine große Hand ruhte auf der Schulter seines Paters, während Xan und Ray an der Seite standen. Das Bild war entstanden, kurz nachdem Xan die Highschool abgeschlossen hatte. Bevor Xans Verfehlungen zu viel Aufmerksamkeit erregt hatten, um von seinem Vater länger ignoriert zu werden.

Xan starrte das Gemälde an. Das dunkle, lockige Haar seines Vaters – seinem eigenen so ähnlich – und die hellblauen Augen waren faszinierend. Er war größer, als Xan je hoffen konnte zu werden, muskulös und attraktiv, mit einem kantigen Kiefer und einer gewissen maskulinen Härte in den Zügen. Sein Pater war jedoch fast das komplette Gegenteil: klein gewachsen, fast ein wenig schmächtig, mit hellbraunem Haar und braunen Augen. Er wirkte beinahe unscheinbar. Gut aussehend, ja, aber auf unauffällige Art und Weise, die leicht übersehen werden konnte. Natürlich waren beide jetzt älter – Anfang sechzig – aber sie hatten sich nicht sehr verändert.

Als nächstes wanderte Xans Blick zu dem Porträt seines jungen Paters und dem Foto von Jordan, einem Alpha, das einen Ehrenplatz über dem Kamin hatte.

Manchmal dachte Xan über Jordan nach. Er selbst war sehr

jung gewesen, als Jordan gestorben war, und konnte sich nicht wirklich an ihn erinnern. Und sein Pater sprach nie von ihm, nicht einmal nach seinen jährlichen Besuchen an Jordans Grab. Sein Vater andererseits redete gern und liebevoll von seinem verstorbenen Sohn, teilte Erinnerungen an die Sommer im Lofton Haus, wenn sie zusammen im Meer geschwommen waren. Oder wie Ray Jordan das Fahrradfahren beigebracht hatte, während sein Vater sinnloserweise hinterhergelaufen war und immer wieder gerufen hatte: „Treten, du musst treten!"

Xan fragte sich, ob sein Vater auch von ihm so liebevoll sprechen würde, wenn er tot wäre. Er konnte es sich nicht vorstellen.

Er war erleichtert, diese morbiden Gedanken beiseite schieben zu können, als Urhos Stimme in der Leitung ertönte. „Xan, ist alles in Ordnung?" Urho klang besorgt.

Seine tiefe Stimme reichte schon, um Xan etwas von seiner Nervosität zu nehmen, und er seufzte erleichtert. Das war der Mann, der ihn liebte. Das war ein Alpha, der um ihn trauern würde. „Nein", murmelte Xan und ließ sich in den großen Ledersessel seines Vaters fallen. Xan war so unfassbar froh, Urho in seinem Leben zu haben. „Mein Bruder wird hier nicht besonders gut versorgt. Das Personal kann nichts dafür. Alle sind fort, außer Joon und dem Koch. Sie versuchen, zu zweit hier die Stellung zu halten."

„Wolfgott. Brauchst du mich? Soll ich ..." Urho verstummte, und Xan wusste, er hätte beinahe angeboten, in die Stadt zu kommen. Seine Pflicht gegenüber Vale und dem Baby hielt ihn davon ab. Und so sehr Xan ihn hier haben wollte, seine Gegenwart und seine Unterstützung ersehnte – ganz zu schweigen davon, dass Urho Ray helfen konnte – er verstand, dass es Versprechen gab, die Urho nicht brechen konnte.

„Ray hat sehr hohes Fieber", fuhr Xan fort. „Sie geben ihm

Holundertee und Tabletten, aber es muss noch etwas anderes geben, das ich tun kann, um ihm zu helfen. Ich glaube, er hat Halluzinationen."

„Ist denn da kein Arzt, der–"

„Nein. Kein einziger. Die Epidemie übersteigt alles, was wir uns in Virona vorstellen konnten. Alle Ärzte sind voll beschäftigt."

Für eine lange Minute schwieg Urho, aber dann sagte er in einem nüchternen Tonfall, der Xan Kraft gab: „Geh zu meinem Haus. Oben in meinem Schlafzimmer steht ein gefüllter Medizinschrank. In der Dose mit dem Weidenbaum auf dem Etikett sind Pillen, die eigentlich nur Ärzten vorbehalten sind und nur bei schlimmstem Fieber eingesetzt werden. Nimm die ganze Dose mit, aber gib deinem Pater und Ray nur jeweils zweimal täglich eine davon. Des Weiteren findest du in dem Schrank auch eine Flasche mit Holunderbeeren und einem dunklen Stern auf dem Etikett. Das ist ein verschreibungspflichtiges Mittel zur Stärkung des Immunsystems. Gleichzeitig wirkt es schleimlösend. Gib es ihnen dreimal täglich, mit oder ohne Mahlzeiten."

„Werden deine Diener mich hineinlassen?" Xan bezweifelte, dass die Männer, die er in Urhos Haus gesehen hatte, einfach seinem Wort vertrauen würden – was sie auch nicht sollten. Sicher würden sie Urhos Zuhause schützen, vor allem, wo es wegen der Krankheit in der Stadt drunter und drüber ging.

„Ich werde sie anrufen." Dann fügte Urho besorgt hinzu: „Ich hoffe, sie sind alle wohlauf."

„Sie hätten dich doch sicher angerufen, wenn es nicht so wäre?"

„Ich will das gern annehmen", sagte Urho, klang aber nicht recht überzeugt. „Aber du bist in Sicherheit?"

„So weit, so gut", antwortete Xan mit einem Schnauben. Er wusste nicht, wie sicher er noch sein würde, sobald sein Vater seine Anwesenheit im Haus bemerkte.

„Wasch dir die Hände mit heißem Wasser – so heiß, wie du es

aushalten kannst. Jedes Mal, wenn du in einem Krankenzimmer warst, und auch sonst so oft es geht. Bitte, Xan, um Wolfgottes willen, bleib gesund."

„Ich werde es versuchen." Xan verspürte ein Flattern im Magen, und eine große Zärtlichkeit überkam ihn wie eine warme Decke, in die er sich am liebsten eingerollt hätte. „Du auch."

„Um mich mache ich mir keine Sorgen."

Xan lächelte. „Ich weiß. Das ist mein Job."

Urho schnaubte leise. „Du solltest gehen. Je eher du ihnen die Medizin geben kannst, umso schneller wird das Fieber sinken."

Xan zögerte noch einen Moment, dann gestand er: „Ich bin nicht sicher, ob ich, sobald ich das Haus verlassen habe, wieder hinein gelangen kann. Mein Vater weiß nicht, dass ich hier bin. Unser ältester Diener hat mich ins Haus geschmuggelt, damit ich Ray sehen kann."

„Ich glaube an dich. Wenn du ins Haus zurück willst, dann findest du auch einen Weg."

Nachdem Xan aufgelegt hatte, dachte er über dieses Problem nach. Er wollte Joon nicht noch weiter in seine Mission verstricken. Er schloss die Augen und erwog seine Möglichkeiten. Die Antwort präsentierte sich ihm beinahe sofort. Jason hatte ihn immer einen Schlaumeier genannt.

In diesem Augenblick war Xan gewillt zu glauben, sein Freund hatte damit recht.

DIE TÜR ZU Urhos Haus schwang auf, noch bevor Xan auf die Klingel drücken konnte.

„Mr. Heelies, ich bin Mako", sagte der große, leger gekleidete Beta mittleren Alters mit einem freundlichen Lächeln. „Ich bin Dr. Chases Koch und leider" – er schnalzte mit der Zunge – „der einzige Angestellte im Haus, der nicht krank ist."

Xan schüttelte erstaunt den Kopf. Je mehr er über diese Grippewelle erfuhr, umso mehr wunderte er sich über ihre Stärke. Vielleicht sollte er wirklich mehr Angst haben. „Das tut mir sehr leid zu hören. Kann ich irgendetwas tun, um zu helfen?"

„Nein", sagte Mako und bedeutete Xan einzutreten. „Ich kümmere mich um die anderen, und Dr. Chase hat mir die Erlaubnis gegeben, einige der Medikamente zu benutzen. Alles in allem haben wir noch Glück gehabt."

Xan betrat die vornehme Eingangshalle. So wie bei seinem ersten Besuch hier sah er hinauf zur gewölbten Decke. Mako nahm ihm den Mantel ab und hängte ihn sorgfältig an die Garderobe, dann deutete er auf die Treppe.

„Seine Zimmer sind oben, an der Rückseite des Hauses. Sie werden sie leicht finden, Sir. Dr. Chase schätzt seine Privatsphäre, und normalerweise gehe ich dort nicht hinauf; nur der Haushälter zum Saubermachen, und da der krank ist ..." Mako zuckte hilflos die Achseln. „Ich war allerdings vorhin kurz oben, um die Medizin zu holen, die er uns erlaubt hat zu benutzen."

„Ich bin sicher, das ist in Ordnung. Und ja, ich finde schon allein den Weg."

„Es ist das letzte Zimmer, Sir. Fühlen Sie sich wie zuhause. Dr. Chase sagte, Sie können sich überall im Haus frei bewegen."

Xan lächelte Mako an. „Danke."

Das Treppengeländer fühlte sich unter seinen Fingern kühl an. Das ganze Haus roch, wie Urhos Kleidung normalerweise roch. Oder zumindest, wie sie gerochen hatte, bevor er nach Virona gekommen war. Warm, ein wenig würzig, und aus irgendeinem Grund nach einem Hauch alten Pfeifentabaks. Obwohl Urho nicht rauchte, so weit Xan wusste.

Er folgte der Biegung der Treppe und dann um die Kurve. Der Korridor war dunkel und kühl, und an seinem Ende entdeckte Xan die Tür, die zu Urhos Schlafzimmer führen musste.

Als er sie erreichte, zögerte er. Bis zu diesem Augenblick war ihm nicht klar gewesen, dass er sich etwas ganz anderes vorgestellt hatte für das erste Mal, wenn ihm Zutritt zu Urhos Schlafzimmer gestattet werden würde. Etwas deutlich Intimeres und Erotischeres. Aber Urhos privatester Raum, der sogar Mako zufolge etwas nahezu Heiliges war, schüchterte Xan nun ein wenig ein, da er vor der Tür stand.

Er wünschte, Urho wäre jetzt hier bei ihm, und dass es nicht darum ging, Medizin für seinen Bruder und Pater zu holen, sondern darum, das Bett mit ihm zu teilen.

Xan schüttelte die Enttäuschung ab, öffnete die Tür, trat ein und blieb einen Moment lang stehen. Das Zimmer war wunderschön, aber es schien nichts mit Urhos Geschmack zu tun zu haben. An einer Wand hing ein großes Gemälde des Ozeans, mit schaumgekrönter Brandung und einem blauen Himmel, der sich am Horizont mit dem Wasser vereinte.

Urho liebte das Meer; so viel stimmte. Xan hatte mit ihm zusammen tägliche Strandspaziergänge gemacht, seit er in Virona angekommen war. Aber Urho kam ihm nicht wie die Sorte Mann vor, der das Meer in seinem Schlafzimmer haben wollte, besonders nicht eine so fröhliche, lebendige Darstellung davon.

Die andere Wand war ganz und gar verspiegelt, sodass man das Bett und die Fenster darin sah. Blaue, gazeartige Vorhänge wehten leicht und luftig vor den glänzenden, transparenten Fensterscheiben. Es war ein sanftes Zimmer, jugendlich, voller Luft und Wasser, und das Gefühl von Lachen schien in der Atmosphäre zu hängen. Ganz anders als der aufrechte, ernste und eindringliche Mann, den Xan zu lieben gelernt hatte.

Einen Augenblick lang fragte Xan sich, ob er Urho so falsch eingeschätzt hatte, dass dies hier sein Schlafzimmer war. Wie konnte es sein, dass er seinen Geliebten so wenig verstand, dass dessen privater

Raum ihm so fremd und seltsam erschien.

Und dann dämmerte es ihm.

Riki hatte dieses Zimmer eingerichtet.

Xan sog scharf den Atem ein, als ihn ein überraschender Schmerz durchfuhr. Er wollte diese Reaktion nicht empfinden. Das war nicht großzügig. Das war nicht liebevoll. Es war nicht einmal gütig.

Er runzelte die Stirn und schüttelte sich, dann ging er an den Medizinschrank, von dem Urho ihm erzählt hatte. Ray und Pater waren krank, und es gab keine weitere Zeit mit unnötigem Selbstmitleid oder dummer Eifersucht zu verlieren. Vorsichtig öffnete er die kleine Holzkommode und suchte darin nach der Dose mit dem Weidenbaum darauf. Er fand sie ohne Mühe und steckte sie in die Tasche. Dann nahm er auch die Flasche mit den Holunderbeeren und dem dunklen Stern.

Als er sich wieder zur Tür wandte, verweilte sein Blick einen Moment lang auf dem Bett, und ohne es zu wollen, rümpfte er die Nase. Er konnte sich nicht vorstellen, hier mit Urho Liebe zu machen, von ihm in dem Bett gefickt zu werden, das immer noch so offensichtlich Rikis Bett war. Seine Brust zog sich zusammen, voller sinnloser und seltsamer Emotionen.

Dann landete sein Blick auf einer anderen Tür, leicht geöffnet und seltsamerweise von einer kleinen, elektrischen Lampe dahinter beleuchtet. Er zögerte. Etwas in ihm ermahnte ihn , dass er lediglich die Erlaubnis erhalten hatte, in den Medizinschrank zu sehen.

Und doch …

Noch bevor er die bewusste Entscheidung getroffen hatte, auf diese Weise in Urhos Privatsphäre einzudringen, hatte er die Tür bereits ganz aufgestoßen.

Das Gemälde des schwangeren Riki über dem Schreibtisch war das Erste, das Xan sah. Er konnte den Blick nicht von dem hübschen, glücklichen blonden Mann lassen, der schützend seine

Hand auf seinen Babybauch legte. Er war schwanger mit Urhos Kind. Etwas, das Xan nie sein würde. Ein bitterer Geschmack füllte seinen Mund.

Xans Hände zitterten leicht, als er weiter in den Raum trat und erkannte, worum es sich dabei handelte – um einen Schrein. Urhos *Érosgápe* wurde hier drin für immer verehrt, als seine andere Hälfte, als sein Seelenverwandter, als das fehlende Stück zur Vollendung, nach dem sich jede einzelne Zelle Urhos verzehrte, Tag für Tag und für immer.

Die Fotos von den beiden in ihrer Jugend brannten sich in Xans Augen. Es gab mehrere von einem babygesichtig jungen Riki mit einer Pfeife im Mund. Xan berührte das Bild mit dem Zeigefinger und strich eine feine Staubschicht zur Seite.

„Daher also kommt der leichte Tabakgeruch", murmelte er vor sich hin.

Selbst jetzt noch, nach so vielen Jahren? Hielt sich so etwas wirklich so lange, oder verweilte Rikis Geist in diesem Haus, um für Urho auch im Tod da zu sein, wie er es im Leben gewesen war?

Xan erschauerte. Er hatte in diesem Raum nichts verloren. Er gehörte nicht hierher. Dies war ein Teil von Urho, den zu kennen er keine Erlaubnis hatte, und den er nie, nie voll würde teilen können. Er zog sich aus dieser Kammer der Trauer zurück – aus diesem Schrein eines gemeinsamen Lebens, das zu früh geendet hatte, und einer Freude, die nie eine Chance hatte – und kehrte zurück ins Schlafzimmer.

Xan konnte nicht einmal als Urhos Schlafzimmer davon denken.

Er sah sich noch einmal um, betrachtete den Beweis dafür, dass Urho nach Riki nie mit seinem Leben weitergemacht hatte. Xan kämpfte verzweifelt gegen eine Flut von Gefühlen. Er hatte jetzt keine Zeit für so etwas. Und er wollte diese Gefühle nicht. Sie waren nutzlos und hässlich, und er würde ihnen nicht nachgeben.

Er eilte aus dem Zimmer und die Treppe hinunter. Während er sich seinen Mantel schnappte, rief er über die Schulter zu Mako: „Danke, Mako. Ich muss jetzt gehen. Ich habe alles, was ich brauche." Dann fügte er verspätet hinzu: „Bitte melde dich bei mir in …" Er war unsicher, welchen Ort er nennen sollte. „Bitte melde dich in meinem Haus in Virona, falls du irgendetwas brauchen solltest. Urho wird sicherstellen, dass du es bekommst."

Mako tauchte aus der Dunkelheit hinter der Treppe auf und lächelte. „Danke, Mr. Heelies. Sie sind stets willkommen hier." Dann drückte er Xan eine Tüte in die Hand. „Etwas zu essen, Sir. Sie sehen hungrig aus."

„Oh, danke. Das bin ich."

„Alles für Freunde von Mr. Chase."

Xan lächelte, wartete aber nicht ab, bis Mako ihm die Tür öffnete. Mit der Tüte in der Hand flitzte er hinaus. Der frostige Winterwind brannte ihm in den Augen, als er in das brandneue Sabel-Auto seines Vaters stieg. Rasch stopfte er sich etwas von dem Sandwich, das Mako für ihn gemacht hatte, in den Mund, und startete den Motor.

Dann fuhr er zurück zum Haus seiner Eltern. Der Garagenschlüssel – und somit auch der Schlüssel zum Haus – hing am Schlüsselring. Ob es seinem Vater gefiel oder nicht, Xan würde der Zutritt nicht verwehrt sein.

KAPITEL 21

RAY SCHLIEF, ALS Xan leise das Zimmer seines Bruders betrat. Er war unbemerkt aus der Garage ins Haus geschlichen, und als er am Flügel seiner Eltern vorbeigehuscht war, hatte er nur leises Husten und die Lieblingsmusik seines Paters hören können. Es rührte ihn, dass sein Vater offenbar den Plattenspieler nach oben getragen hatte, um für seinen *Érosgápe* die sanften Liebeslieder spielen zu können, die der am liebsten hatte.

Aber als er nun am Bett seines Bruders stand, ein Glas Wasser in der einen und die Tabletten aus Urhos Vorrat in der anderen Hand, verachtete er sich selbst für die Angst, die ihn davon abhielt, einfach den Flur hinunter zu gehen und zu verlangen, sofort seinen Pater zu sehen.

Er nahm einen tiefen Atemzug, straffte die Schultern und beschloss, noch heute Abend seinen Pater aufzusuchen. Aber in der Zwischenzeit musste er Ray helfen.

„Ray", sagte er im Flüsterton, um seinen Bruder nicht zu erschrecken. „Wach auf. Ich habe Medizin für dich."

Ray rührte sich träge und starrte Xan verwirrt an. „Ich dachte, ich hätte dich geträumt."

„Nein. Ich habe nur ein Rezept für dich eingelöst." In Urhos Schlafzimmer. Aber das war jetzt zu kompliziert, um es zu erklären. „Eine neue Medizin. Gegen das Fieber."

Ray war zu schwach, um sich aufzusetzen, und Xan musste ihm helfen. Aber er schluckte die Tabletten ohne Probleme und trank auch das Meiste von dem Wasser, das Xan ihm gab. „So ist es gut.

Du machst das prima."

„Ich vermisse Vince", flüsterte Ray, als er fertig war. Er legte den Kopf zurück ins Kissen und starrte an die Decke.

„Wen?", fragte Xan.

Ray schüttelte den Kopf. „Niemanden. Vergiss es."

Xan blieb am Bett seines Bruders sitzen und kühlte ihm immer wieder die Stirn mit einer Schüssel Wasser und einem Tuch. Später gab er ihm eine weitere Dosis. Den ganzen Vormittag und frühen Nachmittag wartete er darauf, dass die Medizin Wirkung zeigen würde. Er merkte es sofort, als es schließlich so weit war, denn Rays Augen wurden klarer, und er richtete seinen Blick aufmerksam auf Xan.

„Hat Vater dir endlich erlaubt, nach Hause zu kommen? Ist Pater ...?" Er schluckte schwer und wandte den Blick ab, aber dann sah er Xan wieder an und suchte in dessen Gesicht nach der Wahrheit, bevor er weitersprach.

„Pater ist sehr krank", antwortete Xan. „Aber ich habe ihn bis jetzt noch nicht gesehen. Joon sagte mir, dass Vater Tag und Nacht bei ihm ist, morgens aber stets herkommt und nach dir sieht."

Ray sah zu den offenen Fenstervorhängen und betrachtete den Sonnenuntergang. „Vater weiß also nicht, dass du hier bist."

„Nein", sagte Xan, dann stand er auf und trug die Wasserschale und das Tuch ins Badezimmer. „Aber er wird es erfahren. Schon bald. Ich wollte nur erst sichergehen, dass es dir besser geht. Dass die Medizin, die Urho ..." Er fing sich gerade noch rechtzeitig. „Diese Medizin, die mein Freund Dr. Chase geschickt hat, scheint zu wirken."

Ray hustete, als Xan in den Raum zurückkam. „Du gehst ein hohes Risiko ein. Wenn du dich ansteckst und ... das ganze Erbe könnte an Janus fallen." Er verzog den Mund zu einem halbherzigen, kränklichen Lächeln. „Du willst doch nicht mich und die Firma Janus' nicht so gütiger Gnade überlassen, oder?"

Xan lächelte. Er war so erleichtert, dass Ray ihn schon wieder necken konnte. Aber er ging auf das Thema Janus nicht ein, da er nichts sagen wollte, bevor er wusste, wie es seinem Cousin ging. „Schaffen wir dich erst einmal unter die Dusche. Du stinkst, und danach wirst du dich bedeutend besser fühlen."

„Nun, ich will dich ja auf keinen Fall durch meinen Geruch beleidigen, kleiner Bruder", sagte Ray mit einem schiefen Grinsen.

Aber er war viel zu schwach, um ohne Hilfe aus dem Bett aufzustehen. Xan half ihm ins Badezimmer und unter die Dusche. Er stützte ihn und wusch ihn, und sein Herz brach, seinen älteren Bruder, zu dem er stets aufgesehen hatte, so hilflos wie ein Baby zu sehen.

Während er Ray abtrocknete, wanderte der Blick seines Bruders wieder in die Ferne. „Xan, du musst etwas für mich tun."

„Natürlich. Was immer du brauchst."

„Ich habe einen Freund, einen Omega-Freund …" Ray runzelte die Stirn und räusperte sich, dann fuhr er fort: „Einen Geliebten. Ich weiß, es ist keine so große Sache für ungebundene Omegas, sich mit einem Beta einzulassen, aber er schämt sich. Wir sind nicht …" Ray wedelte mit seiner mageren Hand. „Er bedeutet mir etwas. Aber er …" Er seufzte und schien für einen Moment den Faden zu verlieren. „Ich muss wissen, ob es ihm gut geht. Er war bei mir, als ich krank wurde."

„Ist das Vince?"

Ray nickte. „Vince Ross. Er wohnt im Calitandistrikt."

Xans überraschte Miene musste Ray trotz aller Erschöpfung und Sorge aufgefallen sein, denn er sagte: „Ja, er ist ein Prostituierter."

„Es leben viele Leute im Calitanviertel, die keine Prostituierten sind."

„Tja, Vince ist einer." Ray war völlig ausgepumpt, als Xan ihn wieder ins Schlafzimmer brachte.

Xan drückte ihn in einen Sessel am offenen Fenster. „Ich

wechsele eben deine Bettwäsche."

„Das macht Joon."

„Heute tue ich es."

Xan ließ den hustenden Ray am Fenster sitzen, während er zu dem Wäscheschrank im Flur ging, wo er selbst zuletzt frische Laken herausgeholt hatte, nachdem er einen unanständigen Traum von Jason gehabt hatte – kurz bevor er ausgezogen war.

„Kannst du für mich herausfinden, ob es Vince gut geht?", fragte Ray, als Xan zurückkehrte.

Xan zog die schmutzige Bettwäsche ab. „Hast du seine Telefonnummer?"

Ray schüttelte den Kopf. „Er hat kein Telefon. Er lebt nicht so wie du und ich."

„Nein, natürlich nicht." Xan schob den Haufen schmutziger Wäsche mit dem Fuß zur Tür hinaus und in den Flur, dann kam er zurück und zog ein frisches Laken auf.

„Er arbeitet an der Ecke beim Lincoln Deli. Wenn er gesund ist, dann wird er dort stehen", sagte Ray mit einem beinahe flehenden Unterton. Xan hatte ihn noch nie so gehört. „Kannst du nach ihm sehen?"

Xan schloss den letzten Kissenbezug und schüttelte das Federbett auf. „Und wenn er nicht gesund ist, was dann?"

„Frag herum. Der Besitzer des Geschäfts lässt ihn manchmal in der Wohnung über dem Laden schlafen, wenn er keinen Kunden für die Nacht hat. Er wird wissen, falls es Vince nicht gut geht …" Ray hustete heftig und würgte einen großen Klumpen Schleim hervor.

Xan schauderte, aber ergab Ray ein Taschentuch zum Hineinspucken. Dann verabreichte er ihm eine Dosis von dem Holundersirup, der laut Urho schleimlösend wirkte und das gesamte Immunsystem stärkte.

„Falls er krank sein sollte, kannst du dich dann darum

kümmern, dass er Hilfe bekommt?" Ray hustete erneut, aber nicht ganz so heftig. Er wischte sich die Augen und seufzte. „Ich fühle mich so viel besser, seit du mir diese Tablette gegeben hast. Was ist das?"

„Das weiß ich nicht genau. Mein Freund Dr. Chase sagte mir, ich soll sie dir geben. Angeblich ein neues Medikament, dass nur bei allerhöchstem Fieber verschrieben wird."

„Dein *Freund* Dr. Chase, hm?", sagte Ray leise. Seine Augen sahen im Licht der Abenddämmerung vom Fenster her grau aus.

„Schaffen wir dich wieder zurück ins Bett."

„Aber Vince–", begann Ray, verstummte aber mit einem einem flehenden Ausdruck im Gesicht.

„Ich werde bald nach ihm sehen."

„Lincoln Deli",wiederholte Ray.

„Richtig. Ich werd's nicht vergessen."

Den Rest des Abends verbrachte er an Rays Bett und beobachtete panisch, wie dessen Fieber und Husten sich erneut verschlimmerten. Er gab ihm eine weitere Dosis der Medizin, sobald er es für sicher hielt, und war unfassbar erleichtert, als das Fieber wieder sank. Nach einem heftigen letzten Hustenanfall sank Ray in einen tiefen Schlaf.

Xan stand da und umklammerte die Tablettendose in der einen und den Holundersirup in der anderen Hand, als wären es Talismane gegen seine eigene Angst. Als Joon vorhin kurz hereingekommen war, um nach Ray zu sehen, hatte Xan ihm Tabletten gegeben, damit er sie heimlich Pater geben konnte. Xan wollte nicht, dass Pater unnötig lange auf Medizin warten musste, die ihm helfen konnte, nur weil Xan erst noch seinen sogenannten Mut zusammennehmen musste, bevor er es wagte, seinem Vater gegenüberzutreten.

Er stand an Rays Fenster und sah hinaus auf die sonst so belebte Straße. Jetzt war dort alles still, und nicht nur, weil es Nacht war.

Die Stadt war in den Fängen der Krankheit, und die ließ nicht los. Das war ihm sowohl auf der Taxifahrt vom Bahnhof zu seinem eigenen Haus aufgefallen, als auch auf der Fahrt zu Urhos Haus. Die für gewöhnlich so laute und geschäftige Stadt wirkte nun wie ein Touristenort außerhalb der Saison.

Xan zog sein Jackett aus und legte es über einen Stuhl, dann löste er seine Krawatte und krempelte die Ärmel seines Hemds auf. Dann ging er wieder ans offene Fenster, nahm einen tiefen Atemzug und ließ ihn langsam wieder heraus. Er würde sich nicht länger verbieten lassen, seinen Pater zu sehen, ungeachtet des flauen Gefühls in seinem Magen bei dem Gedanken, seinem Vater gegenübertreten zu müssen – dem Mann in die kalten, blauen Augen sehen zu müssen und ihm zu sagen, wie die Dinge jetzt laufen würden. Forderungen zu stellen. Weil er der Erbe war. Weil er Rechte hatte.

Er wischte sich mit der Hand den nervösen Schweiß von der Oberlippe, schloss die Augen und schwor sich, stark zu sein. Er atmete tief durch und sah zu den Sternen hinauf. Es waren dieselben Sterne, die auch über Virona leuchteten – immerhin leuchteten sie über der ganzen, wolfgesegneten Welt – und Xan lenkte seine Gedanken zu Urho, um darin Trost und Kraft zu finden.

Aber stattdessen erinnerten ihn diese Gedanken nur an das Heiligtum in Urhos Haus, das dessen verstorbenem *Érosgápe* gewidmet war. Xan wusste nicht, warum es ihn so überrascht hatte, dass Riki noch immer Urhos privateste und intimste Räume dominierte, aber es hatte ihn schockiert. Um ehrlich zu sein, hatte er sich gestattet, in den letzten Wochen beinahe völlig zu vergessen, dass er nicht derjenige war, den Urho am meisten auf der Welt liebte. Dass er es nie sein würde.

Ray schniefte, und Xan sah über die Schulter zum Bett. Aber sein Bruder schlief weiter – die Augen waren noch geschlossen, und er atmete ruhig und gleichmäßig. Xan schaute wieder hinaus in die Nacht und wünschte, er könnte den Sternenhimmel ohne all die Lichtemission der Stadt sehen. So wie daheim in Virona.

Daheim. In Virona.

Wie seltsam, dass er an Virona als sein Zuhause gedacht hatte. Aber das hatte er. Er vermisste den Klang der Brandung, die kühle, winterliche Seeluft, den Geruch des Meeres, der durchs Haus wehte oder in den Falten einer Bettdecke oder eines Kleidungsstücks hing. Aber am meisten vermisste er den Klang von Urhos und Calebs Stimmen. Er vermisste die Männer, die ihn zum ersten Mal in seinem erwachsenen Leben verstehen ließen, was es bedeutete, ein Zuhause und Familie zu haben. Er seufzte.

Für einen Moment erlaubte Xan sich die Fantasie, für immer mit ihnen zusammen leben zu können. Urho hatte sich diese Fantasie offensichtlich ebenfalls gestattet, aber es war absurd. Sobald Vales Baby auf der Welt sein würde – und sobald Urho von dem ganzen Ausmaß der Krankheit hier in der Stadt erfuhr – würde er auf dem Weg zurück sein.

Und nicht nur aus Pflichtgefühl heraus.

Denn auch, wenn er Xan liebte, so würde er doch niemals einen Platz für ihn in seinem Zuhause haben. Nicht auf die Weise, wie er mehr und mehr zu Xans Zuhause wurde. Nicht wirklich. All dieser kostbare Platz war bereits vollkommen von Riki eingenommen, so wie es zwischen *Érosgápe* sein sollte.

Xan war ein Dummkopf gewesen zu glauben, er könnte Urho auch nur annähernd so viel bedeuten, wie Urho ihm bedeutete, trotz allem, was sie teilten. Trotz Urhos Versprechen. Falls Urho mit dem Gedanken spielte zu bleiben, so doch nur, um dem Schmerz über den Verlust seines *Érosgápe* zu entkommen. Aber am Ende würde Riki immer gewinnen.

Oder nicht?

Dieser Überlegungen und seines Selbstmitleids müde, verdrängte Xan all das und wandte sich dringenderen Gedanken zu. Er wollte seinen Pater so dringend sehen, dass es wehtat. Und doch stand er hier unter demselben Dach wie sein Pater und versteckte sich. Aber genug war genug. Er würde ihn sehen. Und zwar jetzt.

Aber bevor er auch nur einen Schritt tun konnte, ließen ihn Schreie aus dem Korridor zusammenzucken. Entsetzt zögerte er einen Moment und versuchte, die Worte zu verstehen, aber er konnte nur undeutliche Rufe ausmachen.

Xan eilte aus Rays Zimmer und den Flur hinunter zur Treppe, während er versuchte, die Panik zu unterdrücken. Die Schreie wurden lauter, je näher er dem Flügel seiner Eltern und ihrem Schlafzimmer kam.

Mit rasendem Herzen platzte er in das vertraute Zimmer, sein Puls so laut in seinen Ohren, dass er die Schreie übertönte. Neben dem Bett seiner Eltern kam er zum Stehen. Der Raum war hell erleuchtet; die grellen Lampen offenbarten die beige gestreiften Tapeten und das ganze Chaos eines Krankenzimmers.

Xans Vater war die Quelle des Aufruhrs. In zerknitterter Hose und Hemd saß er neben Pater auf dem Bett und schrie und weinte und bettelte. Und Pater lag einfach nur da, dünner als Xan ihn je gesehen hatte, bewusstlos, leichenblass, und hatte Mühe zu atmen. Vater drückte Pater an seine Brust und rief zwischen wortlosem Schluchzen nach Hilfe und nach einem Arzt. Er riss die Augen auf, als er Xan sah. Verwirrung und Zorn mischte sich unter sein Entsetzen, aber er schrie Xan nur an, er solle Hilfe holen und sich beeilen.

Xan kletterte auf das große Bett. Sein Vater versuchte, ihn wegzuschieben. „Hol Hilfe!", schrie er.

Aber Xan hielt die Tablettendose hoch. Sein Vater zuckte mit wildem Blick zurück und ballte die Fäuste, wie um Xan zu schlagen. „Ich sagte, geh Hilfe holen!"

„Ich habe Hilfe hier!", schrie Xan zurück. Eine heiße Woge

reiner, starker Wut durchflutete ihn. „Ich habe Medizin für ihn! Geh mir aus dem Weg!"

Mit all seiner Kraft schob er seinen Vater zur Seite und riss ihm den schlaffen Körper seines Paters aus den Armen. Dann lehnte er seinen Vater gegen die Kissen, während sein Vater darum rang, erneut zwischen sie zu gelangen. Als Xan seinen Pater zuletzt gesehen hatte, war der ein kräftiger, fröhlicher Mann gewesen. Jetzt aber sah er entsetzlich mager und erschreckend krank aus.

Aber er hatte keine Zeit, darüber weiter nachzudenken. Er schob seinen Vater ein zweites Mal aus dem Weg, öffnete den Holundersirup und schaffte es, etwas von der rötlichen Flüssigkeit zwischen seines Paters Lippen zu bekommen. Vater versuchte, sich dazwischenzudrängen.

Aber Xan war jetzt stärker. Er hatte mit Urho Boxen trainiert, und er war mehr als dreißig Jahre jünger als der verängstigte, erschöpfte Mann, der verzweifelt um das Leben seines *Erosgápe* fürchtete. Xan massierte den Hals seines Paters und arbeitete den Sirup durch dessen Kehle, während sein Vater den bewusstlosen Mann anflehte zu atmen.

„Bitte, George." Seine Stimme brach. „Bitte atme, Liebling. Atme, mein Geliebter, mein Ein und Alles. Atme. Atme."

Xan gab mehr Sirup in den Mund seines Paters und hoffte, ihn nicht zum Husten zu bringen. Er konnte nicht sicher sein, wieviel von der Flüssigkeit tatsächlich in seines Paters Magen landete.

„Hol einen Arzt", sagte sein Vater verzweifelt. „Was gibst du ihm da? Er braucht einen Arzt!"

In diesem Augenblick erschien Joon in der Tür – im Schlafanzug und mit verschlafener Miene. Er keuchte entsetzt, als er näher ans Bett trat. „Ich werde versuchen, einen Arzt aufzutreiben, Sir."

„Ruf einen Krankenwagen, falls nötig", sagte Xan über die Schulter, fragte sich aber, ob die Krankenhäuser überhaupt noch

Patienten aufnehmen konnten.

„Nein!", rief sein Vater. „Die Krankenhäuser sind voller kranker Leute. Wir müssen ihn hierbehalten, fern von der Krankheit."

Xan ignorierte den Ausbruch und konzentrierte sich darauf, seinem Pater noch einen Schluck Sirup einzuflößen. Er war erleichtert, als sein Pater hustete und einen tiefen, rasselnden Atemzug nahm. Xan gab ihm noch zwei weitere Schlucke und hoffte, dass er damit zunächst die notwendige Dosis erreicht hatte.

Dann setzte er sich zurück, um zu wachen, und betete zu Wolfgott, er möge das Leben seines Paters verschonen. Xans Vater schien dasselbe zu tun. Kein Wort wurde zwischen ihnen gesprochen, aber sie beide atmeten erleichtert auf, als Pater – nachdem er einen großen Klumpen Schleim hervorgehustet hatte – leichter atmete.

Joon kam zurück, eindeutig hellwach nun. „Ich habe alle Ärzte auf unserer Liste angerufen, aber jeder einzelne von ihnen ist bei anderen Patienten. Ich habe bei drei von ihnen eine Nachricht hinterlegt, dass sie so schnell wie möglich herkommen sollen."

Vater nickte und strich Pater eine Strähne seines hellbraunen Haars aus dem Gesicht. Paters Wangen hatten bereits wieder ein wenig Farbe bekommen. „Wie es aussieht, dürfen wir hoffen, ihn ein weiteres Mal dem Tod entrissen zu haben", sagte Vater und sah Xan in die Augen. „Dank Xan."

Xan schüttelte den Kopf. „Dank dem hier." Er hielt die Sirupflasche hoch.

„Holundersirup?", flüsterte sein Vater. „Der ist schon seit Wochen nicht mehr zu bekommen. Selbst die Krankenhäuser haben nichts mehr."

Xan wandte sich an Joon und fragte: „Hast du ihm die Tabletten gegeben?"

Joon schüttelte den Kopf und senkte beschämt den Blick. „Ich fand keine Gelegenheit, den Vorschlag zu machen. Es tut mir leid,

Mr. Xan. Ich weiß, ich hatte es versprochen. Aber er schlief heute so friedlich. Da wollte ich ihn nicht wecken, und Ihr Vater sagte, Mr. Lofton würde sich von selbst erholen."

Xan legte seine Handfläche auf Paters Stirn, dann sah er seinen Vater an. „Wenn du mir hilfst, ihn zu wecken … ich habe noch eine Medizin für ihn. Ich habe sie auch Ray gegeben, und ihm geht es jetzt schon viel besser."

Vater starrte ihn für einen langen Moment an, bevor er nickte. Er hob Pater hoch und tätschelte ihm sanft die Wange. „Liebling, wach auf. Kannst du mich hören, George? Du musst für mich aufwachen."

Paters Wimpern flatterten, und mit großer Mühe öffnete er die Augen. Er sah in das Gesicht seines Alphas, und als er ihn erkannte, lächelte er sanft. „Doxan?"

„Schh. Versuch jetzt nicht zu sprechen. Xan ist hier."

Pater öffnete die Augen weiter, und ein Funke erwachte in ihnen zum Leben. Er drehte den Kopf, und als er Xan erblickte, breitete sich ein erschöpftes Lächeln auf seinem Gesicht aus. Xan ergriff seines Paters Hand und drückte sie.

„Ich bin hier."

Pater leckte sich die Lippen, aber sein Mund war zu trocken zum Sprechen.

„Er braucht einen Schluck Wasser." Sofort war Joon mit einem Glas zur Stelle.

Vater und Xan stützten Pater, sodass er trinken konnte, und als er fertig war, sank er ins Kissen zurück und starrte Xan sehnsüchtig an.

„Du solltest nicht hier sein", krächzte Pater. „Du wirst sonst auch noch krank."

„Ich bin gesund wie ein Pferd. Mach dir keine Sorgen um mich."

Paters Blick schoss zu Vater. Ein besorgter Ausdruck trat in sein

Gesicht, aber er äußerte sich nicht dazu. Stattdessen wandte er sich wieder Xan zu und sagte: „Ich bin so glücklich, dich zu sehen. Du hast mir unheimlich gefehlt."

Xans Herz zog sich zusammen, und seine Unterlippe zitterte. Er beugte sich vor und drückte seinem Pater einen Kuss auf die Stirn. „Du hast mir auch gefehlt. Ich liebe dich."

Sein Vater neben ihnen blieb stumm.

Paters Augen füllten sich mit Tränen. „Ich hatte Angst ..."

„Schh. Ich bin ja jetzt da."

Pater nickte langsam. „Wolfgott sei Dank. Dann wurden meine Gebete erhört."

Xan brach das Herz. Er hatte seinen Pater so sehr vermisst, und irgendwie linderte es seinen Schmerz nicht zu hören, dass es seinem Pater ebenso ergangen war. „Pater, ich habe Medizin für dich, die du einnehmen musst", sagte er schließlich, als er sich so weit im Griff hatte, dass er nicht mehr befürchten musste, in Tränen auszubrechen. „Stimmt's, Vater?"

„Ja, George", flüsterte Vater. „Nimm die Tabletten. Xan hat sie extra für dich mitgebracht. Du wirst dich danach schon bald viel besser fühlen, mein Geliebter."

Mit großer Mühe setzte Pater sich weit genug auf, um die Medizin zusammen mit einem Schluck Wasser nehmen zu können. Dann ließ er sich zurücksinken und lächelte zu Xan auf. „Dein Haar ist anders. Und du siehst älter aus."

Xan küsste ihn noch einmal auf die Stirn. „Calebs Barbier in Virona sagte, dieser Stil würde mir stehen."

„Du siehst damit aus wie ein Mann."

Vater schnaubte, blieb aber ansonsten still.

Xan drückte Paters Hand.

„Ich wollte dich so wahnsinnig gern sehen", flüsterte Pater, und seine Augen füllten sich mit Tränen. „Ich dachte schon, ich würde dich nie wiedersehen."

Vater gab einen kurzen, gekränkten Laut von sich, aber als Xan ihm einen Blick zuwarf, starrte sein Vater mit grimmiger Miene die Wand gegenüber an.

„Jetzt wird es dir bald besser gehen, und dann werden wir uns immerzu sehen", murmelte Xan.

„Das hoffe ich sehr."

Um seinem Pater noch mehr Gründe zu geben, schnell wieder gesund zu werden, sagte Xan: „Caleb wird bald eine Hitze haben. Mit etwas Glück wirst du bei den Herbstfesten im nächsten Jahr deinen Enkel sehen."

Paters sanftes Lächeln wärmte Xans Herz. Sie sahen einander in die Augen, voller Zuneigung. Dann schmiegte Xan sich an Pater und legte seinen Kopf an dessen Brust. Er lauschte auf Paters Herzschlag und genoss das beruhigende Streicheln der Finger in seinem Haar, bis sein Vater sagte: „Er ist eingeschlafen."

Xan setzte sich auf und sah, dass die Augen seines Paters geschlossen waren. Vater berührte Paters Stirn. „Immer noch fiebrig, aber schon viel besser als zuvor." Er wandte sich zur Tür, wo Joon stand und alles beobachtete. „Bleib bei ihm. Falls das Fieber aufhört, wechsele seinen Schlafanzug und die Bettwäsche. Xan und ich haben in der Bibliothek einiges zu besprechen."

Joon schluckte hörbar und suchte nervös Xans Blick, sagte aber nur: „Natürlich, Sir. Ich werde gern auf Mr. Lofton achten."

Xan drehte sich der Magen um, während er seinem Vater zur Treppe folgte, und seine Knie fühlten sich an wie Wasser. Sein Vater warf einen Blick in Richtung von Rays Zimmer und fragte: „Ray geht s besser?"

„Er schläft gut. Sein Fieber hat nachgelassen, und sein Husten scheint durch den Holundersirup unter Kontrolle zu sein."

Vater nickte nur knapp; er ging mit schnellen Schritten die Treppe hinunter. Xan, dessen Beine kürzer waren, musste sich anstrengen, um mitzuhalten. Die Bibliothek war jetzt mitten in der

Nacht dunkel, aber sie roch wie immer: ein Hauch von alten Büchern und Leder.

Sein Vater schaltete das Licht ein. Die Ledersofas, die am Kamin einander gegenüber standen, und der große Schreibtisch, über den Xan sich als Kind oft gebeugt hatte, um mit dem Gürtel seines Vaters für ungebührliches Benehmen bestraft zu werden, waren nun hell erleuchtet. Möbel, die Erinnerungen trugen, die sich durch Xans gesamtes Leben erstreckten.

Das Fenster neben der großen Zimmerpalme war dasjenige, dessen Scheibe Xan im Alter von sieben Jahren mit einem Ball zertrümmert hatte – Ray hatte ihm beigebracht, wie man schießt. Und an dem niedrigen Tisch mit dem Kinderstuhl, umgeben von einer Mini-Bibliothek von Kinderbüchern, hatte Pater ihn Lesen gelehrt.

Xan musste schlucken, als plötzlich lauter Erinnerungen über ihn hereinbrachen und Nostalgie wie ein steinernes Gewicht auf seine Brust drückte.

„Setz dich", sagte sein Vater mit einer Geste zu den Sofas und glättete den Kragen seines zerknitterten Hemdes. Offenbar hatte er seit Tagen nicht die Kleidung gewechselt. Er ging an den Barschrank, wo er nur einen Drink einschenkte.

Xan verspannte sich noch mehr bei dem unverhohlenen Mangel an grundlegender Höflichkeit – wie immer durfte er von seinem Vater keinen Respekt erwarten, der es nie versäumte, Ray einen Drink anzubieten, oder Janus oder irgendeinem anderen Mann, den er bewunderte oder zumindest respektierte. Xan blieb trotzig stehen.

„Du hättest nicht kommen sollen", sagte Vater und wandte sich mit strenger Miene Xan zu. Er nahm einen Schluck von seinem Drink und ging zu der Wand, wo noch immer die Gürtel hingen – diejenigen, unter denen Xan für Bestrafungen hatte wählen müssen.Er berührte einen nach dem anderen mit den Fingerspitzen, dann seufzte er. „Du bist jetzt viel zu alt, um mit dem Gürtel geschlagen zu werden. Das ist eine Schande. Es war stets der einzige Weg, um dich dazu zu bringen, dass du dich benimmst."

Xan knirschte mit den Zähnen; Angst und Zorn wogten über ihn hinweg. Falls er sich je nicht „benommen" hatte, dann nur, weil er ein Kind mit zu viel Energie gewesen war, das nicht gewusst hatte, wohin damit. Und weil von Anfang an zu große Erwartungen auf seinen schmalen Schultern gelastet hatten.

Erneut drehte sich sein Vater zu ihm um. „Du bist waghalsig, rücksichtslos und selbstsüchtig. Triffst Entscheidungen rein aus dem Gefühl heraus. Erbärmlich. Nutzlos. Inzwischen bin ich so weit, dass ich nur zu gern das gesamte Erbe Janus überlassen würde."

Xans Nasenflügel bebten.

Sein Vater neigte den Kopf zur Seite und hob eine Braue. „Weißt du, worüber Janus und ich gesprochen haben, als er hier war?"

„Nein."

„Hat er es dir nicht gesagt?"

Xan starrte seinen Vater an. Die Furcht, die er stets empfunden hatte, wann immer er mit seinem Vater zu tun gehabt hatte, verhärtete sich zu so etwas wie Abscheu. Er öffnete den Mund, um ihm zu sagen, dass Janus krank war und die Grippe nach Virona gebracht hatte. Aber dann klappte er den Mund wieder zu und sparte sich diese Information für später auf.

„Ich bin überrascht, dass er damit nicht angegeben hat. Aber vielleicht wird er doch langsam erwachsen."

Xan hob eine Braue.

„Wir haben über viele Dinge gesprochen. Aber er berichtete mir mit großem Bedauern von der Qualität der Arbeit, die du mit dem Außenbüro geleistet hast – oder besser gesagt: nicht geleistet hast."

Xans Seele verhärtete sich noch ein bisschen mehr. Er wusste, es würde nichts bringen, die Sache richtig zu stellen und zu sagen, dass er selbst tatsächlich die meiste Arbeit erledigt hatte, während Janus sich im Herrenclub vergnügte und sich bei Leuten einschleimte, die vielleicht Kunden werden mochten oder auch nicht, und ansonsten mit anderen Alphas Ringkämpfe austrug, für Geld.

Vielleicht wusste sein Vater das alles auch längst und betrachtete *das* als die wichtigere Arbeit, die getan werden musste. Xan würde seinem Vater nicht die Genugtuung verschaffen, sich mit ihm zu streiten. Noch nicht.

„Wir sprachen auch über die Ankunft von Jason Sabel und seinem schwangeren Omega in Virona. Diese Freundschaft ist meiner Ansicht nach das Einzige in deinem Leben, das du je richtig gemacht hast."

Xan schnaubte. Hätte sein Vater gewusst, dass Jason einst Xans Liebhaber gewesen war, hätte er sicher seine Meinung darüber geändert. Oder vielleicht auch nicht. Vielleicht war ihm die Verbindung zur Sabel-Familie und deren Geschäft wichtig genug, um über eine kleine sexuelle Perversion hinwegzusehen.

„Aber offenbar waren sie nicht allein", fuhr Xans Vater in knappem Ton hinzu. „Ein Alpha war in ihrer Begleitung. Ein Arzt." Er starrte Xan vorwurfsvoll an. „Ein gewisser Urho Chase, der zweifellos die Quelle der Medizin ist, die du heute Abend Pater gegeben hast."

Wie es seinem Vater gelang, *das* verdorben klingen zu lassen, war Xan schleierhaft. Er nahm einen tiefen Atemzug, straffte die Schultern und hob das Kinn. Eine Sache wusste er jedenfalls in diesem Moment genau: Er konnte so nicht weiterleben. Nicht eine Minute länger.

„Ich habe keine Angst vor dir", sagte Xan bedächtig. „Ich weiß, worum es bei dem ganzen Gerede geht. Du willst, dass ich mich ducke, so wie früher. Dass ich verspreche, Pater fernzubleiben, oder schwöre, dir ein besserer Sohn und Erbe zu sein. Tja, darauf kannst du lange warten. Ich habe schlimmere Schläge ausgehalten, als du mir je verabreicht hast. Und ich habe es freiwillig getan."

Sein Vater starrte ihn an. Er presste die Lippen zusammen, und in seinen Augen leuchtete nichts als Verachtung und Abscheu.

Die Folter durch die Hand Monhundys war wenigstens für etwas gut gewesen. Sie hatte Xan gezeigt, wie viel Schmerzen er aushalten konnte, und wie wenig ihm ein Leben nach den Regeln seines Vaters bedeutete. So wenig, dass er sich bereitwillig von Monhundy hätte umbringen lassen.

Aber damit war jetzt Schluss.

Xan hatte jetzt etwas, für das es sich zu leben lohnte. Eine Zukunft, die ihm Urho und Caleb versprochen hatten. Und er würde dieser Zukunft von nichts und niemandem Hindernisse in den Weg stellen lassen – nicht von seinem Vater, nicht von seinen eigenen Unsicherheiten, nicht von Urhos totem *Érosgápe*. Er würde in Virona mit Urho ein Zuhause haben, mit dem Mann, den er von ganzem Herzen liebte. Er würde seinen Omega haben und seine Freunde, und er würde Kinder haben, und seinen Pater, und seinen Bruder. Und es gab nichts, was sein Vater tun konnte, um das zu verhindern.

Er war der Erbe. Er hatte Rechte. Aber wenn schon! Vielleicht wollte er sie nicht einmal.

Xan hielt dem Blick seines Vaters stand. „Wenn du so gern Janus alles vererben willst, dann mach ruhig. Aber du weißt selbst, was du tun müsstest, damit das geschieht. Du müsstest vor einem Richter den Grund nennen und die Erlaubnis der Kirche erbitten. Du müsstest laut aussprechen, in aller Öffentlichkeit, was du all die Jahre vertuscht hast, indem du so getan hast, als wüsstest du nichts davon. Als könntest du es ‚in Ordnung bringen'!" Speichel flog bei den letzten Worten von Xans Lippen, und er wischte ihn mit dem Handrücken fort. Er trat näher zu seinem Vater. „Wenn du das also tun willst – mich vor Wolfgott und all deinen Geschäftspartnern als entmannt oder sonstwie inkompetent deklarieren, nur zu", sagte er höhnisch. „Tu es. Ich fordere dich heraus.“

„Das werde ich“, fauchte sein Vater. „Treib es nicht zu weit!“

„Aber ich treibe es zu weit, oder? Ich treibe es weiter und immer weiter, stimmt's?“ Xan trat einen Schritt nach vorn, die Arme ausgestreckt. Nur mit eiserner Willenskraft widerstand er dem Drang, seinen Vater zu schubsen, ihn kräftig zu stoßen.

Sein Vater zuckte zurück. Und wäre beinahe gestolpert.

„Ich habe nämlich keine Angst vor dir, Vater. Nicht die geringste. Wer würde am meisten verlieren, wenn du mich enterben würdest? Du. Du würdest dein Gesicht verlieren, vor Jedermann, den du kennst. Und am schlimmsten, du würdest Paters Respekt verlieren.“ Xan hob die Brauen. „Du hast Pater vorhin gehört. Er liebt mich, auch wenn du es nicht tust, und alles, was du tust, um mir zu schaden, wird ihn verletzen. Und dann …“ Er schüttelte den Kopf und flüsterte: „Dann helfe dir Wolfgott.“

Sein Vater schnaubte und nahm einen weiteren Schluck von seinem Drink, aber er wirkte ein wenig erschüttert. Er hob eine Hand und fuhr sich durch das ergraute Haar. „Du bist verstört“, sagte er leise.

„Weißt du, was ich glaube?“ Xan trat wiederum näher. „Ich glaube, du willst mich immer noch als Erben. Du willst nur, dass ich jemand ganz anderer bin, wenn es so weit ist. Du denkst, du könntest mich so lange schikanieren, bis ich zu dieser Person geworden bin. Aber das wird nicht passieren.“

Sein Vater starrte ihn stumm an.

„Janus ist das Damoklesschwert, das du über mir baumeln lässt in der Hoffnung, dass die Drohung, es könnte fallen, meine grundlegende Natur verändert, mich mehr wie Ray werden lässt. Oder mehr wie Jordan, den Sohn, den du dir im Kopf zurechtgelegt hast – was du einfach kannst, weil er tot ist und du nie erfahren wirst, wie er wirklich war oder geworden wäre.“

Sein Vater hob die Hand zum Schlag, aber Xan wich aus und

stellte sich auf die andere Seite des Sofas – sowohl, um nicht getroffen zu werden, als auch, um sich selbst davon abzuhalten, seinen Vater zu schlagen.

„Du kannst nicht ertragen, dass Pater mich liebt. Du bist ein selbstsüchtiger Alpha, der seinem Omega nicht einmal erlaubt, sein eigenes Kind zu lieben. Du betrachtest mich als Bedrohung für deine Beziehung."

„Dein Pater ist zu weich, wenn es um dich geht."

„Er ist einfach nur ein guter Mann, der sein Kind bedingungslos liebt", fauchte Xan. „Etwas, das du nicht verstehst."

„Was hast du denn schon getan, um meine Liebe zu verdienen?"

„Das ist es ja. Ich sollte sie mir nicht verdienen müssen. Du solltest sie einfach geben."

Die Nasenflügel seines Vaters blähten sich auf. „Du bist entmannt, und du wirst die Familie ruinieren."

„Ich bin entmannt", gab Xan zu. „Nichts wird daran etwas ändern. Nicht, dass du mich hasst. Nicht, dass du mich mit einem Gürtel schlägst. Nicht, dass du mich von Pater fernhältst. Nicht, dass du mich enterbst und meine Abartigkeit der ganzen Welt verkündest. Nichts wird mich anders machen, als ich bin." Xan atmete tief durch; sein Herz schlug so heftig, dass es wehtat. „Wenn das etwas ist, das du nicht ertragen kannst, dann geh vors Gericht und die Kirche. Sag die Wahrheit über mich und reiß das Erbe aus meinen pervertierten Händen. Überlass alles Janus. Ich werd's überleben. Ich bin abgehärtet und halte mehr aus, als man mir ansieht."

Die Augen seines Vaters funkelten aufgebracht. Er kippte den Rest seines Drinks hinunter, dann stellte er das Glas mit einem lauten Klappern auf den Tisch. Er sah Xan an und verzog den Mund zu einem düsteren Grinsen. „Das werden wir ja gleich sehen."

Und dann stürzte er sich mit der geballten Kraft seines großen, mächtigen Körpers auf Xan. Er packte ihn, hielt ihn fest im Griff und drückte ihm schmerzhaft die Kehle zu. „Na, wie viel hältst du jetzt aus, hm?"

Xan befreite sich, indem er ihm hart den Ellenbogen in die Seite stieß, dann wirbelte er herum, hob beide Fäuste und schützte sein Gesicht, so wie Urho es ihm gezeigt hatte. „Ich will dich nicht verletzen, Vater."

„Ich bin derjenige, der dich verletzen wird", zischte sein Vater und stürzte sich erneut auf ihn.

Fäuste flogen, und Xan ächzte. Er atmete schwer und hastig. Die Dämme der Aggression brachen, und sie kämpften, schlugen und traten – sogar die Zähne kamen zum Einsatz, während sie miteinander rangen.

Am Ende gelang es Xan, seinen Vater zu Boden zu werfen und ihm einen Fuß auf die Kehle zu setzen. Xans Brust hob und senkte sich heftig, aber er hatte es geschafft. Er starrte in die entrüsteten, blauen Augen seines Vaters und flüsterte: „Tu, was du tun musst, Vater. Denn ganz gleich, wie du dich entscheidest, ich werde immer der Sohn sein, der dich im Kampf besiegt hat. Der Sohn, der so lebt, wie es seine Wahrheit ist. Ich bin entmannt, und ich habe die Liebe gefunden. Und darauf bin ich stolz. Aber ich bin nicht stolz darauf, dein Sohn zu sein. Ich bin nicht stolz auf dich."

Er packte seinen Vater am Kragen und zog ihn vom Boden hoch. Es war keine besonders geschmeidige Prozedur, weil Xan so viel kleiner war, aber sein Vater war offenbar vor Schock erschlafft. „Sorge dafür, dass Pater und Ray den Rest der Medizin bekommen."

Stolpernd riss sich sein Vater von ihm los und starrte ihn an. „Du bist wahnsinnig. Gewalttätig. Unverbesserlich."

„Das bin ich", stimmte Xan zu. „Tu, was du tun musst, Vater."

Er drehte sich um und marschierte aus der Bibliothek und zur Vordertür. In der offenen Tür blieb er noch einmal stehen, als er die Schritte seines Vaters hinter sich hörte. Als er sich umblickte, schockierte ihn der Anblick des Mannes, vor dem er sich sein ganzes Leben lang gefürchtet hatte: es war die geschlagene, leere Hülle eines alten Mannes.

„Danke für die Medizin. Ich werde dafür sorgen, dass dein Pater und Ray alles bekommen, was sie brauchen", sagte sein Vater mit rauer Stimme. Er humpelte ein wenig, und Xan spürte einen Stich der Reue, weil er ihn verletzt hatte. „Was dich betrifft – komm nie wieder her. Du bist in diesem Haus nicht willkommen. Dein Pater kann zu dir kommen, falls er Zeit mit seinem entmannten, geisteskranken Sohn verbringen möchte."

Xan biss die Zähne zusammen und sagte nichts.

„Und denke nur nicht, dass Joon ungeschoren davonkommt dafür, dass er dich überhaupt hereingelassen hat."

„Er hatte nichts damit zu tun. Ich bin durch die Garage eingebrochen. Aber Joon kann jederzeit bei mir bleiben. Und dann wirst du dich ganz allein um Pater und Ray kümmern müssen."

Die überhebliche Miene seines Vater bröckelte leicht. Er blickte sich im Haus um, das so leer war, dass ihr Streit in den Räumen leicht widerhallte.

„Leb wohl, Vater", sagte Xan. „Richte Ray und Pater meine Liebe aus."

Dann schlug er die Tür hinter sich zu und ging die Straße entlang, ohne sich noch einmal zu dem Haus umzudrehen, das er einst Zuhause genannt hatte. Er hatte jetzt ein neues Zuhause. Und einen Alpha, der sich irgendwie in ihn verliebt hatte. Was heute mit seinem Vater vorgefallen war, war gut. Schmerzhaft. Auf grauenvolle Weise schmerzhaft. Aber notwendig und gut.

Xan wischte sich die feuchten Augen, straffte die Schultern und machte sich auf den Weg in den Calitandistrikt. Er hatte Schmerzen, wo es seinem Vater gelungen war, ein paar gute Faustschläge zu landen, aber es gab noch eine Sache, die er für Ray tun musste, bevor er zurück zu seinem Stadthaus gehen konnte.

Und dann würde er nach Hause fahren und Urho anflehen, bei ihm in Virona zu bleiben. Das war vielleicht nicht fair und vielleicht nicht richtig, aber er würde ihn bitten, den jugendlich blauen Ozean seines und Rikis gemeinsamen Zimmers hinter sich zu lassen und für immer am Vironas graugrünem Meer und Xan zu bleiben.

KAPITEL 22

„ROSEN GEHT ES schlechter als mir", sagte Yosef zu Urho. Seine müde Stimme klang ein wenig verstopft am Telefon. „Bis jetzt hat es aber keinen von uns wirklich schlimm erwischt. Er hat zwar noch ziemliches Fieber, aber ich denke, es lässt langsam nach."

„Hat ihn sich ein Arzt angesehen?", fragte Urho. Er rieb sich die Augen und überlegte, ob es irgendeinen Weg gab, einen Tagestrip in die Stadt zu machen und sich Rosen selbst anzusehen.

„Ja, aber nur am ersten Tag, um die Grippediagnose zu bestätigen. Er hat uns Medizin dagelassen – nicht den Holundersirup, den du erwähnt hast, irgendetwas mit Schafgarbe und ein paar andere Tabletten."

„Wenn Rosens Immunsystem selbst mit der Infektion fertig wird, dann sollte das reichen. Habt ihr ausreichend Obst im Haus?"

„Ich war bis jetzt nicht in der Lage, zum Markt zu gehen."

„Ich werde euch von hier aus mit dem Zug etwas schicken lassen. Frisches Gemüse und Zitrusfrüchte."

Yosef klang erschöpft, als er zugab, dass er eine Lieferung gebrauchen könnte und noch weitere Dinge auflistete, von denen er und Rosen profitieren würden.

Es gefiel Urho nicht, dass er nicht mehr tun konnte und seine Freunde sich selbst überlassen musste, aber er wusste, es ging nicht anders. „Ich wünschte, ich könnte selbst kommen und nach Rosen sehen, aber wir haben hier einen sehr schlimmen Krankheitsfall im Haus. Wir haben den Patienten isoliert, und einmal am Tag kommt der Dorfarzt. Aber mir wäre nicht wohl dabei, Caleb jetzt allein zu lassen, wo Xan nicht hier ist. Er ist im Augenblick in einer verwundbaren Position. Und dann ist da noch Vale. Das Baby kann jetzt jeden Tag kommen."

„Das ist kein Problem. Ich schwöre, es geht uns beiden jeden Tag besser. Achte gut auf Vale, und lass uns wissen, wenn das Kind geboren ist."

„Das werde ich."

Sie brachten das Telefongespräch zu Ende und wünschten einander alles Gute. Urho murmelte noch einen Segen Wolfgottes für die Kranken, dann legte er auf. Er lehnte sich in Xans Bürostuhl zurück und atmete tief durch. Die Luft in dem kleinen Raum roch nur noch ganz schwach nach Xan, und Urho fragte sich, wie viele Tage sein Geliebter noch fort sein würde.

Die Uhr über dem Kamin zeigte eine angemessene Zeit fürs Zubettgehen an, aber Urho war ruhelos. Er nahm seinen Mantel und verließ das Haus, um zum Strand hinunter zu gehen. Aber er fand den abendlichen Spaziergang ohne Xan weniger erfreulich, ohne ihn küssen zu können, oder ihn halten zu können, während das Wasser ihre Füße umspülte.

Der Mond über ihm schien hell und unbekümmert. In Virona waren die Winter milder als in der Stadt, aber dennoch kalt. Urho wickelte sich fester in seinen Mantel, blickte zum Mond hinauf, zum Auge des Wolfes, und fragte sich, ob es klug gewesen war, Xan in die Stadt fahren zu lassen, wo die Ansteckungsgefahr so außer Kontrolle war. Er vermisste ihn so sehr, dass es sich anfühlte wie ein Faustschlag in den Magen.

Er hatte nichts mehr von Xan gehört, seit er ihm die Anweisungen für die Medizin gegeben hatte, und er wusste nicht, ob das etwas Gutes oder Schlechtes bedeutete. Er wusste nicht einmal, wie er mit Xan in Kontakt treten sollte, oder ob er im Haus seiner Eltern schlief oder in seinem eigenen Stadthaus. Ihr Gespräch am Telefon war kurz und zweckmäßig gewesen.

Urho fühlte sich beinahe eingeengt mit dem Meer vor ihm und dem Haus im Rücken. Er hasste, dass seine Verpflichtungen ihn an Ort und Stelle banden. Lieber wäre er dem Mann gefolgt, der auf unmögliche Weise Stück für Stück von seinem Herzen Besitz ergriff.

Als er schließlich wieder zum Haus zurück ging, stand sein Entschluss fest. Falls er bis Mitternacht nichts von Xan gehört haben sollte, würde er Xans Haus anrufen. Und falls er ihn bis zum Morgen nicht erreicht hatte, würde er im Haus von Xans Eltern anrufen.

Er musste hören, ob es Xan gut ging.

Denn irgendetwas fühlte sich nicht richtig an.

Urho wusste nicht, wie oder warum, aber er hatte das sichere Gefühl, dass Xan ihn brauchte. Und das machte ihn nervös. In den vergangenen Wochen hatte er Xan besser kennengelernt, aber viele Dinge an dem Mann waren nach wie vor ein Mysterium.

Wie etwa die Frage, was ihn veranlasste, sich selbst zu verletzen, indem er dieses Ungeheuer aufsuchte.

Und allein bei diesem Gedanken wurde Urho vor Sorge und Schmerz übel. Anstatt ins Bett zu gehen, kehrte Urho zurück in Xans kleines Büro hinter der Bibliothek und setzte sich neben das Telefon, wo er abwesend in einem Buch blätterte und auf ein Zeichen wartete, um glauben zu können, dass seine Sorge unbegründet war.

XAN HIELT DIE Augen nach einem Taxi offen, aber die Straßen im Calitandistrikt waren praktisch leer. Er stopfte die Hände in seine Manteltaschen und fröstelte in der Dunkelheit. Es war ein langer Fußmarsch nach Hause, aber das machte ihm nichts aus. Es verschaffte ihm Zeit, über alles nachzudenken, was geschehen war, seit er aus Virona eingetroffen war.

Einige Prostituierte lungerten auf dem Gehsteig vor dem Lincoln Feinkostgeschäft herum. Xan überlegte zunächst, eine Abkürzung zu nehmen, aber die Seitenstraßen wirkten zwielichtig und unsicher; sie waren vollkommen menschenleer. Und so beschloss er, lieber weiter dort entlangzugehen, wo die „Bordsteinschwalben", wie Vincent sie genannt hatte, sich aufhielten.

Rays Liebhaber war anders als jeder Omega, den Xan jemals getroffen hatte – groß und kräftig mit einem dichten Bart sah er eher wie ein Beta aus. Er hatte vor Freude und Erleichterung geweint, als Xan ihm versichert hatte, dass Ray am Leben und auf dem Weg der Besserung war. Und dann hatte er mit Xan eine Flasche Brandy geteilt und sich geweigert, Geld von ihm anzunehmen.

Xans Kopf drehte sich noch ein wenig vom Alkohol. Die Beziehung seines Bruders mit Vincent hatte viele Fragen aufgeworfen, aber wahrscheinlich war es Rays Angelegenheit, Ordnung in dieses Chaos zu bringen. Trotzdem – vielleicht würde Ray von Xan Hilfe annehmen, sobald er sich von dieser Grippe erholt hatte. Und Ray *würde* sich erholen – das stand für Xan außer Frage.

Xan hatte nun fast das Containerviertel im Hafen erreicht, und die Menge der Prostituierten, die auf seinem Weg ständige Begleiter waren, wurde hier deutlich dünner. Er blickte voraus in die Straßen, die sich irgendwann in Richtung seines Wohnviertels schlängeln würden. Alles war dunkel und gespenstig still. Xan schlug seinen Mantelkragen hoch und erwog, eine der Bordsteinschwalben zu fragen, wo man hier ein Zimmer für eine Nacht bekommen konnte – allein.

In diesem Moment blieb ein nagelneues Auto der SabelLuxuslinie mit schnurrendem Motor direkt neben ihm stehen. Xan runzelte die Stirn und zog seinen Mantel enger um sich, als das

Seitenfenster des Wagens herunterrollte.

„Bietest du dich jetzt schon auf der Straße an? Das ist ja ein ganz neuer Tiefpunkt."

Xan blieb wie angewurzelt stehen und starrte das attraktive, höhnisch grinsende Gesicht an, das ihm aus dem dunklen Inneren des Wagens entgegenblickte. Der Mann trug einen teuren, aber zerknitterten Anzug und einen Hauch verzweifelter Grausamkeit. „Kaufst du dir jetzt Prostituierte, Monhundy? *Das* ist ein neuer Tiefpunkt, würde ich meinen. Was wohl dein Omega davon halten würde?"

„Mein Omega kann von mir aus verrotten", gab Monhundy scharf zurück, und in seinen Augen funkelte der alte Hass, den Xan nur zu gut kannte.

„Ärger im Paradies?"

Monhundy lachte. „Damit kennst du dich ja wohl aus, oder? Als entmannter Alpha mit einem frigiden Omega."

Xan knirschte mit den Zähnen.

„Steig ein", sagte Monhundy. „Du bist weit weg von Zuhause."

Xan schluckte heftig und ballte seine Fäuste in den Manteltaschen. „Wieso sollte ich?"

„Weil ich es dir sage und du ein braver Junge bist, der immer tut, was ich ihm sage. Ist es nicht so?"

„Nicht mehr."

„Steig ins Auto, Xan", wiederholte Monhundy, verdrehte die Augen und ließ den Motor aufheulen. „Und beeil dich. Ich habe nicht die ganze Nacht Zeit."

In diesem Augenblick begann es heftig zu regnen. Xan starrte hinauf zu den Wolken, als das kalte Wasser auf sein Gesicht prasselte, und lachte. Vielleicht lag es an Vincents Brandy, der in seinen Adern rauschte, aber es kam ihm plötzlich auf absurde Weise witzig vor, wie unglaublich schrecklich, wie *perfekt* es war, dass nach allem, was mit seinem Vater vorgefallen war, und nach allem was er über Rays traurige Liebesaffäre gelernt hatte, nun der wolfgottverfluchte Wilbet Monhundy in einer dunklen, verlassenen Straße neben ihm anhalten und verlangen würde, dass Xan in seinen Wagen stieg.

„Ich sag's dir nicht noch einmal", stieß Monhundy hervor.

Xans Locken klebten nass an seinen Wangen. Seine Brust schmerzte. Die Füße taten ihm weh. Und er war immer noch betrunken genug, dass sich seine Zunge irgendwie taub anfühlte, als er um die Motorhaube herum ging, die Beifahrertür öffnete und hineinkletterte.

„Hast du vor, mich zu ficken, Monhundy?", fragte er und schlug die Tür hinter sich zu. Er war bereits völlig durchnässt, und es goss immer noch wie aus Eimern. Die Scheibenwischer fegten hilflos über die Windschutzscheibe, als würden sie Xan verzweifelt zuwinken – wie eine Warnung für Xan, schnell wieder auszusteigen.

Monhundy betrachtete Xan von oben bis unten und setzte sein hässliches, grausames Grinsen auf. „Die Betas beschweren sich immer, wenn ich ihnen wehtue. Du nicht."

Xans Herz fiel in einen wilden Galopp. „Es gefällt dir, wie ich es einstecke, oder?"

„Es gefällt mir, wenn du weinst."

„Dann nimm mich mit nach Hause. Bring mich zum Weinen."

Monhundy starrte ihn an. „Mein Omega ist zuhause."

Xan zuckte die Achseln. „Dann zu mir. Mein Omega ist nicht da."

„Du bist echt krank, oder, Xan? Pervers. Und du brauchst meinen Schwanz."

Xan hatte das Gefühl zu ersticken, aber er flüsterte: „Tu mir einfach weh."

„Oh, ich werde dir wehtun", knurrte Monhundy. „Ich werde dir ordentlich wehtun." Er legte seine Hand auf Xans Oberschenkel und drückte so fest, dass mit Sicherheit ein Bluterguss zurückblieb.

Der Wagen setzte sich in Bewegung, während der Regen noch stärker wurde.

Als sie Xans dunkles und stilles Haus erreichten, atmete Monhundy bereits schwer, und eine große Erektion beulte seine Hose aus.

Xan saß ganz still auf dem Beifahrersitz; sein Blut pumpte wie wild, und eine Art freudiges Entsetzen erfasste ihn. Würde er das hier wirklich tun? Hatte er den Verstand verloren?

Es war mitten in der Nacht. Der Regen hatte nicht nachgelassen; er prasselte auf das Dach und die Motorhaube des Wagens und zerfetzte Xans Nerven. Er ballte die Fäuste und versuchte, sich zu beruhigen.

„Es überrascht mich selbst, das zuzugeben, aber ich habe deinen kleinen Arsch vermisst", stieß Monhundy hervor, als würde er sich selbst für die Worte verachten. „Als ich dich an jenem Abend in Virona sah … das schoss mir direkt in den Schwanz. Ich wurde steinhart."

„War bestimmt unangenehm für deinen Gegner im Ring", entgegnete Xan steif und riss sich mühsam zusammen, um nicht durchzudrehen. Er zitterte, weil er nass und durchgefroren war, aber auch vom Adrenalin, das durch seine Adern rauschte.

„Fick dich." Monhundy hob die Hand, mit der er immer noch Xans Schenkel packte, wenn er nicht die Gangschaltung betätigen musste. „Fick. Dich." Er schlug mit der Faust gegen Xans Brust, nahm ihm für einen Moment den Atem und hinterließ eine neue, schmerzende Stelle unter denen, die Xan bereits von der Auseinandersetzung mit seinem Vater hatte.

Nichts zu verlieren. Nicht das geringste, verdammte Bisschen.

Abgesehen von seinem Leben. Und Xan musste zugeben, dass er das nicht verlieren wollte. Nicht mehr.

Mit laufendem Motor stand der Wagen am Straßenrand. Monhundy schnaubte und riss seine Hose auf. „Blas mir einen."

Xan starrte auf Monhundys gigantischen Ständer – die Eichel glänzte feucht vom Vorsperma, und die Vorhaut war straff zurückgezogen. Es hatte eine Zeit gegeben, da hätte Xan sich nicht zweimal bitten lassen. Es hatte eine Zeit gegeben, da hätte Xan Monhundy in den Mund genommen und wäre dankbar dafür gewesen.

„Im Haus", sagte Xan und schüttelte den Kopf. „Die Nachbarn können uns sehen."

Monhundy verzog das Gesicht. „Lass sie doch." Er schlug Xan mit der flachen Hand auf die Wange. „Mund auf, Schlampe."

Xan schüttelte den Kopf. „Im Haus."

Monhundy grollte, packte Xans Locken und zog ihn in seinen Schoß.

„Soll ich ihn dir abbeißen?", fauchte Xan.

Monhundy ließ ihn los. Ein grausames Funkeln trat in seine Augen. „Im Haus, sagst du? Schön. Gehen wir ins Haus. Wo du für diese Drohung bezahlen wirst."

Xan nickte, und sie stiegen aus dem Auto. Monhundy machte sich nicht die Mühe, den Reißverschluss seiner Hose zu schließen. Sein Schwanz schwang im Freien, und er massierte ihn brutal grinsend mitten auf der leeren, nächtlichen Straße vor Xans Haus.

Xan hatte so weiche Knie, dass er befürchtete, sie würden unter ihm nachgeben, aber er ging die Stufen hinauf und versuchte mit zitternden Händen, seinen Schlüssel aus der Tasche zu ziehen.

Monhundy stand direkt hinter ihm und schob seinen Ständer gegen Xans Hintern. Die Nachbarschaft schlief. Regenwasser lief an Xans Wangen hinunter, während er in seiner Tasche nach dem Schlüssel fummelte. Sein Herz hämmerte laut, und Schweiß brach ihm am ganzen Körper aus.

„Mach die Tür auf, oder ich ficke dich genau hier", flüsterte Monhundy ihm ins Ohr. Seine Stimme war voller Hass, und er rieb seinen großen, harten Schwanz an Xans Arsch und schob damit

Xans Mantel hoch. „Willst du, dass die Nachbarn dich wie ein aufgespießtes Schwein quieken hören? Dass sie hören, wie du für mich kommst, du entmanntes Stück Scheiße?"

Xan bekam seinen Schlüssel zu fassen. Er steckte ihn ins Schloss. Er drehte ihn.

„Na los", drängte Monhundy. „Ich bringe dich zum Weinen. Ich tue dir richtig gut weh. Du wirst es lieben. Mach die wolfgottverdammte Tür auf."

Xan zitterte am ganzen Leib. Er schloss die Augen, atmete tief durch und ballte die Fäuste. Er ließ alle Erinnerungen hochkommen: jeden Moment in Monhundys Griff, all die Zeiten, als er glaubte, sterben zu müssen, die grauenvollen Orgasmen, die bittere Selbstverachtung, die ihn jedes Mal erfüllt hatte. Er dachte an das wissende, grausame Funkeln in Monhundys Augen, wenn sie einander am Konferenztisch im Büro seines Vaters gegenüber gesessen hatten.

Die Drohungen. Den Schmerz. Die Demütigung.

Und dann griff er auf alles zurück, was Urho ihm beigebracht hatte, wirbelte zu Monhundy herum und schlug ihm mit der Faust auf den Mund. Monhundy taumelte rückwärts. Xans Herz war stolzerfüllt angesichts Monhundys verblüffter Miene. Schockiert berührte der Mann seine blutende Lippe, aber dann zogen seine Brauen sich zusammen, sein blutender Mund verzog sich höhnisch, und er hob die Fäuste.

Xans Herz setzte für einen Schlag aus. Aber er wich nicht zurück. Er stürzte sich auf Monhundy und schrie: „Vergewaltigung! *Vergewaltigung!*"

Monhundy versuchte, Xan den Mund zuzuhalten, aber Xan biss ihm in die Hand und trat ihm gegen beide Schienbeine. Er kämpfte mit all der Verachtung, die er bisher stets gegen sich selbst gerichtet hatte. Er spuckte, er schlug, er biss, und er *schrie*.

Monhundy versuchte, ihn zu packen, musste aber jedes Mal

zurückspringen, um Xans Zähnen, seinen Fingernägeln oder spitzen Ellenbogen auszuweichen. Das war nicht, was Urho Xan beigebracht hatte. Es war pure Wut, purer Schmerz, und Xan kanalisierte all das und richtete es auf die lauteste, schockierendste Weise gegen Monhundy, die er in sich hatte.

„Nie wieder!", schrie er aus voller Kehle. „Du wirst mich nie wieder anfassen!"

Monhundy keuchte, als Xan ihm in die Hand biss. Blut füllte Xans Mund mit einem metallischen Geschmack, und er spuckte es auf den regennassen Asphalt.

Monhundy hielt seine blutige Hand in der anderen, sein Gesicht eine Maske des Schreckens im fahlen Mondlicht, das durch die dichten Wolken drang. Das nasse Haar klebte ihm am Kopf. Der Regen prasselte mit unverminderter Heftigkeit herunter, und Xan lachte. Das Wasser erschien ihm wunderbar und wusch den letzten Rest seiner Furcht fort.

„Ich bin entmannt, aber ich bin nicht dein Fickspielzeug, das du schlagen und misshandeln kannst."

Monhundy wich zurück. Sein Schwanz hing immer noch aus seiner Hose und schlabberte nun herum, und seine Augen waren wild und dunkel.

Xan trat auf ihn zu. „Du bist ein elender Feigling. Kämpfe gegen mich!"

Erschauernd schüttelte Monhundy den Kopf. „Du bist ja geisteskrank. Verrückt."

„Verrückt? Nein. Ich habe jetzt lediglich etwas zu verlieren, Wilbet", fauchte Xan und kam noch näher. „Etwas. Großes. Zu. Verlieren." Er hatte sein Leben, seine Liebe, und das würde er um nichts in der Welt aufgeben. Nicht für Wilbet Monhundy. Nicht für seinen Vater. Nicht für Geld. Er war keine Hure. Xan grinste, als ihn ein Gefühl der Unbesiegbarkeit durchfuhr wie ein scharfer Schmerz. „Probier irgendwann mal aus, jemand anderen zu lieben als nur dich selbst. Es ist sehr befreiend." Xan schwang seine Faust zurück und zielte.

Monhundy duckte sich und schützte sein Gesicht mit den Händen. „Hör auf!", wimmerte er.

„Und weißt du, was Leute tun, die etwas zu verlieren haben?", fragte Xan voller Hohn. „Sie werden verdammt ehrlich, Wilbet. Wirklich verdammt offen und ehrlich."

Monhundy blinzelte entsetzt. „Soll das eine Drohung sein?"

„Ich weiß nicht. Ist der Gedanke für dich bedrohlich?", schrie Xan ihn an. So etwas wie knisternde Verrücktheit ließ sein Rückgrat kribbeln. „Wissen deine Eltern, dass du hier draußen in Calitan nach Prostituierten suchst? Weiß Kerry es? Weiß er, dass du mich gefickt und geschlagen hast? Weiß er, wie grausam und brutal du bist?"

Das Weiße in Monhundys Augen leuchtete im Mondschein, während um sie herum der Regen aufs Pflaster prasselte. In einem Haus auf der anderen Straßenseite ging Licht an, und auch in den Anwesen rechts und links von Xans Haus. Fenster wurden geöffnet. Man konnte hören, wie eine Tür auf- und wieder zugemacht wurde, und ein Nachbar rief: „Hey, was ist hier los?"

Monhundy wich noch weiter zurück. Sein Schwanz war verschrumpelt, aber immer noch entblößt. Der Regen ging auf ihn hinab, als würde selbst Wolfgott dieses Ungeheuer von einem Mann verachten. Nein, kein Ungeheuer. Ein verängstigter, gehässiger Kerl, der sich gern an Schwächeren verging. Ein abstoßendes, menschliches Stück Abschaum.

„Lass Kerry da raus", sagte Monhundy drohend. „Oder ich mach dich fertig."

„Sicher, sicher", sagte Xan. „Denn wer würde mir schon glauben, richtig? Aber irgendwie habe ich den Verdacht, Kerry würde mir jedes Wort glauben. Du hast da dieses Geburtsmal, den dunklen Fleck direkt an der Schwanzwurzel."

Monhundy leckte sich die Lippen. Sein regennasses Gesicht sah aus, als wäre es schweißüberströmt.

Xan lachte. Er hatte immer noch den metallischen Geschmack von Monhundys Blut im Mund, und sein Körper sang vor Schmerz und Überlegenheit. „Dachtest du, du könntest mich schlagen?", rief er. „Mich zum Weinen bringen?" Er lachte erneut und hob sein Gesicht zum Himmel.

Monhundy schrie: „Du bist verrückt!"

„Komm mir noch einmal nahe, dann werde ich dafür sorgen, dass *du* weinst. Ich werde dafür sorgen, dass du *bezahlst*."

Monhundy hatte genug. Er sah sich hektisch um und zitterte. Dann rannte er zu seinem Wagen, sprang hinein und startete den Motor. Xan lachte, hob die Hände zum Himmel und ließ den Regen auf sich herunterprasseln. Er ging in die Mitte der Straße. Er ignorierte die fragenden Blicke der Nachbarn und die Schmerzen von all den Schlägen, die er heute eingesteckt hatte. Er lachte und lachte. Die kalten Regentropfen brannten auf seinem Gesicht und seiner entblößten Haut.

Er lachte, bis er weinte. Und er weinte, bis der Regen ihn gereinigt hatte.

KAPITEL 23

URHO LAG NOCH im Bett, halb schlafend, die Augen geschlossen gegen die Morgensonne, und träumte ein wenig von Xan. Er hatte versucht, ihn am Vorabend anzurufen, aber in beiden Häusern war niemand ans Telefon gegangen. Urho wusste nicht, was er als Nächstes tun sollte. Die ganze Nacht hatte er sich sorgenvoll von einer Seite auf die andere gewälzt. Jetzt versuchte er verzweifelt noch ein bisschen zu ruhen, aber es klopfte an seiner Schlafzimmertür.

Bevor er „Herein" sagen konnte, platzte schon Jason ins Zimmer.

„Urho wir haben ein Problem." Er war ganz außer Atem, und ein scharfer, knisternder Geruch ging von ihm aus.

Urho setzte sich abrupt auf. „Ist etwas mit Vale?"

„Nein, es ist etwas mit Caleb." Jason lief mit grimmiger Miene auf und ab. Eine neue Welle des seltsamen, scharfen Geruchs strömte von ihm aus.

„Du stinkst", murmelte Urho.

Jason trat näher an Urhos Bett. „Ich weiß. Weil Caleb auf dem Weg zu seinem Zimmer heute Morgen an unserem vorbeigekommen ist."

Verwirrt rieb sich Urho die Stirn. „Er ist nicht bei Janus?"

„Nein. Und Wolfgott sei Dank dafür."

„Ich bin ganz deiner Meinung. Er braucht dringend eine Pause."

„Du verstehst es nicht!" Jason fuhr sich mit der Hand durch

sein Haar und schnaubte aufgebracht.

„Ist er krank?" Urhos Herz setzte einen Schlag aus. Er hatte darauf geachtet, dass Caleb sich immer die Hände mit heißem Wasser wusch, so oft er es aushielt, und gehofft, Caleb würde sich nicht mit der Grippe anstecken, obwohl er sich so aufopfernd um Janus kümmerte.

„Nein, aber–" Jason trat noch näher zu Urho, verströmte diesen aufgebrachten, seltsamen Geruch, und flüsterte: „Caleb riecht anders."

„*Du* riechst anders."

„Ja, wegen Caleb!"

Urho rieb sich die verschlafenen Augen. Er war erleichtert, dass Caleb nicht krank war aber besorgt um Jason, dessen Worte keinen Sinn ergaben. Er schüttelte sein Kissen auf, legte sich wieder hin und drückte seine Wange an die kühle Seite des Kissens. „Er ist gestresst. Das verändert seinen Geruch."

„Nein, verdammt!" Jason schüttelte Urho. „Er riecht wirklich komplett anders. Er riecht nach *Hitze*!"

Urho schoss hoch und riss die Augen auf. Er nahm einen tiefen Atemzug und schnupperte aufmerksam in der Luft, sortierte die verschiedenen Gerüche, suchte vorbei an Jasons knisterndem Odeur nach den Pheromonen, auf die alle Alphas reagierten. Ein Luftzug wehte durch die offene Tür – er stammte von den geöffneten Fenstern, die auf den Hof hinaus gingen, und trug einen Hauch von Meer sowie den Geruch von den Zimmern auf der anderen Seite des Gebäudes.

Den Geruch aus Calebs Zimmer. Den Geruch von Caleb selbst.

Scheiße.

Urho bekam einen Harten. Er warf einen Blick auf Jasons Hose und fand dort dieselbe Reaktion vor.

„Das sollte Vale lieber nicht sehen", murmelte Urho düster.

„Es ist ja nicht meine Schuld!" Jason bedeckte automatisch

seinen Ständer mit den Händen. „Das ist die instinktive Reaktion in der Gegenwart eines Omegas in Hitze. Das weißt du. Er muss isoliert werden – zu seinem eigenen Besten, und zu unserem. Und wir müssen Xan zurückholen. Sofort."

„Verdammte Scheiße", murmelte Urho vor sich hin. Ihm taten alle Knochen weh. Er hatte viel zu wenig geschlafen wegen der Sorgen um Janus, der neuerlichen Beschwerden, die Vale hatte, und weil er Xan so sehr vermisste. Und auch ein bisschen aus Sorge um Caleb. „Das Letzte, was wir im Moment gebrauchen können, ist das Problem einer Hitze!"

„Sag das Wolfgott, der in all seiner Herrlichkeit beschlossen hat, dass Caleb jetzt dran ist." Jason schauderte. „Er riecht unglaublich."

„Scheiße", sagte Urho laut. „Das tut er. Das tun sie immer."

Jason schnaubte und schüttelte den Kopf, um klar zu werden. „Vale riecht es ebenfalls. Er wird davon ganz zickig. Es macht ihn nervös. Er riecht meine Reaktion darauf, und das macht ... es nur schlimmer."

Urho stöhnte. Er quälte sich aus dem Bett, ging ins Bad und zog sich anschließend hastig an.

Gerade als er damit fertig war, sein Hemd zuzuknöpfen, hörte er aus dem Korridor einen gequälten Laut. Jason zuckte zusammen und ballte die Fäuste. Es war derselbe schmerzerfüllte Laut, den Vale bereits den ganzen vergangenen Tag lang immer wieder von sich gegeben hatte. Es bedeutete nichts Gutes.

„Wie lange muss Vale das noch aushalten?", fragte Jason ungehalten. „Er hat Schmerzen, Urho."

„Das weiß ich auch", gab Urho genervt zurück. „Und er bekommt von mir das stärkste Entspannungsmittel, das ich habe und das nicht schädlich für das Baby ist." In Gedanken suchte er nach einer anderen Lösung, abgesehen von der Einleitung der Geburt, hatte aber keine andere Idee.

„Er kann nicht schlafen. Er hat die ganze Zeit Schmerzen. Das

Baby hat sich bereits in Geburtslage gedreht. Und diese neue Sache mit Caleb macht ihn ganz wahnsinnig. Wie lange müssen wir noch warten, bis die Wehen eingeleitet werden können?"

„Jason, wir haben ein gefährliches Grippevirus hier im Haus. Wir haben unser Bestes gegeben, um ihn unter Kontrolle zu halten, aber das Baby ist in Vales Körper sicherer als außerhalb davon. Zumindest bis Janus sich wieder erholt oder … auch nicht."

Jason lief weiterhin auf und ab. „Vale könnte sterben, wenn die Geburt nicht zur richtigen Zeit stattfindet."

Urho atmete tief durch, um sich zu beruhigen, aber seine Nerven flatterten. „Bleib ruhig. Vales Schwangerschaft verläuft normal, und er hält sich sehr gut."

„Du musst ja nicht sein nächtliches Klagen und Jammern hören!"

Urho schauderte, und eine gewisse Verzweiflung ergriff ihn. Der Gedanke, dass Vale vor Schmerzen jammerte, brach ihm das Herz. „Ist es so schlimm?"

„Es ist schlimm. Und wenn ich jetzt mit der Faust in ihn eindringe, weint er. Er will es nicht mehr. Das Baby ist inzwischen so groß, dass kaum noch Platz für meine Hand ist. Ich weiß nicht, ob wir warten können, bis Janus sich entschieden hat, ob er auf dieser Erde bleiben oder sich in Wolfgottes liebende Arme verabschieden will." Jasons Augen funkelten. „Ich weiß, das klingt herzlos, aber Vale ist meine absolute Priorität."

„Er steht auch auf meiner Liste ziemlich weit oben."

„Dann hilf ihm."

„Das tue ich, verdammt!"

Ein weiteres Stöhnen kam aus Vales und Jasons Zimmer.

„Ich gehe jetzt wieder zu ihm." Jason warf Urho einen strengen Blick zu. „Unternimm etwas wegen Caleb und dieses Geruchs. Ich weiß nicht, wie viel Zeit ihm noch bleibt, aber lange kann es nicht mehr dauern. Gib Xan Nachricht, dass er zurückkommen muss." Dann wurde Jasons Stimme sanfter. Er strich sich das Haar aus der Stirn und sagte: „Hör zu. Du musst ihn irgendwo unterbringen, wo es sicher ist. Was, wenn er wegläuft und ..." Er schüttelte den Kopf. „Xan verlässt sich darauf, dass du dich um Caleb kümmerst. Wenn du Hilfe dabei brauchst, ihn in sein Zimmer zu bringen oder Xan herzurufen, lass es mich wissen. Ich helfe gern, aber jetzt muss ich erst nach Vale sehen."

Urho rieb sich das Gesicht und wartete, bis Jason das Zimmer verlassen hatte, bevor er sich erhob. Erschöpfung und Sorge überwältigten ihn. Er wusste nicht, was er tun sollte. Es war ihm nicht gelungen, zu Xan in der Stadt durchzudringen, und hier war er nun mit einem sturen, verängstigten, trauernden Omega, der in Hitze ging, einem weiteren Omega kurz vor der Geburt, einem kranken, sterbenden Alpha und einem weiteren aufgebrachten und besorgten Alpha, der um das Leben seines *Érosgápes* und seines ungeborenen Kindes fürchtete.

Er rückte seinen geschwollenen Schwanz zurecht, dann ging er sämtliche Fenster ihres Flügels schließen, die auf den Hof hinausgingen. Zumindest konnte er so verhindern, dass Jason weiterhin Calebs nahende Hitze riechen musste und dass Vale als sein *Érosgápe,* an irrationalen Eifersuchtsanfällen litt.

Dann rief er nach Ren, gab ein paar Anweisungen und wühlte etwas Alphastiller aus seiner Medizintasche. Er nahm selbst eine Tablette ein und steckte eine Handvoll davon in Jasons Tasche, als er in Vales Zimmer ging, um nach dem schwangeren Omega zu sehen. „Nimm sie nach Bedarf", flüsterte er, bevor er sich dem sehr aufgebrachten Vale näherte, der am Fenster stand und auf die Stadt unter ihnen starrte.

Jason hatte recht. Das Baby hatte sich in Geburtslage gedreht, und Vale fühlte sich schlechter, als es Urho lieb war. Er war unruhig und stöhnte immer wieder. Falls es so weiterging, würde Urho zweifellos in Kürze die Medizin verabreichen müssen, die die

Geburt einleitete. Jason konnte kaum ertragen, Vale in seinem jetzigen Zustand zu sehen, und das Baby schien entschlossen zu sein, auf die Welt zu kommen.

Dennoch – die Einleitung der Geburt war nicht sicher. Die Lungen des Kindes waren hoffentlich voll entwickelt, aber es bestand immer die Chance, dass es nicht so war. Und Urho hatte nicht übertrieben, was das mögliche Risiko einer Ansteckung mit Janus im Haus anging, insbesondere da die Diener, die sich um ihn kümmerten, auch in diesem Flügel ein und aus gingen.

Er erwog sie in dem getrennten Flügel zu isolieren, aber das machte das Essen und die Wäsche zu einem Problem. Es gab nur im Haupthaus eine Küche und ordentliche Wascheinrichtungen. Allerdings wurde unentwegt alles mit kochendem Wasser gereinigt. Wenn sie weiterhin vorsichtig blieben, konnte er vielleicht wagen, die Geburt einzuleiten …

Auf dem Weg zu Calebs Zimmer nagte er besorgt an seiner Unterlippe. Aber er war erleichtert darüber, dank der kühlen Wirkung des Alphastillers nicht länger im Griff der spontanen Lust zu sein. Zephyr huschte an ihm vorbei, eine Maus in den Fängen. Sie sprang auf einen Tisch im Korridor, warf dabei eine Glasvase um und starrte ihn aus dunklen Augen herausfordernd an.

„Mach du mir nicht auch noch Probleme", grummelte Urho sie an, während sie sich über ihren Snack hermachte. Er stöhnte und bedauerte Ren, der sich mit dem grausigen Malheur würde befassen müssen.

Caleb antwortete auf das erste Klopfen. Er war nervös, kratzte an seinen Armen und seiner Brust in dem weißen, ärmellosen T-Shirt. Die Fenster in seinem Zimmer waren weit geöffnet, und er lief unruhig auf und ab. Die kalte Luft von draußen ließ Urho frösteln, aber Caleb schien sie gar nicht zu spüren.

Seine Wangen wirkten erhitzt, und das neue, köstliche Aroma seiner nahenden Hitze mischte sich unter die üblichen Gerüche

Calebs in diesem Raum. Aber da war auch noch ein ganz neuer Duft, den Urho noch nie zuvor wahrgenommen hatte und bei dem ihm das Wasser im Mund zusammenlief – Calebs Schlick.

Er stöhnte. Caleb roch reif und bereit, und Urho konnte die pulsierende Reaktion seines Schwanzes nicht leugnen, trotz des Alphastillers. Ja, er war ziemlich erregt. Er leckte sich die Lippen, während er in der Tür stand und Caleb beobachtete. Ein besitzergreifendes Gefühl erfasste ihn, heiß und vertraut. Das Bedürfnis eines Alphas, einen Omega in Hitze in die Ecke zu drängen, ihn in Sicherheit zu bringen, irgendwohin, von wo er nicht entkommen konnte, und …

Er schüttelte heftig den Kopf und versuchte Klarheit in seine Gedanken zu bringen. In seiner Jackentasche fand er einen weiteren Alphastiller und schluckte ihn.

„Caleb?“

Caleb blieb stehen und lehnte sich an die Wand. Er schloss die Augen und erschauerte. Seine Hände zitterten. Der Geruch von Schlick wurde intensiver. Caleb verzog das Gesicht und kratzte sich an den Armen. Urho wusste, dass die Hitze grausam unter Calebs Haut kribbeln musste, so wie er sich bewegte. Sie näherte sich unaufhaltsam. Und schnell.

„Kommt sie zu früh?“, fragte Urho mit rauer Stimme. Er ging langsam auf Caleb zu, um ihn nicht zu erschrecken.

„Nein“ flüsterte Caleb. Er rieb seinen Rücken an der Wand. „Genau pünktlich.“ Dann sank er stöhnend an der Wand zu Boden. „Sie wird bald da sein. Ich brauche … Oh nein, ich brauche einen Alpha, der mir hilft. Xan ist nicht hier.“ Er knirschte mit den Zähnen und sah verzweifelt zu Urho auf. „Kannst du …? Du hast es versprochen.“

Urho stöhnte. Sein Schwanz reagierte auf die Pheromone, die Caleb nun reichhaltig verströmte – da Urho so nahe war, unternahm der Körper des Omegas alles, um zu bekommen, was er brauchte. „Liebes, Xan wird bald zurück sein. Versuche auf ihn zu warten."

Caleb schnaubte. „Du solltest es besser wissen", sagte er bebend. „Das lässt sich nicht zurückhalten. Und er ist nicht hier. Ich brauche ihn und er ist fort."

„Schh", machte Urho. „Bringen wir dich ins Bett. Du kannst ein wenig schlafen, und–"

„Nein!" Caleb riss sich von ihm los. „Xan sollte jetzt hier sein", rief er. „Aber das ist er nicht, und du hast es versprochen."

Urho schloss die Augen. Caleb in Xans Abwesenheit zu nehmen, ohne nicht wenigstens am Telefon die Erlaubnis dazu erhalten zu haben, fühlte sich komplett falsch an. Wie eine Verletzung des Vertrauens zwischen ihnen. Aber andererseits, wenn er Caleb nicht nahm, war es ebenso eine Vertrauensverletzung, weil er dann Xans Omega leiden ließ.

„Es gibt andere Optionen. Im Dorf gibt es sicher einen Alpha, der–"

„Du hast es versprochen!", schrie Caleb. Er versteifte sich am ganzen Körper. „Ich hasse das. Ich hasse das. Ich hasse das so sehr und ich will nicht von einem Fremden angefasst werden. Ich will das nicht!" Sein Körper zitterte so sehr, als hätte er einen Krampfanfall. Er verdrehte die Augen, rollte sich von Urho weg und rutschte auf dem Teppich umher, um sich die Haut daran zu reiben. „Mach, dass es aufhört. Es soll weggehen."

„Liebes, das kann ich nicht. Du weißt, dass ich das nicht kann." Urho rieb sich das Gesicht. Er benötigte Hilfe. Er brauchte Xan. „Wolfgott! Ich brauche hier Unterstützung!" rief er in der Hoffnung, ein Beta-Diener – hoffentlich Ren – möge ihn hören.

„Du wirst mich einsperren", rief Caleb voller Panik. „Du wirst mich hier zurücklassen." Er begann zu schluchzen, während er sich weiter an dem rauen Teppich rieb. „Nein, nein, das mache ich nicht. Auf keinen Fall, auf keinen Fall!"

„Caleb, bitte, hör mir zu."

„Nein, ich muss zurück zu Janus. Er fragt sich sicher schon, wo ich bin. Er braucht mich."

„Janus ist nicht bei Bewusstsein, und dein Geruch wird sein Immunsystem nur noch mehr schwächen. Als Alpha wird er selbst in seiner Krankheit auf dich reagieren. Aber er braucht all seine Kraft um gesund zu werden. Komm jetzt. Ziehen wir deine Sachen aus, und dann geh ins Bett. Du wirst dich dort wohler fühlen."

„Du willst mich nur einsperren!", schrie Caleb erneut und wehrte sich gegen Urho, als der ihm vom Boden aufhelfen wollte. „Hilf mir! Bitte! Ich will das alles nicht – ich will es nicht. Ich will keinen Fremden."

„Schh. Ich verstehe das. Ich verspreche, ich werde keinen Fremden holen."

Caleb sank an Urhos Brust. „Danke, Urho. Danke."

Urho wiegte ihn in seinen Armen. Es überraschte ihn, wie dünn Caleb sich anfühlte, wie zerbrechlich im Vergleich zu Xan, der solider gebaut war, als er aussah. Er streichelte Calebs Haar und stöhnte, als mehr Schlick floss, die Luft um sie herum parfümierte und ihm den Mund wässrig machte.

In diesem Moment kam Ren an Calebs offener Zimmertür vorbei, einen Mülleimer in der Hand und eine Grimasse im Gesicht.

„Ren", rief Urho. Der Beta blieb an der Tür stehen und starrte ihn mit großen Augen an. Urho hielt seinen Blick fest. „Ruf in der Stadt an und hör nicht auf, bis du Xan erreicht hast. Sein Haus, sein Büro, sein Elternhaus. Freunde oder Familie. Das Haus seines Bruders." Urho schluckte schwer, aber er zwang sich hinzuzufügen: „Ruf auch das Haus von Wilbet Monhundy an, wenn du ihn sonst nirgends erreichst."

„Ja, natürlich. Dr. Chase. Ich mache das sofort." Ren riss die Augen auf, als er Calebs gerötete Haut und erweiterten Pupillen sah. „Grippe?", fragte er besorgt.

„Hitze", antwortete Urho. Sein Schwanz zuckte, als noch mehr Schlick aus Calebs Arschloch tropfte. Der Omega zuckte ruhelos in seinen Armen. Seine Wangen waren erhitzt und der Blick seiner Augen glasig.

„Oh, Wolfgott", flüsterte Ren, und seine Miene wurde panisch. „Ich gehe sofort anrufen. Jetzt gleich." Er eilte davon und murmelte: „Oh, verfluchte Wolfhölle." Den ganzen Weg den Korridor entlang gab er eine endlose Reihe von Flüchen von sich.

„Caleb? Du musst mich jetzt loslassen. Ich hole den Alphadildo aus Xans Schrank."

Caleb erschauerte. „Gib mir deinen Knoten. Ich brauche ihn."

„Noch nicht, Liebes. Geben wir Xan eine Chance herzukommen." Urho schloss die Augen. Seine Kehle war staubtrocken. Es war unmöglich. Xan war eine dreistündige Zugfahrt entfernt, und niemand wusste, wo in der Stadt er sich aufhielt. Die erste große Welle würde Caleb in Kürze treffen. Schon sehr bald. Genaugenommen jede Sekunde. Und dann …

Er fragte sich, wo all die Beta-Diener jetzt waren, wenn er sie brauchte. Die Flure hatten praktisch von ihnen gewimmelt, seit Janus krank war und sie ins Haupthaus gezogen waren. Aber jetzt war keiner zu sehen. Er hatte weitere Anweisungen zu geben und Aufgaben zu verteilen, und hier saß er nun in Calebs Zimmer fest, hielt dessen glühenden Körper und betete um ein Wunder.

Behutsam löste er sich aus Calebs Armen und stand auf. „Warte hier. Ich bin sofort wieder da."

Caleb stöhnte und begann erneut, sich am Teppich zu reiben. Urho versuchte ein beruhigendes Lächeln, aber sein Magen drehte sich um, als er durch den Verbindungskorridor und vorbei an den Badezimmern und Schränken zu Xans Zimmer lief.

„Ich bin zu alt für all das", murmelte er vor sich. „Riki, du und ich sollten jetzt eigentlich unseren Ruhestand am Meer genießen.

Und jetzt sieh mich an." Beinahe hätte er gelacht, aber dann ernüchterte ihn die Erkenntnis, dass es das erste Mal seit seiner Ankunft in Virona war, dass er zu Riki gesprochen hatte.

Er schob den Gedanken beiseite und wühlte in Xans Schrank, bis er schließlich den Alphadildo gefunden hatte. Er hatte ihn zufällig eines Nacht nach ihrem Liebesspiel dort gesehen. Xan hatte die gute Idee gehabt, dass Urho ihn in der nächsten Runde mit einer seiner Krawatten fesseln sollte, und der Dildo war herausgefallen, als Urho nach einer Krawatte gesucht hatte, die Xans Ansprüchen genügte. Offenbar durfte es nicht irgendeine Krawatte sein. Später hatte er Xan nach dem Dildo gefragt, und Xan hatte geantwortet, es wäre zwar ein verlockendes Spielzeug, jedoch ausschließlich Caleb während dessen Hitzen vorbehalten.

Jetzt war Urho erleichtert, den Dildo zu haben. Vielleicht konnte er damit drei oder vier Stunden überbrücken, bis Xan hoffentlich eintraf. Und vielleicht hatte Ren mehr Glück, ihn zu erreichen, als Urho am Abend zuvor.

„Sir! Er läuft weg, Sir!" Ein Beta, den Urho als einen der Haushälter erkannte, platzte ins Zimmer. „Ren sagte, wir sollten Mr. Riggs im Auge behalten, und Sir, er läuft gerade weg!"

„Fick mich seitwärts", grummelte Urho und warf dem Beta den Dildo zu. „Bring das in sein Zimmer." Dann rannte er los, so schnell er konnte.

Er fing Caleb in der großen Eingangshalle ab. Fast hatte er die Vordertür erreicht.

„NEIN, NEIN, NEIN", rief Caleb, als Urho ihn um die Taille packte und hochhob. „Ich will das nicht. Ich will nicht." Er bebte und zitterte, und sein Herz schlug so schnell wie das eines Kaninchens unter Urhos Händen.

„Ich weiß, Liebes, aber wir können es jetzt nicht mehr aufhalten, und da draußen bist du nicht sicher. Bitte, vertrau mir. Ich will mich um dich kümmern."

Caleb begann zu schluchzen, aber er sank an Urhos Brust. „Aber du schließt mich nicht mit einem Fremden ein?"

„Nein, ich verspreche es. Ich verspreche es, Liebes."

„Ich will Xan", wimmerte Caleb. Seine Tränen tränkten Urhos Hemd.

„Wir suchen nach ihm."

„Ich will ihn hier bei mir haben."

„Ich weiß."

„Er ist mein Alpha."

„Und er will ebenfalls hier bei dir sein, Caleb. Aber er wusste es nicht." Besser gesagt, er hatte es vergessen bei all der Aufregung um Janus, seinen Pater und seinen Bruder, die krank waren.

Caleb nickte und schniefte. „Ich habe ihn nicht daran erinnert. Ich wollte glauben, sie würde nicht kommen."

Urho seufzte. Behutsam trug er den Omega seines Geliebten die Treppe hinauf, während sich ein schreckliches Gewicht auf seine Brust legte. Dieser Mann war nun seine Verantwortung. Er hatte es versprochen, und er musste sich daran halten.

Caleb entspannte sich in seinen Armen. „Ich vertraue dir", flüsterte er.

„Danke" sagte Urho und küsste Caleb auf die Schläfe. „Ich werde versuchen, es dir so lustvoll wie möglich zu machen."

„Ich will einfach nur Knoten, damit diese Qual aufhört. Alles andere ist mir gleich."

Urho drückte ihn fester an sich.

Als er am Ende der Treppe in den rechten Korridor bog, meinte er einen seltsamen Laut aus dem Flügel mit den Gästezimmern zu hören. Jasons Stimme hob sich besorgt, und dann ertönte ein scharfer Aufschrei von Vale. Caleb stöhnte an Urhos Brust. Schweiß brach auf Urhos Stirn und Rücken aus.

EIN WEITERER SCHMERZVOLLER Schrei erklang, als Urho versuchte, Calebs Zimmertür zu öffnen – anders als die Laute, die Vale bisher von sich gegeben hatte, drängender und ängstlicher. Mit hämmerndem Herzen half er Caleb ins Bad.

„Hör zu!", sagte er so ruhig wie möglich. „Ich möchte, dass du ein Bad nimmst, in so kaltem Wasser, wie du es aushalten kannst. Das wird die Hitze noch etwas dämpfen." Noch ein Schrei erklang von der anderen Seite des Hauses. Und ein besorgter Ausruf von Jason. „Etwas passiert gerade mit Vale und dem Baby. Aber ich bin gleich wieder bei dir."

Caleb nickte und ließ sich von Urho auf dem gefliesten Badezimmerboden absetzen. Er drehte das kalte Wasser auf. Schweiß lief an seinen Schläfen hinab und verströmte Pheromone die Urho nur mit größter Mühe ignorieren konnte, selbst mit dem Alphastiller.

Er wandte sich zum Gehen, aber Caleb ergriff seinen Arm.

„Der Alphadildo",ächzte Caleb, während er sich die Kleider vom Leib riss, als stünden sie in Flammen. Seine blasse Haut leuchtete in der Sonne, die durchs Badezimmerfenster schien. Sie leuchtete wie ein schadenfroher Teufel im Angesicht der Katastrophe, die Urho kommen sah.

„Natürlich." Er rannte zurück in Calebs Zimmer, um den großen, dicken Dildo mit dem massiven Knoten an der Wurzel zu holen der in der Mitte des Betts lag, wo der Beta-Diener ihn abgelegt hatte. Er war größer als Urhos Schwanz und Knoten, aber auf lange Sicht würde er nicht ausreichen. Caleb würde den Knoten eines echten Alpha brauchen.

Die gedämpften, drängenden Schreie aus Vales Zimmer wurden lauter. Urhos Herz raste, und sein Mund wurde trocken, während sein Verstand wie wild nach einer Lösung für die offenbar unvermeidliche Krise suchte, die sich rasend schnell anbahnte.

Als er wieder ins Badezimmer kam, lag Caleb bereits in der Wanne und wartete, mit fast blauer Haut und klappernden Zähnen. Urho gab ihm den Dildo.

„Benutz ihn, wenn es hilft", sagte er. „Ich muss sehen, was mit Vale ist."

„Ich weiß. Ich kann ihn hören." Caleb schauderte im kalten Wasser. Aber seine Augen waren ruhiger und nicht mehr so glasig wie zuvor, und Urho atmete erleichtert auf, weil das kalte Wasser zu helfen schien.

Jason stürzte ins Bad. Er hielt sich ein Handtuch vor Mund und Nase, um sich vor Calebs Pheromonen zu schützen. Dennoch konnte man in seiner Hose eindeutig seine Erektion sehen. „Urho! Etwas stimmt nicht; Vale hat wirklich starke Schmerzen. Ich glaube, das Baby kommt!"

„Ich weiß!" ‚gab Urho aufgebracht zurück. Er hielt den Dildo hoch. „Ich muss mich noch um Caleb kümmern, dann komme ich sofort zu Vale. Raus hier!"

Jason riss die Augen auf, huschte wieder hinaus auf den Flur und rief über die Schulter zurück: „Beeil dich, Urho! Es ist schlimm!"

„Ich komme ja!", rief Urho. Er atmete tief durch und versuchte, sich zu beruhigen, um der angemessene, tröstende Alpha zu sein, den ein Omega zu Beginn seiner Hitze brauchte. „Benutze den Dildo wenn du ihn brauchst", sagte er so ruhig wie möglich, aber seine Stimme zitterte. „Es wird hoffentlich nicht lange dauern."

Bei dem Wort „hoffentlich" löste sich Calebs hart erkämpfte Ruhe sofort in nackte Panik auf. „Lass mich nicht leiden", flehte er plötzlich. Seine Augen wurden erneut glasig, und seine Stimme bebte nervös. Seine Zähne klapperten vor Kälte. „Bitte. Lass mich nicht hier allein zurück mit meiner Qual."

Urho stöhnte. Der Geruch von Calebs nahender Hitze machte

ihn wahnsinnig, und sein Ständer beulte seine Hose aus. Er nahm langsame, tiefe Atemzüge voller Entschlossenheit, nicht die Kontrolle zu verlieren. „Ich werde dir helfen, Caleb. Das verspreche ich. Aber ich muss zuerst die Krise mit Vale handhaben. Benutz den Dildo."

Caleb starrte den riesigen Dildo an, den er in der Hand hielt, und erschauerte heftig. „Mir ist kalt. Aber mir ist auch zu heiß. Ich will hier raus. Ich muss im Bett sein." Er zappelte aufgebracht im der Wanne und bespritzte den Boden und Urhos Hose mit kaltem Wasser.

Urho streichelte Caleb beruhigend übers Haar. „Beruhige dich", sagte er mit fester Stimme und legte eine Dominanz und Sicherheit hinein, die er nicht wirklich empfand. „Tu, was ich dir sage. Benutz den Dildo."

Ein neuer Schrei von Vale ließ Urhos Herz noch schneller schlagen. Er musste gehen. Er wollte Caleb nicht leiden lassen, aber welche Wahl hatte er? Sie brauchten so schnell wie möglich einen zweiten Arzt. Und er musste auch noch an Janus denken.

„Ich komme wieder." Er gab Caleb einen beruhigenden Kuss auf die Stirn, dann eilte er aus dem Badezimmer, bevor er seine Meinung ändern konnte.

Vale lehnte sein Gewicht auf das hölzerne Fußende des Betts und atmete schnell und flach. Er hatte die Augen geschlossen und trug eine konzentrierte Miene; sein ganzes Bewusstsein schien nach innen gekehrt. Er ignorierte sogar Urhos und Jasons Fragen, während er von einem Bein auf das andere trat und stöhnte.

Urho musste keine vollständige Untersuchung durchführen, um sagen zu können, dass eine künstliche Einleitung der Geburt sich erledigt hatte – Vale hatte Wehen, und das wahrscheinlich schon seit mehreren Stunden. Omegas konnten sehr plötzlich Wehen bekommen, und die Schmerzen, über die er geklagt hatte, mochten sehr wohl bereits Kontraktionen gewesen sein.

Urho schalt sich selbst dafür, die Zeichen nicht erkannt zu haben. Er war so entschlossen gewesen, das Baby geschützt im Paterleib zu behalten, dass er die Meinung des Babys selbst gar nicht in Betracht gezogen hatte.

„Es ist so weit, oder?", sagte Jason mit weit aufgerissenen Augen. Er war kreidebleich und stand neben Vale, eine Hand auf dessen Rücken, und er zitterte vor Angst am ganzen Leib.

„Ja. Das Baby kommt."

„Was tun wir jetzt?", fragte Jason.

Urho rieb sich mit der Hand übers Gesicht und verließ den Raum. Im Flur lief er zur Treppe und rief um Hilfe, bis mehrere Beta-Diener mit angsterfüllten Gesichtern herbeigerannt kamen.

„Ruft einen Arzt aus dem Ort hierher", sagte Urho. „Sagt ihm, dass er umgehend hier gebraucht wird. Wir haben hier einen sehr kranken Mann, der der Grippe erliegt, einen Omega in den Wehen und einen weiteren Omega in Hitze."

Die Betas keuchten. Einer drehte sich auf der Stelle um und rannte los, um die Anweisungen auszuführen.

„Hat irgendwer etwas von Mr. Heelies gehört? Ist er auf dem Weg?"

Die Diener schüttelten die Köpfe.

„Ich brauche heißes Wasser, Handtücher und Alpha-Kondome. Weiß einer, ob es im Haus Alpha-Kondome gibt?" Urho hatte drei in seiner Arzttasche, aber damit würde er bei einer voll entwickelten Hitze nicht lange auskommen.

Die Diener tauschten sich hastig untereinander aus. „Wir wissen es nicht. Sir. Wir werden rasche welche aus dem Ort besorgen."

Urho nickte, während er überlegte, was er sonst noch brauchen würde. Es kam ihm unerträglich falsch vor, sich um Caleb zu kümmern, während Xan abwesend war, aber er konnte Caleb auch nicht leiden lassen. Weder Caleb noch Xan würden ihm das verzeihen. Er stellte sich vor, Caleb zu beknoten und dann durch den Flur zu rennen um Vales Baby zu entbinden, aber das war einfach zu absurd. Ja, einen zweiten Arzt zu rufen, war das Richtige.

„Nun, dann geht!", rief er den verbleibenden Betas zu. „Ruft den Arzt! Kocht Wasser! Kauft Kondome! Wir brauchen all das sofort!"

Die Betas gerieten in Bewegung und riefen sich gegenseitig Anweisungen zu, wer was tun sollte. In diesem Moment tauchte Ren unten in der Halle auf, einen besorgten Ausdruck auf dem Gesicht.

„Du kannst Xan nicht erreichen", riet Urho.

Ren schüttelte den Kopf. „Er hat gestern am späten Abend sein Elternhaus verlassen, und niemand hat seitdem etwas von ihm gesehen oder gehört."

„Hast du es in Wilbet Monhundys Haus versucht?" bellte Urho und packte das Treppengeländer, um nicht die Beherrschung zu verlieren. Der Gedanke, dass Xan wieder zu diesem Mann gegangen sein könnte, dass er vielleicht wieder verletzt werden wollte ... er schüttelte die Vorstellung ab. Er konnte sich jetzt nicht damit befassen. Nicht mit allem anderem, was gerade passierte.

„Ja, aber da ging niemand ans Telefon."

„Versuch es weiter."

„Dr. Chase, es ist noch schlimmer. Die Epidemie in der Stadt hat sich zu einem Punkt entwickelt, dass die Zugverbindungen geschlossen wurden, um die Ausbreitung der Infektion einzudämmen. Selbst wenn ich Mr. Heelies erreichen würde, müsste er mit dem Wagen fahren, und das würde fast sechs Stunden dauern."

Urho fluchte leise. „Ruf trotzdem weiter an. Nachdem du die anderen Betas organisiert hast. Ich brauche heißes Wasser, Kondome und mindestens einen weiteren Arzt. Vielleicht zwei, wenn das Dorf einen zweiten entbehren kann."

„Zwei?"

„Einen für Janus und einen für Vale. Ich werde mich um Caleb kümmern müssen, also ..."

„Mr. Aman hat die Wehen bekommen?"

„Ja." Urho schüttelte den Kopf. Er drückte die Finger in seine Augen und suchte nach einer Lösung für die vielfache Krise. Wie sollte er überall zugleich sein?

„Wolfgott", sagte Ren gepresst. „Was für ein Desaster."

Das schien eine sagenhafte Untertreibung zu sein.

„Und wo wir gerade von Vale reden – ich muss jetzt wieder zu ihm." Aus beiden Flügeln des Hauses hallten gequälte Schreie. Urho wischte sich die verschwitzte Stirn. „Und dann muss ich wieder zu Caleb." Er sah Ren eindringlich an. „Ich vertraue darauf, dass du dein Bestes tust, um umgehend wenigstens einen Arzt herzuschaffen. Und bitte versuche weiterhin, Xan aufzutreiben. Setz auch andere Diener darauf an, falls nötig. Ruf jeden Ort in der Stadt an, der dir einfällt – Bars, die er aufsuchen könnte, die Häuser von Freunden. Versuch es bei Yosef und Rosen. Versuch es noch einmal bei den Monhundys."

„Ja, Dr. Chase" sagte Ren, obwohl er ein wenig grün im Gesicht war. „Ich werde tun, was ich kann. Aber was ist mit Mr. Riggs, Sir? Falls wir nicht rechtzeitig einen Arzt bekommen können, soll ich dann im Ort nach einem Surrogat-Alpha fragen?"

Urho knirschte mit den Zähnen und ballte die Fäuste. Er hatte Caleb versprochen, ihn nicht mit einem Fremden einzuschließen. Und dieses Versprechen würde er nicht brechen. Aber Wolfgott helfe ihm, falls das bedeutete, dass Caleb leiden musste.

„Nein, Mr. Riggs hat ausdrücklich gebeten, dass wir das nicht tun sollen."

Ren erbleichte, nickte jedoch. „Ich kümmere mich um den Rest."

Urho war dankbar für Rens Zuverlässigkeit. Er lief den Flur entlang zu seinem eigenen Zimmer, wo er seine Arzttasche nahm und ein Stoßgebet zu Wolfgott schickte. Dann atmete er mehrmals tief durch, um die Erinnerungen an Rikis fatale Geburt zu verdrängen. Dieses Trauma würde sich nicht wiederholen, nicht für Vale und Jason. Und nicht für ihn. Das Baby würde gesund und kräftig auf die Welt kommen, und Vale würde es wunderbar bewältigen.

Etwas beruhigter durch seine Gebete kehrte er zu Vales Zimmer zurück. Er war froh zu sehen, dass Vale jetzt nichts mehr außer einem Hausmantel trug. Das würde die Untersuchung einfacher machen. Er stand immer noch, dieses Mal am Fenster, und atmete mit geschlossenen Augen intensiv durch eine Wehe. Jason war an seiner Seite, die blauen Augen voller Sorge, aber er hielt ruhig Vales Arm, um ihn zu stützen.

„Es geht alles vieler schneller als erwartet", sagte Jason, als Urho hereinkam. „Er hat wirklich starke Schmerzen."

Urho nickte, öffnete seine Tasche und entnahm ihr eine Spritze. Er füllte sie mit einem Relaxans, das mit Alphastiller verwandt war, und legte sie zur Seite. Das Mittel war für Jason bestimmt, falls irgendetwas schiefgehen sollte. „Das Narbengewebe ist nicht so flexibel", murmelte Urho. „Die Geburt wird daher etwas schmerzhafter sein als gewöhnlich." Und Geburten waren ohnehin immer schmerzhaft genug.

Jason wurde blass, und Vale fluchte einfach nur, bevor er das Fensterbrett noch fester umklammerte und wimmerte. Die Kontraktionen kamen offensichtlich in schnellen Wellen. Urho blinzelte überrascht. Erstgeburten verliefen normalerweise deutlich langsamer.

„Wirst du zurechtkommen?", flüsterte Urho Jason zu. „Du musst stark sein für ihn."

„Ich komme klar!", log Jason. Er war blass und offensichtlich völlig verängstigt, aber er rieb Vales Rücken. „Es geht mir gut. Außerdem bist du ja bei uns. Du wirst ihm helfen."

Urho entgegnete nichts auf die Bemerkung und deutete nur auf das Bett. „Versuch ihn dazu zu bewegen, sich hinzulegen, auf seine linke Seite. Ich muss den Geburtskanal untersuchen und sehen, wie weit der Gebärpater bereits geöffnet ist." Falls die Öffnung langsamer vor sich ging als das Tempo in dem die Wehen kamen, konnte das ein Problem bedeuten. Der Kopf des Babys würde durch die Kontraktionen gegen den Patermund gedrückt werden, was Trauma, Blutergüsse im Gesicht oder Schlimmeres verursachen konnte.

Urho eilte ins Badezimmer und wusch sich die Hände mit heißem Wasser, während Jason versuchte, Vale ins Bett zu schaffen.

„Ich will nicht", sagte Vale stur. „Ich fühle mich besser, wenn ich stehe."

„Aber Urho muss dich untersuchen, Liebling. Bitte. Nur für ein paar Minuten. Ich bin die ganze Zeit über bei dir."

Vale warf ihm einen Blick zu, der keinen Widerspruch duldete. „Nein. Ich will stehen. Und ich *werde* stehen."

Urho unterbrach: „Das ist schon in Ordnung. Ich habe eine Taschenlampe in meiner Tasche. Ich kann die Untersuchung auch durchführen, während er aufrecht steht. Hilf ihm, ein Bein auf diesen Stuhl zu stellen." Das würde etwas schwieriger sein, aber nichts an diesem Tag schien einfach sein zu wollen.

Ein gequälter Schrei ertönte von der anderen Seite des Hause, gefolgt von einem lauten Krachen. Irgendetwas, das groß genug war, um das ganze Stockwerk zu erschüttern. Vale sog scharf den Atem ein und schrie auf, als eine neue Wehe ihn überfiel.

Vales und Calebs Stimmen erhoben sich gleichzeitig.

„Scheiße!" rief Urho. Er warf Jason einen verzweifelten Blick zu. „Heb sein Bein auf den Stuhl. Ich bin gleich wieder zurück." Dann lief er in den Flur und ließ Vales Zimmertür hinter sich offen.

Als er Calebs Zimmertür öffnete, traf ihn der scharfe Geruch von Hitze und Schlick mit voller Kraft. Er keuchte, und sein Schwanz wurde hart; sämtliche Zellen seines Körpers brüllten vor neuer Erregung. Ein weißer Marmortisch lag umgekippt in der Nähe der Tür, die zum Verbindungsflur führte. Xans Omega war stärker, als er aussah.

Ein nackter Caleb sprang vom Boden neben dem Bett auf und versuchte, an Urho vorbei in den Flur zu rennen. Immer noch nass von seinem kalten Bad, wäre er Urho beinahe durch die Finger geschlüpft.

„Liebes, du musst hier bleiben", sagte Urho so beruhigend, wie er konnte. Aber als Caleb zappelte und versuchte, sich loszureißen, legte er einen festen Alphaton in seine Stimme. „Ich sagte, du bleibst hier!"

Caleb schrie auf, dann begann er zu weinen. „Ich brauche Hilfe", wimmerte er. „Hilf mir. Bitte. Es ist zu viel. Es ist zu viel."

Urho zog ihn an sich und drückte ihn fest an seine Brust. Sein Schwanz pochte in seiner Hose. Vorsperma lief aus dem Schlitz und machte seine Unterwäsche nass. Urhos Hand rutschte zu Calebs Hinterteil hinab, und die große Menge Schlick, die zwischen Calebs Backen hervorquoll, ließ Urho aufstöhnen.

Caleb rieb sich an ihm. „Steck mir deinen Finger rein. Fick mich. Tu *etwas*."

„Oh, Wolfgott", stöhnte Urho. „Du bist so weit."

„Ich brauche es", schluchzte Caleb. Er wand sich in Urhos Armen, rieb sich an seinem Hemd und seiner Hose.

Urho schaute über seine Schulter und wünschte sich verzweifelt, irgendjemand möge zu Hilfe kommen. Er schob Caleb rückwärts in Zimmer und aufs Bett.

Caleb sträubte sich nicht, sondern spreizte einfach nur die Beine. Sein Schwanz war herrlich hart und lag gerötet auf seinem festen, flachen Bauch, und er atmete schnell und heftig. Frischer, aromatischer Schlick glänzte auf seinem Arsch und seinen Schenkeln. Urho wurde der Mund wässrig, und der Wunsch zu kosten überwältigte ihn.

Er schüttelte den Kopf und riss sich zusammen. Ein neuer, scharfer Schmerzensschrei aus Vales Zimmer auf der anderen Seite des Hauses riss Urho aus seiner Starre. Er blinzelte auf Caleb hinab und leckte sich die Lippen beim Anblick des Omegas auf seinem Rücken, offen und willig darum flehend, genommen zu werden. Urho stöhnte. „Caleb, Vales Baby kommt. Und es ist noch kein anderer Arzt hier. Ich muss ihm zuerst helfen. Es geht um Leben und Tod."

Urho war nicht einmal sicher ob Caleb ihn verstand, denn in diesem Moment schauderte Caleb am ganz Körper, verdrehte die Augen und erlitt eine Art Krampfanfall, als die Welle der Hitze ihn vollends ergriff. Er schrie und bäumte sich auf, dann rollte er sich auf seine Hände und Knie, streckte den Arsch in die Luft und nahm eine wundervolle, perfekte Lordosis-Haltung ein.

Urhos Lenden erwachten glühend zum Leben; sein Körper brannte darauf, Calebs bebendes, feuchtes Loch zu füllen. Er musste die Augen schließen, die Zähne zusammenbeißen und sich auf die Schmerzenslaute konzentrieren, die aus Vales Zimmer kamen, um nicht einfach seine Hose aufzureißen und in Caleb einzudringen, so wie ihre Vorväter es beabsichtigt hatten, als sie die Biologie von Alphas und Omegas kreiert hatten.

Urho eilte in Calebs Bad und schnappte sich den unbenutzten Alphadildo. Er drückte ihn Caleb in die Hand und befahl: „Benutze ihn." Dann strich er dem Omega das blonde, schweißfeuchte Haar aus dem erhitzten Gesicht und küsste ihn auf die Stirn. Mit aller Kraft ignorierte er Calebs schmerzerfülltes Stöhnen. „Ich komme wieder. Das schwöre ich. Ich komme zurück, so schnell ich kann."

Caleb wand sich und schrie auf. Sein Körper verkrampfte sich unter dem alles umfassenden, quälenden Verlangen, das die Hitze bestimmte. Er warf sich wieder auf den Rücken, hob die Beine und steckte sich selbst vier Finger in seinen nassen Eingang. Dann drehte er sich auf den Bauch, krümmte sich erneut in die Lordosis-

Haltung und fickte sich heftig. Der Alphadildo lag vergessen neben ihm auf dem Laken.

Der Drang, Caleb zu besteigen und ihm seinen Knoten zu geben, erfüllte Urho von Kopf bis Fuß. Er machte einen Schritt nach vorn, und seine Hand wanderte zu seiner Gürtelschnalle. Aber Vales gequälter Schrei hallte durch das Haus und riss ihn aus seiner Trance. Er schüttelte sich, um nicht dem überwältigenden Instinkt und Calebs verzweifeltem Flehen nachzugeben, dann verließ er das Zimmer.

Im Flur hielt er einen vorbeikommenden Diener auf und befahl ihm, Caleb in seinem Zimmer einzuschließen. „Verschließ auch Xans Tür. Und bleib hier. Lass ihn nicht heraus, ganz gleich was er tut oder sagt."

„Ja, Sir."

„Geh hier nicht weg. Ich meine es ernst. Ich werde bald wieder herkommen."

Der Diener, ein magerer Teenager, starrte Urho mit großen, verängstigten Augen an, aber er tat, was ihm gesagt wurde, und drehte mit zitternder Hand den Schlüssel zu Calebs Zimmer um.

KAPITEL 24

„A LSO?", FRAGTE JASON verzweifelt, als Urho wieder zurück zu Vale kam.

„Caleb ist eingeschlossen. Ich weiß nicht, wie es mit den Ärzten aussieht, die ich angefordert habe. Lass mich jetzt einfach Vale untersuchen", antwortete Urho. Er zitterte vor bemühter Selbstbeherrschung und Sorge. Erneut riss er seine Tasche auf und nahm die Taschenlampe heraus.

Jason hatte seine Pflicht getan, Vale von der Taille abwärts entblößt und ihn mit einem Bein auf dem Stuhl positioniert, sodass Urho seinen Anus untersuchen konnte.

Urho ging auf die Knie. Er hielt die Taschenlampe zwischen seinen Zähnen und spreizte mit beiden Händen Vales schlicknasse Hinterbacken. Der Schlick, der während der Geburt erzeugt wurde, war von ähnlicher Konsistenz wie der, den Omegas während der Hitze produzierten, jedoch mangelte es ihm an dem typischen, verführerischen Duft. Das Letzte, was ein Omega bei der Niederkunft gebrauchen konnte, war, sich mit einem notgeilen Alpha herumschlagen zu müssen.

Unglücklicherweise war Urho nach seinem Besuch in Calebs Zimmer mehr als nur notgeil. Er nahm einen tiefen Atemzug, um seine Nase von Calebs Pheromonen zu befreien, und konzentrierte sich auf seinen Patienten.

Jason lief ruhelos neben ihm auf und ab.

Als Urho Vales Arsch spreizte und einen Finger einführte, knurrte Jason. „Halt dich zurück", befahl Urho. „Ich berühre ihn als

Arzt, um Wolfgottes Willen."

Jason knurrte dennoch, als Urho schließlich seine ganze Hand in Vale hatte. Vale klagte und wand sich elendig. Mit dem Baby und Urhos großer Hand war er viel zu vollgestopft. Urho tastete das Narbengewebe ab und prüfte die Dehnbarkeit. Als er dagegen drückte, war es nachgiebiger als je zuvor. Er konnte fühlen, wie sich das Kind gegen seine Hand bewegte. Er prüfte die Öffnung des Patermunds und stellte fest, dass er bereits recht weit offen war.

„Das ist gut", sagte er, nickte und zog behutsam seine Hand heraus. „Das Gewebe ist nachgiebig. Seine Omegadrüsen sind–"

Ein erneutes heftiges Krachen aus Calebs Flügel unterbrach ihn, gefolgt von einem elenden Schrei und einem langgezogenem Klagelaut. Dann noch ein Scheppern, ein lauter Knall, Schmerzensschreie und verzweifelte Rufe nach Hilfe. Urho brach das Herz.

Jason wechselte einen Blick mit Urho und schluckte heftig. „Wo bleibt der Dorfarzt?"

„Ich weiß es nicht." Urho wischte seine zitternde Hand an einem Tuch ab und schloss die Augen. „Ich hoffe er taucht bald auf."

Jason starrte ihn an, blass und voller Angst.

„Vale geht es gut. Er macht das prima", beruhigte Urho ihn.

„Aber was ist mit Caleb?", flüsterte Jason.

Urho stöhnte, gerade als Vale aufschrie und sich krümmte sein ganzer Körper verkrampfte sich gegen ein intensives, inneres Geschehen. Als die Wehe nachließ, kniete Urho sich erneut hin, um Vales Fortschritte zu überprüfen.

Der junge Beta-Diener, den Urho vor Calebs Tür abgestellt hatte, tauchte in der offenen Zimmertür auf. „Er versucht, herauszukommen! Ich glaube, er verletzt sich selbst dabei!"

Urho erwog, die Spritze zu benutzen, die er eigentlich für Jason vorbereitet hatte. Erfahrungsgemäß richtete das Relaxans wenig gegen die Schmerzen der Hitze aus aber es beruhigte einen panischen Omega ausreichend, sodass er einen Alphaschwanz aufnehmen konnte, oder – bei höherer Dosierung – ihn vom Weglaufen abhielt. Aber der Gedanke, Caleb unter Drogen zu setzen oder ihn in hilfloser, betäubter Lähmung leiden zu lassen, war entsetzlich.

„Helft mir!", schrie Caleb. Die Worte hallten durch das Haus. „Hilfe!"

Der Schmerz in seines Geliebten Omegas Stimme brach Urho das Herz nur noch mehr.

„Um Wolfgottes Willen, hilf ihm!", rief Vale plötzlich und trat Urho, der hinter ihm kniete beinahe ins Gesicht. Vale fuhr herum und starrte Urho finster an. „Er leidet. Er leidet Qualen. Geh zu ihm und hilf ihm!"

„Nein!", rief Jason aus und packte Vales Schultern. Sein Gesicht war beinahe genauso rot und erhitzt, wie es Vales von der Anstrengung der Wehen war. „Wir brauchen Urho hier. Falls etwas schiefg–" Er hielt die Worte zurück und sagte stattdessen: „Vale, ich kann das Baby nicht entbinden. Das ist zu riskant. Urho bleibt bei uns, bis entweder der Arzt oder unser Baby da ist."

„Es kommt ein Arzt.", sagte Urho beruhigend und stand auf um nicht wieder Gefahr zu laufen, ins Gesicht getreten zu werden. „Er muss bald hier sein."

Vale sah aus, als wollte er widersprechen aber er stöhnte nur und hielt sich den Bauch. Seine Augen traten hervor, als eine neue Wehe seinen Körper erfasste. Sein Gesicht rötete sich vor Anstrengung und er packte die Stuhllehne so fest, dass seine Knöchel weiß wurden.

„Das ist es", sagte Urho. „Einfach ruhig weiteratmen."

Vale sog scharf die Luft ein, und sein Körper verkrampfte sich. Dann schrie er.

Gleichzeitig hallte ein anderer, herzzerreißender Schrei durch die Korridore und die immer noch offene Tür. Calebs Wehklagen wurde lauter und lauter, während Vales Wehen intensiver wurden. Urho wirbelte der Kopf. Wenn er jetzt ging, um sich um Caleb zu kümmern und es passierte irgendetwas mit der Geburt, falls der andere Arzt Mist baute – vorausgesetzt er tauchte überhaupt auf – dann könnte er sich selbst niemals vergeben.

Aber wenn er Caleb weiter leiden ließ, könnte er sich das ebenfalls nicht verzeihen. Und Xan ebenso wenig, geschweige denn Caleb selbst.

„Dr. Chase", meldete sich Ren von der Tür her. Seine verzweifelte Miene gab Urho wenig Hoffnung auf gute Nachrichten. Ren beschirmte mit einer Hand seine Augen, wie um sich vor dem Anblick von Vales Nacktheit zu schützen.

Jason knurrte beschützend, aber Urho legte eine Hand auf Jasons Brust, um ihn zu beruhigen, und Jason wandte seine Aufmerksamkeit wieder Vale zu, der von einer neuen Wehe geschüttelt wurde.

Ren sagte: „Ich habe im Dorf Dr. Bainson erreicht, aber er sagt, er schafft es nicht. Er ist selbst gerade dabei, einen Omega zu entbinden. Er schlug vor, dass ich Dr. Snid anrufe, einen Alpha-Arzt am Rand der Stadt, aber dessen Omega zufolge ist er in die Stadt gereist, um dort mit der Epidemie zu helfen."

„Scheiße", murmelte Urho.

„Sir, Mr. Janus hat Krampfanfälle. Sein Fieber ist zu sehr gestiegen, und sein Körper wird damit nicht mehr fertig. Der Koch versucht, ihn mit kaltem Wasser herunterzukühlen, aber es zeigt keine Wirkung."

Urho riss seine Arzttasche auf und fand darin die Flasche mit der Medizin für solch entsetzliche Situationen. Er drückte sie Ren in die Hand, zusammen mit einer Spritze und einer hypodermischen Nadel. „Gib ihm eine volle Spritze jetzt. Falls der Krampfanfall nicht nachlässt, dann in acht Minuten eine weitere." Er schüttelte den Kopf. „Tut mir leid. Ich weiß, das gehört nicht zu deinen Aufgaben aber …"

Ein erneuter Schrei von Caleb erschütterte sie alle, und dann schrie auch Vale wieder und krümmte sich über dem Stuhl, auf dem immer noch sein Bein ruhte. Er stöhnte, biss sich auf die Zähne und begann zu pressen. Sein After trat hervor, und Urho hätte schwören können, dass der Kopf des Babys zu sehen war.

„Wolfgott!", rief Ren entsetzt aus. Er packte die Medizin und eilte aus dem Zimmer.

Adrenalin flutete Urhos Körper und verschaffte ihm hellwache, messerscharfe Konzentration, als er sich wiederum auf den Boden kniete und Vales Arschbacken auseinander zog.

„Kommt das Baby?", fragte Jason, massierte Vales angespannten Rücken und bückte sich, um nachzusehen. „Oh Wolfgott, ist das der Kopf?"

„Geh mir aus dem Weg." Urho schob Jason zur Seite.

Jason schubste ihn ebenfalls mit einem wütenden Knurren. Vale wimmerte und krächzte: „Ich werde euch beide umbringen, wenn ihr jetzt anfangt zu streiten. Da kommt gerade ein Baby aus mir raus und … aaahhh!" Er heulte auf, krümmte sich erneut und presste. Sein ganzer Körper verkrampfte sich, und sein Gesicht wurde puterrot.

„Ja, das ist der Kopf", sagte Urho. Ein Schwall von Schlick ergoss sich aus Vales Arschloch.

Im anderen Flügel des Hauses schrie Caleb, begleitet vom Krachen berstenden Holzes. Dann war ein dumpfes Poltern zu hören. Schweiß lief Urho über die Stirn und den Rücken. Seine Hände zitterten, und sein Herz hämmerte, während er die Geburt beobachtete und wartete.

„Was zur Hölle geht hier vor sich?", bellte eine Stimme von der Tür her.

Urhos Kopf wirbelte herum, und er sah Xan vor Vales Tür

stehen, die blauen Augen gefährlich verengt, das lockige Haar zerzaust und Blutergüsse an Wangen und Kinn. Er starrte mit einer Mischung aus Verwirrung und Wut ins Zimmer. „Was ist hier los, verdammte Scheiße?"

Vale packte fest die Stuhllehne und presste erneut. Die Schreie aus Calebs Zimmer wurden lauter und lauter, und Urho wandte sich an Jason. „Erklär du es ihm! Ich muss hier …" Er schob einen Finger neben den Kopf des Babys, und Vale schrie.

Jason trat Urho gegen den Oberschenkel. „Tu ihm noch einmal weh, und ich bringe dich um."

„Schluss damit!" wimmerte Vale. „Ich kann nicht … lass mich … oh Wolfgott, Scheiße!" Er verzog das Gesicht und presste erneut. Sein Loch weitete sich und enthüllte den großen Kopf des Babys, der von braunen, flusigen Haaren gekrönt war.

„Mr. Riggs ist eingeschlossen Mr. Heelies, Sir", erklärte ein Beta-Diener Xan aus dem Korridor. „Er ist in Hitze."

„Nun, dann steh nicht einfach so da – bring mich zu ihm!", bellte Xan.

Urho sehnte sich danach, zu Xan zu gehen und ihn zu halten, ihm alles zu erklären, was vor sich ging. Aber die Geburt war nun in vollem Gange. Ein Schwall Blut ergoss sich zwischen Vales Beinen, Jason schrie in Panik auf, und Urho schob ihn zur Seite, bevor er zwischen Urho und den Preis geriet.

Das Baby rutschte in Urhos Hände. Perfekt, heil und bedeckt von Schlick, Schleim und Blut. Das Kind stieß einen kräftigen Schrei aus. Vale kollabierte in den Stuhl. Immer noch lief Blut aus seinem Arschloch, aber er nahm das gar nicht zur Kenntnis, sondern streckte beide Arme nach seinem Baby aus. Die Nabelschnur pulsierte zwischen ihnen.

Jason fiel neben Vale auf die Knie, und Urho reichte ihnen ihr blutverschmiertes, plumpes und perfektes Kind. Sie nahmen das süße Ding in ihre Arme, und Jason brach in Tränen aus. Vale küsste Jasons Kopf, dann den des Babys, und die drei schmiegten sich aneinander.

Urho nutzte die Gelegenheit ihrer Ablenkung, um Vale etwas nach vorn zu ziehen, sodass dessen Hinterbacken über den Rand des Stuhl schauten, und drückte Vales Beine auseinander. Er schob seine Hand in ihn hinein und tastete nach der Plazenta, der Quelle all des Blutes. Es gelang ihm, einen Finger unter den Rand zu schieben, und er seufzte erleichtert. Als die Plazenta herausrutschte, hörte auch die Blutung auf, und Urho nahm sich endlich die Zeit, die Nabelschnur zu durchtrennen.

Erschöpft sank er auf seinen Allerwertesten, mit Blut und Schlick beschmiert und schweißbedeckt von der Anstrengung und dem Stress.

Vale und Jason glühten vor Glück, wunderschön und perfekt, während sie auf das rote Gesichtchen ihres zornig schreienden Baby starrten. „Ich sollte ihn füttern", flüsterte Vale. Er zerrte seinen Hausmantel auf, legte das Baby an seine Brust und sprach beruhigende, sinnlose Worte zu ihm, als es zu nuckeln begann.

Jason wischte sich die Tränen aus den Augen und küsste Vale auf die Stirn. Der Moment war intim und süß, aber Urho hatte noch etwas Arbeit in Vales Innerem zu erledigen. Das Narbengewebe war gerissen und benötigte ein paar Stiche und Jod, um eine Infektion oder gar Sepsis zu verhindern.

Es brauchte dieses mal nur wenig Überzeugung, um Vale dazu zu bewegen, sich zusammen mit Jason und dem Baby ins Bett zu legen. Dann machte Urho sich an die Arbeit, um sicherzustellen dass alles gut verheilen würde. Jason und Vale kuschelten mit ihrem Kind und flüsterten einander Vorschläge für Namen zu, während Urho stumm arbeitete.

Aber mit dem Baby, mit Vale – wenn Urhos Nadel zwickte – und den Lauten aus Calebs Zimmer, war immer noch genug Geschrei im Gange.

Die Krise war noch nicht vorüber.

SOBALD SICH DIE Tür öffnete, stürmte Caleb heraus, aber Xan packte ihn und schob ihn wieder ins Zimmer. Seine Finger hielten kaum die schweißnasse, nackte Haut. Der Raum war ein einziges Durcheinander. Zerbrochene Möbel lagen überall herum. Xans Herz raste.

„Ich bin hier, Liebling. Ich bin hier." Er hielt Caleb fest und drückte vier Finger in Calebs feuchtes Arschloch. Er küsste sein Haar und drückte ihn an sich. „Es tut mir leid, dass ich so spät komme."

Caleb brach in Tränen aus, klammerte sich schaudernd an Xan und bebte in seinen Armen. „Ich brauche Hilfe" stieß er zähneklappernd hervor.

„Ich werde dir so gut helfen, ich verspreche es."

Caleb schluchzte, während Xan ihn zum Bett führte. Die intensive Welle schien vorüber zu sein, aber Caleb litt eindeutig und war ein Wrack. Ein Alphadildo lag neben dem Bett auf dem Boden offensichtlich unbenutzt. Xan hob ihn auf; ihm kam eine Idee.

Caleb zitterte und wand sich. Seine Haut war erhitzt und gerötet und von Schrammen übersät, wo er versucht hatte, sich buchstäblich aus seiner Hitze zu kratzen. Xan strich ihm das Haar zurück und küsste ihn auf die Stirn, dann half er ihm, einen Schluck Wasser zu trinken.

Schließlich brachte er ihn aus dem ruinierten Zimmer in sein eigenes, das er zu seiner Erleichterung noch unbeschädigt vorfand.

„Du bist gekommen", flüsterte Caleb. Xan redete beruhigend auf ihn ein, brachte ihn ins Bett und schmiegte sich dort an ihn.

„Ich bin hergekommen, so schnell ich konnte." Er erwähnte nicht, dass er nichts von Calebs Hitze geahnt hatte, bevor er zuhause angekommen war.

Caleb nickte und er schauerte. „Er wollte mir helfen, aber das Baby kam."

„Ich weiß."

„Ich habe ihm das Versprechen abverlangt. Keine Fremden."

Xan wurde die Kehle eng. „Aber du hast gelitten."

Caleb spie seine Antwort aus, krächzend wie rauer Kies unter Autoreifen: „Ich ertrage lieber die Qualen, als mich noch einem Fremden hinzugeben. Ich hasse es, wie ich mich danach fühle." Er schniefte und klammerte sich fester an Xan. „Ich habe versucht wegzulaufen", flüsterte er als würde er sich schämen.

„Das ist Instinkt", beruhigte Xan ihn.

„Ich weiß, aber ich wollte nicht zu einem Alpha laufen."

Xan rieb Calebs Rücken und drückte ihn fester an sich. Xans Kleidung war schmutzig und zerknittert, nachdem er die halbe Nacht lang in einem adrenalingetriebenen Rausch gefahren war. Er fühlte sich klebrig und verschwitzt. Aber das musste warten. „Wolltest du nicht?"

„Es ist dumm. Ich wollte nur der Hitze davonlaufen. Ich wollte vor mir selbst davonlaufen."

Xan schloss die Augen. Der Duft des Schlicks mit dem Hauch der nächsten, herannahenden Welle stieg ihm in die Nase. Er wusste, was sein süßer Omega gefühlt hatte. Er hatte ebenfalls oft das Gefühl gehabt, vor sich selbst fliehen zu müssen. Und dann war er immer zu Monhundy gegangen. Aber damit war ein für allemal Schluss.

„Wir können nicht davonlaufen. Aber wir können es zusammen überstehen."

Xan legte seine Kleidung ab, während er Caleb beruhigende Worte zuflüsterte. Dann nahm er den Alphadildo und suchte in der Nachttischschublade nach den Tabletten, die Urho ihm vor Wochen gegeben hatte. Nach den Tabletten, die seine Ausdauer stärken sollten.

Er nahm zwei davon ein.

KAPITEL 25

MEHRERE STUNDEN SPÄTER ruhte Caleb endlich, und Xan stand auf und warf seinen Hausmantel über. Dank der Tabletten war es ihm gelungen, einen Knoten zu bilden und Calebs Qual zu lindern, und er konnte nicht anders – er war stolz auf sich. Seit Ewigkeiten hatte er sich gewünscht er wäre ein Omega und könnte selbst eine Hitze erleben, aber das war er nicht und konnte es nicht. Zumindest jedoch hatte er Caleb befriedigt, und nun konnte er Urho aufsuchen und dessen Omega in Alphagestalt sein.

Zuvor jedoch ging er in sein Büro und rief im Haus seiner Eltern an. Joon antwortete. Er klang erschöpft, war aber zu Xans Erleichterung offensichtlich immer noch im Haus angestellt. Und er konnte Xans Sorgen beruhigen: Pater und Ray hatten sich beide schon erholt und waren dank der Medizin, die Xan dagelassen hatte, weiterhin auf dem Weg der Besserung.

„Und mein Vater?", fragte Xan.

„Sehr wütend."

„Das tut mir leid."

„Das muss es nicht", sagte Joon leise. „Ihr Pater ist ebenfalls sehr wütend, soweit ich es mitbekommen habe. Ich gehe davon aus, dass Ihr Vater sich in Kürze telefonisch bei Ihnen entschuldigen wird."

Xan machte sich nicht die Mühe, dem alten Diener zu sagen, dass er daran sehr zweifelte. Und noch weniger, dass er nicht glaubte eine solche Entschuldigung überhaupt akzeptieren zu können. Stattdessen bat er Joon, ihn über das Befinden Rays und seines Paters auf dem Laufenden zu halten. Dann verabschiedete er sich.

Der Koch schien erschrocken zu sein, Xan in nichts als seinem Hausmantel und Schlappen zu sehen, als der in die Küche kam. „Sir, Sie sollten bei Mr. Riggs im Bett sein!"

Xan lächelte müde. „Die Welle ist vorüber, und er hat Hunger."

Das entsprach nicht der Wahrheit, da Caleb schlief, aber Xan selbst war am Verhungern nach seiner verrückten Nacht in der Stadt, der langen Fahrt und der Ankunft in dem völligen Chaos daheim. Und dann hatte er ganz allein Calebs Hitze gehandhabt. Sein Körper brauchte dringend Brennstoff.

„Wie geht es dem Baby?", fragte er. Die Tür zu Vales Zimmer war geschlossen gewesen, als er im Flur daran vorbeigekommen war. Er hatte glückliche Laute von innen gehört, aber sie schienen nur von Vale und Jason zu stammen. Er hatte davon abgesehen, die beiden zu stören, und beschlossen, seine Glückwünsche später aus-zusprechen. Was Urho betraf, so hatte er keine Ahnung, wo der sich gerade aufhielt. Er sehnte sich danach ihn zu sehen.

„Oh, er ist laut! Kräftige Lungen! Gesund!"

„Das sind gute Nachrichten." Xan lächelte.

Er wollte gerade nach Urho fragen, und wie es seinem Cousin ging, als Ren aus der Tür kam, die hinaus in den getrennten Flügel führte, wo Janus noch immer isoliert untergebracht war. Er trug ein Tablett mit einer vollen Schüssel Brühe. Ren sah blass und erschöpft aus, aber als er Xan sah, versuchte er offensichtlich, sich zusammenzureißen.

„Sir, als ich hörte dass Sie eingetroffen waren, konnte ich unser Glück kaum fassen. Ich war schon ziemlich verzweifelt."

„Es war in der Tat Glück", antwortete Xan. Er war drauf und dran zu erklären, wie er mitten in der Nacht aus der Stadt geflohen war, als ihm bewusst wurde, dass er dann auch den Grund dafür hätte erwähnen müssen. Aber die Prügeleien mit seinem Vater und dann mit Monhundy gingen die Diener nun wirklich nichts an.

Und so sagte er nur halbherzig: „Ich wäre früher gekommen, wenn ich es gewusst hätte."

„Selbstverständlich, Sir. Aber jetzt sind Sie ja da. Das ist alles, was zählt."

„Wie geht es Janus?", fragte Xan und zog sich einen Stuhl an den Tresen, wo der Koch arbeitete. Der Koch runzelte die Stirn, fuhr aber fort, einen Teller mit Essen für Caleb zuzubereiten. Xans Magen knurrte laut, und der Koch nahm einen zweiten Teller und befüllte auch den. „Ist Urho gerade bei ihm?"

„Dr. Bainson ist die letzte Stunde hier gewesen. Dr. Chase musste nach der Entbindung erst einmal duschen, aber er ist jetzt bei dem anderen Arzt, und sie sprechen miteinander. Mr. Janus ist ..." Ren seufzte, stellte das Tablett an der Spüle ab und leerte den Inhalt der Schüssel in den Abfluss. „Er isst nicht." Seine hängenden Schultern und der verzweifelte Tonfall sagten, dass es schlimmer war als nur das.

„Dann hat sich sein Zustand verschlechtert?"

„Mr. Heelies, er ist sehr, sehr krank."

Xan schluckte schwer und starrte am Koch vorbei aus dem Küchenfenster auf den Gemüsegarten, der kürzlich dort angelegt worden war. Die Nachmittagssonne – hatte er den ganzen Tag mit Caleb verbracht? Kein Wunder, dass er so müde war – ließ die jungen Pflanzen golden leuchten. Xan wusste nicht, was er mit den Nachrichten über Janus anfangen sollte Er wusste so wenig über seinen Cousin, dass er nicht einmal eine Ahnung hatte, was der wollen würde. Würde er einen Priester des Heiligen Ordens von Wolf haben wollen? Oder würde er bevorzugen, ohne den Segen zu sterben? War es überhaupt schon so weit, an solche Dinge zu denken?

Xan nahm eine Karotte vom Teller und knabberte nachdenklich daran. „Ich sollte zu meinem Cousin gehen und nach ihm sehen."

„Nicht jetzt!" rief Ren aus. „Sie dürfen nicht riskieren, die

Krankheitserreger zu Mr. Riggs zu tragen. Sie sollten warten, bis die Hitze vorüber ist."

Xan öffnete den Mund, um zu fragen, wie Janus' Überlebenschancen überhaupt standen, wurde aber unterbrochen

„Was ist mit deinem Gesicht passiert?", ertönte Urhos strenge Stimme durch die offene Küchentür. Xan stockte der Atem, als sein Geliebter in die Küche trat – die breiten Schultern gestrafft, in einem frischen Anzug, und die dunkle Haut im rosigen Schein der Nachmittagssonne leuchtend. Sein graumeliertes Haar glänzte im Sonnenlicht, und an seinen Augenwinkeln bildeten sich beruhigende kleine Fältchen.

Xans Herz machte vor Freude einen kleinen Hüpfer. Urhos Anblick war alles, was Xan brauchte, um den Rest des Tages zu überstehen – und alles, was er für den Rest seines Lebens brauchte. Hier war der Mann, für den Xan höchstwahrscheinlich sein Erbe weggeworfen hatte, und Urho war jeden einzelnen Cent wert.

Xans Magen flatterte, als er zu Urho aufblickte. Die Antwort blieb ihm im Hals stecken. Er wusste nicht, was während seiner Abwesenheit im Haus passiert war, und er wusste nicht, wie er die Ereignisse in der Stadt erklären sollte. Besonders nicht in der kurzen Zeit, die ihnen blieb, bevor Calebs nächste Welle einsetzen würde.

Urho starrte ihn eindringlich an. „Du solltest im Bett sein."

„Es sind nur leichte Blutergüsse. Es geht mir gut."

„Ich meinte, du solltest bei Caleb im Bett sein."

Xan errötete. Er warf einen Blick zu den Dienern, und Ren entschuldigte sich und verließ die Küche. Der Koch war sehr beschäftigt damit, alles auf ein Tablett zu stellen, und summte auffällig vor sich hin.

„Caleb braucht etwas zu essen", sagte Xan. Sein Magen rumorte, sowohl vor Hunger als auch vor Nervosität. Er deutete auf die köstlich duftenden Speisen, die der Koch auf das Tablett häufte. Wahrscheinlich würde er von Glück sagen können, wenn er Caleb dazu brachte wenigstens ein oder zwei Bissen davon zu essen. Er selbst hingegen hätte mühelos beide Teller demolieren können.

„Ich verstehe." Urho stand stocksteif da, mit bemüht neutraler Miene, die Augen misstrauisch verengt.

Xan wandte sich an den Koch, der einen Obstsalat zusammenstellte, und sagte: „Das reicht. Danke."

Als Xan das Tablett nehmen wollte, trat Urho vor und nahm es dem Koch aus den Händen. Xan drehte sich der Magen um, als er Urho aus der Küche in den abgetrennten Servier-Alkoven davor folgte. Während der langen Fahrt nach Hause hatte er sich nicht erlaubt, allzu viel darüber nachzudenken, was ihn daheim erwarten mochte, aber sein Wiedersehen mit Urho hatte er sich jedenfalls ein wenig anders ausgemalt.

Urho stellte das Tablett auf dem Sideboard im Alkoven ab, dann packte er Xan grob. Sein Kuss war leidenschaftlich und drängend, und Xan stöhnte schockiert. Urhos Hände waren überall auf seinem Körper, glitten unter seinen Hausmantel und erweckten seine Haut und seine Lust. Sie glitten über Xans Nippel, und allein das erfüllte ihn mit mehr Verlangen als der Sex mit Caleb es je könnte.

Als Urho ihn losließ, ergriff er Xans Gesicht mit beiden Händen und starrte ihm in die Augen. „Es tut mir leid", sagte er mit rauer Stimme. „Ich musste dich einfach berühren. In der Küche hätte ich mich beinahe nicht mehr zurückhalten können."

„Den Dienern ist es gleich."

„Gerüchten ist es ebenfalls gleich, wo sie ihren Anfang nehmen."

Xan sparte sich die Bemerkung, dass sie sich gegenwärtig nur wenige Schritte vom Koch entfernt befanden, und dass jederzeit einer der anderen Diener um die Ecke kommen und sie sehen konnte, wie sie einander in den Armen lagen. Die Wahrheit war, es kümmerte Xan nicht.

Nicht mehr.

Er wollte sich nicht länger verstecken – jedenfalls nicht in seinem eignen Zuhause. Das hatte er seinem Vater gesagt, oder nicht? Und Wilbet Monhundy? Und er war entschlossen sich daran zu halten.

„Es tut mir leid, dass ich Caleb eingeschlossen habe." Urho rieb seine Nase an Xans Schläfe und schnupperte an seinem Haar. „Ich tat was ich konnte, und es ging nicht anders. Aber es tat mir in der Seele weh."

„Ich weiß. Und er weiß es ebenfalls."

„Ich weiß nicht, ob ich ihm je wieder in die Augen blicken kann."

„Oh, ich hoffe sehr, dass du das kannst. Weil er nämlich will, dass du zu uns kommst und wir ihm gemeinsam durch den Rest seiner Hitze helfen. Falls Janus dich nicht braucht, heißt das. Oder Vale."

Urho küsste Xans Hals, dann flüsterte er: „ Vale geht es besser, als ich mir noch vor ein paar Jahren hätte vorstellen können. Er stillt das Baby wie ein Naturtalent, und er produziert jede Menge Patermilch. Sein Anus und sein Geburtskanal reagieren vorbildlich auf die postnatalen Hormone und heilen gut. Es ist fast ein Wunder, wie gut es ihm geht."

„Das ist großartig. Und das Baby? Ist es ein Omega?"

„Nein. Anhand der Genitalien würde ich sagen, er ist ein Alpha."

„Wie perfekt für sie." Xan biss sich auf die Unterlippe. Er war immer noch besorgt um seinen Cousin. „Und Janus? Braucht er dich?"

„Im Augenblick bleibt der Dorfarzt bei ihm. Er will die Viren nicht hinunter in den Ort tragen." Urho seufzte und streichelte Xans verfärbten Kiefer mit dem Daumen. „Und was mich betrifft, nun Janus ist jenseits aller Hilfe, die ich leisten könnte. Ob er durchkommt oder nicht, hängt von seiner Fähigkeit ab, das Virus zu bekämpfen. Die Diener tun alles, was sie können, um es ihm so angenehm wie möglich zu machen, ohne die Krankheit zu verbreiten. Wir halten die Diener, die sich um ihn kümmern, getrennt von allen Speisen und Getränken, die in Vales Zimmer gehen. Ren achtet darauf. Aber jetzt mit dem Baby haben wir noch eine kleine Seele, die wir beschützen müssen."

„Ren wird dafür sorgen, dass alle Vorsichtsmaßnahmen getroffen werden." Xan suchte in Urhos Augen nach etwas Hoffnung und fragte: „Aber ganz ehrlich – Janus wird es wahrscheinlich nicht schaffen?"

Urho blinzelte, dann ließ er seine Hand von Xans Gesicht sinken und starrte auf seine Schuhe. „Dr. Bainson glaubt er hat noch eine Chance, aber es ist eine sehr geringe Chance." Dann sah er Xan wieder in die Augen. „Ich neige dazu, ihm beizupflichten, auch wenn ich den Kontakt zu Janus sehr eingeschränkt habe – aus Angst, die Krankheit womöglich zu Vale und dem Baby zu tragen. Falls Janus die nächsten paar Tage übersteht, erholt er sich vielleicht wieder. Aber sein Fieber war so hoch, dass Dr. Bainson bleibende Schäden befürchtet. Das lässt sich jetzt noch nicht abschätzen."

„Oh, Wolfgott", seufzte Xan und rieb sich die Augen. Er war unheimlich müde. Die letzten vierundzwanzig Stunden hatten ihn erschöpft, und sie mussten immer noch Caleb durch die Hitze bringen, bevor sie sich ausruhen konnten. „Ich gebe zu, ich habe ihn nie gemocht und oft sogar verabscheut, aber das habe ich nicht gewollt. Caleb wird am Boden zerstört sein, falls Janus nicht überlebt."

„Da gibt es eine Geschichte, die du mir noch nicht erzählt hast."

„Ja. Und es ist eine lange Geschichte."

„Xan?"

Xan blickte zu Urho auf, betrachtete dessen dunkle, gütige Augen und den zärtlichen Ausdruck in Urhos Gesicht. Sein Magen flatterte erneut. Er liebte diesen Mann, und vielleicht würde dieser Mann seine Liebe nie so erwidern, wie er Rikis Liebe erwidert hatte, aber Xan würde von ihm nehmen, was er bekommen konnte. Wenn er nur nicht so müde gewesen wäre, hätte er Urho in diesem Moment all das gesagt.

Urho berührte den Bluterguss in Xans Gesicht zärtlich mit den Fingerspitzen. „Hat Caleb das während der Hitze getan?"

„Nein." Xan erzitterte unter Urhos Berührung.

„Wer dann?"

„Mein Vater", antwortete Xan, dann fügte er zögernd hinzu: „Oder vielleicht Monhundy."

„Dein Vater oder …?" Urhos Blick wurden kalt, und seine Hand erstarrte in der Liebkosung. „Bist du zu ihm gegangen?" Das Gefühl von Verrat stand deutlich in seinen Augen.

„Nein. Das hätte ich niemals getan. Bitte glaube mir. Es war nicht, wie du jetzt denkst."

Urhos Miene zerriss Xan das Herz – der Ausdruck von Zweifel und Angst.

Xan drehte sich der Magen um. Betroffen murmelte er: „Ich sollte zu Caleb zurück gehen und ihm etwas zu essen geben."

Urhos Augen funkelten aufgebracht. Er nahm Xan besitzergreifend in seine Arme und keuchte: „Ich bringe ihn um."

Xan ließ sich von Urho halten. Unbändige Freude, so angebetet zu werden, überkam ihn. Nie zuvor hatte er die Art von Liebe erfahren, die Urho ihm entgegenbrachte. Es fiel ihm schwer, sie mit dem Wissen um Urhos Raum, diesen Schrein für Riki, überein zu bringen. Er wollte nicht eifersüchtig auf einen Toten sein, aber wie sollte er dem Vergleich mit ihm standhalten? Würde er nicht stets nur ein schwacher Ersatz sein – nicht einmal ein echter Omega und ganz gewiss nicht Urhos *Érosgápe*?

Er verdrängte die unangenehmen Gedanken und genoss stattdessen Urhos besitzergreifende Umarmung. Es spielte keine

Rolle. Xan weigerte sich, in Selbstmitleid zu versinken. Das hier war sein Leben, seine Wahl. Urho war nun sein Geliebter.

„Monhundy ist für mich ein Nichts", sagte Xan fest. „Außerdem habe ich mich um die Angelegenheit gekümmert. Er wird mich nie wieder anrühren."

„Damit hast du absolut recht", grollte Urho. „Weil ich ihn vorher umbringen werde."

Xan beeilte sich, Urho von seinem Zorn abzulenken. „Im Moment sind nur Caleb und Vale wichtig. Und das Baby und Janus. Monhundy ist Abschaum und seine Zukunft ebenfalls." Xan rieb beruhigend Urhos Arme. „Ich liebe dich."

Aber Urho ließ sich nicht so einfach ablenken. „Wenn du nicht zu ihm gegangen bist, dann muss er dich aufgesucht haben."

„Das spielt keine Rolle. Er ist ein erbärmlicher Mann mit einem erbärmlichen Leben." Außerdem war Wilbet Monhundy ein Feigling. Tief in seinem Inneren befriedigte es Xan ungemein, sich an den Schock und das Entsetzen in Monhundys Augen zu erinnern, als der in der Nacht zuvor Xan angestarrt hatte. „Lass es einfach gut sein."

Urho sah zu ihm hinab. Dann berührte er erneut mit zärtlichen Fingern den Bluterguss. „Du sagst, das hier stammt von deinem Vater? Hat er dich geschlagen?"

„Das ist eine lange Geschichte. Aber mein Vater und ich ..." Xan schüttelte den Kopf. „Ich glaube, ich werde in Kürze verarmt sein. Hoffentlich wird Caleb mir das verzeihen."

Urho blinzelte. „Nun, zum Glück für dich und Caleb besitze ich eine Menge Geld."

„Lass uns später darüber reden."

Urho küsste den Bluterguss auf Xans Wange zärtlich, dann küsste er Xan auf den Mund. Der Kuss wurde leidenschaftlich, und Urhos Hände glitten unter Xans Hausmantel, rieben seine Nippel und entzündeten seinen Körper.

„Caleb braucht uns", flüsterte Urho an Xans Lippen. „Lass uns das Tablett nehmen und sehen, ob wir ihn überreden können, etwas zu essen, bevor die nächste Welle kommt."

Xan atmete heftig, als Urho ihn losließ, aber er folgte ihm schweigend die Treppe hinauf. Der Flügel, in dem Vales und Jasons Zimmer lag, war ruhig. Offenbar machte die kleine Familie ein wohlverdientes Nickerchen.

An der Tür zu Calebs Zimmer blieb Urho stehen. „Bist du sicher, dass er mich sehen will?"

„Er hat nach dir gefragt."

Urho nickte, aber in seinen Augen stand Scham. „Ich wollte ihn nicht so im Stich lassen."

„Er ist Caleb. Er versteht das."

„Vielleicht sollte er das nicht." Urho schnaubte. „Verdient Caleb es nicht, in jemandes Leben an erster Stelle zu stehen? So wie du in meinem an erster Stelle stehst?"

Xan riss die Augen auf; das Tablett in seinen Händen wurde plötzlich schwer. „Was meinst du damit?"

„Ich meine damit, dass ich dich liebe und wenn ich an die Zukunft denke, dann bist du das einzig Wichtige für mich."

Jenes Zimmer in Urhos Haus in der Stadt schien plötzlich unendlich weit weg zu sein. „Ich würde dich jetzt gern küssen, aber–" Xan nickte zu dem Tablett, das er trug.

Urho beugte sich vor und drückte Xan einen sanften Kuss auf den Mund. „Wir können unsere Art der Liebe nicht mit Caleb teilen, aber wir können Zuneigung und Freundschaft mit ihm teilen. Lass uns heute Caleb zu unserer Priorität machen. Konzentrieren wir uns voll und ganz auf ihn."

Xan stimmte zu. Sein Herz war von Liebe und Respekt für Urho erfüllt, und von Hingabe sowohl für seinen Omega als auch für seinen Geliebten.

Caleb saß aufrecht im Bett, mit einem benommenen,

erschöpften Ausdruck im Gesicht, aber seine Augen leuchteten auf, als Urho und Xan hereinkamen. „Das Essen riecht furchtbar", murmelte er mit leiser, heiserer Stimme. „Aber ich bin froh, euch zwei zu sehen." Er lächelte erleichtert und voller Zuneigung.

„Wir haben auch Marmelade mitgebracht", sagte Urho und nickte zur Begrüßung.

„Und Alphakondome?", fragte Caleb. „Für dich?"

Urho nickte, räusperte sich und sagte: „Es tut mir so leid wegen–

„Stopp!" Caleb hob eine Hand. „Streich mir einfach etwas Marmelade auf einen Toast und füttere mich – das ist deine Strafe. Und dann ist alles vergeben und vergessen."

Urho lachte leise. Und Xan legte seinen Hausmantel ab.

„Oh, und zieh dich aus", sagte Caleb. „Falls dieses Kribbeln nämlich irgendetwas zu bedeuten hat, dann werde ich schon in Kürze nicht mehr klar denken können."

URHO KONNTE SICH kaum erinnern, wann er zuletzt gleichzeitig so erleichtert und so besorgt gewesen war wie in dem Augenblick, als er Xans dunklen Lockenkopf und seine erhitzten Wangen in der Küchentür gesehen hatte. Der Bluterguss in seinem Gesicht hatte Urho den Magen umgedreht, und Xans erschöpfter Blick hatte es auch nicht besser gemacht. Aber die schiere Freude, ihn wiederzusehen – das Adrenalin in Urhos Adern, das leichte Gefühl in seiner Brust – ließen sich nicht leugnen.

Die Nachricht, dass seine Verletzungen von zwei körperlichen Auseinandersetzungen mit zwei verschiedenen Männern stammten, die beide deutlich größer und kräftiger waren als Xan, quälte Urho. Ohne Zweifel würde er bald mehr Informationen über beide Begegnungen verlangen, aber für den Moment war Xan sicher, und das war das Wichtigste. Sie hatten einen Omega in Hitze, um den sie sich kümmern mussten, und Caleb verdiente ihre volle Aufmerksamkeit, Zuneigung und Konzentration.

Sobald sie allein und nackt in Calebs Zimmer waren, begannen die Verhandlungen. Urho war es gewohnt, sich um Omegas in Hitze zu kümmern, aber normalerweise folgte er einfach seinem Instinkt, und die Omegas waren stets glücklich damit. Caleb jedoch hatte Regeln.

„Zunächst einmal", sagte er, während er an einer Orangenscheibe knabberte, die Xan ihm aufgedrängt hatte, „will ich nicht, dass das hier irgendetwas mit ‚Liebe machen' zu tun hat."

Urhos Augenbrauen schossen in die Höhe. „Wie bitte?"

„Nun, zwischen euch beiden kann es natürlich so sein – das wäre sogar schön. Aber für mich? Nein. Ich will einfach nur gefickt und beknotet werden, um die Qual zu lindern. Ich will keine großen Zärtlichkeiten oder Vorspiel, und auf keinen Fall will ich orale Befriedigung oder auch nur geküsst werden. Darum geht es für mich nicht."

Urho nickte. Er war etwas verwirrt, äußerte das aber nicht. Es war Calebs Hitze, und er bestimmte, wie es laufen sollte.

Xan fragte „Aber kann ich an deinen Schultern und an deinem Hals schnuppern?"

Caleb überlegte kurz. „Ja. Das machst du ohnehin oft. Und es hat mir immer gefallen. Also ja."

„Und kann ich dich auf die Stirn küssen oder mit den Fingern durch dein Haar fahren?", fragte Urho.

Caleb nickte. „Alles, was ihr normalerweise mit mir macht, könnt ihr auch weiterhin tun. Außer ich bitte euch aufzuhören, natürlich." Er lächelte Urho an, und es fühlte sich wie Vergebung dafür an, dass Urho ihn hatte einschließen müssen. Urho seufzte erleichtert. Caleb fuhr fort: „Das klingt beides sehr schön. Ich will ja auch nicht, dass ihr grausam seid – das ist nicht, was ich meine!

Aber ich ziehe es vor, dass der Sex eher als zweckmäßig betrachtet wird."

„Ich dachte, du tust es nicht gern mit Fremden?", fragte Urho und offenbarte etwas von seiner Verwirrung.

„Das stimmt" sagte Caleb. „Aber das bedeutet nicht, dass ich eine sexuelle Anziehung zu dir empfinde oder dass diese Interaktion speziell etwas mit unserer Beziehung untereinander zu tun haben soll."

„Ich verstehe." Glaubte Urho zumindest. Im weitesten Sinne.

„Ich hatte Glück und musste bisher nur zweimal in meinem Leben eine Hitze mit einem Fremden verbringen. Ansonsten engagierte meine Familie Männer, die ich kannte und die verstanden, was ich wollte. Oder zumindest akzeptierten sie meine Wünsche."

„Also gut", sagte Urho.

„Aber ihr könnt Liebe miteinander machen", sagte Caleb sanft, als würde er ihnen einen Gefallen erweisen. „Ich hätte nichts dagegen, euch dabei zuzusehen. Das klingt sogar sehr schön, zuzusehen …" Caleb bekam rote Wangen. „Vielleicht werde ich mich dabei selbst anfassen."

„Was immer dir gefällt", sagte Urho ruhig, obwohl Calebs Forderungen ihm allesamt höchst ungewöhnlich erschienen.

„Ich kann den Dildo bei dir benutzen, richtig? Um dir zu helfen?", fragte Xan.

„Ja. Du weißt von der ersten Hitze her, wie ich es damit gern habe. Aber sobald ich richtig durchdrehe, musst du mich ficken. Hart."

„Und Urho?", fragte Xan.

„Er sollte *dich* ficken, denke ich. Aber falls du Schwierigkeiten haben solltest, dann ja, dann kann er mich ficken. Aber ich will schwanger werden, Xan. Also wäre es mir lieber, du wärst es die meiste Zeit. Besonders, was das Beknoten angeht."

Sie nickten, und Xan griff nach den Tabletten auf dem Nachttisch. „Ich werde einige davon einnehmen."

Caleb lächelte. „Du warst wunderbar vorhin. Eigentlich sogar perfekt."

Xan grinste ein wenig überheblich. „Ich habe es gut gemacht, oder? Ich bin froh, dass du das auch findest."

Caleb lachte und ließ sich von Urho mit ein wenig Marmeladentoast und einer weiteren Scheibe Orange füttern. „Es gefällt mir, so verwöhnt zu werden", gestand er schüchtern. „Danach, wisst ihr? Ich mag auch das Kuscheln während des Knotens, und noch mehr, wenn der Knoten wieder abgeschwollen ist. Ich mag die Aufmerksamkeiten. Ich finde sie sehr schmeichelhaft."

„Das bekommen wir hin", versicherte Urho. „Ich kuschele auch sehr gern nach dem Knoten."

Xan lächelte Urho an, dann leckte er sich die Lippen. „Das ist alles ein wenig peinlich, oder?"

„Das ist alles was mit Sex einhergeht, für mich immer", sagte Caleb achselzuckend. „Peinlich und unangenehm. Ich weiß immer gar nicht, wo ich anfangen soll."

„Wenn die nächste Welle kommt, werden wir dir über die Unannehmlichkeiten hinweghelfen", sagte Xan beruhigend.

Der Duft von Calebs Hitze-Pheromonen und seines Schlicks wurde intensiver, während sie ihn weiterhin fütterten und ermutigten zu trinken. Als Caleb schließlich entschlossen das Essen wegschob, wussten sie, dass es an der Zeit war, sich anderen Dingen zuzuwenden. Die Welle näherte sich nun schnell, und Calebs Brust rötete sich, als die Hitze unter seiner Haut begann zu kribbeln.

Urho wartete darauf, dass er wieder die Beherrschung verlor und sich wehrte und kämpfte wie zuvor, aber das passierte nicht. Caleb war jetzt, da Xan bei ihm war, sehr viel ruhiger. Urho fiel sofort auf, wie Caleb sich auf Xans Versicherungen verließ, dass alles gut war, selbst als Calebs Körper die Kontrolle übernahm und er in die

Spirale der besinnungslosen Erregung der Hitze gezogen wurde.

Das Vertrauen, das Caleb in Xan setzte, rührte Urho und erfüllte ihn mit Zuneigung. Mehr als einmal bekam er feuchte Augen, während er ihrer Beziehung aus so großer Nähe Zeuge wurde.

Xan hielt Calebs Hände und flüsterte ihm beruhigende Worte zu, und Urho streichelte Calebs Haar. Als die Welle sich dem Höhepunkt näherte, fickte Xan Caleb mit dem Alphadildo und verschaffte ihm damit mehrere Orgasmen, bis Caleb anfing, darum zu betteln, gefickt zu werden. Selbst in seinem Delirium wusste Caleb genau, was er wollte.

„Ich will schwanger werden", erinnerte Caleb Xan drängend. Er packte Urhos Unterarm, als Xan sich zwischen Calebs gespreizte Beine legte. „Du fickst Xan. Das wird Xan dabei helfen, mich zu ficken."

Urho fragte sich kurz, ob der Zeitpunkt für eine Schwangerschaft weise gewählt war, falls Xan tatsächlich enterbt werden sollte, verwarf den Gedanken jedoch sofort wieder. Sollten Caleb und Xan Hilfe brauchen, würde er sie gern gewähren. Jede Hilfe – finanziell, körperlich, sexuell – und er würde es gern tun. Xan und Caleb würde es an nichts mangeln, wie auch immer es sich mit Xans Familie entwickeln sollte. Dafür würde Urho sorgen. Er würde alle Fäden ziehen, jeden Anwalt engagieren, jede Lüge erzählen und diese Männer beschützen bis zu seinem letzten Tag.

Das war es, wozu er bestimmt war – er spürte es bis tief in seine Seele. Das war der Grund, warum er den Schmerz von Rikis Verlust überlebt hatte. Das war nun seine Berufung: Xan und dessen Omega für immer zu beschützen.

Die Sonne war längst untergegangen, als Xan sich behutsam auf Caleb legte und mit einem Seufzen tief in ihn eindrang. Caleb schloss die Augen und hielt sich an Xans Rücken fest. Er ließ Xan an seinem Hals schnuppern und lächelte ein wenig, als Xan begann, sich zu bewegen. „Das ist schön", murmelte Caleb. „Ich danke dir."

Xan schnaubte. „Nein, danke *dir*, Caleb. Dafür, dass du der beste Omega bist, den ich mir wünschen könnte."

„Mmmh, das denkst du nur, weil ich dir gehöre", seufzte Caleb und bäumte sich auf.

„Weil du perfekt für mich bist."

Caleb lachte leise, dann keuchte er. „Ein wenig fester jetzt. Und schneller. Mach, dass ich es spüre."

Xan gehorchte. Seine Hüften und seine Eier klatschten hörbar gegen Calebs Körper, und der köstliche Geruch von Schlick und Pheromonen wurde intensiver. Urho harter Schwanz wurde noch härter, zuckte und triefte von Vorsperma während Urho Caleb und Xan zusammen beobachtete. Die Blutergüsse auf Xans Rücken und seiner Seite machten Urho Sorgen, aber auch das vergaß er bald, fasziniert von den sinnlichen Gerüchen, Geräuschen und dem Anblick der beiden.

Er hatte in der Vergangenheit zusammen mit anderen Alphas einen Omega geteilt, vor allem in Fällen von unaufhörlicher Hitze, aber das hier war anders. Er teilte seinen Omega in Alphagestalt mit Caleb, und so etwas wie Besitzerstolz wuchs in ihm – das Gefühl, dass diese Männer ihm gehörten und er hier war, um sie zu leiten.

Er kniete hinter Xan und zwischen dessen Beinen und streichelte Xans Rücken, während der Caleb fickte. Dabei vermied er es, die Blutergüssen zu berühren. Plötzlich öffnete Caleb die Augen, sein Blick fand Urhos, und er flüsterte: „Tu es. Nimm ihn. Teile ihn mit mir."

Urho wusste nicht, wie viel von dem, was er fühlte, durch Xan zu Caleb übertragen werden konnte, oder wie viel davon Caleb überhaupt erfahren wollen würde, aber er konnte Xan helfen, seinen Omega zu ficken und seine Pflicht zu erfüllen. Dazu waren er und sein fast schmerzhaft harter Schwanz absolut bereit und gewillt zu tun.

Xan stieß in Calebs Körper, das Gesicht an Calebs Hals vergraben, die Haut seines Rückens vor Anstrengung gerötet. In seiner Arschritze war der Wirbel dunkler Haare zu sehen, der sein hübsches Loch verbarg. Urho schnupperte entlang Xans Hals und inhalierte die Gerüche seines Schweißes und seiner Erregung. Er stöhnte. Über Xans Schulter hinweg sah er, wie Caleb die Augen verdrehte und sich seiner von Hitze getriebenen Erregung hingab.

„Das ist gut", flüsterte Urho Xan ins Ohr. „Fick ihn härter. Mach, dass er kommt. Du machst das so gut – sieh nur, wie er jetzt zittert."

Xan stöhnte, seine Hüften zuckten, und er drehte den Kopf, um Urho zu küssen. Ihre Zungen begegneten sich, und Xan wimmerte, als Urho den Kopf zurückneigte. „Konzentrier dich", sagte Urho drängend. „Mach, dass er noch einmal kommt. Du kannst das."

Xan hielt Caleb fest und fickte ihn wild.

„So ist es richtig", ermutigte ihn Urho und drückte seinen Ständer gegen Xans wackelndes Hinterteil. „So ein braver Junge. Ihr seid beide so gut."

Calebs Muskeln verspannten sich, sein Bauch und seine Schenkel. Er schrie auf und kam. Sein Arschloch zog sich rhythmisch um Xans Schwanz zusammen, und sein Ständer explodierte mit köstlichem, wundervollen Omegasperma. Urho nahm etwas davon mit der Hand auf und verrieb es auf seinem eigenen Schwanz.

„Perfekt, mein Geliebter", murmelte er in Xans Ohr. „Jetzt halt einen Augenblick still. Und dann bringen wir ihn noch einmal zum Orgasmus. Zusammen."

Xan stöhnte heiser, als Urho in ihn eindrang und wand sich erregt. „Scheiße", flüsterte er und ließ den Kopf hängen. „Oh Wolfgott, das ist …"

„Gut?", fragte Urho und pumpte sanft. Er spürte wie Xans Körper ihn warm und eng umschloss, genoss den Rhythmus von

Xans Puls an seinem Schwanz – ein lebendiges, liebevolles Pochen, das ihre Leben miteinander verband.

„Ja", flüsterte Xan und erschauerte am ganzen Körper.

„Gut. Jetzt machen wir, dass dein Omega kommt. Wir werden ihn fliegen lassen."

Caleb war nun ganz im Bann seiner Hitze. Sein Körper bebte, als die Welle ihn vollends ergriff und Xan empfand ebenfalls Ekstase, während Urho in ihn versank und mit harten, schnellen Stößen den Rhythmus diktierte, mit dem Xan in Calebs zupackendes Loch stieß.

Urho erkannte den Augenblick als Calebs Gebärpater sich schließlich senkte und öffnete, den Moment, als Xan in die Wärme seines Schoßes eindrang. Nichts ließ sich mit der Lust vergleichen, in den süßen Uterus eines Omegas einzudringen – die Art wie der Patermund die Eichel eines Alphaglieds ergriff – als würde er ihn küssen – und sich dann mit jedem Stoß weiter öffnete.

„Scheiße!", reif Xan und warf den Kopf zurück. „Oh, Wolfgott!"

„Ja", ächzte Urho. „Komm jetzt in ihm. Fülle ihn. Mach ihm ein Kind."

Caleb zuckte und zitterte. Sein Arschloch krampfte sich hilflos um Xans großen Ständer zusammen, verloren in einem langen, heftigen Anal-Orgasmus, der ihn sabbernd und benommen zurückließ. Xan fuhr fort, seinen Omega zu ficken; seine Hüften klatschten gegen Calebs Arsch, und sein Kopf fiel zurück auf Urhos Schulter.

Der Geruch von Xans Erregung, die steigende Flut von Calebs Pheromonen, und die warme, feuchte Herrlichkeit von Xans Loch um Urhos Schwanz erregten Urho über die Maßen. Er biss in Xans Schulter, fickte ihn so hart und schnell wie er konnte, dann drang er tief in ihn ein und schrie vor Lust. Sein Körper begann heftig zu zucken, als er kam und eine Ladung nach der anderen tief in Xans

Körper verspritzte.

In Reaktion auf Urhos Orgasmus schrie auch Xan auf und sank auf Caleb zusammen. Urho folgte ihm. Die überwältigende Lust schien nicht enden zu wollen. Urho packte Xans Hüften, stieß erneut zu und stöhnte als eine weitere Welle ihn überrollte.

„Mein Omega", flüsterte Urho in Xans Ohr. „Für meinen Schwanz gemacht."

Xan erbebte um Urho und schrie seine Ekstase hinaus, als Urho ihn erneut in die Schulter biss und eine weitere Ladung Samen tief in ihn ergoss.

Als die beinahe brutale Lust schließlich abebbte, erschauerte Urho und versuchte, seinen Schwanz herauszuziehen, stieß jedoch auf Widerstand – und einen Schmerzenslaut von Xan. Urho keuchte und sah hinab zu der Stelle, wo ihre Körper miteinander verbunden waren. Er brauchte einen Augenblick, um das geschwollene Gefühl an der Wurzel seines Glieds zu erkennen, das Pulsieren und Kribbeln – sein Knoten, der in Xans Körper schwoll und sich verhärtete.

„Verdammt", flüsterte er an Xans schweißfeuchter Haut. Er leckte und küsste Xans Hals und Schulter. „Oh süßer, verfluchter Wolfgott", murmelte er. Er packte Xan und drang so tief in ihn ein wie er konnte, und fühlte Xans geschwollene Prostata an der Unterseite seines pochenden Ständers. Er flüsterte: „Ich beknote dich. Du hast meinen Knoten! Warte. Atme ganz ruhig. So ein guter Junge. So ein guter Omega."

Xan erstarrte in seinen Armen und wimmerte. Als Urhos Knoten schließlich vollends geschwollen war, fest gegen die inneren Wände von Xans Körper drückte und ihn auf eine Weise füllte, wie er nie zuvor gefüllt worden war, klammerte Xan sich an Caleb, stieß einen wortlosen Schrei aus und erschauerte hilflos auf Urhos Knoten. Der Geruch von Xans Sperma und eine Explosion von Alphapheromonen erfüllte die Luft um sie herum. Urho schrie auf und kam erneut, während Xan sich heftig krümmte und sich in Calebs Gebärpater ergoss und ihn ebenfalls beknotete.

Unter ihnen bebte und stöhnte Caleb. Seine Haut war von Kopf bis Fuß gerötet. Er hatte die Augen geschlossen, und seine Nippel waren zu festen Spitzen zusammengezogen, während er Xans Knoten nahm. Sein eigener Schwanz verspritzte Sperma, als der Druck gegen seine Omegadrüsen und seine Prostata ihn überwältigte. Schlick tropfte heraus und erlaubte Xan, noch tiefer in ihn einzudringen. Alle drei stöhnten und erbebten, und jede Bewegung ließ sie tiefer in Ekstase versinken.

Schließlich löste Urho sich lang genug aus dem freien Fall der Lust, um sie – unter vielen Lust- und Schmerzlauten – in eine bequemere Lage zu manövrieren, sodass er und Xan Caleb nicht unter ihrem gemeinsamen Gewicht erdrückten. Behutsam, mit größter Zärtlichkeit und Liebe drehte er ihre vereinten Körper auf die Seite. Urho zog Xan eng an seine Brust, und Caleb legte ein Bein über Xans und Urhos Hüften.

Sie hielten sich aneinander fest, während die Knoten ihren Körpern auch das letzte bisschen Ekstase entrangen, und dann kamen sie noch einmal.

Xan legte seine Stirn an Calebs, und sie wimmerten und flüsterten miteinander … „Das ist gut, Caleb" und „Ja, Xan, ich danke dir". Urho rieb seine Nase an Xans Hals und schnupperte. Er hielt sie beide fest, während sie alle durch die Nachbeben zitterten.

„Ich liebe dich", wisperte Urho an Xans Ohr, während Xan auf seinem Knoten zuckte. „Mein eigener Omega."

Xan griff hinter sich, fuhr mit den Fingern durch Urhos Haar und hielt sich fest, während sie befriedigt zusammenlagen, ihre Körper verbunden.

XAN ERZITTERTE. VORN verband sein Knoten ihn mit Caleb, hinter ihm war er durch Urhos Knoten an seinen Geliebten gebunden. Sein Arsch war weiter gedehnt, als er es je für möglich gehalten hätte, und seine Prostata war vor Lust entflammt. Sein Schwanz wurde fortwährend von Calebs Orgasmen gemolken, und die warme Umarmung Urhos, die sie alle in dessen großen, starken Armen zusammenhielt, war himmlisch.

Diese Vereinigung überstieg jeglichen früheren Begriff von Liebe, den er gehabt hatte. Sie war wundervoll erotisch und so voller zärtlicher Emotionen, dass sein ganzer Körper sich anfühlte wie ein offenes Herz, leuchtende Nervenenden und pure Anbetung. Dies war sein wahres Zuhause. Sie waren der Anfang und das Ende. Und endlich waren sein innerer Alpha und sein innerer Omega beide vollkommen befriedigt.

Aufrichtig und perfekt und vollkommen.

KAPITEL 26

DIE TAGE VERGINGEN in einem Rausch körperlicher Freuden und emotionaler Zufriedenheit, wie Xan es noch nie zuvor erlebt hatte.

Je mehr sie sich aneinander gewöhnten, umso lockerer wurden die Regeln, die sie aufgestellt hatte – es war natürlich Caleb vorbehalten, zwischen den Wellen der Hitze die Regeln neu zu verhandeln.

Solange weder Urho noch Xan sich ihm gegenüber nicht zu „liebhabermäßig" verhielten, wurde Caleb etwas verspielter und gab sich den Freuden seiner Omega-Bedürfnisse mit einer unschuldigen, rohen Vehemenz hin, die Urho nur bewundern konnte. Er lobte Caleb und nutzte dessen Lust, um auch Xan zu größerem Vergnügen und höheren Leistungen anzuspornen.

Und auch, wenn die Drei mühelos zwischen verschiedenen Stellungen wechselten, so endete es doch stets mit Xans Knoten in Caleb, Urhos Knoten in Xan und größter Ekstase für alle – ganz so wie Xan es am liebsten mochte.

Als Calebs Hitze schließlich nachließ, hörte Urho jedoch auf, Xan zu ficken, und begann, sich um Xans Arschloch zu kümmern. Xan war darüber ungehalten und bedauerte den Verlust des Knotens, denn er wusste, er würde bis zu Calebs nächster Hitze auf diese Erfahrung verzichten müssen. Und falls Caleb schwanger wurde, konnte das länger als ein Jahr dauern!

Aber Urho hatte natürlich recht. Xan war kein Omega und daher nicht gebaut für Knoten oder daran gewöhnt, einen in sich aufzunehmen. Und auch wenn er es ungemein genossen hatte und genauso oft um den Knoten gebettelt hatte wie Caleb – die Realität war, dass sein Arschloch geschwollen war und schmerzte. Selbst ein einzelner Finger verursachte jetzt Unbehagen.

Es war auch nicht besonders angenehm, als Urho zwischen den letzten Schüben von Calebs Hitze Eis und Salbe in Xan einführte. Es war abwechselnd kalt und heiß, und das Versprechen es würde die Schwellung lindern, erschien ihm nicht ausreichend, um die Unannehmlichkeit zu ertragen. Aber Xan genoss es dennoch in Urhos Armen zu liegen, während das Eis und die Medizin ihn zappeln ließen und er sich beschwerte.

„Schh, keine Widerrede", murmelte Urho und küsste Xans Stirn. „Wenn nachher alles verheilt ist und du mich wieder nehmen kannst, wirst du mir danken."

„Streite dich nicht mit deinem Alpha", murmelte Caleb schläfrig. Sein Gesicht lag an Xans Hals, und sein Körper war eng an ihn geschmiegt und zitterte vor Erschöpfung, erhitzt und klebrig. Aber Xan wollte ihn noch nicht loslassen. „Er weiß, was das Beste für dich ist."

„Das würdest du nicht sagen, wenn er Eis in deinen–"

Caleb hielt Xan den Mund zu. „Streite dich nicht mit deinem Alpha."

Xan verdrehte die Augen, hörte aber auf zu protestieren. Auch wenn es sich am Anfang nicht gut anfühlte, so bestand kein Zweifel, dass die Schwellung im Laufe des Tages nachließ. Er vermutete, mit etwas Glück würde er noch vor Ablauf einer Woche wieder mit Urho Liebe machen können.

Schließlich war die Hitze vorüber. Xan und Urho wurden vom Rauschen der Dusche in Calebs Bad aus einem langen, tiefen Schlaf geweckt. Caleb war nicht mehr bei ihnen im Bett. Xan gähnte und streckte sich, Urho küsste seine Brust und seinen Bauch, und Xan kicherte, als Urhos Mund weiter abwärts zu seinem Schwanz wanderte.

„Ich bin erledigt", sagte Xan. „Da steigt heute nichts mehr."

Urho leckte an der Eichel und lächelte, als sich trotz des schlaffen Zustands ein Lusttropfen an der Spitze bildete. Er kroch an Xans Körper hoch und küsste ihn auf den Mund. „Ich liebe dich, mein Omega in Alphagestalt."

„ICH LIEBE DICH auch", flüsterte Xan an seinen Lippen. „Danke, dass du hier bei uns bist."

„Es war mir eine Ehre."

„Ihr zwei seid geradezu widerwärtig verliebt" sagte Caleb von der Tür her, die zu den Badezimmern und Schränken führte. Er war in einen Bademantel gewickelt, frisch geduscht. Aber er lächelte glücklich. „Ich bin darüber allerdings sehr froh. Ich glaube nämlich, wir drei haben etwas Wundervolles zusammen geschaffen."

Xan setzte sich auf. In seinem Magen tanzten Schmetterlinge. „Ja?"

Caleb rieb sich den flachen Bauch. „Ich kann nichts versprechen, und wer weiß, ob es wirklich passiert, aber ich fühle mich anders. Ich glaube, wir haben es geschafft." Er grinste breit. „Ich hoffe es. Ich wünsche mir schon so lange ein Baby. Ich hoffe, er wird aussehen wie du, Xan."

Xan lachte, und Urho küsste seine Schulter und ließ ihn wohlig erschauern. „Tja ich hoffe, er sieht wie du aus. Du bist wunderschön."

Caleb verdrehte die Augen, sah aber sehr zufrieden aus. „Hoffen wir einfach, er sieht nicht aus wie Urho. Sonst hätten wir nämlich einiges zu erklären."

Sie lachten leise zusammen, auch wenn diese Möglichkeit natürlich nicht bestand. Urho hatte seinen Knoten ausschließlich Xan gegeben. Dann herrschte einen Augenblick lang Stille im Raum. Sie sahen einander schweigend an, und eine Zukunft voller

Möglichkeiten hing in der Luft.

„Aber eines Tages vielleicht …" sage Caleb und zuckte die Achseln. „Wenn erst ein Erbe gesichert ist. Und wenn wir eine solche Gesellschaft etabliert haben und der Rest der Welt sich einfach verpissen kann."

Urho schnaubte leise über diesen Gedanken, aber seine Wangen röteten sich, und er bekam feuchte Augen. Xan fragte sich, ob Urho ein Kind mit ihnen beiden wollen würde. Ein eigenes, leibliches Kind. Oder ob das etwas war, das er nur mit Riki gewollte hatte.

„Fangen wir erst einmal mit diesem an", sagte Caleb lächelnd, dann ging er ans Fenster und zog die Vorhänge auf. Die Sonne eines neuen, klaren Tages ging auf, und in ihrem Licht strahlte Caleb wie ein Engel. „Ich denke, das ist ein guter Anfang."

Urho nahm Xan in seine Arme und gemeinsam bewunderten sie Caleb. Die Hoffnung auf ein zukünftiges Baby umfing sie alle drei und erfüllte den Raum mit einem Versprechen.

„ER HAT SICH noch nicht ganz erholt, Mr. Heelies", sagte Ren, dessen Augen übermüdet wirkten. Seine Haut war ganz grau vor Erschöpfung. „Aber wie es aussieht, wird Ihr Cousin wohl über-leben. Aber, wenn ich das sagen darf … er hat sich sehr verändert." Ren presste die Lippen zusammen, dann flüsterte er niedergeschlagen: „Das Fieber hat Schäden hinterlassen."

Xan, Caleb und Urho saßen in der Bibliothek und hörten Rens Bericht. Dr. Bainson war am gestrigen Morgen ins Dorf zurückgekehrt und hatte Janus' weitere Pflege Ren überlassen.

„Welche Art von Schäden?" fragte Caleb. Eine seiner Hände ruhte schützend auf seinem Bauch, so wie schon während des ganzen Morgens beim Frühstück mit Jason, Vale und dem neuen Baby, das den Namen Virona Sabel bekommen hatte.

Xan hatte starke Zweifel, dass der Name besonders weise gewählt war – ein bisschen zu offensichtlich – und er zweifelte nun auch ernsthaft an Vales Fähigkeiten als Poet, wenn der das wirklich nicht sehen konnte. Aber das rosige, schreiende Ding war nicht seines, und die Namenswahl ging ihn nichts an. Außerdem nannte jeder das Baby kurz Viro, was Xans Ansicht nach deutlich vernünftiger war.

„Ist sein Verstand betroffen?" fragte Urho, als Ren mit der Antwort auf Calebs Frage auffällig lange zögerte.

„In gewisser Weise", räumte Ren ein. „Er ist lethargisch und trübsinnig. Ich denke, er könnte etwas Ermunterung gebrauchen. Er kommt mir zutiefst reumütig vor." Ren warf einen Blick zu Caleb, dann sah er zu Boden.

„Ist er noch ansteckend?", fragte Urho und legte eine Hand auf Calebs Knie, wie um ihn davon abzuhalten, aufzuspringen und auf der Stelle zu Janus zu gehen. Xan fragte sich, woher er gewusst haben mochte, was zu tun war.

„Nein. Der Arzt sagte, sobald die Bettwäsche verbrannt und das Zimmer gründlich geputzt ist, kann er besucht werden. Mr. Sabel hat bereits einige Male nach ihm gesehen, seit wir die Anweisungen befolgt haben, aber Mr. Janus redet nicht mit ihm. Und er weigert sich, den getrennten Flügel zu verlassen. Um ehrlich zu sein, würden die Diener gern dorthin zurückziehen, aber keiner wagt es, solange Mr. Janus noch dort ist. Er wandert in den Räumen umher wie ein Geist."

„Ich verstehe", sagte Caleb, schob Urhos Hand weg und stand auf. „Ich werde jetzt zu ihm gehen."

Xans Herz zog sich zusammen. Er erhob sich ebenfalls, um Caleb davon abzuhalten zu seiner ersten … nicht zu seiner ersten *Liebe* zu gehen, das war falsch ausgedrückt. Zu seiner ersten *Hoffnung*. Aber er nahm Caleb nur in die Arme und murmelte: „Kommst du zu mir, wenn du fertig bist?"

„Natürlich", sagte Caleb und küsste ihn auf die Wange, so als würde er Xans Unbehagen spüren. „Keine Sorge. Mein Herz gehört dir und unserem gemeinsamen Leben. Ich will ihm nur helfen."

Xan nickte und sah Caleb nervös hinterher, als der Ren aus der Bibliothek hinaus in die große Eingangshalle folgte.

„Er wird zu uns zurückkommen", sagte Urho ruhig. „Setz dich. Lass uns hier zusammen auf ihn warten."

„Aber was, wenn er ihn liebt?"

„Das tut er nicht. Aber selbst wenn – er trägt dein Kind."

„Ist das so?"

„Ich kann eine Veränderung an ihm riechen. Du nicht? Wie ein Funke von etwas Anderem und Neuem."

„Ja", antwortete Xan aufgeregt. „Ist das unser Baby?"

„Ja." Urho zog Xan an sich und verbarg seine Nase in Xans Haar. „Das ist euer Baby."

„Unseres", beharrte Xan, und ein wundervolles Lächeln erhellte Urhos Gesicht.

Xan versuchte, sich mit Urho auszuruhen, aber er konnte nicht aufhören, sich auszumalen, was gerade zwischen Caleb und Janus passierte. Es verging eine Stunde, während der Urho Xan aus dem kleinen Buch vorlas, das er Xan vor all den Monaten gegeben hatte. Urho hatte sich gefreut, es in Xans Schlafzimmer vorzufinden, zusammen mit anderen kleinen Schätzen, die er aus der Stadt hierher mitgenommen hatte: es war eine Sammlung von Comics um einen Alphajungen und seine zahme Schlange. Kindisch, aber durchaus unterhaltsam. Heute jedoch nicht.

Das Telefon in Xans Büro begann zu klingeln. Er sprang auf, dankbar für einen Grund sich zu bewegen, aber dann wurde ihm flau im Magen. Die einzige Person, die direkt auf dieser Leitung anrufen würde, war Joon. Xan hatte früher an diesem Tag eine Nachricht für ihn hinterlassen und darum gebeten, er möge anrufen und ihm von den Fortschritten seines Bruders und seines Paters berichten. Nachdem er während Calebs Hitze tagelang nicht aus dem Zimmer gekommen war, hatte er das Gefühl, vollkommen von der Welt abgeschnitten gewesen zu sein. Seitdem hatte er auf den Anruf gewartet.

„Lofton-Anwesen in Virona, Xan Heelies am Apparat", sagte er atemlos, nachdem er den Hörer abgenommen hatte, und ließ sich auf seinen Schreibtischstuhl fallen. Sein Herz hämmerte, und er wischte sich mit der Hand über den Mund. „Hallo?"

„Liebes! Wie schön deine Stimme zu hören."

Xans Augen füllten sich mit Tränen. „Pater?"

„Ich habe täglich angerufen und jeden Tag sagte man mir, dein Omega wäre noch immer in Hitze. Ist alles gut verlaufen, Liebes? Habt ihr Hoffnung?"

„Ja" antwortete Xan mit einem Kloß in der Kehle.

Urho lehnte im Türrahmen und beobachtete Xan neugierig.

„Da bin ich froh. Geht es dir gut?"

„Bestens. Und dir?"

„Ich bin schon fast wieder der Alte."

„Und Ray?"

„Er hat sich wunderbar erholt. Und das alles dank dir und der Medizin, die du uns gebracht hast. Es gibt vieles, wofür dein Vater dir dankbar sein muss."

„Pater ..." Xan schloss die Augen. Er seufzte, als Urho näher trat und ihm beruhigend das Haar streichelte. „Vater und ich ..."

„Ich weiß, Liebes. Und dein Vater ist im Unrecht, war im Unrecht, und das schon seit langer Zeit. Er bekommt gegenwärtig das volle Ausmaß meiner Missbilligung zu spüren. Er leidet."

Xan schnaubte ein gebrochenes Lachen und wischte sich die feuchten Wangen. „Ich glaube nicht, dass dies etwas ist, das Vater und ich hinter uns lassen können."

„Vielleicht nicht." Pater klang ruhig, so als hätte er von Xan genau diese Worte erwartet und würde sie ihm nicht übelnehmen.

„Ich hoffe aber, du und ich können vergessen, was zwischen uns war? Ich glaube, du hast mir versprochen, dass ich im kommenden Herbst mein Enkelkind kennenlernen darf?"

„Pater, du musst wissen – bevor du Vater noch weiter bestrafst – du musst die Wahrheit über mich erfahren."

Sein Vater sprach mit großer Ruhe. „Du bist entmannt. Das wusste ich schon, als du noch ein Kleinkind mit knubbeligen Knien warst, Liebes. Ich wusste es, seit du mir mit großen Augen erklärt hast, Mr. Roling wäre der schönste Mann, den du je gesehen hast. Erinnerst du dich an Mr. Roling, Liebes? Ein breitschulteriger, recht behaarter, aber sehr freundlicher Alpha, der früher die Symphonie dirigiert hat." Pater lachte leise. „In dem Jahr, als du fünf Jahre alt wurdest, kam er einmal im Monat zu uns zum Abendessen."

„Ach, ja?"

„Oh ja. Dein Vater versuchte damals mich mit seinem Musikverständnis zu beeindrucken, oder so ähnlich. Das weiß ich nicht mehr genau. Dein Vater versucht immer, mich mit irgendetwas zu beeindrucken."

„*Érosgápe*", murmelte Xan.

„Es ist gleichermaßen erfreulich und absurd, Liebes. Manchmal denke ich, du solltest dich glücklich schätzen, keinen zu haben."

„Ich habe einen Geliebten", gestand Xan leise.

„Wirklich? Das freut mich. Du verdienst das, Xan. Weiß Caleb es?"

„Ja. Er mag ihn ebenfalls."

„Das ist wundervoll Liebes. Wirklich."

„Pater wieso ..." Xan schluckte heftig; seine Kehle war so eng, dass er kaum atmen konnte. „Wieso hast du so lange zugelassen, dass er mich so schlecht behandelte? Wenn du doch so darüber denkst? Wenn du über mich Bescheid wusstest und es dir nichts ausgemacht hat? Ich verstehe nicht, wie du ihn einfach–"

Pater seufzte schwer. „Mit deinem Vater lässt es sich nicht leicht leben, Xan. Er ist eifersüchtig und kleinlich. Er hat immer Angst gehabt, ich könnte dich mehr lieben als ihn. Warum dich, und nicht Ray oder den kleinen Jordan, das weiß ich nicht. Aber er richtete all sein besitzergreifendes Alphawesen auf dich. Und ich dachte, wenn ich seinen Regeln folge, wenn ich ihn die Dinge so handhaben lasse, wie er will, würde er eines Tages begreifen, dass ich ihn ergeben liebe, so wie es nur *Érosgápe* können – und dass er dich dann in Ruhe lassen würde."

Xan rieb sich das Gesicht, als ihm heiße Tränen die Wangen herunterliefen.

„Aber ich habe mich geirrt. Es hat nie funktioniert. Er sah nur, was er sehen wollte, was er fürchtete zu sehen. Er hörte nur, was er fürchtete zuhören. Ich liebe dich. Du bist mein lieber Junge, und ich habe dich bitterlich im Stich gelassen."

Xan konnte Pater nicht sagen, dass er sich irrte. Er saß schweigend da, mit Urhos Händen auf seinen Schultern, und lauschte auf den Atem seines Paters.

Schließlich fragte Pater demütig: „Darf ich im Herbst kommen, um mein Enkelkind zu sehen?"

„Ja", flüsterte Xan.

„Ich werde deinen Vater zuhause lassen."

„Ja" stimmte Xan wiederum zu.

„Kann ich Ray mitbringen?"

„Bitte tu das."

Sein Pater seufzte erleichtert. „Gut. Lass uns bald wieder telefonieren ja?"

„Ja." Xan kam sich dumm vor, immer nur dieselbe Antwort zu geben, aber das Gespräch wog zu schwer und fühlte sich zu surreal an, um etwas anderes zu sagen.

„Oh und Xan? Du wirst nicht enterbt werden. Das kann dein Vater nur über meine Leiche tun. Erwarte in Kürze einen Anruf von Ray, um weitere Aufgaben und Pläne bezüglich der Firma zu besprechen. Du bist Xan Heelies, der rechtmäßige Erbe von Doxan Heelies, und mein einziger Alphasohn. Du wirst bekommen, was dir zusteht." Paters Stimme klang entschlossen.

„Danke" sagte Xan.

Als der Telefonhörer wieder in der Gabel lag, verbarg Xan das Gesicht in seinen Händen und kämpfte mit den Tränen. Urho rieb ihm die Schultern, und schließlich zog er ihn in seine Arme und hielt ihn fest, während Xan weinte.

URHO SCHAUTE XAN hinterher, der hinunter zum Strand ging, wo Caleb stand und auf den Horizont starrte. Er blieb bewusst zurück, da er nicht von falschen Voraussetzungen ausgehen oder Caleb irgendwie unter Druck setzen wollte. Ein besorgter Alpha war genug für jeden Omega; zwei wären unfair.

Aber als Caleb sich umdrehte und Urho bei den Dünen entdeckte, verdrehte er die Augen und winkte ihn heran. „Komm her. Du solltest das ebenfalls hören" rief er. Dann ergriff er Xans Arm und zog ihn in eine feste Umarmung.

Als Urho die beiden erreichte, sagte Caleb gerade: „Als wenn ich dich je verlassen würde! Wieso bist du nur so ein Idiot, Xan Heelies?"

Xan drückte Caleb fest an sich, und Caleb streckte auch nach Urho den Arm aus. Das Meer rauschte hinter ihnen, die Wellen schlugen an den Strand, während die Sonne sich dem Horizont näherte. Es war ein langer, erster Tag nach der intensiven Hitze gewesen, und sie waren alle müde und emotional. Das redete Urho sich jedenfalls ein, als die Gefühle ihm die Brust eng machten.

Er hielt *so viel* in seinen Armen – zwei wundervolle Männer und eine Zukunft, die zum ersten Mal seit Rikis Tod Freude versprach. Er hoffte inbrünstig, sie für immer bewahren zu können.

Als sie sich schließlich losließen, zog Caleb sie hinunter auf den Sand. Dort saßen sie und ließen den Wind an ihren Haaren und Kleidern zerren. Dann sprach Caleb. „Er sagt, er liebt mich und dass er sein früheres Verhalten bereut." Caleb klang müde – vielleicht auch enttäuscht oder etwas Ähnliches. „Die Zurückweisung von damals, als ich ihm sagte, dass ich asexuell bin."

„Das sollte er auch bereuen", sagte Xan entschieden. „Du bist wundervoll."

Caleb lächelte nur milde, nickte aber zustimmend. „Das bin ich. Und ja, er sollte Reue fühlen. Aber er will auch mit mir durchbrennen." Darüber lachte er – ein Lachen tief aus dem Bauch heraus und ohne die Bitterkeit, mit der Urho eigentlich gerechnet hatte. Dann schüttelte Caleb den Kopf und wurde wieder sachlich. „Ich habe natürlich nein gesagt. Er hat geweint, und ich habe ihn in den Arm genommen. Er ist wirklich wie ein verwöhntes Kind. Es ist ihm völlig fremd, nicht zu bekommen, was er sich wünscht."

„Und was er sich wünscht, bist du?", fragte Xan nervös. „Weiß er …" Er berührte Calebs Bauch. „Weiß er Bescheid?"

„Ich habe es ihm nicht gesagt. Ich weiß nicht, ob er es riechen konnte. Und es ist mir auch gleich." Caleb wedelte abwehrend mit seiner eleganten Hand. „Er will mich eigentlich gar nicht. Nicht wirklich. Er glaubt nur, mich zu wollen, weil er so allein und traurig ist. Das Leben, das er sich aufgebaut hat – verheiratete Omegas verführen und versuchen, Xans Erbe an sich zu reißen – ist erbärmlich. Nie wählt er etwas, weil er es wirklich will. Nie versucht er etwas zu bekommen, das ihm wirklich gehören könnte. Er will immer nur Dinge, weil sie jemand anderem gehören, wie ein dummes Kind." Caleb seufzte. „Ich hoffte, diese Krankheit würde ihn vielleicht wachrütteln. Aber ich glaube, er steckt immer noch in denselben, alten Gewohnheiten. Er weiß gar nicht, was er für sich selbst will. Nicht wirklich."

„Was, wenn er wirklich dich will?"

Caleb schnaubte. „Tut er nicht. Und wenn schon? Wäre es so, tja, dann käme er viel zu spät." Er wandte sich an Xan und nahm dessen Hände. „Hast du wirklich Zweifel daran, dass ich dein Omega sein will? Nach allem?" Er drückte eine von Xans Händen auf seinen Bauch. „Nach dem was wir zusammen erschaffen? Wir alle drei?"

Xan schüttelte den Kopf. „Ich zweifele nicht daran, dass du mich liebst." Er sah zu Urho, und Urhos Herz setzte einen Schlag aus. „Dass du uns liebst."

„Dann zweifele auch nicht daran, dass ich dieses Leben mit dir will. Ich habe es gewählt. Ich habe dich gewählt, erinnerst du dich? Nicht anders herum. Wir werden gemeinsam etwas aufbauen, das einzigartig ist und perfekt für uns. Unsere Kinder werden mit dem Wissen aufwachsen, dass Liebe in vielerlei Gestalt existiert. Dass es verschiedene Arten von Liebe und Freundschaft gibt. Und wir werden leise und Stück für Stück anfangen, die Welt zu verändern."

„Du bist ein ziemlicher Optimist" sagte Xan lachend. Der Wind vom Ozean her zauste wild an seinen Locken. Urhos Herz war von unbändiger Zuneigung erfüllt. Er wollte jede einzelne Locke küssen.

„Tja, das bin ich wohl. Urho kann unser Pragmatiker sein."

„Ich? Ich bin der Lächerlichste von uns allen", murmelte Urho. „Ich bin derjenige, der entschlossen ist, sein spießiges, langweiliges und sicheres Leben hinter sich zu lassen, um ein blasphemisches Dasein in der Perversion von Wolfgottes Gesetz zu führen."

„Oh Wolfgott", sagte Caleb lächelnd. „Als würde es ihn interessieren, welcher Schwanz wo hineingesteckt wird. Hat er nichts Wichtigeres, worum er sich kümmern muss? Zum Beispiel, wie gut wir einander lieben?"

„Falls das seine größte Sorge ist, denke ich, wir schlagen uns recht gut", sagte Urho.

Xan sah abwechselnd ihn und Caleb an. „Janus tut mir leid. Er verpasst so viel. Unter anderem auch mein Erbe."

„Oh?", fragte Caleb. Sein Lächeln wurde breiter. „Ist das so?"

„Meinem Pater zufolge, ja", antwortete Xan. „Ich habe mit ihm telefoniert. Er und Ray sind außer Gefahr. Und er sagt, dasselbe gilt für meinen Status als Erbe."

„Ich wusste, er würde zu dir halten, wenn es darauf ankommt", sagte Caleb nickend. „Er liebt dich. Und er weiß, was richtig und was falsch ist. Keine Sorge. Er wird deinen Vater zurechtstutzen. *Érosgápe* können das."

So viel hatte Urho schon erraten nach allem, was er von Xans Gespräch mitbekommen hatte. Aber es war dennoch eine Erleichterung zu wissen, dass Xan weder die Demütigung einer öffentlichen Enterbung würde erdulden müssen, noch die potenziellen rechtlichen Folgen, die mit der Erklärung seines Vaters vor der heiligen Kirche von Wolf einhergehen würden, sein Sohn wäre entmannt.

„Was denkt ihr, wie sollten wir ihn nennen?", fragte Caleb. Er betrachtete erneut den Sonnenuntergang und streichelte abwesend seinen Bauch.

„Ist es dafür nicht noch ein wenig früh?", sagte Urho. „Es liegen noch Monate der Schwangerschaft vor dir."

„Es ist nie zu früh zum Träumen" gab Caleb zurück. „Ich denke an etwas Strahlendes. Etwas Reines. Blanco vielleicht. Das bedeutet weiß."

„Deine Lieblingsfarbe", sagte Urho und nickte.

„Eher der Mangel an Farbe", korrigierte Caleb.

„Mir gefällt Riki" platzte Xan heraus.

Urho wurde die Kehle eng, aber er schwieg dazu.

Caleb Lächeln wuchs. „Oh ja, Riki. Das ist ein guter Name. Riki Heelies. Ich finde, das wäre perfekt."

„Was meinst du, Urho?", fragte Xan zögerlich. Das Licht des Sonnenuntergangs leuchtete in seinen Augen.

Urho packte die beiden Männer und zog sie inbrünstig an sich.

Sein Herz pochte schrecklich laut, und er schloss die Augen, die plötzlich feucht wurden.

„Ich glaube, ihm gefällt der Name auch", sagte Xan lachend.

„Ich glaube, er liebt den Namen", stieß Urho hervor. „Beinahe so sehr, wie ich dich liebe, Xan."

Die Drei lösten sich voneinander, und Urho nahm Xans Gesicht in die Hände und küsste ihn leidenschaftlich.

„Ah" seufzte Caleb, sprang auf die Füße und wanderte näher zur Brandung. Der Wind trug seine Stimme zu Xan und Urho, als er die beiden sich selbst überließ. „Ein Happy End. Die sind mir die liebsten."

Urho hielt den Omega seines Herzens ganz fest in seinen Armen. Er stimmte Caleb zu.

EPILOG

R IKI HEELIES WURDE in einer Nacht voller Qualen und Schreie geboren. Er kam mit den Füßen zuerst auf die Welt und erschreckte sowohl Xan als auch Urho – der ihn entbunden hatte – zu Tode. Das Baby war jedoch gesund und munter und hatte ausgesprochen kräftige Lungen.

„Was soll ich tun?", fragte Caleb, der das schreiende Kind in den Armen hielt. „Ich kann mit einer schweren Presse Drucke herstellen und ohne Probleme eine Ausstellung in Virona auf die Beine stellen, aber als Pater bin ich schon jetzt ein Versager. Ich dachte, das sollte alles ganz natürlich seinen Gang gehen?" Seine Stimme war viel zu hoch und bebte vor Nervosität.

„Schh", beruhigte ihn Xan. Er war es nicht gewohnt, dass die Nerven seines Omegas so blank lagen. Caleb war immer gefasst, und selbst während der Schwangerschaft hatte er nie die Ruhe verloren. Während der Geburt ... nun, das war etwas anderes gewesen. Eine schmerzhafte Prozedur, die ihnen allen Angst eingejagt hatte.

Urho saß neben ihnen auf dem Bett. Er nahm das Baby in seine großen Hände und musterte den Schreihals. „Er will nur gefüttert werden."

„Das ist alles?", fragte Caleb. „Sonst ist alles in Ordnung mit ihm? Was wenn irgendetwas nicht stimmt?"

„Er ist kerngesund, mein Omega, genau wie du selbst." Xan setzte sich auf die andere Seite des Betts und sah zu, wie Urho das Baby behutsam säuberte und anschließend dessen Genitalien mit einem kleinen gefalteten Tuch bedeckte. Dann wickelte Urho Riki wieder ein und reichte ihn Caleb.

„Hier", flüsterte er. „Halte ihn an deine Brust. So ist es gut."

Caleb starrte verzaubert auf das Baby, als es an einem seiner Nippel zu nuckeln begann. Das Geschrei hatte sofort ein Ende.

„Ich bin ein glücklicher Mann, oder?", fragte Urho sanft. „Ich sitze hier mit meinen drei wundervollen Omegas."

Caleb blickte auf. „Er ist ein Omega?"

„Ja" antwortete Urho. „Wie sein Namenspatron. Und sein Pater. Und sein Vater."

Xan lachte leise. „Du weißt, dass ich nicht wirklich ein Omega bin."

„Du bist mein Omega", murmelte Urho. Xans Herz schlug schneller, und er lächelte hilflos.

Caleb küsste den Kopf des Babys. „Dann müssen wir wohl noch eins machen, wenn wir einen Erben wollen."

„Oder wir pfeifen auf die Regeln", sagte Xan. „Setzten unseren Trend fort, den althergebrachten Traditionen den Finger zu zeigen und vermachen alles dem kleinen Riki."

„Oder wir machen mehr Babys", beharrte Caleb. „Ich will mindestens noch ein weiteres."

„Vor ein paar Stunden hast du noch etwas ganz anderes gesagt!", rief Xan lachend aus. „Du warst sehr ungehalten über alles, was damit zu tun hat."

Caleb starrte das Kind in seinen Armen an. „Er ist es wert."

„Das ist er" stimmte Urho zu.

„Ja." Xan lächelte und beugte sich zu dem Baby hinab. „Willkommen auf der Welt, kleiner Riki Heelies. Du hast drei Eltern, die dich jetzt schon über alles lieben."

ALS CALEB UND das wunderschöne Baby endlich friedlich schliefen, machten Xan und Urho einen Spaziergang am Strand. Die warme Brandung umspülte im Schein des Mondes ihre Füße, während die beiden Männer sich an den Händen hielten und zärtliche Küsse teilten.

Xan konnte kaum fassen, dass er wirklich ein Vater war. Er hatte es geschafft. Alles kam ihm wie ein Traum vor, und er drückte Urhos Hand und ließ sich von Urhos starker, zuverlässiger Präsenz erden. Wie immer.

Der Stress und die Aufregung des Tages ebbte ab, und schließlich fingen sie an, von anderen Dingen zu reden.

„Wie geht es mit der Praxis voran?", fragte Xan nach dem Büro, das Urho unten im Ort einrichtete. Nicht nur war es an der Zeit, dass er sich wieder seiner Berufung widmete, er sicherte sich auch das Wohlwollen im Dorf und verhinderte damit, dass sich zu viele Gerüchte erhoben. Urhos Projekt bot neue Arbeitsplätze, sowohl beim Bau als auch später beim Betrieb der Klinik. Außerdem war ein weiterer fähiger Arzt in der Gegend mehr als willkommen.

Virona war der Grippeepidemie im vergangenen Jahr nur knapp entkommen, in der Stadt jedoch hatte es Tausende von Todesfällen gegeben. Die Befürchtung, dass ein weiteres solches Ereignis das Dorf vielleicht nicht verschonen würde, trug ebenfalls dazu bei, dass die Leute Urhos Niederlassung hier begrüßten. Ein zusätzlicher Arzt gab ihnen das Gefühl von mehr Sicherheit.

Bisher hatten sie etwaige Fragen damit beantwortet, dass Urho nach dem Tod seines *Érosgápe* zu viele einsame Jahre in seinem Stadthaus zugebracht hatte und das Einsiedlerdasein nicht länger ertrug. Die Erwähnung von Riki erstickte weitere Fragen stets im Keim und setzte den Spekulationen ein Ende. Jedermann bedauerte einen Alpha, der einen solchen Verlust wie Urho erlitten hatte, und niemand machte ihm einen Vorwurf daraus, dass er sich mit der Fürsorge und Liebe von engen Freunden tröstete.

„Die Baufirma, die du mir empfohlen hast, leistet hervorragende Arbeit. Ich werde wahrscheinlich schon bald mit den Vorstellungsgesprächen für Personal anfangen können."

„Das sind gute Neuigkeiten." Während Urho ausführlicher über die Fortschritte und weiteren Pläne für seine Praxis redete, schweifte Xan im Kopf zurück zu dem Telefonat mit seinem Pater bei dem er die Ankunft von Baby Riki verkündet hatte.

Ein paar Minuten später unterbrach er Urhos Bericht über ein medizinisches Instrument, das er zu kaufen beabsichtigte und sagte: „Pater war ganz aus dem Häuschen über Riki."

„Da bin ich sicher. Plant er einen baldigen Besuch?"

„Ja, aber ich habe ihn überzeugt, Caleb erst noch zwei Wochen lang etwas Luft zum Atmen zu lassen."

„Gute Idee."

„Er sagte, dass Janus immer noch in Montrew den Eremiten spielt und, was noch überraschender ist, sich anständig benimmt. Seit Monaten keine Liebesaffären oder Skandale."

„Dein Vater muss am Boden zerstört sein über Janus' plötzlichen Mangel an Ehrgeiz."

„Ich glaube, er ist mehr verblüfft als alles andere. Pater hatte auch noch ein paar andere interessante Neuigkeiten." Xan nagte an seiner Unterlippe. Das nächste Thema war etwas heikel, auch wenn Xan die unappetitlichen Details seines letzten Zusammenpralls mit Monhundy schon vor langer Zeit mit Urho geteilt hatte. „Wilbet Monhundy wurde letzten Monat verhaftet."

Urho ballte unwillkürlich die Fäuste. Er schwieg für einen langen Moment, bevor er mühsam hervorstieß: „Gut."

„Man befand ihn für schuldig, Prostituierte im Calitandistrikt vergewaltigt zu haben."

Urho nickte nur knapp.

„Es steht nicht zu erwarten, dass er in absehbarer Zeit wieder freikommt. Falls überhaupt."

„Ausgezeichnet."

Xan räusperte sich. „Ja. Ich bin froh, dass er seine verdiente Strafe bekommt. Aber sein Omega tut mir leid. Kerry hatte nie einen bösen Knochen im Leib."

„Aller Wahrscheinlichkeit nach wurde er ebenfalls missbraucht." Urho ließ seine Fingerknöchel knacken. „Männer wie Monhundy tun gern anderen weh."

„Ja."

Mehrere Minuten lang spazierten sie schweigend. Der Mond reflektierte glitzernd auf dem Wasser, während die Wellen an den Strand schwappten und die Überreste des Tages fort wuschen.

„Jedenfalls … ich dachte, du würdest das gern wissen wollen." Xan nahm Urhos verkrampfte Finger und löste sie. „Dieser Teil meines Lebens ist nun wahrhaft beendet und erledigt. Für immer."

Urho hob Xans Hand an seine Lippen und küsste die Knöchel. „Ich liebe dich, und ich bin froh, dass du vor ihm sicher bist. Es ist ein gutes Gefühl zu wissen, dass, wenn du in die Stadt fährst, er nicht mehr dort ist und dir nichts mehr antun kann."

Xan rieb seine Nase an Urhos Hals, und sie hielten einander fest. Schließlich fragte Xan leise: „Wo wir gerade davon sprechen – musst du wirklich morgen in die Stadt fahren?"

„Ich muss mich mit Yosef treffen und ein paar rechtliche Vorkehrungen für dich und Caleb treffen, für den Fall, dass mir irgendetwas zustoßen sollte."

„Sag so etwas nicht."

„So etwas muss in Betracht gezogen werden, Geliebter. Und ich muss mit einem Makler sprechen, wegen des Hauses. Das habe ich Mako versprochen. Es ist an der Zeit zu entscheiden, was ich mit dem Gebäude anfangen will."

„Ich will nicht, dass du es verkaufst", platzte Xan heraus. „Ich will, dass du es behältst. Das Haus und na ja, diesen Raum. Den mit all den Erinnerungen an Riki."

Urho schluckte. „Du weißt davon?"

„Ich habe ihn gesehen, als ich …" Xan winkte ab. „Das ist jetzt egal. Aber nicht egal ist, dass es wichtig ist."

„Es war das Zuhause, das ich mit Riki geteilt habe. Das ist kein Ort, um eine Zukunft mit dir, Caleb und dem Baby zu beginnen."

„Das siehst du falsch. Es ist der perfekte Ort dafür. Wir dürfen nicht vergessen, dass Riki existierte, oder was du mit ihm als deinem *Érosgápe* geteilt hast, oder euren gemeinsamen Sohn."

„Wir wollten ihn Tarin nennen."

„Das ist ein guter Name."

Urho zuckte mit den Schultern. „Riki hatte ihn ausgesucht. Ich wollte ursprünglich den Namen eines Freundes von mir, der im Krieg gefallen war. Evan."

„Das ist auch ein guter Name." Xan ergriff Urhos Bizeps. Er musste das klarstellen. „Wenn du das Haus verkaufst, was wird dann aus all den Sachen? Oder aus dem Schlafzimmer, das du mit ihm geteilt hast?"

„Ich kann es ja nicht einfach da verrotten lassen." Urho runzelte die Stirn.

„Das müssen wir auch nicht. Ich werde mein Stadthaus verkaufen. Und wenn wir geschäftlich oder auf Familienbesuch in der Stadt sind, können wir stattdessen in deinem Haus wohnen." Xan war erst kürzlich zu einer kalten, aber vernünftigen Übereinkunft mit seinem Vater gekommen, die ihm erlaubte, um seines Paters willen an den Festnächten in seinem Elternhaus teilzunehmen. Vorausgesetzt, dass Urho ebenfalls eingeladen war. „Wir könnten in einem der Gästezimmer schlafen."

„Wir können das Zimmer neu einrichten", sagte Urho.

„Vielleicht. Aber wenn wir das Haus behalten und nutzen, können wir auf diese Weise alles über Riki und Tarin lernen. Unser Riki sollte wissen, woher sein Name stammt. Wir alle sollten das wissen."

Urho blickte auf Xan hinab. Der Mond leuchtete in seinen Augen. „Du bist ein guter Mann."

„Bin ich das?" Xan lachte. „Ich meine, ich versuche es, aber–"

Urho nahm Xans Gesicht in beide Hände und küsste ihn inbrünstig. „Das bist du."

Verlangen regte sich in Xan, und er bettelte an Urhos Lippen: „Zeig's mir."

Sie rannten praktisch zum Haus und in ihr Zimmer. Die emotionale Achterbahn des Tages verwandelte sich in Leidenschaft. Sie rissen sich gegenseitig die Kleider vom Leib, Xan streckte sich auf dem Bett aus, und Urho vergrub sein Gesicht zwischen Xans Beinen.

Xan stöhnte. „Oh, ja." Er spreizte seine Schenkel weiter und ließ Urhos Zunge tief in sein Loch. „Das ist gut. Genau da!" Die süße, feuchte Liebkosung versetzte Xan stets garantiert in Erregung und ließ jede Zelle seines Körpers aufflammen.

Urho richtete sich über ihm auf und massierte seinen Schwanz. Xans Herz flatterte aufgeregt. „Was willst du?", fragte Urho. Seine Stimme klang tief und ein wenig kratzig vor Begehren.

„Fick mich", sagte Xan. „Fick mich hart."

„Wirst du für mich kommen?"

„Ja."

„Wirst du mit deinem kleinen, engen Loch meinen Schwanz melken?"

„Ja", wimmerte Xan. „Tu es. Fick mich."

Urho grinste. Seine Zähne leuchteten weiß in seinem dunklen Gesicht, und dann nahm er das Gleitmittel aus der Schublade neben dem Bett. Er rieb seinen Ständer damit ein, dann klappte er Xans Körper beinahe halb zusammen und drang ohne jede weitere Vorbereitung tief in ihn ein.

„Ja!" schrie Xan auf und bog den Rücken durch, um Urho

entgegenzukommen. „Hart!"

„Du hörst dich an, als wärst du in Hitze", stöhnte Urho und fickte ihn aggressiv.

„Härter", murmelte Xan. Er wollte seinen Geliebten noch am nächsten Tag spüren können. Er wollte, dass Urhos Stöße all die Aufregung und Angst, die ihn an diesem Tag begleitet hatten, aus seinem Körper rüttelten.

„So?" fragte Urho und hämmerte in ihn hinein. „Oder so?" Er packte Xans Hals behutsam mit beiden Händen und grinste zu ihm hinab, während er seinen Schwanz in ihn rammte. Er drückte nicht zu, und sein Griff enthielt keine Drohung, einfach nur pures Besitztum. Und Xan verwandelt sich in ein zuckendes, stöhnendes, verlangendes Etwas. Vorsperma lief aus seinem Ständer, sein ganzer Körper bebte und sein Arsch zog sich bei jedem von Urhos Stößen krampfartig zusammen.

„So ist es richtig", flüsterte Urho. „Das ist mein süßer Omega."

Xan wimmerte und griff nach unten, um sich selbst anzufassen, aber Urho schüttelte den Kopf. „Das ist nicht, wie Omegas kommen", neckte er Xan. „Zeig mir, wie Omegas es tun."

„Oh, Scheiße", stöhnte Xan. Er schloss mit flatternden Lidern die Augen und hob die Hüften. „Ich weiß nicht, ob ich das kann."

Adrenalin rauschte durch seine Adern. Er brauchte die Erlösung eines Orgasmus, wusste aber nicht, ob er seinen Höhepunkt so erreichen konnte.

„Du kannst. Du wirst."

Urhos Eier prallten mit jedem Stoß gegen Xans Hinterteil. Xan hob die Beine und versuchte, seinen Schwanz an Urhos Bauch zu reiben. „Nein, mein Omega", flüsterte Urho. „Komm auf meinem Schwanz. Melke meinen Orgasmus aus mir heraus."

Xan stöhnte laut. Er kniff die Augen zu und konzentrierte sich auf das Gefühl von Urhos Schwanz, der seine Prostata rieb, auf die herrliche Reibung, die Enge seines Lochs um Urhos harten Ständer und die köstliche Dehnung, während Urho ihn wieder und wieder nahm.

„So ist es gut", murmelte Urho. „Mmh, zeig's mir."

Der Höhepunkt war gerade so außerhalb von Xans Reichweite, ganz nah und doch unerreichbar. Es zog in seinen Eiern, als mehr und mehr Spannung sich in ihm aufbaute. Und dann geschah es, hart und explosiv löste sich der Orgasmus von seinen Lenden und erfasste seinen ganzen Körper in intensivem, pochendem Pulsieren. Er hörte Urho aufschreien und spürte, wie er von Kopf bis Fuß erstarrte. Als er die Augen öffnete, immer noch in den Nachbeben der Lust, sah er Urho, das Gesicht zu einer Grimasse der Ekstase verzogen, während er heftig kam und in Xans bebendes Loch abspritzte.

Danach lagen sie als ein verschwitzter Haufen verschlungener Gliedmaßen da, die Anspannung der Nacht wie weggeblasen von ihrem hastigen, ungezügelten Liebesspiel. Xan gab ein trauriges Wimmern von sich, als Urho schließlich seinen Schwanz herauszog. „Ich wünschte, du könntest für immer in mir bleiben."

Die Leere, die Urho hinterließ, war immer ein wenig enttäuschend, aber Xan wusste, es war nur eine Frage von Stunden, allerhöchstens Tagen, bevor er ihn wieder tief in sich spüren würde.

„Ich bin immer in dir, weißt du nicht mehr?", flüsterte Urho und zog Xan an sich. „Du bist von mir erfüllt – in deinem Herzen."

„In meiner Seele."

„Wir sind der Anfang und das Ende."

„Alpha und Omega", sagte Xan mit einem heftigen, wundervollen Schaudern. Die Worte waren heilig. Ein Schwur, ein Eid. „Für immer."

Urho sah Xan tief in die Augen. „Ja mein Omega. Für immer."

ENDE

Ein Brief von Leta

Liebe/r Leser/in,

vielen Dank dafür, dass du *Alpha-Hitze* gelesen hast, das zweite Buch der Reihe *In der Hitze der Liebe*. Falls dir das Buch gefallen hat – das Universum wird im dritten Buch, *Bittere Hitze*, erweitert. Außerdem kannst du, falls du das erste Buch verpasst haben solltest, mit *Langsame Hitze* aufholen und Jason und Vale in ihrer eigenen Ableger-Geschichte *Langsame Geburt* folgen.

Zusätzliche Geschichten zu diesem und anderen Buch-Universen findest du auf meinem Patreon.

Um über neue Veröffentlichungen in dieser und anderen Buchreihen informiert zu werden, folge mir auf BookBub oder Amazon. Du findest mich außerdem auf Facebook, wo ich Auszüge, Leseproben und Geschichten aus meinem Alltag als Autor poste. Um einige meiner Inspirationen zu sehen, folge meinem Pinterest Board. Außerdem bin ich auf Instagram.

Wenn dir das Buch gefallen hat, nimm dir bitte einen Moment Zeit und hinterlasse eine Rezension. Rezis helfen nicht nur anderen Lesern dabei zu entscheiden, ob ein Buch etwas für sie ist, sie sorgen auch dafür, dass das Buch beim Suchen auf Amazon angezeigt wird.

Für Liebhaber von Audiobüchern sind *Slow Heat* und *Alpha Heat*, die ersten beiden Bücher der Reihe in englischer Sprache, überall erhältlich, wo es Audiobücher gibt, gelesen von dem begabten Michael Ferraiuolo.

Danke, dass du ein/e Leser/in bist!
Leta

LANGSAME HITZE

von Leta Blake

Ein heißblütiger, junger Alpha findet seinen vorherbestimmten Gefährten in einem älteren Omega mit Vergangenheit.

Professor Vale Aman hat sich ein gutes Leben aufgebaut. Als ungebundener Omega in den Dreißigern hat er schon vor Langem die Hoffnung aufgegeben, einem kompatiblen Alpha zu begegnen, ganz zu schweigen von seinem vorherbestimmten Gefährten. Er hat eine Karriere, die ihn erfüllt, seine Gedichte, seine Katze und seine Freunde.

Als Jason Sabel, ein bedeutend jüngerer Alpha, in schockierender und öffentlicher Weise auf ihn geprägt wird, weckt das Sehnsüchte, die nicht ignoriert werden können. Jason und Vale müssen gegen die starke sexuelle Anziehung ankämpfen und zunächst einen Vertrag aushandeln, bevor sie ihren leidenschaftlichen Bund vollziehen dürfen.

Aber für Vale würde das bedeuten, seine Unabhängigkeit zu verlieren und seine Zukunft in die Hände eines ungeprüften Alphas zu legen. Und er müsste sich den Narben seiner turbulenten Vergangenheit stellen. Vale ist sich nicht sicher, ob es das wert ist. Aber Jason ist nicht bereit, seinen vom Schicksal für ihn bestimmten Gefährten kampflos aufzugeben.

„Langsame Hitze" ist ein schwuler Liebesroman, 130.000 Wörter, mit einem starken Happy End und einem wohl durchdachten, einzigartigen Omegaversum ohne Gestaltwandler, aber mit Alphas, Betas und Omegas, männlicher Schwangerschaft, Hitze und Knoten. Warnung: Es kommen Fehlgeburten und deren Folgen in der Handlung vor.

Buch 2.5 der Reihe „In der Hitze der Liebe"

LANGSAME GEBURT

von Leta Blake

In dieser Novelle kehren Jason und Vale zurück in das Universum von „In der Hitze der Liebe".

Ein romantischer Kurztrip endet dramatisch, als Vale eine unerwartete Hitze überfällt. Jason bleibt keine Wahl; er muss handeln. Die daraus resultierende Schwangerschaft ist gefährlich für Vale und ein Schock für Jason, aber mit der Hilfe von Freunden und Familie beschließen sie, sich ihrer ungewissen Zukunft zu stellen. Gemeinsam finden sie Liebe, Glück und die Kraft, um die Ereignisse durchzustehen.

Da die Geschichte den Figuren aus *Langsame Hitze* folgt, kann man sie am besten genießen, wenn man zuvor *Langsame Hitze* gelesen hat – sie schließt direkt daran an.

Erscheint demnächst in deutscher Sprache.

Buch 3 der Reihe „In der Hitze der Liebe"

BITTERE HITZE

von Leta Blake

Ein schwangerer Omega, gefangen in einer verzweifelten Lage. Ein ungebundener Alpha, der einiges zu beweisen hat. Und eine unerwartete Liebe, die beide retten könnte.

Kerry Monkburn ist vertraglich an einen gewalttätigen Alpha gebunden, der wegen seiner brutalen Verbrechen im Gefängnis sitzt. Schwanger mit dem Kind eben jenes Alphas lebt er hoch in den Bergen, weit weg von der Stadt, die ihn einst mit Versprechungen auf ein besseres Leben angelockt hatte. Bitter und verängstigt spielt Kerry mit dem Gedanken, sein düsteres Dasein zu beenden, aber das Schicksal hat andere Pläne.

Janus Heelies blickt auf eine Vergangenheit voller Fehler zurück. Um sich von ihnen reinzuwaschen, macht er unerschütterliche Integrität zum seinem Motto für die Zukunft. In seiner Ausbildung zum Krankenpfleger unter dem einzigen Arzt, der gewillt war, ihn anzunehmen, hält er sich streng an diese Absicht: er wird ein untadeliges Leben in den Bergen führen und unangemessene Affären um jeden Preis vermeiden. Aber er hat nicht mit der magnetischen Anziehung gerechnet, die Kerry auf sein Herz und seine Gedanken ausübt.

Als die Sorge um Kerrys zukünftige Gesundheit und Sicherheit sich auf explosive Weise zuspitzt, kann nur ein Einschreiten des Schicksals die verzweifelten Männer zu einem Happy End führen.

Erscheint demnächst in deutscher Sprache.

Ein Omegaversum von Leta Blake

HITZE ZU VERKAUFEN

Eine Hitze kann man kaufen, aber Liebe muss man sich verdienen.

In einer Welt, wo Omegas ihre Hitzen zum Zwecke des Profits verkaufen, lebt Adrien, ein Student, der dringend Geld braucht. Ohne eine Familie, die ihm Rückhalt gibt, erklärt er sich beim Kuppler der Universität widerwillig bereit, seine allererste Hitze bei einer Online-Auktion zum Kauf anzubieten. Verängstigt und nervös – aber in dem Wissen, dass dies die Realität ist, in der Omegas leben – hofft Adrien, dass der Käufer freundlich sein wird, wer immer der Gewinner der Auktion auch sein mag.

Heath – ein wohlhabender, älterer Alpha – ist schockiert von Adriens großer Ähnlichkeit mit seinem verstorbenen Liebhaber Nathan. Als Heath herausfindet, dass Adrien der verschollene Sohn Nathans ist – aus dessen erster Hitze und Jahre, bevor sie sich kennenlernten – ist er wie besessen von dem Gedanken, ein Stück von Nathan zurückzubekommen.

Heath kauft Adriens Hitze mit einer einzigen Absicht: ihn zu schwängern, das Kind für sich zu beanspruchen und mit seinem Leben weiterzumachen. Aber ihre nicht zu leugnende Leidenschaft überrascht ihn. Adrien weiß nicht, was er von dem attraktiven, geheimnisvollen Fremden halten soll, dem er seinen Körper versprochen hat. Aber schon bald wird er von seiner ersten Hitze mitgerissen und unterwirft sich Heath vollkommen.

Sobald Adrien schwanger ist, versteckt Heath ihn auf seinem riesigen, abgelegenen Anwesen. Während der Zeitpunkt der Geburt näher rückt, verliebt Heath sich in Adrien um des Mannes willen, der er ist, und nicht nur wegen der Verbindung zu Nathan. Und Adrien, der nichts von Heaths Vergangenheit mit seinem Pater weiß, nun aber mit Herz und Seele von ihm abhängig ist, verliebt sich ebenfalls.

Aber während ihre Liebe füreinander erblüht, hängt Nathans Schatten über ihnen. Wird Heath seine neue Liebe und das Kind, das sie zusammen gezeugt haben, behalten können, wenn Adrien die Wahrheit herausfindet?

Hitze zu verkaufen ist ein abgeschlossener, erotischer MM-Liebesroman von Leta Blake unter dem Pseudonym Blake Moreno. Mit einem Geheimnis im Stil von du Mauriers *Rebecca* beschreibt er ein wohl durchdachtes Omegaversum mit Altersunterschied, Dominanz und Unterwerfung, Hitzen, Knoten und glühend heißen Szenen.

Erscheint demnächst in deutscher Sprache.

Winterherz

Der Winterfuchs bringt Tristan immer die besten Geschenke.

An jedem Feiertag des Winters findet Tristan beim Erwachen ein neues Geschenk vor, das ihn erfreut oder ihn etwas Wichtiges lehrt.

Dies ist eine Geschichte um Tristan, den Sohn von Kerry und Janus aus *Bittere Hitze*. Das kleine Bonus-Buch enthält keine vergleichbar heißen Szenen wie die vollen Romane der Buchreihe, hat aber alle Qualitäten einer kuscheligen und hoffnungsvollen Weihnachtserzählung. Auch wenn sie ein romantisches Ende hat, so ist es **keine** klassische Liebesgeschichte.

Die Geschichte funktioniert **nicht** als abgeschlossenes Werk, sondern sollte zusätzlich zu den anderen Büchern der *In der Hitze der Liebe*-Reihe gelesen werden.

Winterwahrheit

Der Winterfuchs schenkt Viro einige überraschende Wahrheiten zum Fest.

Viro Sabel ist elf Jahre alt und immer noch eine unschuldige Seele. In diesem Jahr bekommt er vom Winterfuchs einige überraschende Wahrheiten geschenkt, die seine Sicht aufs Leben und seinen Platz darin völlig verändern.

Diese festliche Novelle ist eine Geschichte um Viro, den Sohn von Vale und Jason aus *Langsame Hitze*. Sie enthält heiße Szenen zwischen Vale und Jason, beschreibt das Familienleben und emotionale Momente. Der Epilog deutet eine zukünftige Liebesbeziehung für den erwachsenen Viro an und endet mit dem Geheimnis um die Identität dieser Person.

*Die Geschichte funktioniert **nicht** als abgeschlossenes Werk, sondern sollte zusätzlich zu den anderen Büchern der In der Hitze der Liebe-Reihe gelesen werden, am besten in dieser Reihenfolge: Langsame Hitze, Alpha-Hitze und Langsame Geburt.*

Weitere Bücher von Leta Blake in deutscher Sprache

Smoky Mountain Dreams
Stay Lucky
Auch in diesem Leben
Norths Zuckerstange
Mein Dezember Daddy

Liebe ohne Halt
Free Fall
Free Heart

Mr. Christmas-Serie
Mr. Frosty Pants
Mr. Naughty List
Mr. Jingle Bells

In der Hitze der Liebe
Langsame Hitze
Alpha-Hitze
Langsame Geburt
Bittere Hitze

Heat For Sale (Deutsche Ausgaben)
Heat for Sale: Adrien und Heath
Alpha for Sale: Ned und Ezer

Training Season
Training Season
Training Complex

Zusammen mit Alice Griffiths
Überraschend ... verheiratet!
Überraschend ... verliebt!
Endlose Flitterwochen

Zusammen mit Indra Vaughn
Vespertine: Der Priester und der Rockstar
Cowboy Sucht Ehemann

Gay Romance Newsletter

Letas Newsletter (auf Deutsch) hält Sie über Neuerscheinungen, Angebote und Schnäppchen sowie über Letas zukünftige Schreibprojekte und mehr aus der Welt der schwulen Liebesromane auf dem Laufenden. Melden Sie sich noch heute für Letas Mailingliste an und erhalten Sie „Weiße Hitze", eine eigenständige Prequel-Novelle aus dem „In der Hitze der Liebe"-Universum, kostenlos!

Letas deutscher Newsletter

dl.bookfunnel.com/okcr1e34q0

Weitere Bücher in englischer Sprache von Leta Blake

Any Given Lifetime

The River Leith

Smoky Mountain Dreams

The Difference Between

My Skin Begs You Please

Stay Lucky

Omega Mine: Search for a Soulmate

Bring on Forever

Angel Undone

Punching the V-Card

Raise Up, Heart

North's Pole

My December Daddy

Mr. Christmas Series

Mr. Frosty Pants

Mr. Naughty List

Mr. Jingle Bells

Free Fall Series

Free Fall

Free Heart

The Training Season Series

Training Season

Training Complex

Heat of Love Series

Slow Heat

Alpha Heat

Slow Birth
Bitter Heat
White Heat
Winter's Truth
Winter's Heart

Heat for Sale Series
Heat for Sale
Bully for Sale

'90s Coming of Age Series
Pictures of You
You Are Not Me
Only You

Zusammen mit Indra Vaughn
Vespertine
Cowboy Seeks Husband

Zusammen mit Alice Griffiths
The Wake Up Married serial
Will & Patrick's Endless Honeymoon

Gay Fairy Tales
Flight
Levity

Hörbücher
Leta Blake at Audible
audible.com/author/Leta-Blake/B008R3NH4S

Erfahren Sie mehr über den Autor online
Leta Blake
letablake.com

Über die Autorin

Die Autorin des Bestsellers *Smoky Mountain Dreams* und des unter den Fans besonders beliebten Buchs *Training Season* kann auf eine Ausbildung und berufliche Erfahrung sowohl in Psychologie als auch im Finanzwesen zurückblicken. Aber ihre Leidenschaft gehörte schon immer dem Schreiben. Sie genießt es, Liebesgeschichten zu kreieren und dabei die Psyche von erfundenen Figuren zu erforschen. Zuhause im Süden der USA, arbeitet Leta hart daran, die Balance zwischen ihrem bürgerlichen Beruf, der Schriftstellerei und der Familie zu halten.

www.ingramcontent.com/pod-product-compliance
Lightning Source LLC
Chambersburg PA
CBHW022036120726
47899CB00004BA/1100